MW01175103

N'OUBLIE PAS MES PETITS SOULIERS

Avis de tempête sur Londres.

John Powers doit faire face à la perte de sa somptueuse épouse Lulu, lassée de sa jalousie pathologique et des pulsions homicides qui en découlent. Brian et Dotty Morgan, installés dans une caravane garée dans l'allée de leurs ex-voisins, Howard et Elizabeth, apprennent à vivre dans le dénuement le plus absolu – ce qui n'empêche pas Dotty de conspirer pour s'approprier la petite Dawn, le bébé dont Melody, sa mère, ne s'occupe guère.

L'hiver se révèle également redoutable pour Norman Furnish, qui a perdu son emploi chez Howard et, du même coup, sa chère Katie, la fille d'Howard, elle-même embarquée dans une double histoire avec Rick, fruste séducteur de Chicago, toujours armé, et avec l'ex-amant de Melody, Miles McInerney, VRP insupportable de prétention et de cynisme. Quant à Howard et Elizabeth..., la passion de Howard pour Laa-Laa et celle d'Elizabeth pour Zouzou (ex-amant de Howard) les aideront-ils à trouver, en cette nuit de Noël, la paix de l'esprit et le contentement de l'âme ?

Ancien libraire, Joseph Connolly a dirigé pendant quinze ans The Flask Bookshop *à Hampstead. Son humour, son énergie et son goût pour la provocation ont conquis le public anglais, qui voit en lui l'héritier direct de Tom Sharpe et de Kingsley Amis. Il est l'auteur de quatre romans et d'une biographie de P. G. Wodehouse. Ses prochains livres paraîtront aux éditions de l'Olivier.*

DU MÊME AUTEUR

Vacances anglaises
Éditions de l'Olivier, 2000
et « Points », n°P857

Drôle de bazar
Gallimard, 2002

Joseph Connolly

N'OUBLIE PAS MES PETITS SOULIERS

ROMAN

Traduit de l'anglais
par Alain Defossé

Éditions de l'Olivier

TEXTE INTÉGRAL

TITRE ORIGINAL
Winter Breaks
ÉDITEUR ORIGINAL
Faber and Faber Ltd., 1999

ISBN 2-02-055132-2
(ISBN 2-87929-284-0, 1re édition)

www.seuil.com

A Finn, au tout commencement

PREMIÈRE PARTIE

Coups de froid

Chapitre I

À présent, à chaque jour qui passe, j'arrête de boire : depuis l'instant où, le soir, bien sonné, je bascule hors du monde, jusqu'à l'instant où le matin surgit et me récupère. La boisson aiguise et souligne tout ce que je fais. C'est-à-dire peu de chose, et de moins en moins ; cela diminue presque tangiblement, et je regarde tout ça s'amenuiser et disparaître. Que devenez-vous, s'interrogent les gens : qu'est-ce que vous faites, en réalité ? Je ne deviens rien, rien du tout en ce vaste monde, et je fais peu de chose. Boire, voilà ce que je fais.

Ayant une fois de plus récapitulé tout cela, l'âme sombre (il se le répétait fréquemment – raffinant sans cesse, cherchant la juste nuance), John Powers tourna sur lui-même, réussissant presque à fixer son regard sur l'endroit approximatif d'où il aurait pu jurer que lui était parvenue la voix de sa Lulu.

« Non, articula-t-il à peine. Non, ne me quitte pas, je t'en prie, Lulu. Je ferai des progrès, je te le jure. Je me ferai aider.

– Oh, John… », voilà tout ce que put répondre Lulu, dans un soupir.

« *Toi*, tu peux m'aider, Lulu », implorait John à présent. Puis, d'une voix neutre : « Tu es la seule qui ait jamais pu m'aider.

– Lève-toi, John. Attends, je vais t'aider. »

John tendit mollement un coude, et Lulu le hissa, le tira à l'écart du dernier meuble qu'il avait percuté avant de s'y effondrer, en arrachant cette fois quelques petits éclats – je ne vois pas trop ce que c'est, il faut d'abord que je le sorte d'ici.

« Lulu… ? reprit John, cette fois vautré comme un sac d'on ne sait trop quoi dans le divan le plus proche.

– John, fit Lulu d'une voix coupante – très, très coupante (peut-être était-ce là, hélas, le seul ton à employer, à présent). On a déjà parlé de tout ça, n'est-ce pas ? Hmm ? On a bien déjà *discuté* de tout ça, non ? Alors laissons tomber. »

Mais John ne pouvait pas imaginer, n'arrivait pas à concevoir que Lulu puisse laisser tomber – et le laisser tomber. Même en cet instant, où les poches bulbeuses, sous ses yeux bouffis comme par des piqûres de guêpes, se rétractaient pour fuir l'image récurrente de cette réalité horrible autant qu'inévitable. Mais elle avait raison sur un point : ils en avaient *effectivement* parlé, n'est-ce pas ? Hmm ? Ils avaient bien *discuté* de tout ça, non ? Mais ma chère, ma précieuse Lulu, je ne peux simplement pas laisser tomber – alors continue de t'éloigner, *toi*, disparais au loin, continue de te laisser emporter vers l'obscurité, en me laissant me débrouiller et avancer comme je peux, tout seul – une fois de plus, en attendant la fois suivante (laquelle ne saurait tarder).

Dire que ce n'était que l'été dernier. Comment un seul été – une semaine de vacances – une bête petite histoire d'un été, dans toute une vie d'étés passés, comment ceci a-t-il pu créer cela ? Qui, en fait, est coupable ? Pas moi, quand même ? Non, non – pas une seconde. C'est Lulu : elle m'a trahi. Ce n'est qu'une grue, capricieuse et pleine de vice, et je la méprise profondément, avec la plus grande clarté d'esprit, tout en l'aimant plus que tout ce que j'ai jamais touché, ou vu.

« Je peux avoir une glace ? demanda John. Lulu ? Tu es toujours là ? »

Lulu était impressionnée par cet enfant nouveau qui s'était révélé en John, depuis l'été dernier : mais si elle ne faisait pas attention, elle pouvait y être sensible, idée qui la faisait frémir. Il fallait absolument qu'elle garde ses distances avec lui.

« Tu as renversé la dernière, dit-elle d'une voix douce. Tu ne te souviens pas ? Ça a été un massacre.

– Pas cette fois, murmura John, levant des yeux papillotants pour chercher un angle de vue qui englobe sa Lulu. Crois-moi, je t'en *supplie*… »

Le temps que Lulu revienne de la cuisine avec une coupe Melba remplie à ras bord, John s'était profondément endormi – la bouche entrouverte et tordue comme un piège disposé en hâte, et dans lequel personne ne tomberait. Lulu soupira et secoua la tête, non pas avec affection, ni même avec indulgence ou chagrin, mais simplement parce qu'elle sentait que ce spectacle l'exigeait. S'agenouillant, elle pêcha dans la coupe deux cuillerées de crème glacée qu'elle étala autour de la bouche béante de John – plus deux autres cuillerées qu'elle laissa tomber sur sa braguette, avant de déposer le récipient au sol, renversé, et de l'écraser sous son talon. Les réveils dans la culpabilité, avait-elle découvert, rendaient le quotidien plus tolérable ; et jusqu'à ce qu'elle puisse enfin virer définitivement ce dingue de sa vie, Lulu avait besoin de toute l'aide à sa disposition.

Elle jeta un bref coup d'œil à son reflet dans le miroir du couloir. Elle devait être belle. Sans doute : tant de gens le lui répétaient – et personne aussi fréquemment que Lizzie. Lulu ouvrit sa bouche aux lèvres pleines et peintes en un ovale distendu, et posa doucement la pulpe de son majeur sur une commissure étirée, puis sur l'autre – sans raison particulière, si ce n'est que cela était inclus dans le rituel, lorsqu'elle partait, et partir était une chose merveilleuse, tout à la fois gigantesque et à portée de sa main. Quel bonheur de quitter cette abomination de John, pour aller retrouver la béatitude avec Lizzie. Lizzie que j'aime tant – chaque jour un peu plus. Parce que, quelle femme, en réalité, a vraiment *besoin* d'un homme, hmm ? Je veux dire – est-ce que quelqu'un pourrait lui expliquer précisément leur *fonction*, là ? Ils ne sont, à la base, qu'une source d'ennuis, non ? Non, vous ne trouvez *pas* ? C'était ce que pensait Lulu ; et, tôt ou tard, tôt de préférence espérait-elle, rêvait-elle, Lizzie en viendrait à penser de même.

« Tah-tah-tah-tah-tah-tah-tah ! » trépida Lulu sur le perron, comme Elizabeth ouvrait grand la porte ; son nez – tout rouge de froid et appelant le baiser – remuait au rythme de cette profération quelque peu exagérée. « Juste ciel, Lizzie – mais il fait un f-f-f-froid de ch-ch-chien !

– Mon Dieu, mais entrez vite, allez, allez, allez ! » la pressa Elizabeth, une main à présent posée sur l'épaule de Lulu, l'attirant dans la tiédeur de l'entrée. La porte soigneusement fermée derrière elles – et Lulu s'adonnant toujours à des frissons aussi impressionnants que factices – Elizabeth embrassa à petits coups le nez glacé de Lulu (toujours rose de froid et appelant le baiser – mais tout picotant d'une vitalité revenue, à laquelle la bouche chaude et accueillante d'Elizabeth n'était pas étrangère).

Nombre d'écharpes et de couches protectrices (une de mohair, le reste de simple cashmere) se virent graduellement ôtées, en un véritable strip-tease (« Oh, je n'y peux rien – j'ai vraiment l'impression d'être plus *sensible* au froid que n'importe qui d'autre – brrrr ! ») puis une main avide se saisit d'une tasse de Kenya fraîchement torréfié (pas aussi efficace qu'une chope pour vous réchauffer les mains, certes, mais Elizabeth – Lizzie, pour Lulu – n'avait jamais pu souffrir les chopes, quelles qu'elles soient, absolument n'importe qui pourrait vous le confirmer). Le café était encore trop brûlant pour qu'on puisse même le siroter du bout des lèvres, de sorte que Lulu se dit bon, on y va alors – et se lança aussitôt :

« Bien, qu'est-ce qu'on a de prévu, aujourd'hui, Lizzie ?

– Une certaine Mrs. *Bramley*, il me semble bien que c'est le nom qu'elle m'a dit. L'air un peu bizarre, au téléphone.

– Oh là là – mais elles sont *toutes* bizarres, fit Lulu dans un rire. Des vieilles taupes, pour la plupart. Je trouve toujours absolument invraisemblable que ces femmes nous *paient* pour faire des imbécillités pareilles. Je veux dire – qu'est-ce qu'elles *ont*, toutes ? »

Elizabeth haussa les épaules. « Ne nous plaignons pas », dit-elle. Elle sourit.

Oui, c'était bien la dernière chose qu'Elizabeth aurait pu imaginer, mais voilà, pour la première fois de sa vie, elle gagnait de l'argent, réellement – et cela ne lui déplaisait même pas du tout. Bien sûr, elle n'en avait pas *besoin* – il ne s'agissait pas de cela, non ; Howard, son époux, gérait fort bien cet aspect des choses – agent immobilier, vous l'a-t-elle précisé ? Enfin – quand je dis agent immobilier… Il se trouve qu'il possédait le portefeuille foncier, non le plus vaste, sans doute, mais certainement le plus prestigieux de la région, et je ne vais pas vous apprendre ce qui s'est passé ces tout derniers temps, au niveau du prix des maisons, dans cette partie de Londres – inutile, je pense, d'éclairer davantage les gravures. Ce cher Howard. Bon, où en étais-je, mon Dieu ? Complètement perdu le fil, là ; c'est un truc qu'a dit Lulu, et… ah oui oui oui, voilà – toutes ces idiotes qui n'arrivent apparemment pas à s'occuper d'elles-mêmes. Elizabeth n'avait jamais soupçonné que de telles femmes puissent *exister*, mais mon Dieu – chaque mission qu'on leur confiait semblait en amener une demi-douzaine d'autres, par la simple vertu du bouche à oreille. Extraordinaire.

Mais oui : pourquoi cracher dans la soupe, comme elle dit.

Tout avait débuté (« mais n'en est-il pas toujours ainsi ? ») de manière complètement accidentelle. Parce que, dieux du ciel, même la simple *présence* de Lulu était le fruit d'un parfait hasard : si, cet été, elles n'avaient pas réservé dans le même hôtel, au bord de la mer, elles ne se seraient *jamais* rencontrées. Il me semble impossible, à présent, que je ne connaisse pas Lulu depuis toujours, mais pourtant – c'est la pure réalité. Quelques mois à peine : où en sommes-nous, là ? Oh grands dieux, bientôt à Noël – ne me dites pas ça, par pitié. Donc, les vacances, c'était en août, donc… oui, quatre mois et des poussières : pas un jour de plus. Hallucinant. Et rendez-vous compte, hein, si je ne lui avais pas offert ce verre de champagne au bar du… oh, juste ciel – imaginez-vous que j'ai déjà oublié le nom de l'… l'*Excelsior*, voilà : évidemment, l'Excelsior. Agréable, cet hôtel. Très charmant, en fait.

Bref. Cette fameuse soirée. Dotty avait filé, je ne sais plus trop pour quoi faire – probablement pour s'occuper du bébé, un truc comme ça ; Melody, naturellement, n'était pas là – quand je pense à ce type *épouvantable* qu'elle s'était ramassé… J'aurais pu lui dire, la pauvre chérie, où cette histoire la menait tout droit, mais mon Dieu – vous connaissez Melody : quand elle vise un homme… bref. Bien, qu'est-ce que je… ? Ah oui. Donc, je tombe sur cette chère, adorable Lulu, toute seule, si charmante et si *divinement* habillée, comme toujours d'ailleurs… elle venait de passer une soirée *monstrueuse* (je l'ai appris *beaucoup* plus tard) avec son maniaque de mari, un type complètement effrayant. John. Je vous jure – d'une jalousie… folle – un fou, vraiment. Et rendez-vous compte, si j'étais partie plus tôt, ou si j'avais choisi un autre bar, je ne sais pas, nous ne nous serions jamais… et, *bien sûr*, si elle n'avait pas eu cette dispute épouvantable avec John. Sans cela, jamais il ne l'aurait même laissée quitter son champ de vision, et Lulu et moi ne nous serions jamais… en *plus*, elle s'est mise à m'appeler « Lizzie », dès le départ. Je n'arrive pas à imaginer pourquoi. Parce que je ne le lui ai pas *demandé*, ni rien ; personne ne m'a jamais appelée comme ça. Mais j'adore. Enfin, c'est réservé à Lulu, à présent ; je ne supporterais pas que quiconque *d'autre* m'appelle Lizzie, plus maintenant. Dotty a essayé, un moment, mais j'ai dû y mettre le holà. Pauvre Dotty. Mais bon, ce n'est pas le moment de penser à Dotty – il y a du pain sur la planche. Oui… Non – Lizzie, c'est réservé à Lulu. C'est comme ça.

« Bien », dit Lulu. Elle adorait dire *bien*, sur ce ton-là – ça faisait tellement, *tellement* femme d'affaires. Et puisque nous y sommes – Lulu non plus n'avait pas travaillé depuis des siècles, essentiellement à cause de *John*, bien sûr, lequel était devenu d'une telle paranoïa à son égard que, dût-elle échanger un simple bonjour avec un homme ou un autre, une seule fois, il était persuadé que cet *homme* se transformerait instantanément en violeur ou (pire, bien pire) en amant. Et il prononçait toujours le mot « homme » de cette manière – avec une insistance nuancée de terreur, comme si, pour lui, ce pouvait être quelque maladie sournoise et ravageuse – ce qui, compte tenu de son état mental, était très possiblement l'image qu'il s'en faisait. Au fait, Lulu vous a-t-elle dit qu'il est toujours indéfectiblement persuadé que l'été dernier, à l'Excelsior (où j'ai rencontré ma divine Lizzie – de sorte qu'au moins, *quelque chose* d'heureux est sorti de ce séjour abominable), j'ai eu une espèce d'*aventure* avec quelqu'un ? Et le plus drôle – enfin, quand je dis *drôle*… sur le moment, je n'ai pas trouvé ça drôle *du tout* (dieux du ciel, il a failli me tuer) mais grâce à Lizzie, je vois le côté comique de la chose, à présent… non, le plus drôle, c'est que l'homme avec qui j'étais censée m'envoyer en l'air m'avait simplement offert une pastille de menthe extra-forte, dont je n'avais même pas envie ! Vous ne me croyez pas ? Eh bien voilà, c'est John. Un dingue. Et même ce travail absurde que je fais avec Lizzie – Non, dit-il, pas question. Je ne vais pas te laisser entrer toute seule chez ces gens, etc. Mais ces gens, ce ne sont que des *femmes*, lui dis-je : des *femmes*, Johnny. *Ah*, fait-il encore – mais elles ont bien des *maris*, non ? Des *fils* ? ! Bon, il laisse tomber les grands-pères et les domestiques – mais quand même… De toute façon, je n'en ai plus rien à foutre de ce qu'il pense. Maintenant, c'est le divorce, et le plus tôt sera le mieux, croyez-moi. Chaque *heure* passée avec cet individu est devenue un… oh, bref. Ce qui est à hurler de rire, c'est que… je *préfère* les femmes, en fait. Je déteste les hommes. Je les hais. Bon, ça suffit avec tout ça. Au boulot.

« Bien, répéta Lulu. Que veut-elle, cette Mrs. Bramley ? Au fait – Bramley, comme la pomme ?

– Il me *semble* qu'elle a dit Bramley », répondit Elizabeth. Puis, avec un visage atterré : « Juste ciel, ce ne peut pas être Granny *Smith*, tout de même ? »

Lulu se mit à rire. « Vous êtes folle, Lizzie ! Mmmm – j'adore ce café, vraiment – vous le prenez toujours chez… ?

– Mmm. Ils ont des produits excellents. Bref – Granny Bramley, ou quel que soit son nom…

– Reinette Golden ! Désolée, Lizzie. »

Elizabeth prit sa voix de circonstance, grave et monocorde jusqu'à la sottise – voix que Lulu appréciait grandement. « Mettons un *terme* à ces plaisanteries pommesques – si vous le voulez *bien*, Mrs. Powers.

– Mrs. Powers pour plus très longtemps. Merci mon Dieu. Bref – qu'est-ce qu'elle veut, cette idiote ? J'ai carrément trop chaud, maintenant. Je crois que je vais enlever mon pull.

– Comme d'habitude, dit Elizabeth. La garde-robe. Oh – et puis pour les fleurs, aussi. »

Car voici ce que faisaient Lulu et Elizabeth : elles disaient à d'autres femmes ce dont elles devaient se débarrasser dans leur garde-robe (« Juste ciel ! s'était esclaffée Lulu un jour. Les trucs qu'on trouve là-dedans, quelquefois… c'est invraisemblable que quiconque ait pu réellement acheter ça ! Et c'est hallucinant qu'on ait simplement pu *créer* de telles choses ! »). Puis, elles leur conseillaient quoi choisir à la place. Parfois, elles allaient jusqu'à les accompagner dans les magasins, si, si – ce qui convenait parfaitement à Lulu et à Elizabeth, puisque les heures qu'elles ne passaient pas à dormir étaient de toute façon consacrées en grande majorité à acheter des vêtements. (« Et c'est ça le problème ! avait un jour gémi Elizabeth, l'air désespéré. À chaque fois qu'on les emmène chez Harvey Nicks, on finit par dépenser plus qu'elles ! ») En outre, certaines de ces femmes (quand on pense que tout ceci, savez-vous, a commencé bêtement, le jour où une amie de Lulu lui a demandé son avis sur une robe, ou un tailleur – enfin, une tenue quelconque – et voilà que c'est devenu une affaire à plein temps !) – oui, certaines de ces femmes voulaient aussi savoir comment accrocher les tableaux, ou disposer les fleurs (notre Mrs. Bramley, si c'est bien son nom, étant le dernier exemple en date). Drôle de mélange, ces femmes, se disait Lulu : soit elles se tuent à *tout* faire à la fois dans leur vie (les gosses, la carrière, les distractions et la maison – enfin, la totale, quoi), soit elles sont débordées par le premier truc venu. Elizabeth – à présent que sa fille Katie était adulte (Dix-sept ans ! Je n'arrive toujours pas à y croire !) – avait cru naguère être en passe de devenir une de ces femmes (Howard gagnait l'argent, Elizabeth s'en débarrassait), mais il lui était toujours apparu que ses talents tout à fait évidents – pour tenir une maison, pour la cuisine, la décoration, pour s'habiller – n'avaient rien que de très *normal* ; il ne lui serait jamais venu à l'esprit de les *commercialiser*. Mais bon, allons-y, avait-elle fini par conclure. (Oui, bon, d'accord – je sais *très bien* que je suis douée pour toutes ces choses-là : cela fait des siècles que je le sais. J'imagine que je ne devrais pas le dire, mais voilà, c'est fait.)

« En plus…, reprit Elizabeth.

– Ne me dites pas ! Elle veut qu'on lui noue ses lacets ! Mon Dieu, Lizzie – vous n'avez jamais envie d'éclater de rire au nez de ces gens-là ?

– Pas quand ils font le chèque, sourit Elizabeth. En fait si, corrigea-t-elle, peut-être, justement à ce *moment-là*. Bref – oh, *écoutez*, Lulu : c'est littéralement fait pour *vous*. Elle a besoin de décorations de Noël. Pour l'arbre. Sur la cheminée. Et quelque chose sur la porte.

– Oh, très bien, approuva Lulu. J'imagine qu'on va commencer à en avoir pas mal dans ce genre. Je suis vraiment impatiente de voir Noël arriver, cette année. Enfin – Noël ici, en tout cas. »

Oui, en effet, songea Elizabeth : vous ne perdez rien pour attendre, tous. Parce que ma réception de Noël – enfin, quand je dis réception, ce sera tout le week-end, en fait… vous allez voir ce que vous allez voir. Un triomphe. Et *tout le monde* sera là – oh, je ne peux pas m'empêcher de vous raconter : il y aura – bon, Howard, évidemment (s'il est complètement remis de son séjour à Paris – nous allons à Paris, vous savez : un petit break, comme ça – Dieu sait si j'en ai besoin – et Howard, ce pauvre Howard, n'a même pas pris de vacances, cette année. Il n'est pas venu au bord de la mer, en août dernier, parce qu'il avait trop de *travail*, le pauvre amour). Bref – *Howard*, donc, et Lulu et oh mon Dieu, *j'imagine* que ce sale type de John sera là aussi, même si j'espère que non. Brian et Dotty, bien sûr (parce que *eux* en ont besoin, aucun doute : comment peuvent-ils *supporter* de rester ainsi coincés dans une caravane ? Tous les *trois*, avec Colin). Colin, c'est leur fils, quinze ans, quelque chose comme ça – peut-être plus, à présent. D'ailleurs, à propos de Colin… non, en fait non, je ne vous dis rien, parce que j'ai vraiment honte de moi. Enfin – un peu honte. Bon, écoutez – tout cela est terriblement compliqué et peut-être pas très intéressant, mais l'été dernier Brian et Dotty et Colin et moi et Melody – une amie, je ne crois pas que vous la connaissiez – sommes tous allés en vacances dans la même station balnéaire (où j'ai fait la connaissance de Lulu, comme vous le savez) – ce n'était pas vraiment par hasard, mais ce n'était pas vraiment prévu non plus – et, mon Dieu… Colin et moi nous sommes légèrement laissés aller, un certain soir, et… oh, bon, je *sais* que c'est abominable, je le *sais* – je me sens comment, à votre avis ? Parce que je veux dire – c'est un enfant, et Dotty est mon *amie*, juste ciel ; ma voisine la plus proche. Enfin, plus *maintenant*, la pauvre chérie – maintenant, elle habite une caravane, si vous pouvez croire une chose pareille, une caravane qui, à l'instant où je vous parle, est garée dans *mon* allée ! C'est une longue histoire – vous demanderez à Howard : ne demandez rien à Brian, il n'en finirait pas. Apparemment, ils sont complètement fauchés, ce qui doit être tout de même assez horrible. Bref – je suppose que Dotty vous en dira davantage. *En plus* – pauvre Dotty –, elle ne cesse d'insister auprès de Lulu et de moi pour participer à notre, enfin vous savez, notre *petite entreprise*, mais le plus dramatique, c'est qu'elle est d'une nullité parfaitement épouvantable pour toutes ces choses-là, il n'y a qu'à la regarder. Mais on ne peut *pas* répondre ça, n'est-ce pas ? L'habit ne fait pas le moine.

Enfin bref – ils viennent ; et puis nos nouveaux voisins, Cyril et Edna – ceux qui se sont installés dans l'ancienne maison de Brian et Dotty : ils sont très bien, me semble-t-il. Même si je n'en suis pas encore certaine. Ils ont fait un ravage à côté – ils ont tout démoli, tout arraché. Bref, ils seront là. Quant à ma chère et douce fille, ma virginale Katie (ho ho), elle a apparemment l'intention de nous amener un jeune Américain qu'elle a rencontré à Chicago l'été dernier. Je voulais qu'elle vienne avec nous, à la mer – mais non. Il fallait bien que Mademoiselle fasse sa petite indépendante, n'est-ce pas ? Et vous voyez où ça l'a menée. Enfin passons. Maman vient aussi. Elle vient à chaque Noël, depuis la mort de papa. Elle est parfois très légèrement pénible, mais j'imagine qu'elle n'y peut rien.

Et Melody, évidemment. Je n'ai pas déjà dit Melody ? Avec à sa remorque, je suppose, un quelconque type abominable, le dernier en date. Viendra-t-elle avec Dawn ? (Dawn, c'est son bébé – un hurlement vivant.) Bien obligée. Mais bon, ne vous en faites pas – vous ferez leur connaissance à tous, le moment venu. Cela a été une année quelque peu *curieuse*, pour pas mal d'entre nous, sur divers plans – oui, on peut dire ça. Bref – je crois pouvoir promettre à tout le monde un Noël parfaitement inoubliable. Vous ne perdez rien pour attendre.

« Mais qu'est-ce que tu veux dire, avec ton *coup de froid* ? ! rétorqua Dotty d'une voix plus froide que froide. Ce n'est pas un *coup de froid*, Brian – c'est carrément un froid arctique, oui ! Le pôle Nord, carrément. Ce n'est peut-être pas si pénible pour les gens qui vivent dans une vraie *maison*, avec des murs, tu sais, un toit, un vrai chauffage, bon Dieu, mais quand tu te retrouves piégé dans une boîte de conserve améliorée posée au milieu du jardin de quelqu'un d'autre… !

– Je ne trouve pas qu'il fasse si froid, déclara Brian d'une voix douce, passant d'une fesse congelée à l'autre sur le banc étroit qui composait l'essentiel des sièges, dans ce que nous ne pouvons qu'appeler un immobile-home, en outre pas excessivement spacieux.

– Tu sais pourquoi ? Parce que tu portes *tous* tes vêtements, Brian – absolument tous, jusqu'à la dernière guenille. »

Dans ce qu'il faut sans doute bien, là encore, appeler la kitchenette de la caravane, Dotty s'employait à entrechoquer la vaisselle infiniment plus bruyamment qu'il n'eût été éventuellement nécessaire, mais, tout comme la plupart de ce qu'elle avait à dire, Brian n'en percevait plus grand-chose – simplement, Dotty était ainsi, ces derniers temps : ces derniers temps, Dotty se montrait grincheuse en permanence. Et qui aurait pu lui en faire grief ? Ça peut difficilement, n'est-ce pas, être très très amusant, d'être mariée avec moi – non, je n'imagine pas une seconde que ça puisse être amusant. Pauvre Dotty. Regardez seulement ce que je leur ai infligé, à elle et à Colin – et sans même faire la somme de tout, depuis, juste ciel, depuis les siècles qu'ils sont coincés avec moi – non, prenons cette année seulement : j'ai retiré Colin de l'école pour le mettre au lycée polyvalent du quartier, qu'il déteste (enfin, peut-être un peu moins, depuis ce trimestre – il grandit, il devient... il devient quoi, d'ailleurs ? Vous savez, dans ces écoles publiques de Londres...). Ensuite, l'été dernier, au lieu d'emmener tout le monde sur la côte dans l'hôtel cinq étoiles que Dotty avait plus ou moins exigé – elle voulait que ses vacances, jusqu'au dernier détail, soient semblables à celles d'Elizabeth : Dieu seul sait pourquoi (les femmes, hein...) –, j'ai loué une caravane minable perdue dans un océan d'autres caravanes accrochées au sommet d'une falaise battue par les vents – encore qu'elle n'était peut-être pas aussi minable que celle dans laquelle nous vivons maintenant (doux Jésus, est-ce possible) en permanence.

Et comment se fait-il, serait-on en droit de se demander – qu'est-il donc arrivé pour qu'une famille de trois personnes en soit à présent réduite à survivre tant bien que mal dans une caravane garée dans l'allée carrossable du jardin de ses anciens voisins et amis ? Mon Dieu, eh bien, il se trouve que j'ai *tout* perdu, voilà. Je ne comprends toujours pas très bien pourquoi ni comment – je pensais être un homme d'affaires plutôt honorable, jusqu'à ce que tout aille… heu – à vau-l'eau, c'est bien ce que l'on dit ? C'est l'expression ? Enfin, que tout aille *mal*, en tout cas – ça, c'est clair. La moquette – c'était mon domaine ; je m'étendais sans cesse, tout comme cette saloperie de récession. Ça n'a pas été long. Il ne m'est plus resté que la maison, et la maison, c'est du passé, maintenant. Une des choses les plus douloureuses, dans toute cette histoire, a été de devoir assister à la destruction rituelle de… oh – je ne peux pas vous raconter tout le mal que je me suis donné dans cette sacrée maison, tant d'années de travail. Je suis vraiment un accro du Bricomarché, savez-vous – un petit roi du bricolage, même si c'est moi-même qui le dis. Une des premières choses que Mister Cyril Davies a démolies – désolé, *docteur* Davies, hein : il est psychiatre et, comme tous ceux de son espèce, un peu loufoque – complètement cinglé. Bref, comme je vous disais, une des premières choses qu'il ait virées (et ne songez même pas à me faire dire combien il a *payé* cette putain de maison – une bouchée de pain, ce serait de la folie : des queues de cerise, ce serait encore du luxe)…. ouais, la première chose, ou quasiment, que je vois emportée dans une benne, c'est une paire de présentoirs assortis, en contreplaqué, que j'avais construits tout spécialement pour installer ma collection de plaques d'égout. Certes, tout le monde n'a pas la chance de posséder de tels trophées (je les ai disposées à l'extérieur de la caravane, en attendant – cela fait comme une sorte d'allée, de pas japonais, mais l'angoisse des voleurs ne me quitte pas) ; quoi qu'il en soit, ces deux présentoirs auraient pu leur rendre un immense service pour, disons… enfin, pour à peu près n'importe quoi : il suffit d'un peu d'imagination. J'ai bien songé à tenter de les caser dans la caravane, mais Dotty a déclaré que si j'essayais simplement, elle me clouerait la tête au mur.

À propos de Dotty – attendez, ne bougez pas : je l'entends qui pousse des cris aigus. Qu'est-ce qu'elle raconte ?

« Je *disais*, misérable individu », répéta Dotty d'une voix tintante, hirsute et le regard enflammé, comme toujours ces derniers temps, car elle ne cessait de se prendre les cheveux dans à peu près *tout*, dans cette putain de saloperie de placard sur roues, Dieu lui vienne en aide, « je *disais* que tu colles des copeaux de bois partout sur le *sol*, et que le *sol*, je l'ai lavé ce *matin*, bordel, alors pourquoi tu ne mets pas des journaux par terre et pourquoi de toute façon as-tu besoin, bon Dieu de bon Dieu, de tailler des *bouts de bois*, et que juste ciel, j'ai envie, envie de te *tuer*, Brian ! »

Brian hocha la tête. « Compris », fit-il, aussi fort qu'il l'osait.

Je ne « taille pas des bouts de bois », se disait-il ; je m'emploie, si tu tiens à le savoir, Dotty, à créer des modèles réduits de bateaux ; les schooners, il me semble bien, mais je n'ai pas encore réfléchi aux voiles, au gréement, tout ça. Je vais peut-être (avant de courir, il faut déjà marcher, non ?) m'en tenir aux canoës. Quoi qu'il en soit – mon raisonnement est le suivant : il me faut trouver de l'argent, d'accord ? Bon, Dotty a un emploi à mi-temps, maintenant (une espèce de boulot de secrétaire dans un grand magasin – elle déteste ça, évidemment ; évidemment), mais ça ne mène à rien. Et moi ? Moi, je ne peux trouver aucun travail, d'aucune sorte. Ce n'est pas faute d'avoir essayé. Notez bien que je ne leur en veux pas, à ces employeurs, de ne pas se jeter sur moi : parce que je ne vois pas du tout ce que je peux *faire*. J'ai mis une annonce dans le canard local, une fois : je proposais des trucs divers dans la maison – de la décoration, pour appeler les choses par leur nom. Ça n'a pas marché. Seulement deux coups de fil. D'abord une bonne femme qui ne m'a même pas laissé entrer chez elle parce qu'elle trouvait que j'avais de drôles d'yeux. Quant au deuxième, on peut difficilement parler d'une réussite éblouissante ; comment pouvais-je deviner que ce putain de mur était porteur, moi ? En tout cas, il ne l'est plus.

Donc, est-il si surprenant que je cherche vraiment à me tuer ? Et là, croyez-moi, ce n'est pas du bla-bla. Je suis un vieux routier de la tentative de suicide, oh que oui ; je n'ai jamais réellement réussi mon coup, certes, mais Dieu sait (comme pour la recherche d'un emploi) que ce n'est pas faute d'avoir essayé. C'est d'ailleurs *encore* une chose que j'ai faite cette année – au bord de la mer, pour être précis ; au beau milieu de nos prétendues vacances, carrément, j'ai décidé de sauter d'une falaise. Il faut dire que c'était bien pratique. Par le passé, j'ai essayé le four à gaz, les cachets, j'ai été voir du côté de l'électrocution et de l'éventration. Inutile de préciser que rien de tout cela n'a marché. Et pas plus cette saleté de falaise – il y avait de la vase en bas, voyez-vous, et non les rochers bien déchiquetés que j'avais espérés. Chaque été et à chaque Noël (c'est l'horreur, je ne peux pas – je sais que je devrais, je sais bien, mais je ne peux simplement pas *songer* à Noël), les choses me… oh, tout ça me dépasse, et je me dis Bon, mon vieux – c'est fini, *N-I : NI*. Et même *ça*, je n'y arrive pas. Pauvre Dotty. Pauvre Colin. Ils ne méritent vraiment pas ça.

Quoi qu'il en soit, en attendant que le brouillard qui m'entoure s'épaississe et s'obscurcisse encore, je m'emploie à faire ce qui pourrait très bien s'avérer être des canoës, finalement (celui-ci ressemble à une péniche, à vrai dire – peut-être qu'en affinant très légèrement la proue au rasoir… non, merde, voilà que j'ai bousillé l'autre côté, maintenant ! ; et puis je peux leur passer un petit coup de Humbrol (rouge, bleu, jaune – on ne va pas mégoter) et les vendre à… heu… enfin, aux gens qui achètent ces trucs-là. Pffffou… Je sais. C'est sans espoir, hein ? Tragique. Oui. Mais il faut bien que *j'essaie* encore, n'est-ce pas ? Jusqu'à ce que je ne puisse même plus essayer.

Chapitre II

« Howard ? C'est toi ? » fit la voix d'Elizabeth, quelque part à l'étage.

C'est drôle vous savez, pensa Howard – ce n'était pas la première fois –, à quel point les rituels, entre deux personnes qui vivent ensemble, finissent par devenir figés et immuables. Je veux dire – ça, par exemple : chaque soir sans exception je rentre du bureau aux environs de cette heure-ci et laisse tomber bruyamment ma serviette sur le plancher (raison pour laquelle, selon Elizabeth, elle est à ce point abîmée – mais pourquoi *diable*, Howard, ne fais-tu pas un saut chez Tanner Krolle pour t'en acheter une autre, vraiment chic et *neuve* ? Mais parce qu'il se trouve que j'aime bien celle-ci, Elizabeth – moi aussi je suis abîmé, et elle me va bien. Tanner *comment* ?). Puis je bâille, non sans produire tous les effets sonores afférents à un bâillement digne de ce nom – et de manière si excessive que j'ai parfois l'impression que ma mâchoire va soudain se bloquer en un rictus d'effarement permanent. Sur quoi, histoire de conclure en beauté, je jette mon énorme trousseau de clefs – c'est ma croix, ces saloperies de clefs – dans une espèce de saladier en cuivre posé sur la table, exactement à l'ouest du salon. Et que se passe-t-il, alors ? Ce qui se passe, c'est qu'Elizabeth, où qu'elle soit en train de vaquer dans la maison, éprouve le besoin impérieux qu'on lui dise (dis-moi Howard, je t'en prie) si c'est *moi* ou pas. Demande d'information à laquelle je ne manque jamais de répondre, comme je le fais en cet instant :

« C'est moi », fit Howard dans un soupir. Sur quoi il soupira.

Elizabeth descendait l'escalier en arrangeant sa coiffure, un peu à la manière des Américaines que l'on voit s'arranger la coiffure à la télévision. Une nouvelle robe ? Possible. Un commentaire s'impose peut-être.

« Bonne journée ? s'enquit-elle, embrassant quasiment sa joue détournée.

– Comme d'habitude, sourit Howard. Joli, ce truc – cette robe.

– Oh, *chéri*, je suis si contente qu'elle te plaise. Elle est neuve.

– Je sais. Ravissante. »

Tout ceci, également, était très convenu, voire inévitable – mais Howard va-t-il un tant soit peu modifier la prochaine étape du rituel, se demandera-t-on ? Celle où il se dirige d'une démarche dégagée vers le petit salon pour se servir un très généreux scotch, à la carafe joufflue posée sur le bar d'acajou, puis en ajoute une goutte encore avant d'y verser l'eau gazeuse ? À la lumière de ce qui vient de lui arriver, il est possible qu'il altère quelque peu le processus.

Apparemment non. Howard l'a bien respecté ; il existe certes une possibilité infime que le whisky qu'il vient de se verser soit imperceptiblement moins généreux que la dose habituelle, mais ce serait, semble-t-il, moins délibéré qu'accidentel. Oui, en effet – parce qu'en cet instant Howard se dit Eh merde rien à foutre – parce que *j'aime* le whisky, j'aime ça : c'est ce que j'aime, et c'est ce que je fais, et qu'ils aillent se faire voir. Ces toubibs – ils savent quoi ? Certains ont carrément l'air de gamins.

Contrairement à ce qu'il avait répondu à Elizabeth, la journée, en fait, n'avait pas été habituelle pour Howard ;

en réalité, ses journées étaient très rarement habituelles (il y a toujours un truc ou un autre). Le grand problème, quand on est patron – quand on possède l'affaire –, était qu'il n'y a absolument aucune raison, la plupart du temps, de ne pas faire très exactement ce que l'on a envie de faire, bordel, et parfois, les choses qui risquaient fort de plaire à Howard ne pouvaient nullement, quel que soit l'effort d'imagination fourni, être considérées comme « habituelles ». Non que la journée ait été une partie de plaisir – non, pas aujourd'hui, du tout. Un supplice nécessaire – je ne peux pas repousser ça plus longtemps, il faut en finir, il faut y passer : tel en avait été le thème. Enfin, il ne s'agissait que d'une visite *médicale*, juste ciel – pas de quoi se mettre la tête à l'envers. Comme tous les deux ans à peu près. Peut-être faudrait-il passer aux visites annuelles, à présent, comment savoir ? Et puis, je veux dire, c'était dans cette clinique plutôt chic de la British United Provident Association, dans Gray's Inn Road, je ne sais pas si vous connaissez – aussi plaisante qu'un endroit de ce genre puisse humainement l'être – mais bon… Howard aurait du mal à l'*exprimer* réellement, à le mettre en mots, mais il n'aimait pas du tout, du tout faire quoi que ce soit, comment dire – d'*incongru*. Comme se déshabiller. On se déshabille pour prendre un bain. Pour aller nager. Ou encore, heu… oui, évidemment, pour ça aussi. Mais pour s'allonger sur une espèce de petite couchette mal rembourrée, avec de la vaseline tartinée sur vos tétons et autres parties rosées et chastement recroquevillées de votre anatomie, avant que l'on vous ficelle dans un réseau de vermicelles glacés et insinuants, croisés par ici et branchés par là ? Non, je ne vois pas. Et puis, il y avait le simple fait de rester là, comme ça – exposé, comme un hareng sur l'étal plus que comme un être franchement *humain*, tandis qu'une petite fille vêtue de sa panoplie d'infirmière toute neuve vous traite de « grand bébé » avant de vous fourrer une aiguille monstrueuse dans le bras et de se mettre à siphonner, sans un sourire, votre propre sang, votre sang à vous. De ma vie je n'ai jamais contemplé si longtemps un mur gris pâle.

Enfin, tout n'allait pas si *mal* : l'analyse d'urine, par exemple – eh bien là, Howard n'avait strictement aucun problème (les doigts dans le nez, en fait) – mais tous ces bruits infimes qu'il fallait se forcer à entendre, et ces lettres floues, ridiculement lointaines, sur lesquelles il fallait se crever les yeux – on se moque, non ? Sur quoi, pour finir, on se fait passer un savon par un médecin quasiment adulte (sans compter toutes ces explorations indiscrètes sur lesquelles on ne s'étendra pas), lequel, en l'occurrence, vous raconte des histoires de foie absolument imbéciles. Il s'avoue légèrement préoccupé quant au foie de Howard. Sur le questionnaire, déclare l'homme de l'art (stupéfiant qu'il sache lire), vous avez mentionné « apprécier à l'occasion un ou deux verres de vin pendant le dîner... » ? Sur quoi, laissant l'ironie claquante de ses guillemets étinceler dans l'air comme deux tubes de néon, il se contenta de fixer Howard – chose particulièrement insolente, si vous voulez la vérité... mais bon, d'accord : Howard avait saisi – il se permit même un sourire niais, car ce que Howard appréciait *habituellement* au dîner (et, de plus en plus souvent, au déjeuner ; parfois même au petit déjeuner, pour être franc), c'était un bon, un solide, un généreux scotch. Suivi d'un autre. Au moins. Mais il est vrai qu'il ne prenait pas toujours un whisky *après* le repas, convient-il de préciser ; parfois, c'était une bonne rasade de vieil armagnac. Et le vin ? Oh *oui*, juste ciel, oui, le vin aussi : disons deux bouteilles, quand il n'était pas trop d'humeur.

Donc voilà : il avait saisi. Mais après une séance aussi perturbante, aussi déprimante, Howard avait vachement *besoin* d'un verre, n'est-ce pas ? Vous n'allez tout de même pas lui refuser ça, j'espère ? (Elizabeth en aurait été capable, si elle avait été le moins du monde au courant – mais ce ne serait jamais le cas : Howard y veillerait.)

« Tu as manqué, oh – tout le monde, littéralement, déclara Elizabeth, se laissant tomber sur un interminable divan. En fait, Lulu est partie depuis bien longtemps – mais Peter vient juste de s'en aller. » Drôle de chose : cet après-midi même, Peter m'a demandé, de manière charmante, si cela ne m'ennuierait pas de l'appeler *Zouzou* ! Mais c'est vrai qu'il est bizarre, Peter – quoique absolument adorable. D'ailleurs, ça lui va plutôt bien, Zouzou. Je ne déteste pas. « Et Nelligan aussi. Oh, juste ciel – je ne sais pas si cette cuisine sera *terminée* un jour – tout est dans un tel… ! Quelquefois, je regrette de ne pas l'avoir gardée comme elle était. »

Tu n'es pas la seule, pensait Howard. Notre cuisine était réellement magnifique – vous pouvez demander à n'importe qui. Mais ha ! Je connais trop bien les circonvolutions mentales d'Elizabeth. Cyril et Edna Davies, à côté, étaient en train de tout remplacer chez eux, n'est-ce pas ? (Mon Dieu, dans leur cas, cela se comprend : c'était un véritable dépotoir, cette baraque, du temps de Brian et Dotty.) Mais la cuisine d'Elizabeth était absolument parfaite ; tout le monde est resté médusé en la voyant sur le trottoir. Et le prix de la nouvelle (*si*, comme le dit Elizabeth, elle est terminée un jour) ? Ne me posez pas la question, par pitié. S'il n'en possède pas déjà en quantité, Mister Nelligan va bientôt pouvoir s'offrir un somptueux palace de sultan dans quelque lieu idyllique, voire même un appartement indépendant avec parking privatif – et pourquoi ne pas ajouter un harem de houris parfumées, puisque nous y sommes, hein ? Ce ne serait pas si pénible si Elizabeth ne se plaignait pas quotidiennement du *désordre* ; c'est *son* désordre, putain, et Howard doit s'en arranger. Et, oh mon Dieu, il va y avoir Paris aussi – elle a organisé ça avant même que l'idée d'une nouvelle cuisine effleure simplement son esprit. Et puis

Noël. Elizabeth me disait qu'elle avait invité le monde entier pour Noël, cette année. Pas un mot (comme d'habitude) quant à ce que ça va coûter, ni d'où vient l'argent – grâce au ciel, le marché immobilier est pour l'instant dans une de ces phases d'élan apparemment irrésistible, c'est tout ce que je peux dire. « Oh, mais Howard, avait pépié Elizabeth l'autre soir (Howard râlait sur l'énormité de quelque facture aussi absurde que faramineuse), n'oublie pas que je *gagne ma vie*, maintenant ! » Ravie d'elle-même, fière comme Artaban. Mouais, voilà exactement ce qu'en pensait Howard (encore qu'il n'aurait pas osé le dire) – mais tu claques tout, n'est-ce pas ? Chaque *penny* qui rentre est immédiatement converti en nouveaux *vêtements*. Je vais vous dire un truc – quelquefois, j'en suis persuadé, Elizabeth fait les boutiques pour simplement s'assurer de ne pas y trouver, par un hasard tout à fait improbable, telle ou telle petite chose qu'elle n'aurait pas encore ; auquel cas elle l'achète. Quant à Katie – Katie, c'était la même chose : en pire, éventuellement. Enfin – tant que ça les rendait heureuses... Howard avait la paix, et il pouvait s'occuper de *son* truc à lui, n'est-ce pas ? Lequel était quoi, ces derniers temps, au fait ?

« Peter a été un *amour*, aujourd'hui, roucoulait à présent Elizabeth. Quelquefois, je n'arrive plus à imaginer comment j'ai jamais pu réussir à m'occuper de la maison sans lui. »

Howard hocha la tête, très lentement, se demandant Bon, qu'est-ce que je ressens exactement ? Je ne sais pas du tout. Parce que Peter, naguère – il n'y a pas plus longtemps que ça, hein – c'était lui, justement, le truc de Howard. Si ce n'est qu'il ne l'appelait pas Peter, mais Zouzou. Howard lui-même devait bien en sourire, à présent ; enfin, pas exactement sourire – disons allonger de biais la moitié de son visage, en une sorte de masque mélancolique. L'épisode Zouzou était sans doute l'expérience la plus extraordinaire qu'il ait connue et en même temps (n'en est-il pas souvent ainsi ?), lui paraissait la chose la plus naturelle du monde. Oui, tout à fait ; je crois bien, se disait Howard, que je devrais profiter du fait qu'Elizabeth est bel et bien partie pour son énumération aussi habituelle qu'interminable des faits et gestes de cet individu appelé Nelligan, avant de passer en douceur à l'énumération aussi interminable qu'habituelle du casting complet du dîner (il semblait qu'il y ait toujours quelqu'un à dîner, ces derniers temps : Brian et Dotty, essentiellement – sans doute parce qu'Elizabeth pense que c'est son *devoir*) et, j'en suis certain, non seulement du menu détaillé dudit dîner, mais également de la provenance de tous les ingrédients jusqu'au dernier, ainsi que du type et du temps de cuisson de chacun, sans parler de sa présentation. Cela étant – et ça n'a pas traîné (Elizabeth est déjà passée en seconde) – je crois que je vais employer ce temps disponible pour recharger ce whisky à présent légèrement fatigué, puis m'asseoir confortablement pour réfléchir un moment à cette histoire ancienne avec Zouzou (tout en demeurant vigilant, bien sûr, et sans aucunement négliger les mimiques judicieuses, levages de sourcils, pinçages de lèvres, demi-sourires indulgents, écarquillages d'yeux, voire même tiraillage de lobe à l'occasion, à chaque fois que mes antennes, préréglées avec une précision infaillible grâce à des années de tripotage subliminal, capteront et traduiront automatiquement quelle nuance de silence est requise pour encourager Elizabeth à continuer, parfaitement imperturbable, tandis que je voguerai au loin, complètement ailleurs).

Peter – ou Zouzou, oui : pour moi, c'est toujours Zouzou – a seize ans à peu près, et il est le fils d'une des femmes de ménage, au bureau, si vous pouvez croire une telle chose. Insensé. Parfois, j'ai peine à y croire moi-même. Philippin, j'en suis à peu près sûr. Enfin, les femmes de *ménage* se sont tirées à présent, inutile de le préciser (où peut-on trouver des femmes de ménage dignes de ce nom, et qui restent au même endroit plus d'une demi-heure, aujourd'hui ? Si vous pouvez me le dire, Howard vous serait infiniment gré de le lui faire savoir). Mais Zouzou, lui, est resté, bien sûr. Le plus drôle, c'est que je ne suis pas un, heu... enfin vous voyez ; je ne suis pas *comme ça*. Dieu sait – les femmes que j'ai pu avoir *depuis* Elizabeth, sans parler d'avant... Melody est la plus importante, je suppose ; j'aime toujours beaucoup Melody, même si, nom d'un chien, elle est très légèrement pénible – elle ne sait jamais vraiment ce qu'elle veut ni ce qu'elle cherche. Depuis la naissance de Dawn, on dirait que tout ce qui compte, c'est un mec pour payer les factures, n'importe lequel – et j'imagine qu'on ne peut pas le lui reprocher. Le père a filé comme un pet sur une toile cirée ; air connu. Or donc, comme je disais... heu... oh, Jésus, ma pauvre tête. Ça m'arrive de plus en plus souvent, savez-vous. Je parle d'une chose, et puis un autre truc me vient à l'esprit d'un seul coup, et que je me fasse sodomiser si je... ça me sort complètement de la tête. Comme à l'instant, je suis au regret de l'avouer. Peu importe. On laisse tomber. On pense à autre chose, et ça finira par – oh, Zouzou ! Ouais ouais, c'est ça – Zouzou, évidemment : voilà. Zouzou, c'est bien ça.

« Ça ne *t'ennuie pas*, Howard, n'est-ce pas ? » Voilà ce qui surgissait, maintenant ; quelque sixième sens, comme toujours, l'alertait d'une urgence immédiate. « Ça ne *t'ennuie pas*, qu'ils viennent ? »

Des gens doivent venir, il semblerait bien : mon Dieu, rien de très très exceptionnel, là. « M'ennuyer ? fit Howard avec une amabilité suprêmement circonspecte. Bien sûr que non, cela ne m'ennuie pas. Pourquoi cela m'ennuierait-il ?

– C'est adorable, Howard », déclara Elizabeth, avant de reprendre immédiatement le fil brûlant de son histoire. Howard relâcha la pédale doucement, se laissant de nouveau bercer par la mélopée somme toute assez apaisante qui reprenait aussitôt.

Zouzou, oui. Magnifique – il se trouvait simplement que c'était, hum, un garçon. C'est tout. Tout allait pour le mieux jusqu'à ces vacances à la mer – en août, c'est cela ? Je crois, oui : au début du mois. J'avais réussi à échapper à ça, grâce au ciel – tout s'était passé sans problème. Melody vient dîner (l'avant-veille du départ, si je me souviens bien), et il s'avère qu'elle est sans le sou, comme toujours, sur quoi Elizabeth, dont la générosité est proverbiale, échafaude en un clin d'œil un de ses brillants projets : Melody, pourquoi ne partagerais-tu pas notre suite : il le *faut*, n'est-ce pas, Howard ? Là, c'était mon tour de prendre l'air dubitatif, puis approbateur, et enfin complètement enthousiasmé – sans cesser de penser ohhh *non*, ohhh *non* – il faut que je trouve quelque chose, et vite. Et quand, en plus, Melody a annoncé qu'elle serait obligée de venir avec Dawn (dieux du ciel – vous auriez dû voir la tête d'Elizabeth quand elle a lâché le morceau – parce que ce bébé, ce sont des soufflets de forge qu'il a à la place des poumons, je ne plaisante pas), là, j'ai *compris* qu'il me fallait une bouée de sauvetage, et de toute urgence. Alors j'ai monté en hâte une histoire complètement improbable en invoquant une affaire urgente au bureau, en disant que je n'étais pas tranquille à l'idée de laisser la maison seule (un très bon point, parce qu'évidemment Brian et Dotty ne seraient pas là non plus – ils habitaient encore à côté, à ce moment-là), donc, *écoute*, Melody ; *écoute*, Elizabeth – c'est simple, non ? C'est l'évidence même : Melody part avec toi, moi, je reste ici, et comme ça, tout le monde est content !

Zouzou, en tout cas, était content : quelle semaine nous avons passée ! Et puis... et puis je ne sais pas trop ce qui est arrivé, mais après la garden-party (je sais : il n'y a qu'Elizabeth pour revenir à peine de vacances et me forcer à louer une espèce de saloperie de gigantesque tente de réception afin d'organiser ce qui a probablement été une soirée relativement catastrophique pour la grande majorité des gens qu'elle avait connus au cours de sa vie)… et, heu… allons, désolé – voilà que ça recommence. J'ai perdu le fil – allons, on se reprend… les vacances, la soirée… ah ouais, Zouzou (grands dieux, ma pauvre tête). Oui. Zouzou et Elizabeth ne s'étaient jamais vraiment rencontrés auparavant (bon – vous comprenez la situation) mais juste ciel, ils sont carrément devenus copains comme… euh – comme quoi, déjà ? On devient copains comme quoi… ? Lapins, c'est ça ? Copains comme lapins… enfin bref, peu importe – vous voyez le… vous savez bien… l'*idée*, voilà. Et depuis lors, eh bien… Zouzou s'est de moins en moins souvent montré au bureau : il avait l'air de passer son temps à aider Elizabeth, dans la maison. Comme une espèce de jeune fille au pair, en gros. Et ça n'a plus jamais été vraiment pareil, depuis. Enfin – regardons les choses en face, quand elles s'imposent à nous, n'est-ce pas ? Ça n'a plus *du tout* été pareil… non, tout à fait différent : *terminé*, pour tout dire. Quoi qu'il en soit, entre-temps, j'avais déjà entamé mon histoire avec Laa-Laa : Laa-Laa, c'est mon truc, maintenant. Un truc qui, je pense, est la raison pour laquelle nous nous sommes tous retrouvés dans cette situation, il y a un bon millier d'années – et Elizabeth est *toujours* en train de débloquer à propos de Dieu sait quoi (on ne croirait pas cela possible, n'est-ce pas ? Mais bon – je trouve que je me débrouille pas mal en matière de timing, parce qu'elle s'apprête juste à quitter le domaine des généralités pour me soumettre un point particulier, j'en suis à peu près certain : je reconnais cette lueur dans son œil).

« Bien, je *pense* t'avoir tout dit, déclara Elizabeth, visiblement fort satisfaite tout à la fois de son souffle et de la concision de ses informations, ainsi que de la nuance générale dont elle avait su les enrober. Ooooh – et tu ne devineras jamais *qui* a appelé ! »

Eh bien non – il aurait difficilement pu, n'est-ce pas ? D'ailleurs, sinon, elle ne l'aurait pas fait remarquer, n'est-ce pas ? De sorte que Howard était maintenant contraint de jouer à ce jeu-là, aussi.

« Qui ? » fit-il. Premier round.

« Tu ne devineras jamais !

– Qui, alors ? » répéta Howard. Deuxième round.

« Je n'en ai pas cru mes oreilles quand il s'est présenté. Même en *rêve*, je n'ai jamais imaginé qu'on puisse avoir un jour de ses nouvelles. Enfin, pas après toutes ces *horreurs*... »

Howard commençait d'être intrigué, à présent. En principe, quand Elizabeth se donnait tout ce mal, il s'avérait que Howard aurait fort bien pu deviner de qui il s'agissait – la mère d'Elizabeth, Melody, Lulu..., plus Dotty, hélas : Dotty se contentait de frapper à la porte, à présent.

« Bon, mais *qui* était-ce ? » insista Howard. Troisième round. (C'est rien agaçant, tout ça.)

Elizabeth dorlotait la réponse dans son giron. « Je te le dis ? » fit-elle d'un air mutin.

Howard vida d'un trait le fond de son scotch : juste ciel – je me sens tellement *las*, quelquefois.

« *Oui*, dis-le-moi – c'était *qui*, pour l'amour de Dieu ? » Quatrième round, vacherie de vacherie.

Les yeux d'Elizabeth étincelaient d'une manière qui semblait signifier *Bien* – je ne sais pas *comment* tu vas prendre ça !

« Norman », lâcha-t-elle soudain.

La mâchoire de Howard faillit littéralement se décrocher. Compte à rebours. Elizabeth vainqueur par K.- O.

« Norman ! aboya-t-il. Que... Norman, comme... cette saleté de Norman *Furnish*, Norman ? ? »

Elizabeth hocha la tête. « Il y a à peine une heure de cela.

– Mais qu'est-ce qu'il veut, ce petit salopard ? Il est gonflé quand même – il a déjà de la chance de ne pas être derrière les barreaux, le Mister Norman Furnish de mes deux !

– Il avait l'air tout à fait *normal*, fit Elizabeth avec une apaisante circonspection. Howard, il faut absolument que je mette les légumes à cuire.

– Norman ! répéta Howard, la voix rauque. Il n'y a *rien* de normal chez Norman – ce type est un dément, complètement, définitivement cinglé, pour ne pas dire une saloperie d'escroc. Mais qu'est-ce qu'il voulait, bon Dieu ? » Et tandis qu'Elizabeth répondait, Howard continua de grommeler avec une haine non dissimulée : « Il a du *culot*... quel *culot*, quand même... »

« Eh bien, en fait, il voulait parler à Katie... »

Sur quoi Elizabeth leva brusquement les mains – presque en un geste de protection – et se demanda s'il n'eût pas été plus sage (si, je pense que si – Howard est tout rouge maintenant, regardez) de ne rien dire du tout. En fait, Howard était non seulement tout rouge, mais s'était dressé et arpentait la pièce – l'indignation s'associant au whisky pour lui faire un visage ivre de rage, jusqu'à en paraître littéralement bouilli.

« *Katie* ! beugla-t-il. Il a carrément le... il a le... comment déjà, le... l'*effronterie* d'appeler Katie, après cette histoire insensée de l'été dernier ! Mais je vais le tuer !

– Il a dit, reprit Elizabeth d'une voix calme, qu'il avait quelque chose à lui donner – ou lui montrer, je ne sais plus trop. Oh, ne te mets pas dans un tel état, Howard – il faut que tu apprennes l'*indifférence*. Écoute, mon chéri, il faut absolument que je m'occupe du dîner, tu sais bien que Brian et Dotty sont toujours pile à l'heure, ces derniers temps...

– Le *tuer*, conclut Howard, comme la sonnette se faisait entendre.

– Ce doit être Melody, mon chéri – tu veux bien... Il faut *absolument* que je...

– Melody ? répéta Howard – aucunement adouci – pas le moins du monde. Je ne savais pas que Melody venait. »

Elizabeth poussa un lourd soupir de désespoir quasiment maternel, sur le mode mon-Dieu-j'abandonne-il-n'y-a-rien-à-en-tirer. « J'ai passé une bonne demi-heure à te *l'expliquer*, Howard. »

Howard se dirigeait déjà vers la porte d'entrée, avalant une rasade de whisky en chemin.

« Oh oui, bien sûr, mentit-il. Ma pauvre tête. Bonsoir, ma petite Melody – entre, entre. Ah – je vois que tu as amené ta petite Dawn. Adorable.

– J'imagine que tu ne te souviens même pas..., reprit Elizabeth d'un ton lourd de reproches – Bonsoir, Melody – sers-toi quelque... bousssoir, la petite Dawn, coumment elle va, la pitite fifille ?... chose à boire. Howard, tu ne te souviens pas, j'imagine, de ce que j'ai prévu pour le dîner ? Si, tu as réussi à capter ? Franchement Melody, et il faut que je sois mariée à cet homme-là...

– Bien sûr que si », protesta Howard, discrètement. Juste ciel. « Tiens, Melody – un verre de vin blanc, c'est ça ?

– Avec plaisir, Howard, sourit Melody. Oh, Dawn, je t'en *prie*... oh, non, je t'en *prie*, ne commence pas à crier alors qu'on arrive à peine... »

Mais Dawn ne saisissait pas la situation. Tandis que Howard se détournait, épaules voûtées, pour se resservir un whisky, Melody leva vers le ciel des yeux papillotants, suppliant Dieu ou le diable, le premier qui lui accorderait un regard, tout en sachant que nulle merci divine ou diabolique ne pouvait rien face à cela. Elizabeth, elle, réunit ses forces pour affronter le hurlement inhumain et odieusement familier qu'un si petit être pouvait produire sans le moindre effort, tout en criant quasiment :

« Ne t'inquiète pas – Dotty ne va pas tarder à arriver ! Dotty saura la calmer ! Et, si ça *intéresse* quelqu'un

– nous avons un délicieux foie de veau en plat principal, suivi d'un pudding qui promet beaucoup ! Okay ? »

Melody répondit d'une mimique fort usagée, mélange de reconnaissance et d'angoisse déchirante, tandis que Howard se disait – Tiens donc, du foie, tout en sirotant son scotch. Du foie, ça ne peut pas me faire de mal, n'est-ce pas ?

Lulu connaissait bien ce sentiment de mort qui l'envahissait dès qu'elle mettait la clef dans la serrure. Et pourtant, ç'avait été un foyer très heureux, avant que John ne devienne fou (donc pas bien longtemps, je dois le dire). Chaque jour qui passait, toutefois, rapprochait Lulu de la fin de toute cette histoire, et cette idée – cette idée seule – lui donnait la force de rentrer : ce rêve tout simple, mais tellement magnifique de partir un matin, sans avoir à vivre le corollaire : rentrer.

Donc il s'agissait *bien* d'une Mrs. Bramley – c'était effectivement son nom – et, mon Dieu ! Lulu elle-même s'était trouvée choquée par une telle complaisance. Une demeure sublime à Hampstead – j'ai carrément oublié combien de pièces, et elle y vit seule, cette femme, et… attendez voir, se dit Lulu – si je monte très discrètement pour appeler Lizzie, je peux peut-être réussir à m'épargner l'abomination de croiser l'immonde John… oui, c'est ça, je peux peut-être y arriver – en passant devant le salon sur la pointe des pieds (j'imagine qu'il n'a rien laissé à boire, ce porc – parce que je ne refuserais pas un verre, moi), puis en…

« Lulu ? Mon Jean doré ? Mon ange adoré, je veux dire ? Lulu, c'est toi ? C'est toi, Lulu ? »

Et Lulu de se recroqueviller, figée, dans le couloir brillamment éclairé, comme un enfant mort d'effroi dans l'obscurité du placard sous l'escalier – Chhh… Chhhh ! Si je ferme les yeux de toutes mes forces, si je ne respire plus, plus jamais, je peux peut-être encore éviter non seulement qu'il me voie, mais qu'il me parle, me touche, toute cette horreur…

« Lulu ! » fit John, le souffle court, les yeux vitreux, bulbeux et désynchronisés, mais néanmoins baignés d'un soulagement parfaitement puéril qu'il prenait certainement pour de l'amour. Il s'appuya lourdement au chambranle de la porte et tendit un bras (deux, il n'aurait pas osé), son visage exprimant le mieux qu'il pût son désir qu'elle s'approche – même si, se disait Lulu (Oh non, non, ce n'est pas possible – la partie est finie, et perdue pour moi), il ne pouvait tout de même pas vraiment croire une seconde qu'elle allait *aller* vers lui ?

Chose qu'elle ne fit pas. Elle se détourna après l'avoir toisé avec un déplaisir sans mélange mêlé d'un mépris sans faille, tout en déclarant d'une voix dure :

« Tu es couvert de crème glacée, John. »

La culpabilité sauta à la gorge d'un des yeux de John – celui auquel on pouvait largement laisser le soin de se débrouiller pour rester fixe – tandis qu'une main s'élevait pour dissimuler l'emplâtre qui encroûtait sa bouche et son menton ; quant à l'état de ses vêtements, il n'en avait visiblement pas conscience.

« Oui, reconnut John d'une voix placide. Je suis – euh – désolé, Lulu, je vais – euh – nettoyer tout ça. Nettoyer. Tout ça. Oui. Tout de suite. »

Je vais également – euh – continuer de parler calmement, pensait John, parce que sinon, elle va se précipiter là-haut pour, oui, pour appeler Lizzie, et moi j'ai désespérément besoin qu'elle reste ici avec moi et je ne peux pas, je ne dois pas me jeter sur elle parce qu'alors elle se précipitera *vraiment* là-haut pour, oui, appeler Lizzie mais d'ici là je serai de toute façon retombé par terre parce que je suis tellement rempli d'alcool, jusqu'à ras bord, que j'arrive à peine à me rappeler de l'origine de cette simple pensée ou de ce qui l'a suscitée – je veux dire comment il est arrivé qu'elle me soit venue. Et John de regarder fixement, de biais, la silhouette penchée des ravissantes chevilles de Lulu qui se dirigeaient rapidement vers l'escalier, avant même qu'il ne se soit rendu compte qu'il s'était de nouveau effondré au sol – mais si, une douleur plus sourde planait à quelques centimètres peut-être au-dessus de ce qui pourrait bien être sa tempe droite, et si, un nuage tout bouffi lâchait une bruine de souffrance qui pourrait bien s'avérer tempête au fur et à mesure de la soirée ; et si, une fois de plus, il retrouvait le grattement de la moquette picotant sa joue, et cette odeur prégnante des poils.

John, d'un coup de reins, se tourna sur le dos, tandis que les claquements de talons de Lulu s'éloignaient, et la partie de son cerveau qui fonctionnait encore le ramena mollement à cette question éternelle de savoir comment un simple fragment de tout ceci avait jamais pu arriver. Lulu prétend que ma jalousie maladive a finalement débordé et réussi à me rendre purement et simplement malade, réellement dément – mais moi, je vois les choses différemment, je ne gobe pas ce mensonge bien pratique qu'elle a bâti de toutes pièces. Je n'étais pas tant jaloux que profondément méfiant par rapport à tout ce que Lulu pouvait dire, penser ou faire, jusqu'aux plus petites choses : on appelle ça de la *prudence* – tout ce que je faisais, c'était guetter, nous protéger tous deux de... des possibilités. Et puis, l'été dernier, il s'est avéré que j'avais raison. Il m'est difficile maintenant de tout me rappeler en détail (parce que putain, maintenant, j'ai carrément du mal à me rappeler mon propre nom) mais, enfin peut-être pas dans cet ordre-là, ma Lulu a séduit (a été séduite par ? Peu importe – tirer un coup, c'est tirer un coup) un *homme* atroce, dans cet ascenseur de l'hôtel, quel que soit le nom de cet hôtel – et cet homme m'a frappé. Et puis elle a recommencé, et là encore je me suis fait cogner dessus. Cela aurait pu se reproduire – oh, écoutez, tout ça est dans mes carnets, rangé quelque part. Et cet *homme* a même suivi ma Lulu – il l'a traquée jusque chez Howard et Lizzie, quand ils ont fait leur truc, là, leur réception, cet été – la garden-party – et là, alors que je ne tentais que de nous protéger, ma femme et moi, de la souillure publique et du déshonneur, je crois bien qu'il a carrément tenté de m'assassiner. Alors bon, quelle que soit la manière dont on voit les choses, ça ne va pas, ça, n'est-ce pas ? Je veux dire – je ne suis pas dans mon *tort*, quand même ? Donc tout cela ne va pas, nous sommes bien d'accord ? Tout cela est bien logique, au moins. De même, il est clair que j'aime tendrement ma Lulu. Dieu sait que je pourrais mourir d'amour pour cette femme-là : voire tuer, si nécessaire. Donc, je tente de l'aider : tu as besoin d'*aide*, lui dis-je – tu devrais peut-être *voir* quelqu'un. J'en ai même touché un mot au nouveau voisin de Howard et Lizzie – comment, déjà ? Eric ? Cyril ? Bruce ? Nabuchodonosor ? (Peut-être rien de tout ça.) Enfin bref, le psychiatre – mais elle s'est enfuie en courant (les jambes à son cou, littéralement) ; plus tard, elle m'a dit – l'air tout à fait convaincu – que Cyril (oui, je crois bien que c'est Cyril) lui avait littéralement fait une *proposition* malhonnête – là, chez Lizzie, au beau milieu de la tente de réception ! Bien – je pense que vous saisissez la gravité de la situation. Et puis, elle semble avoir tout oublié – tout ce qu'elle a pu me dire à ce propos, ces choses terribles, tous ces aveux épouvantables qu'elle m'a faits, les yeux écarquillés, l'air de ne pas se rendre compte, sur son comportement excessif jusqu'à en être franchement scandaleux –, tout cela semble s'être purement et simplement évanoui : une bulle de savon.

Donc, si vous voulez bien, imaginez mon ravissement lorsque par une belle matinée, il n'y a pas si longtemps, alors que je m'échinais sur une saloperie d'article (mille mots) pour le magazine – tout en pensant que je ferais mieux de travailler à mon roman, mais en n'attendant qu'une seule chose, en fait, c'est de trouver une excuse pour laisser tomber les deux, si je suis vraiment honnête –, Lulu entre dans mon bureau – chose rare (et même jamais vue, finalement, ces derniers temps), et me dit *John*, j'ai pris rendez-vous avec un célèbre analyste – un des meilleurs dans son domaine : veux-tu bien conduire ? Je sentais mon cœur s'épanouir, je l'avoue – je nageais dans les mers chaudes de la fierté envers elle : faire face, c'est déjà avoir à moitié gagné la bataille, ai-je dit, reconnaître le problème, c'est déjà presque l'avoir résolu – tout le monde dit ça (et tout le monde sait ça). Et même cela, savez-vous, s'est retourné contre moi, après : Dans ce cas, Johnny, pourquoi ne peux-tu pas te rendre à une réunion des AA et te dresser fièrement en déclarant Je m'appelle John Powers et je suis alcoolique ? Où *est* le problème, là, John ? Mon Dieu, il n'y en a pas qu'un, aurais-je répondu si elle avait simplement pris le temps d'écouter, et si je n'avais pas été moi-même légèrement hors d'état : tout d'abord, je ne suis *pas* alcoolique, naturellement, c'est clair comme le jour. Je *bois*, d'accord – juste ciel, je serais bien le dernier, vous savez, à *nier* ce genre de chose (ce serait difficile, en l'occurrence), mais ce n'est là qu'une attitude de remplacement : une *défense*, Lulu, une *défense*, ne le vois-tu pas, contre toute cette douleur que tu m'infliges. Je m'enroule dans cette chaleur liquide, comme dans des *langes* d'alcool, parce que je ne supporte pas que tu dises que tu vas me quitter (même si je sais que c'est en partie à cause de cela que tu pars). Une autre raison pour laquelle je n'irais pas à une telle réunion, c'est qu'ils ne sont pas comme *moi* : je n'ai pas ma place dans les groupes, et je suppose que je ne l'aurai jamais. Et oui, je *sais* à quoi cela ressemble, réellement, parce qu'un jour je suis allé à une réunion des *Joueurs* anonymes, en fait (et d'ailleurs, c'était un pari).

Donc, revenons à nos moutons : je l'ai conduite à Harley Street (il m'a fallu trois plombes pour dénicher une place payante) et ai tourné vers elle un visage radieux, éclairé même d'un sourire d'encouragement, comme pour lui certifier que bientôt, presque désormais, notre vie surpasserait en allégresse tout ce que nous avions connu. *Dis-moi*, Lulu, ai-je demandé : préfères-tu que je t'attende dans la voiture, ou que je t'accompagne pour te tenir la main ? Et là, il s'avère que ce putain de rendez-vous, c'est pour moi ! Je veux dire, franchement – si ça n'est pas la preuve que cette femme est zinzin, dites-moi ce que c'est ! *Moi*, ai-je fait – comment ça, *moi* –, c'est toi qui déjantes, qu'est-ce que j'aurais à faire, *moi*, dans ce truc-là ? *Moi*, voilà ce qu'elle trouve à dire : *moi* ! *Moi*, je n'ai aucun problème, John – c'est *toi* qui as besoin d'aide, Johnny – c'est *toi* qui es cinglé, dieux du ciel. Donc, vous voyez – on se trouve devant un problème de communication assez fondamental, sur ce coup. On est restés comme ça à se chamailler dans la voiture pendant si longtemps (je vous jure qu'elle dansait littéralement sur ses amortisseurs) qu'entre tout ça et le temps qu'il m'avait fallu pour trouver une place, l'heure de ce maudit rendez-vous n'était plus qu'un souvenir lointain, donc on n'avait plus qu'une chose à faire, rentrer à la maison, chacun persuadé à mort que l'autre était de plus en plus atteint.

Et oui, ça n'a fait qu'empirer – jour après jour – jusqu'au moment où Lulu a fini par craquer et me dire (froidement, d'un ton sans réplique) Je suis navrée, Johnny, mais ça ne va pas, tout ça, ça ne va plus : je pensais que j'aurais peut-être pu continuer ainsi, mais maintenant je sais, je sais que je ne peux pas. Et moi, je me suis mis à rire. Non – je ne trouvais pas ça *drôle*, évidemment non : simplement une défense, là encore, une de mes putains de défenses qui ne servent à rien. Mais je voyais bien ce qui allait venir (je le sentais déjà dans l'air), et tout ce que je réussissais à penser, c'est *je t'en prie*, non, je t'en *prie*, non, non, je t'en *supplie*, non, non… et pourtant voilà : elle m'a dit qu'elle me quittait. C'est terminé, Johnny. C'est fini, John. Ça n'est plus vivable (ce en quoi elle voulait dire que c'était devenu *invivable*). Donc, j'ai fait ce que tout homme dans ma situation ferait : j'ai bu jusqu'à la limite de cette démence dont elle pensait déjà, depuis longtemps, qu'elle me tenait et ne me lâcherait jamais, jamais.

Voilà donc ce qui est arrivé – mais comment, je n'en suis toujours pas certain. Ce qui nous ramène à ici et maintenant – c'est-à-dire à moi vautré contre le mur du couloir, tandis que Lulu, là-haut, téléphone à Lizzie – il y a de grandes chances. Je ne vais pas tarder à le savoir : prendre le sans-fil (où est-il, cet enf… – gaaaah ! – saloperie de truc), décrocher, et voyons ce que j'entends :

« … tableaux et je me suis occupée des fleurs, mais *franchement*, Lizzie, je peux vous dire que celle-là – jamais vu de bonne femme aussi cinglée… »

Ouais, se dit John en reposant le combiné avec toute la délicatesse que l'on peut attendre d'un homme déjà presque paralysé par les premiers tremblements du manque qui constituerait le programme de sa soirée. Autrefois, j'aurais écouté plus longtemps ; mais à présent, j'ai entendu tout ce qu'il y a à entendre, et je crois que j'ai besoin d'un verre.

« Vous avez entendu ? fit Lulu dans un souffle, derrière la porte verrouillée de la chambre à coucher, laquelle était en fait depuis quelque temps sa chambre à elle, et à elle seule. Le déclic. C'est encore John. Mon *Dieu*, Lizzie – je pensais qu'il en avait fini avec tout ça, qu'il avait cessé de m'espionner tout le temps.

– Oh, ne vous laissez pas perturber, fit Elizabeth d'une voix apaisante (légèrement ras-le-bol de toute cette histoire, maintenant, pour être franche). Écoutez, ce ne sont pas des secrets d'État. Et de toute façon il a raccroché, alors laissez tomber. Racontez-moi vite, pour Lady

Bramley, parce qu'il faut absolument que je m'occupe du dîner. Howard ne va pas tarder, et j'aime bien que tout soit… enfin, vous savez bien comment j'aime faire les choses. »

Mais Lulu, elle, était d'humeur à s'appesantir.

« Je sais *bien*, Lizzie, mais quand même – si on ne peut plus utiliser son propre téléphone dans sa propre maison, mince alors…

– Eh bien, vous serez bientôt dans *ma* maison, n'est-ce pas ? Et là, vous pourrez utiliser le téléphone tant que vous voudrez !

– Je ne vous appellerai que quand vous serez à Paris ! » fit Lulu dans un rire – aussitôt rassérénée à cette idée : ça va être sympa – oui, ça va être franchement une bonne chose. De fait, c'est sans doute Lulu elle-même qui avait lancé l'idée, en mettant le doigt sur le problème :

« Mais alors, qu'est-ce que je vais *faire* ? » avait gémit Elizabeth, comme tous ses plans soigneusement agencés se révélaient soudain parfaitement contradictoires. « Je ne peux pas laisser Nelligan seul dans la maison – je veux dire, je *crois* qu'on peut lui faire confiance, je crois, mais on ne sait *jamais*, avec ces gens-là, n'est-ce pas ? Katie, ce n'est pas la peine d'y songer. Et ce serait un *véritable* crève-cœur d'annuler le séjour à Paris, maintenant que tout est prévu – et Howard le pauvre chéri, qui en *meurt* d'envie ! »

Le pauvre chéri avait entendu ces derniers mots tandis qu'il se dirigeait discrètement vers le petit salon (un scotch très léger avec de l'eau, ça ira très bien), et s'était fait encore plus discret si possible. En fait, il redoutait fort le séjour à Paris – pour des raisons diverses mais nullement complexes –, tout en sachant qu'il ne pouvait aucunement échapper à *deux* caprices d'Elizabeth – en tout cas certainement pas dans la même année, la question ne se posait même pas.

« Je veux *dire*, reprit Elizabeth d'une voix plai-

(mais déjà les pensées de Lulu s'égaraient – peut-être, se dit-elle plus tard, les intentions de Lizzie allaient-elles au-delà ?), *Dotty* m'a bien proposé de jeter un œil, pauvre Dotty – mais bon, même si je l'adore, ce n'est pas, n'est-ce pas, la personne *idéale* pour s'occuper d'une maison en votre absence, vous voyez ce que je veux dire ? Enfin je veux dire – elle est *merveilleuse* avec les gosses : on l'a tous vu, avec Dawn, c'est une véritable magicienne... mais... enfin : on sait aussi à quoi ressemblait son *intérieur*, pauvre Dotty. N'est-ce pas ? Hmm ? Même la caravane ressemble à une poubelle de tri sélectif, mais grands dieux – j'imagine qu'il n'y a pas grand-chose à tirer d'une horreur pareille. Pauvre Dotty. Enfin, vous voyez. »

De sorte que Lulu, bien sûr, s'était proposée (oh, quel ravissement de s'éloigner de John – peut-être étaient-ce *là* les intentions de Lizzie, en fait ? Mon Dieu, elle est si charmante – et je l'aime tant), et Elizabeth avait accepté aussitôt, sans faire de manières. (Les problèmes que rencontrait Elizabeth, quels qu'ils fussent, n'avaient jamais l'occasion de la tourmenter très longtemps – on pouvait, de manière générale, compter sur le soutien des uns et des autres. Oui, l'horizon pour elle redevenait tout naturellement clair et dégagé en quelques minutes, si par hasard un nuage avait eu l'audace de planer, sans parler même de menacer son ciel.)

Et il était plus ou moins exact que Lulu n'appellerait guère que *Lizzie* – parce que qui d'autre, en fait, aurait-elle eu envie d'appeler ? Aujourd'hui même – à peine était-elle rentrée, après avoir disséqué les problèmes existentiels de Mrs. Bramley, que l'unique pensée de Lulu avait été d'appeler Elizabeth : Dieu merci John était tombé raide dans le couloir, juste à temps (car Lulu était bien consciente que quand approcherait l'heure où Howard rentrait à la maison, Elizabeth commencerait de s'agiter pour faire en sorte que tout soit... enfin, Lulu savait bien comment elle aimait faire les choses).

Donc, Lulu s'employait à présent à lui raconter sa visite chez la mère Bramley : d'abord, tout s'était déroulé de manière relativement habituelle – on admire la maison somptueuse, etc., puis on en vient rapidement à la question des vêtements (et c'est là qu'intervient le sens de la diplomatie et le contrôle de ses expressions – il est exclu d'imiter les haut-le-cœur de quelqu'un qui va vomir dans l'instant, tout comme interdit d'éclater d'un rire tonitruant). Pendant ce temps, Mrs. Bramley guidait Lulu d'une pièce à l'autre dans une absence de bruit confinant au silence parfait ; ce n'est que quand le thé fut servi à grand renfort de tintements, puis versé dans les tasses, qu'elle s'ouvrit à elle, de façon beaucoup plus large que Lulu n'aurait pu s'y attendre. Il s'avérait que Mrs. Bramley (elle a quoi ? Une bonne soixantaine ? Une petite soixantaine ? Quelque chose comme ça) était veuve de fraîche date. Pour ses cheveux, elle avait déjà adopté une coupe courte inédite (relativement bienvenue, songea Lulu), et le temps était maintenant venu de passer à des remaniements de nature plus fondamentale – les vêtements, les meubles, tout ça. Son défunt époux s'occupait toujours lui-même des décorations de Noël, dit-elle – elle-même *adorait* les décorations de Noël, mais – en ce domaine comme en nombre d'autres, apparut-il bientôt – elle n'y connaissait *rien*.

« Appelez-moi Naomi, suggéra Mrs. Bramley, puis, présentant une part de cake aux fruits décoré d'amandes : ce n'est pas mon nom, mais appelez-moi ainsi. »

Lulu leva les yeux, avec un semblant de sourire.

« J'imagine, continua "Naomi", touillant, touillant – juste ciel, pensait Lulu, elle ne va jamais s'arrêter de touiller ce thé, elle est bloquée ! – que mon mariage pouvait être qualifié de relativement conventionnel. Il a été assez bref, heureusement. Mon époux était aveugle, voyez-vous.

– Ah ! fit Lulu (tout en songeant doux Jésus – et c'est

lui qui se chargeait des décorations de Noël ?) Je vois… Je ne savais pas… »

Mrs. Bramley lui jeta un regard aigu. « Non, bien sûr, dit-elle avec un soupçon de sévérité. Comment auriez-vous pu savoir ? Vous avez de bons yeux, vous, au moins ? »

Lulu hocha la tête. « Oui », dit-elle.

Mrs. Bramley l'imita. « Eh bien, pas lui. Quoi qu'il en soit, un jour – comme ça, on ne sait pas pourquoi – il s'est égaré dans un bain turc. Il était asthmatique – impossible de reprendre souffle.

– Quelle horreur, commenta Lulu. Et c'est ainsi qu'il… ?

– Oh non. Il n'a eu qu'une attaque, sans trop de gravité. Il avait sa Ventoline, et tout ça. Non, simplement, il est tombé dans la piscine, là-bas. Il ne savait pas nager. Parce qu'il ne voyait *pas*, voyez-vous.

– C'est affreux, dit Lulu.

– Ce n'est pas *si* affreux. On l'a repêché. Sain et sauf. *Mouillé*, naturellement…

– Naturellement, murmura Lulu d'une voix mécanique, commençant d'être fascinée, et pensant déjà au récit qu'elle ferait à Lizzie de sa visite. Et… ?

– Et plus tard, il s'est fait renverser par une voiture. Il ne l'avait pas entendue arriver. Il était également assez sourd – je ne vous l'ai pas dit ? Enfin, pas plus tard, le même *jour*, évidemment : ce serait ridicule. »

À présent, Lulu hochait la tête avec énergie – les yeux plus qu'écarquillés, les traits figés, comme amidonnés. « En effet, dit-elle.

– Il a passé des siècles à la campagne, en convalescence. Prenez-vous du gâteau ? Une tranche très fine ? Non ? Sur quoi il est tombé par la fenêtre. La première fois, ça n'était absolument pas grave, parce que c'était une fenêtre du rez-de-chaussée, et d'après ce que l'on m'a dit, les seules victimes à déplorer ont été les tulipes. Mais il a fallu qu'il *recommence*, évidemment, et cette fois, il était au grenier. Mais, conclut Mrs. Bramley d'un ton dramatique, il n'y est pas resté longtemps !

– Il ne volait pas ? » s'entendit alors demander Lulu, avant même d'avoir eu conscience de le penser.

Mrs. Bramley regarda Lulu, l'air vaguement perplexe – peut-être plus quant au comportement de celle-ci qu'à toute éventuelle capacité aéronautique chez feu son époux.

« En fait... non, dit-elle lentement. Ce n'est pas la chute qui l'a tué. Il y avait toute cette... comment appelle-t-on ça, déjà – toute cette *crotte*, dirons-nous, au-dessous. Et en une telle quantité, d'après ce que l'on m'a raconté, qu'il leur a fallu des heures et des heures pour le repérer. Je crois que l'on peut dire, littéralement, qu'il s'est retrouvé dans le caca jusqu'aux yeux. Je ne vous lasse pas ? »

Lulu sentit qu'elle secouait la tête, elle aurait pu le jurer.

« Lui avait un seuil de lassitude très bas, conclut Mrs. Bramley. Je crois que c'est l'ennui, en fait, qui a eu raison de lui.

– Donc..., esquissa Lulu, lentement, posant sa tasse avec précaution... en fait, il est décédé dans le... ?

– ... caca, tout à fait. Ils l'ont déterré, naturellement. Et puis on l'a enterré. Ailleurs.

– Je vois. Oui. Mon Dieu. Je suis désolée. »

Et soudain, l'air vibra d'un rire enfantin qui ne pouvait pas, n'est-ce pas (certainement pas) surgir de cette bouche en forme de fente de boîte aux lettres ?

« Oh, ne soyez pas désolée ! fit-elle dans un trille. Ça a été une sacrée délivrance. Enfin, pour *moi*, en tout cas : je ne *supportais* pas cet homme – je ne vois d'ailleurs pas du tout pourquoi nous avons gaspillé tout ce temps à parler de lui. Il s'appelait Gilbert. Il s'appelle *toujours* Gilbert, naturellement, si vous croyez à ce genre de trucs. Difficile de l'imaginer en ange. »

Lulu hocha la tête. « Enfin, il vole maintenant. »

Mrs. Bramley eut un fin sourire. « Mais trop tard, pour nous tous. Selon l'hôpital, ses dernières paroles ont été…

– Mmm ? la pressa Lulu, intriguée.

– … indéchiffrables. Vous êtes bien *certaine* de ne pas vouloir de gâteau ? »

Elizabeth avait hurlé de rire, comme Lulu la régalait des meilleurs morceaux. « C'est divin ! Les contes de Mrs. Bramley !

– C'est à *mourir !* s'exclama Lulu – son amour envers Lizzie, comme toujours, jaillissait de plus belle quand toutes deux riaient à l'unisson.

– Bien, Lulu, dit soudain Elizabeth, je viens d'entendre Howard laisser tomber son misérable sac dans l'entrée – il faut vraiment que je vous laisse. On se voit demain matin, d'accord ? Sur le coup de dix heures ?

– Parfait », approuva Lulu, percevant vaguement le « Howard ? C'est toi ? » d'Elizabeth, avant de raccrocher.

Quel bonheur d'être Howard, songeait Lulu. Un jour, peut-être, ce sera mon tour.

Chapitre III

Elizabeth avait décrété que ce serait là une de ses soirées les plus parfaitement *décontractées*, ce qui, en réalité, n'entamait en rien son hospitalité toujours aussi généreuse et pléthorique : toutes sortes de bonnes choses étaient proposées au convives (Oh là là, déglutissait Melody avec de grands yeux – du bœuf Wellington : miam et re-miam), si ce n'est que lesdits convives étaient ce soir obligés de s'étirer, de se cambrer de manière peu pratique, et même – n'ayons pas peur des mots – de se tordre dans un sens et dans l'autre, alignés sur les interminables divans. Colin, pour sa part, avait choisi le tapis persan-ou-quelque-chose-d'approchant-enfin-de-par-là-bas, moelleux et luisant d'un éclat satiné devant le feu qui, sans nul doute, évoquait une des publicités les plus complaisantes pour les chauffages Jaffa, avec leurs fausses flammes mouvantes, vivement colorées et scintillantes comme des vraies (et, encadrant l'installation, un couple souriant niaisement pour vous suggérer tous les bienfaits qu'un chauffe-eau intégré peut apporter à la vie conjugale).

Donc, ils étaient tous là, chacun s'échinant à garder la meilleure contenance possible dans cette opération relativement délicate qui consiste à poser une grande assiette en équilibre sur des genoux osseux et compressés, tout en gardant à l'esprit que le décalage le plus imperceptible quoique involontaire d'un seul pied projetterait en tous sens le contenu parfaitement buvable, quoique non millésimé, de leur verre de côtes-du-rhône. Bien sûr, il eût été infiniment plus simple de dîner autour de la table, dans la salle à manger, juste à côté (encore que le risque existât aussi de tacher vilainement les garnitures de chaises somptueuses et plus confortables d'Elizabeth) – mais comme cela, c'était vraiment ce que l'on peut appeler quelque chose de *décontracté*, non ? Et puis après tout – ce ne sont que des amis, alors on se détend et on s'amuse, n'est-ce pas ?

« Franchement, Elizabeth, déclara soudain Dotty – et deux miettes, au coin de sa bouche, se virent promptement effacées d'un auriculaire discret –, je ne sais pas comment tu *arrives* à faire tout ça ! Je veux dire, j'ai jeté un coup d'œil dans la cuisine, tout à l'heure, et elle est encore à peine…

– Oh *non !* coupa Elizabeth, "cuisine" est un mot tabou dans cette maison – et pour l'amour de Dieu, ne branche pas Howard sur ce sujet. D'ailleurs, je ne sais même pas ce qui m'a pris. Colin – encore un peu de gratin, non ? Un petit peu ? »

Non, pensa Dotty, tandis que Colin se resservait généreusement (avec un charmant sourire, certes – mais pas vraiment destiné à Elizabeth et à elle seule, comme autrefois : il se sentait un peu bizarre vis-à-vis d'elle, à présent). Non, pensa Dotty, tout en couvant d'un regard d'adoration la petite Dawn – endormie maintenant, juste à côté d'elle – non, moi non plus Elizabeth, ni personne : ta cuisine était une véritable vitrine, un modèle, extraordinaire à tout point de vue, plus vaste et plus luxueuse que l'espace tout entier dans lequel Colin et moi et cet abruti de Brian passons à présent nos journées – alors non, Elizabeth, non : moi non plus je ne sais pas ce qui t'a pris.

« Je pense que, quand ce Mr. Nelligan en aura terminé, déclara Howard avec ce qui s'apparentait, je suppose, à une lassitude résignée – mais n'était en réalité qu'indulgence bienveillante au bénéfice de l'aimable assemblée –, je serai tenu de lui céder la propriété de la maison. Comme première partie du règlement, bien entendu.

– Oh, Howard ! s'esclaffa Elizabeth. Ce n'est pas à ce *point*... » Sur quoi elle laissa errer son grand regard candide signifiant *oui*-je-suis-trop-gâtée et *oui*-je-suis-vraiment-vilaine, prenant à témoin quiconque trouvait une seconde pour lever les yeux entre deux bouchées. « Franchement ! » fit-elle. (On devrait peut-être éviter de parler de propriété et de maison, en fait – enfin, quand Brian et Dotty sont là.)

Howard secoua la tête, en accord avec son demi-sourire, tout en pensant Bon, ça suffit avec ça – quelle imbécillité vais-je bien trouver à dire à qui ? Ce serait sympa, de temps en temps, d'avoir droit à un dîner seul – car, s'il ne pouvait pas être avec Laa-Laa, alors seul était ce que Howard choisirait toujours d'être.

« Qu'est-ce que tu deviens, Brian ? » Voici quel fut finalement son choix, que nul intérêt particulier pour ce sujet ne suscitait. « Comment remplis-tu tes journées ? »

La bouche de Brian était nettement sur le point de s'entrouvrir, mais Dotty n'avait pas son pareil pour le gratter au démarrage, en matière de conversation, et c'est donc sa voix à elle qui s'éleva, sonore, dans la pièce.

« Oh, ne pose même pas la question », claironna-t-elle. (Tandis que Brian se disait, avec résignation plus qu'avec colère ou même agacement Mon Dieu, c'est très bien Dotty, mais il l'a *posée*, n'est-ce pas ? C'est ce qu'il fait, là, il pose une question – et de plus c'est à *moi* qu'il la pose.) « Je passe ma journée à nettoyer derrière lui. Apparemment, le dernier projet en date pour faire de nous des millionnaires est la fabrication de *sabots* miniatures. »

Katie éclata de rire : C'est pas possible – quand je les vois tous, tous jusqu'au dernier, même papa –, il n'y en a pas un pour relever l'autre, vraiment. J'imagine que l'on devient bête, quand on devient vieux. Mais putain – Brian et Dotty, alors eux, c'était limite débile. Lui, il collectionnait les « plaques d'égout », un jour il m'a raconté ça pendant trois plombes (d'ailleurs il doit continuer, cette pauvre tache), et pendant ce temps-là, Dotty remplissait la baraque avec toutes sortes de petites conneries abominables, le genre de trucs qu'on ne voudrait même pas gagner à la foire. Putain – quand je pense qu'ils vivent dans une caravane, dans notre allée – raides comme des passes, apparemment – et voilà que Brian se mettait à faire des…

« Des sabots *miniatures* ? répéta Melody d'une voix chantante. Mon Dieu Brian – c'est plutôt curieux, non ? Même venant de toi. »

Réflexion que Dotty n'apprécia pas – mais alors pas du tout. Pourquoi ne te trouves-tu pas *toi-même* un mari à critiquer, Melody ? Hmm ? Ce ne serait peut-être déjà pas mal si tu pouvais t'occuper de ton propre, de ton adorable bébé, oui, adorable jusqu'à en avoir mal. Quelle sorte de femme es-tu, *en fait,* Melody ? Hmm ? Peut-être le regard de Dotty aurait-il pu lui *dire* tout cela – mais non, en réalité, parce que Melody fixait Brian avec de grands yeux, dans l'attente d'une réponse particulièrement absurde ; Katie faisait de même, histoire de dire, tandis que Colin se recroquevillait, tout rouge, comme à chaque fois que sa mère ou son père – son père surtout – s'apprêtait à simplement dire quelque chose. Pourquoi ne pouvaient-ils pas être normaux, sains d'esprit – ou même simplement *solvables* ? Pourquoi le père de Colin ne pouvait-il pas être semblable au père de Carol ? Un type génial, franchement ; Carol, oh Carol, je meurs d'impatience de te revoir. Ça ne sera plus long maintenant. Deux jours. Je n'en peux plus.

« Eh bien, en fait, commença Brian d'une voix lente – comme si chaque sixième mot était une balle dans le barillet de la roulette russe –, je ne fabrique pas des… en fait, Dotty, ce ne sont pas des *sabots* miniatures que je fabrique, comme tu as l'air de le croire, ce sont, euh, des yachts.

– Des yachts ? » fit Dotty, comme si le coup était parti, son regard vif, étincelant, balayant l'assistance pour indiquer à chacun que, s'ils avaient pensé, par quelque intuition, à se munir de choux-fleurs pourris et de navets gâtés, le moment était sans doute venu de les utiliser. « Des *yachts* ? » lança-t-elle de nouveau, histoire de creuser la plaie, non sans un plaisir sadique.

Oh là là, se disait Colin – je vous en prie, ne parlez pas de *yachts* : le père de Carol possède un yacht – une merveille. L'été dernier, j'ai été faire un tour en mer avec eux et… oh, c'est pas possible, j'en rougis encore, rien qu'à y penser – je sens mes oreilles toutes chaudes. Je n'aurais jamais cru qu'on pouvait être malade à ce point et *survivre*. Je suis désolé, Carol. Mais au moins on se revoit bientôt. Je n'en peux plus, moi.

« Ou bien des goélettes, peut-être », précisa Brian. Je ne vois pas en quoi tout le monde a l'air de trouver ça *drôle*, pensait-il soudain. « Et je n'exclus pas les canoës, d'ailleurs. »

Howard hocha la tête. « Mais Brian – que, euh… ? »

La question qu'il avait en tête était Dieux du ciel, Brian, tu ne vas donc faire *aucun* effort pour trouver un vrai travail, avoir une vraie maison ? Je veux dire, quoi – tu as l'intention de vivre pour *toujours* au milieu de mon jardin, c'est ça ? Mais qu'est-ce que tu branles avec tes putains de petits *bateaux* en bois ? Toutefois, il s'en tint à « Que, euh… ? » et rien de plus ; Katie, elle, pensait que l'on pouvait consentir encore un petit effort :

« Mais *pourquoi*, Brian ? insista-t-elle. Mmm – ce pudding est franchement divin – quelqu'un en veut ?

– Eh bien…, commença Brian

– Mais fais-le tourner, enfin, dit Elizabeth. Pour l'amour de *Dieu*, Katie.

– Je vais en prendre un peu, se dévoua Colin.

– Eh bien…, commença Brian.

– Bon, peux-tu venir te servir, Colin ? fit Katie. Parce que je suis en train de jongler comme je peux, là. Mais Brian – tu n'as pas l'intention de les *vendre*, par exemple – si ? » Dieux du ciel, mais c'était de la dinguerie pure – heureusement que tous les hommes ne sont pas aussi crétins que celui-ci. « Et est-ce qu'ils *flottent* ?

– Eh bien…, commença Brian.

– Y a-t-il de la crème ? » demanda Colin. Il n'avait pas envie de crème, pas vraiment – simplement, il était à présent cramoisi, avec tout cela (pourquoi papa ne voit-il pas qu'on se moque de lui, et qu'il ferait mieux de se taire ? Pourquoi faut- il qu'il *réponde* ?) – et donc, si je continue à bavasser, il va peut-être arrêter : tu veux bien, *d'accord* ?

« *Eh bien*, persista Brian, c'est une excellente question, Katie. En fait, je les fabrique parce que – mon Dieu, comme tu le sais, je n'ai pas beaucoup de… enfin, nous manquons un peu d'*espace*, ces derniers temps, et, euh – donc, je ne peux pas faire, enfin tu vois – les choses que je faisais, à grande échelle.

– Grâce au ciel, marmonna Dotty.

– Quant à les *vendre* – non. Non, pas du tout. » Et si – bien *évidemment* que ç'avait été son intention, mais il y avait une limite au ridicule dans lequel Brian pouvait raisonnablement tomber au cours d'une seule et même soirée, et il acheva ainsi : « En fait, je me suis dit que je pourrais, tu vois, bien les terminer, les peindre gentiment et tout, et, euh, peut-être les donner à une œuvre de charité, pour les enfants, un truc comme ça. »

Oui, pensait Brian, une œuvre de charité les prendrait sans doute pour rien, et encore. Il pensait, parallèlement, Oui oui oui, c'est bien joli, mais l'*argent* dans tout ça, chose que chacun pensait également en cet instant, autour de la table. Mais la menace d'une contagion planait dorénavant sur le dîner : personne ne souhaitait tomber un jour dans une telle affliction – cela faisait mal au cœur, à ce stade de désespoir.

« Quant à ton autre question, enchaîna Brian, d'une voix relativement misérable, en fait, je ne sais pas s'ils flottent. »

Non, pensait-il – pas la moindre idée ; mais si quelque chose de leur concepteur les a imprégnés, si un transfert quelconque a fait passer cette malédiction jusque dans la matière même de leur coque et de leur pont bancals et peut-être fort éloignés de ce que peut être un bateau – alors dans ce cas, ils se révéleront aussi capables de flotter qu'un tank Chieftain, et on les verra couler, comme coule un poids mort.

Plus tard, Melody jouait avec son café – y saupoudrant doucement la cassonade dont quelques grains folâtres manquaient la tasse et sautaient sur la soucoupe ; puis elle prenait une cuillerée d'espresso et la laissait retomber avec un floc avant de recommencer à touiller dans un sens, juste assez vigoureusement pour obtenir une sorte de quasi-écume, puis dans l'autre, énergiquement. Je fais toujours ça, lui apparut-il vaguement, tandis qu'une vague ondulante de murmures de désapprobation contenue enflait puis s'apaisait autour d'elle ; tout, sauf boire ce putain de truc, alors que c'est fait pour ça, après tout.

Non mais regardez Dotty, pensa soudain Melody. Et ses lèvres se contractèrent, car en vérité, à chaque fois que cette pensée lui venait, ce n'était pas du tout ce qu'elle voulait dire. Non – ce qu'elle voulait dire en fait, c'était : non mais regardez *Dawn*. Regardez Dawn, mon bébé – allez-y, regardez-la avec Dotty, et ensuite, pensez aux moments (revoyez cette misère de hurlements et de petit visage tout congestionné) où Dawn – mon bébé – est seule avec moi, sa prétendue mère. Quelque chose ne va pas, là, n'est-ce pas. Et j'ai bien essayé de l'abandonner – je n'avais qu'une *envie*, c'était de l'abandonner, pour être totalement honnête (et non, ça ne me fait plus mal de le dire, plus maintenant) – et Dotty, dieux du ciel – jamais je n'ai vu quelqu'un d'aussi passionnément attaché à un bébé. Alors, pourquoi n'ai-je pas franchi le pas, en la lui *laissant* ? Je n'en sais rien. Quelque chose ne voulait pas, au fond de moi. Et non – ne venez pas me les briser avec vos histoires d'instinct maternel à la con, parce que je n'en ai aucun. Je ne suis pas mère, et je ne l'ai jamais été ; il se trouve simplement que j'ai eu un enfant, point. Et une fois l'épisode Miles terminé, je n'avais aucune vraie raison de me débarrasser d'elle. Aucune.

Melody se rendit soudain compte qu'elle fixait Dotty (qu'elle fixait Dawn) de façon pesante, et détourna brusquement les yeux, à l'instant où Dotty, elle, levait brusquement un regard dur, puis soupçonneux vers ce drôle de bonhomme qui était son mari, lequel semblait sur le point de dire quelque chose :

« Je peux te rapporter quelque chose, Dotty ? » fit Brian aimablement.

Dotty soutint son regard, bien qu'une tension douloureuse tirât le sien en arrière, vers l'objet qu'elle aimait plus que tout contempler.

« Ce serait bien la première fois, et il est un peu tard, répondit-elle d'une voix sèche.

– Colin ? enchaîna Brian (car sa réponse, supposait Melody, ne devait aucunement le prendre de court). Tu veux quelque chose ? À boire ? Ça va ? »

Mais Colin, pianotant sur le jeu vidéo qu'il tenait à la main, n'avait rien entendu et ne regardait pas. Je suis certaine que pour Dotty (tel était à présent le train de pensées de Melody), ces deux-là existent à peine. Elle semble ne reprendre vie que quand elle est avec Dawn. Et moi ? Moi ? Je vis pour qui, moi ? Hmm ? Maintenant que Miles n'est plus qu'un souvenir. La plus pure ordure qui ait jamais vu le jour, et pourtant je l'aime toujours, au plus profond de moi. Mais qu'est-ce qui ne va pas, chez moi – qu'est-ce qui ne va *pas* chez moi ? se demanda-t-elle une fois de plus, tout en prenant encore une gorgée de vin, soulageant une seconde ses paupières lourdes qui ne demandaient qu'à se fermer – comme pour confirmer discrètement, mais avec une amertume sardonique, que c'étaient bien là les mots que Miles lui avait jetés au visage, ce jour affreux où, n'en pouvant plus, elle l'avait finalement débusqué.

« Mais bon Dieu de bordel de *bonne femme* ! lui avait-il rugi en pleine figure (et pire, pire encore –, ils n'étaient même pas seuls), mais qu'est-ce qui ne va pas chez toi ? Hein, qu'est-ce qui ne va *pas*, putain ? »

Je ne suis pas certaine d'avoir envie de repenser à tout ça pour le moment, se disait Melody. Parce que de toute façon je connais par cœur chaque mot, chaque geste. (Un mouvement d'air soudain, et puis voilà une ombre – qui est là, debout devant moi ? Oh, c'est Howard : ce n'est que Howard. J'aimerais avoir un Howard à moi.)

« Ça va, Melody ? » s'enquit-il. Et il prit une grande rasade de whisky.

Il faisait toujours ce genre de réflexions – des questions qui n'en sont pas vraiment, n'est-ce pas, et auxquelles il ne peut exister aucune réponse. Melody eut ce sourire de satisfaction sournoise, proche d'une sorte de ravissement secret, que ce genre de questions semble si souvent engendrer. (« Katie, fit la voix sévère d'Elizabeth, quelque part dans la pièce, cesse de monopoliser les chocolats à la menthe et fais-les *tourner*, pour l'amour de Dieu. ») Howard est aux petits soins pour Elizabeth, comme jamais il ne l'a été pour moi – quand nous étions ensemble. Pourquoi ? lui demandais-je. Il répondait : Parce que ça n'est pas la même chose. Pourquoi ? lui demandais-je. Il répondait : Parce que c'est comme ça. Voilà le genre de comportement que je suscite chez les hommes (ce doit être quelque chose en moi, profondément) ; ils me repèrent, ils me font signe de venir, ils me mettent sur un piédestal, puis en cloque, et puis – ouais, et puis ils me laissent tomber. Ce doit être quelque chose en moi, et pas si profondément.

Prenez le dernier en date : Miles McInerney. Bon, Miles… cela dit, avant d'en revenir à cette pénible histoire, je me prendrais bien un petit… je ne refuserais pas un autre verre de… Ouh, ouh, *ouh* : la vache, je suis restée si longtemps à moitié accroupie que j'ai le pied complètement… ça fait vraiment une sensation bizarre, d'avoir le pied complètement… on a l'impression qu'il est lourd et difforme, comme si ce n'était pas vraiment le sien.

« Mon *Dieu*, Melody ! brama Elizabeth, mais tu boites ! tu boites ! » Puis – la voix à présent tout enrobée d'une copieuse sollicitude, comme les zestes d'orange confits dont elle raffolait l'étaient de chocolat amer – « Howard ! Howard ! Melody…

– Mais non, gloussa Melody, étouffant un petit rire, simplement, j'ai le pied complètement… ça va mieux, maintenant : je le *sens* à nouveau ! Oh, mince, Elizabeth, j'ai renversé le…

– Ça m'arrive aussi, quelquefois, soupira Brian.

– Comment peux-tu dire ça ? lança Dotty d'une voix claquante. Tu es en coma dépassé, en permanence.

– Oh, *Dotty* ! » fit Elizabeth d'un ton apaisant. Juste ciel – cette Dotty quand même ; remarquez – avec Brian, peut-on lui en vouloir ? Et ne t'inquiète pas, Melody – ce n'est que de la sauce *tomate* que tu as renversée – trois fois rien. Peter – Zouzou – est très doué pour le nettoyage des tapis.

« Et il l'a toujours été, conclut Dotty.

– C'est *vraiment* une drôle de sensation, chuchota Brian, pensant Par pitié n'en rajoutez plus, personne ; je me sens assez mal comme ça.

– Tiens, Melody, intervint Katie (putain que j'en ai marre – je crois que je vais filer au lit vite fait), qu'est-ce que tu voulais ? Du vin ? C'est ça ? Ne bouge pas, j'y vais. »

Melody se laissa retomber dans son coin, et Katie lui apporta un verre de chardonnay rempli à ras bord – un verre à *eau*, à la totale consternation d'Elizabeth.

« Nous n'avons pas discuté depuis..., commença Katie (sur quoi elle se contenta d'acquiescer, tandis que Melody saisissait la balle au bond).

– Je sais, confirma Melody. Depuis des siècles.

– Comment va... enfin, tu vois... tout, quoi ? »

Melody hochait la tête sur un rythme plus lent soudain. « C'est toujours pareil... pas grand changement. »

Oui, pensait-elle – cela définissait assez bien ce néant brutal à quoi se résumait toute l'existence terrestre de Melody. Ce que Katie voulait dire, bien entendu (ce qu'elle cherchait à lui extirper, griffes rentrées) était, mon Dieu, de savoir si Melody avait réussi à harponner un autre mec, depuis le fiasco de l'affaire Miles. Eh bien non, non – pas au sens où Katie l'entendait, non. Et oui, je suppose que le mot de *fiasco* correspondait assez à toute cette histoire – mais pas au début cela dit, pas du tout : Oh là là, mais alors pas du tout. Mais ce n'est jamais un fiasco au début, n'est-ce pas ? Pas au début, jamais. Mais le début, dieux du ciel, avait été si cruellement, si horriblement proche de la fin : à peine une semaine, voilà le temps qui lui avait été donné avec cet homme. Une semaine. Comment Melody avait-elle pu décider d'abandonner son bébé (elle avait menti quant à l'existence même de Dawn – Miles, apparemment, n'était pas très porté sur les bébés) et de l'épouser en l'espace d'une simple semaine ? Enfin, ça n'avait pas pris une semaine, en réalité : Melody était déjà fort engagée depuis à peu près la première fois où ils avaient baisé, ivres morts, dans sa suite de l'Excelsior, cet hôtel parfaitement divin – et cela ne faisait que… quoi – quatre mois, était-ce possible ? C'était possible, oui, ça l'était. Et soudain, les souvenirs jaillirent et la submergèrent :

C'était l'été idéal pour tomber amoureuse. (L'était-ce ? Était-elle honnête, là ? ou bien n'étais-je qu'une pauvre fille qui lui tombait sous la main, et ne demandait qu'à se faire rouler dans la farine ? Vous ! Hé, vous ! Ouais, – vous, là : vous savez bien de qui je parle. Venez par ici, et foutez-vous de moi, d'accord ?) Et même si Melody sait bien que ce n'est pas le but de l'opération (c'est même complètement hors de propos), cette simple idée de l'été dernier lui fait monter les larmes aux yeux, avec le violent désir de sentir encore la chaleur du soleil sur ses épaules, qui joue doucement avec sa peau et fait rayonner chacun de ses cheveux dorés, si caressant sur son bronzage profond, égal, enrichi par les huiles (c'était différent, en hiver : l'hiver ne peut rien pour vous). Mais cet été-là, avec un homme, avait comblé Melody – parce que, sans aucun doute, on ne pouvait rien demander de plus. Et maintenant, je ne suis plus que moi, je suis là dans le froid, tremblante – et pas seulement de froid, je pense.

Miles était VRP ; mais oh, pas *n'importe quel* VRP, cocotte, lui disait-il sans cesse : *le* VRP, le *numero uno* (tu as intérêt à me croire). Et certes, il savait se vendre : il m'a achetée en un clin d'œil (mais si j'étais quelque chose, c'est bien à vendre). On a fait tout ce qu'on peut aimer faire – et pour moi, c'était le paradis, parce qu'en principe je ne peux jamais, jamais rien faire, entre Dawn et le manque d'argent. Mais Dotty avait pris Dawn avec elle (j'avais dit à Miles qu'elle était à elle – voilà ce que je lui avais dit ; il l'avait cru et Dieu sait que j'aurais aimé pouvoir le croire aussi), et il passait son temps à payer, pour tout ! Le champagne, les boîtes, des repas somptueux… mais on passait surtout notre temps au lit. Ou bien à même le sol, contre le mur, dans le placard ;

une fois même, sur la terrasse. Il disait qu'il m'aimait. Tu en es sûr, Miles – tu en es bien sûr ? Parce que les amourettes d'un été, je connais – je connais par cœur, et c'est fini pour moi. *Bien sûr* que j'en suis sûr, disait-il (il avait le truc pour t'apaiser, te tranquilliser – je me sentais complètement enveloppée, protégée, il donnait l'impression que tout était facile ; c'est peut-être là que j'ai craqué). Alors, j'ai dit Mon Dieu, Miles – j'aimerais vraiment que... enfin, ce que je veux dire, c'est que j'aimerais que tu ne partes jamais, maintenant, Miles – je voudrais que tu ne me quittes plus... Alors il a dit – enfin, j'imagine que vous savez d'avance ce qu'il a dit ; la plupart des gens ont dû connaître ce genre de situation, n'est-ce pas ? Passer par là ? Bref – te *quitter* ? Voilà ce qu'il a dit. Te *quitter* ? Naaan. Jamais. Pas moi, ma petite. Alors moi j'ai dit Bon, d'accord, c'est super, Miles, mais tu ne parles pas de... d'*engagement*, là ? Et là, il me scie, carrément : Un engagement ? C'est un engagement que tu veux, ma chérie ? Je sais que je le dévorais des yeux, mais il est possible que j'aie hoché la tête, à ce moment-là ; ouais, j'ai dû hocher la tête. Et il m'a dit qu'on allait se marier. J'ai pleuré. Et puis on a baisé. Et c'était génial.

Donc, à la fin des vacances, il y a eu la réception d'Elizabeth – ici, ici même, si vous pouvez croire ça, les portes-fenêtres étaient ouvertes, il y avait une grande tente au milieu de la pelouse, là où les projecteurs n'éclairent plus pour moi que des vitres noires, du givre blanc, et des ombres sinistres qui s'allongent. Après quoi, nous étions décidés à faire des projets d'avenir. J'ai attendu pendant des siècles : une semaine. Un peu moins. Et puis je l'ai appelé. J'avais piqué une carte dans son portefeuille – sinon, je n'aurais eu aucune trace de lui, *aucune*. Une nana me répond Ne quittez pas, je vous le passe. Ensuite, il y a une musique, des espèces de clochettes que j'écoute en n'attendant qu'une chose, que la voix puissante, virile, de Miles résonne avec chaleur et assurance, et une solide raison quant à savoir pourquoi et comment il a pu vivre une semaine entière (un peu moins) sans tenter de me joindre. Sur quoi la nana revient au bout du fil et me dit Désolée, mais en fait, il est en rendez-vous à l'extérieur. Alors je dis Bon, okay, d'accord, ce n'est pas grave – pouvez-vous lui laisser un message pour qu'il me rappelle ? Et la nana – que je m'étais mise à haïr, entre-temps – de répondre Ouais, bien sûr, sans problème.

Apparemment, j'ai dû plus ou moins parler tout en réfléchissant, parce que je vois Katie qui hoche la tête avec impatience ; vous savez quoi, elle a quasiment vidé la boîte de chocolats à la menthe à elle toute seule.

« Ouais – je connais l'histoire, dit Katie (Dieu tout-puissant, Melody – tu m'as raconté *cent fois* ce truc – c'est pas possible). Non, ce que je voudrais savoir, c'est ce qui est arrivé quand tu y es carrément *allée*. Tiens – la bouteille est quasiment vide. Autant que tu la finisses.

– Oui, dit Melody d'une voix lente. Oui, j'y suis allée. » Elle prit une discrète gorgée de vin blanc, puis se dit soudain et puis merde rien à foutre des discrètes gorgées, sur quoi elle ouvrit grand la bouche et s'envoya un bon demi-verre derrière la glotte.

« Ça va, Melody ? claironna Howard – légèrement vacillant, dirait-on, et les yeux brillants. Katie ? Ça va ? »

Melody et Katie répondirent simultanément d'un sourire aussi bref que niais, signifiant oui-ça-va-allez-dégage – mais déjà, Katie, acharnée, était revenue à la charge :

« Alo-o-o-o-rs... ? » fit-elle d'une voix encourageante – les yeux démesurément ouverts pour exprimer, sans doute, toute la compassion d'une complicité sororale.

« Oh, Colin..., soupira Dotty, est-ce que tu vas lâcher un jour cette maudite *machine* ? Tu n'as pas décroché un mot depuis que nous sommes là. Non mais regarde, tu en as mis *partout* autour de ta chaise, Brian – avec toi, on a l'impression de vivre dans une porcherie.

– Tu as dit quelque chose ? », fit Colin, tandis que, simultanément ou presque, Brian se prenait les pieds dans une variation quelconque sur le thème éternel des excuses, et qu'Elizabeth battait l'air de deux paumes tendues dans une tentative éperdue pour rappeler à tous que Oh pour l'amour de Dieu – on ne va pas s'en faire pour ça, allons, allons, nous sommes entre *amis*, après tout.

« Donc, tu y es *allée*... », insistait Katie, pensant à présent Bon, okay – j'ai *effectivement* envie de savoir ce qui s'est passé, pour des raisons diverses, mais bon Dieu, il y a des limites, là ; si elle ne crache pas le morceau, moi, c'est au lit, vite fait.

Mais Melody secouait la tête maintenant. Je me sens vaguement étourdie, Dieu merci, et c'est peut-être simplement un coup de fatigue (peut-être aussi une réticence plus profonde), mais tout à coup, je n'ai plus du tout, du tout envie de raconter quoi que ce soit à Katie. Pourquoi devrais-je ? Pour me rabaisser encore un peu plus ? Je ne pense pas que ce soit possible. Et sans parler d'en parler – je voudrais plus que tout que cela me sorte de l'esprit ; je voudrais, quand par hasard cet écho se fait plus étouffé, comme enfermé dans une pièce lointaine (quelque part au fond de mon crâne, là où je ne vais jamais) – qu'il ne revienne pas à chaque fois, brisant les murs, fracassant les portes, pour venir me hurler au visage, avec un atroce rire de dérision.

Mais je n'arrive pas à oublier. Je me souviens trop bien de ce mélange presque surnaturel d'excitation de gamine et d'angoisse mortelle qui me secouait intérieurement comme un cocktail dans un shaker, tandis que je restais là – l'air d'un chien battu –, dans ce gigantesque atrium de verre et de granit : un désert polaire, avec en son centre une jungle amazonienne.

« Pourrais-je voir... pourriez-vous dire à Mr. Miles McInerney que je suis là ? Je suis navrée, je n'ai pas de...

– Vous avez rendez-vous ? » coupa la fille au regard froid, pianotant d'un ongle et posant les yeux à droite et à gauche sur tout ce qui n'était pas le visage de Melody. (Écoutez, Miss Jenesaisquoi, je passe mes journées à ça, d'accord ? J'ai l'occasion de parler à des gens relativement importants, d'accord ? Je veux dire, je suis – disons *occupée*, vous voyez ?)

« Non, dit Melody d'une voix faible. Je… non. »

La fille décrocha un téléphone et marmonna ce qui pouvait passer pour quelque imprécation cabalistique, puis hocha la tête, l'air d'en savoir long, durant le silence mortel qui suivit. Puis elle regarda Melody, avec aux lèvres un sourire malsain, à peine réprimé. Dans chaque œil, seule la veilleuse scintillait (plus besoin de lumière ni de chaleur).

« Mr. McInerney, déclara-t-elle, ne travaille plus dans ces bureaux. »

Il y eut un blanc, puis Melody se reprit : « Je vois… alors pouvez-vous me dire où je pourrais… ? »

La fille baissa la tête, regard et mains s'agitant en tous sens, sans la moindre raison valable. « Je crains que nous ne puissions vous en dire plus. »

Plus rien, à présent, dans les yeux de Melody, qu'une lueur d'angoisse. « Je voudrais juste…

– Nous n'en savons pas plus. » Et, ayant vérifié que le couteau était bien planté jusqu'à la garde et jusqu'à l'os, elle lui donna l'imperceptible rotation qui achève : « Désolée. »

Melody s'assit dans le parc. Avait-elle vu un jour un film dans lequel une jeune femme au bord de l'affliction reste assise en silence dans un parc, à peine consciente de la présence d'une aimable vieille dame (du genre de celles que l'on voit dans les publicités pour les sièges remonte-escaliers) en train de nourrir les canards, tandis que, non loin, une épouse heureuse batifole avec ses enfants suralimentés, jouant avec un cerf-volant ou quelque chose comme ça ? Peut-être, ou peut-être pas ; quoi qu'il en soit, elle ne tarda pas à se dire Eh merde, et fila au pub. Plus tard – ce n'était guère que le milieu de l'après-midi –, elle se rendit au domicile. Le domicile de Miles. Elle n'avait qu'un simple numéro de téléphone – et pour l'adresse, il lui avait fallu quatre tentatives afin de débusquer auprès des Renseignements, non seulement un homme, mais un homme qui s'avérait susceptible (des heures, cela avait pris) de prêter attention à cette orgie de larmes, de supplications, de manigances et de séduction qu'elle avait si longuement élaborée – car là, nous étions visiblement dans une situation de plus en plus brûlante, et son instinct la tiraillait toute, va-t'en, va-t'en (éloigne-toi avant d'être flambée comme une volaille), mais elle continuait cependant, elle y allait, la bouche sèche, les membres de bois, vers ce qu'elle savait être une conclusion rugissante comme un brasier.

Tout en sonnant, Melody se disait encore C'est idiot, il ne va même pas être rentré du travail. Elle fit donc quelques pas en arrière, leva les yeux vers le toit, puis les abaissa de nouveau vers le rez-de-chaussée où trônait un vaste bow-window dont les montants semblaient avoir été passés au Viandox. Était-ce là ce que l'on appelait l'habitat des nouveaux cadres des années 80 ? Il lui semblait bien, en effet, que cela s'en rapprochait grandement ; je pourrais être heureuse ici, moi – c'est vraiment charmant : un gentil petit jardin devant, abondamment garni de balsamines – la porte du garage, là-bas. Je pourrais être vraiment heureuse ici, moi. Mais ce ne sera jamais le cas, n'est-ce pas ? Melody poussa un soupir qui se transforma en frisson, et s'apprêtait à sonner de nouveau, pour la forme, quand, à sa grande surprise, la porte d'entrée s'ouvrit imperceptiblement vers l'intérieur – et voilà qu'un petit visage se levait vers elle dans l'entrebâillement de dix centimètres, barré par une chaîne de sûreté. À ce moment seulement, elle remarqua, effarée, trois ballons rouges dansant au vent, accrochés à la lanterne de fiacre.

Melody n'avait nullement prévu de devoir dire Bonjour, je cherche, hmm, Mr McInerney, Miles, à un petit garçon de… euh… juste ciel, je ne suis pas très douée, hein – cinq ans ? Six, sept (un truc comme ça ?), mais c'est pourtant ce qu'elle dut faire. Il tendit le cou en arrière et appela ma-maaaan ! – mais maman, semble-t-il, était déjà là :

« 'Peux vous aider ? » s'enquit la femme, dégrafant la chaîne et ouvrant plus grand la porte. Il apparut à Melody que son visage ouvert, épanoui, était prêt à sourire – et bien que la stupéfaction, qui émousse toute sensation, commençât déjà à laisser place à un malaise plus sourd encore, n'importe quel sourire était le bienvenu, en cet instant.

« Vous êtes après Miles, c'est ça ? »

Ce n'était guère qu'une question aimable, mais comme le visage de Melody se plissait soudain – narines pincées, refusant de sentir cette odeur qui s'imposait (tandis que des larmes picotaient ses joues rouges et froides) –, la femme détourna la tête du petit garçon en lui chuchotant Tu vas dans ta chambre, Damien (maman va venir bientôt) ; puis, à Melody, comme s'il fallait assumer une situation inévitable : Je crois que vous feriez aussi bien d'entrer.

« Vous n'avez pas choisi le bon jour », déclara la femme – précédant Melody jusqu'au salon et lui désignant au passage, d'un simple geste, une table installée sous la véranda et chargée d'un goûter tout droit sorti de *The Beano* : énorme gâteau de *jelly*, crème et confiture, biscuits en forme de ballon de football, Smarties, chips et Coca – et au milieu de tout cela, l'unique pensée qui vint à l'esprit de Melody fut Juste ciel, elle en a de la chance de réussir à utiliser ces moules à gelée ; moi, je n'arrive jamais à obtenir des gâteaux aussi parfaits. « Au fait, je m'appelle Sheila. Et vous… ?

– Je… je m'appelle Melody. Miles est-il… ? »

Sheila se laissa tomber dans un fauteuil, tira une Silk Cut d'un paquet à demi entamé, et l'alluma sèchement avec une contrefaçon de Dunhill. Puis elle désigna le divan en un geste d'invitation, et tira profondément sur sa cigarette.

« C'est l'anniversaire de Damien, dit-elle comme si elle venait juste d'y penser. Il a sept ans. Et Mark va sur ses six ans, lui. Ça pousse. » Puis elle observa Melody plus attentivement, un peu comme on examine un objet pour décider s'il vaut ou non le prix demandé. « Vous n'êtes pas la dernière en date, n'est-ce pas, Melody ? Joli nom, d'ailleurs. D'après ce que j'en sais, la dernière s'appelle Catherine. Qu'est-ce qu'il vous a promis ? La lune ? »

Melody se contenta de la fixer comme Sheila faisait une petite grimace, de douleur peut-être, bien que son haussement d'épaules, assorti d'un reniflement, exprimât surtout un dégoût acéré. Melody sentait ses propres traits figés, tendus – les larmes avaient séché sur ses joues, et semblaient momentanément taries. Elle s'accrocha à ce calme qui tombait soudain, à la fois résigné et irréel, avec la conscience aiguë que, bientôt (et pour combien de temps ?), la rage se déchaînerait en elle.

« Je me sens..., tenta Melody..., toute petite. Oh mon Dieu, je me sens... tellement idiote, tellement *conne*. » Puis elle leva les yeux, regarda Sheila bien en face. « Je *l'aime* », fit-elle d'une voix presque suppliante, comme si elle ne comprenait strictement rien à ce qui arrivait – et, oh *non*, voilà que je recommence à *pleurer* !

Ouais ouais, voilà ce qu'exprimait le vigoureux hochement de tête de Sheila – j'ai déjà entendu ça, tu ne crois pas, ma chérie ?

« Vous guérirez, dit-elle d'un ton froid. Croyez-moi. Et avant que vous ne me demandiez comment je fais pour supporter ça, je ne sais *pas* comment je fais, mais je le supporte, voilà. Si je pouvais changer les choses, je les changerais, mais je ne peux pas. »

Le moment était venu de partir. « Je suis désolée, je… j'espère que le goûter sera… » et elle retomba, effondrée. « Oh, mon Dieu, mon Dieu, mais quelle *merde* ! Mais ce type est une véritable *merde* ! »

Sur quoi, simultanément avec le dernier *merde*, la porte d'entrée s'ouvrit dans un cliquetis, puis se referma à grand bruit, tandis qu'une voix sonore et profonde, bien connue de tous, envahissait l'espace : « Alors alors alors ! Où est-il, ce grand garçon dont c'est l'anniversaire – où est-il, hein ? ! »

Sheila regarda Melody droit dans les yeux, et dit simplement : « Pourquoi ne le lui dites-vous pas directement ? » – à l'instant même où Melody se réveillait brusquement, envahie du besoin impérieux, immédiat de, oui, oui, le lui *dire* (et ne t'avise pas d'essayer de m'en empêcher).

Miles demeurait là, immobile. L'espace de quelques secondes (rétrospectivement, Melody aurait l'impression que des semaines s'étaient écoulées), on put croire que toute la partie inférieure de son visage allait carrément se décrocher, tandis que ses doigts roses et flasques comme des saucisses, totalement hors service, ne pouvaient rien faire pour la récupérer. Le souffle de Melody était complètement suspendu, coupé par ce choc brutal de l'amour, et, oui, même en cet instant interminable, du désir – bien que celui-ci se vît maladroitement accouplé au besoin pressant de le tuer, et c'est d'ailleurs ce besoin compulsif qui avait triomphé à présent. Elle sentait sa bouche – mauvaise, lèvres serrées – prononcer des mots, tandis que son cerveau lui assurait qu'aucune parole ne lui venait à l'esprit. Melody sut qu'elle avait vraiment retrouvé ses esprits en sentant remonter le long de son bras l'effort violent de son poignet, comme elle projetait l'énorme gâteau à la confiture droit sur les parties intimes de ce salopard – encore que la façon dont ce gâteau lui était venu en main soit une tout autre question. Sheila, apparemment, était scandalisée – des cris aigus emplissaient l'air, et le temps imparti à Melody commençait de s'épuiser. Les hurlements de Miles s'élevèrent, tandis qu'il luttait contre une douleur sourde et croissante, émanant de ses profondeurs les plus secrètes, jusqu'à le faire fléchir, puis s'effondrer vilainement, s'agrippant en vain à de gros morceaux de génoise obscènement enduite de crème, à présent réduits en bouillie – et volant en tous sens maintenant, car il s'était quelque peu repris et commençait de faire preuve d'énergie. Melody lança promptement son poing sur la mâchoire de cet enfoiré, tout en le gratifiant simultanément, dirait-on, d'une manchette sur le nez, qu'il avait long. Mais des bras l'immobilisèrent soudain, et Melody dut quitter le ring alors même que son sang continuait de bouillir divinement ; faisant mine de lui rendre ses coups, Miles glissa sur le gâteau, son menton venant heurter méchamment le coin d'une table basse, ce qui projeta en tous sens quantité de sachets de bonbons à l'effigie des personnages de Disney (fort alléchants, avec pailles colorées plantées dans des pastilles de poudre super-acide, et balles super-rebondissantes).

Et comme Melody, tête baissée, fonçait vers le couloir, elle eut le temps d'apercevoir Damien fort intrigué, accompagné de je-crois-bien-que-Sheila-a-dit-Mark, qui traînaient là. Ils ouvraient de grands yeux, remplis d'un sentiment qui pouvait aller de la terreur à l'admiration – encore que Damien ne l'entendît peut-être pas lui souhaiter un très bon anniversaire, tant la maison résonnait des hurlements de son père :

« Mais bon Dieu de bordel de *bonne femme* ! Mais qu'est-ce qui ne va pas chez toi ? Hein, qu'est-ce qui ne va *pas* ? Oh, mais j'ai mal, putain – tu entends, j'ai *mal*, salope ! J'ai *mal* ! »

Tout ceci accueilli de diverses manières par la première vague de mômes, serrant avec une force renouvelée leur sac de Lego et la main de leur père ou mère. Un ou deux d'entre eux firent demi-tour et s'enfuirent ; un gosse (et n'allez pas demander pourquoi Melody put simplement s'attarder sur ce fait), l'air fasciné, carrément avide d'en voir plus, se vit néanmoins traîné au-dehors, quasiment par les cheveux, sa mère ulcérée, folle de rage, répétant sans cesse *Parfait*, ça suffit, c'est *la totale,* cette fois. Quant à Melody, tout ce qu'elle put dire à une espèce de jeune fille au pair qui demeurait là, figée, fut : C'est une véritable ordure, une merde – une merde sans nom – en réponse à quoi la jeune fille se contenta de baisser les yeux, de chagrin peut-être, et de répondre avec un calme singulier Oh je sais, je sais, je sais.

Melody claqua la porte sur tout ceci. Dehors, l'air était tiède, estival. D'un doigt tendu, elle ôta de sa jupe une éclaboussure de génoise ; puis le suça, et eut un sourire franchement assez pervers. Le gâteau est excellent, confia-t-elle avec allégresse à un couple d'arrivants qui hésitaient. Et jetant un ultime regard à cette maison, ce foyer qu'elle espérait avoir contribué à détruire, Melody pensa Non, non, non – je me suis complètement plantée : jamais je ne pourrais être heureuse ici, moi.

Et voilà que cette chaleur, cette énergie sanguines avaient conduit Melody jusqu'au cœur de l'hiver. Vidant le reste de son chardonnay, elle sentait soudain que non, elle n'avait aucune envie de raconter quoi que ce soit à Katie sur ce qui s'était passé quand elle y était allée. Katie se contenta de hausser les épaules ; elle était simplement intriguée de connaître la version de Melody – parce que, de toute façon, elle connaissait l'histoire, par Miles (lequel, quand il l'avait appelée, le lendemain de la garden-party, s'était mis aussitôt, pour quelque mystérieuse raison, à la prénommer Catherine).

De toute façon, songeait à présent Katie – le menton douillettement niché au creux d'un matelas de bulles, ses membres longs et lourds s'amusant à feindre une extrême lassitude, se laissant presque flotter dans le grand bain délicieusement brûlant – j'étais morte de fatigue, et morte d'ennui. Je me demande parfois comment ils font tous pour être aussi définitivement pénibles – enfin, je ne parle pas de Brian et Dotty (par pitiiiééé !) : eux, ils sont tarés. Mais même papa – l'homme le plus adorable du monde, bien sûr (et vachement généreux, hi hi hi), mais complètement en dehors du coup, la plupart du temps. C'est peut-être le whisky, en partie. En tout cas, je suis drôlement contente de ne plus travailler avec lui – pffffu, c'était l'horreur. À moins que ce ne soit une question d'âge ? Mais bon, ça ne peut pas être juste l'âge, si ? Je veux dire, tout le monde ne devient pas comme ça en vieillissant, si ? Enfin, peut-être que si, parce que, mon pote, moi je ne vois personne qui y ait échappé. Melody n'est pas si vieille, mais elle aussi est chiante, maintenant.

C'est peut-être pour cela que j'ai tant besoin des mecs. C'est génial, au début, quand ils sont aux petits soins pour toi, attentifs et tout – cela dit, ça ne dure jamais très longtemps, et ils deviennent carrément (eh oui) chiants comme la moooort ! Ouais. En fait, je crois que l'unique raison pour laquelle j'attends impatiemment Noël, pour revoir Rick, c'est parce qu'il est encore relativement frais, disons – vous voyez ce que je veux dire ? Ça, c'est parce qu'il vit à Chicago. Je ne l'ai revu qu'une fois depuis l'été dernier (il est venu pour un petit week-end – il est descendu au Ritz, si vous voulez le savoir, ce qui est quand même assez sympa – et on a plus ou moins repris les choses là où on les avait laissées en Amérique – un maximum de baise, bouffer un peu, un maximum de picole et de dope, et rebelote : il assure, Rick).

Je n'arrive jamais à fermer le robinet avec mes orteils ; j'ai vu faire ça dans un film, une fois – c'était une de ces salles de bains immenses et bleu ciel des années 50, avec des millions de serviettes – américaine, quoi : à l'époque, dans ce pays de merde, on devait encore tirer la baignoire en fer-blanc jusque devant la cuisinière, dans certains coins. Doris Day, peut-être bien. Bref, que ce soit elle ou une autre, j'imagine qu'il faut avoir de drôles de pieds pour faire ça – ou alors des robinets américains. Mitigeurs. Bon, allons-y. Voilà, je me laisse retomber dans un grand splash et je regarde la vapeur qui monte (pour mes cheveux, ça n'est pas bien grave, parce que je vais chez le coiffeur demain matin – j'ai assez envie de me les faire recouper court, mais je ne sais pas si je vais oser ; longs, c'est peut-être toujours préférable – plus sexy, hein ?).

Ça a été quelque chose de dingue, ces vacances – complètement dingue, putain : quelquefois, je ne me rappelais même plus avec qui j'étais censée être ! Bon – je sais que ça semble débile, mais écoutez plutôt – j'étais censée aller à Chicago, d'accord, avec une ancienne camarade de classe appelée Ellie, si ce n'est que Ellie n'existe pas, en fait, puisque je l'ai inventée pour mes *parents,* parce qu'ils auraient pété les plombs s'ils avaient su qu'*en fait*, j'y allais avec la plus belle saloperie que la terre ait jamais portée, Mister Norman Furnish de mes deux. Enfin… il travaillait pour papa, à l'époque, donc ça avait un côté *pratique* ; et quant au cul (ça paraît incroyable, quand on voit l'individu), c'était franchement plus que pas mal avec lui, oui, vraiment – et moi j'aime ça, le cul. Mais là-bas, j'ai rencontré Rick, et du coup, Norman a été carrément éjecté, dans la seconde : à dé-ga-ger. Ce qui, je suppose, enfin je n'en sais trop rien, a dû le *blesser*, quelque part, mais bon, ça va, hein – ce n'est plus un môme.

Et vous croyez que ce salopard me laisserait en paix ? Tu parles. Depuis les vacances et la réception de maman, il est sur mon dos sans arrêt – vous vous rendez compte (parce que papa l'a saqué vite fait – non pas tant à cause de son histoire avec moi, à propos de laquelle j'ai menti, de toute façon, mais apparemment il piquait dans la caisse de la société, si vous pouvez croire ça ; je me suis parfois demandé d'où venait tout ce pognon – il payait pour tout, parce que pour vous, je ne sais pas, mais chez moi, c'est un principe en acier trempé : c'est le mec qui banque – point barre). Ouais, enfin bref, papa le lourde, hein, et on pourrait croire qu'on en reste là, d'accord ? Oh, mais que non ! Si vous saviez la quantité de pauvres lettres de merde qu'il m'a envoyées – et pas plus tard qu'aujourd'hui, maman me dit qu'il m'avait carrément *appelée* à la maison. À propos d'un truc qu'il veut me donner, ou me montrer, cette andouille – Dieu sait ce qu'il a en tête, et de toute façon, moi, je n'en ai strictement rien, mais rien à cirer.

Ça ne vous arrive jamais de vous sentir si bien dans la baignoire que vous n'avez plus jamais envie de – de sortir, vous voyez ? Mais bon, les bulles commencent à se dissiper, et je vois ma peau qui commence à plisser comme un vieux pruneau, donc allons-y – où elle est, cette putain de serviette ?

Vous savez, ça n'a pas été simple pour moi, cette année : tout d'abord, il a fallu que je me fasse avorter, ce qui est toujours relativement casse-pieds – même si aujourd'hui, ça n'est plus grand-chose à faire. J'en ai déjà eu un quand j'avais quinze ans – ce qui fait, hmm, presque trois ans, déjà (c'est dingue – ça semble si loin) et ça avait duré un temps fou ; mais aujourd'hui, ça se fait en deux coups de cuillère à pot. Ce n'est pas donné, mais, de toute façon, papa ne sait jamais pour quoi il paie, la plupart du temps. Je ne suis pas trop sûre pour le père – Norman ? Pas obligé. Enfin bref, ça n'a plus d'importance, n'est-ce pas ? Puisque c'est terminé. Ensuite, il a fallu que je trouve du boulot – *tout* plutôt que le bureau de papa ; finalement, ça a été dans une boutique de vêtements : rien de très étonnant à cela (j'en *achète* quasiment une entière par semaine). Ricky me dit comme ça, Hey baby – viens me rejoindre, marie-toi avec moi, et tu n'auras plus jamais à bosser, ma petite puce. Pour être honnête, il est relativement à l'aise – une Ferrari, tout ça –, mais je ne sais pas trop : je n'en sais rien. Je crois que c'est les mots « se marier » qui m'ont fait froid dans le dos. Ça m'a carrément glacée, ça. Cela dit, ce ne serait pas un mal de quitter maman et papa, donc… bon, laissons tomber la neige, on verra bien ce qui en ressort.

'Videmment, je me suis fait quelques mecs depuis (parce que, dieux du ciel, l'été, c'était il y a des mois de cela) : Miles, naturellement – il est chouette (une vraie merde, nous sommes bien d'accord, mais chouette) et David, rapidement, et puis – oh, ouais ! *Howard* ! Pas croyable, non ? J'ai trouvé ça un peu strange, qu'il ait le même nom que papa, mais en fait, c'était plutôt rigolo, et puis assez chouette, finalement ; je pense que c'est peut-être la seule raison pour laquelle j'ai été avec lui parce que, très franchement, ce n'est pas la moitié d'un connard.

Maman a une espèce de coffret sublime, en bois verni – où est-il ? Généralement, elle le… et quand tu enlèves le couvercle, tu as une énorme houppette carrément hollywoodienne, et tu – le voilà, *génial* – te recouvres d'un talc absolument divin, c'est complètement décadent, j'adore – mmmm. Floris, c'est marqué. Bon, d'accord, on finit par ressembler à une victime de Dracula, mais après on sent bon, on est toute douce, pendant toute la nuit. Je devrais peut-être rappeler cet enfoiré de Norman Furnish, parce que je n'ai pas l'intention de me laisser harceler par lui quand Rick sera dans le coin ; encore que, finalement, ce serait peut-être la meilleure idée, parce que Rick finira par le tuer et que les gens comme Norman méritent probablement ce qui leur arrive, parce que lui et ses semblables sont tellement, tellement insupportablement *pénibles* !

Burp. Ho là, j'ai dû déconner avec les chocolats à la menthe : je me sens vaguement *barbouillée.*

Chapitre IV

Visualisez cette scène : l'homme, en équilibre sur un genou, tend à la jeune femme saisie, et très probablement réticente, un écrin de plastique rouge sombre, à peu près cubique, dont le couvercle bée largement afin de mieux exhiber une bague relativement misérable (franchement chétive, en réalité), ornée en son milieu d'une espèce de pierre moins étincelante qu'empreinte d'un vague éclat de rancœur obstinée – car elle ressort à peine sur sa couche de velours assorti (on dirait un peu un fragment de charbon, voire de trottoir). Qui serait assez naïf pour penser qu'un tel tableau pourrait jamais, ici et maintenant, être simplement imaginable ? Car – erreur, erreur –, cette scène se déroulait il y a à peine plus d'un mois, alors que tous deux revenaient juste du Kentucky (le rade, pas l'État).

Charlene (parce que la femme s'appelle Charlene) demeurait perplexe – est-ce que ce type rigole ou quoi ? Peu probable : en l'espace de temps ridiculement court qu'elle avait eu pour apprendre à le connaître (vous êtes prêt ? Quelques jours – quelques jours à peine, rien de plus) elle avait néanmoins pu le classer dans la catégorie des hommes qui ne rigolent pas. Juste ciel – tout ceci était tellement…

Elle tendit la main pour prendre l'objet (autant faire preuve de bonne volonté) et, comme elle l'ôtait de l'écrin, la petite garniture de mousse duveteuse se vit également arrachée et, tandis qu'elle dépêtrait la bon-Dieu-mais-ça-ne-pèse-rien-du-tout-ce-truc-là de bague du susdit bout de mousse, elle dut également feindre de ne pas avoir vu la Garantie Argos Quinze Jours Satisfait ou Remboursé qui venait de voleter jusqu'au sol – et sur laquelle le mec plongeait pour la récupérer.

« Mon Dieu, Simon, parvint-elle enfin à articuler, tout ceci est tellement… inattendu, c'est ça ? » Puis elle songea qu'il serait convenable de s'intéresser à la drôle de bague elle-même (mince jusqu'à en être transparente, mais qui compensait largement ce défaut en termes de circonférence – elle semblait taillée pour faire un bracelet de nain : assez large pour deux pouces de terrassier, et il y aurait encore eu de la place, estima-t-elle). « Elle est… » Voilà tout ce qui put sortir, dans l'immédiat ; elle ne pouvait guère se jeter sur l'inévitable « ravissante », parce que, voyons les choses en face, elle n'était pas le moins du monde ravissante. Quel mot trouver pour la décrire ? « À gerber » étaient les premiers qui lui venaient à l'esprit.

« On peut la faire mettre à ta taille », suggéra Roméo d'une voix humble (je me demande si je peux me relever, maintenant – je ne suis pas trop sûr, là, au niveau protocole, mais ma jambe commence à me tourmenter, pour être honnête. Oh là là, j'ai l'impression que ça ne va plus être bien long : je vois Charlene qui secoue la tête).

« Écoute, Simon, dit-elle – essayant de prendre un ton aimable et s'efforçant de ne pas vomir immédiatement –, c'est absolument *adorable* de ta part et tout, et je suis, euh, enfin tu vois, très *touchée* et tout – mais mon Dieu, Simon, on se connaît *à peine*, tous les deux… Cela ne fait que… Enfin je veux dire, nous n'avons même pas…

– Je sais. » Oui, oh oui il savait. Il savait.

« Mais franchement, Simon, je ne tiens pas à m'engager, pas maintenant. Je suis trop jeune pour tout ça… je suis désolée, Simon. »

Elle laissa retomber la bague qui cliqueta et ballotta dans sa petite tombe de plastique (je ne peux pas remettre la main sur le petit bout de mousse, pour le moment), suscitant pour toute réaction un long, lent, profond hochement de tête – ainsi qu'un imperceptible grognement, tandis que la jambe pliée se voyait soudain dépliée, comme s'il faisait là une dernière tentative pour impressionner la jeune Charlene et lui laissait brièvement entrevoir l'aventurier qui se cachait en lui, en esquissant quelques pas d'une fougueuse danse cosaque.

Elle l'embrassa sur la joue, et se fit très tendre et pleine de sollicitude.

« Ça va ? Hmmm ? Simon ?

– Oh, oui. Je survivrai. » Un grand soupir, maintenant. « Oh, et… euh, à propos – je m'appelle *Norman*, en fait. »

Car c'était bien là un jour comme les autres dans la vie de Norman Furnish : il cherchait sans cesse à s'engager, et s'exposait ainsi à une nouvelle volée de coups de bâton, tout en éprouvant un intense soulagement quand, une fois de plus, sa tentative se soldait par un échec. C'était toujours Katie dont il se languissait – Katie dont il rêvait : Katie était toujours au cœur de son être. Depuis qu'il l'avait perdue (mais je l'ai eue, oh que oui – au moins, il y avait toujours ça : mais si seulement je pouvais l'avoir encore, ou l'avoir de nouveau) – depuis lors, rien dans la vie de Norman ne paraissait mériter qu'on s'y arrête. Dieux du ciel – il fait toujours un froid de *chien*, dans cette espèce de grotte qui me sert de chambre – j'ai l'impression de laisser jusqu'à mon dernier *penny* dans cette saloperie de compteur électrique, et c'est toujours un véritable frigo là-dedans – encore pire que dans mon logement précédent, si vous pouvez imaginer ça. Au moins, c'était l'été, et il ne faisait pas si… Oh non, non – je ne supporte plus de penser à l'été, maintenant –, c'est en été que je l'ai perdue au profit de ce salopard d'Américain. Qui n'aura pas fait de vieux os. Et qui, je me demande (sans cesse, sans cesse) – qui l'a remplacé, maintenant ?

Parce que je veux dire, je n'avais même pas *envie* de Charlene ; enfin, d'accord, j'avais envie d'elle dans la mesure où c'est une femme, bon, et moi, je n'ai pas eu de femme depuis, mon Dieu – même pas à King's Cross, dans cet endroit horrible où j'ai... Oh là là, c'était trop moche, je ne veux pas m'étendre là-dessus pour le moment : plus tard peut-être, un jour, mais pas maintenant – pas question, rien à faire. Je veux dire – voilà ce que je veux dire : qu'est-ce que j'aurais fait exactement, si Charlene avait pété les plombs et dit Oui ? À part, bien sûr, m'appeler Simon, comme un con, pendant le reste de ma vie ? Je vais vous dire quoi – a) j'aurais trouvé ça génial, parce que wouah ! cette fille que je connais depuis presque vingt minutes ne me trouve pas en fait totalement répugnant (plus la pure joie, aujourd'hui quasiment oubliée, d'entendre quelqu'un – n'importe qui – me répondre simplement Oui quand je demande quelque chose – n'importe quoi ; parce que, généralement, c'est *Non*). Et b) je me serais tiré immédiatement et sans délai, laissant tomber cette sinistre farce. Comme je l'ai fait quand Melody a eu son bébé ; parce que mon Dieu – je ne suis pas un *père*, n'est-ce pas ? Je n'arrive même pas à m'occuper de *moi*, alors ne parlons pas d'un gnafron. Elle s'en est bien mieux sortie toute seule – tout le monde s'en sort mieux sans moi, soyons franc ; la dernière fois que je l'ai vue, c'était chez Howard, lors de la garden-party (maintenant, je devrais l'appeler Mr. Street – parce que nous ne nous connaissons plus, plus du tout, c'est évident), et elle m'a dit qu'elle était amoureuse et heureuse et qu'elle allait se marier à un certain Miles, je crois bien, et que Brian et Dotty Morgan, là, allaient adopter la petite Dawn de manière parfaitement officielle. J'imagine que tout cela a eu lieu, maintenant. Je ne peux pas savoir – je n'ai revu aucun d'entre eux depuis cet après-midi aussi terrible que torride, et il y a de grandes chances pour que je ne les revoie jamais. Pour toute cette bande, Norman Furnish de mes deux est franchement *persona non grata :* surprenant, non ? (Vous ai-je dit que j'ai rapporté la bague chez Argos ? Je l'ai échangée contre une bouillotte Cosimax – oui, oui, je sais bien que ça semble assez ironique, mais je vous jure que si vous deviez vivre dans ce congélateur, vous comprendriez ; d'ailleurs, elle m'a coûté relativement plus cher que la bague.)

Ah, mais c'était Katie que je voulais, Katie que j'aimais. Quand je pense à toutes ces femmes que j'ai essayé de draguer dans les pubs – je les hais avant même d'ouvrir la bouche, car aucune d'entre elles n'est Katie. Enfin bref, tout ça est devenu trop cher – elles ne vous répondent que tant que les verres défilent, et ces temps-ci, on dirait qu'elles se sont toutes mises à la triple vodka. Et puis, rien que des pauvres filles, de toute manière – ça allait du cageot à la salope, comme d'habitude. J'ai même réussi à en traîner une ou deux pour manger un curry – et *une* nana, une fois (Oh là là, ne me demandez pas son nom – ça peut être n'importe lequel, un nom, quoi), est même allée jusqu'à me *toucher* pour le prix du taxi qui la ramena à la maison – *sa* maison, a-t-elle bien précisé : maison où elle rentrait seule. Super, me disais-je après, crapahutant sous la pluie battante jusqu'à mon réduit infâme – à présent, j'en suis à *payer* pour me prendre une baffe. Réflexion qui, je pense, me désespéra assez pour avoir le courage (dieux du ciel, j'en avais les genoux tout mous) d'aller avec cette pute de King's Cross (et non – je n'arrive toujours pas à m'étendre sur ça : un autre jour, peut-être, comme je vous l'ai dit). Parce que somme toute, que cela vous plaise ou non, les putes peuvent se révéler franchement moins coûteuses que les femmes, à terme (si vous prenez le temps de faire les comptes, posément). Enfin bref, vous n'allez pas me croire, mais je me suis carrément inscrit dans un de ces clubs de *rencontres* – ce qui m'a coûté à peu près jusqu'à mon dernier sou (et ce qui est de toute manière une perte de temps, parce qu'elle n'y sera pas, n'est-ce pas ? Non, Katie ne sera pas sur leur catalogue).

À propos d'argent : on ne va pas s'étendre, n'est-ce pas – hein ? Je veux dire, prenez mon cas : qu'est-ce qu'on peut bien trouver à dire ? Je n'en ai jamais eu beaucoup (déjà, ça va sans dire), mais au moins, quand je travaillais à plein temps chez Howard, Mr. Street, et avant que je ne commence à vendre littéralement tout ce que je possédais pour assurer auprès de Katie… après quoi, j'ai (oh là là) commencé à me servir dans la… mais ce n'est pas *moi*, ça, vous savez, pas du tout. Je ne suis pas comme *ça* – c'était juste pour Katie, pour Katie –, j'aurais *tout* fait pour elle (et à présent, je ne ferais rien, rien, pour quiconque d'autre qu'elle). Tout ce qui me reste, c'est un boulot que l'on peut vraiment qualifier de mi-temps – un après-midi par-ci par-là – chez Bixby (autre agent immobilier, de moindres dimensions – au moins, dans une agence immobilière, on ne vous demande pas de savoir faire quoi que ce soit) – et dieux du ciel, j'ai quasiment dû me mettre à genoux pour ça (et ceux qu'on appelle les « bas salaires », vous pouvez me croire, se font un peu plus de pognon que moi). Donc, dans une piteuse tentative pour limiter mes dépenses – mon Dieu, ce n'est pas possible –, j'ai déménagé pour m'installer dans une chambre encore plus étriquée, sombre et insalubre que mon dernier trou (pfffuuu, si je continue comme ça, il faudra que le lit soit à la verticale et le lavabo sur le palier, je peux vous jurer que je ne plaisante pas).

J'essaie vaguement de reconstituer un petit avoir, mais pour l'instant, cela se borne à une demi-douzaine de livres de poche et une veste horrible : au dépôt-vente, ils m'ont dit que le vieux venait de mourir dans la semaine, mais qu'avant il avait mené une existence parfaitement irréprochable, ce qui fait toujours bien plaisir à savoir.

(Une fois – et Dieu sait ce qui me fait penser à ça maintenant –, j'étais dans un grand magasin, un magasin à succursales multiples, et j'ai vu le panneau suivant : Articles pour hommes – et là, il m'est apparu que non, non – je n'en avais pas non plus : vous voyez devant vous un homme qui n'a même pas deux articles à montrer.) Donc, la plupart du temps, je reste là à ne rien faire : prenez aujourd'hui – comme c'est un jour de semaine, j'ai fait une bonne grasse matinée ; le week-end, je ne me lève carrément pas du tout – à l'occasion, je décongèle un truc pas cher, je l'avale, et puis j'allume ma télé de location – dépense réellement vitale, parce que sans la télé, je n'aurais jamais de conversation, avec personne : ça fait du bien quelquefois, de gueuler sur le présentateur du journal. D'ailleurs, j'allumerais bien un peu la télé, là – peu importe le programme... c'est quoi, en fait ? Oh, un truc avec un policier en bras de chemise ; ce qui signifie, à moins que je n'aie déjà manqué cette séquence, qu'il ne devrait pas tarder à frapper à une porte en verre dépoli et passer la tête pour s'adresser à un autre flic, plus vieux, plus chauve et plus gros, qui lèvera les yeux d'une feuille de papier et alors l'autre dira Je-peux-vous-voir-une-minute-patron ? Oui... voilà, c'est maintenant. Voilà, et l'autre flic, plus vieux, plus chauve et plus gros, tend un bras et répond Pas-de-problème-George-prenez-un-siège. Mon Dieu – je crois que je suis en train de devenir cinglé. Mais ça aide, voyez-vous, par rapport à Katie ; grâce à la télé, il peut quelquefois s'écouler jusqu'à une heure entière sans que je pense du tout à elle.

Je lui ai écrit une nouvelle lettre : j'en écris une par semaine. Celle-ci sera la dernière avant sa carte de Noël – car ce moment d'allégresse ô combien ironique sera bientôt là, pour m'écraser encore dans mon malheur. Je pourrais peut-être descendre à Trafalgar Square, ce soir ; en guise de décoration, je pourrais peut-être me pendre, moi, à une branche. Mais bon *Dieu* qu'il fait donc froid, ici – comment un trou de la taille d'une valise peut-il donc être *froid* à ce point ? Les jours de la fenêtre disjointe n'aident pas, bien que je les aie en grande partie colmatés avec les rideaux, et essayé de la resceller avec ce que je pense être un fond d'enduit de rebouchage abandonné là par un quelconque pauvre bougre devenu fou dans cette chambre, avant que je n'arrive pour réclamer mon droit à la corrompre davantage. Dans ma lettre à Katie, j'ai fait allusion, plus clairement que dans les précédentes, à la nature – ce témoignage de notre intimité passée – de ce que je veux lui montrer, lui rappeler (mais elle n'a quand même pas pu oublier ça ? Pour moi, ce sont des souvenirs toujours brûlants). Dans ma bataille pour Katie, je m'accroche à cette arme unique – encore que Dieu seul sache comment je peux m'en servir. Je voudrais qu'elle lise cette lettre tout de suite.

Mais en y réfléchissant – ce que je disais tout à l'heure, à propos de mon absence totale de machiavélisme, si étranger à ma nature… est-ce bien vrai, en réalité ? Si je suis si noble et si pur, pouvez-vous me dire pourquoi je songe à utiliser le chantage ? Ça ne peut pas être – n'est-ce pas – uniquement par amour ?

Je voudrais qu'elle lise cette lettre tout de suite. Je crois que je vais aller directement la porter.

« Non, franchement Elizabeth, il *faut* que nous y allions, maintenant, insista Dotty. Nous avons passé une soirée délicieuse, comme toujours.

– Oh non, *restez* encore, Dotty », supplia Elizabeth comme de coutume. Parce que bon – rentrer ne leur poserait aucun problème particulier : vous passez la porte d'entrée, vous faites quatre pas vers la gauche, et à la première grosse boîte de conserve que vous trouvez, vous êtes à la maison, sains et saufs (quoique transis jusqu'aux os).

Brian était déjà debout, avec aux lèvres un sourire sans conviction, impatient de disparaître (préférant sans nul doute l'absence au ridicule) – parce que si Dotty disait qu'ils y allaient, ils y allaient, ça ne faisait pas un pli : et elle semblait déterminée. D'ailleurs, elle l'était bien – essentiellement parce qu'au cours des dix dernières minutes, tandis que l'armagnac passait et repassait (il passait surtout du côté de Howard, n'avait-elle pu, malgré elle, s'empêcher de remarquer), les deux sujets maudits, Vacances de Noël et Achats de Noël, avaient... mon Dieu, Dotty aurait pu dire... « surgi » dans la conversation, mais ceci évoquerait une sorte de mouvement naturel, un peu comme l'aube – alors que ces thèmes ô combien brûlants émanant d'Elizabeth, Dotty les considérait bien plus probablement comme l'aboutissement d'une élaboration habile et soigneusement architecturée.

« Je suis *folle* d'impatience d'être à Paris », voilà comment elle avait commencé. « N'est-ce pas, Howard ? Hmm ? On peut dire ce que l'on veut de Londres, mais c'est quand même quelque chose d'autre de faire son shopping à Paris, c'est tellement... et puis, à Noël, on se laisse facilement aller à des achats extravagants, n'est-ce pas ? » Puis, baissant imperceptiblement le ton : « Dotty, je suppose que tu ne vas pas pouvoir... euh... enfin, vu la situation... ? »

Je sais. Exprès, ou pas ? Après toutes ces années, Dotty n'arrivait toujours pas à décider ; elle se considérait comme une vraie amie d'Elizabeth (enfin, quand la sublime *Lulu* n'était pas dans les parages), et Dieu sait qu'Elizabeth avait vraiment fait preuve d'affection... et pourtant, pourtant : il y avait toujours, planant au-dessus de sa tête, la menace de cette *chose-là*.

Par ailleurs, Melody non plus n'appréciait pas le tour

que prenait ce bavardage : ouais ouais, se disait-elle – c'est Noël, et moi je suis complètement sans un, et je n'arrête pas de penser à Miles, et je suis coincée avec cette foutue *mioche* qui gueule sans cesse – encore qu'elle se *taisait*, pour le moment, évidemment – on aurait franchement dit une réclame pour des petits pots, un bébé idéal, tant elle était béate, en sûreté aux côtés de Dotty. Ce qui donne à réfléchir. Je me demande si je pourrais convaincre Dotty de... ? Oui, bien sûr que oui : il n'y aurait même pas à faire preuve de persuasion. Mais je ne sais pas – est-ce que c'est ce que je veux ? Si je la lui laisse encore une fois, je vais finir par m'y habituer, non ? Et Dotty aussi, et oh juste ciel je ne sais *plus* : ces temps-ci, ça me tue de simplement *penser* à quoi que ce soit – donc, je crois que je vais y aller aussi. Je me demande si Howard est en état de me raccompagner ? Il a l'air plutôt parti, mais est-ce que ce n'est pas toujours le cas ?

« Mon Dieu, en fait, répondit Dotty d'une voix assurée (autant cautériser tout de suite la plaie – elle va s'infecter si je la laisse comme ça), Brian m'a dit que nous partions, mais pas très longtemps, vous voyez, juste histoire de faire un petit break. »

Brian sursauta en entendant prononcer son nom. Oh non, non, ce n'est pas possible, se dit-il, je pensais bien en avoir fini, définitivement, officiellement, mais voilà que je remonte sur scène au dernier acte, traîné hors des coulisses. Je n'aurais peut-être rien dû dire, ne pas parler de break, surtout pas... mais je me sens si abominablement écrasé par la culpabilité : il faut bien que je leur offre *quelque chose*, quand même ? À Dotty et Colin. Hein ? Donc je leur ai proposé ça, peut-être imbécilement. Je ne me suis pas *étendu* sur les détails ni rien (je ne suis pas trop doué pour m'étendre, enfin si je peux éviter c'est aussi bien, merci) ; donc, j'ai dit la même chose que pour l'été dernier – c'est une *surprise* : je ne peux pas t'en dire plus, une surprise, c'est une surprise.

Dieux du ciel, vous auriez dû voir la tête qu'elle a faite – les aristocrates français, affamés et humiliés, en route pour l'échafaud dans un méchant chariot brinquebalant, devaient avoir sur le visage une expression assez comparable. Et peut-on vraiment le lui *reprocher* ? Non, n'est-ce pas ? Pas après *tout le reste*.

Et là était vraiment la question, quand Dotty décida qu'ils devaient réellement y aller, maintenant, parce qu'Elizabeth n'allait pas lâcher le morceau comme ça, n'est-ce pas ? Et Dotty n'avait pas le moindre détail à lui donner, et elle-même redoutait franchement de *savoir*. L'été dernier, la « surprise » de Brian avait consisté en une semaine dans une caravane ; à présent, ils vivaient dans une caravane honteusement semblable, alors veuillez expliquer à Dotty quelle forme pourraient bien prendre les réjouissances prévues, à quelques jours de cette joyeuse saison des fêtes ? Tous trois ensevelis dans une tombe sommaire, au milieu de la forêt d'Epping ? À moins qu'ils ne fassent la queue pour se retrouver coincés dans une niche hâtivement tapissée, dans l'arrière-cuisine sinistre et nauséabonde d'un Docteur Crippen contemporain ? Avec Brian pour animateur et maître de cérémonie – Dotty peut vous le dire, et je vous prie de la croire – vous ne pouviez jamais savoir le pourquoi du comment, et d'ailleurs vous n'auriez pas supporté de le savoir.

Par contre, tout cela était nouveau pour Colin (Dotty s'était retenue d'annoncer à son enfant unique que son père prévoyait une petite escapade hivernale voilée par l'épais rideau du mystère, de peur que le gosse ne mette fin à ses jours). Mais en apprenant la terrible vérité, Colin se sentit envahi d'une allégresse presque vertigineuse, car le plan fabuleux qu'il avait, sans grand espoir, mis au point avec Carol, la dernière fois (et Dieu sait que les problèmes étaient nombreux – un parcours semé d'embûches) devait à présent avoir une bonne chance de marcher – parce qu'il n'était plus question, en aucune manière et définitivement, que Colin participe au moindre projet ayant quelque rapport, aussi lointain fût-il, avec son père – c'est bien compris ? (Parce que tout ce que je veux, maintenant, c'est grandir, quitter l'école et *partir*. Entre-temps, tout ce que je veux, c'est Carol, d'accord – je vais bientôt la voir et nous allons arranger ça.)

À la suite d'un traînage de pieds latéral, négligent et dilatoire, tout le monde se retrouvait à présent plus ou moins dans le hall, et des ballots de pardessus se voyaient extirpés des placards, sur quoi Dotty s'autorisa encore un ou deux brrr-brrr signifiant Retour à l'Antarctique, sur quoi Melody fit naturellement remarquer Allons Dotty, vous n'avez quand même pas très *loin* à aller – et Dotty se dit qu'elle pouvait s'épargner l'humiliation de répondre à cela en précisant que ce n'était pas tant les dix secondes de trajet qu'elle redoutait que l'austérité polaire qui régnait dans cette saloperie ; parfois, quand il faisait un peu plus doux, et qu'il gelait simplement, elle s'attendait presque, en ouvrant brusquement la porte, à se trouver prise dans un blizzard d'envergure.

« Donc, quand partez-vous *exactement*, Dotty ? » s'enquit Elizabeth avec excitation, comme si elle persuadait un enfant crédule, aux yeux émerveillés, d'envelopper sa première dent de lait dans un joli papier d'argent tout crissant, pour voir quelle *surprise* il y retrouverait au matin. Puis elle jeta un regard à Brian – qui avait l'air de récupérer à l'instant d'une brusque syncope – et fit de grands yeux en haussant légèrement les épaules, exprimant ainsi une excitation de gamine difficilement contenue. En fait, elle pensait Oh mon Dieu, Brian, qu'est-ce que tu vas leur infliger, cette fois-ci ? « Ma foi, bientôt – très bientôt, répondit Dotty d'une voix animée – reconnaissante à Elizabeth de son effort d'enthousiasme, et essayant désespérément d'en récupérer le surplus à son usage. Quand vous partirez à Paris – j'ai pensé que ça ne poserait pas de problème avec la maison, et tout ça, puisque…

– *Aucun*, assura Elizabeth, puisque Lulu…
– Oui, je *savais* que Lulu s'installait ici, coupa Dotty avec un hochement de tête absent. Je crois que j'avais une écharpe… une espèce de truc bleu, assez long.
– C'est bon, Melody ? fit Howard d'une voix forte.
– Ça va aller, Howard ? Je veux dire, je peux toujours prendre un taxi, si…
– Oh, mais c'est *absurde*, intervint Elizabeth. Bien *sûr* que Howard va te raccompagner – n'est-ce pas, Howard ? Tiens, Dotty – mon Dieu, elle t'a fait de l'usage, n'est-ce pas, cette vieille écharpe ? Dior, non ? »
Howard hocha la tête avec conviction : Oui, bien sûr que oui. D'ailleurs, j'aurais pu répondre moi-même. « Je crois, oui, dit Dotty. Il me semble.
– Oh, non ! s'exclama Elizabeth dans un rire charmant. Jonelle : "lavable en machine" ; enfin peu importe – elle a l'air bien chaude en tout cas. Laisse-moi t'emmitoufler. »
Et comme Elizabeth enrubannait Dotty – traînant l'écharpe avec toute la nonchalance d'une danseuse du Maypole – elle sentit, plus qu'elle ne vit, le regard insistant du jeune Colin sur elle. Autrefois, elle aurait levé les yeux et l'aurait gratifié d'un sourire radieux, attendant qu'il lui réponde par un sourire plus languide, mais non moins expressif. Mais Dieu sait ce qu'il pense de moi, à présent, songeait Elizabeth, décidant de se concentrer sur sa mère. Car Dotty, n'est-ce pas, ne serait peut-être pas enchantée de découvrir par hasard que, durant les nuits et les jours passés à lutter contre deux forces jumelles, la haine de Brian et l'amour de Dawn, dans la caravane bleu pâle des vacances, gémissant sur ce plateau venteux au sommet d'une falaise, Elizabeth luttait non moins vigoureusement contre – non pas sa conscience, mais contre des draps emmêlés, sur un lit immense posé au centre d'un tapis de débris verts et tintinnabulants, preuve incontestable d'une orgie de champagne consommé et

renversé, tandis que la chaleur des longs membres dorés de Colin la recouvrait toute, la suffoquant de plaisir, jusqu'aux larmes – et depuis lors, combien de fois avait-elle fermé les yeux pour mieux retrouver la sensation de sa mince et dure virilité s'épanouissant pour la première fois ? Elle s'était totalement embrasée pour lui, alors, mais à présent, ce souvenir ne faisait plus que la brûler.

Elizabeth osa un coup d'œil, et vit qu'elle l'avait perdu : Colin regardait vers la porte – et Howard semblait faire de même, ainsi que Dotty et Melody, tandis qu'un silence absolu tombait ; même Brian fixait la porte avec de grands yeux, et un claquement sec fit soudain se retourner Elizabeth, qui recula malgré elle avant de lâcher un petit cri devant ce qu'elle voyait là, Melody émettant pour sa part un bref gémissement, et Howard commençant de gronder avant de tonner un furieux « Mais qu'est-ce que… ?! C'est quoi, ce… ?! » que le propriétaire de la longue main blanche et osseuse qui se faufilait par la fente de la boîte aux lettres dut vaguement percevoir, car ladite main se figea brusquement, paume en l'air, telle la pogne implorante d'un clochard recroquevillé.

Remarquant soudain la présence d'une enveloppe sur le paillasson, Howard se rua en avant pour la ramasser, tout en ouvrant brusquement la porte, du même élan, sur quoi un concert de glapissements s'éleva, comme Norman Furnish se voyait traîné à l'intérieur, tombant brutalement à genoux, le visage frappant le panneau de bois et, alors même que les brillantes lumières du hall l'éclairaient pleinement, et que des tourbillons de vent glacé mêlé de neige fondue envahissaient l'entrée, là, sous les regards effarés de l'assistance regroupée dans le couloir, sauf Howard, Norman trouvait encore le moyen de rester à la fois dans et hors de la maison, conscient seulement de l'intense douleur qui torturait ses phalanges, et aussi du fait que les choses avaient pris un tour fort imprévu. Tandis que Melody s'exclamait soudain

Oh Norman oh mon Dieu c'est Norman, avec un soulagement mêlé de dérision, il présentait à certains membres du groupe, de profil, la silhouette d'un pénitent voûté attendant, soumis, une volée de coups de fouet, tandis qu'un ou deux autres des spectateurs réunis dans le couloir déjà invraisemblablement glacial ne voyaient, eux, que la main rougissante, tendue et retournée, comme en suspension au-dessus du clavier d'un Steinway miroitant, et menaçant de retomber soudain comme le Saint-Esprit en un accord suprême.

« Hors de chez moi, Furnish ! » rugit Howard – sur quoi il saisit la main raidie de Norman et entreprit de tirer son bras vers l'intérieur jusqu'au coude – ce qui, songea Elizabeth, clignant brièvement des paupières avant de lever les yeux au ciel, était du Howard tout craché quand il a bu deux trois verres de trop et ne *réfléchit* plus à ce qu'il fait. Norman multipliait à présent les « ggaaahhh ! » comme, à chaque nouvelle et brusque traction, il recevait des avertissements conjoints autant qu'urgents de son épaule (laquelle, lassée de toute cette affaire, était sur le point d'*abandonner* le bras à Howard, puisqu'il avait tellement l'air t'y tenir) et des muscles de son visage, ainsi que des os martyrisés au-dessous – lesquels tentaient de lui faire comprendre que si l'on continuait à les utiliser ainsi comme marteau de porte, ils ne pourraient plus garantir bien longtemps la conservation des yeux, dents, etc, et que Norman risquait fort ne plus jamais pouvoir parler.

C'est Melody qui, finalement, écarta Howard et dégagea Norman – Howard se contentant de reculer et d'observer d'un regard furieux.

« Dehors ! aboya-t-il. Foutez le camp de chez moi, Furnish – si je vous retrouve jamais à traîner autour de cette maison, je vous *tue*, bon Dieu, c'est compris ? Et je porte plainte à la police !

– Bien, fit Brian d'une voix bénigne, nous devrions vraiment y aller… »

Dotty approuva d'un hochement de tête (je ne sais même pas trop qui est ce pauvre timbré – ce ne serait pas celui qui travaillait pour Howard, et a piqué dans la caisse ?), sur quoi tous deux plongèrent au-dehors, se hâtant vers leur somptueuse demeure sur roues, suivis d'un Colin au visage congestionné – nom d'un chien, c'est à hurler de rire ! Tous ces gens sont complètement *cinglés*, je vous dis : Carol est la seule personne *normale* que je connaisse, et en plus elle est adorable.

« Écoutez, Howard, tenta Norman, Mr. *Street* », ajouta-t-il aussitôt, avec une hâte frénétique, car Howard avait déjà fait un pas vers lui, et ce n'était pas un gringalet, Howard – et en plus, il puait le scotch, dieux du ciel.

Norman ouvrit de nouveau la bouche, puis la referma. Peut-être n'était-ce pas le moment idéal pour discuter de tout cela, donc, le regard flou, il se détourna pour partir – la vache, j'ai carrément les rotules en capilotade, et en plus mon pantalon est foutu ; de ma vie je ne suis resté si longtemps à genoux – pas même la fois où j'ai demandé sa main à la jeune Charlene. Et puis j'ai l'impression d'avoir la gueule tout en lamelles, comme un store vénitien. Et puis heureusement que je ne joue pas du violon ni rien, parce que avec une main dans cet état je pourrais dire adieu à la musique – l'archet partirait dans tous les sens. Si je me suis penché sur la fente, c'est parce que je me suis soudain dit que ce serait peut-être réconfortant de jeter un coup d'œil sur toutes ces couleurs, cette chaleur de la maison de Katie, et d'inhaler voluptueusement un peu de l'air parfumé qu'elle-même a inspiré, puis expiré. (D'ailleurs, je me demande où elle pouvait bien être : peut-être en train de s'amuser avec *quelqu'un*.)

Une fois certain que ce pauvre type était bien parti, Howard se tourna vers Elizabeth, puis vers Melody. Dieux du ciel, dit-il. Elizabeth emporta quelques verres dans la cuisine (oh là là, quelle pagaille là-dedans : je n'aurais même jamais dû *songer* à faire ce dîner), ainsi que la lettre de Norman à Katie – autant qu'elle l'*ait*, de toute façon ; Howard se serait contenté de la déchirer en mille morceaux – ou pire, l'aurait ouverte et lue. Pauvre Norman. Encore que, Dieu sait ce qu'il lui *veut*, à Katie : ce garçon avait visiblement besoin d'aide.

Howard accrocha la ceinture de sécurité de la Jaguar, et Melody déclara Oh mon Dieu je suis désolée Howard, je ne trouve jamais le trou de ce machin – ça me paraît un peu – à moins que je ne sois assise dessus – ah non, c'est bon, je l'ai – voilà. C'est bon.

Ce dont Howard n'avait pas capté un seul mot. « Dieux du ciel », répétait-il simplement. On aurait pu croire, à l'entendre, qu'il était encore sous le choc, mais en fait, il ne pensait même pas « Dieux du ciel » – ces événements tout récents et fort perturbants ne le préoccupaient déjà plus. Ses pensées, tandis que l'auto d'un bleu très sombre sortait silencieusement de l'allée et s'éloignait dans la nuit, allaient toutes vers Laa-Laa, Laa-Laa – oh mon amour, si je ne te revois pas bientôt, je crois que je vais devenir fou.

« Eh bien, conclut Edna Davies, laissant non sans regret retomber les lourds rideaux qui se rejoignirent symétriquement, je n'ai *rien* vu du tout – mais qu'est-ce que c'était que cette histoire, à ton avis, Cyril ? Hmm ? C'est Howard qui criait comme ça, j'en suis à peu près sûre. Ça ne lui ressemble pas, hein ? On ne l'entend jamais *crier*, ni rien de ce genre.

– On ne sait jamais », répondit Cyril d'une voix lente, reposant son verre de xérès ambré avec une précision remarquable sur le sous-verre de mélaminé vert feuillage orné en son milieu d'une fleur de lys d'un or éteint, réussissant à centrer parfaitement le verre tulipe de sorte que le fin pied taillé en arêtes semblait naître du sous-verre lui-même et pousser telle une fleur, tandis que sa base circulaire demeurait très précisément cerclée d'une frange régulière de sous-verre, elle-même encadrée par des coins coupés délicatement rehaussés d'or : Cyril pourrait vous le confirmer, il avait plaisir à faire cela. « On ne sait jamais, avec les gens comme Howard. Ils ne sont jamais, en aucune façon, exactement ce qu'ils ont l'air d'être. J'ai déjà remarqué cela.

– Ils ne nous invitent *jamais* à ces petits dîners qu'ils ont l'air de faire tout le temps, remarqua Edna d'un ton presque froissé. C'est peut-être aussi bien, s'ils finissent toujours comme celui-là. » Elle s'était à présent quasiment assise sur une chaise – alors que les divans assortis abondaient –, aux côtés de Cyril, trônant parmi le lourd capiton à boutons, couleur tabac, de ce qu'ils adoraient tous deux appeler le fauteuil du maître. « Ils ne nous trouvent peut-être pas assez *bien* pour eux, je ne sais pas. »

Sur quoi Cyril et Edna émirent un petit ricanement ironique, quoique tout empreint d'une profonde magnanimité – les deux rires en saccades se fondant en ce que l'on aurait aisément pu prendre pour une bande-son de rires entendus à la radio, quand un panneau indique qu'on atteint là un degré suffisant de déraison et de dérision pour que l'assistance ne puisse plus une seconde prendre le débat au sérieux.

« Je doute fort qu'il s'agisse de *cela*, conclut Cyril. Il faut du temps, Edna, pour s'intégrer dans un nouveau territoire – tout ceci demeure très tribal. Il faut qu'ils nous reniflent, nous flairent pendant un bon moment. De toute façon, nous sommes très bien comme ça – tranquilles tous les deux, chez nous, n'est-ce pas ? Hmm ? Et ils nous ont bien *invités* pour Noël, après tout. »

Edna eut un hochement de tête conciliant. « Oui – oui bien *sûr* que tu as raison, Cyril. » Mais, pour répondre à votre question, elle pensait Non – non, pas vraiment : pas si bien que cela, tranquilles tous les deux, chez nous – et oui, je sais *bien* que je suis ingrate, je le sais, après tout l'argent que Cyril a dépensé pour cette charmante, charmante maison (et Dieu sait qu'elle est loin d'être terminée). J'ai toujours mille choses à faire – ça aussi, je le sais ; mais simplement, rien de tout cela ne semble jamais nécessaire. Il paraît que les gens qui ont des enfants n'ont pas cette sensation – mais j'imagine que ç'aurait été catastrophique pour la carrière de Cyril, si j'en avais eu alors. Il a toujours reçu sa clientèle à la maison (et mon Dieu, vous devriez voir son cabinet, ici ! Tellement *de luxe** [1] que vous n'y croiriez pas !) – et je vois *bien*, n'est-ce pas, que les gens qui viennent – des gens avec, vous voyez, un problème mental, je ne sais pas – je n'ai jamais su comment les appeler – mais enfin les patients de Cyril, ses clients, peu importe… enfin les gens *perturbés*, quel que soit leur problème… mon Dieu, ils n'ont pas envie, n'est-ce pas, d'arriver dans un endroit *énervant*, avec des enfants qui font du bruit, qui courent partout, qui poussent des cris. Bien sûr que non. Ils ont besoin de paix, de soulagement, et de… euh – comment dit-il, déjà ? d'un *espace de sérénité*, je crois que c'est cela, pour laisser courir leur esprit. Quelque chose comme ça. Cyril m'a patiemment expliqué tout cela, oh, mille fois. Et il avait raison. Bien sûr qu'il avait raison. Il n'aurait jamais pu acquérir une telle réputation, et nous n'aurions même jamais pu *songer* à acheter une telle maison. Remplie de si jolies choses. Donc, oui – j'imagine qu'il a raison, là aussi : nous *sommes* très heureux, comme ça, tous les deux chez nous. (Enfin, *lui* le pense, en tout cas.)

« Oh, Cyril ! fit-elle brusquement, as-tu vu mon message ? »

Mon dieu, c'est fort possible, se dit Cyril. J'ai bien vu *un* message, n'est-ce pas ? J'en vois par douzaines, tous les jours. Elle a ce fameux tableau, Edna (autant que

1. Les mots en italique suivis d'un astérisque sont en français dans le texte. *(N.d.T.)*

vous le sachiez tout de suite) – un grand truc en feutrine verte entrecroisé de rubans en biais de couleur contrastée, fixés à chaque intersection par d'énormes clous dorés. Compte tenu de ses dimensions, il pourrait largement servir à annoncer les derniers trains de banlieue au départ de Waterloo Station, rien de moins. À chaque fois que nous déménageons, elle achète un nouveau tableau, plus grand ; celui-ci, elle l'a fait *fabriquer*, s'il vous plaît, par ce menuisier dont la fortune est faite, et auquel, me semble-t-il, elle a également commandé des coffrages pour tout dans la maison, à l'exception des vitres aux fenêtres. Cette obsession va du plus compréhensible (radiateurs, plomberie) jusqu'au franchement… mon Dieu – les mots me manquent, là : et pourtant, je suis censé être à même de détecter et définir les nouvelles formes de dérangement mental. Telles que, par exemple ? Telles que ça : les interrupteurs. Mais oui, mais oui – je ne plaisante pas. Chaque interrupteur, dans l'entrée et les pièces principales, est à présent encastré dans une minuscule *armoire** d'acajou, munie en guise de poignée d'une petite pendeloque certainement très maniable pour un enfant en dessous de quatre ans – bon Dieu, vous ne pouvez même pas *imaginer* à quel point c'est impraticable, ces saloperies-là. Parce que franchement, Edna (Cyril avait tenté de le lui expliquer, alors que la première venait d'être installée) : tu entres dans une pièce sombre, tu veux tout simplement allumer la lumière, sans devoir chercher à l'aveuglette une espèce de garde-robe miniature collée à mi-hauteur du mur. Parce que je veux dire, enfin – on n'arrive pas forcément à mettre la main dessus immédiatement, et on se retrouve à tâtonner en envoyant valser les cadres à droite et à gauche, et sans rien *voir* ni rien, parce que la lumière n'est pas allumée parce que les interrupteurs (comprends-tu ?) sont cachés dans un putain de petit placard. Juste ciel – entre ça et sa nouvelle fascination pour tout ce qui est *trompe-l'œil**… Je ne peux pas vous dire à quel point c'est une chose déconcertante, dans une maison dont on n'a pas encore l'habitude : oh, regardez donc – une arche de style méditerranéen avec une grille de fer forgé grande ouverte, qui semble vous inviter à la franchir : quoi de plus charmant ? Sans doute un raccourci bien pratique pour passer à la cuisine. Il est trop tard quand vous repérez la guirlande de fleurs hors saison et l'horizon tout orangé et toutes ces saloperies de *paons*, grands dieux, et déjà vous vous êtes écrasé la figure droit sur un mur. Non, franchement – ruses et illusions – que puis-je vous dire que vous n'ayez déjà clairement perçu ? Je pourrais remplir un plein cahier, rien qu'avec les inventions d'Edna – d'ailleurs, je le ferai peut-être un jour, qui sait ?

« De quel message parles-tu ? » s'enquit Cyril d'un ton neutre. Est-ce celui que j'ai aperçu après le petit déjeuner, et qui disait « Cyril, as-tu eu mon message de tout à l'heure ? » Est-ce celui-ci ? Ou bien est-ce l'autre, celui qui disait « Cyril, ne t'inquiète pas pour le deuxième message, ça n'a plus d'importance. » Juste ciel – un jour, il était tombé sur une de ces interminables listes qu'elle rédige pour *elle-même* ; elle était intitulée « Edna », et Cyril n'oubliera jamais la dernière instruction : « Urgent : faire *immédiatement* la liste de demain. »

« À propos de ton *horoscope*, Cyril. Tu ne l'as pas vu ? Il disait que, bien que la semaine commence par des obstacles émanant de collègues, ou bien dans la maison, la journée de jeudi devrait t'offrir des opportunités extraordinaires.

– C'est bon à savoir », déclara Cyril. Ça, c'était encore un truc à elle : l'horoscope ! Oh là là là là.

« Mais *moi*, je ne fais pas d'obstacles, n'est-ce pas, mon chéri ? Parce que, n'est-ce pas, tu n'as *pas* de collègues, évidemment.

– Non, euh… pas vraiment, non. » Qu'elle se débrouille comme elle veut pour y comprendre quelque chose.

« Veux-tu encore un peu de cognac, Cyril ? Un autre, oui ? Moi, je suis un peu fatiguée – je crois que je vais monter.

– Non, j'ai atteint la dose autorisée, merci. Je me demande si cette maison cessera un jour de sentir la sciure fraîche. As-tu vu mes lunettes quelque part ? Je vais peut-être…

– Oh, Cyril – assez *travaillé* ! Il est tard.

– … lire un peu. C'est tout.

– Tu sais… je ne suis pas encore complètement sûre, pour cette couleur…

– Elle est jolie, cette couleur », dit Cyril. De quoi qu'il s'agisse, la couleur est parfaite : ici, il n'y a pas une seule chose qui ne change de nuance d'une semaine à l'autre.

– Tu ne la trouves pas trop… ?

– Non. Je la trouve parfaite. Sommes-nous lundi ou mardi ?

– Lundi. Non, mardi – oui, nous sommes bien *mardi*, parce que je me souviens avoir pensé hier Oh là là, déjà une nouvelle semaine qui commence. Est-ce que tu aimerais une chose en particulier pour Noël, Cyril ? Parce que ça va être là avant même qu'on ait eu le temps de… oh, *Cyril*, les ouvriers passent très tôt demain matin, parce que je ne voulais pas que le bruit te dérange pendant ta première consultation. Je t'ai dit ce qu'ils vont faire, non ? Si ? L'urne ?

– Lurne ? Connais pas.

– Non, chéri – l'*urne*… mais *si*, tu te souviens – cette magnifique urne géante, pour l'entrée, hmm ? Il faudra bien quatre ouvriers pour simplement la *déplacer*, à mon avis. Tu n'as vraiment aucune *idée*, pour Noël ? Et toi, Cyril, est-ce que tu me prépares une surprise ?

– Si elle est *géante*, Edna… ça veut dire qu'elle – enfin, qu'elle est carrément trop *grande*, alors pourquoi avoir… ?

– Mais c'est ce qu'on *fait*, Cyril – c'est *toujours* ce qu'on fait : on *agrandit* délibérément certains éléments, une entrée, un muret de jardin, je ne sais pas, pour lui donner une *présence* supplémentaire, tu comprends ? Nous en avons déjà parlé.

– Je ne veux rien de spécial, pour Noël. Je suis certain de les avoir posées quelque part, ces lunettes, mais je n'arrive pas à me…

– Elles sont peut-être à côté. Il y a *bien* quelque chose qui te ferait plaisir, Cyril – oooh, il faut que je leur laisse un mot, sinon ils vont tout salir avec leurs immondes bottes pleines de boue. Si tu ne me prépares pas *déjà* une surprise, Cyril, il y a une ou deux petites choses que je… veux-tu que je te laisse un mot pour ça ? C'est le mieux, n'est-ce pas ? Oui – je crois : je te laisserai un message, demain matin.

– Très bien. Parfait. En fait, je me demande si j'ai faim ou pas…

– Je peux te faire un petit…

– Non – je ne crois pas que j'ai vraiment… enfin ce n'est pas de la *faim*, c'est plutôt comme… non, si je mange maintenant, je ne vais pas pouvoir…

– Tu es bien sûr ? Je peux te faire un…

– Non, vraiment. Juste une petite goutte de xérès, et puis je vais lire rapidement ce truc sur… tu n'as *vraiment* pas vu mes lunettes, Edna ?

– Je vais les chercher. Et puis, pense à Noël, Cyril – je descends dans le West End, demain ou après-demain, alors il faut que je sache. Enfin, ça *devait* être demain, mais je ne crois pas que je pourrai. Il faut *absolument* que je rachète du thé à la menthe : j'y ai vraiment pris goût. Et puis il n'y a plus d'après-shampooing, pour changer. Ça ne va pas, ça. En plus, ils prévoient de la *neige*, demain – quelle barbe, l'hiver. »

Tout ce que je sais, pensait Cyril tandis qu'Edna s'éloignait vivement, c'est que la seule chose que je veuille pour Noël, c'est la chose que je n'ai pas cessé de vouloir depuis que j'ai eu connaissance de son existence, par cette torride journée d'été, sous la tente de réception de Howard et Elizabeth. La semaine même où j'ai acheté cette maison – une drôle de semaine, fort étrange. C'était quand ce psychotique, de toute évidence, est venu me trouver – il avait entendu parler de moi, il savait ce que je faisais – et m'a demandé de jeter un coup d'œil à son épouse (il était persuadé qu'elle était mûre pour la camisole, croyez-le ou pas). Alors j'ai jeté un coup d'œil, un seul coup d'œil à Lulu Powers, et cette vision ne m'a plus quitté depuis. Quelle femme sublime – vraiment, honnêtement : pour une fois, la perfection, l'absolu. Elle passe souvent voir Elizabeth, juste à côté (elles ont monté une espèce d'affaire toutes les deux, je crois), mais jusqu'à présent, j'ai complètement échoué à établir un quelconque rapport avec elle, ne serait-ce qu'une *conversation*, il faut l'avouer : elle n'est pas ouverte de nature, Mrs. Powers, pas du tout – mais justement, voyez quel défi ce serait. Et l'autre jour, Howard m'a dit que Lulu allait bientôt s'installer pour garder la maison, quelque chose comme ça – enfin bref, qu'elle sera *là* – pendant leur séjour à Paris, avec Elizabeth. Je peux vous dire qu'entre les marottes d'Edna, les ouvriers tous les jours et la brochette de cinglés que je suis obligé d'affronter, la suffocante bouffée d'air pur que serait Lulu dans ma vie pourrait véritablement faire voler en éclats la croûte de crasse et de suie coagulée qui me fait le visage si gris. Si seulement je trouvais un moyen quelconque de serrer contre moi cet objet divin…

« Elles étaient dans l'*entrée*, soupira Edna, réapparaissant d'une démarche aérienne. Tu les laisses *toujours* traîner là, Cyril, et c'est le dernier endroit où tu songes à les chercher. Bon, je monte à présent – tu éteindras les lumières ? Ne lis pas trop longtemps. Et rappelle-toi, Cyril – réfléchis à ce que tu *veux*. Tu me promets ? Oui ? »

Cyril hocha la tête, sourit et répondit oui, oui, bien sûr, je te le promets, ne t'inquiète pas

Les hommes traversaient sans cesse les pensées de Lulu, à l'idée qu'Elizabeth allait partir – et les hommes n'y étaient guère les bienvenus. John, pour commencer, évidemment ; elle ne lui avait pas encore parlé de l'arrangement conclu – non seulement pour la raison habituelle, l'éternelle raison, celle qui avait paralysé sa pensée et tout son être pendant si longtemps : non seulement parce qu'il demeurerait une seconde silencieux, frappé de stupeur, frémissant, avant de plonger dans une furieuse crise de rage et de jalousie, et de l'accuser de monter des alibis toujours plus habiles et complexes, afin de couvrir ses agissements immondes. « *Lizzie* ? ! » rugirait-il avec un rictus hautement sarcastique, la voix pâteuse, l'haleine empestée de tord-boyaux. « Chez *Lizzie* ? ! Tu ne vas pas du tout t'installer chez Lizzie – c'est ailleurs que tu vas t'installer, pas vrai ? Hein, c'est pas vrai ? Pas *vrai* ? Hmm ? Et avec qui ? Avec qui ? C'est quoi, son *nom* ? À moins qu'il n'y en ait pas un, mais plusieurs – un groupe, carrément, hein ? Une pratouze orgasinée, c'est ça ? Je veux dire… une pra… une pra… Bon Dieu, Lulu, tu sais bien ce cul… ce que je veux dire, je veux dire. Comment peux-tu faire une chose pareille, Lulu ? Comment ? Comment peux-tu réussir à me faire ça, à moi – comment fais-tu pour ne pas voir à quel point je *t'aime* ? »

Non – depuis quelque temps, elle pouvait s'éloigner, le planter là ; bien sûr, il tenterait non sans difficulté de se saisir d'elle – de saisir une de ces Lulu multiples et floues qui vacillaient devant lui, dans une semi-obscurité – et s'effondrerait comme un sac, sans prévenir, heurtant de la tête un meuble ou un autre, et demeurerait là, immobile, tas vaguement marmonnant, une jambe de travers ; d'autres fois, il s'interrompait brusquement au milieu de sa diatribe, et une brève grimace de totale stupéfaction, suivie d'un air de totale absence, effleurait son visage, sur quoi ses genoux cédaient et il sombrait dans l'inconscience.

Non – avec John, elle pouvait s'en tirer à présent ; mais avec Howard ? Howard, oui – mais étrangement, ce n'était pas Howard *du tout*, en même temps, car elle ne connaissait même *pas* Howard, n'est-ce pas ? Non – pas au sens biblique du terme, en tout cas ; elle l'avait rencontré, quelques fois. Donc non – il ne s'agissait pas vraiment de Howard, mais simplement de la position qu'il occupait. Il était bien avec Lizzie, non ? Et c'était là que, davantage à chaque jour qui passait, Lulu aurait plus que tout voulu être. Et, si elle espérait qu'en compagnie de Lizzie, elle manifestait bien tout le plaisir que cela lui donnait (mais pas son désir d'autre chose), toute la joie qu'elle ressentait à l'idée d'être bientôt débarrassée de John – même brièvement – et de pouvoir se repaître de, et fureter dans les lieux les plus secrets de Lizzie (toucher, sentir ce qui lui appartenait) avait récemment fait place à l'idée aussi présente que malsaine et déprimante de Howard et Lizzie, seuls tous les deux, au loin. Ce qui, certes, était absurde à bien des égards – outre le fait d'être désagréablement proche de la compulsion puérile d'une gamine de troisième éperdue d'amour pour le professeur principal –, et s'approchait également trop près de ces murs effrités qui cernaient un territoire obscur et sauvage : celui de John, celui qu'il arpentait, qu'il régissait. Lulu s'apercevait, effrayée, qu'elle était presque arrivée à portée de voix de ce discours que John hurlait depuis si longtemps – et elle reculait sur la pointe des pieds, avant de se détourner et de partir en courant. Elles étaient *folles*, ces pensées, comme John était fou – parce que quoi : Lulu croyait-elle vraiment que Howard, après tant d'années, pourrait se transformer soudain en amant attentionné et irrésistible, pour avoir simplement respiré l'air de Paris avec Lizzie ? Impensable. Et Lulu, elle, comment se comporterait-elle à sa place ? Tout aussi impensable. Et soudain, à l'idée de pouvoir se repaître de, et fureter dans les lieux les plus secrets de Lizzie (toucher, sentir ce qui lui appartenait), Lulu ne ressentait plus qu'une sorte de tendre douleur, celle de l'illégitimité, qui pourrait bien l'attirer plus profondément vers un sourd désespoir.

En fait, John n'a pas l'air aussi terrible que d'habitude, ce soir, pensait vaguement Lulu, tout en feuilletant négligemment, à l'envers, un épais magazine de papier glacé : il ne boit que du vin, et il a presque l'air de tenir debout, dirait-on. Toutefois, elle sursauta quand sa voix résonna soudain, brutale – depuis quelque temps, il n'en contrôlait plus le ton ni la force, mais ce soir, il n'aboyait pas aussi férocement, aussi bestialement que ce pouvait parfois être le cas.

« Alors ! » Tel fut le premier cri – et John lui-même était bien conscient de sa brutalité involontaire, même le silence qui suivit semblait strident (mais il savait, John, il savait bien que le contrôle de sa voix était une de ces nombreuses choses qui lui échappaient dorénavant). « Qu'est-ce que tu... euh, prévois, Lulu ? Ma chérie. Hmm ? Tu veux que je te serve un... ? »

Lulu leva les yeux vers lui : il vit bien qu'elle l'observait non sans méfiance. Mais Lulu n'avait pu détecter nulle menace, nul défi dans sa voix – aucun de ces airs ricanants, nulle indication qu'il ait pu tisser vicieusement un piège de ramures légères et feuillues au-dessus du gouffre de culpabilité imaginaire dans lequel Lulu devait sombrer et disparaître.

« Ce que je prévois, John ? Que veux-tu dire par là ? Tu parles de mon travail, c'est cela ? Ou bien es-tu encore perdu dans tes délires ? »

John tenta bravement de garder le visage impassible qu'il avait réussi à se confectionner – il ne lui semblait pas avoir cillé, sous cette pique brûlante. Il me faut faire semblant d'être en *pleine forme*, voyez-vous – car sinon, je ne saurai jamais rien, et je n'aurai pas – quand le jour viendra où ma Lulu me quittera – la possibilité de la pister, ni même les raisons de son départ.

« Euh, le travail, oui… », répondit-il d'une voix mesurée, levant un sourcil. Il inclina vers elle le goulot de la bouteille de rioja, en manière de suggestion, et comme elle secouait la tête, faisant voler ses cheveux lustrés et d'une coupe impeccable, le pencha sur la chope posée devant lui et se servit de nouveau ; oh merde, j'en ai renversé un peu – je ne crois pas qu'elle l'ait remarqué. Si Lulu pense que je suis soûl, elle va se tirer et ne jamais me laisser continuer. C'était à cause de ses cheveux – ce mouvement si froid, si méprisant, si honteusement érotique (mon Dieu, mon Dieu – qu'elle est donc belle, qu'elle est donc adorable – je mourrais pour l'amour de Lulu, je tuerais s'il le fallait ; c'est ma femme – pour un temps encore, au moins, c'est toujours ma femme, et je ne me souviens même pas de la dernière fois où je l'ai simplement touchée sans me voir arrêté dans mon geste, ou repoussé, rabroué, chassé – certaines fois, j'étais tellement parti que le simple fait de la regarder ne me suffisait pas). « Mais je veux dire… enfin, pour Noël, quoi. Tu as parlé, enfin je crois que tu as parlé de Howard et Lizzie, à moins que je… euh… tu es sûre que tu ne veux pas un peu de vin, Lulu, non ? Okay. Bon… j'ai dû me tromper. » Et voilà jusqu'où je peux aller, pensa John – brusquement submergé par une vague de chagrin. La nouvelle année ? Je ne peux pas. Si ? Il faut y penser. Regardez Lulu : cette femme est parfaitement résolue. Cette femme, je peux vous le dire, tient à ses résolutions.

Lulu savait que cela surgirait un jour ou l'autre, donc peut-être était-il bon de parer le coup maintenant, alors que John était possiblement à jeun, et plus sain d'esprit qu'il ne le serait jamais (c'est-à-dire très relativement).

« Oui, je serai *là-bas* pour Noël, oui, John… »

John hocha la tête. Je sais : j'ai écouté au téléphone. Et

tu seras là-bas pendant des jours avant leur départ pour Paris. Je sais : j'ai écouté au téléphone.

« ... mais, reprit Lulu (son ton était aimable mais ferme, à présent), je ne crois pas que ce soit une bonne chose pour toi de...

– Pardon ? » coupa-t-il, d'une voix si douce que Lulu dut lever les yeux pour s'assurer qu'il avait bien dit quelque chose, et ses yeux suppliants, pleins de larmes, lui confirmèrent qu'il avait parlé, et la touchèrent, aussi.

« Écoute, John, fit-elle, se détournant. Tu *connais* la situation. À la nouvelle année, en janvier – je t'ai déjà dit ce que j'avais l'intention de faire, et il est vraiment inutile de...

– *Pardon* ? » répéta John, d'une voix pressante qu'elle reconnaissait ; une voix prête à se briser. Lulu aurait voulu qu'il soit aussi ivre qu'à l'habitude, pour qu'elle n'ait pas à supporter cela. Maintenant, John ne pouvait plus soutenir son regard, il se forçait juste à garder la tête droite – car, tant que sa dernière supplication flottait encore dans le silence, sans réponse, peut-être demeurait-il encore quelque vague espoir ?

Lulu soupirait, mais pas de pitié (elle en avait fini avec la pitié), ni de pure et simple exaspération ; elle savait que John pouvait se montrer très retors – sans calcul apparent, en toute innocence, certes, mais, derrière ses grands yeux, vibrait toujours, dans l'ombre, une intention préprogrammée. Voilà ce que je flaire, maintenant : je n'ai pas d'argent. Celui que je gagne avec Lizzie est immédiatement dépensé en – Oh, Dieu sait en *quoi* (mais *pourquoi* suis-je ainsi ?), à peine me brûle-t-il les doigts. John – tellement généreux avant tout cela – payait à présent les factures, mais ne donnait pas un sou à Lulu. Son avocat, bien sûr, lui préparait un arrangement juteux, mais d'ici là... en attendant ce moment de pur bonheur (et voilà ce que je flaire, là), il sait que je n'ai pas d'argent.

« Parce que, reprit John avec d'infinies précautions (je

me prendrais bien une bonne rasade de vin, là, mais cela briserait la magie de l'instant), si nous nous installons là-bas, tu auras plein de choses à acheter – pour Noël, tu vois, enfin, toutes sortes de choses. N'est-ce pas, Lulu ? Et puis tu ne m'as toujours pas dit ce qui te ferait plaisir à toi… »

Oui, pensa Lulu en se tournant pour lui faire face – une fois de plus (et il le sait, il le sait bien : regardez sa tête, il le sait bien) John est en train de voler la victoire dans les dernières secondes du round. Okay John – va pour le *round* – mais crois-moi, le match est joué d'avance : la ceinture de champion est dans le sac, John, parce qu'à présent je suis un poids lourd, et que bientôt – très bientôt –, tu seras non seulement à genoux, mais KO.

John s'attendait à ce que Lulu monte se coucher immédiatement et sans délai, après cette conversation quelque peu formelle, mais au moins positive dans sa conclusion ; parce que bon, ils n'allaient pas finir la soirée en bavardant de choses et d'autres, histoire d'échanger leurs points de vue, avant de faire un Scrabble, tranquilles et un peu ensommeillés, une chope de cacao Bournville à la main. Non, n'est-ce pas ? Non. D'ailleurs, les gens – les couples – faisaient-ils encore vraiment ce genre de choses ? À part dans les publicités pour le Scrabble et pour le cacao Bournville ? Ou bien n'était-ce plus aujourd'hui que disputes à propos de pognon ou des beaux-parents, sur fond de téléviseur en fin de programme, tout ceci annonçant un long, lourd silence plein de rancœur, puis des claquements de verrous ? Au moins, nous n'avons pas à nous chamailler pour des questions d'argent : elle sait que je sais qu'elle n'en a pas. Et que Dieu soit loué pour cela.

De sorte que, quand Lulu monta se coucher, immédiatement et sans délai, John en eut à peine conscience.

(Elle tourne la clef, ces derniers temps, savez-vous : elle s'enferme à clef. La première fois que j'ai entendu le pêne glisser dans la gâche – j'étais prostré sur le palier, et je hurlais à la mort –, j'ai trouvé que c'était là le son le plus glacé qui soit, quelque chose d'acéré, comme une douleur qui me perçait les entrailles. Mais au moins, cela signifie que je représente encore une menace, donc une force ? Ou juste un embêtement inévitable, comme un stupide rhume.)

Je peux enfin arrêter de faire attention à ne pas trop boire : ce soir, ça été l'horreur de devoir m'en tenir à un seul magnum de vin d'Espagne, mais je savais, naturellement, que je devais me montrer non seulement conscient, mais cohérent. (Extrêmement pratique comme dose, un magnum – parfait quand on a juste envie d'une petite goutte, comme ça, sans devoir ouvrir carrément une caisse.) Mais cette mission que je me suis donnée étant accomplie, enfin autant qu'une de mes missions puisse jamais l'être, il est temps d'aller voir un peu plus loin. Et puis peut-être de manger un morceau, comme on dit. Pas de souci : le tire-bouchon à portée de main – et j'ai un paquet de Benson plein, quelque part (oui, j'ai recommencé – mais ça fait toujours plaisir, le soir, d'avoir une vingtaine de copines à la maison : ho ho ho).

Cette plaisanterie, là – ce truc sur les cigarettes, qui m'est passé en tête : est-ce, disons, – *drôle*, un peu, beaucoup ? Est-ce plein d'esprit ? Non, n'est-ce pas ? C'est minable. Ça m'aiderait, si je pouvais encore faire la différence (parce que ça vous embrume la tête, ça vous amortit, de boire, on ne peut pas le nier), parce qu'en fait je suis fait pour être *écrivain*, vous savez, si ça intéresse quelqu'un – et oui, d'accord, je peux à peu près maîtriser toutes ces pourritures d'articles sur le mode « changez votre vie » (ils me tuent, tout en me faisant vivre) – mais juste ciel, on ne peut *vraiment* pondre qu'une demi-douzaine de textes, sur ce thème, et cela en fait des centaines pour lesquels je m'échine à trouver des variations plus ou moins nulles. Mais si j'ai quelque espoir de survivre à la dévastation que Lulu est déterminée à semer (car elle demeure fermement décidée à me jeter aux ordures), alors c'est dans le *roman*, rien de moins, que je dois me lancer. Ne devrais-je pas me reprendre, me ressaisir ? Arrêter la picole, m'enchaîner à un clavier ? Je vous en dirai plus dans un magnum ou deux. Et (oh là là) bon, voilà : voilà où j'en suis, j'en ai bien peur.

Dieu que j'ai besoin d'une femme. C'est drôle comme cette pensée vous tombe dessus, sans prévenir. Je veux dire de Lulu, de préférence (doux Jésus, je me rappelle à peine la sensation de sa chair si douce et duveteuse), mais n'importe quelle belle nana ferait l'affaire, depuis quelque temps. Si, au travers des brumes d'alcool, Tara pouvait juste tendre la main vers moi. Bon, *ça*, c'était drôle (… c'est dingue, ces bouteilles – elles ont l'air quand même assez grosses et, une fois le bouchon ôté, elles se vident en un rien de temps) – non, c'était très drôle, franchement. Pas drôle à la manière de l'histoire des Benson, non, mais drôle parce que je pensais aux femmes de façon impersonnelle (c'est ce qu'on fait, hein), et tout d'un coup, c'est le thon de Nara, le nom de Tara qui me vient en tête. Tara, je dois le préciser, est la rédactrice en chef du mensuel pour lequel j'écris, plus ou moins d'une seule main, me semble-t-il – et vraiment, ça peut être une franche salope (très douée pour ça). Parce qu'elle sait que je peux sortir un papier de mille mots sur à peu près n'importe quoi (quelquefois des trucs merdiques à n'y pas croire) et le rendre à temps, quel que soit le délai – de sorte qu'elle m'exploite à fond. Elle paie bien. Et dernièrement, elle s'est montrée… non pas *aimable*, non : moins ignoble. Et je sais pourquoi : elle a deviné à quel point j'étais malheureux (je l'ai bien vue fouiller, sonder la profondeur de ma misère) – une des preuves en étant possiblement le fait que je fonds en larmes dès que me parvient une voix qui n'est pas celle de Lulu, car ceci ravive, met carrément en lumière le fait que ce monde est simplement bondé, saturé de gens dont la voix ne pourra jamais être celle de Lulu, et cela, c'est une chose avec laquelle on doit vivre, à moins de venir renifler les limites sinistres, effroyables, de l'autre monde. (Voilà, savez-vous, une des réflexions les plus courageuses que je me sois faites depuis des mois – et je n'ai même pas laissé échapper un cri quand elle m'a traversé.)

Et bien sûr, les femmes aiment les hommes profondément malheureux – elles adorent ça. Les femmes ? Ou les femmes de pouvoir ? Non, les femmes – toutes les femmes, j'en suis certain. Parce qu'elles peuvent les enjôler, les embobiner – s'amuser à les extraire comme des bigorneaux de leur coquille de désespoir (je ne crois pas que je garderai cette image dans la version finale – de toute façon, le correcteur la ferait sauter) – mais plane toujours la menace qu'elles vous y replongent, et plus profondément.

Cela dit, elle est mignonne, Tara. Rien à dire. Pas mignonne comme *Lulu* (mettons les choses au point – Lulu, ma Lulu, est totalement hors concours, elle est au-dessus de toutes les femmes de cette planète et Dieu que je l'aime, que je l'aime...). En outre, elle vit seule, ce qui est sans doute un point positif. Elle a quoi, Tara, maintenant ? Trente-huit, trente-neuf ? Oui, sans doute un peu moins de quarante, je dirais (mais pas à elle). Et ces derniers temps, tout récemment, elle a manifesté quelques petites velléités encourageantes – pour autant, Dieu me bénisse, que je puisse encore discerner l'ombre de la queue de ce genre de choses. Elle dit qu'elle possède un studio, à Bath, un petit pied-à-terre pour les vacances. Tant mieux pour elle.

J'en ouvre encore une, et puis ce sera tout... ce tire-bouchon mécanique est une vraie merveille, savez-vous, je me bousillais toujours le dos, avec l'autre saloperie. Le roman sur lequel je travaille actuellement (encore sans titre – et bien sûr, encore à rédiger, pour l'essentiel) n'est pas mon premier, en fait. Le premier m'a demandé des années de travail, et a été refusé par tous les éditeurs à succès, ainsi que par tous les éditeurs merdiques ; un gars que j'ai rencontré, qui se dit romancier (jamais entendu parler de lui), m'a dit : Ne te décourage pas – tu t'y remets et tu en écris un autre. Et moi, je n'ai pas répondu Ouais ? Ah ouais ? Et si celui-là est *également* refusé, je fais quoi ? Non je n'ai pas dit ça, parce que je savais que je ne supporterais pas la réponse. Mais bon, voilà – c'est plus ou moins ce que je fais. Et dieux du ciel ! Quand on voit quelquefois les *nullités* qui sont publiées, de nos jours…

Maintenant, là. Tout de suite. J'aimerais avoir une femme, là, à l'instant même : une femme qui prendrait soin de moi, qui trouverait ma déliquescence simplement touchante. Quelqu'un qui me mettrait au lit et me borderait, au lieu de menacer sans cesse de m'achever. C'est une maîtresse dont j'ai besoin. Non seulement de quelqu'un avec moi, mais d'un endroit où *aller*. Et Dieu sait que je vais en avoir encore plus besoin – parce que, vous pouvez me croire, l'avocat de Lulu va me dépouiller jusqu'à l'os, car, apparemment, je me suis rendu coupable – comment *peut*-elle me faire ça ? – de cruauté mentale. Et je suppose que c'est moi qui vais devoir payer ses honoraires.

Je crois que je vais aller me coucher, maintenant. Ou bien prendre un ou deux cognacs, et passer la nuit ici, là où il me semble que je suis. Comme la nuit dernière, bon Dieu. Mais voyez-vous, le truc, c'est que j'ai peur de me lever, de peur de tomber. Et le plus drôle (ha !), c'est que c'est *Lulu*, la traîtresse, la perfide, c'est sans aucun doute Lulu qui a perdu la raison, et pourtant c'est moi qui me retrouve là, abandonné, submergé, dévalant la mauvaise pente, jusqu'à en sacrifier la mienne

DEUXIÈME PARTIE

À seaux

Chapitre V

Ç'avait encore été un de ces échanges téléphoniques avec Carol, coups de fil passionnés, pressants, délicieusement frénétiques, qui faisaient toujours bouillonner le sang de Colin, et en même temps lui laissaient une sorte de vide froid au plexus, à la seconde où il raccrochait enfin, après douze tentatives avortées, avec une répugnance aussi sotte que sincère. Mais il se sentait si vibrant, jusqu'à la syncope, quand leurs voix se rejoignaient dans le combiné, malgré la distance qui les séparait, lui ne se taisant que pour écouter celle non moins urgente et amoureuse de Carol – émotion à peine tempérée par les cliquètements égrenant l'usure progressive de la carte téléphonique.

« Donc on se voit demain, oui ? fit Carol.

– Oh oui, oui – demain, demain, gémit Colin en réponse. Je voudrais que ce soit tout de suite. Je voudrais pouvoir te voir maintenant. Mon Dieu, je voudrais tellement que tu sois près de moi, Carol. Je t'aime. Je t'aime tellement.

– Je t'aime aussi, idiot.

– Mais je veux dire, je t'aime *tout le temps*, fit Colin avec élan. Toujours. Je n'en peux plus. Bientôt, c'est encore trop loin. Je te veux maintenant, maintenant et pour toujours ! Oh là là – je crois bien que les unités commencent à s'épuiser, là. Je t'aime, Carol.

– Je sais. Je sais. Bon – je te retrouve où on a dit, d'accord ? Mais là, il faut que je te laisse, parce que ça fait deux heures que je suis au téléphone, et je crois que papa en a besoin.

– Ne pars pas ! » fit Colin d'une voix étranglée. C'était puéril, il le savait bien, mais il n'y pouvait rien : cela montait en lui, cela jaillissait de lui.

« Mais je suis *obligée*, Colin. Demain à dix heures ? Tu vois le marché de Camden, n'est-ce pas ? Tu en es *sûr* ?

– Hmm ? Oh oui, oui », répondit Colin machinalement. En fait non – il en avait vaguement entendu parler, mais Camden, tout ça, c'était à des kilomètres, à l'autre bout de Londres, et d'ailleurs cela avait été le problème essentiel depuis cet été, durant tout l'automne, et à présent dans cet hiver pourri ; ça, et cette saloperie d'*école*. Maintenant, au moins, il avait du temps – si peu d'argent, hélas, et si peu d'occasions de se voir : rien que du *temps* à remplir, du *temps* à remplir et du *temps* à remplir, jusqu'à ce qu'il la retrouve et puisse de nouveau *respirer*. Mais j'y arriverai, où que ce soit ; je ramperais vers une ligne de front, en pleine guerre, si Carol s'y trouvait parce que, vous voyez – tout ce que je veux, c'est être là où Carol est.

Mais d'ici là, le temps ne passerait jamais, aucun doute : demain à dix heures ! À dix heures (vous l'avez bien entendue ?), demain matin ! Déjà, des heures et des heures le séparaient de dix heures du soir, alors demain ! Et la nuit entre-temps ! La nuit, la nuit – encore une de ces nuits qui duraient un an, dans cette caravane cercueil, à taire ses gémissements, à se battre contre ses draps et ses pensées également enchevêtrés, dans une lucidité glacée, suppliciante, tourmenté jusqu'à en exploser sous la pression des rêves éveillés dans lesquels il saisissait Carol, doucement, puis moins doucement, ressentant une fois encore cette décharge électrique de tendresse à toucher sa peau, avant que la chaleur, le manque d'air n'aient raison de lui – alors il tirait tout doucement sur la racine de ses cheveux, puis rejetait toute sa chevelure en arrière, et là, les yeux de Carol s'agrandissaient et s'embuaient, l'imperceptible ronronnement qui montait de sa bouche ouverte, du fond de sa gorge, leur donnait le signal, et il n'y avait plus alors qu'une réalité, celle de la fusion brûlante, brève et sauvage. Et ça, je le veux saintement, maintenant.

Le lendemain matin, ce sentiment était toujours vivace en Colin, bousculé par la foule devant la grille noire de ce qu'il espérait plus que tout être l'entrée principale du marché de Camden (combien d'entrées peut-il bien y avoir ?), ses narines luttant contre l'odeur d'encens et d'oignons frits, les yeux scrutant, scrutant – tandis que le cerveau, derrière, remuait et balayait toutes sortes d'hypothèses affreuses, car à présent, dieux du ciel, elle était en *retard* – et, de fait, elle était toujours en retard (Désolée d'être en retard, disait-elle – navrée d'être si en retard : tels étaient toujours ses premières paroles), mais tout de même, on ne sait jamais, n'est-ce pas ? Il a pu arriver *n'importe quoi*.

Colin, lui, n'était pas en retard, oh que non. Cela faisait maintenant deux heures qu'il gelait sur pied, par excès de zèle. Il avait tué une partie de l'abominable soirée en s'installant dans le jardin de Howard et Elizabeth (enveloppé dans un sac de couchage, certes, mais néanmoins frigorifié), essayant de décrypter un minuscule plan de métro et son index des rues, à la lumière rétive et vacillante d'une bon-dieu-dire-qu'il-n'y-a-jamais-de-piles-de-rechange-pour-la torche Durabeam. Il avait calculé que sans se perdre, et sans se faire agresser, le trajet prendrait à peu près une heure, donc s'était donné une heure plus vingt minutes – disons une heure et demie (autant jouer la sécurité), sur quoi il avait arrondi à deux heures parce que vous voyez, je n'ai jamais été à Camden, hein ; puis il en avait eu tellement marre d'attendre huit heures pour ramper hors de sa couche qu'il avait finalement levé le camp à sept heures. Le trajet avait pris cinq minutes. Et maintenant, il était toujours là à battre le pavé – ses pieds n'avaient plus aucun rapport avec lui, ce n'étaient plus que deux morceaux d'argile gelée parmi tous ceux qui constituaient le sous-sol londonien – priant Dieu pour que ce soit effectivement la grille principale du marché de Camden, et ces oignons frits commençaient franchement à lui barbouiller l'estomac, et les bâtons d'encens à lui piquer les yeux, et quelqu'un venait de le heurter violemment dans le dos, et heureusement que Colin était amoureux et rien d'autre, parce qu'il aurait pu se montrer moins indulgent ; en outre, tous les gens sur qui il posait *effectivement* un regard mauvais avaient tous l'air immense et antipathique.

Colin portait des chaussures de sport en une espèce de daim vaguement vert turquoise, parce que c'étaient les seules qui lui allaient à peu près, hormis les atroces souliers à lacets de l'école. Et une sorte de manteau gonflant, noir, à fermeture Éclair – non, *pas* un anorak, Carol, s'était-il empressé de préciser, la première fois qu'elle s'était esclaffée en le voyant. Avec ça, on dirait que tu attends un bébé, tel avait été son commentaire suivant, ce à quoi Colin n'avait strictement rien répondu, tout en sachant que c'était là une de ces réflexions qu'il ne pourrait jamais, jamais oublier de toute sa vie, dût-il vivre aussi vieux que son misérable père. À propos de son père – Colin portait les gants de Brian, gants parfaitement merdiques, cela va sans dire, mais là, il n'avait pas eu le choix, parce qu'une de ses moufles de ski manquait à l'appel (Il faut que tu apprennes à t'occuper de tes *affaires*, avait déclaré Dotty d'un ton sévère avant de menacer – beurk – de lui en *tricoter* une paire, mon Dieu vous pouvez croire une chose pareille ?) de sorte que les machins immenses, craquelés, horribles de Brian s'étaient révélés la seule alternative, s'il ne voulait pas rester tranquillement à regarder ses doigts noircir et tomber. (Où sont mes gants ? Dotty ? Tu as vu mes gants quelque part ? s'était enquis Brian. Il faudrait que tu apprennes à t'occuper de tes *affaires*, avait déclaré Dotty d'un ton sévère, avant de menacer – beurk – de le *mutiler*, mon Dieu vous pouvez croire une chose pareille ?) Il portait aussi, fourrée sous le manteau qui n'était pas un anorak, l'écharpe de son ancienne école – une école tout à fait correcte, où chaque jour on apprenait des choses en compagnie de ses camarades, au lieu de passer son temps tapi ou plié en deux pour demeurer invisible, tant on craint pour sa vie : noire à rayures jaunes – assez sympa. Mais il ne portait pas de chapeau, parce qu'une casquette de base-ball, c'était trop… enfin très franchement, il n'avait pas envie que les gens pensent qu'il était le genre de personne qui porte une casquette de base-ball, voilà ; de même, il avait décliné l'offre de Dotty qui lui proposait un petit bonnet de laine tout rêche, orné d'un pompon, en arguant qu'il ne voulait pas, par pitié, laisser à Carol la moindre chance de déclarer qu'il ne ressemblait à rien tant qu'à une ravissante théière enceinte.

Je suis en train de perdre toute sensation. J'ai frappé des pieds, tout à l'heure, pour obliger mon sang à se souvenir qu'il est là pour circuler, mais cette bizarre impression de ne rien sentir a très vite fait place à une horrible douleur sourde dans tout mon corps, et je ne suis pas pressé de recommencer. Pourquoi Carol ne peut-elle jamais être à l'heure ? Je sais que les femmes sont bien connues pour ça – évidemment, je sais bien. Simplement, si elle pouvait, ce ne serait pas plus mal. Je veux dire – je ne la *critique* pas, ni rien, parce que je l'aime, comme vous le savez, de tout mon, euh – enfin de tout ce que j'ai. Corps et âme, c'est ça. Mais simplement, ce serait sympa, quand il fait un froid pareil, que pour une fois, dix heures veuille dire dix heures, et non pas – oh là là, c'est pas vrai, il est presque la demie. Et si ce n'était pas le bon endroit ? Oh là là – et si jamais Carol était en train de geler sur pied devant une autre saloperie de grille, en me maudissant à mort, malade d'encens et d'oignons frits et (l'horreur) peut-être même embêtée par des *mecs*. Jamais je ne me le pardonnerais. Surtout si elle leur parlait. Et si, en cet instant, à cette seconde même – quelque part de l'autre côté de cet énorme marché (pourquoi avoir choisi le marché de Camden, d'ailleurs ? À quoi ça rime ?), elle est non seulement en train de discuter agréablement avec un type – je ne sais pas, un gars un peu plus vieux, qui a peut-être quitté l'école, et qui a une voiture ou quelque chose, et porte *sûrement* des vêtements corrects, même des vêtements de marque, mais qu'en plus elle le trouve carrément sympa et qu'il lui dit comme ça – *bien*, Carol (parce que, grands dieux, elle lui a déjà dit son nom !), on se retrouve toute seule ? Et elle dit *oui*. Et ils partent ensemble ! Et moi je reste là à me statufier dans la nuit, et peut-être qu'il va neiger, que la neige va tenir, alors je ne serai plus qu'un bonhomme tout blanc enraciné au sol et un gamin me plantera une carotte à la place du nez, et un autre sale môme me collera sur la tête un petit bonnet de laine rêche orné d'un pompon et je mourrai comme ça et le lendemain en ouvrant le journal Carol hurlera de rire en disant Oh regardez-moi ça c'est à hurler de rire – on dirait tout à fait une ravissante théière enceinte !

« Salut, Colin, je suis en retard, hein. Je suis désolée d'être en retard. Ça va ?

– Carol – Dieu merci. » Oui, merci – parce que j'ai bien failli péter les plombs, là.

« Cela fait longtemps que tu attends ? Je suis navrée. Le métro… »

Colin secoua la tête sur le mode laisse-tomber-je-viens-juste-d'arriver, et tendit la bouche vers la sienne à l'instant, où, songeant sans doute à autre chose, elle jetait un regard ailleurs, de sorte que cela ne donna qu'une légère collision de deux nez roses et frais comme des glaces à la menthe, puis l'instant passa comme un rêve.

« Qu'est-ce qu'on fait ? demanda vivement Carol. En fait, je voulais voir des bougies, quelque part par là.

– Ça m'est un peu égal, on va où tu veux, répondit Colin avec des yeux agrandis par la sincérité (elle a bien parlé de *bougies* ?). Est-ce que... est-ce qu'il y a des parties couvertes dans ce marché, dis-moi ? Parce que je commence légèrement à geler, là. »

Carol sourit et glissa son bras sous celui de Colin. « Viens, dit-elle.

– Comment fais-tu pour être si chaude ? Mon Dieu, tu es d'une chaleur... j'aimerais qu'on puisse...

– Eh bien, on ne peut pas, coupa Carol de son ton le plus abominablement pragmatique. N'est-ce pas ? »

Colin secoua la tête devant cette évidence profondément désespérante (c'est dingue la façon dont les gens vous rentrent dedans – et Carol m'agrippe sérieusement le bras et le coude, et si je ne fais pas preuve d'un peu plus de fermeté, le reste risque de ne pas suivre). « Je t'aime, Carol. C'est si bon de... »

Mais Carol venait d'émettre un de ses cris perçants ; ça lui arrivait, à Carol – les deux trois premières fois, Colin en avait été effrayé, puis il avait décidé que c'était là sa délicieuse façon d'exprimer un non moins délicieux enthousiasme juvénile.

« Les *voilà* ! » s'exclama-t-elle, abandonnant soudain le bras de Colin pour se précipiter vers un étal croulant littéralement sous une masse d'espèces de quilles de toutes sortes, profondément vilaines et odieuses aux yeux de Colin, faites d'une matière répugnante qui ne pouvait être de la cire d'abeille, certaines grosses comme une jambe, beaucoup torturées et vibrantes de violet et d'orange, en outre souvent constellées de paillettes.

Colin demeura tranquillement à l'écart, observant Carol qui scrutait ces totems lubriques échappés du purgatoire – jamais il ne se lasserait de ces multiples expressions à peine amorcées, mais délicatement ciselées, qui papillotaient sans cesse à la surface de son visage douloureusement adorable, jusqu'à ce que son esprit se fixe sur l'une ou l'autre d'entre elles – la joie pure, en l'occurrence : un plaisir si total, si entier qu'il la transformait en gamine de cinq ans à son goûter d'anniversaire (grande pour son âge, et vacillante sur les chaussures à semelles compensées de sa mère).

« Là ! Celle-ci ! – tu ne la trouves pas absolument géniale, Colin ? »

Carol brandissait sous son nez une bougie conique extrêmement effilée, un truc grossièrement moulé dans un mélange de crème anglaise et de caillots de sang hors d'âge, avec peut-être un soupçon de fumier ajouté au dernier moment, histoire de rigidifier l'ensemble.

« Mais que veux-tu faire de ça ? s'enquit Colin – non pas tant par diplomatie que par effarement total.

– Oh, j'*adore* avoir plein de bougies. Surtout des bougies parfumées – ça, ce doit être du santal, j'en suis presque sûre. »

Colin hocha la tête ; les remugles mêlés émanant de l'étal le menaient entre le vomissement et l'évanouissement.

« Ce que je fais, reprit Carol – les yeux brillants, le regard éclairé à cette pensée –, c'est que je les dispose toutes autour de la baignoire, j'éteins la lumière, et puis je verse des huiles essentielles dans l'eau très chaude, et crois-moi, je pourrais rester des jours et des jours comme ça, à dériver. »

Cette confidence intime l'avait échauffée, et Colin se sentit saisi, puis abattu par cette vision d'elle. Il se disait qu'il abandonnerait volontiers le reste de ses jours s'il pouvait, une seule fois, participer activement à cette expérience vibrante de chaleur et de parfums… et quand elle se dresserait enfin telle Vénus sortant des eaux, douce et ruisselante et exsudant la… – enfin, bon, ce que les filles exsudent dans ce genre de situation –, alors

Colin viendrait saccager cette paix béate et languide dans laquelle elle baignait pour leur rappeler à tous deux que la vigueur existe. Certes il pourrait mettre le feu à la maison, ce faisant – mais l'un et l'autre n'auraient conscience que d'une vague chaleur supplémentaire.

Elle acheta donc l'objet long et torsadé (« On dirait le chapeau de Merlin l'Enchanteur – tu ne trouves pas, Colin ? Tout à fait le chapeau de Merlin ! »), puis choisit également une pyramide bleu nuit, ainsi qu'une sphère crème et rose éteint, à peu près de la taille d'une balle de cricket.

« Laisse, c'est pour moi, dit Colin. Laisse-moi te les offrir. » Sur quoi il ôta un des immenses et horribles gants de Brian, et fourra la main dans la poche de son jean où elle demeura figée, comme paralysée, parce que – mon Dieu, si Carol ne faisait pas très vite mine de protester face à la générosité de sa première et dernière proposition de la journée, Colin ne voyait guère ce qu'il lui restait à faire, à part en tirer quelque argent et payer effectivement ces trucs-là… mais non, ça allait, pas de problème : Carol roucoulait doucement non non non non, déjà elle les avait prises, elle payait, et le bohémien bulgare du quatorzième siècle qui fabriquait les chandelles et tenait vaguement la boutique avait déjà enveloppé ses trésors de cire dans une sorte de papier essuie-tout à motif floral dont on ne se sert que dans les stations-service, pour protéger les œillets suffoqués de gaz d'échappement que vous venez d'acheter à la boutique – puis fourrait à présent le paquet dans un sac de chez Sainsbury, trop grand mais encore un peu blanchâtre, aussi fragile et parfaitement fripé que l'être humain de sexe indéterminé que l'on voit saisi sur un mauvais instantané dans le journal local, confronté à sa progéniture tout aussi ancienne, une centaine de bougies de nature très différente, et une totale absence de souffle pour les éteindre.

Colin n'avait pas du tout apprécié la comédie ; non qu'il y eût la moindre trace de mesquinerie en lui – il n'avait qu'un désir, donner, donner à Carol tout ce qu'il possédait. Mais simplement, il était dans une situation tellement, oh mon Dieu, tellement *pitoyable* qu'il avait déjà calculé que, si tous deux allaient prendre un café ou quelque chose (un hamburger, disons), ceci plus, éventuellement, un autre café (un Coca, disons), plus le ticket de métro pour rentrer à son nirvana, constituait le maximum absolu, définitif de ses possibilités budgétaires. Comme ce serait merveilleux – ne serait-ce pas merveilleux ? – de dire à Carol – Bien, prenons un taxi : j'ai déjà retenu une chambre, non – une suite (ouais !) au Ritz, au Savoy… au Selfridge, c'est ça ? Non – au Claridge, je crois bien : enfin, un truc comme ça. À moins de carrément sortir de Londres. Ce qu'il était, croyez-le ou pas, bien déterminé à faire un jour. Ils en avaient parlé une fois (vaguement) – et c'est même Carol qui avait soulevé la possibilité d'une telle chose (l'appart' de sa tante – où, déjà ?). Et il va falloir que Colin revienne sur le sujet et le sache au plus vite, car son besoin de se retrouver seul avec Carol dans quelque lieu secret, fortement secondé par le besoin non moins puissant de mettre autant de kilomètres que possible entre lui et la corvée parfaitement infâme que son père avait dû concocter pour ces redoutables et imminents congés d'hiver, avaient rendu Colin inébranlable à ce sujet : il faut absolument que cela se *fasse*, d'accord ?

Problème : Carol était-elle vraiment *sérieuse* ? L'étaient-elles ? Les filles ? Sérieuses ? Elles le paraissaient – on les croyait toujours, jusqu'au moment où elles vous éclataient de rire au nez et s'esclaffaient Mais enfin – tu n'as pas cru que je parlais *sérieusement*, si ? (Eh bien si, puisque tu poses la question – si.) Je veux dire, bon – je verrai Carol pour Noël (Elizabeth a invité absolument tout le monde), mais il y aura des *gens* partout, et son *père* viendra peut-être, ainsi que l'abominable Terry, cette merde vivante, son *frère* – et actuellement, je n'ai même pas une chambre à moi, juste mon étagère personnelle, sur laquelle je me coince sans pouvoir dormir (juste au nord de la bouche béante et humide de mon père, et de l'haleine qui en émane). Donc, vous voyez ce que je veux dire, n'est-ce pas ? Vous voyez ? J'ai intérêt à saisir la plus petite chance.

Et comme nous voilà installés dans un coin, dans une espèce de café bruyant – tout en pin brut, jusqu'à la tête de la serveuse, et en garnitures synthétiques et moites (au moins, quelque chose de chaud) – et que j'ai déjà décliné une tranche de vague gâteau marronnasse et d'aspect spongieux (non pas par pure pauvreté, mais également par répulsion), il m'apparaît que le moment est bien choisi pour se lancer. Mon temps alloué avec Carol s'épuise rapidement, et je pense que je pense – comment dire ? – que déjà je ne supporte pas l'idée de bientôt me retrouver en enfer, et sans elle.

« Carol ? » commença Colin – d'une voix légèrement plus aiguë, afin de mieux suggérer une certaine désinvolture un peu distanciée et somme toute assez adulte (alors qu'en fait, Colin se sentait toujours prisonnier, à demi étouffé sous une sorte de crème Chantilly envahissante, dès que Carol était à portée de ses sens – parfois jusqu'à la panique, mais il adorait presque ça, en même temps).

« Tu as complètement noyé ton café, avec le lait, dit Carol d'un ton négligent. Tu ne le prends jamais bien noir et bien fort ? Mon père le boit toujours comme ça – c'est lui qui m'y a fait goûter. On appelle ça l'espresso. C'est divin.

– Non – je ne suis pas très amateur », répondit Colin avec franchise. D'ailleurs, je ne suis pas réellement amateur de café, sous quelque forme que ce soit, mais en y collant plein de lait et un maximum de sucre, ça passe plus ou moins ; simplement, le thé, c'est tellement ringard, et

j'avais besoin de tenir quelque chose de chaud en main.
« Non, l'expresso, ce n'est pas mon truc.

– Espresso.

– C'est ce que j'ai dit. Écoute, Carol… pour cette semaine. As-tu quelque chose de… enfin de prévu ? Un projet, je ne sais pas ? Parce que je pensais que nous pourrions…

– Qu'est-ce que tu veux dire, Colin ? La semaine prochaine, c'est bien *Noël*, non ? »

Colin hocha vigoureusement la tête, comme s'il avait été payé pour ça. « Oh oui, oui – tout à fait – la semaine *prochaine*, ouais – non, je me demandais… d'ici là. Tu te souviens, tu m'as parlé de l'appartement de ta tante… ?

– Oh ouais – d'accord », telle fut la réponse cruellement neutre de Carol. Elle s'était mise à tourner son café (non sans difficulté, prit la peine de remarquer Colin, à sa grande surprise, parce que la cuiller entrait tout juste dans cette ridicule petite tasse).

« Eh bien…, reprit Colin, se sentant tout à la fois courageux et effrayé (il s'était aperçu que les deux allaient souvent de pair). Je veux dire – il est toujours, enfin tu sais, vide et tout ? Elle est toujours en voyage ? Ta tantine ? »

Carol hocha la tête. « Ouais – elle est aux Bahamas jusqu'après le nouvel an, pour je ne sais quelle raison débile. Papa dit que c'est à cause d'un mec. Elle a toujours été un peu comme ça, tante Jane, ce que je trouve assez malsain, en fait, parce qu'elle doit avoir la cinquantaine, maintenant.

– Ouais, approuva Colin, non sans réserve, c'est *tout à fait* malsain. Mais ce que je veux dire » – une nuance d'urgence, là –, « c'est que tu es toujours okay, pour ça, n'est-ce pas ? Je veux dire – Tu *veux* toujours… ? »

Carol regarda Colin bien en face, puis baissa la tête pour mieux soupeser la question. Mon Dieu, Colin, ce n'est *pas* tout à fait aussi simple que ça, vois-tu ? Je veux dire – ouais, d'une *certaine* façon, je le veux, mais je ne peux pas me tirer comme ça, n'est-ce pas ? Que dirait mon père ? Il péterait les plombs. Et puis il y a Tony, aussi. Je ne t'ai pas parlé de Tony, Colin (pour des raisons évidentes), mais il va en classe avec Terry, et tu sais bien à quel point Terry t'exècre, Colin – je pense d'ailleurs que c'est pour cela qu'il nous a présentés, Tony et moi. Il est gentil, Tony – vraiment sympa. Mais je te trouve toujours désirable, Colin, si c'est ce que tu veux dire… quoi qu'il en soit, généralement, quand je vais là-bas, c'est pour vérifier qu'il n'y a pas de problème, jeter un coup d'œil sur l'appartement, donc oui, j'imagine que tu pourrais y venir pour une heure ou deux, si c'est ce que tu veux dire ? Est-ce bien ce que tu veux dire, Colin ?

« Qu'est-ce que tu veux *dire*, Colin ? De quoi veux-tu parler exactement ? »

Colin prit une lente, profonde inspiration, puis lâcha d'un seul coup tout l'air accumulé. « *Bon* – ce que je veux dire, c'est que ce serait vraiment super si on pouvait passer quelques, euh, quelques nuits chez ta tante et…

– Des *nuits* ? Tu plaisantes ? Des *nuits* ! Comment pourrais-je…

– Mais tu as dit que…

– Attends, tais-toi et écoute, Colin – d'accord ? Tu es complètement – j'ai *quinze ans*, Colin, je vis chez mon père ! Comment peux-tu imaginer que je pourrais… »

Et là, Colin n'avait plus qu'à foncer, parce qu'une bouffée de désespoir l'assaillait et manquait l'étouffer, qu'il devait esquiver parce que *bon* – il fallait absolument que ça se fasse !

« Mais quand nous en avons parlé la première fois, tu as dit que tu pouvais peut-être dire que tu allais passer quelques jours chez ton amie Charlotte…

– Emma.

– Emma – d'accord. Donc, tu ne pourrais pas ? Dire

ça ? Oh, je t'en *prie*, Carol, s'il te plaît – nous n'aurons peut-être plus jamais d'occasion ! »

Carol vit la lumière dans les yeux de Colin, et la réalité, peut-être, lui apparut d'un seul coup. Quand auraient-ils de nouveau un appartement disponible ? (Mais il faudra quand même que je dise à papa où je suis.) Et puis ceci, aussi : quand je pense à Tony (il a dix-sept ans – il apprend à conduire : il dit qu'il va s'acheter une Mini Cooper, une caisse complètement fabuleuse), je me dis qu'après Noël le moment sera peut-être venu de passer à la vitesse supérieure. J'ai perdu ma virginité avec Colin, d'accord ? Donc, il serait peut-être intéressant de savoir si ce que nous faisons ensemble est réussi ou pas, en fait. Ne vous méprenez pas – j'aime *beaucoup* Colin, réellement, mais depuis quelque temps, il est toujours tellement... je ne trouve pas le mot juste... passionné ? Genre *désespéré*, vous voyez ? Enfin collant, voilà.

Et Carol de répondre : « Avant de rentrer, je veux trouver le deuxième album de The Stone's Greatest Hits – je suis carrément branchée sur les années 60, depuis quelque temps. »

Colin savait qu'il devait, là, ressembler à un chevreuil blessé ; pas à un faon à l'agonie, espérait-il – si on peut éviter le côté Bambi...

« Carol... ? ! » Voilà tout ce qui surgissait de sa bouche, en un son aussi déchirant, douloureux que le sentiment qui l'envahissait – une nouvelle vague de malaise dégoulinant à l'intérieur de lui : il se mêlait à présent aux lumières que Carol avait fait naître, et les éteignait une à une.

« Qu'est-ce qu'il y a ? » fit-elle – avec des yeux beaucoup trop grands, cette fois : elle jouait avec lui, c'est cela ? « Tu n'aimes pas les Stones ? »

Colin la regarda avec sur le visage une lueur d'espoir. Et oui – elle sourit ! Son regard me dit qu'elle m'a rejoint – je la sens qui revient en moi.

« Alors, tu es *d'accord* ? » fit-il, la gorge nouée.

Carol hocha la tête et se mit à rire. « Ça marche, gloussa- t-elle. En fait, je prendrais bien un autre café, Colin… »

Et Colin commanda d'une voix aiguë à la serveuse qui, de manière tout à fait stupéfiante, se trouvait être dans les parages (parce que ça n'arrive pas tous les jours, hein ?) :

« Deux expressos, s'il vous plaît.

– Espressos », reprit Carol, souriant toujours.

Et Colin sourit aussi, plutôt deux fois qu'une. « C'est ce que j'ai dit.

– Je croyais que tu n'aimais pas ça ? »

Colin demeura silencieux, les dents serrées. On aurait dit qu'il s'efforçait tant qu'il pouvait de se briser la mâchoire. « J'adore ça », dit-il, tout en pensant Oh là là je serais prêt à payer un maximum pour pouvoir la prendre là, sur la table. Je ne peux même pas toucher sa cuisse, de là où je suis, ce qui me rend carrément cinglé, et je vais devoir me contenter de lui peloter deux trois fois les seins, comme par accident, comme je l'ai fait avant que nous n'entrions ici ; d'ici à ce que nous soyons chez tante Jane, j'aurai explosé comme un volcan.

Carol avait réglé les cafés – ce qui se révéla une excellente chose, car plus tard, quand elle poussa un de ses glapissements de possédée à la vue d'une sorte de pantin immonde, vert acide et aux yeux en bouton de bottine, Colin put ainsi se montrer magnifique. (Non, vraiment Carol – je t'en prie, j'insiste : c'est à moi que ça fait plaisir.) Il la raccompagna jusqu'à la station de métro de Camden, et l'embrassa d'abord doucement. Puis il se jeta sur elle, et ses bras et mains se multipliaient et tournoyaient comme les ailes d'un moulin à vent ensorcelé, et elle dut pratiquement les chasser à grands coups de sac de chez Sainsbury, sur quoi elle émit, à voix haute, le vœu que ses bougies n'en aient pas souffert.

Colin se détourna et s'éloigna de la station – il ne la

suivit pas dans les entrailles tièdes où soufflait l'haleine du métro car, à part treize *cents* rescapés, tout son capital actuellement disponible s'était vu investi dans une espèce de pantin immonde, vert acide et aux yeux en bouton de bottine – mais la pensée de devoir crapahuter pendant des milliers de kilomètres ne le troublait aucunement. Et peu importait que tombe à présent un déluge d'infimes particules scintillantes de lames de rasoir Wilkinson Sword qui le découpaient en tranches fines. Le reflet des guirlandes multicolores dansait sur l'obscurité lisse et huileuse de Regent's Canal, et un panneau lumineux criard clignotait « Joyeux Noël » au-dessus du quai de Dingwalls. Colin se pelotonna dans son non-anorak noir qui passait rapidement au blanc, et eut un sourire de maniaque au milieu du méchant blizzard. Ça va se faire, pensait-il, oh mon Dieu, oui : ça *va* se faire.

Un vrai mystère, ce sous-vêtement. Mais laissons tomber pour l'instant. Dotty n'avait aucune idée de l'endroit où Colin avait pu aller ce matin, mais elle espérait au moins qu'il aurait assez d'argent sur lui. C'est à peu près tout ce que je peux faire pour mon grand bébé d'adulte, maintenant – lui donner quelques livres sterling, l'autoriser à acheter deux trois trucs, et espérer malgré tout qu'il lui arrive, par moments au moins, de ne pas ressentir douloureusement quel enfer notre vie est devenue. Et d'où vient cet argent ? Le petit boulot à mi-temps de Dotty, c'est cela ? Eh bien oui – il venait de là, évidemment, sinon, comment aurait-elle pu avoir accès à tous ces tickets de caisse. Des *tickets*, dites-vous ? Vous avez bien dit des tickets ? Bizarre. Bon, écoutez – tout cela est peut-être fort bizarre, c'est possible, mais pour moi c'est devenu complètement quotidien et absolument normal et en fait je n'ai pas plus que ça envie de débattre du pourquoi et du comment parce que je ne suis *pas* une personne malhonnête, pas du tout – je suis une mère, et c'est tout : la mère de ma petite Maria, dont le dernier souffle est passé entre les lèvres minuscules et livides avant que nous ayons même échangé un mot – elle était si petite, si tendre, si douce, mon petit ange Maria, quand elle m'a quittée. Et une mère, aussi, pour Dawn, mon autre ange – même brièvement ; cela dit, Melody commence à flancher, je le vois bien. Mon amour débordant pour Dawn ne fait que grandir et grandir, au fur et à mesure que les sentiments de sa mère diminuent, jusqu'à en devenir presque inexistants – chose que je n'arriverai jamais, jamais à comprendre. C'est là une de mes douleurs : la plus grande.

C'est facile, de préserver les bébés – facile, de maquiller ce qui se passe vraiment. Il n'y a qu'à recréer ce qu'ils vivaient avant qu'ils ne soient forcés d'émerger, tout sanglants et hurlants – leur faire un univers doux et chaud et rose, mmmm, plein d'amour, au-delà duquel rien n'existe. Mais avec Colin, comment pourrais-je ? Il voit son père bien en face, tel qu'il est, en pleine lumière : il sait exactement ce qu'est Brian – il sait également (comment pourrait-il l'ignorer ?) qu'on l'a ôté d'une bonne école, d'une bonne maison, pour l'enfermer ailleurs. Donc, je fais ce que je peux – lui donner quelques livres sterling, l'autoriser à acheter deux trois trucs – et la manière dont j'y parviens n'est rien d'autre que la manière qui s'impose à présent.

Cela dit, ce fameux sous-vêtement ? Faudrait-il, disons – le leur mettre sous le nez ? À Colin ? À Brian ? Je veux dire – comment ce truc-là est-il arrivé dans ce tiroir ? Un slip Calvin Klein gris cendre, à ceinture élastique blanche – dix fois trop petit pour Brian (d'ailleurs il n'y avait pas pléthore de vêtements Calvin Klein, dans les friperies ou autres solderies où il se fournissait ces deniers temps), et même si, en effet, il irait à peu près au jeune Colin, c'était Dotty qui lui achetait toutes ses affaires, voyez-vous, et ce qu'elle achetait, c'étaient des caleçons bleu pâle, chez Marks & Spencer (c'était Colin qui voulait ça) – donc vous comprenez sa perplexité, sur ce coup. Ça ne peut pas être une erreur de la blanchisserie, parce que de blanchisserie – comme de tous les autres services, prestations, facilités et avantages (ainsi que de quantité de nécessités rien moins que fondamentales) – il n'était plus question.

Brian surgit soudain – dans l'aile est de la caravane, soit à un mètre à peine de là où Dotty fulminait rien qu'à sa vue. Faut-il lui en parler ? Une inquiétude l'effleura : elle espérait qu'il n'y avait rien à redouter, là. Parce que si la vie de Dotty devait encore faire une embardée – si une fois de plus, elle devait, hurlante, culbuter dans l'obscurité – alors elle préférait sauter du train en marche, une fois pour toutes. Et – juste ciel – quelle idiotie cet individu a-t-il encore trouvé à bricoler, cette fois ? ! Au lieu de chercher du boulot… comment peut-il rester là, *posé* comme un bouddha informe, avec devant lui des saloperies quelconques, et simplement s'amuser à *tripoter* ces machins, avec un air de – vous savez quoi, je pense que c'est une espèce de *satisfaction*, si vous pouvez croire une chose pareille – oui, un sourire tranquille qui étire ses joues jaunâtres sous une barbe de trois jours.

« Brian, tu ne crois pas qu'il y a assez de fouillis, ici, pour que tu n'en ajoutes pas à chaque jour que Dieu fait ? Hmmm ? Pourquoi as-tu ramené un vieil *aspirateur*, Brian ? Tu comptes te lancer à nouveau dans la moquette ? »

Prends ça : la vie était si belle, quand l'affaire de moquettes de Brian était en pleine expansion. Avant la récession. Avant que tout le monde ne décide que c'était du parquet que l'on voulait dans la maison – parquet que Brian avait passé la moitié de sa vie à dissimuler avec de la moquette, laquelle se voyait lacérée, arrachée (et Brian, Dotty et Colin du même coup).

« Ce n'est pas un aspirateur, Dotty, telle fut sa réponse prudente. Je crois que j'ai réussi à le réparer – je l'essaierai cet après-midi.

– Oh, non, Brian – tu as laissé toute la – l'évier est plein de linge…

– J'ai juste mis un ou deux trucs à tremper ; il faudra qu'ils sèchent à plat – et après, je les mettrai sous le matelas. »

Dotty avait fait tout son possible pour empêcher Brian de s'occuper des tâches domestiques – mais non non non, avait-il protesté, c'est normal, c'est logique : après tout, tu vas travailler au-dehors, et en attendant que je, euh – que je trouve… enfin que les choses *s'arrangent*, il est parfaitement normal que je fasse ma part. Et en effet, en effet, comme Dotty le reconnaissait non sans affliction, il la *faisait* : il y en avait partout des traces. Au beau milieu du repassage, il entreprenait de tout briquer jusqu'à l'usure ; certaines pommes de terre se voyaient quasiment épluchées, d'autres pas du tout. Et tandis qu'une bonne partie de la lessive était sèche, le reliquat restait abandonné, à tremper. (C'est peut-être en matière de lessive à la main que Brian s'enorgueillissait le plus : il avait été émerveillé en lisant, en grandes lettres rouges, sur le côté de l'énorme baril de détergent – ils étaient vendus par paquets de plusieurs – une promotion –, que grâce à une formule extraordinaire, non seulement inédite mais secrète, cette poudre à laver empêchait réellement le linge de boulocher. Si Brian ne savait absolument pas ce que boulocher pouvait être – ni, en fait, pourquoi le non-boulochage était un impératif aussi clair et définitif – c'est néanmoins avec une satisfaction non dissimulée qu'il s'employait à l'empêcher.)

« Juste ciel, mais pourquoi fait-il toujours un froid *terrible*, ici ? fit soudain Dotty avec exaspération. Grands dieux – j'achèterais bien un poêle à mazout, mais je sais que nous nous réveillerions tous *grillés*.

– Je crois que je vais l'essayer, à présent, dit Brian d'une voix douce, déposant sur le sol ce que l'on pouvait, de fait, prendre pour une forme primitive, rudimentaire de l'aspirateur. J'y vais ? reprit-il. Tu crois que le temps convient ? Oh oui, je pense que ça ira – il n'a pas l'air de vouloir pleuvoir. »

Dotty observa Brian qui parlait tout seul : c'était nouveau, ce truc – ça venait de sortir. En outre, ces conversations n'étaient pas toujours aussi affables. Pas plus tard qu'hier Dotty avait entendu Brian dire Je ferais bien une petite promenade, moi, ce à quoi il avait répondu Non, non pas moi, mon vieux – je suis très bien ici. Mais, avait renchérit Brian, ce serait sympa de prendre un petit bol d'air, tu ne crois pas ? Cependant Brian était déterminé : Non, conclut-il – je n'ai aucune envie de sortir, pas question. Dotty s'était enfuie avant qu'il n'en vienne aux mains.

« Mais qu'est-ce que c'est, en fait ? » s'enquit-elle – non sans réticence, certes, mais dieux du ciel, il fallait tout de même qu'elle *sache*, non ?

« Quoi – ça ? » fit Brian, désignant sa dernière invention, sur quoi il se jeta en avant pour parer la force déferlante d'un inévitable *Oui*-Brian-pauvre-andouille-*ça*-évidemment-*ça*-je-parle-de-quoi-à-ton-avis-du-secret-de-la-vie-éternelle ? « C'est peut-être la réponse à tous nos problèmes, Dotty.

– Hm-hm, lâcha Dotty en réponse, avec une indulgence aussi infinie que détachée. Une chambre à gaz, c'est ça ? Ou bien c'est en or massif ? »

Brian hocha la tête, lentement, tel un sage ; c'était là une des sept expressions à sa disposition qui précipitait Dotty, hagarde, sur le premier objet qui lui tombait sous la main, de préférence un couteau à découper. « Peut-être bien, d'une certaine manière – peut-être bien. C'est un détecteur de métaux. »

Le regard de Dotty s'était fait aussi trouble et stagnant

qu'une fosse à purin fermentant au soleil. « Un détecteur de métaux, fit sa voix placide, en écho.

– Exactement. Ça sert à…

– Laisse-moi deviner – à détecter les métaux ? Ça marche bien, apparemment. Il nous a trouvé ce tas de ferraille en deux temps trois mouvements.

– Très drôle, Dotty. Non – sérieusement. Des gens ont fait des fortunes considérables, avec ce genre d'appareil. L'autre jour, je lisais que…

– Combien ? Brian ? Combien as-tu payé cette saloperie ?

– C'est un investissement, Dotty – c'est comme ça qu'il faut le voir. Tu investis un petit peu – et tu récupères beaucoup. De toute façon, la dépense a été presque couverte par la vente de mes petites goélettes. Ou de mes petits canoës. »

Là, nous nous éloignons de la vérité, il faut bien l'avouer. Brian lui-même avait été contraint d'admettre que sa flotte miniature était fort loin d'être constituée de pièces de collection ; en fait, non seulement elles péchaient lourdement par manque d'authenticité dans le détail, mais l'ensemble présentait de sérieuses déficiences – de plus, cette peinture Humbrol collait partout, enfin vous savez, et ces petits pinceaux se révélaient très peu pratiques à manier, et non seulement ça, mais Brian avait découpé quatre mouchoirs quasiment neufs pour faire les voiles, mais à la fin, on aurait dit des vieux bouts de bandages, pour être honnête, et peut-être était-ce psychosomatique, à moins que ce ne soit le diluant à l'acétone – Brian ne saura jamais –, mais il avait éternué sans cesse pendant des heures, après ça, et il avait dû faire appel à un sac de chez John Lewis qui s'était révélé inutilisable, car en plastique, et s'était rabattu sur une poignée de papier hygiénique. Donc, il avait dit à la femme qui tenait le dépôt-vente de l'Aide aux personnes âgées : Est-ce que ces petits bateaux pourraient vous intéresser ? Gratuitement ? En cadeau – vous pouvez les vendre dans votre magasin, et l'argent irait directement à cette noble cause, ce à quoi elle avait répondu Non, sur quoi il les avait abandonnés dans une poubelle quelconque devant une maison, dont le propriétaire était sorti et avait gueulé Ho là, vous jouez à quoi, dites donc ? et Brian n'avait pu que secouer la tête d'un air désolé et filer au plus vite – parce qu'il ne *jouait* à rien, n'est-ce pas ? Alors, que répondre ?

Brian se tenait à présent sur le seuil de la caravane, perçant du regard le voile de bruine qui tombait de manière relativement décourageante.

« Oh nooon, mais ferme cette putain de *porte*, Brian ! Sors et ferme cette putain de *porte* derrière toi ! Il fait un froid de *chien* !

– Bien, réfléchissait Brian. Nous y allons, ou pas ?

– Vas-y ! Vas-y ! hurlait Dotty.

– Oui, conclut Brian. Je crois que oui. Qu'est-ce que tu en penses ? Oui – somme toute, je pense que oui. La pluie n'a pas l'air de vouloir durer. » Puis – après que Dotty l'eut poussé dans le dos et claqué la porte – tandis que ses bottes de caoutchouc atterrissaient en crissant sur le gravier scintillant de l'allée de Howard et Elizabeth : « Tu sais ce qui ne va pas, chez Dotty, n'est-ce pas ? Oui, oui – tout à fait. Mais qu'est-ce qui te semble particulièrement ne pas aller ? Selon moi, c'est sa manière de juger sans cesse – elle est toujours si rapide à porter un jugement, à te rabaisser, à te rire au nez. Au moins, j'*essaie* quelque chose. » Là, Brian interrompit son dialogue pour se demander, l'espace d'une seconde, pourquoi cette femme, là-bas – avec le chien et la petite fille – le regardait comme ça, fixement, d'un air bizarre ; les gens, conclut Brian, sont quelquefois bien étranges. « Bien, où en étais-je ? Ah oui, je disais que j'*essayais*, mmm. Je veux dire, d'accord – les petits bateaux, ça n'a pas été un franc succès. Ça ne sert à rien de le répéter. D'accord – inutile d'enfoncer le clou. Mais avec ce détecteur de métaux, je peux te dire – tout est possible. Comment rejoint-on la Tamise, d'ici, en fait ? J'aurais dû regarder sur un plan. Est-ce qu'ils ont des marées et tout ça, les fleuves ? Ou bien seulement les mers ? Tiens, prends ce slip, par exemple. Il y a peut-être de l'argent, là-dedans. Enfin – pas dedans, littéralement – mais dans l'idée. Apparemment, il y a des gens prêts à payer pour n'importe quel truc bon à jeter, dès l'instant où il a appartenu à une personne célèbre. J'ai lu un article là-dessus. Bref, en feuilletant le journal local, j'ai appris par hasard qu'un type qui joue dans un de ces odieux groupes de rock habite juste au coin de la rue. (Nom d'un chien – le ticket de métro vaut aussi cher qu'une course en taxi, aujourd'hui ; je me souviens de l'époque où tu pouvais aller n'importe où pour deux sous.) Donc, tout n'est question que d'*initiative*, n'est-ce pas ? Tu y vas, et tu fouilles dans ses poubelles. J'avoue qu'un slip, ce n'est pas exactement ce que j'avais en tête – mais il m'a semblé que c'était mieux que des boîtes de bière vides et des emballages de plats cuisinés pour micro-ondes. J'espérais sans doute trouver des photos dédicacées ou une paire de bottes dorées, quelque chose comme ça. Un sachet d'héroïne vide, enfin je ne sais pas trop ce qu'ils mangent. Je ne suis pas naïf au point d'avoir pensé trouver une *guitare*, ni rien de ce genre. Mais quand même. Et puis il y a aussi un écrivain, pas trop loin. Je peux peut-être récupérer un manuscrit. »

La pluie s'était maintenant transformée en éclats de verre étincelants (Dieu, sur un coup de tête, avait enfin décidé de nettoyer le paradis de tous ses pare-brise fracassés par les vandales). « Bien. Tu crois qu'on va réussir à exhumer un trésor quelconque, pour notre première sortie ? On ne sait jamais. Ça serait pas mal, si on pouvait tomber sur des bijoux, un truc comme ça, parce que je n'ai absolument rien pour l'anniversaire de Dotty. Et je ne vais pas t'expliquer, à *toi*, comment elle est. Enfin

– on peut toujours essayer. C'est tout à fait mon point de vue, n'est-ce pas ? On peut toujours *essayer* – d'ailleurs je ne fais que cela : *essayer.*

Je vais te dire : si on trouve quelque chose d'intéressant – on partage moitié moitié. »

Dieux du ciel, pensa Dotty – à peine avait-elle claqué la porte à toute volée, pour se retrouver quasiment enlacée à cette étrange composition de grilles et lattes verticales qui constituait ce qu'elle désespérait de pouvoir un jour appeler son « chauffage » sans devoir accrocher la pesante ironie de deux guillemets de part et d'autre de ce mot inerte –, dieux du ciel, donc – même cet être bizarre, ce Peter qui travaille pour Howard ou Elizabeth, l'un ou l'autre ou les deux (je n'y comprends jamais rien) – même *lui* regarde Brian comme s'il tombait du ciel. Dotty venait de voir cette curieuse lueur dans ses yeux, comme il entrait chez Elizabeth – il s'était retourné et avait observé Brian d'un air parfaitement incrédule. Pourquoi diable Elizabeth le fait-elle venir chez elle ? Je me demande bien à quoi lui *sert* ce Peter, exactement ?

Dotty jeta dans un seau les saloperies quelconques que Brian avait laissé à tremper, et qui devaient sécher à plat. Elle remplit la bouilloire, impatiente de prendre le thé. Le plombier avait dit entre le déjeuner et quatre heures ; c'était le – oh, par pitié, ne demandez pas à Dotty de simplement *penser* à cela, sans même parler d'en parler. C'était le – *baaaahhh !* – le truc censé être les *toilettes*, et Dotty avait pris soin de ne rien dire à Brian, parce qu'il aurait réussi à tout bousiller en dix secondes et, même si, d'une certaine manière, Dotty aurait éprouvé une joie profonde à le voir à genoux les deux bras dans la merde, elle avait bien conscience que l'appareil serait demeuré en pièces aussi détachées que non identifiables jusqu'à ce qu'elle ne puisse plus supporter la situation, et que l'un d'eux meure ou explose ou pire, bien pire encore – tellement pire que tout cela : Dotty aurait dû non seulement reconnaître, mais élargir encore les frontières d'une humiliation apparemment illimitée en frappant à la porte d'Elizabeth pour lui demander paisiblement s'il n'y aurait pas de problème à ce que Brian et Dotty et Colin puissent éventuellement utiliser ses WC.

D'où le plombier. C'est abominable, quand on pense qu'il y a des gens qui passent leurs journées à faire des choses pareilles. Mais peut-être que, d'une certaine façon, nous en sommes tous là. Je vais prendre mon thé, avaler honteusement un, puis deux des gâteaux personnels de Colin, et ne pas penser à Noël. Ni à nos – oh mon Dieu – « vacances ». Dont je n'ai pas reparlé à Brian, à dessein, parce qu'il y a toujours ce risque qu'il me *dise* ce dont il s'agit, et que, pour le moment, je ne me sens pas assez forte pour affronter ça.

Mais pourquoi diable Elizabeth le fait-elle venir chez elle ? Je me demande bien à quoi lui *sert* ce Peter, exactement ?

« Mais pourquoi diable Dotty continue-t-elle de supporter ce Brian, à votre avis ? » demanda Peter, de l'air à la fois détaché et imperceptiblement exaspéré qui lui était habituel, et qui, aux yeux d'Elizabeth, paraissait suggérer un désintérêt total de la réponse, voire de l'existence même d'une réponse.

« On s'habitue aux choses », telle fut celle, aimable et souriante, d'Elizabeth, alors qu'elle s'entendait penser Pauvre, pauvre Dotty – que diable peut-elle faire d'autre ? Elle est coincée avec lui, n'est-ce pas ? « Comment s'est passée la leçon ? Tu sais, Peter – *Zouzou*, vilain garçon – pour quelqu'un de si jeune, tu es d'un snobisme épouvantable. »

Quelle chose étrange, se disait-elle, et à beaucoup

d'égards. C'était tout récemment (Elizabeth s'était d'abord trouvée effarée – puis absolument enchantée) que Peter lui avait demandé de l'appeler Zouzou. *Zouzou* ? avait-elle ri – mais pourquoi Zouzou ? Sur quoi ses yeux frangés de cils épais s'étaient presque fermés, avant de s'ouvrir plus grands que jamais. Parce que cela me va bien, avait-il répondu ; vous ne trouvez pas que cela me va bien, Elizabeth ? Non ? Et sa bouche avait mimé le genre de baiser qui durait juste assez longtemps pour faire monter une chaleur en elle et lui faire regretter qu'il prenne fin – et *oui*, avait-elle dit, *oui* : ça te va bien, Peter. Zouzou. Zouzou. Cela te va vraiment bien.

« Je ne crois pas que ce soit une question de snobisme », déclara Zouzou. Il était mi-assis mi-vautré sur la méridienne du salon du matin, une jambe élancée jetée de biais. Ce pantalon collant lui va superbement, se dit Elizabeth – cette légère nuance vieux rose du beige crémeux était tellement mise en valeur, quand il allongeait dessus ses doigts bruns, à la fois doux et osseux : certes, il n'était pas donné – mais comme toutes les belles choses, cela a un prix, s'était-elle dit. « C'est plus une question d'*esthétique*, je crois que c'est cela. Je veux dire, il y a des choses, des gens, qui mériteraient d'être simplement détruits, non ? Pourquoi ne pas chasser la laideur ? Qui la regretterait ?

– Non seulement snob, mais fasciste, *en plus* », fit Elizabeth d'un ton faussement sévère. Mon Dieu, vous savez – je pourrais pardonner n'importe quoi à ce garçon ; pourquoi à lui, et à personne d'autre ? « Oh mon Dieu – qu'est-ce que c'était ? On dirait bien que quelque chose est cassé. Dieux du ciel, Peter – Zouzou – je me demande quelquefois si Nelligan se souvient bien qu'il est là pour *installer* des choses. Pourquoi les ouvriers censés installer les choses les *détruisent*-ils toujours ? Enfin bref – je n'ai même pas le courage d'aller voir. Encore un peu de jus d'ananas ? Non ? Tu es sûr ? Bien, dis-moi, alors

– comment la leçon s'est-elle passée ? Tu penses que tu l'auras ? Et n'oublie pas que tu as promis de m'aider à faire les valises. Est-ce que je vais te manquer ? *Toi*, tu vas me manquer. » (Oh, écoutez : le truc avec *Colin*, c'était mal, et ça *aussi*, c'est mal, mais c'est plus fort que moi – et oui : je sais que je ne suis pas la première à dire ça.)

Zouzou baissa les yeux, se redressa. « Je ne veux pas penser à votre absence. »

Ce qui réjouit tant la jeune fille enfouie en Elizabeth que la voix adulte qu'elle s'efforça de prendre n'était guère convaincante :

« Oh, ne sois pas *idiot*, Peter. Mon petit Zouzou. Ce n'est que pour quelques jours – et puis ce sera Noël, n'est-ce pas ? Ce sera le plus merveilleux des Noëls – je t'ai acheté quelque chose de divin – tu vas adorer, crois-moi. Et puis je te rapporterai quelque chose de sublime, de Paris : de sublime. » Et Elizabeth retint son souffle, comme toujours quand cette chose-là montait en elle, la prenait toute. « Embrasse-moi, Zouzou – oh, *embrasse-moi*, mon chéri. Donne-moi tes mains et *embrasse-moi* ! »

Sans changer de visage, Zouzou se leva et s'approcha délicatement, comme toujours. Il ne paraissait pas vraiment morose, mais encore assombri d'une mélancolie masquant en partie la conscience partagée d'un doux plaisir à venir ; comme si le moment était enfin arrivé de procéder à un rituel important et profondément émouvant. Vous pouvez donc imaginer à quel point Elizabeth eut les boules (elle sursauta, avant de pousser un hululement) quand la sonnerie stridente du téléphone perça puis déchira l'instant.

« Laissez sonner », fit Zouzou dans un souffle.

Elizabeth – éperdue – eut un bref hochement de tête : si elle ne l'avait pas entendu – le hurlement du téléphone résonnait toujours d'un mur à l'autre –, elle comprenait ce qu'il voulait dire, bien sûr, mais elle ne pouvait pas laisser sonner, c'était impossible – jamais elle n'avait pu faire cela, laisser sonner. Donc Allô, telle fut sa parole suivante, prononcée aussi loin que possible du combiné importun, et une vague glacée de regret lui tomba sur les épaules, comme Zouzou baissait les yeux et se détournait.

« Oh, maman, fit-elle avec une quasi-affliction. C'est toi.

– Bien sûr que c'est moi, Elizabeth. Je *sais* que c'est moi. Réfléchis un peu.

– Comment vas-tu ? »

Elizabeth braqua deux grands yeux impuissants vers Zouzou et tendit vers lui une main implorante, ses doigts raidis jouant sur les barreaux d'une échelle invisible ; toutefois, Zouzou, boudeur, retranché en lui-même, ne regardait même pas.

« Mal, fit la mère d'Elizabeth d'un ton rogue. Pire que jamais – bien pire – mais je ne veux pas t'accabler avec tout ça. Tout sera à toi, quand je partirai.

– Oh maman… », soupira Elizabeth. Il fallait donc que ce soit ce coup de fil précis : il y en avait cinq par jour, et il fallait que ce soit celui-là. « Ne sois pas sotte – tu ne partiras nulle part. Tu nous enterreras tous. »

Je t'en *prie*, Zouzou, regarde-moi : ne te détourne pas. Je ne supporte pas, quand tu me fais ça.

« À part, continuait la mère d'Elizabeth, la bague avec une améthyste que ton père m'a offerte. Je me suis dit qu'elle plairait sans doute à Katie. Qu'en penses-tu, Elizabeth ? Crois-tu qu'elle plairait à Katie ? Elle ferait bien, sur une jeune main – pas sur une horrible vieille griffe comme la mienne.

– Nous en avons déjà parlé, maman – nous avons déjà discuté de tout ça. Tu as montré la bague à Katie, et elle n'aime pas la couleur, tu ne te souviens pas ?

– Qu'est-ce que tu dis ? Je n'entends rien.

– Je disais…

– Sais-tu qu'il y a plus d'horribles taches marron que de peau blanche, sur mes pauvres mains ? On dirait un dalmatien. Quelle taille fais-tu, Elizabeth ?

– Tu sais bien quelle taille je fais, maman… »

Oh, regardez plutôt ! Voilà que Zouzou, d'un œil unique et indolent, fait presque mine de regarder par ici : Elizabeth battait à présent du bras dans sa direction, comme si elle se noyait, ou bien comme si on la sauvait.

« Non, je parlc de ta taille de vêtements. Et de chaussures. Je veux t'offrir quelque chose de joli pour Noël. Dieu sait que c'est un chemin de croix que de faire les boutiques, ces temps-ci, mais je ne suis pas encore complètement décrépite. L'employé du gaz doit passer cet après-midi, alors il faut que je tende l'oreille.

– Tu n'es *absolument* pas…, écoute, maman – je t'en prie, ne t'inquiète pas pour les cadeaux et tout ça, franchement. Tu viens simplement pour te détendre, te reposer – tu n'as pas besoin de…

– Qu'est-ce que tu dis ? Je n'entends rien. »

Je n'entends pas que tu n'entends rien, maman, parce que ce garçon magnifique, mon Zouzou, me regarde vraiment, maintenant, et qu'il va bientôt venir vers moi, lentement ; voilà, il est là, je sens sa présence dans mon dos. C'est comme s'il était à la fois partout autour de moi et en moi.

« Mais *toi*, qu'est-ce qui te ferait plaisir pour Noël, maman ? C'est plutôt ça. Hmm ? Tu as une idée ? »

Touche-moi. Touche-moi. Touche-moi !

« Cela dit, s'il continue de faire un temps pareil, reprit la mère d'Elizabeth, vous devrez tous vous contenter de bons pour un cadeau. Quelle taille fais-tu, Elizabeth ? Comment va, euh… ? Quel est ce bruit ?

– Désolée, maman, j'ai failli éternuer. »

Non, pas du tout : j'ai failli expirer. Les mains de Zouzou sont sur mes épaules, et leur contact, leur chaleur, me raidit toute et à la fois me liquéfie.

« Qu'est-ce que tu dis ? Je n'entends rien.

– Du quarante, fit Elizabeth, la gorge nouée. Et du trente-six, en chaussures. Comme l'an dernier. Mais vraiment, maman – je n'ai besoin de rien. De rien. Vraiment. »

Pourtant c'était le besoin qui l'envahissait, à présent – car Zouzou venait de poser tout doucement ses deux mains sur un de ses seins – puis, comme il se dressait, sur l'autre.

« Howard va très bien », s'entendit répondre Elizabeth – guère surprise, cette fois, quand la main de Zouzou se figea un instant (elle ne savait pas pourquoi le simple nom de Howard semblait toujours lui faire quelque chose) – mais déjà ses doigts s'étaient dépliés et reprenaient leur lente avancée, et Elizabeth sut alors qu'il lui fallait quitter sa mère pour rejoindre son jeune garçon.

« Elizabeth – je crois que l'on sonne à la porte, je vais te laisser. C'est sans doute l'employé du gaz. Sinon, c'est quelqu'un d'autre.

– À bientôt, maman. Prends soin de toi, hein ? »

Elizabeth laissa tomber le combiné et se retourna face à Zouzou, s'apercevant soudain que son corsage était grand ouvert, comme sa bouche probablement. Maintenant, là, tout de suite, voilà ce qu'elle aurait voulu, mais un rugissement effroyable de Nelligan, dans la cuisine (on aurait cru que Goliath, dans un accès de dépit, avait envoyé voler en tous sens sa titanesque et chancelante maison de cartes d'acajou) lui rappela aussitôt que ce n'était pas l'endroit, et elle désigna à Zouzou le couloir et l'escalier, et déjà Zouzou lui faisait signe de le suivre.

Il était à présent à mi-chemin du palier – les yeux immenses, brillants, liquides comme jamais –, hissant vers lui Elizabeth qui étouffait un rire incoercible, la jeunesse contagieuse du garçon irradiant dans toutes ses veines – car c'était cette même excitation acérée qu'elle avait découverte avec Colin – le désir pressant, haletant d'un très jeune homme – et comme elle se laissait aller sur le sol (le grand lit frais est beaucoup trop loin, nous n'arriverons jamais jusque-là), elle s'abandonna au poids du corps de Zouzou, s'abandonna toute, une fois de plus – tressaillant non pas à la première attaque de sa langue, mais au frisson brûlant qui l'envahissait à la pensée qu'elle allait surgir.

Car Zouzou ne pouvait ni ne voulait la pénétrer autrement, et elle n'avait jamais réussi à le mettre en état de le faire (Elizabeth en avait d'abord été stupéfaite, puis ravie) – mais il se vouait totalement à la torturer d'un plaisir proche de la brûlure, tandis que, paupières étroitement closes, elle s'éloignait, revenait, plongeait profondément dans cette chaleur de leurs sangs mêlés, là où sa langue et ses doigts voletaient, s'attardaient. Elizabeth adorait ces membres de fille sur ce corps de garçon, aussi minces, propres et doux que ceux de Lulu, peut-être, puis retombait, épuisée, haletante – la bouche tordue par un grotesque rictus de jouissance, émerveillée (une fois de plus) de ce que son propre corps lui avait (une fois encore) fait connaître – et son exaltation était celle de la satiété, qui met en évidence l'inutilité de toute parole, quelle qu'elle soit.

D'ailleurs, c'était idiot, vous savez, de demander à Zouzou comment s'était passée sa leçon – et s'il pensait l'avoir ou pas. Ses doigts sur le volant d'une auto, sa sensibilité aux changements de régime et d'allure étaient évidemment d'une sûreté parfaite : conduire doit être une fonction naturelle chez mon Zouzou, car chaque jour il me conduit jusqu'au bord de la folie, puis au paradis.

C'est étrange, n'est-ce pas, songeait Howard, combien il est facile de tromper non seulement les autres, mais soi-même. En l'occurrence : pendant tous ces mois où Zouzou traînait toute la journée au bureau, j'ai bien refusé, n'est-ce pas, de voir à quel point ce devait être

– quoi ? Ridicule ? Douteux ? Enfin, carrément *bizarre*, en tout cas, aux yeux de tout le monde. Je veux dire, prenez Katie : les regards qu'elle me jetait, parfois – des regards de totale perplexité, sinon de franche suspicion. Sans aucun doute, Sam et… comment-s'appelle-t-elle-déjà, Machine, devaient trouver ça très très drôle, à tous les coups. (Dieux du ciel, cela fait combien de temps qu'elle travaille chez moi ? Trois ans ? On doit même approcher des quatre ans, et je n'arrive absolument pas à me rappeler son nom ; j'espère que ça va me revenir.) Même cet enfoiré de Norman se faisait un devoir de Ne Faire Aucun Commentaire… Bref, il apparaissait clairement, aux yeux d'absolument tout le monde, que je payais un superbe jeune homme de seize ans à ne strictement rien faire de la journée – et ça ne m'empêchait pas de m'aveugler moi-même sur l'*allure* que cela devait avoir. L'avidité, le désir – même l'importance que l'on s'accorde à soi-même : toutes ces choses, entre autres, peuvent vous conduire là, savez-vous. À présent, je vois bien que Katie trouve tout aussi bizarre qu'Elizabeth le garde sans cesse à traîner à la maison – et moi aussi, ça me laisse sans voix, pour être parfaitement honnête. Parce que je veux dire – mon Dieu, si encore il savait *faire* quelque chose, quoi que ce soit ; quant à sa conversation, si l'on peut l'appeler ainsi, elle oscille entre l'insipide et le répugnant. Donc, pourquoi diable Elizabeth le veut-elle sans cesse à la maison ? À quoi lui sert exactement ce Zouzou, je me le demande ?

Je me demande aussi s'il lui arrive encore quelquefois de penser à moi, maintenant. Cela semble si loin, tout ça, et pourtant ce n'était que l'été dernier. J'ai mal supporté de le perdre, sans doute – oui, tout à fait : il n'y a pas à tourner autour du pot. S'il n'y avait pas eu Laa-Laa – si je ne l'avais pas trouvée là, assise au bar, ce soir-là – je ne sais pas ce que j'aurais fait, comment j'aurais pu m'en remettre. Et à présent, c'est Laa-Laa chez qui je vais, en cet instant. Peut-on discerner une élasticité nouvelle dans mon pas ? Oui ? Une étincelle dans mes yeux ? Quels idiots nous sommes, quels idiots – et en même temps, qui refuserait d'être bousculé, quand c'est par une vague de chaleur mêlée de danger ? J'espère qu'elle a pensé à acheter du scotch, parce que j'ai envie de me prendre une fameuse biture.

Phyllis. C'est son nom. Pas celui de Laa-Laa, non – celui de la fille, au bureau. Phyllis : je savais bien que ça me reviendrait. Non, le vrai nom de Laa-Laa est franchement inintéressant au possible – ce n'est même pas la peine que je vous le dise. D'ailleurs, ce nom, je l'ai délibérément effacé de mon esprit (non pas qu'il n'en serait pas sorti de lui-même), parce qu'il ne correspond pas du tout, voyez-vous, à ce que j'attends d'elle. Je l'appelle Laa-Laa à cause de ses yeux bleu clair, si vibrants, si pleins de joie que, quand vous en regardez un, il semble s'allumer et faire *Laa* ! Et puis, vous regardez l'autre, et il fait *Laa* ! peut-être un demi-ton au-dessus. Elle a l'air d'aimer ce nom : il lui va bien, et à moi aussi, ça me va.

« 'jour, Mr. Street », lança le concierge, comme Howard frappait ses semelles sur l'épais paillasson de coco, dans l'entrée. C'était un petit immeuble assez charmant – cela faisait des années que l'agence de Howard le gérait pour le compte de ses clients étrangers, probablement assez douteux : pas grand-chose à faire, et un pourcentage ahurissant.

« 'jour, euh… », répondit Howard. Et pourtant, oui, je *sais*, je *sais* – depuis le temps, nom d'un chien, je connais son *nom*, évidemment – juste ciel, il fait tourner cet endroit pratiquement d'une seule main, d'ailleurs il a perdu un bras, le pauvre homme.

« Belle journée, hein », reprit le concierge avec chaleur, tandis que Howard se faufilait dans le minuscule ascenseur.

Oui, avait envie de clamer Howard, tandis que la cabine aux parois couvertes de miroir s'élevait à grand renfort de grincements et de gémissements, oui, c'est *toujours* une belle journée, Roger – toujours, quand je vois ma Laa-Laa. Oui – c'était là le nom du pauvre gars : Roger. Vous savez, c'est un véritable gag, cet ascenseur – on dirait qu'il souffre abominablement – comme si, à chaque fois que l'on appuie sur un bouton, un vieux bonhomme tout ratatiné s'extirpait péniblement de son rocking-chair, posait sa pipe, et hissait tout l'engin au bout d'une corde, avec une poulie. Et puis il y a cette petite plaque émaillée, juste au-dessus de la porte, qui indique Maximum 4 personnes : un couple de nains perchés sur les épaules d'un autre couple de nains, probablement. C'était d'ailleurs là un trait d'esprit dont Howard avait régalé Laa-Laa, un jour.

Il glissa la clef dans la serrure (tout était toujours si incroyablement silencieux, dans cet immeuble, qu'on se surprenait à chuchoter dans les couloirs ; on aurait juré qu'il était totalement désert, alors que les dix appartements étaient loués – oh que oui, Howard y veillait sérieusement). Il entrouvrit à peine la porte et, les yeux clos, présenta son visage à la chaleur de l'entrebâillement – inhalant longuement, avec volupté, le parfum délicieusement entêtant qui baignait les lieux et le submergeait. Ce bon vieux *N° 5* de Chanel s'il ne se trompait pas complètement ; Laa-Laa avait des douzaines de parfums merveilleux, et Howard s'amusait beaucoup à deviner lequel elle portait à chaque fois. Certains hommes montraient quelque dédain par rapport à des choses telles que le parfum, mais Howard ne voyait pas pourquoi : si l'un de ses sens se voyait excité, puis apaisé, en quoi donc cela était-il méprisable ?

« Chanel, *N° 5* », déclara Howard avec fierté et assurance, pénétrant dans le petit couloir et ouvrant les yeux – et dieux du ciel, quel spectacle s'offrait à présent à ses yeux : aujourd'hui, c'était la guêpière (la française – une vraie fortune : avec des nœuds de ruban roses plutôt que rouges, ainsi en avait décidé Howard – finalement, c'est plus joli, vous ne trouvez pas ?).

« Magnifique ! » s'exclama Laa-Laa – et ses yeux étaient exactement tels que Howard les a décrits, tandis qu'un éblouissement de boucles d'un blond de miel encadrait un adorable visage de bébé, à la peau laiteuse : une touche de rose avivait cependant les pommettes – et la bouche pleine, parfaite, brillait d'un rouge ardent et mouillé, montrant à peine l'éclat des dents d'un blanc de glacier (Thomas Hardy avait un jour comparé cet objet d'admiration à des « roses emplies de neige », tandis que Howard, lui, un soir où il était bourré, l'avait décrit comme un superbe con horizontal et tout gonflé de sang, c'est-à-dire le paradis sur terre pour un homme).

Laa-Laa l'embrassa sur le nez, sur quoi Howard posa ses lèvres sur cette partie chaude, secrète du cou, là où il se fond d'un côté avec l'épaule en une pente douce, et de l'autre s'enfle vers le sein ; il inspira, expira.

« Tu connais *tous* mes parfums à présent, fit Laa-Laa en riant. Il va m'en falloir de nouveaux. »

Elle avait une voix douce et légère, mais aussi chaude et affectueuse, avec peut-être une imperceptible trace d'accent cockney sur les bords ; mais ce n'était pas là le genre de voix naturellement languide – elle semblait avoir été travaillée, encore et encore, pour échapper à Dieu sait quel handicap de base, et atteindre autant que possible ce qui constituait apparemment un idéal pour Laa-Laa ; aux oreilles de Howard, c'était une musique, une musique délicieuse.

Laa-Laa lui prit la main et tous deux franchirent en titubant la double porte vitrée qui ouvrait sur le salon. Elle désigna la bouteille rutilante de Bollinger dans le lourd seau à champagne d'argent posé sur le genre de sellette serpentine et digne d'un palace que l'on ne voit plus aujourd'hui que dans les restaurants qui ne se sont pas encore décidés à tout refaire.

« Un scotch, dit Howard. Je prendrai un scotch, Laa-Laa. Tu en as ? Je prends toujours du scotch, ma chérie – tu devrais le savoir, maintenant. »

Laa-Laa afficha cette petite moue boudeuse qui avait le pouvoir de transformer tous les hommes qu'elle avait connus, du premier au dernier, de manière extraordinaire : le sang se retirait brusquement de tout leur corps, avant, dans la seconde qui suivait, de revenir brusquement, ayant entre-temps doublé son cubage – rouge et déferlant. Et Howard, comme nous l'avons vu, ne faisait pas exception à la règle.

« Pfffffffou, oh là là, Laa-Laa, laissa-t-il échapper entre ses dents, je te veux. Je te veux. Tout de suite. »

Laa-Laa fit durer cet instant (évidemment qu'elle le fit durer).

« Le champagne, c'est *vachement* plus romantique, Howard, dit-elle avec un charmant petit air obstiné.

– Alors *sois* romantique, Laa-Laa – tu le boiras. Moi, je prendrai un scotch. Et puis je te prendrai, toi. À moins que je ne prenne que toi, et tant pis pour le scotch. Si tu vois ce que je veux dire.

– Il faut d'abord qu'on parle un peu », fit Laa-Laa d'un ton sévère – déjà elle avait vacillé jusqu'au divan (comment fait-elle pour marcher sur ces talons aiguilles d'une hauteur vertigineuse ? Enfin peu importe, tant qu'elle les porte) et tapotait le coussin posé à ses côtés d'un geste autoritaire, avec sur le visage son expression sérieuse et raisonnable – et rien moins que fantastique, aux yeux de Howard. Donc, Howard trottina vers elle, ravi de se sentir comme un épagneul, tandis que Laa-Laa le flattait doucement.

« Cela fait trois jours *entiers* que je ne t'ai pas vu », dit-elle.

Howard déglutit une bonne rasade de whisky (elle avait sorti une bouteille d'un litre de The Macallan – brave gosse), puis hocha la tête avec conviction.

« Je sais, je sais…, fit-il dans un soupir. Ça a été *dur*,

Laa-Laa – dur de ne pas te voir. Très dur, ma chérie, de ne pas être *là*, avec toi. »

Il lui saisit la nuque, tandis qu'elle s'accroupissait sur le tapis, à ses genoux ; de son point de vue, la plongée sur sa poitrine spectaculaire était plus que troublante, certes – mais Howard adorait aussi voir son petit nez se plisser, tandis qu'elle feignait de connaître le pétillement de sa toute première gorgée de champagne, car c'était à présent une jeune fille.

« Et maintenant, tu vas partir et me laisser toute seule – tu vas à Paris, avec ton horrible, ton abominable femme, et moi tu m'*abandonnes*. Je n'ai *jamais* été à Paris, moi. »

Toutefois, Laa-Laa n'était pas réellement bouleversée – Howard le savait bien. Tout cela faisait partie du jeu, de la beauté du jeu divin. C'était cela le plus magnifique, chez elle – il n'y avait aucune méchanceté, aucune rancœur ; jamais d'accès d'humeur ni de dispute. Et ç'avait été effectivement dur de ne pas la voir depuis trois jours, comme il l'avait dit – parce qu'elle lui apparaissait comme carrément proche de la perfection incarnée.

« Je t'emmènerai, ma chérie – c'est promis. Après Noël, je t'emmènerai là-bas. » Mais Howard avait intérêt à passer vite à autre chose, maintenant – il le voyait bien – parce que même avec une femme aussi douce, aussi indulgente que Laa-Laa, ce n'est jamais vraiment une bonne idée de faire allusion à Noël – pas en ces circonstances, pas du tout. « Et tu sais, elle n'est pas vraiment horrible, ni abominable – ma femme », reprit-il d'une voix douce – mais, sentant que ce sujet ne constituait guère une grande amélioration par rapport à Noël, Howard joua une carte dont il savait qu'elle était un atout majeur :

« Dis-moi ce que tu veux, comme cadeau. »

Et pour être tout à fait honnête, il se préoccupait peu de savoir si le couinement enfantin de plaisir et de ravissement était calculé ou non car, quoi qu'il en soit, il le traversait et l'irradiait d'un bonheur lumineux.

Laa-Laa se tourna, le serra contre elle, puis s'écarta pour pouvoir le regarder bien en face, et Howard faillit perdre la tête en s'attardant tout d'abord sur un œil étincelant (*Laa* !), puis sur l'autre (encore *Laa* !) et enfin sur les deux à la fois, paire de joyaux vivants, deux lumières liquides enchâssées dans la beauté duveteuse de cet incroyable, infernal, somptueux visage (si je meurs – quand je mourrai – pourrais-je, si possible, mourir avec cette image-là en tête ?).

« On va choisir ensemble, fit-elle, le souffle court. J'adore sortir avec toi, Howard – regarder toutes ces jolies choses. Et Londres est vraiment joli, en ce moment – avec toutes ces jolies lumières. Demain ? Oui ? Oui, Howard ? Dis-moi oui, s'il te plaît. Oui ? Oui, Howard ? »

Howard la couvait du regard. « Oui », dit-il.

Sur quoi la bouche de Laa-Laa parut doubler de volume, comme elle lui imprimait, en un mouvement ondulatoire, l'expression la plus lascive qui fût, et le cœur de Howard s'arrêta de battre, hésita un instant, puis repartit. Puis cette vision lui fut soudain occultée, comme elle se penchait et se blottissait entre ses cuisses accueillantes ; déjà elle retroussait ses vêtements de ses longs doigts, avec une infinie délicatesse, comme on soulèverait les quatre coins d'une serviette protégeant des fruits mûrs. Tout ce que Howard avait à faire, c'était de rester là – et en effet, alors que la sensation n'en était qu'à ses prémices, et que le démon dans ses entrailles n'avait pas encore commencé de préparer sa lave, de l'agiter, de la chauffer toujours plus au rouge avant de la laisser enfin jaillir – Howard restait simplement là, ahuri, suspendu dans un brouillard de satisfaction, regardant par petits coups, comme frappé d'une stupeur un peu effrayée, la chevelure dorée de Laa-Laa, éclat mouvant qui montait et descendait sans cesse devant lui. Puis il se demanda comment il était possible qu'il vibre encore une fois jusqu'aux reins, sous la langue incandescente d'un ange tombé sur terre.

Elle devait l'aimer vraiment. Cela dit, Howard admettait volontiers que l'appartement à l'œil et les mille livres mensuelles avaient sans doute aussi leur rôle à jouer : mais il lui fallait bien, comme toujours, accepter la travestie… euh, qu'est-ce que j'ai dit, là… ? la tragédie d'être riche, n'est-ce pas ?

Chapitre VI

Edna Davies essayait vraiment (réellement), de toutes ses forces, de ne pas se laisser perturber – d'ignorer tous ces bruits assez déplaisants et franchement inquiétants qui lui parvenaient de la cuisine. Ce n'étaient pas là les sons produits par une femme de ménage écervelée, non – cette fille qu'elle avait embauchée ne s'employait nullement à jouer la tragi-comédie bouffonne et agaçante de l'employée de maison incompétente, pas du tout. Mais certains bruits, n'est-ce pas, vous parlent doucement de tâche menée à bien avec méthode et application – ces bruits légers, rassurants, presque inévitables et comme lassants de trop d'intimité d'un bon travail bien effectué par deux mains généreuses et capables faisant la preuve de leur habileté (dispensant leur magie), juste au sud du rayon huile de coude, et pas beaucoup plus bas qu'une solide paire d'épaules – sur laquelle est bien posée, vous le savez, une tête également solide et sans coquetterie, et qui va et vient au rythme heureux de l'effort. Et tels n'étaient pas ces bruits.

Je ne suis pas à mon aise, pensait Edna, assise sur le rebord de fenêtre de ce qui serait un jour la petite salle à manger, et remuant un thé qu'elle ne boirait peut-être pas (rien d'anormal à cela – pour Edna, le thé n'était rien d'autre qu'une borne destinée à briser la monotonie de cette route interminable qu'était la journée : en outre, elle aimait bien jouer avec le pot de crème, les morceaux de sucre – et elle adorait le tintement de l'argent sur la faïence. À partir de là, le rituel perdait de sa saveur et se faisait de plus en plus laborieux, jusqu'au point où il n'y avait plus qu'une chose à faire : en finir au plus vite – s'en débarrasser, jusqu'à la prochaine fois).

Vous savez – c'est véritablement curieux, cette histoire d'aggloméré, se disait à présent Edna, tout en caressant du bout des doigts la surface rugueuse et inégale de la matière abhorrée. Parce que c'est bien ce que chacun *pense*, n'est-ce pas ? Faites allusion au papier peint en imitation d'aggloméré devant absolument qui vous voudrez, et c'est bien ce que l'on vous répondra, n'est-ce pas ? C'est *abominable*, voilà ce que tous les gens diront – et d'ailleurs ils ont raison, tout à fait, parce que ça l'est vraiment. Acheter une maison avec ça sur les murs, c'est une véritable croix à porter. Et je pense qu'au fond, cela vous perturbe plus que toutes les autres horreurs mises bout à bout, même si elles sont plus évidentes : *bien*, dites-vous – le chauffage central est complètement antédiluvien, donc on commence par ça, c'est une priorité. Une vague odeur suspecte tout au fond de la cave, donc il va falloir jeter un coup d'œil pour vérifier. Dieux du ciel – est-ce que des gens sont vraiment entrés dans un magasin, pensez-vous, pour véritablement *choisir* cette moquette à motifs absolument consternante ? Là, on dirait des girafes mortes, et là-bas, du risotto pourri. Les bow-windows ont besoin d'être remplacés, il n'y a pas cinquante solutions – c'est une tempête arctique qui souffle dans le salon ; et si vous voulez des portes vitrées (pratiques en été, bien isolantes en hiver), eh bien il n'y a plus qu'à prendre son courage à deux mains et lancer les grands travaux, n'est-ce pas ? C'est comme ça. Pour ne pas parler des petites choses qui sautent aux yeux, les placards et coffrages de la salle de bains apparemment réalisés avec des vieux morceaux de palettes et de bois flotté (et maintenus ensemble par des clous masqués par de l'adhésif) – même si vous assistez non sans volupté à la démolition rituelle de ces espèces de bibliothèques en contreplaqué, apparemment construites tout exprès (pour nous, cela semblait le cas) pour loger une collection d'affreux machins en fer, ronds et moches, c'est quoi d'ailleurs ? On en voit dans la rue, incrustés dans la *chaussée*.

Mais voilà où je veux en venir, en fait : il faut s'attendre à tout ça – cela fait partie intégrante d'un déménagement, n'est-ce pas ? Et si vous n'êtes pas prêt à supporter ce bouleversement traumatisant, alors mieux vaut ne pas bouger, c'est mon point de vue. Et selon Cyril – qui, me semble-t-il, s'y connaît infiniment plus en stress et en traumatismes que nombre d'amateurs qui le prétendent, merci – changer de maison peut être plus déstabilisant pour les gens que n'importe quoi d'autre au monde, à part, euh... il y a ça, et autre chose ; enfin peu importe, ça n'est pas grave. Bien sûr, je *devrais* m'en rappeler – bien sûr –, parce que Cyril a passé des semaines, m'a-t-il semblé, à m'expliquer tout cela en détail, mais je ne vais certainement pas lui demander de me faire une petite récapitulation, parce que dans un premier temps, il se mettrait en colère, et dans un deuxième, se lancerait dans une récapitulation que, je le crains, ni vous ni moi ne pourrions en aucune manière, de près ou de loin, qualifier de *petite*. Mais bon – il est comme ça : c'est son métier – ça influe.

En attendant, ce papier imitation agglo, c'est le bouquet, n'est-ce pas ? On se sent tellement grugé, quand on ordonne à l'ouvrier, d'un ton négligent, Oh mon Dieu oui bien sûr, vous m'arrachez cette *horreur* immédiatement, je ne supporte pas – et que la moitié du *mur* vient avec, sur quoi vous vous trouvez face à un dilemme pas drôle du tout (et n'allez pas imaginer que je sois la seule à qui c'est arrivé) : soit vous dépensez une fortune en plus pour faire replâtrer et réenduire complètement les murs, soit vous passez le reste de vos jours en compagnie de la seule matière que tout le monde sans exception *abhorre* littéralement. Donc, qui – oui, je sais que j'ai fait pas mal de digressions, mais tout cela m'*excède*, vraiment – qui, donc, je vous prie, achète et colle ce truc-là, en fait ? Hmmm ? Et qui sont les scélérats qui *fabriquent* ce truc-là – c'est ça que je voudrais vraiment savoir : il devrait exister une loi – pour le bien de tous, selon moi.

Mais ces pensées amères que suscitait l'aggloméré volèrent soudain en éclats, comme un affreux grincement, suivi d'un terrible vacarme de métal contre du métal, obligeait Edna, pour la première fois de la journée, à ne plus ignorer les bruits perturbants qui venaient de la cuisine ; elle pouvait en fait identifier celui-ci comme celui du principal plateau du lave-vaisselle que l'on force de biais dans son logement (alors que ça glisse tout seul, tout seul, si l'on fait attention), geste inconsidéré qui, outre qu'il ait pu abîmer le mécanisme, risquait également de mettre inutilement en péril toute la précieuse vaisselle d'Edna : les verres Riedel, pas le saladier en baccarat, j'espère (je le lui ai bien *dit*) – et je ne veux même pas *penser* à mon Doulton.

« Melody – pour l'amour de Dieu », commença Edna – mais elle ne put aller au-delà de « mais qu'est-ce que c'est que ce... ? », car Melody pivotait vers elle, accroupie devant le lave-vaisselle, avec dans les yeux une lueur si mauvaise qu'Edna avait peine à y croire. Je ne suis pas du tout, du tout sûre que vous fassiez l'affaire, jeune Miss Melody, pensa Edna – malgré toutes les recommandations, peu importe ce qu'Elizabeth a pu me dire, je demeure profondément perplexe quant à savoir si cette Melody est bien *faite* pour tout cela. Même maintenant, en se redressant, elle me *regarde*, carrément – et pas un mot d'excuse ; mais pourquoi diable continue-t-elle à me *fixer* comme ça ?

Pendant cette confrontation brève mais potentiellement explosive, l'essentiel de ce qui se tramait dans l'esprit de Melody pourrait se résumer par Nom de Dieu, mais qu'est-ce qu'elle *a* à me mater comme ça, cette vieille chouette ? Ce n'est pas une femme de ménage qu'il lui faut, c'est un sacristain – Dieux du ciel, à voir la gueule qu'elle fait, on croirait que je viens de fracasser un crucifix à coups de marteau : ce ne sont que des *objets*, bordel – comment toutes ces bonnes femmes peuvent-elles leur donner tant d'*importance* ? Suis-je vraiment la seule qui ne s'intéresse *pas* à toute cette merde ? Je veux dire – d'accord, Elizabeth, on la connaît : dès que sa superbe maison arrive à son point final de superbité, euh... enfin, vous voyez, dès que c'est nickel – elle met immédiatement en place un programme de nouvelles améliorations. Bon – c'est le tempérament d'Elizabeth et l'argent de Howard (ça, c'est du vrai mariage de raison), et il n'y a pas grand-chose à ajouter.

Évidemment, avec Elizabeth, c'est toujours la même chose, n'est-ce pas ? Quand elle m'a dit que sa voisine Edna avait « du mal à trouver quelqu'un », j'ai dit Moi, moi je suis quelqu'un – ouais, ça marche : dis à Edna qu'il y a moi. Il m'a fallu un temps fou pour la convaincre que *non*, je ne plaisante *pas*, Elizabeth, pas du tout – je n'ai jamais été aussi sérieuse, d'accord ? Je suis *fauchée*, vois-tu – sans un. Alors Elizabeth m'a regardée, comme ça (les gens, les femmes vous regardent comme ça – les hommes aussi, mais ce n'est pas la même chose). Elle ne pouvait pas, n'est-ce pas, concevoir cette notion-là, même de loin : fauchée. Je n'ai plus d'argent, Elizabeth, ai-je pratiquement hurlé – et du coup, elle a eu une expression si perplexe, si piteuse, à se tordre les mains d'un air impuissant, que je ne sais pour quelle raison idiote, mais c'est moi qui ai commencé à avoir pitié d'*elle*. Mais, a-t-elle balbutié – tu ne peux faire *ça*, Melody : faire le ménage et la vaisselle d'Edna Davies (et le visage d'Elizabeth devenait plus blême et plus révulsé à chaque syllabe) – et *non*, ai-je crié en retour, non Elizabeth, bien sûr que je ne *peux* pas faire ça, mais il *faut* que je le fasse, parce que je n'ai pas le choix – d'accord ? Tu piges ? J'ai bien essayé de bosser au supermarché, n'est-ce pas, mais je n'ai pas réussi à prendre le coup, pour lire les prix sur les codes-barres, et puis ils m'ont accusée d'avoir volé une bouteille de vodka alors j'ai hurlé et je leur ai dit comme ça Si c'est ce que vous *croyez*, bande de menteurs et de dégueulasses, vous pouvez vous le mettre *où je pense*, votre boulot pourri, et je suis rentrée à la maison en larmes et j'ai vidé toute la putain de bouteille en une soirée.

Et même Dotty ! Le seul avantage, à trimer pour Edna – à part la bouffe et le bar de Cyril –, c'est que je peux déposer Dawn chez Dotty, à deux pas : dans tous les autres petits boulots que j'ai faits, presque tout ce que je gagnais passait en baby-sitters. Mais Dotty – c'est *elle* qui me paierait, je crois (chose à laquelle je songe de plus en plus sérieusement). Mais même Dotty, enfin ! Elle est coincée dans une caravane minable, et pourtant, à chaque fois que je passe, elle est en train de nettoyer, nettoyer – de ranger, ranger (bien obligée, dit-elle, puisque c'est Brian qui s'occupe de tout ça). Mais on n'est tout de même pas venu sur cette terre pour passer sa putain de vie à *nettoyer*, bon Dieu ? Et puis quoi encore – élever nos filles à la sueur de notre front pour en faire des femmes saines et fortes qui nettoieront, elles aussi ? Ça ne va pas, ça. Si Dieu est aussi bon qu'on le prétend, pourquoi laisse-t-il son misérable univers se saloper sans arrêt – pendant que, le cul posé sur son nuage, il regarde sa créature se crever le train à *nettoyer* ce foutoir ? C'est d'ailleurs peut-être pour ça que seul le paradis reste toujours blanc (il n'est pas fou).

Et maintenant, voilà Dame Edna – elle prend une grande inspiration, s'étant hissée au sommet de sa propre, redoutable indignation, comme en haut d'une cataracte : bientôt viendra la descente qui vous retourne l'estomac, puis la grande éclaboussure de son ire éclatant sur la tête du serf.

« Je pense, dit Edna – sa voix était une plaque de glace – que nous devrions parler un peu toutes les deux – oui ? »

À cet instant, à cette seconde même, il apparut à Melody, tandis que la colère montait en elle – que le hurlement imminent de Va te faire enculer tête de con était déjà là, au fond de sa gorge et filant droit vers sa bouche – qu'elle était en grand danger d'oublier le principe même qu'elle avait eu tant de mal à faire entrer dans l'esprit d'Elizabeth : j'ai *besoin* de ce boulot, d'accord ? J'en ai besoin. Edna paie bien au-delà du tarif habituel, j'ai Dawn et Dotty juste à côté, en train de poser pour une copie de la Pietà et, mon Dieu, les alternatives intéressantes ne se bousculent pas exactement au portillon. Donc, le moment semble venu de ravaler ma fierté pour mieux me gaver d'humiliation rance et tiédasse – c'est le plat du jour (le plat de toute ma vie, en fait).

Juste ciel, ça, c'est absolument *typique*, se dit Cyril, tentant vaguement de transformer sa contrariété en une véritable fureur – sentiment adéquat, professionnellement parlant – d'être interrompu. Mais, s'il était honnête, son irritation n'était guère qu'un réflexe automatique, symbolique ; et s'il était *vraiment* honnête, l'intrusion bruyante de Melody au beau milieu d'une séance avec un névrosé particulièrement soporifique était finalement plutôt bienvenue, pour ne pas dire fort plaisante (hmmm – je vois des éclairs sur le chariot, si je ne me trompe – je suis assez porté sur les éclairs, Edna sait cela, et même le choix du petit gâteau quotidien n'est pas à négliger – surtout quand il s'accompagne d'une bonne grosse théière d'Earl Grey. Il fut une époque où j'étais bien connu pour mon faible pour le gâteau de Savoie et la génoise, et à première vue – gling-gling, gling-gling : voilà donc le chariot, oh miam-miam – apparemment il ne manque rien).

Cyril s'était redressé dans son fauteuil de cuir capitonné couleur de vin rosé, voyant l'effort qu'il imprimait à ses sourcils pour bien indiquer sa désapprobation profonde et mémorable à cette jeune femme plutôt maussade prénommée Melody quelque peu sapé par non seulement sa façon de se frotter les mains, mais également le petit bout de langue rose et déjà mouillé qu'il montrait involontairement. Toutefois, le patient – bien étendu sur le divan (un divan on ne peut plus freudien, Cyril pouvait vous l'assurer – parfait jumeau de celui que l'on peut voir dans le fameux musée de Sigmund, à Hampstead, jusqu'au jeté de lit persan) – semblait ne pas même avoir remarqué un mouvement d'air, pour ne pas parler du tintement de soucoupes du thé qui s'avançait.

« Parce que voyez-vous, docteur Davies, psalmodiait-il – et il apparut évident à Melody que Jacob Marley le visitait bien tôt cette année (franchement, je vous jure – dire qu'il y a des gens qui paient pour venir s'allonger ici) – je voudrais *vraiment* la revoir, tout au fond de moi... mais elle est tellement, je ne sais pas... j'ai parfois l'impression de me retrouver sur les bancs de l'école, avec elle – et que je devrais, je ne sais pas – prendre mon cahier...

– *Posez-le*, ordonna Cyril d'une voix dure.

– Mais je ne l'ai pas pris ! fit le patient, paniqué.

– Pas *vous*, Mr. Driscoll – vous, Melody : posez le plateau – là – non, là, regardez. Voilà. Maintenant, veuillez nous laisser. Mr. Driscoll, je suis navré de ce... oh, de cette malheureuse... »

Ouais ouais, pensait Melody en sortant d'un pas sonore – ne vous en prenez pas à moi, parce que j'ai bien *dit* à Edna que vous n'aimiez pas être interrompu pendant vos séances à la mords-moi-le-nœud, et elle m'a dit Il n'y a *pas* de problème, c'est la fin d'une séance – et j'ai dit pas selon son agenda, pas du tout – alors elle a dit Oh mais *arrêtez* de toujours discuter à propos de tout, Melody, et allez lui porter son *thé*, vous voulez bien – et maintenant, c'est *vous* qui me regardez d'un sale œil, Cyril, comme si j'étais un de vos tarés à roulettes, et tout ce que je pense, tout ce que je sais, c'est que si je gagne un jour au Loto, je m'achèterai une super mitraillette et – bon, d'accord, Edna y passe en premier, mais ensuite, j'arroserai, oh – à peu près tous les gens que j'ai pu croiser dans toute mon existence de merde.

La porte à peine refermée sur Melody (pas trop discrètement – il va falloir que je la tienne à l'œil, cette petite), Mr. Driscoll reprenait la litanie étouffée mais poignante de ses lamentations, continuant sur le même thème comme s'il n'avait jamais été interrompu ; Cyril, cependant, installait sa serviette et sirotait son thé et, entre deux brefs grognements très étudiés et néanmoins détachés, destinés à l'encourager à poursuivre sans s'impliquer davantage, tout en témoignant d'une sincère et totale attention, attaquait sans tarder un gâteau.

« … mais je pense qu'il doit y avoir en moi quelque chose qui réclame une certaine sévérité, gémissait Mr. Driscoll. Pensez-vous que ce soit vrai, chez moi, docteur ? D'après ce que je vous ai dit ? »

Tiens, aujourd'hui, le gâteau de Savoie est fourré avec des petites cerises confites – parfaitement délicieux au palais, et tout aussi agréable à l'œil, il faut l'avouer.

« Est-ce une chose que vous ressentez comme vraie ? » répondit Cyril avec une aisance toute professionnelle.

« Eh bien voilà, c'est justement cela, renchérit Mr. Driscoll, les yeux brillants, avec un léger regain d'énergie. Quand je suis avec elle, j'ai sans cesse le sentiment de me retenir, de me retenir face à elle – vous voyez ?

– Continuez. » (Autant regarder les choses en face : il n'a pas le choix, de toute façon.)

« Et tout en trouvant cela très frustrant, ça me – je ne sais pas – ça m'excite aussi, d'une certaine façon. Et c'est ça, au fond, que je ne comprends pas chez moi. Est-ce que je m'aveugle ? Est-ce cela ? Et si c'est cela, qu'est-ce que je ne veux pas voir ? »

Voilà que j'ai un bout de cerise coincé dans les dents, maintenant, mais avec une grande tasse de délicieux Earl Grey, c'est un jeu d'enfant que de s'en débarrasser. Et puis je crois que je vais passer à un éclair au chocolat, après – je ne supporterai pas une minute de plus de les voir me regarder comme ça.

« Avez-vous le *chentiment* d'être aveugle ? De ne pas voir ? tenta Cyril, sans cesser de mastiquer.

– Quelquefois... oui, quelquefois – je crois que cela m'arrive, en effet, oui.

– De ne pas voir quoi ? » Ils sont d'un collant, c'est infernal, mais se lécher les doigts est peut-être le meilleur.

Le front de Mr. Driscoll était tout plissé. « De... de ne pas me voir *moi-même*, sans doute. »

Sur quoi Cyril demeura muet, se contentant de hocher la tête, gravement, lentement, pour mieux souligner la portée des propres paroles de Mr. Driscoll qui résonnaient encore dans le silence (et aussi parce qu'il avait de l'éclair plein la bouche).

« Vous êtes très sage..., déclara Mr. Driscoll d'une voix réellement soulagée. Vous me connaissez tellement, tellement bien. »

Je suis assez sage, en effet, se dit Cyril – et un peu rassasié, aussi. Quant à bien vous connaître – mon Dieu, cela fait assez longtemps que vous venez me voir pour que je puisse oser affirmer, sans risque d'être contredit, que vous avez certainement plus d'argent que de bon sens, si cela a un quelconque rapport avec ce que vous voulez dire, quoi que ce soit.

Là, nous en sommes au moment où Cyril aurait plus que tout adoré pouvoir soupirer de façon conclusive, se dresser d'un air décidé – balayer les miettes sur ses cuisses et ses doigts et, de manière générale, clore la séance par un *Bien*, Mr. Driscoll… quelquefois, il parvenait ainsi à gratter cinq ou six minutes sans problème, mais celui-ci saurait qu'il n'était resté que trois petits quarts d'heure (trois jours, oui), alors mieux valait le laisser raconter ses sottises pendant encore un moment. Pendant ce temps, je vais contempler mon jardin, lequel s'étend sur trente mètres – pour l'instant je n'ai que quelques chênes assez superbes, des cyprès pas trop en forme et une pelouse à peu près utilisable – mais attendez seulement que ce maudit hiver soit terminé : là, vous verrez la magie opérer. Je suis un jardinier hors pair – demandez à Edna. Et à propos de jardin – savez-vous que, parmi les bennes et les bennes d'ordures que les ouvriers ont exhumées, se trouvait une vieille citerne datant de la guerre, et remplie de vieilles bottes en caoutchouc ? Ainsi que quatre, ou peut-être cinq tondeuses à gazon – dont aucune n'était le moins du monde récupérable, et éventuellement à même de *fonctionner* – et, derrière un véritable mur de ronces, non seulement un abri de jardin en appentis, mais également une serre en appentis, lesquels – une fois tronçonnée et arrachée la masse de végétation acérée et emmêlée – s'étaient brusquement affaissés de côté, puis en avant, puis avaient encore frissonné un instant avant de s'effondrer, comme avec gratitude, en un amas de verre brisé et de bois pourri. J'ai bien l'impression que, si le précédent propriétaire de cette maison venait s'allonger sur mon divan – Brian Morgan (il vit dans une petite caravane Hintley & Palmers, juste à côté), l'un de nous deux mourrait certainement de vieillesse avant que j'aie pu même commencer à identifier la plus évidente de ses innombrables psychoses.

« Je pense, parut-il vaguement percevoir à Cyril, en provenance de Mr. Driscoll, que je n'ai plus qu'une chose à faire, c'est de l'affronter. Cela pourrait me rendre un peu de – comment dire ? De *pouvoir*... et en même temps, si je l'affronte *effectivement*, que se passera-t-il si elle... ?

– Si elle quoi ? » glissa Cyril.

Ce à quoi Mr. Driscoll répondit d'une voix brisée, les yeux implorants : « ... si elle me *quitte* ? »

Cyril hocha la tête. Quel malheur, songeait-il, que cette somptueuse Lulu Powers ne se considère absolument pas comme relevant d'un traitement psychiatrique ; elle et son mari, toutefois, sont chacun apparemment convaincus de la démence de l'autre, ce qui est assez piquant – et j'ai eu récemment vent d'une rumeur (dont Elizabeth est probablement la source – elle fait sans cesse à Edna des confidences diverses, mais qui ne doivent sous aucun prétexte circuler davantage) selon laquelle tous deux se sépareraient enfin pour de bon, officiellement. Alors, peut-être (juste ciel, combien nous sommes capables de nous illusionner, quand souffle le vent amer du désespoir), Lulu aura-t-elle besoin d'un soutien, d'un conseil amical, hmm ? Quoique – si je peux mettre juste une fois cette Lulu sur mon divan, eh bien pour l'amitié, il faudra repasser, mon pote.

« Mais *voulez-vous* qu'elle vous quitte ? soupira Cyril.

– Non ! aboya Mr. Driscoll. Non. Enfin... quand je dis non, peut-être que je pense... croyez-vous qu'en fait, tout au fond de moi, sans le savoir, j'ai *envie* qu'elle me quitte, docteur ? Est-ce ce que vous pensez ? »

Le sourire de Cyril était exempt de tout humour, ou de quoi que ce soit de ce genre.

« Qu'en pensez-vous, vous ?

– Je pense que... que... que peut-être, finalement, *oui*. Oh mon Dieu, docteur – vous êtes vraiment extraordinaire. Je me sens presque... *heureux*. »

Eh bien, amenda mentalement Cyril, extraordinaire, je ne sais pas, mais en tout cas moins con que toi, aucun doute.

« Eh bien, fit-il – avec un enthousiasme avunculaire, mais soigneusement bridé, et teinté d'un regret résigné –, on dirait bien qu'il va nous falloir, encore une fois, arrêter là pour aujourd'hui… »

Mr. Driscoll se leva et se tourna vers lui avec une dignité si humble, ses grands yeux suppliant si fort ne-vous-moquez-pas-de-moi-mais-simplement-aimez-moi, que Cyril dut se retenir à deux mains pour ne pas prendre sur le plateau deux morceaux de sucre immaculés et les fourrer entre ses babines molles et humides, avant d'ébouriffer sans ménagement la mèche de cheveux qui serpentait médiocrement sur son front.

Mr. Driscoll se dirigea vers la porte les épaules bien droites et la démarche affermie par quatre-vingt-cinq livres sterling d'une assurance superbe et nouvelle, quoique douteuse, saisit la poignée et la tourna dans un sens, puis dans l'autre, puis se mit à tirer brusquement, puis colla son épaule contre le panneau et poussa. Cyril secoua doucement la tête, avec aux lèvres un tss-tss d'indulgence amusée, et indiqua à Mr. Driscoll une autre porte à côté de la première. Mais Mr. Driscoll la contemplait toujours d'un regard paniqué, s'apercevant enfin que non, ce n'était pas une vraie porte, pas du tout : la *poignée* était réelle, aucune inquiétude quant à cela, mais le reste n'était qu'une peinture en faux bois, avec des ombres en trompe-l'œil. Il tournait à présent vers Cyril une bouche béante exprimant son angoisse extrême : Était-ce là un *symbole*, était-ce cela ? Qu'est-ce que c'était, en fait – une espèce de *test* ? Cyril ne put que sourire, tandis que les quatre-vingt-cinq livres de ce que vous savez se défaisaient et dégringolaient jusqu'aux semelles de Mr. Driscoll, d'où elles suintaient sournoisement par la trépointe Goodyear. Non, Mr. Driscoll, je crains que non – si vous me posez la question, et même si vous me payiez pour le savoir, je serais dans l'incapacité de même suggérer pourquoi mon épouse a trouvé judicieux de faire peindre une fausse porte immédiatement à côté d'une vraie : croyez-moi, ce n'est simplement pas le bon moment de la journée pour s'atteler au décryptage d'Edna, pas en plus de vous tous. Donc, tout ce que je peux vous dire, c'est bon vent, Mr. Driscoll, et essayez de ne pas devenir fou d'ici notre prochain rendez-vous.

Me voilà maintenant confortablement installé sur mon divan freudien, et je vois, sur mon agenda, quel est le suivant de mes fadas : une étrange jeune femme – elle passe la plus grande partie de ses séances à essayer de m'arracher le moindre indice quant à la raison pour laquelle elle demeure persuadée qu'elle a passé ses années d'adolescence à repousser les avances sexuelles insistantes et renouvelées d'un chat de gouttière à trois pattes, castré et au pelage écaille de tortue, à l'haleine immonde et parfumée au poisson, auquel elle attribue toujours sa répulsion phobique et ses convulsions intestinales dès que l'on fait simplement allusion à un plat de haddock au beurre fondu. Je n'aurais vraiment pas dû m'autoriser cette petite tranche de cake aux fruits, mais elle semblait me tendre les bras, et je déteste décevoir.

John Powers attira à lui le lourd carnet rouge, comme toujours, lequel (rien que de très normal à cela) s'ouvrit plus ou moins de lui-même à la page dix-sept, sur cette sacrée saloperie de phrase qui se concluait ainsi, de manière aucunement triomphale : « et Gregory descendit à sa voiture ». Voilà où John en était, avec cette vacherie de roman – et à chaque fois que son regard se posait sur cette phrase horriblement familière, mille fois retravaillée et finalement toujours aussi mauvaise, il sentait la lame glacée de l'angoisse lui perforer les entrailles (d'ailleurs, c'est exactement ce qui lui arrivait en cet instant) et, une fois de plus, il lui semblait avoir épuisé son stock de mots, jusqu'au dernier.

Mais bon, bon – d'accord, d'accord, se morigénait John – Gregory est descendu à sa voiture, okay ? (Descendu pour *prendre* sa voiture ? Descendu et s'est *assis* dans sa voiture ? Descendu pour foutre de grands coups de pied dans les phares de sa voiture ?) auquel cas, il va quelque part, d'accord ? Mais où ? Où va Gregory ? Si vous me posez la question, je vous répondrai : eh bien, demandez à ce pauvre con de Gregory (et d'ailleurs, pourquoi ai-je choisi un nom aussi naze, au départ ?). Bon, écoutez : je ne sais *pas* où il va, compris ? Enfin – il va peut-être voir Isobel ? Ou bien il file juste au coin de la rue pour acheter des clopes ? Donc, il fume, Gregory ? Je ne sais plus. Peut-être bien. Et qui est Isobel, au fait ? Vous voyez, c'est ça l'emmerdement – dix-sept pages à peine, et je n'arrive pas à les garder en tête : je ne fais que lire et relire ces dix-sept pages jusqu'à en avoir envie de hurler, puis je cale misérablement, complètement bloqué devant cette image fixe de Gregory qui descend à sa putain de bagnole – que vous dire d'autre ? Comment ai-je réussi à finir le précédent ? Cinquante mille mots, carrément – même si tout le monde s'en est moqué royalement. Une totale perte de temps. Je me dis que je l'ai peut-être terminé parce que c'était le premier ; ce devait être l'état de grâce. Tout cela était nouveau, intouché (baigné d'espoir). Mais ce truc, là, est déjà à moitié dans la saumure – et je recule devant l'odeur âcre qui monte de la page dix-sept. Dieu, que j'ai mal à la tête. Peut-être Gregory peut-il descendre à sa voiture pour enfiler un tuyau sur l'échappement, se gazer vite fait, et comme ça nous pourrons arrêter cette plaisanterie et avoir un peu la paix.

Était-ce Lulu, dans l'entrée ? Ce bruit, là ? Elle quittait les lieux ? John passa une main sur son front brûlant (dont le bref contact lui apparut froid et humide). En fait, aujourd'hui, je ne me sens pas plus mal que d'habitude – c'est-à-dire pas bien du tout. Mais je n'ai pas encore pris un seul verre, ce dont je suis relativement content.

Enfin – pas réellement *content*, parce que je sais bien que deux grandes rasades me remettraient d'aplomb, tout en me foutant dedans – empêchant mes longs doigts blancs de ressembler à de jeunes pousses encore tendres et presque translucides frémissant à la brise.

« Oh non, non, *non* ! fit la voix de Lulu, notablement plus agacée et stridente qu'à l'habitude. Oh, merde de merde – ne sors pas, John – pour l'amour de Dieu, ne sors *pas* ! »

De sorte que John se rua sur la porte, et la très brève vision qu'il eut de la divine Lulu lui échappa aussitôt, comme son pied se dérobait si brusquement sur une flaque dorée et épaisse d'on ne sait quel liquide que l'expression hagarde qui se peignait sur son visage indiqua bien à Lulu que oui, je suis aussi surpris que toi d'avoir choisi ce moment précis pour effectuer un grand écart viril, sans cesser pour autant de mimer la frénésie de qui est envoûté par le rythme des castagnettes, mais tout ceci semble assez inévitable – et soudain, outre les brefs aboiements de douleur qui accompagnent nécessairement ce genre de situation, John eut conscience d'un parfum épouvantablement entêtant, tandis que les piques d'une douleur à vous arracher les yeux, une véritable brûlure déchirait son pied, dardant vers le nord une salve de flèches enflammées.

Lulu, pour sa part, poussait un long crissement de frustration : ne suffisait-il pas qu'elle ait fait tomber son flacon de *Mitsouko* tout neuf (j'ai failli le rattraper – et puis il m'a échappé) – mais *naturellement* il avait fallu qu'il se brise, comme il se *doit* – et à présent, il y avait du parfum et du verre partout, et ce désastre était également mêlé de ce qui, jusqu'à une date récente, était le sang même qui folâtrait joyeusement dans quelques orteils de John, et qui à présent souillait le parquet d'érable, John qui avait, lui, une conscience plus aiguë, plus directe encore de la catastrophe, car les hululements qu'il poussait s'étaient transformés en petits jappements d'incrédulité, et auraient inspiré à n'importe qui, sauf à Lulu, une immense pitié et le besoin irrépressible de se baisser pour secourir la victime.

Et Lulu ressentit, identifia en elle cette totale absence de réaction : comme il faut peu de temps, se dit-elle avec angoisse, pour que deux personnes en arrivent là : comme j'ai changé…

« De l'eau froide, dit-elle d'une voix sèche. De l'eau froide, c'est ce qui sera le mieux, John. Je suis en retard. Désolée. Il faut que je… »

Avant même d'avoir dit « sorte » elle était sortie. John pleurait à présent – de douleur physique, et autre – et tirait sur sa chaussette détrempée tout en s'éloignant comme il le pouvait du carnage toxique (la puanteur seule lui donnait des haut-le-cœur). De l'eau froide, oui – mon Dieu, oh mon Dieu mais ça *pique* – vous pouvez me croire – et peut-être un peu de, quoi déjà ? du Mercryl, de l'eau oxygénée, un truc comme ça. J'ai peut-être attrapé ce truc, là, et il me faudrait une… enfin une piqûre. C'est alors que le téléphone se mit à sonner – et, simplement parce qu'il était à proximité, quand la salle de bains était, elle, tout à l'opposé, John décrocha et émit quelques vagues murmures indéterminés dans l'appareil.

Lui parvint une voix sonore, à la fois brutale et pleine de reproche : « John – vous avez l'air encore plus soûl et dans les nuages qu'à l'habitude ! »

Vous savez, elle existe *vraiment*, l'histoire de la goutte d'eau et du vase, et John en avait franchement jusque-là de ces bonnes femmes, et s'il devait se faire trahir et blesser physiquement par sa propre épouse (mon épouse !) puis maintenant fustiger par sa connerie de rédactrice en chef, il n'avait pas l'intention de calancher sans opposer quelque forme de résistance, de sorte qu'il répliqua :

« Alors *écoutez*, Tara – écoutez bien : pour des raisons que je n'ai aucune, mais aucune envie d'expliquer maintenant, j'ai extrêmement mal, et je me trouve là par terre au milieu de l'entrée – j'ai la gerbe, je saigne et j'ai besoin d'*aide* – pas de ça. Alors allez vous faire foutre. »

Il y eut une pause, puis une voix nouvelle se fit entendre : « C'est sérieux, John ? C'est vrai ? À ce point ? »

John soupira profondément. « Oui, dit-il.

– Voulez-vous que je passe ? Pour vous aider ? »

John soupira profondément. « Oui », dit-il.

« Chaque jour un peu plus froid. » Puis Lulu agrandit un peu les yeux à l'usage d'Elizabeth, comme pour compenser le sourire bénin qui, elle le sentait, aurait peut-être dû amender sa déclaration.

« Vous voulez dire le temps ? s'enquit Elizabeth, ou bien est-ce de John que nous parlons ? »

Lulu laissa échapper un bref rire de désespoir ironique, quoique feint. « Des deux ! Oh, mon Dieu, oublions ça, Lizzie. C'est trop déprimant. J'adore vos nouvelles valises, à propos. Allez-vous vraiment emporter *tout ça* ? Je croyais que vous ne partiez que pour…

– Oh, je *sais*, fit Elizabeth d'une voix éplorée. Mais je suis *toujours* ainsi. Parce que, quand je suis en voyage, j'aime avoir le *choix*, et que, n'est-ce pas, on ne sait jamais *comment* les choses vont se passer, si bien que je finis toujours par traîner avec moi une quantité effroyable de vêtements que je ne déplie même pas…

– … tout ça pour en acheter une quantité effroyable de nouveaux », conclut Lulu : c'était là une plaisanterie aimable et mutuelle, toute pleine d'affection – Elizabeth entrait à présent dans le jeu, secouant la tête en tous sens, ses yeux immenses implorant vainement qu'on lui dise ce que l'on pouvait bien faire d'elle.

Non seulement le dressing, mais toute la chambre et une partie non négligeable de la salle de bains se voyaient noyés sous les affaires d'hiver impeccables et la somptueuse lingerie d'Elizabeth, en couches superposées et vivement colorées. Lulu s'employait à goûter diverses émotions : bien sûr, la liqueur de soulagement que distillait toujours son éloignement de la maison, et de John – gazéifiée, en outre, par la présence effervescente d'Elizabeth. Elle était triste, certes, qu'Elizabeth parte pour Paris avec Howard, et non avec elle : quelques minutes auparavant, Lulu avait osé une très légère, plaisante allusion à cet état de fait (juste l'odeur du feu qui couve, mais pas les flammes), sur quoi Elizabeth avait poussé un long hululement à la simple idée que quiconque, à plus forte raison Lulu, puisse ressentir l'ombre de la queue de la moindre trace d'une quelconque vague jalousie à cause d'une chose aussi bête que *Howard*. Autre chose l'attristait plus encore : Lizzie sait que je l'aime, oui, mais elle ne sait pas comment, ni combien. Mais je suis heureuse d'être simplement là, avec elle – à la regarder évoluer, à respirer le parfum de ses affaires. La vision du lit, somptueusement drapé de soies et de velours, ajoutée aux effluves du *Mitsouko* répandu, avaient véritablement failli la pousser à se montrer plus audacieuse – à ne pas, cette fois, rompre le baiser, et à laisser enfin ses mains s'égarer. Peut-être l'aurait-elle fait, mais Peter, ce drôle d'enfant, rôdait dans la maison – il entrait en silence, tout en rendant palpable sa présence même, apportant par exemple une nouvelle cargaison de mousseline de soie immaculée, la déposait ainsi, toujours silencieux, puis échangeait avec Elizabeth ce bref regard que Lulu ne parvenait jamais à analyser (comme s'il se passait de l'être), et qui lui laissait un étrange malaise, et même une imperceptible sensation d'anxiété.

« Bien, déclara Elizabeth, nous en avons fini avec Mrs. Bramley, n'est-ce pas ? Ça me désole, de vous laisser seule avec tout le travail, et la maison en plus. Je crois que si j'emporte la rose, je n'ai pas vraiment *besoin* de prendre aussi la fuchsia.

– Vous diriez fuchsia ? s'enquit Lulu, observant la robe. Oui, on peut dire ça – oui, en effet. Oui, on en a *presque* fini avec elle – j'ai terminé le sapin, avec la couronne et tout, mais à présent, elle dit qu'elle veut aussi des décorations de table : notez bien qu'elle ne reçoit *personne*. Elle est très étrange. Je l'aime bien, en fait – elle est d'une drôlerie incroyable. Elle vous sort des choses hallucinantes. »

Elizabeth contempla les deux robes, les yeux mi-clos, chacune suspendue au bout d'un bras tendu : on aurait cru qu'elle cherchait à percer à jour leur alibi – à deviner laquelle avait fait un faux témoignage.

« Oh et puis mince – je prends les deux. Quelles choses ? Quel genre de choses ?

– Oh mon Dieu – j'aimerais avoir un magnétophone. Oh, je ne sais pas – nous parlions nourriture, je ne sais plus trop pourquoi on en est arrivées à la nourriture, et tout à coup, je me demande si elle est végétarienne – je ne sais pas ce qui m'a fait me poser la question : peut-être parce qu'elle avait demandé une pomme. Oh, et puis oui, Lizzie, vous ne devinerez *jamais* quel est son prénom ! J'ai cru *mourir* quand elle me l'a dit. Ce n'est pas du tout Naomi ! »

Elizabeth sourit largement en voyant le plaisir de Lulu.

« Charlotte ?

– Encore mieux ! Pippa ! Incroyable, non ? » Et Lulu d'enchaîner – entre deux hoquets de rire contenu et les gloussements de Lizzie : « C'est Philippa, en fait – mais elle dit que tout le monde l'appelle *Pippa*. Pippa Bramley – j'adore. Enfin bref je lui ai posé la question – si elle était végétarienne ou non, et… j'*adore* ces chaussures, Lizzie, les crème, là – j'en avais de semblables, mais la pluie les a complètement ruinées. Donc, je lui dis Mangez-vous de la viande, Pippa ?

– Et qu'a-t-elle *dit* ? » fit Elizabeth d'une voix suppliante.

Lulu prit une voix haut perchée et imprima à ses lèvres cette expression hautaine quoique bienveillante et quelque peu futile que l'on attribue à une douairière :

« Oh, mais bien *sûr*, ma chère Lulu – que voulez-vous en faire d'autre ? » caqueta Lulu d'une façon qui n'était nullement sa manière, avant de reprendre brusquement son ton habituel : « Est-ce que ça n'est pas *extraordinaire* ? Et puis elle s'est lancée dans des histoires de recettes et tout ça, ce qui m'a surprise, parce qu'il me semblait bien que c'était feu son *non* regretté époux qui s'occupait de toutes ces choses – mais elle s'est mise à m'expliquer une recette de boulettes de viande qu'elle avait inventée un jour : vous prenez du bœuf *maigre*, mais alors vraiment *maigre*, dit-elle… *oui*, dis-je… et six jaunes d'œufs – moi : six œufs, mm-mm. Et puis vous ajoutez – je n'invente rien, je vous jure – une demi grande tablette de chocolat fondu Bournville… ! »

La cuisinière en Elizabeth en fut profondément choquée, mais la drôlerie de la chose prit le dessus.

« Vous *plaisantez…* »

Lulu secoua la tête avec conviction. « Et moi, j'étais là, en train d'essayer de garder mon sérieux, en disant *Juste ciel* – c'est, euh, assez spécial – et Pippa commence à hocher la tête et me dit Oui en effet : d'ailleurs c'est complètement immangeable – parfaitement immonde. Je ne vous la recommande pas du tout. »

Sourcils arqués et ooooh incrédule firent long feu, car déjà Elizabeth se reprenait et déclarait Vous savez, si je ne me décide pas à décider pour de bon ce que j'emporte et ce que je n'emporte pas, les vacances seront finies avant même que j'aie terminé mes bagages. Sur quoi, à la plus extrême irritation de Lulu, ce fameux Peter refit son entrée, l'air dégagé. Et cette voix qu'il avait ! Ce ton aérien, caressant – aux oreilles de Lulu, éperdue de perplexité, quelque chose entre le chuchotement et le ricanement.

« Melody vient d'arriver et elle s'est servi un verre. Il n'y a pas de problème ? Et Mr. Nelligan voudrait vous voir, à propos d'une histoire de tuyaux, si j'ai bien compris.

– Oh juste ciel, mais je n'y connais *rien*, en tuyaux, moi – je peux vous dire, Lulu, j'en ai par-dessus la tête de ce Mr. Nelligan – il m'a juré ses grands dieux qu'il en aurait terminé pour le week-end, et regardez-moi ce bazar. Je ne veux même pas *imaginer* devoir faire mon Noël au beau milieu de ce chantier – plus jamais je ne ferai appel à lui, je peux vous l'assurer. »

Lulu eut un sourire compatissant ; si seulement nous pouvions échanger nos soucis, se disait-elle : donnez-moi Nelligan, et prenez John. Et puis aussi : j'aimerais vous embrasser. « Je vais aller voir Melody, Lizzie – vous, allez vite empêcher cet homme d'inonder toute la maison.

– Ça, il n'en est pas *question*, fit Elizabeth d'un ton sévère, sans plaisanter le moins du monde.

– Donc, ça ne pose pas de problème, alors ? » insista le Zouzou à son Elizabeth.

Celle-ci, déjà à mi-chemin de la porte, s'arrêta net, perplexe.

« Mais quoi, Zpeter ?

– Melody. Le fait qu'elle se serve, comme ça. »

Elizabeth hésita – l'amusement rivalisant avec l'effarement sur son visage. « Mais bien *sûr* que ça ne pose pas de problème. Hmm ? Melody est une *amie* – évidemment qu'elle peut prendre un verre. Mais que diable veux-tu dire par là ? »

Zouzou demeurait impénétrable. « Mon Dieu, tant que je suis au courant... », murmura-t-il (ce qui sonna aux oreilles de Lulu comme une remarque importune d'une fatuité odieusement artificielle).

Tous trois descendirent l'escalier plus ou moins ensemble, Zouzou les abandonnant sur le palier du premier étage (il est peut-être allé se polir les ongles, pensa

Lulu, acerbe ; vous avez *vu* ses ongles ? Vous les avez *vus* ?). Tout en obliquant vers le salon, Lulu saisit le roulement d'yeux d'Elizabeth qui pénétrait dans la cuisine d'un pas de portefaix, soupirant avec une résignation accablée *Bien*, Mr. Nelligan, quel est le problème, cette fois ?

« Salut, Melody », fit Lulu avec un grand sourire. En fait, elle ne connaît pas Melody si bien que cela – elle était partie en vacances avec Lizzie, l'été dernier, mais Lulu l'avait à peine entrevue, à l'Excelsior : toujours fourrée avec cet abominable VRP – celui dont John était assez crétin pour imaginer qu'il était avec *moi* (Dieu seul sait ce qu'elle a bien pu lui trouver). Aujourd'hui encore, Lulu considérait tout cela tellement, mon Dieu – elle dirait bien risible, mais à cause de cette histoire, entre autres, le rire était mort depuis si longtemps que l'on ne pouvait même plus se rappeler ce qui le déclenchait – et encore moins à quoi cela ressemblait.

Melody répondit d'un simple signe suggérant que, là, en tout cas, elle était tellement épuisée – complètement sur les rotules – qu'elle ne pouvait guère faire plus que hocher vaguement la tête et rester vautrée. Elle désigna une bouteille de sancerre, également bientôt épuisée, apparaissait-il.

« Non, merci, dit Lulu, se laissant tomber sur un interminable divan, à quelque distance. Alors, qu'avez-vous fait, Melody ? Vos achats de Noël ? *Vous*, vous ne partez pas, n'est-ce pas ?

– Ha ha », fit Melody – et s'il y avait là quelque trace de cette joyeuse, chaleureuse excitation de Noël, elle lui avait de toute évidence coupé le cou. Une ironie lourde comme un poids mort, une totale absence de légèreté : tel semblait être le message d'actualité. « Ce que j'ai *fait*, Lulu, c'est de nettoyer la cuisine de merde de cette merde d'Edna Davis de merde, de laver la vaisselle de merde de cette merde d'Edna Davies de merde…

– Ouais, ouais – je vois, sourit Lulu, agitant une main dans le vain espoir d'endiguer le flot.

– … et servir le thé de merde de cette merde de Cyril Davies de merde, conclut Melody d'un air farouche.

– J'avais oublié que vous faisiez tout cela », déclara Lulu. Et de fait, elle avait oublié – complètement : aucun, mais alors aucun intérêt.

« Ouais, c'est ça, fit Melody d'une voix mauvaise. Moi, je m'en souviens, tous les jours. Et non – pour répondre à votre autre question, *non*, Lulu – je n'ai pas fait mes *achats* de Noël, parce que comme d'habitude je n'ai pas le premier sou pour *acheter* quoi que ce soit pour Noël, d'accord ? J'espère que vous tous n'attendez rien de moi ni rien. Parce que vous allez être drôlement déçus. Croyez-moi.

– Je ne veux rien », dit Lulu, doucement.

Melody la regarda. Ouais, bon – je ne parlais même pas de *vous*. Je vous connais à peine. Non, je voulais dire Elizabeth et Howard. En fait, je vais offrir quelque chose à Elizabeth – vraiment, je suis obligée : elle est tellement, tellement bonne pour moi. Et Howard. Il me manque toujours, Howard. Pourquoi est-ce que je pense à *Howard*, maintenant ? Parce que je ne vais pas, absolument pas, continuer à penser à ce salaud de *Miles*, n'est-ce pas ? Non, je ne peux pas – impossible : ça me tue, littéralement. Dieux du ciel, sans Howard et Elizabeth, je ne pourrais même plus *manger*, putain.

« Comment va John ? s'enquit soudain Melody, alors qu'elle s'en moquait parfaitement. Toujours pareil ? »

Lulu détourna le regard, avec un bref hochement de tête. Mon Dieu – tout le monde est donc au courant, pour John et moi ? Enfin, honnêtement, il n'y avait guère de chances pour que Melody ait oublié la garden-party, n'est-ce pas ? Quand ce cinglé de John s'était jeté sur ce connard de Miles, et que sang répandu et chemises déchirées étaient devenus à l'ordre du jour.

« Pareil, dit-elle. Et vous ? Vous voyez toujours… cette personne, là ?

– Miles. Il s'appelait Miles. Il s'appelle Miles. S'appelait. Enfin on s'en fout.

– Donc… la réponse est non ? »

Melody hocha la tête, leva les yeux, descendit son verre de vin. « Non, murmura-t-elle, puis, avec conviction : les hommes, ce sont *vraiment* des… hein ?

– Des salauds ? suggéra Lulu. Oh que oui. Tous. De parfaits salauds. »

Melody se resservit. « Avant, je ne pensais *pas* comme ça… enfin, j'imagine qu'ils ne sont pas *tous* mauvais. Prenez Howard. Il n'est pas ainsi. »

J'aimerais bien pourtant, songea Lulu : j'aimerais vraiment qu'il soit ainsi.

« Ouais, reprit Melody, tout à fait négligemment. Il est bien, Howard. C'est le seul homme que j'aie jamais… je veux dire, j'ai vraiment eu beaucoup, beaucoup de plaisir avec lui, quand nous étions… »

Lulu regarda Melody. Tiens, pensa-t-elle. Tiens tiens. C'est nouveau, ça.

« Je ne savais pas, dit Lulu d'une voix mesurée – tout en se demandant : qu'est-ce que je ressens exactement, en fait ?

– Non, soupira Melody. Personne ne sait. Personne. Quelquefois, je pense que même *lui* a oublié. Je suis désolée, Lulu – je ne sais pas pourquoi je… je n'aurais peut-être pas dû…

– Aucun problème, dit Lulu.

– Mais je me sens tellement… !

– Pas de problème, chuchota Lulu d'une voix apaisante. Réellement… » Puis elle sourit. « Je vais voir comment Lizzie s'en sort avec l'abominable Nelligan, et puis je file. Vous savez que je vais venir garder la maison, n'est-ce pas ? Donc, nous nous verrons sans doute, si vous êtes souvent à côté.

– Ouais, approuva Melody d'un ton morne. Je serai en train de passer l'aspirateur de merde sur la moquette de merde de cette merde d'Edna Davies de merde – pardon, sur les *tapis* de merde, etc. »

Lulu se mit à rire. « Pour l'amour de Dieu, Melody, ne recommencez pas avec tout ça. Écoutez – qui veut la fin… d'accord ? C'est ça la vie – ça n'est fait que de cela. La fin, et les moyens. »

Avec un sourire blême, Melody regarda s'éloigner Lulu – elle-même indiciblement déprimée par ce qu'elle venait de proférer. Un peu plus tard, Melody (dieux du ciel – j'ai vidé toute la bouteille, vous savez : je n'ai même pas vu le niveau baisser), alors qu'elle cherchait Elizabeth pour lui faire coucou avant de partir, et lui exprimer son éternelle gratitude mêlée d'une excuse vague et générale (autant jouer la prudence), aurait la surprise de trouver Lulu encore dans les lieux. Beaucoup plus surprenante encore était la vision qu'elle eut d'elle par la porte entrebâillée du salon du matin, entourant de ses bras, doucement mais fermement, la taille d'Elizabeth – tandis que lui parvenaient de très légers soupirs et murmures d'extase ou de stupéfaction (tombés de leurs bouches chaudement mêlées, lèvres ouvertes, avides). Puis Melody jeta un coup d'œil vers cet étrange jeune Peter, qui se tenait à quelque distance – si pâle, si raidi qu'il semblait changé en statue : seuls ses yeux étincelaient d'un éclat liquide dans son visage pétrifié.

Chapitre VII

John n'aurait pas pu vous dire, comme ça, tout de suite, ce qui avait changé exactement en Lulu. Il y avait chez elle une sorte de, comment – d'exaltation silencieuse, pourrait-on dire ? Était-elle la détentrice privilégiée de quelque secret d'importance ? Peut-être rien de si compliqué – peut-être même rien du tout. Mais pourtant, il y avait quelque chose, quelque chose, là… Et puis cela lui apparut : le bonheur. Le bonheur, voilà – le bonheur pur et simple. Lulu ressemblait à ce qu'elle était quand John et elle étaient *heureux* ensemble – et soudain, il sombra dans un abîme de tristesse – une immense tristesse, que la mélancolie aux grands yeux morts ait remplacé ce bonheur. Cependant, un profond changement s'opérait : John ne se noyait pas, ne s'enlisait pas, ne paniquait même pas dans ce puits noir et glacé qu'il ne connaissait que trop bien, non : il s'y roula brièvement, puis en émergea aussitôt, pratiquement rafraîchi – prêt à s'essuyer vigoureusement avec une serviette bien rêche. Il faisait face – il acceptait le fait que tout plaisir, ou même toute satisfaction pour Lulu dût trouver sa source ailleurs que dans leur communauté misérable, rance, et destinée à bientôt voler en éclats ; oui, il pouvait le supporter, parce que depuis cet après-midi même, et pour la première fois depuis cet été, John possédait un endroit où aller, et un endroit où être.

Lulu également prit conscience de ce glissement – presque comme si l'air de la maison avait été entièrement aspiré, et remplacé par de grandes bouffées fraîches. Elle ne se sentait nullement prise à la gorge par l'oppression latente qu'exerçait sans cesse John – qui d'ailleurs n'avait pas l'air si maussade que cela. Et, dieux du ciel – il semblait juste un peu bourré, ce qui, chez lui, pouvait être considéré comme à jeun. Dans l'entrée, le carnage – que Lulu s'était préparée, non sans résignation, à traverser dans des crissements de verre écrasé – était totalement nettoyé, jusqu'à la dernière trace et, apparemment, John n'avait rien trouvé d'autre à renverser, briser ou retourner durant son absence. (Par le passé, quelquefois, un meuble bien massif, que l'on aurait eu plaisir à croire inamovible – un bureau, disons – une fois, même, ce lourd buffet deux-corps, dans l'angle – se retrouvait soudain de travers, comme si les poltergeits du coin avaient fait une brève descente en passant, histoire de s'amuser méchamment ; ce n'était rien d'autre que la rencontre entre le malheureux meuble et un John titubant, ivre mort, qui se demandait pourquoi son épaule lui faisait soudain un mal de chien, avant de s'effondrer au sol.)

John et Lulu essayèrent tous deux un sourire qui, ma foi, ne passa pas si mal que cela – pas trop artificiel, ni trop pénible. Et quand Lulu, comme toujours, fit mine de se diriger vers l'escalier, John ne se précipita pas dans son éternelle tentative pour lui barrer la route au pied de ce dernier – de sorte que Lulu ne fut pas elle-même tentée de s'y ruer. John ne voyait apparemment aucun inconvénient à la laisser lui échapper, avec son secret bien au chaud, car il retournait tranquillement dans le salon pour se servir un petit, réellement petit verre – deux gouttes, vraiment – et s'installait dans un fauteuil comme n'importe qui pourrait le faire : il jouissait de cette normalité – de cette promotion nouvelle dans les échelons de la condition humaine.

Une nouvelle lumière – cette chose dans laquelle on voit les choses. À moins que ce ne soit un nouvel angle de vue ? C'est bien ce que les gens disaient, n'est-ce pas ? Que la survenue d'un élément inédit, inattendu, pouvait éclairer les ténèbres, jusqu'à supprimer toute trace d'ombre, sans pour autant vous éblouir. Alors, des barrières vertigineuses, apparemment inébranlables, pouvaient être franchies avec autant de facilité qu'un portail de jardin ; et là, dissimulée entre des murs qui avaient occulté toute lueur du jour, on trouvait une porte, une petite porte (combien de fois recherchée, avec quelle ferveur ? Et la voilà, en évidence, grande ouverte, comme par ironie, et voilà la lumière derrière, qui vous fait signe). Pour parler bref, on aurait bien dit que John s'était trouvé une nouvelle nana.

Ayant raccroché, après cette petite conversation incroyablement aimable avec Tara – elle ne l'avait pas traité de tous les noms, et semblait même lui porter de l'intérêt (inconcevable, n'est-ce pas ?) ; ne l'avait même pas accablé de quelque commande pour une saloperie d'article de mille mots sur on ne sait quelle imbécillité, cette fois, je me demande bien – John était demeuré là, dans l'entrée, jouissant de sa douleur, de son désespoir, au milieu du carnage. Si elle venait vraiment (et elle avait dit qu'elle se mettait en route, chose que les gens, généralement, ne disent pas si ce n'est pas vrai), alors elle pouvait fort bien contribuer à étendre encore les dégâts, et achever la tâche. La puanteur implacable, toute-puissante, du parfum l'avait quasiment imprégné à vie – il lui semblait que, dans quoi qu'il fourrât son nez, dorénavant, ce ne serait plus jamais l'odeur d'une rose qu'il sentirait, mais celle-ci. Et quand on sonna, il n'était au moins pas trop loin, et put boitiller jusqu'à la porte.

« Putain ! s'exclama-t-elle en préambule. Mais qu'est-ce qui schlingue comme ça ! Et quel bordel ! Mais mon petit gars – mais vous *saignez*. Vous avez mis quelque chose dessus ?

– D'après moi, ce truc-là, c'est du pur désinfectant – mais non, je n'ai rien mis, je... »

Tout cela était très étrange. Tara n'était encore jamais venue à la maison – pourquoi y serait-elle venue ? Elle pouvait être immonde, odieuse au bureau, ainsi que par téléphone, fax et e-mail : inutile d'en redemander. Et là, elle semblait, enfin – John aurait bien dit plus douce, mais ç'aurait été parfaitement ridicule : je veux dire, bon – Tara était certes plus douce que du granit non poli, mais là s'arrêtait toute autre comparaison. Encore qu'elle ne se montrât peut-être pas aussi dominatrice qu'à l'habitude. Cela dit, je ne sais pas trop : toujours d'attaque pour donner des ordres :

« Bien, mon petit gars – vous allez vous allonger sur le divan. Ça va aller ? Et dites-moi où sont la cuisine et la salle de bains, je vais nettoyer tout ça, et puis je ferais aussi bien de m'occuper de votre espèce de pied, là, et puis on ira s'en jeter un, ça marche ?

– Parfait », dit John. Et mon Dieu – parfait, ça l'était quasiment. Tara était une femme de décision, il pouvait vous l'assurer ; quoi qu'elle pût être ou ne pas être par ailleurs, elle savait en tout cas assumer et assurer (tu peux me faire confiance, mon petit gars).

John s'allongea sur le divan ; il aurait plutôt opté pour le fauteuil, juste à l'est de celui-ci, mais on ne discutait pas les ordres d'un officier supérieur. Lulu n'aurait guère apprécié de voir cette femme (ou n'importe quelle femme) fouiller dans la cuisine, et encore moins dans la salle de bains ; et John se surprit à penser Qu'est-ce qu'on en a à faire ? Hein ? C'est bien elle qui est partie en me laissant comme ça, non ? Oui, c'est elle. Et Tara est bien celle qui vient m'aider, non ? Oui, tout à fait. Parfaitement. Donc, en ce qui concernait John, Tara pouvait bien farfouiller dans les mystérieux flacons, fioles et boîtes personnels de Lulu tant qu'il lui plairait (ce qu'elle n'allait pas manquer de faire, bien entendu – elle n'était pas encore née, la noble femme qui pourrait pénétrer dans une salle de bains étrangère, à la recherche d'un analgésique, d'un antiseptique ou d'un pansement, localiser le susdit, et ressortir aussitôt ; certaines choses, il faut l'admettre, sont simplement contre nature).

L'entrée s'emplit des bruissements d'un balayage vigoureux, de quelques tintements de verre, puis du frottement assourdi d'un bonne séance de serpillière, laquelle aurait sans doute valu à Lulu le titre de Plus Mauvaise Ménagère de l'Année. Dix secondes plus tard, Tara était à genoux devant John et lui disait Ce n'est rien il y a juste un minuscule morceau de verre, là, incrusté dans votre pied, mon petit gars, et heureusement que j'ai mes célèbres ongles rouges et acérés parce que je n'ai pu trouver nulle part de pince à épiler. Puis elle enduisit doucement la plaie d'une sorte de produit collant et crémeux (oui, ça piquait – mais pas comme cette saloperie de *parfum*, John peut vous l'assurer) avant d'y appliquer fermement un grand Elastoplast fleurant bon le propre – de ces vieux modèles en tissu qui rappelaient à John tout à la fois les rêches serviettes de l'école, les céréales du petit déjeuner et les gaufrettes de son enfance.

« Une vraie Florence Nightingale », dit-il.

Tara eut un sourire bref et pas trop effrayant, se redressa et le regarda : « Jamais je n'aurais pensé vous entendre un jour dire *ça* », dit-elle.

Non, réfléchissait John, moi non plus je n'aurais jamais pensé dire ça un jour. Il lui proposa un verre, bien entendu – lui-même en avait fort besoin, encore que peut-être moins qu'à l'habitude, en ceci qu'il n'en avait pas encore réclamé plusieurs. Mais Tara semblait désireuse de sortir d'ici : allons à mon club, dit-elle – je vous porterai sur mon dos. Et John eut soudain conscience d'un frisson dans l'air – non seulement dû au fait que tous deux, lui et elle, faisaient somme toute *connaissance*, dieux du ciel (en fait, si John est honnête, il avait peine à croire que c'était bien de lui-même qu'il s'agissait, là, pour ne pas même parler de Tara : ce devaient être deux personnes totalement autres). Non – ce qui produisait cette vibration dans l'air, c'était peut-être aussi la conscience qu'ils avaient tous deux de ce que Lulu pouvait rentrer à la maison d'une seconde à l'autre, et que, même si cela, compte tenu du contexte (et malgré lui) ne devait avoir aucune espèce d'importance, d'une certaine façon, cela importait énormément, énormément.

Donc ils filèrent vers Soho, où Tara arrêta sa superbe voiture strictement là où elle avait envie de se garer et pas ailleurs, avant de le guider dans la pénombre souterraine et vaguement mauve de son célèbre club, où l'austérité première du décor faisait bientôt place à un éclaboussement d'orange et de vermillon, au bar où ils prirent place sur de hauts tabourets (Ça va aller, mon petit gars ? Ouais ouais – c'est bon, c'est bon), lesquels évoquaient, dans leurs lignes souples et sinueuses, les arrière-trains d'un petit cheptel de springboks d'aluminium. À la droite et à la gauche de John, bourdonnaient non seulement quelques riches voyous aux cheveux en brosse et aux vêtements classieux, mais également des troupeaux serrés de femmes d'affaires, ayant toutes revêtu leur armure impeccablement profilée – pas uniquement noire, mais offrant la gamme complète des nuances de l'anthracite au sang caillé –, et toutes infiniment plus jeunes que John, dans la lumière aveuglante de leur assurance collective.

« *Alors*, mon petit gars, fit Tara, touillant énergiquement avec le mauser son cocktail servi dans un verre interminable (on aurait dit une de ces lampes à bulles des années 70), puis pilant au fond les divers fruits et feuilles qui l'agrémentaient, on compte les jours avant de pouvoir poser ses petits chaussons dans la cheminée ? Avez-vous écrit au Père Noël ?

– Non, j'attends votre commande : Ce Que Je Veux Pour Noël, en mille mots.

– Je ne suis pas si vache, quand même. Et d'ailleurs, que voulez-vous *réellement*, mon petit gars ? Que voulez-vous pour Noël ?

– La paix. Des caisses de gnôle, et la paix.

– Ça semble idéal. Ça ressemble terriblement à *mes* Noël, à vrai dire. Je file toujours dans ma maison de Bath – là, je pars jeudi. Je vous en ai déjà parlé, n'est-ce pas ? Ça fait du bien de quitter Londres.

– J'en suis certain. Je vous envie. Si ce n'est que, enfin – moi, je ne pourrais pas.

– Vous ne pourriez pas ? Et pourquoi donc ? Qu'est-ce qui vous en empêcherait ? Il suffit d'y *aller* – rien de plus.

– Pour vous, peut-être. Vous vivez seule.

– Et alors ? Vous aussi, bientôt, vous vivrez seul. Entraînez-vous.

– Je sais. Je sais bien que c'est vrai – mais même si nous, enfin vous savez bien – Lulu et moi sommes en train de, euh, oh là là – de nous *séparer*, il me semble toujours que je dois garder un *œil* sur elle, vous voyez ? C'est absurde, je sais bien, mais je suis toujours abominablement jaloux, dès qu'elle s'éloigne. Je ne supporte pas. Pas du tout.

– Mais mon petit – elle va bien *devoir* s'éloigner, n'est-ce pas ? Hmm ? De manière permanente. Regardez les choses en face. Qu'est-ce que vous allez faire, quand elle sera partie ? La *traquer* ? Quand on en est là, c'est fini, point à la ligne. On passe à autre chose.

– Vous parlez comme un cow-boy.

– Alors soyez un cow-boy. Montez en selle, et galopez jusqu'à mon ranch, si ça vous dit.

– Comment – vous voulez dire à Bath ? Pour vous… vous voir ?

– Pour me voir, pour déjeuner – pour un week-end. Pour Noël. Comme vous voudrez.

– L'idée… l'idée semble sympathique. Mais…

– Elle *est* sympathique, évidemment qu'elle l'est. Si je

suis *là*, c'est forcément sympathique – d'accord ? Mais quoi ?

– Mais, enfin... Je suis un peu... Je veux dire, je ne pensais même pas que vous m'aimiez *bien*. Vous n'avez jamais paru beaucoup m'apprécier.

– Mais bien sûr que je vous *apprécie*, mon petit – sinon, pourquoi est-ce que je continuerais à vous commander tous ces articles ? Ils ne sont pas fameux fameux.

– Vous ne m'avez jamais dit qu'ils étaient mauvais. De toute façon, j'écris un roman. Et *ça*, ce sera fameux, je peux vous l'assurer. Impossible autrement.

– Oh, ce n'est pas *mauvais*, ce que vous faites – je ne dis pas ça. Et si vous voulez savoir pourquoi je ne fais jamais de commentaire, c'est parce que je suis trop *gentille*. Vous ne me trouvez pas gentille ?

– Pas particulièrement, non. Pas vraiment.

– Bon, eh bien je vais être gentille, là. Parlez-moi de votre roman.

– Il fait dix-sept pages. Une misère.

– Hm-hm. Il y a du boulot, hein ?

– Ouais. Ouais, plutôt.

– Alors venez travailler chez moi. Vous aurez votre pièce à vous, au dernier étage. Et la paix. La paix, et des caisses de gnôle. Alors ?

– Alors... comment, vous êtes vraiment *sérieuse*, Tara ?

– Est-ce que je ne le suis pas toujours, mon petit gars ? Sérieuse ? Est-ce que je ne le suis pas *toujours* ? »

Tara leva son verre, et John trinqua avec elle. Il faut avouer qu'elle avait une sacrée gueule. Et son corps aussi était plus que pas mal : des creux, des bosses là où il faut – comme dans les magazines.

« Si, dit-il. Si, toujours. »

En bref, on dirait bien que John s'était trouvé une autre nana.

Ce qui était plus qu'on ne pouvait dire du jeune Norman Furnish – et n'allez pas imaginer que cela ne le tracassait pas. Le problème, lui semblait-il, était que, bien que son esprit parût toujours déborder de tracas, doutes et douleurs de toute nature (ainsi que d'hésitations et de brusques paniques – et aussi, essentiellement, de manque : le manque était le principal), il n'y avait apparemment jamais quoi que ce soit de concret à affronter – et certainement rien (lourd soupir) sur quoi il pût agir. Ainsi, son esprit (à moins que ce ne fût le crâne lui-même) lui paraissait parfois rempli comme ces cavités poussiéreuses entre les cloisons de Placoplâtre sont remplies de mousse durcie : une matière d'abord molle, puis rigidifiée, qui protégeait du grand froid, mais laissait Norman très loin de toute chaleur, et parfois en proie à l'angoisse de devoir peut-être mourir de tiédeur.

Sans Katie, plus rien ne valait rien. Car même si Katie s'était souvent montrée odieuse (et Norman se recroquevillait au souvenir de toutes ces humiliations brûlantes, tremblait rétrospectivement à l'idée des *dangers* qu'elle lui avait fait courir), la présence, le désir de Katie effaçaient non seulement tout cela, mais aussi le néant absolu qui constituait par ailleurs, et en totalité, l'existence vide de Norman – toute cette partie qui, après Katie, s'éternisait comme une maladie grise, avec une sorte d'humour froid et néanmoins pervers (maligne uniquement en ce qu'elle était là, en lui, à le tarauder. Il n'y avait pas d'aggravation brusque, spectaculaire, certes, mais le patient ne présentait non plus aucun espoir de guérison). Donc, en ce sens, elle n'était pas bénigne non plus – et un minimum de bénignité, selon Norman, ne pourrait qu'être le bienvenu.

Peut-être cela irait-il mieux, un peu mieux, si le lieu où il vivait n'était pas aussi définitivement immonde. En fait, Norman avait passé un bon moment, le soir même (mon Dieu, pourquoi pas ? Les soirées n'étaient remplies que de temps à tuer), à essayer de décider si, en fait, ce petit réduit fétide dans lequel il croupissait ou faisait les cent pas et, à cause de son voisin le tromboniste, un gars immense, retenait ses hululements de chagrin, était a) aussi répugnamment similaire à son logement précédent, autant que faire se pouvait, ou b) non seulement bien pire, mais très possiblement la petite piaule la plus pourrie, non seulement de tout Londres, non, mais de tout l'univers, et du cosmos au-delà (car Norman savait bien que l'on peut se permettre de dépasser la pensée terrestre pour raisonner en termes astronomiques, quand tout ce que l'on est tient de l'atome). Et s'il existait une forme de vie sur Mars, comme vous l'assureraient des gens aussi solitaires et troublés que Norman, elle avait certainement trouvé le moyen de ne pas vivre ainsi ; mon Dieu – même les *organismes* ont un minimum d'exigences.

Vous voyez comment c'est, quand on est trop seul ? Tout sens critique s'évanouit, et l'on finit par dodeliner comme un lama sous sédatifs, approuvant la solution inepte d'une non-devinette. Donc, mettons un peu de vie dans tout cela – qu'est-ce qu'il y a à la télé ? Peu importe en fait, non ? On ne va pas tarder à le savoir, parce que la voilà qui se mettait à grésiller comme elle le fait toujours (normal, ont dit les gens du magasin de location), et maintenant on entendait les échos d'une nation entière branchant la friteuse électrique tout en laissant éclater de généreuses quintes de toux grasse (ça fait ça, ont dit les gens du magasin de location), puis apparaissait à la surface de l'écran une quasi-image qui, après une brève crise de nerfs, se stabilisait pour montrer quoi, exactement ? Ah oui – une série avec des jeunes, quoi de plus sympathique, ma foi ? Voyons cela, donc – un jeune mec hirsute étendu sur un divan, sans chaussettes (oui, tu sais bien, le jeune mec – fais un peu attention, pour l'amour de Dieu, Norman) qui parcourt un journal à raison d'une page toutes les demi-secondes, et voilà une fille qui se montre à la porte, oui – donc, ce qu'elle s'apprête à faire, si Norman peut se permettre, c'est tripoter un moment le bord de la porte (un coup la paume ouverte, un coup les doigts crispés) tout en mettant toute sa volonté à laisser une canine pincer sa lèvre inférieure et en battant des cils avec tant de perplexité que l'on se demande un moment si elle n'a pas en fait oublié sa réplique. Mais non – la voilà, la réplique : « Mick ? Mick ? Écoute – pour hier soir… » Mais Mick n'a pas envie de parler de ça, n'est-ce pas ? Non, il n'en a pas envie – et Norman ne peut pas en supporter davantage, n'est-ce pas ? Non, il ne peut pas. C'est compris ? Donc, il prend la télécommande et la jette sur les boutons de l'appareil, sur quoi elle rebondit, alors il la récupère et la rejette sur les boutons, et cette fois elle atteint la touche Off et tout devient silencieux, mis à part le sifflement suraigu (ça fait toujours ça, ont dit les gens du magasin de location) – parce que la télécommande, Norman tient à vous en prévenir, ne marche *pas*, pas du tout : ce ne sont que les *piles* à changer, ont dit ces enfoirés de voleurs du magasin de location, mais les piles, ça coûte de l'*argent* – ça n'est pas *gratuit*, les piles, pas du tout, hein ? Ouais, alors qu'elles aillent se faire voir et qu'elles me laissent en paix.

Mais vous voyez ce que c'est, quand on est trop seul ? Norman savait, il savait – n'allez pas vous imaginer qu'il n'avait pas conscience de risquer de perdre l'esprit. Mais la seule manière de sortir seul pour rentrer avec quelqu'un, c'était de faire une incursion dans cet autre monde, celui des dépenses somptuaires – parce que, il avait beau détailler les frais (à chaque fois qu'il faisait ses comptes), il se retrouvait toujours avec une facture pour services rarement rendus : prenez ce soir, par exemple. Son premier rendez-vous par cette agence de rencontres où il s'est inscrit. Juste ciel – dire que Norman avait passé une bonne partie de la journée dans un état d'anxiété difficilement contrôlable serait très, très loin du compte.

Son humeur n'avait pas tant varié que subi de véritables crises de convulsions : serait-ce la pire soirée de sa vie sans exception (chose assez difficile), passée en compagnie d'une femme qui ressemble à un cheval et qui gueule et jure et crache par terre et boit comme un trou avant de couronner la rencontre en me fendant en deux ? Ou bien serait-ce la chance que j'attends ? Le Bon Dieu s'est-il par hasard souvenu de moi ? Je veux dire – cela arrive, cela arrive parfois : *dites-moi* que cela arrive (et pas seulement dans les films). Le genre de fille qui ne répondrait jamais à une annonce, mais préférait prendre le temps et la peine de passer par une agence, afin d'éliminer tous les prétendants visiblement hors propos – tout cela par pure vertu, par excès de timidité aussi : trop *gentille*, voilà (et peut-être aussi trop occupée par la gestion de ses nombreux placements à l'étranger et sa carrière éblouissante) pour bâtir une relation significative comme tout le monde le fait. Juste ciel. Où était-elle cachée, depuis que je suis né ?

Mais le temps que Norman en soit à s'habiller, autant que faire se pouvait (il s'était offert une chemise, une cravate et une pochette à l'extrémité la plus minable du marché de Brick Lane – avec des espèces de rayures en diagonale ponctuées de sortes de signes de morse d'une teinte presque taupe, mais nuancée d'une espèce de vert olivâtre… non – finalement, pas la peine que vous sachiez), l'aiguille de la balance des probabilités s'était inclinée dans le sens de la morue ignoble, l'ordure à la bouche et la hache à la main, mais bon, qu'est-ce qu'il y pouvait maintenant ? Il était coincé, hein ? Pieds et poings liés. Oui, tout à fait, tout à fait – comme d'habitude. (Elle s'appelle Jennifer. Mmm. Je trouve quelque consolation, je ne dirai pas de courage, à savoir qu'elle s'appelle Jennifer : on ne peut pas, n'est-ce pas, être une brute absolue, avec un nom pareil ? Ce qui ne veut pas dire que je n'aurais pas accepté volontiers une Fifi ou une Dolores. Mais c'est tellement idiot, tout ça, n'est-ce pas ? Oui. Parce que ce que je veux, c'est Katie, rien d'autre.)

Pour l'heure, Norman émettait des gémissements fort virils tout en appliquant sur ses joues rasées de frais une sorte de déboucheur pour évier qui s'affichait sans vergogne comme Givenchy pour hommes – le marché de Brick Lane, également (bon, vous avez vu les prix, en parfumerie ?). Puis, solitaire, une chape de plomb sur les épaules, il s'achemina vers le rade qu'ils avaient choisi d'un commun accord, et qui était sans doute un petit pub du coin, bien pratique pour une personne qui vivait à environ quatorze stations de métro et trois changements du mitard personnel de Norman (troisième étage, sonnez deux fois et puis tirez-vous parce que personne ne répond jamais parce que personne ne vient jamais – de toute façon, la sonnette est HS depuis des années).

Et Norman se demandait parfois – à chaque fois, en fait, qu'il pensait à Katie, c'est dire que le questionnement allait bon train – si elle pensait jamais à lui, par hasard. Et même s'il soupçonnait la réponse d'être non, pas vraiment (sauf dans les occasions, peut-être, où elle avait besoin d'illustrer la notion même d'inadaptation aux yeux d'une assemblée hilare, en prenant comme exemple le plus bel échantillon vivant de celle-ci), Norman n'aurait trouvé aucun réconfort à savoir qu'en réalité, il avait intégré les rangs toujours plus fournis de ceux qu'elle n'identifiait simplement plus, et qui par conséquent avaient cessé d'exister. Pour Katie, il n'y avait pas de juste milieu : si vous la connaissez, vous devez l'adorer – d'accord ? Et si vous l'adorez, alors vous n'avez plus qu'à consacrer votre existence à faire ce qu'elle veut faire à l'instant, à l'emmener là où elle a envie d'être, même si ce n'est que pour dix secondes, et à lui apporter les diverses babioles voluptueuses dont elle décide qu'elles lui sont indispensables pour passer la journée. Sinon, bon Dieu, je ne vois pas bien à quoi vous servez ? Si, je vois : à rien.

Miles McInerney commençait déjà à en savoir long sur la question, sur ses tenants et aboutissants – et cela le dérangeait-il ? Selon vous ? Cela lui posait-il le moindre problème ? Au début, mon Dieu – *naaaan*, laisse tomber : ça fait partie du jeu, non ? Évidemment, tu parles. La gamine veut du dom Je-ne-sais-plus-quoi, perrier, pérignon, bref on s'en fout – et il se trouve toujours un con pour lui en fournir, d'accord ? Hé – ça fait combien de temps qu'on connaît la musique ? Mais tous les jeux ont une fin, d'accord ? Je veux dire – des petites réunions de boulot imprévues, pendant deux jours, super. Ouais, avec l'autre, là, Melody, ça a été toute une semaine : une erreur, on le voit bien maintenant. Si on leur en donne trop, elles s'accrochent. Je connais ça. Les pots de glu. C'est compréhensible, hein, bien sûr – mais c'est quand même un sacré emmerdement, quoi qu'on en dise.

Par contre, celle-ci, Catherine – je veux dire, d'accord, c'est un canon, je ne dis pas le contraire (même pas dix-huit ans, putain, vous pouvez croire ça ? La dernière nana aussi jeune que j'ai eue avait, enfin – je ne sais pas quel âge elle *avait* réellement, parce qu'elle m'avait carrément menti, la petite salope : des coups à filer en taule – je peux vous dire que je me suis trissé vite fait). Mais cette Catherine, elle n'a pas l'air de bien piger tout ce qu'une liaison implique pour les *deux* parties concernées, vous voyez ? Bon, j'admets, j'admets qu'au début je me suis dit Oh là là, mon vieux Miles, là, c'est bingo pour toi. Elle sait que tu es marié, elle sait que tu as des gosses – et elle n'en n'a rien à péter ; et est-ce qu'elle est chaude, comme nana ? Si elle est *chaude* ? Bon – j'en connais un rayon, fiston : quand une nana est chaude, je sais la reconnaître, et celle-ci, sans rire, elle n'est pas chaude, elle est *brûlante*. Donc, bon – que dire d'autre ? Du cul sur un plateau d'argent, pas d'obligations, pas de ces histoires de tarées qui menacent de tomber amoureuses, de téléphoner à la légitime, enfin toutes ces foutaises de bonne femme : le truc parfait, l'idéal, du petit-lait.

En fait, j'avais deux casseroles sur le feu, à ce moment-là : une au boulot, à qui je faisais la révision générale à chaque fois que son Malcolm partait dans les Midlands pour je ne sais quelles conneries (il aurait mieux fait de rester dans le coin, pas vrai ? Tu ne te barres pas dans les Midlands quand les trucs se passent là, ici, à ta propre porte). Elle s'appelait Jenny, ou Joanie, un truc comme ça : pas un prix de Diane, hein – pas de quoi bloquer la circulation ni rien, mais convenable quand tu as une minute devant toi et rien de mieux à faire (et pas folle, cela dit – elle sait bien de quel côté la tartine est beurrée : elles n'en rencontrent pas beaucoup, des comme moi, ces nanas-là, pas de danger). Donc il y avait elle, comme je disais – et puis il y avait celle sur laquelle je suis tombé du côté de Crawley, une fois. J'avais dû me donner un peu de mal, avec elle (ce qui est rarement le cas), mais on n'avait pas plus tôt fini qu'elle en redemandait, naturellement. Enfin bref, ce que je voulais dire en fait, c'est que, peu de temps après que Catherine et moi avons vraiment commencé notre histoire, je les ai larguées toutes les deux. Mon Dieu – quand tu as une bonne femme qui t'attend à la maison, tu ne peux pas pousser trop fort : tu ne vas pas faire des heures sup *tous* les soirs, n'est-ce pas ? Notez bien que je me fais un point d'honneur à ménager mon épouse – il faut. Et Sheil n'est pas une mauvaise petite : je lui apporte toujours des fleurs le vendredi (un bon truc pour les faire tenir tranquille) – et pas de la merde du garage du coin, hein, pas du tout : des vraies, de chez le fleuriste, enrubannées comme un véritable œuf de Pâques, mignon comme tout. Les bonnes femmes sont de drôles d'engins, je sais, mais elles apprécient un minimum d'attentions – et bon, qu'est-ce que ça coûte ? Tu colles ça sur une quelconque note de frais, et ça roule, hein ?

Mais la raison principale pour laquelle j'ai lourdé les deux autres, ça reste Catherine. Elle me suffisait, vous voyez ? Et puis – c'était moins risqué. Et puis – c'était carrément autre chose, question corps, ouais. Il n'y a qu'un problème, en fait – juste un truc qui me tracasse avec Catherine (enfin, deux peut-être – mais on verra plus tard, là, je veux juste parler de ce truc-là, pour l'évacuer) : elle a l'air de penser qu'une liaison, c'est à n'importe quelle heure du jour ou de la nuit, quand la fantaisie lui en prend – elle ne paraît pas se rendre compte que ça implique des week-ends de réunions fictifs, un déjeuner imprévu qui tombe comme ça. Toute autre chose mise à part – c'est le seul moyen de faire passer les factures. Je veux dire – maintenant, par exemple : nous sommes dans un putain d'hôtel de Park Lane (Catherine est dans son bain, là – elle chantonne comme un machin, là, un oiseau sur la branche – sinon, je n'aurais pas eu une seconde à moi pour réfléchir), mais ce coup-là, je ne vais pas pouvoir le faire passer, nulle part : rien sur mon agenda, d'accord ? Et on fait ça, quoi – deux fois par semaine ? Trois fois ? C'est la première fois de ma vie que je commence à m'en ressentir. Juste avant, elle m'a traîné chez Tiffany – elle voulait ce stylo bleu et or, là-bas. Mais écoute, ma chérie, ai-je dit, je t'ai déjà offert *combien* de stylos et Dieu sait quoi d'autre encore de chez Tiffany (et dans d'autres boutiques à la con, même genre – je ne vous dis pas, ça fait mal au ventre, croyez-moi), sur quoi elle se redresse et répond Ouais, mais le bleu et or, je ne l'ai pas, non ? Et puis elle te balance ce regard qui te donne envie de la prendre là, sur-le-champ – ce qui mettrait sûrement un peu de vie dans cette turne : on ne rigole pas des masses, chez Tiffany, je ne sais pas si vous êtes au courant – donc, qu'est-ce que tu fais, tu achètes le stylo bleu et or, c'est ça ? Exact. Et entre Bond Street et l'hôtel, elle a repéré une espèce d'écharpe en velours, dans les orange et noir – bon, allez-y : devinez quelle salope de ma connaissance en est à présent l'heureuse propriétaire ? Vous voyez ce que je veux dire. Et en ce moment même, tenez – déjà deux bouteilles de Bollinger de descendues, et c'est absolument que dalle, pour elle, vous pouvez me croire. Je vous dis – avec le pognon que j'ai dépensé pour cette nana, vous pourriez vous faire livrer à domicile une paire de putes pour ouvrier sur un coussin de satin, deux fois par semaine, et à vie. Donc, pourquoi est-ce que je ne la vire pas ? Hein ? Adios ? Pour me récupérer une gonzesse dont le but principal ne serait pas de me tordre le cou ? Pourquoi ? Eh bien ouais – voilà : c'est ça, l'autre problème dont je parlais.

« Miles ! »

Elle m'appelle.

« Miles ! Viens me sécher. Et apporte-moi du champagne. »

Elle m'appelle. Elle me dit de l'étriller, de l'abreuver, et c'est exactement ce que je vais faire. Et c'est ça, le truc bizarre auquel je faisais allusion, vous voyez : je ne fais *pas* ce que les nanas me disent de faire – pas question, jamais – ça n'a jamais été mon style. Je veux dire – je suis *gentil* avec elles, évidemment : je souris quand elles disent une connerie idiote, je ris quand elles inventent une pseudo-blague minable et pas drôle du tout – et je paie (j'en sais quelque chose). Mais le plan « Miles, au pied ! » – bon, là, on plaisante, hein ? Vous me connaissez, maintenant – moi, je ne bouge pas : c'est elles qui viennent, d'accord ? Donc, comme je disais : c'est drôlement drôle.

Mais grands dieux, regardez-moi ça. La voilà debout dans la baignoire, les bras tendus au-dessus de la tête – elle sait quel effet cela me fait – avec toute cette eau chaude et mousseuse qui coule sur son corps, luisante.

Oh là là, il me la faut – il me la faut, putain. Et même si, en la hissant hors du bain, je bousille mon costume (italien, un modèle exclusif, en plus), ça m'est bien égal, n'est-ce pas ? Et ses seins tiennent au creux de la main comme deux moitiés d'une même chose, et quand ses doigts se glissent et s'insinuent autour de moi, puis resserrent leur prise, il y aurait de quoi pleurer, si je ne l'avais pas déjà allongée au sol, et plaqué ma main sur sa bouche étirée, gémissante, de sorte que seuls ses yeux étincelants de désir jettent des éclairs – et maintenant, je suis en elle, putain, en elle, à fond –, et j'ai l'impression qu'elle me vide de mon sang tandis que je m'agite sur elle comme une véritable locomotive, mon vieux – rugissant et fonçant comme pas possible, et bon Dieu, mais je vais dans le mur, là, et c'est, oh c'est *génial*, croyez-moi : c'est *irréel*, quand je jouis en elle, comme ça, je voudrais voir tout ce que j'ai déchargé jaillir par sa bouche et ses yeux et ses oreilles et c'est là, quand je m'effondre, quand j'ai été jusqu'au bout, à fond, et qu'elle soupire comme je m'effondre sur elle – c'est là que je commence à me sentir tomber moi aussi, à l'intérieur de moi, tomber, ouais, beaucoup plus bas que je ne le voudrais et c'est ça, ouais, c'est ça l'autre truc, avec Catherine, parce que je ne suis pas un mec qui *tombe*, n'est-ce pas ? C'est une vraie chieuse, quelquefois, cette petite, mais elle sait mieux qu'aucune nana que j'ai pu connaître exactement ce qu'elle veut comme baise, et dieux du ciel, elle l'obtient exactement – quoi que ce soit, elle l'obtient ; et maintenant, en la regardant, en la regardant tout entière, là, je comprends qu'elle me fait penser à moi-même – et vous savez quoi ? Vous savez quoi ? Je vais te dire, fiston : je crois bien que je l'aime, putain.

Norman Furnish s'était accordé des heures et des heures, pour le trajet jusqu'à ce rade somme toute assez classe, un peu sombre, tout au fond duquel il se tenait à présent, hésitant. Il avait dix, douze minutes d'avance; Jennifer aurait dix, douze minutes de retard (c'est ainsi, tout le monde sait ça). Le problème, c'était que le barman le matait d'un œil torve, n'est-ce pas, car Norman ne s'était pas encore décidé à commander quelque chose, tout simplement parce qu'il n'était pas trop sûr de la marche à suivre : avoir déjà largement entamé une pinte à son arrivée (parce qu'elle *va* arriver, mon Dieu dites-moi qu'elle va arriver) serait-il considéré comme insultant? En outre, une pinte en appellerait une autre, sur quoi il commencerait d'avoir la voix pâteuse et, ayant sans aucun doute entendu parler, ou ayant peut-être eu elle-même l'expérience de ce genre d'hommes, elle filerait comme un pet sur une toile cirée. Par ailleurs, il ne pouvait pas commander une eau minérale de chochotte ou un soda, car le barman et les haltérophiles hilares à sa gauche penseraient immédiatement ce que les gens comme ça pensent généralement des gens comme ça, en sus de quoi, si elle n'arrivait *pas* (mais elle va arriver n'est-ce pas, mon Dieu, dites-moi qu'elle va *arriver*), on risquait de le prendre pour un mateur, ou même un vilain dragueur – ou même, Dieu nous aide, pour un *souteneur*, sur quoi les forces de l'ordre seraient appelées en hâte et, avant qu'elles ne débarquent dans un cauchemar flou de gyrophares et d'acier rutilant, Norman devrait sans doute fracasser son joli petit verre orné d'un Bambi et utiliser les restes acérés de l'innocent animal pour taillader les veines bleues et gonflées de son poignet, dans une ultime tentative pour échapper aux hommes venus l'arrêter, et à la honte de survivre à cette horreur. Donc oui – même le simple fait de commander un verre dans un pub prenait de bien curieuses proportions et de non moins bizarres perspectives, aux yeux de Norman (et là, j'imagine que vous voyez clairement comment c'est, quand on est trop seul).

Il commanda un grand Bell's avec de la glace, puis le contempla avec effarement, une fois posé devant lui : Norman ne buvait jamais de whisky (trop cher – et puis pas bon pour la santé), et n'était pas non plus très porté sur la glace. Aberration qui, se dit-il, ne devait pas être sans rapport avec cette confusion générale qui l'envahissait en permanence depuis qu'il avait, dans les exhalaisons miasmiques d'une incrédulité croissante, rempli aussi consciencieusement qu'il le pouvait le questionnaire interminable qu'imposait l'agence de rencontres. Au départ, aucun problème : nom, prénom, adresse – rien là de très compliqué. Puis cela se corsait : « Je serais vraiment désireux de rencontrer une personne », disait le questionnaire – mon Dieu oui, aucun souci quant à cela – et là, il fallait cocher des cases indiquant si la personne était Célibataire, Divorcée, Veuve et Séparée ; donc, Norman avait tout coché, regrettant que l'on ne propose pas également Mariée, car, très franchement, il n'y avait aucune catégorie humaine, mis à part Morte et Enterrée, qu'il souhaitât exclure. Toutefois, il ajouta, au feutre rouge, *de sexe féminin* – parce qu'ils lui semblaient avoir négligé de préciser clairement ce point, et qu'il préférait éviter tout malentendu de base, au départ. Sur quoi il vit, en effet, une case indiquant Sexe, et la cocha également, avant de la souligner en rouge.

La suite lui apparut alors épouvantablement difficile : on était censé préciser, dans des cases inimaginablement minuscules, l'Âge, la Taille, le Métier, la Religion, la Corpulence (Fine, Moyenne, Forte), puis, dieux du ciel, le *Charme* (Très Séduisante, Séduisante, Assez Séduisante étaient seuls proposés – Franchement Immonde, par exemple, devant être un pur produit de notre imagination collective). Norman en était au milieu de cette deuxième feuille à remplir, détaillant avec enthousiasme tous les métiers, statures et âges qui lui conviendraient parfaitement (ayant fixé sa limite à l'embaumeuse nonagénaire au-dessus d'un mètre quatre-vingt-quinze), tout en ne gardant que l'option Très Séduisante – quand il lui apparut brusquement, le cœur, et non seulement le cœur, mais d'autres organes lui manquant soudain, que tous ces renseignements étaient ceux qu'il devait donner sur *lui-même* – sur quoi il se sentit parfaitement terrassé. Il se prépara du thé et reprit la tâche un peu plus tard, s'octroyant vingt-six ans (ça ne fait pas un peu jeune ? Ou trop vieux ? Trop banal ? Mmm ?), mais comme il n'avait en fait rien de spécial à dire sur sa taille, sa stature, son métier ni sa religion, il laissa ces cases blanches. Quant à *Charme*, il opta pour Assez Séduisante, ajoutant, avec un certain bon sens, un double signe moins.

Études : aïe aïe. Norman se jeta sur les Diplômes d'Enseignement Général (Lit. ang., Orth. et Gram. ang., Maths elem. et Hist. anc.), mais pour ce qui était des Qual., laisse tomber : c'est bien pourquoi il était agent immobilier (plus ou moins). Mais à partir de là, cela devenait doucement, puis de plus en plus nettement à hurler de rire, car on semblait à présent lui demander de décrire sa *personnalité* : était-il (« cochez les traits de caractère qui vous correspondent le plus ») Affectueux, Sérieux, Attentionné, Timide, Romantique, Élégant, Pragmatique, Conventionnel, Fiable, Audacieux ? Le mot Non jaillissait de soi-même dans l'esprit de Norman, mais il finit par le calmer et, non sans d'immenses réserves, opta pour Timide et Conventionnel (ce qui va certainement affoler et rendre malades de désir toutes ces supernanas plus nymphomanes les unes que les autres, n'est-ce pas ? Oh là là).

À présent, il affrontait le chapitre intitulé « Votre Comportement », et trouvait d'avance que ça ne sentait pas bon. « Vous investissez-vous dans des activités de groupe ? » Mmm, voyons voir – je pense que, globalement, la réponse doit être Non. « Êtes-vous à la recherche d'une relation particulière ? » Mon Dieu oui – c'est bien pour cela que je me coltine tout ce truc, non ? Donc, oui

– une relation, ça irait, dix, ce serait pas mal non plus. « Votre activité limite-t-elle les possibilités de rencontrer des personnes nouvelles ? » Très drôle : mon « activité », en réalité, limite les possibilités de rencontrer qui que ce soit : parfois, les jours où j'arrive en retard et où je pars tôt, je ne me rencontre même pas *moi-même*. « Souhaitez-vous étendre le cercle de vos relations, autant que trouver une relation particulière ? » Bon, prenons les choses une à une, d'accord ? Pourquoi ne pas déjà ambitionner de trouver quelqu'un qui ne me rie pas au nez, ou qui ne soit pas physiquement malade rien qu'à ma vue, et prendre ça comme base de départ ? « Consacrez-vous beaucoup de temps à votre vie sociale ? » Ha ! Vous voulez dire, à part celui que je consacre à remplir votre formulaire de merde ?

Norman fit son possible pour persévérer, mais honnêtement, il sentait bien son intérêt s'émousser. De sorte que le chapitre suivant, intitulé « Vos Centres d'Intérêt », ne parvint guère à le motiver de manière significative. Il raya « Dîners/Sorties » et le remplaça par « Manger un peu » ; mais en matière de Sports, Forme physique, Politique, Lecture, Voyages, Sciences, Technologie, Animaux, Théâtre, Arts, Astrologie, Enfants, Jardinage, Campagne, Musique, tout ce que vous voudrez jusqu'à (oh mon Dieu) *Bricolage*, Norman fut contraint de répondre par la négative. Il ne put même pas se forcer à cocher « Télévision », parce que, *certes*, il regardait la télévision – *évidemment*, qu'il la regardait – mais ce n'était pas tant par intérêt que comme alternative au suicide.

Quant aux caractéristiques détaillées de sa « Partenaire idéal (e) », Norman ne pensait qu'une chose, Katie, et se contenta d'inscrire « Sans importance » du haut en bas de la feuille ; il avait laissé tomber le Très Séduisante comme peut-être légèrement irréaliste, parce que bon – si nous résumons le profil de Norman (et il l'avait, là, devant lui, écrit de sa propre main, tout frais, au Bic bleu et au feutre rouge), nous obtenons un être probablement de sexe masculin, âgé de vingt-six ans, avec en tout et pour tout quatre diplômes élémentaires, qui ne s'intéresse strictement à que dalle et qui tient à donner à cette agence à peu près tout ce qu'il possède pour qu'elle lui trouve une Relation particulière avec une femme de préférence aveugle, dénuée de toute sensibilité et vaguement débile, d'âge, de confession, de couleur et de stature indéterminés, qui le laissera la faire périr d'ennui avant de la baiser vite fait, tandis qu'il s'adonne au souvenir de Katie.

De sorte que quand Jennifer apparut (avec dix, douze minutes de retard – mais peu importe : elle est *là*, n'est-ce pas ? Au moins, elle est *là*), Norman fut quelque peu surpris de ne pas voir devant lui une copie de Méduse la gorgone. Une fille nature, telle fut sa première impression – habillée de manière quelconque et certes pas une branchée (c'était là chose évidente). Mais bon – il était quoi, lui, un *play-boy* ?

Et comment avait-il su que c'était elle ? Facile. Elle s'était dirigée vers lui et avait dit Vous êtes sans doute Norman (très nature, comme voix). Et *oui*, avait pensé Norman, je dois bien l'être, n'est-ce pas ? Parmi tous les individus qui peuplent cette planète, il faut que ce soit moi. Ce qu'elle entend probablement par là, pensait-il à présent – tout en s'employant à neutraliser les traits les plus incontrôlables de son visage pour en obtenir un vague sourire qui, peut-être, pourrait ne pas évoquer un rictus de maniaque –, c'est que tout le monde, au bar, a l'air plus jeune ou plus vieux, et non seulement occupé, intéressé et solvable, mais également Très Séduisant, Séduisant, voire même Assez Séduisant, de sorte que tout ce qui reste, c'est *moi* – qui dois bien être, n'est-ce pas, *Norman* : oui oh oui – il *faut* que ce soit moi.

Il ne savait pas trop s'il se devait de prendre tout de suite une rasade virile de son scotch, puis parler, ou bien peut-être dire quelque chose tout de suite, et boire tandis qu'elle répondait. Résultat, il porta le verre à ses lèvres et se mit à parler en même temps, ce qui eut pour effet de faire ruisseler deux petites rigoles dorées de Bell's à ses commissures, tandis que le nom de Jennifer émergeait du fond du verre comme le gargouillement déplaisant d'un ventriloque amateur ; peut-être le moment était-il venu de briser la glace (avec une guière guien fraîche ?) :

« Eh bien, Jennifer – quelque chose ? Un verre, quelque chose ?

– Mmm. Volontiers. Avec plaisir. Je crois que je vais prendre un kir.

– Absolument. Aucun problème. Hah… ils sont toujours fourrés à l'autre bout, hein ? Les serveurs. Quand on a besoin d'eux.

– J'aime bien cet endroit. Vous aimez les pubs ?

– Je… c'est, oui… sympa. Les pubs. Les pubs, c'est sympa. Je veux dire – ce n'est pas, enfin, *génial*, ni rien, mais c'est sympa, quand on a envie de prendre un verre, je ne sais pas. Mmm, c'est sympa. Vous savez, j'ai quelquefois l'impression qu'ils font exprès d'éviter votre regard…

– Donc, Norman – vous êtes dans l'immobilier, c'est cela ?

– Oui, je… oui, en quelque sorte. C'est très ennuyeux, j'en ai bien peur. Mais peu importe – parlez-moi de vous, Jennifer. Au fait, c'est vraiment très gentil à vous d'être venue.

– Oh, je vous en prie – j'avais tout à fait envie de venir.

– Bon Dieu – mais ils servent bien à *boire* dans cet endroit, non ? Je suis navré, Jennifer, je n'arrive pas à attirer son attention – ah ! Voilà. Bien – je prendrai un… désolé, Jennifer, j'ai complètement oublié ce que vous, euh… ?

– Un kir, s'il vous plaît. Si c'est possible.

– Mais oui, oui – absolument. Je pensais *bien* que vous aviez demandé un – mais je ne – oh non, ce n'est pas vrai, le voilà reparti. Dire que c'est toujours la même… ah non, le revoilà, je crois bien – ouais, le revoilà. Bon. Oui, je voudrais un cuir pour la dame, s'il vous plaît, et euh… un grand Biell's. Bell's. Désolé.

– Attendez, Norman, c'est pour moi, cette fois. Donc, un kir, s'il vous plaît – et un double Bell's, c'est bien ça ? Merci.

– Oh, non, Jennifer – non, c'est bon, regardez – j'ai un billet de cinq livres, là, je l'agite tant que je peux.

– Mais non – et puis ça y est, c'est réglé. Vous m'offrirez le suivant.

– Oh. Bon. Parfait. Alors merci, hein. Chin.

– Chin.

– Chin-chin, hein. Voilà. Chin. Tout à fait. Rien de tel, hein ? Qu'un verre, tranquille – dans un petit pub sympathique…

– Oui, c'est agréable.

– *Très* agréable. Très. Tout à fait. Donc, eh bien – chin, hein.

– Chin.

– Mmm. Il est bon, ce whisky. Fameux. En fait, je n'aime pas beaucoup le whisky, pour être franc – mais je dois dire que celui-ci est vraiment très bon. Et vous, votre, euh… vous aimez bien ça, Jennifer ? Il a une jolie couleur.

– C'est ravissant, n'est-ce pas ? J'adore les bulles.

– Oh, il y a des bulles, dedans ? Alors vous aimez les cuirs pétillants, comme ça – mmm, ce doit être sympa, j'imagine. J'essaierai peut-être, tout à l'heure. Écoutez, euh, Jennifer – j'ai jeté un coup d'œil sur leur carte, juste avant que vous n'arriviez, et apparemment, ils ont une petite salle, au fond, et je, euh – je me demandais si ça vous dirait de, enfin… ?

– Ouais, j'ai assez faim, en fait. Et vous ?

– Mmm ? Oh ouais – j'ai faim, j'ai faim. J'ai une faim de *loup*, en réalité. Je mangerais un cheval en entier.

– Ha ha !
– Et même deux chevaux.
– Ha.
– Tout un *troupeau* de chevaux !
– Mmm.
– Oui. Bon – qu'est-ce qu'on nous propose ? Du poisson, oui – ils ont l'air drôlement portés sur le poisson. Tiens, ils ont des scampi.
– J'aime bien les scampi. Et la morue. La morue, j'aime bien.
– Ils en ont. De la morue. Et puis des steaks. Et des pâtés. Ils ont un peu de tout, en fait.
– Je peux prendre un autre verre ?
– Déjà ? Je veux dire oui, bien sûr – bien sûr que oui. Oh là, miracle, le barman est *là*, cette fois. Oui, euh – la même chose, il me semble. Jennifer ? La même chose ? Oui. Bon – la même chose, s'il vous plaît. Merci. Donc, Jennifer – vous, euh, vous faites souvent ce genre de chose ?
– Comment cela ? Quel genre de chose ?
– Eh bien, je veux dire – enfin vous savez, ces rendez-vous, comme ça ? Moi, c'est la première fois, je dois vous l'avouer. J'apprends les ficelles du métier. Et vous êtes le cobaye. Ha ! Qu'est-ce qui ne va pas, Jennifer ? Vous ne dites plus rien, tout d'un coup.
– Cela fait un bon moment que je suis inscrite à l'agence, si c'est ce que vous voulez dire.
– C'est vrai ? Vraiment ? Ah – voilà les verres. Donc – pour vous, un des cuirs pétillants, spécialité de la maison, voilà Madame, et pour moi, cette saloperie – en fait, je ne sais pas pourquoi je m'obstine à commander ça. Mais on ne change pas une équipe qui gagne, hein. Donc, en fait – vous avez dû rencontrer pas mal d'hommes ?
– Qu'entendez-vous par là ?
– Eh bien, je veux dire que, euh – tout ce que je veux dire, c'est que, s'il y a un sacré bout de temps que vous êtes inscrite à l'agence, vous avez sans doute dû avoir

pas mal de *rendez-vous*, j'imagine, c'est tout ce que je veux dire. Enfin – je vois bien que vous êtes du genre difficile. Et pourquoi pas ? On n'a pas envie de passer la nuit avec *n'importe qui*, n'est-ce pas ?

– Écoutez, Norman – je crois que je n'ai pas faim à ce point, finalement, maintenant que j'y pense, donc peut-être devrions-nous…

– Simplement nous bourrer tranquillement la gueule au bar, hein ? Ouais ouais – je suis pour, complètement. Et le dernier qui tombe éteint la lumière, c'est ça ?

– En fait, Norman – je viens de me souvenir que je dois voir ma sœur, plus tard. Nous allons rendre visite à ma mère – elle ne va pas trop bien.

– Oh. Vraiment ? Je suis navré. Alors – pas de scampi, donc ?

– Non, vraiment, je ne crois pas. Je vais finir mon verre, et je file.

– Mmm-mmm. Et pas de morue non plus ? Un bon morceau de morue, cela ne vous tenterait pas, du tout ?

– Non – vraiment. Franchement. Écoutez, Norman – oh mon Dieu, je ne me suis pas rendu compte qu'il était déjà si tard. En tout cas – j'ai été ravie de vous rencontrer.

– Oh – mais vous, vous… vous êtes vraiment *obligée* d'y aller, Jennifer ? Il est encore tôt, et – je veux dire, nous avons à peine eu le temps de faire connaissance, et puis, regardez ! Vous n'avez même pas fini votre cuir.

– Allez, au revoir, Norman. Et puis joyeux Noël !

– Une autre fois, alors, d'accord ?

– Au revoir.

– Au revoir, Jennifer. Okay. Au revoir. J'espère que votre mère, euh, ne va pas trop mal. Joyeux Noël à vous. Oui. Heu… Bon. Mettez-moi un grand Bell's, s'il vous plaît. Avec de la glace. »

En rentrant chez lui, peu après (dix-neuf stations et quatre changements, cette fois, parce qu'il s'était vilainement planté quelque part sur Circle Line), Norman avait dépensé toute la somme consacrée aux scampi et à la morue pour une bouteille de cet alcool précis, et il demeurait à présent assis au milieu de sa chambre à demi obscure, dans un bouquet de parfums mêlés où dominait celui de la lessive encore à faire, essayant de ne pas entendre le meuglement terrible, vibrant de fréquences basses, qu'émettait soir après soir, des heures durant, son voisin le tromboniste, sans que jamais personne n'osât lui suggérer deux fois de faire une petite pause ou bien de baisser d'un ton, car non seulement il était énorme, mais aussi fou à lier, et avait un jour menacé Norman de le pendre par le cou dans la cage d'escalier, avant de réellement mettre à sac une commode de sa chambre, retournant les tiroirs et frappant les parois à la recherche d'un rouleau de corde.

Peut-être que si j'ai tous ces problèmes, c'est que ce que je fais est profondément *mal*. Y aurait-il, là-haut, une sorte de condamnation morale sur ma tête ? Peut-être que, il y a si longtemps, quand je vivais avec Melody, j'aurais dû m'en tenir là, et rester avec elle. Parce qu'elle est bien, Melody, vous savez – vraiment chouette. Sexy, ça, ça ne fait pas de doute. Un peu cinglée, d'accord – mais quelle femme ne l'est pas ? En tout cas, sexy, pas de doute. Dieux du ciel – aurai-je encore un jour une femme ? La dernière, c'était Katie (ô Katie, ma Katie), et c'était comme si j'avais eu deux femmes en même temps. Je ne peux pas penser à cela, maintenant. Je ne peux pas arrêter de penser à cela, maintenant, mais bon, laisse tomber, laisse tomber – il faut que je laisse tomber. Mais le truc, avec Melody, c'est que j'ai eu envie d'elle, d'être avec elle pour toujours, jusqu'au moment précis où elle l'a voulu aussi. C'est-à-dire quand Dawn est née. Et cela, *naturellement*, veut dire que j'aurais dû rester avec elle, parce que mon Dieu – quel genre d'homme et de père peut bien être un type qui abandonne une femme sans travail avec un nouveau-né ? Mon genre, j'en ai bien peur, ouais, mon genre. Mais Katie, elle, n'a jamais, pas une seconde, voulu rester avec moi pour toujours – à chaque fois que j'abordais le sujet, elle criait ou me frappait, mais plus souvent encore, elle se contentait de rire, ce qui veut tout dire, j'imagine.

Norman avait envie d'aller aux toilettes, à présent – corvée qu'il tentait toujours de différer aussi longtemps que possible, car cela signifiait prendre le rouleau de mauvais papier toilette (toujours accroché près de la porte, pour plus de praticité), passer discrètement devant la porte du tromboniste, puis gravir deux volées de marches et trouver son chemin à tâtons le long d'un couloir perpétuellement obscur, car les locataires s'obstinaient à faucher l'ampoule de vingt-cinq watts, ce avec une telle insistance que la personne chargée de la remplacer avait simplement baissé les bras ; puis il devait tenter de pénétrer dans la salle de bains, laquelle paraissait en permanence occupée, et donc redescendre péniblement, les entrailles en émoi – trouvant néanmoins quelque réconfort à l'idée qu'il avait au moins évité la douleur insidieuse de l'impitoyable papier martyrisant les crevasses roses et tendres de son derrière surmené. Ces exercices dictaient et rythmaient la vie quotidienne de Norman.

La solution, c'est peut-être les putes ; pas comme cette chose horrible, oh mon Dieu, cette *abomination* avec laquelle il avait été, à King's Cross – et Norman n'arrive toujours pas à y repenser (un jour il faudra, si, si, ne fût-ce que par un manque cruel d'autres choses à se remémorer – mais compte tenu de la nuance de la journée, je ne crois pas que ce soit le moment, pas du tout). Non, ce dont Norman veut probablement parler, c'est de ces créatures sublimes qu'une Madame envoie au Plaza, à la demande de quelque star hollywoodienne. Celles qui ont des allures de pages centrales – vous coupent le souffle et vous pompent la bourse. Je vais me mettre à économiser : ce doit être finalement moins cher, à terme. Je me demande où on les trouve ? Sans doute pas par les pubs qui remplissent la boîte aux lettres ; auprès des portiers d'hôtel, peut-être. En attendant, j'ai encore un rendez-vous prévu, par cette foutaise d'agence, avant de m'incliner devant l'évidence qui menace de devoir certainement passer un Noël morose et solitaire. Enfin, la prochaine restera peut-être un petit peu plus longtemps que notre jeune et fuyante petite amie Jennifer. Je ne crois pas une seule seconde que sa mère ait été malade ; et si elle l'*est*, eh bien j'espère qu'elle va crever, voilà.

Norman alluma la télé d'un coup de pied, tout en avalant une rasade de Bell's, directement au goulot. C'est quoi, cette fois ? Ah oui – un de ces westerns spaghetti, pleins de regards ombrageux et de joues mal rasées, d'ailleurs j'ai déjà dû le voir. Le barman a une moustache énorme, il essuie un verre, et on entend un cliquètement d'éperons, et le gringo pénètre dans la salle dans le grincement de demi-portes battantes et tout le monde fait genre statue-de-pierre l'espace d'une seconde et le piano mécanique reprend brusquement et d'après les contorsions extraordinaires des lèvres du barman, on jurerait qu'il est en train de réciter par cœur trois des quatre Évangiles, mais tout ce qu'on entend, c'est *Oun vérrre*, señor ? Et sa bouche de s'agiter sans cesse comme un canard décapité. Ouais, se dit Norman – tripotant à présent une cassette vidéo – celui-là, je l'ai déjà vu mille fois.

C'était la seule et unique vidéo que possédait Norman – un court-métrage terriblement érotique (pour ne pas dire franchement obscène) que Katie et lui avaient réalisé à Chicago, l'été précédent : ils en étaient les réalisateurs et les acteurs. Mais pouvait-il se la passer ? Non, il ne pouvait pas, absolument pas – il ne pouvait *pas*, vous avez compris ? Et rien à voir avec les gémissements d'un cœur torturé, avec la crainte de trop de douleur devant ce qu'il avait perdu. Non, cela était entièrement dû à l'absence d'appareil adéquat, j'en ai bien peur – et même s'il avait consenti à cette dépense somptuaire, celui-ci n'aurait-il pas, selon toute probabilité, fait fondre la bande vidéo avant de prendre feu lui-même (ça fait toujours ça, diraient les gens du magasin de location). Dommage, cela dit : tout à fait d'humeur à m'offrir un peu d'autostimulation – et j'ai le papier toilette à portée de la main. Mais cette cassette est infiniment trop précieuse pour prendre le moindre risque – cette cassette serait, nécessairement, le passeport qui permettrait à Norman de retrouver Katie. Elle n'avait répondu à aucune de ses cartes, ni de ses lettres (j'imagine qu'elle n'a pas reçu la dernière), et à présent, bien que cela lui soit un crève-cœur, le moment était venu de mettre la menace à exécution : il faut que tu me *connaisses*, Katie – que tu me *reconnaisses*. Laisse-moi t'aimer, laisse-moi te reprendre ! Sinon, nous devrons tous deux endurer les foudres de ton père Howard, lorsqu'il s'installera confortablement dans son fauteuil préféré pour découvrir la réalité de ce que non seulement Norman, mais aussi Katie, a fait. Désolé, désolé mon amour – mais finalement, somme toute, c'est comme ça et pas autrement.

Norman avait *vraiment* envie d'aller aux toilettes à présent. Il prit le rouleau de papier toilette (toujours accroché près de la porte, pour plus de praticité), passa discrètement devant la porte du tromboniste – ce crétin avait cessé : il avait dû se faire sa piqûre –, gravit deux volées de marches et trouva son chemin à tâtons dans le couloir perpétuellement obscur, essaya de pénétrer dans la salle de bains – et la porte s'ouvrit ! Certes, il faisait sombre, là-dedans – et l'odeur qui planait n'était pas seulement celle de la mousse à raser – mais à la lumière des événements de la journée, c'était encore là, sans aucun doute, la meilleure nouvelle.

Chapitre VIII

« Je sais, maman – je sais qu'il est d'excellente qualité et tout ça – bien sûr que je le sais, je m'en souviens très bien, concédait Elizabeth, fille respectueuse, au téléphone, mais je ne pense pas que ce soit pour Katie – les jeunes filles ne portent *pas* de manteau de vison, maman, ça n'est pas leur truc. D'ailleurs, plus grand monde, aujourd'hui… oui… oui, je sais, maman, mais Marlene Dietrich est *morte*, n'est-ce pas ? Oui, je dis qu'elle est *morte*, c'est cela. Oh, ne quitte pas, maman – je crois que c'est Howard. Howard ? Howard ? C'est toi ? »

Howard avait laissé bruyamment tomber sa lourde ser viette sur le parquet, bâillé comme un ogre ensommeillé dans un dessin animé de Disney, jeté ses clefs (ces saletés de clefs – c'est mon boulet) dans l'espèce de saladier de cuivre, juste à l'ouest du salon. Il se dirigeait maintenant vers Elizabeth qui s'accrochait à l'appareil sans fil en articulant silencieusement, mais avec une mimique outrée : *Maaa-maaan.*

« C'est moi », fit-il dans un soupir. Puis il soupira.

« C'était Howard, maman, il va vraiment falloir que je te laisse. Howard. Mon mari. Oui – oui, tout est prêt, les valises, tout – dix fois trop de choses, comme d'habitude, mais enfin… Mais bien *sûr* que nous serons prudents – ce n'est que *Paris*, tu sais… oui, le tunnel. Non, on ne traverse pas en voiture – on prend le train. C'est comme de prendre le train pour aller n'importe… »

Sur quoi Elizabeth fit tout un sketch à l'usage de Howard, s'efforçant de lever les sourcils jusqu'à ce qu'ils rejoignent la racine de ses cheveux tout en faisant protubérer ses globes oculaires et donnant un long, lent, puissant coup de menton – marque ultime de son stoïcisme durement éprouvé (encore qu'elle eût conscience, comme toujours, d'être elle-même coupable d'imposer quotidiennement à Katie ce même genre d'absurdités : c'était sans doute un truc de mère – on n'y échappait pas, aussi abominable cela soit-il pour tout le monde).

« Eh bien, apporte-le si c'est vraiment *indispensable*, maman, mais je te dis qu'elle ne le portera jamais… moi ? Mais mon Dieu, j'ai déjà tellement de fourrures que je ne sais plus quoi en faire. Les meilleures sont en garde chez le fourreur – je ne sais même plus à quoi elles peuvent *ressembler*… »

Howard entra dans le salon d'un pas dégagé ; Elizabeth venait de dire à sa mère, pour la première fois, qu'elle devait absolument y aller, donc il y en aurait encore au moins deux ou trois de ce genre à venir, ainsi qu'une quantité effroyable de promesses et réassurances réitérées, de sorte que le moment était propice – comme souvent – pour se servir un grand verre bien sympathique et essayer d'oublier le travail, Paris, Noël, et l'éloignement imminent de Laa-Laa. (Il était toujours sous le coup de cet amour qui irradiait de son visage, quand il l'avait laissée ; ils avaient fait des achats – Laa-Laa trottinant à ses côtés, un bras glissé sous le sien, d'une manière qui le faisait se sentir superbement viril. Il lui avait offert une quantité excessive de jolies choses, et y avait pris encore plus de plaisir qu'elle-même. Puis le moment était arrivé où ils devaient, devaient absolument rentrer à l'appartement, et là, Howard avait été effaré, cette fois, par le plaisir presque effrayant qu'elle pouvait lui donner, et par la façon dont elle pouvait aussi, tout doucement, l'arracher à ce plaisir – et à présent, il ne lui restait plus que ce choc douloureux – cette expression d'amour qui irradiait de son visage, quand il l'avait laissée.) Et si Howard devait trouver un terme pour décrire ce qu'il ressentit en tombant, dans le salon, sur Zouzou qui traînait là, ce serait sans doute, se dit-il, le mot de gêne, tout simplement – chose étrange, n'est-ce pas, dans sa propre maison, face à ce jeune et beau garçon qui était, si récemment encore, son amant ? Mais c'était ainsi, et il n'aurait servi à rien de le nier : quand ces choses-là changeaient, elles changeaient *réellement*, n'est-ce pas ? Encore que ce ne fût pas là le classique scénario de la Fin d'Une Liaison, non, pour cette raison très évidente et assez étrange que Zouzou était toujours *là*, de manière presque permanente. Et certes, en cet instant, il semblait beaucoup plus chez lui que Howard lui-même.

Un vague sourire palpita brièvement au coin des lèvres parcheminées de Howard – qui s'écartaient à présent pour dire Dieu sait quoi, et encore – pas la moindre idée. Donc, autant se taire, hmmm ? Je file au bar et je me sers vite fait un grand bon scotch.

« Je m'en occupe, proposa Zouzou tout naturellement – et déjà il se dirigeait vers les bouteilles, de sa démarche fluide et lascive. Je sais comment vous l'aimez. »

Mon Dieu, Howard n'avait strictement rien à opposer à cela, donc il se cala au coin de l'interminable divan, approuvant cette initiative d'un grognement satisfait. Bientôt, Zouzou lui tendait le lourd verre à whisky par-dessus son épaule, comme toujours, mais cette fois sans même poser sa main là exactement, à droite, sur son cou. Zouzou avait si souvent su le délasser ainsi, évacuer la tension de ses longs doigts bruns, d'abord tendres, puis plus violents, jusqu'à ce que Howard se sente tout à la fois perdu dans un rêve et mou comme une chiffe. Il eut conscience de ce changement, mais honnêtement, cela ne le tourmentait guère. Par rapport à Laa-Laa, il voyait à présent Zouzou d'une manière qui ne l'avait jamais frappé auparavant – et c'était cela qu'il trouvait parfaitement incroyable. Simplement – en dépit de toute sa grâce languide – Zouzou lui apparaissait purement garçonnier, et pas grand-chose de plus ; féminin, dans une certaine mesure – c'était évident – mais aucunement femme, comme Laa-Laa l'était pour lui en permanence (mais bon, il faut être honnête, là : c'était effectivement une femme, après tout, et donc c'était plus facile pour elle).

« Alors... ? fit Howard (après trois grandes goulées de whisky – hmmm, c'était bon, ça vous réchauffait l'intérieur). Tu vas passer de temps en temps, n'est-ce pas ? Pendant notre absence ? Tu en as parlé avec Lulu ? »

Zouzou parut considérer cette question avec la plus extrême gravité – comme si la paix dans le monde, ou quelque chose de ce genre, dépendait de sa réponse.

« En effet, répondit-il enfin, je viendrai. Mais ce ne sera pas la même chose, sans vous deux. Les maisons, selon moi, sont empreintes de l'odeur de leurs habitants – non pas l'odeur au sens littéral, veux-je dire, mais plutôt au sens où l'on entend ce mot quand on parle d'odeur de sainteté. En l'occurrence, bien sûr, il s'agit davantage d'odeur de propriété. N'êtes-vous pas d'accord ? »

Mon Dieu, Howard n'avait jamais été très très fort pour assurer avec Zouzou quand il commençait à *discuter* comme ça : en ce qui le concernait, la conversation n'avait jamais fait partie du contrat. Et maintenant que le contrat était rompu, tout ce bazar se révélait plus superflu que jamais.

« Plus ou moins... », fit Howard en guise de contrepoids. Il lui semblait (était-ce lui ? Je crois bien) avoir aperçu Brian, l'espace d'une seconde, dans l'encadrement du bow-window, avec à la main une espèce de seau, dirait-on, et son éternelle sacoche à outils. Pauvre Brian – toujours à vouloir réparer l'irréparable, ainsi le voyait

Howard ; pourquoi personne ne le prenait-il à part pour lui expliquer posément que certaines choses, dans la vie, finissent par être dans un tel état qu'il n'y a plus qu'à les abandonner à leur sort : elles ne sont simplement plus utilisables. Hmm. Je peux peut-être sortir une minute et lui dire deux mots – je recharge le verre et je me tire d'ici ; la simple pensée de Zouzou me suffit amplement, ces derniers temps, je m'en aperçois chaque jour un peu plus. Comme c'est étrange maintenant, de penser que je n'avais qu'une envie, être avec lui, voler des moments pour nous deux ; le temps, les circonstances y ont mis bon ordre – et Laa-Laa, bien sûr.

Je me dirige vers le bar, et je constate que Zouzou ne m'a pas proposé de le faire ; étais-je donc censé faire quelque chose, moi, pour le remercier de m'avoir servi un scotch ? Donner quelque signe d'apaisement ? Dans ce cas, je ne vois pas quoi. Toutes ces histoires de *comportement* et d'intuitions – tout cela est tellement *fatigant*, selon moi. Selon moi, quand je suis avec quelqu'un, je ne fais qu'improviser, je m'en fiche – rien à faire si c'est la chose à dire ou pas, rien à faire de savoir ce qui va ou ne va pas arriver en retour, je balance le truc, point à la ligne. Parce que toutes ces histoires-là, ça vient des romans, n'est-ce pas ? De ces personnages qui *savent*, au fond d'eux-mêmes, qui, à n'importe quel moment, ont la *connaissance* non seulement des pensées et des sentiments des autres, mais aussi de tout leur destin à la con. Eh bien pas moi. Tout ce que je fais et tout ce que je dis, je le fais et le dis en… à… euh, je le fais… oh là là, sans rien voir, comment, déjà – comment fait-on les choses, déjà ? Mon Dieu – ma pauvre tête.

Howard prit une écharpe sur le portemanteau, dans l'entrée : les quelques pas qui vous séparaient de la caravane pouvaient vous transformer en statue de glace.

« Bref, lança-t-il gaiement à Zouzou qui l'avait suivi l'air de rien, au moins, pendant quelques jours, tu n'auras plus ce tyran d'Elizabeth à te souffler dans le cou. Tu pourras peut-être lever un peu le pied.

– Oh, ne vous inquiétez pas pour cela, vraiment, répondit Zouzou avec élan. Je lève très souvent le pied, je peux vous l'assurer – et en outre, je dois dire que je ne considère absolument pas Elizabeth comme un tyran, en aucune manière. Pas du tout. En fait, je la trouve parfaitement délicieuse. Et c'est aussi ce que pense Lulu. »

J'ai bien entendu, là ? J'ai bien *entendu* ? Howard demeurait perplexe, mais n'allait certes pas lui demander de répéter. Il lui semblait bien avoir compris ça, toutefois – auquel cas, c'était une manière absolument incroyable de parler d'Elizabeth. Que diable ce garçon pouvait-il vouloir dire par là ? À moins que ce ne soit, une fois de plus, la manière dont parlaient les jeunes, de nos jours ? Possible, possible – mais comme d'habitude, je suis complètement incapable de vous le dire.

Howard prit une profonde inspiration et ouvrit la porte, le vent glacé de l'hiver se saisissant brusquement de lui. C'est tellement déprimant, n'est-ce pas, cette période de l'année – on a à peine passé l'heure du thé, et regardez : nuit noire, obligé de sortir à l'aveuglette. *À l'aveuglette* – voilà, c'est ça, j'ai retrouvé – c'est comme ça qu'on fait les choses – à l'aveuglette.

« Juste ciel, Brian », frissonna Howard, frappant des pieds le sol de la caravane, ce qui fit tressauter et s'entrechoquer toute la collection de Dotty, théières miniatures, petits cochons de porcelaine et Dieu sait quoi encore, sur des étagères qui, ma foi, avaient tout l'air d'être l'œuvre de Brian, avec leur petit côté penché, comme ça. « Mais il fait plus froid ici que dehors, mon vieux. »

Brian hocha la tête, tel un condamné. « Je sais, je sais – j'ai essayé de le réparer – j'y ai passé presque tout l'après-midi. Dotty va être folle s'il ne marche toujours pas quand elle rentre. Elle va faire une crise terrible. Et je n'arrive même pas à retrouver mes gants.

– Mon Dieu – tu ne peux pas faire venir quelqu'un, je ne sais pas ? Je veux dire – tu n'y connais rien, en systèmes de chauffage, si ?

– Non. Mais franchement, on ne peut pas appeler ça un *système* de chauffage. C'est tellement simple qu'il n'y a pas beaucoup de choses qui puissent ne *pas* marcher, avec ce genre de truc – c'est ça qui me trouble. J'ai vérifié toutes les pièces, jusqu'à la dernière. Et tout ce que je peux dire, c'est que ça *devrait* marcher.

– Mais, reprit Howard avec douceur (et il fallait être doux, avec Brian, oh oui – si vous aviez un minimum de cœur, vous y alliez très doucement, croyez-moi), apparemment, ça ne marche *pas*, n'est-ce pas ? Hmm ? Alors pourquoi ne pas faire venir quelqu'un ? »

Brian secoua la tête, comme sous le trop lourd chagrin de l'homme forcé à annoncer au condamné éperdu, à la dernière minute, que sa demande en grâce a été rejetée. « Trop cher. Impossible. Et même, rien ne prouve que c'est réparable.

– Mais Brian – ça ne peut pas être si cher que ça ? Si Dotty revient avec Dawn – je crois que c'est ce que m'a dit Elizabeth –, mais écoute Brian, elles vont mourir de froid, si rien n'est fait d'ici ce soir. Écoute, je vais te…

– Quarante sacs, forfait de base – je me suis renseigné – et ça ne couvre que la première demi-heure, pendant laquelle ils ne font que boire du thé et se foutre de vous.

– Brian. Écoute-moi. *Appelle* quelqu'un – prends mon téléphone. Appelle-les. Je m'occupe de la facture – un cadeau de Noël un peu en avance, d'accord ? »

Howard tendit son portable, tout en souhaitant plus que tout que Brian cesse de le regarder comme ça – cela vous arrachait le cœur, quand il avait l'air à ce point douloureux.

« Merci, Howard – tu es un véritable ami. Je n'accepterais pas, tu sais, si ce n'était pas pour Dotty et Colin. Et Dawn, naturellement. Je veux dire, si ce n'était que pour moi. Je me verrais bien geler ici, me solidifier, jusqu'à ce que mort s'ensuive – tu sais cela ? »

Howard eut alors la vision de cette liasse de messages de suicides avortés qu'il avait trouvée une fois, dans l'ancienne maison. Ceci, plus le fait que Brian, l'été dernier, avait décidé de sauter d'une falaise, lui fit penser que, peut-être, il serait opportun de changer de sujet vite fait, non ?

« Et bien sûr, enchaîna-t-il à la hâte, tu sais que vous auriez été tous invités, sans problème, à vous installer à la maison, pendant notre absence ? Cela aurait résolu le problème, provisoirement en tout cas. J'allais te le proposer, mais Elizabeth m'a dit que vous partiez aussi. C'est bien. Vous avez raison. Je suis ravi. Cela vous fera le plus grand bien à tous, de quitter un moment cette sacrée caravane. Cela vous mettra en forme pour la fameuse fête que mijote Elizabeth. »

Brian avait soudain l'air parfaitement terrifié et Howard, ne comprenant pas pourquoi, continua sur sa lancée. « Je veux dire, ne va pas penser que je... enfin tu sais – que je *critique* ni rien de ce genre – mais *où* que vous alliez, ce sera toujours préférable à *ici*, n'est-ce pas ? »

Si peu de couleurs Brian eût-il eues aux joues, celles-ci s'étaient à présent effacées.

« C'est ce qu'a dit Dotty », fit-il d'une voix blanche – sur quoi, sans un mot de plus, il s'employa à composer le numéro du réparateur de chauffages sur le minuscule portable de Howard.

« Où allez-vous, alors ? s'enquit Howard d'un ton léger – douloureusement conscient, soudain, que le bout de ses doigts virait franchement au bleu.

– Oh – tu sauras ça quand Dotty rentrera. Je ne le lui ai pas encore dit. J'aimerais que tu sois là. Oh – Allô ? Allô ? Oui – j'ai un petit problème de chauffage, et je me demandais si… eh bien, c'est un peu difficile à décrire, comme ça – pourriez-vous plutôt envoyer quelqu'un ? Oui. Oui. Très bien. Bon, je vous donne l'adresse. »

Sur quoi il donna l'adresse, ajoutant : « Mais ce n'est pas la maison, hein – nous, c'est la caravane garée à côté. Oui. Tout à fait sérieux… Oh… oh… demain après-midi, cela ne servira pas à grand-chose, j'en ai peur… nous partons demain matin, voyez-vous, et… »

Howard, qui tentait de lui mimer Pas-de-problème-Lulu-peut-les-faire-entrer-tu-n'as-qu'à-lui-laisser-les clefs, fut quelque peu stupéfait quand Brian ferma les yeux et secoua frénétiquement la tête pour signifier son refus, avant de se mettre à supplier littéralement le réparateur et enfin, au bout d'interminables palabres où il était question de bébé mort de froid, obtenir de lui qu'il passe en personne dans, disons – il est quelle heure, là ? Disons quoi – dans une heure et demie, cela vous va ?

Brian rendit à Howard son minuscule, ravissant portable.

« Il a dit une heure et demie. Merci mille fois, Howard. »

Howard hocha la tête, balaya les remerciements d'un geste de la main.

« Attendons-le à la maison, dit-il. On prendra un verre. »

Oh oui, oh oui, sinon un de mes pouces va passer au violet et tomber par terre (clinc !), tandis que l'autre optera pour la pourpre cardinalice et l'imitera sans tarder (clonc !) « C'est quoi, ce truc, Brian ? », s'enquit-il soudain à la porte, désignant une espèce d'appareil typiquement brianesque.

« Ah, ça…, fit Brian avec un orgueil peut-être imperceptiblement teinté d'une vague désillusion. C'est ma dernière acquisition. Un détecteur de métaux. Il y a des gens qui ont fait fortune avec ça, enfin c'est ce qu'on m'a dit. »

Une fois de plus, un nuage de tristesse s'abattit sur Howard.

« Hm-hm. Et toi, ça a marché ? »

Brian, bon garçon, eut un léger sourire d'autodérision.

« Hélas, soupira-t-il. Je m'en suis servi une fois, et je dois dire que j'ai été un peu déçu. Je suis allé vers la Tamise – j'avais proposé à Colin de m'accompagner – je pensais que ça le passionnerait – mais bon, en fait, pas du tout ; bref – ça ne l'intéressait pas, il m'a regardé, comme ça, c'est difficile à décrire. Pauvre Colin. Ce n'est pas sa faute. Bref – j'avais lu je ne sais plus où que le meilleur endroit, ce sont les berges de la Tamise à marée basse – enfin, *évidemment* à marée basse, parce que sinon, tu... enfin, bon, tu vois bien – tu te noies, quoi, un truc comme ça – mais pour être honnête, je n'ai même pas réussi à *trouver* la Tamise, elle fait plein de courbes, et je croyais toujours qu'elle était dans des endroits où elle n'était pas, si tu vois ce que je veux dire. Par contre, j'ai découvert une espèce de banc de sable qui m'avait l'air assez prometteur, donc j'ai mis les écouteurs et tout et j'ai commencé à balayer le sol avec l'appareil. Des heures, j'y ai passé. »

Howard eut à peine le courage de s'enquérir : « Et... ?

– Rien », répondit Brian d'un air contraint. Puis il leva sur Howard ses yeux en forme d'œufs pochés. « Et c'est ça le plus extraordinaire – quand je dis rien, c'est *littéralement* rien : pas une vieille roue de bicyclette, pas une vieille boîte de biscuits en fer-blanc, pas un morceau de poussette rouillée – enfin, les saloperies habituelles. Même pas une boîte de haricots en conserve vide. Alors je me suis dit que ça ne marchait sans doute pas... »

Oh là là là là, pensa Howard. « Et... ?

« Eh bien – j'ai rapporté tout l'engin ici, et je l'ai testé sur mes plaques d'égout – tu sais, celles qui sont dehors. Dieux du ciel – tu aurais entendu le coup de tonnerre dans les écouteurs ! J'ai cru que ma tête explosait. »

Howard réussit à s'arracher ce qui pouvait passer pour un sourire et posa une main sur l'épaule de Brian.

« Viens, on va attendre à la maison. En prenant un verre. »

« Carol. Oh là là, j'ai cru que je n'arriverais jamais à t'avoir.

– C'est toi qui as téléphoné tout à l'heure, Colin ? Je n'ai pas eu le temps d'y aller, et c'est Terry qui a répondu. C'est pour ça que tu as raccroché ?

– Écoute – on s'en *fiche*, de Terry – est-ce que ça y est ? As-tu, enfin tu sais bien – oh mon Dieu, Carol – je n'en peux plus d'attendre, je ne peux même pas t'expliquer…

– Il faut que je fasse vite, Colin, Terry traîne dans le coin, alors *écoute :* as-tu un stylo ?

– Oui. J'en ai plein. J'ai l'impression de n'en avoir jamais assez. Pourquoi me parles-tu de stylo ?

– Je veux dire, il faut que tu *écrives* – l'horaire, tout ça.

– Oh, d'accord, j'ai compris. Okay – ne quitte pas. Un stylo. Un stylo un stylo un stylo. C'est pas vrai, j'ai plein de stylos, et je n'arrive pas à…

– Oh, je t'en *prie*, Colin, allez…

– Un stylo – voilà. Vas-y, je t'écoute. Oh là là, je n'en peux *plus* d'attendre, Carol. Attends, ne quitte pas – un papier…

– Bon – le train part à 10 h 20, de Victoria. Nous descendons à Hove, et apparemment, là, il y a un bus. Je *crois* que c'est le quai numéro 3, mais…

– Attends, attends – cette saloperie de stylo ne marche pas. Merde. Quai combien… ?

– J'ai dit que je *crois* que c'est le quai numéro 3, mais on ne peut jamais être vraiment sûr avant la dernière minute. Mais tu as noté le reste, n'est-ce pas ?

– Ouais, pas de problème. À dix heures trente…

– Dix heures *vingt*, Colin, pfff…

– Dix heures vingt, okay. Tu sais, j'*adore* prendre le

train. Tu as vu *Bons Baisers de Russie* ? Quand ils s'arrêtent à Zagreb, et que…

– Il faut que je te laisse, Colin. On se voit demain matin. Sois là à dix heures au plus tard –'kay ? On se retrouve aux guichets.

– Je t'aime tant, Carol. Je t'aime tant. Dix heures demain aux guichets. C'est bien Paddington ?

– Vic-to-ria ! C'est pas *vrai*, Colin !

– Victoria, Victoria. – c'est ce que je voulais dire. C'est Victoria que j'avais en tête. Je te jure, Carol – je ne sais pas pourquoi c'est Paddington qui est sorti. J'y serai – ne t'en fais pas. Je suis trop impatient. Je t'aime.

– Je t'aime aussi. Il faut que je te laisse, là.

– Je t'aime je t'aime je *t'aime*.

– Il faut que je te *laisse*, Colin. À plus.

– Je n'en peux plus d'attendre. Je t'aime trop. Je t'aime, Carol. Carol ? Allô ? Allô ? Oh. Bon. »

Colin raccrocha le combiné de la cabine et émergea dans le froid mordant, littéralement étourdi de bonheur. Une fois, enfant, il avait eu cette même sensation, quand il avait fermé les yeux, tendu les bras, et tourné, tourné sur lui-même, jusqu'à ce que la lueur rouge du soleil au travers de ses paupières bascule et disparaisse, comme il tombait à genoux dans l'herbe, s'agrippant à des primevères humides, émerveillé de voir et de ressentir une telle déformation de l'univers ; ce même vertige, il l'avait retrouvé en enlaçant étroitement Elizabeth dans la chambre d'hôtel, l'été dernier, les tempes battant sous l'assaut des deux, trois, quatre dernières bouteilles de champagne glacé – mais ce qu'il ressentait à présent était en même temps complètement différent : ce qu'il ressentait là était *pur*, en soi.

« Quelle idée épouvantable, d'avoir des problèmes de chauffage à cette époque de l'année », fit Edna d'un ton navré – pas spécialement au bénéfice de Cyril : il se trouvait qu'ils s'étaient croisés dans l'entrée, et Edna avait vaguement éprouvé le besoin de mettre en mots la raison pour laquelle, exactement, elle avait le nez plongé au plus profond des plis des rideaux de brocart doublés assez somptueux – point de vue généralement assez privilégié, quand les allées et venues de la maisonnée voisine constituaient la récréation du moment.

Cyril goûtait ce frisson de soulagement qu'il éprouvait toujours quand il refermait la porte sur le dernier client de la journée (cette fois, une femme qui nourrissait une haine presque pathologique envers sa mère – mais comme ladite mère, d'après ce qu'avait pu comprendre Cyril, menait une existence parfaitement irréprochable à trois cents kilomètres d'ici, il ne voyait pas vraiment où était le problème ; cependant, deux fois par semaine, il se donnait la peine de l'écouter, évidemment – évidemment qu'il s'en donnait la peine : il faut bien gagner sa croûte).

« Des problèmes de chauffage ? murmura-t-il. Quelque chose ne va pas ? Il fait bon, pourtant.

– Non, pas *nous*, répondit Edna, prompte à le rassurer. À côté – chez Elizabeth. Il y a un camion garé devant – et ils partent demain.

– Ah », fit Cyril. Je crois vraiment qu'Edna devrait sortir davantage, vous savez ; ce n'est pas sain du tout, ce genre de truc. « Quel est ce bruit ? On dirait un cochon qu'on égorge.

– Je l'ai expédiée au dernier étage avec tout le repassage, et on trouve *encore* le moyen de l'entendre, déclara Edna avec un dégoût non dissimulé. Franchement, Cyril – amie d'Elizabeth ou pas, j'en ai par-dessus la tête, de Melody. Je veux dire, le fait qu'elle ne sache rien faire, c'est une chose, mais quand elle amène son *bébé*... !

– Oh – c'est le bébé, alors ? Mais quel est le problème, avec cette petite ? Pourquoi pleure-t-elle sans arrêt ?

– Mais c'est exactement ce que j'ai *dit*, renchérit Edna.

Je veux dire, Dieu sait que je ne connais rien aux bébés, puisque je n'ai jamais eu cette *joie* de…

– Oui, bon, coupa Cyril d'une voix dure, ne recommence pas avec tout ça, pour l'amour de Dieu.

– Ce n'était pas mon intention. Simplement, je dis que, que l'on soit mère ou pas, ça semble quand même bizarre d'avoir comme ça un bébé qui n'arrête pas de brailler, n'est-ce pas ? Je veux dire – ce n'est pas normal, si ?

– Que répond Melody ?

– Oh, elle se lance dans une espèce de tirade incompréhensible. Je veux dire, je comprends à peu près son point de vue – je veux dire que j'imagine que si elle *pouvait* l'empêcher de pleurer, elle le ferait. Mais bon, je veux dire – non mais *écoute*-moi ça – et ça a été comme ça tout l'après-midi. Non, j'ai pris ma décision – Melody va devoir partir, et son bébé avec. Je vais appeler l'agence – qu'ils me trouvent quelqu'un de fiable.

– C'est presque Noël », fit Cyril d'un ton mesuré.

Edna lui jeta un regard totalement dénué d'expression. « Oui… ?

– Tu ne peux pas congédier quelqu'un comme ça, au moment de Noël. »

Le regard d'Edna se durcit. « Erreur, Cyril, lourde erreur : je peux le faire, et je vais le faire. »

Sur quoi elle disparut en un clin d'œil. Je crois que je devrais agir ainsi plus souvent – leur montrer que je ne suis pas la petite bonne femme qu'ils croient tous, j'en suis bien sûre, parce que ce n'est pas du tout, du tout le cas – tout au fond de moi, je suis une femme de poigne, et peut-être Cyril lui-même s'en apercevra-t-il un jour. Grâce au ciel, Melody a presque fini sa journée ; je vais la laisser filer, oui – de toute façon, je n'arriverais jamais à me faire entendre, avec les hurlements de ce bébé – et demain, je lui dirai, très aimablement, que je n'ai plus besoin de ses services. Je lui paierai sa semaine, bien sûr – je peux même ajouter un petit quelque chose (comme le disait Cyril, c'est presque Noël – et bien sûr que ça ne me fait *pas* plaisir, évidemment : je suis *humaine*, vous savez). Cela dit, elle peut toujours courir pour avoir une lettre de recommandation.

Cyril traversa la petite salle à manger et passa dans la cuisine, se disant officiellement qu'il avait envie d'une tasse de thé, alors qu'en fait, c'est la vision d'un éclair qui l'avait attiré là – sur quoi l'abattement le saisit brusquement, comme il découvrait, bien en évidence, le dernier de la nouvelle série de messages accrochés au tableau d'Edna : « Cyril – il n'y a pas d'éclair. » Et pourquoi *pas* ? Telle fut sa première pensée – mais son amertume se vit presque immédiatement adoucie par une autre petite note glissée sous le coin de la précédente : « Cyril – il y a des beignets. » Mon Dieu, les beignets feraient l'affaire – j'avoue un petit faible pour les beignets, surtout si Edna a bien retenu ce que je lui ai dit la dernière fois, et a définitivement laissé tomber les beignets traditionnels, saupoudrés de sucre, avec un trou au milieu, au profit de ces gros trucs honteusement dodus et gorgés de cette espèce de confiture rouge qui ne manque jamais de vous dégouliner, de manière fort plaisante, jusqu'au menton.

Cyril avait à peine extrait l'énorme pâtisserie collante de son sac en papier que lui parvint une sorte de miaulement subliminal, à la fois proche et lointain, qui allait s'amplifiant, tout d'abord discrètement, puis amorçait une brusque montée en puissance et en aigus, jusqu'au moment aussi terrifiant qu'inévitable où Melody débarqua dans la cuisine, la puissance infernale des poumons et du larynx de la petite Dawn submergeant un Cyril effaré, assourdi, aux doigts paralysés (merde – voilà le beignet par terre, maintenant – merde et re-merde), et, tandis que les moules de cuivre en forme de homard et de saumon, artistement disposés au mur par Edna, continuaient de vibrer et de tinter, Melody se lança dans un tir de barrage d'au revoir, avec cet enthousiasme sonore qui était devenu une seconde nature chez elle – sur quoi l'essai de sourire de Cyril se transforma en une grimace épouvantable, tandis qu'il battait l'air de ses bras, se forçant à ne pas se tenir la tête dans une tentative désespérée pour l'empêcher de partir en orbite, mais n'y parvenant point, de sorte qu'il la serrait à présent entre ses paumes tandis que Melody braillait ce qui pouvait bien être des excuses, et Cyril ne pouvait guère que tenir cette pose, comme pétrifié au milieu du vacarme, laissant les divers traits de son visage se débrouiller comme ils le pouvaient dans le vague espoir qu'ils parviendraient à s'entendre pour exprimer une manière quelconque d'au revoir et que cette fille rugissante et sa progéniture sortie des enfers puissent enfin par pitié quitter la maison et laisser à l'enduit des murs une petite chance de retrouver son intégrité sur les briques vibrantes, de même que le toit cesserait peut-être ainsi sa lévitation pour revenir, une fois certain que le danger était écarté et l'horizon dégagé, se poser, même de biais, et s'accrocher bien fort à ses pignons.

Pour eux, ça *va*, se disait Melody, morose et pleine de rancœur, tout en passant à côté, poussant le poids mort de Dawn à présent solidement ficelée dans son landau (lequel offrait tout une série de harnais, boucles et fixations, mais hélas pas de bâillon) –, ils ne sont pas obligés de supporter cela sans arrêt, comme moi. J'espère simplement que Dotty est rentrée, parce que sinon, Elizabeth et Howard et tout le monde vont se mettre à me haïr aussi : ce n'est pas juste – c'est *Dawn* qui fait ce bruit, alors pourquoi faut-il que ce soit moi qu'on accable ?

Dotty s'était montrée très décontractée, parfaitement à l'aise – comme toujours, même si elle savait bien, au fond d'elle-même, qu'il était dangereux de faire la même boutique que la dernière fois, c'est-à-dire à peine quelques jours auparavant. Mais simplement, elle devait être de retour à temps pour accueillir Dawn – Melody la lui amenait et (ô bonheur) la lui laissait pour des jours et des nuits, ce qui pour Dotty signifiait que, aussi sinistre, aussi minable fût le lieu où Brian comptait la traîner, cela n'avait pas une telle importance, car elle serait loin de cette caravane, et avec son ange adoré à ses côtés. Peut-être est-ce pour cela qu'elle n'avait opposé qu'une résistance symbolique quand Colin lui avait annoncé ce matin, avec une parfaite désinvolture dissimulant mal une volonté d'acier, que, si somptueux (ho ho) puissent être les projets de vacances de son père, il ne pouvait être question, juste ciel, qu'il y participe, voyez-vous, parce que lui, Colin, le Brave, en fait – euh, eh bien, pour tout vous dire, je vais passer quelques jours chez un copain de classe, voilà, on vient de décider ça, comme une espèce d'échauffement avant Noël, on peut dire ça je pense – et en fait, je crois qu'on va sérieusement bûcher pour le trimestre prochain, parce qu'il a un nouvel ordinateur vachement sympa, avec tous les derniers logiciels.

Mon Dieu, s'était dit Dotty, Colin grandit, n'est-ce pas ? C'était évident. Il fallait qu'il commence à avoir ses *propres* centres d'intérêt, n'est-ce pas ? Et Dieu sait qu'il n'avait aucune envie de se retrouver coincé quelque part avec son *père*. En outre, bien qu'il ait presque seize ans maintenant, il a toujours besoin de, oh – vous savez *bien*, ce dont les garçons ont toujours besoin, quel que soit leur âge : des chemises propres, des bains chauds, quelque chose à manger en permanence, et quelqu'un à qui se plaindre – et si Dawn était présente, tout ceci ne ferait que l'accaparer inutilement (quant à Brian – il pouvait bien s'occuper de lui-même, et sinon, tant pis). Donc, Dotty s'était contentée de répondre Eh bien Colin, dis-m'en un peu plus sur ce garçon – pourquoi ne m'en as-tu jamais parlé avant ? (Évidemment, elle ne lui avait pas demandé Pourquoi ne l'as-tu jamais amené à la maison, parce que qui y songerait, hein ? L'école était peut-être déjà assez pénible pour Colin, sans que le bruit circule que sa vie familiale évoquait celle d'un romanichel douteux et mis au ban de son propre clan.) Il s'appelle, euh, Cary – comme Cary Grant, tu vois, avait répondu Colin. Et il est très sympa, je te jure, avait-il conclu – comme on pouvait s'y attendre.

Donc oui, comme elle disait – si Dotty n'avait pas été si impatiente de rentrer aussi vite que possible pour recevoir la petite Dawn, elle aurait très certainement suivi son calendrier rigoureusement établi, pris un bus jusqu'à Kensington et fait ce qu'elle avait à faire dans ce grand magasin anonyme, vaste et rassurant, au lieu de battre en brèche, si sottement, ses propres règles, et faire la même boutique deux fois dans la semaine. Parce qu'il y avait quelque chose dans l'air, cette fois – et Dotty avait réellement pensé, l'espace d'un instant, le cœur s'arrêtant soudain, une seconde suspendue aussi longue que des années, que cette fois, c'était la fin – et elle ne trouvait rien d'autre à se dire que Oh non, non – non, pas maintenant par pitié : ne m'arrêtez pas maintenant, ne m'emmenez pas, ne m'enfermez pas, parce que tout cela, c'est pour Dawn, voyez-vous, c'est pour elle, elle m'attend et je ne peux pas l'abandonner car elle est innocente et vous ne pouvez pas non plus me refuser ce bonheur qu'elle me donne, même si je sais qu'en ce qui me concerne l'innocence est une chose que j'ai si souvent souillée qu'elle est à présent aussi noire que la culpabilité.

Mon emploi à mi-temps, bien sûr, n'est pas – comme tout le monde a dû le deviner, sans que personne, par charité chrétienne, ne l'ait jamais suggéré (pas à moi en tout cas) – franchement très très valorisant. Il y a longtemps, vous savez, j'ai été la secrétaire particulière d'un homme tout à fait influent dans le milieu de l'édition – aujourd'hui, on appelle ça assistante, si je ne me trompe. C'est Brian qui m'a persuadée de laisser tomber mon emploi (je n'arrive même plus à imaginer, aujourd'hui, qu'il fut une époque où j'écoutais ne fût-ce qu'une seconde ce que pouvait bien raconter cette andouille). Écoute, Dotty chérie, l'avait-il pressée – et elle entend encore ce ton évangélique, elle voit encore l'assurance peinte sur sa grosse face de lune, comme s'il venait de revêtir sa toute nouvelle panoplie d'Homme Adulte et Responsable, agrémentée de quelques accessoires en option – le kit de l'Arrogance Parfaite, et sous le bras le Guide de la Semi-Réussite à l'Usage du Débutant (tout ceci, bien sûr, des années avant que la simple action d'inspirer et d'expirer ne le mette quasiment sur les rotules). Écoute, Dotty chérie, l'avait-il pressée – pourquoi ne laisses-tu pas tomber toute cette histoire de secrétariat, hein ? Je veux dire – on n'a pas besoin de plus d'argent, n'est-ce pas ? Je peux t'assurer que les affaires marchent comme jamais : quelquefois, j'ai l'impression d'avoir déjà moquetté douze fois toute la surface de la terre, et ils en redemandent. Et Colin a besoin que tu sois plus souvent là, évidemment – et moi, moi aussi, mon amour : j'ai besoin de toi à la maison, n'est-ce pas ? De sorte que Brian avait obtenu gain de cause et que, année après année, la solidité de Dotty, et même une partie de son estime de soi, s'étaient régulièrement délitées – mais en réalité, cela ne la tracassait pas outre mesure, parce que bon – ils avaient une ravissante maison, avec Elizabeth pour voisine, et Colin évidemment – et enfin, leur était venue cette joie suprême d'une petite Maria (un ange, un ange tombé du paradis), et peu importait que ce qu'il restait de personnalité à Dotty s'évapore jour après jour, parce que l'argent, au moins – tout comme l'avait dit Brian – ne cessait d'affluer, comme un fleuve tiède et clapotant dans lequel elle se baignait.

Maria était remontée au paradis. La maison et l'argent, eux, avaient sombré en enfer, et Colin grandissait, commençait de s'éloigner, et tout ce qu'il restait à Dotty (à part rêver de Dawn), c'était cela : mettre de l'ordre – arranger joliment les choses – au cinquième étage de la maison mère d'une chaîne de grands magasins bien connue ; elle ne travaillait pas dans les rayons, non, mais dans les bureaux, voyez-vous. Et *non* – non, elle ne faisait pas le ménage, n'allez pas vous méprendre, par pitié : non, ce que je fais, c'est ranger les bureaux des employés, passer éventuellement un chiffon sur les téléphones, et entretenir ces grosses plantes moroses qu'ils ont tous. Pas de seau ni de serpillière dans tout ça – juste ciel, rien de ce genre – enfin peut-être un petit coup d'aspirateur et c'est tout. Et non, bien sûr que ça ne me plaît *pas* de faire ça, et non, ce n'est *pas* le poste que j'ambitionnais – je n'aurais même jamais imaginé devoir faire une chose pareille. Mais simplement, il s'était révélé cruellement embarrassant, au service du personnel, au cours de cet abominable entretien, que, compte tenu du temps écoulé depuis le dernier emploi qu'avait occupé Dotty (temps au cours duquel, apparemment, le monde entier était devenu high-tech, supersonique et quasiment martien), ainsi que de, euh, mon Dieu, comment dire Mrs. Morgan – de votre *âge*, c'était à peu près tout ce qu'on pouvait lui proposer (et qu'elle s'estime heureuse, que ce soit bien clair).

C'était un soir de l'automne dernier – pas très tard, mais plus tard qu'à l'accoutumée, à cause de quelque réunion extraordinaire que cinq ou six d'entre eux avaient organisée au pied levé, sans prévenir, laissant derrière eux ce qui était aux yeux de Dotty un fouillis non moins extraordinaire, par rapport à la brièveté des discussions – et lui adressant vaguement deux trois excuses inintelligibles et parfaitement insincères. Les hommes, comme on pouvait s'en douter, étaient de loin les pires. Dotty avait remarqué que, lors des réunions, les femmes sirotaient la moitié de leur Perrier (on observait des traces de rouge à lèvres) et partaient. Les hommes, par contre – oh, Dotty aurait peine à vous décrire ça : on aurait cru qu'ils avaient campé là une bonne partie de la semaine – cafés au lait refroidis renversés dans les soucoupes (plusieurs par tête), mégots dans tous les coins, y compris parfois dans les cendriers, feuillets froissés de graffitis machinaux, éventuellement fort inconvenants, blocs-notes et coussins délibérément, voire violemment rejetés de côté, au point de suggérer que, eussent-ils eu plus de temps à eux, et une armurerie bien garnie, ils auraient peut-être élu de tirer au sort les objets et de se les répartir avant de les cribler de plomb.

Donc, Dotty avait nettoyé tout ça (au moins, ça me fait des heures sup, huit livres de plus, juste ciel, ce n'est pas possible), mais l'heure du dernier ramassage des déchets était depuis longtemps passée, et elle ne pouvait pas tout laisser dans le couloir pour que tout le monde bute dedans en arrivant le lendemain matin – ce qui ne manquerait pas d'arriver, croyez-en Dotty –, donc elle prit l'ascenseur de service et descendit au dernier sous-sol (légèrement sinistre – ce n'est pas trop bien éclairé : Coucou ? Coucououou, il y a quelqu'un ? Apparemment personne) et là, parmi d'énormes sacs de papier froissé, de boîtes et divers débris attendant l'incinération, Dotty tomba non pas sur un, mais regardez plutôt – en voilà un autre : deux tickets de caisse du jour même – sur quoi, sans vraiment comprendre pourquoi, et avec force coups d'œil furtifs en direction de l'ascenseur, elle s'employa activement à en chercher d'autres. Elle en réunit rapidement une douzaine et, sans trop savoir ce qu'elle avait là en sa possession (mais sentant que ce devait être *quelque chose*), les fourra dans son sac à main avant de sortir de l'immeuble comme à l'habitude – Bert, de la Sécurité, la gratifiant d'un 'Soir, Cocotte, à son habitude, ce à quoi elle répondait 'Soir, Bert – immuable aria montant d'une cage thoracique d'athlète et expectorée par une bouche en cœur, sous deux yeux extasiés.

Elle avait là, ainsi qu'elle le constata plus tard, un exemple saisissant de toute cette nouvelle technologie dont on entendait parler. Dans son esprit, un ticket était un ticket – elle ne s'était jamais attardée plus que ça. Mais non seulement ceux qu'elle avait maintenant devant les yeux indiquaient tous la date d'aujourd'hui – bon, d'accord, ça n'a rien de surprenant – et la somme versée (ce qui était quand même l'essentiel, Dotty l'admettait volontiers), mais ils détaillaient également, non seulement le rayon de l'achat, mais l'article concerné, point par point, parfois jusqu'à la couleur ou le tissu. Alors que certaines personnes gardent, ou même archivent ces trucs-là pendant des années, Dotty supposait que d'autres, plus impétueuses, plus insouciantes, les laissaient voleter là où bon leur semblerait – en l'occurrence, et de manière peu judicieuse, droit dans la vie éprouvante de Dotty – et plus précisément entre son pouce et son index brûlants de culpabilité, mais bien serrés sur leur proie. Sur quoi le plan fut conçu, avant même qu'elle pût s'étonner et s'alarmer de se voir capable d'une gestation aussi brève que sournoise. C'est peut-être cela le moyen, se dit-elle – même si, oui, oui, je sais bien – évidemment que ça ne peut *pas* être un moyen, mais en même temps, dans mon cas, hein, peut-être, peut-être malgré tout.

« Dotty ! Dotty ! » s'écria Elizabeth, comme l'aurait fait une brave estafette arrivant enfin, à bout de souffle, pour annoncer « Le roi est mort, vive le roi » – quoique avec plus de soulagement pur et simple, peut-être, que de sens du protocole. « Melody – pour l'amour de Dieu : passe-la à Dotty ! Allez ! Oh, tu es… te… Oh merci mon Dieu, merci : j'ai cru devenir folle ! Mais qu'est-ce que tu *fabriquais*, Dotty ? On t'a attendue, attendue… ! »

Cette dernière exclamation passionnée résonna avec une raucité excessive qui saisit tout le monde – encore que personne plus qu'Elizabeth elle-même – car brusquement, d'un seul coup (c'était littéralement hallucinant, surnaturel, la soudaineté de la chose), comme Dotty prenait tendrement la petite Dawn dans ses bras, les hurlements impitoyables, atroces du bébé au visage congestionné et trempé cessèrent totalement, exactement comme si l'on avait coupé le son, et déjà – Ahhhh ! Mais regardez-la ! La voilà toute rose, toute gazouillante, avec ses petits yeux en bouton de bottine qui étincellent comme de petites étoiles noires tandis qu'elle contemple Dotty, laquelle était à présent parfaitement ailleurs, perdue dans le ravissement de l'amour, à des lieues, à des mondes de ce qu'elle venait de faire – car voilà, en réalité, ce que je fabriquais, Elizabeth : que dirais-tu, que penserais-tu, si tu savais ce que je… oh, Dawn, ma petite Dawn, je tiens tellement, tellement à toi, ma petite Maria… ce que je fabriquais, Elizabeth ? Je volais. Je volais. Encore, oui. Avec Dawn, à présent, c'est le seul moyen, vois-tu. Mais ça me déchire – oh oui, je suis déchirée de peur – alors, plus jamais, plus jamais après aujourd'hui : mais il me suffit de baisser les yeux sur Dawn, pourtant, et là, je sais que le risque en vaut la peine.

Il n'y a pas deux heures, j'étais au rayon des vêtements pour femmes du grand magasin le plus proche (et non, Elizabeth – je n'imagine pas un instant que tu t'habilles là : tu y achètes des ampoules, peut-être – ou peut-être cette série de douze casseroles Le Creuset que tu m'as montrées, étincelantes et d'une couleur de lave, destinées au rangement sur mesure de ta toute nouvelle cuisine, laquelle devrait, je suppose, nous être dévoilée officiellement d'un jour à l'autre). Là, j'ai pris sur un portant une robe chemise verte, je crois que tu appellerais cela ainsi, en cashmere et lambswool, taille quarante-quatre, et puis une robe de chambre en angora vieux rose, taille quarante, et puis un ravissant tailleur Jeager en pied-depoule noir et blanc (à ma taille également – je l'aurais bien gardé pour moi, mais j'ai trop à faire pour Dawn à présent). Le plus difficile, dans tout cela, c'est de les glisser le plus discrètement possible – ce n'est pas facile du tout, comme je le dis – dans le grand sac plastique flambant neuf que j'ai toujours avec moi. Ensuite, j'ai fouillé à droite et à gauche dans les rayons. Je détestais devoir perdre du temps comme ça – je savais qu'il fallait que je rentre, pour Dawn, inutile de me le *rappeler*, Elizabeth – mais c'est là quelque chose d'absolument essentiel : il faut s'assurer, autant que faire se peut – ces surveillants de magasins peuvent être incroyablement futés, vous savez – que personne ne vous regarde bizarrement. Et je suis devenue assez bonne comédienne, à présent – je me suis vraiment surprise : je décroche une robe du portant, tout en la laissant accrochée au cintre, et je mets les masques de circonstance – Est-ce bien ma couleur ? Est-ce que ça irait, pour cette réception ? Est-ce que ce n'est pas un peu… hein ? Jetons un coup d'œil sur le prix – ooh, non, ça ne va pas, en fait : *celle-ci*, alors ? Au bout d'un temps convenable, je vais vider mon butin devant une de leurs vendeuses aussi agacées qu'agaçantes (on les voit presque exprimer leur désagrément à voix haute : oh non, des *retours* – autant de paperasses à remplir), et tire de mon sac à main les reçus correspondant exactement aux articles, sur quoi j'explique en souriant que c'étaient des cadeaux pour des amies, voyez-vous, et que pas un *seul* ne leur va, c'est infernal, n'est-ce pas ? C'est tellement difficile, n'est-ce pas, de choisir pour quelqu'un d'autre – *tellement* difficile de faire plaisir –, donc je crois que je préfère me faire rembourser, si c'est possible : je leur donnerai directement l'argent, et elles choisiront elles-mêmes. Oui, j'ai payé en espèces, oui (il faut faire drôlement attention à ça, soit dit en passant : maintenant, je descends presque chaque soir au dernier sous-sol, mais tous les reçus de règlements par Switch,

Visa, Mastercard, que sais-je, ne servent à rien, un véritable gâchis – seuls les paiements par chèque ou en espèces sont utilisables, donc j'ai chaque soir un sacré tri à effectuer, comme vous commencez à le comprendre).

Et là, j'ai vu ma grossière erreur : c'était la même vendeuse que la dernière fois – et y a-t-il eu une ombre ? Sur son visage ? L'ombre d'une ombre ? Ou bien était-ce cette frayeur sans mélange qui montait en moi ? Se disait-elle Tiens donc – n'est-ce pas la même femme, celle qui est déjà venue mardi pour échanger une… quoi, déjà – une robe à danser nuance martin-pêcheur, il me semble (et c'était bien cela, en effet, avec des sequins étincelants) ? Un frisson parcourut l'air, tandis que la fille examinait les articles pour voir s'ils n'étaient pas abîmés. Puis elle regarda Dotty bien en face, et répéta *En espèces*, dites-vous, avec peut-être une nuance de défi dans la voix, et Dotty répondit Oui, en espèces, c'est cela, et pensa, réellement, l'espace d'un instant, le cœur s'arrêtant soudain, une seconde suspendue aussi longue que des années, que cette fois, c'était la fin – et elle ne trouvait rien d'autre à se dire que Oh non, non – non, pas maintenant par pitié (j'aurais dû prendre le bus pour Kensington), mais la fille s'attaquait au premier formulaire, puis au suivant, avant d'appeler une personne très austère et munie d'un stylo-bille accroché à une chaînette pour lui demander son paraphe (si elle voulait bien ?), sur quoi l'argent et les vacances de Dawn se retrouvèrent bien à l'abri dans le sac de Dotty qui sortit, tandis que la vendeuse se disait Oh quelle chiotte ces retours – il faut que j'aille raccrocher ces trucs en rayon, maintenant.

Quoi qu'il en soit, il faudra y passer encore une fois, cette année (les achats de Noël – c'est absolument vital : je ne tiens pas à ce qu'Elizabeth pense de moi des choses, euh – enfin des choses encore pires que ce qu'elle doit déjà penser ; il faut que je sois à la hauteur, d'une manière ou d'une autre). Dawn, Dawn – ma petite chérie –, tu ne sauras jamais à quel point c'est bon de me retrouver ici, au calme, au chaud, en sécurité, avec toi dans les bras.

« J'ai apporté toutes ses, enfin – ses affaires, tu vois », déclara Melody, pensant Oh, ce n'est pas possible – si seulement elle *savait* à quel point je me sens déjà mieux : des jours entiers, des nuits entières sans Dawn ! Cela dit, sans cette merde de Miles, aussi, cette ordure, mais bon – ça ne me vaut rien de penser à lui sans arrêt, n'est-ce pas ? Ce salaud. Que j'aime. Qui me manque.

Dotty hocha la tête en jetant un regard sévère sur le tas de Babygros pas nets nets, le biberon en plastique orné d'un Peter Rabbit aux oreilles presque effacées par l'usure, et tout un assortiment de boîtes, pots, flacons à demi pleins jetés n'importe comment dans un fouillis de jouets râpés et fort antipathiques. Tu n'aurais pas dû te donner cette peine, Melody, pensa-t-elle avec volupté : j'ai déjà tout acheté pour Dawn – que des choses dans les roses les plus délicats, et de la meilleure qualité, parce que c'est ce qu'elle est, et c'est ce qu'elle mérite. Sur quoi, pour la première fois, Dotty leva les yeux et remarqua la présence non seulement de Howard – mon Dieu, rien de très surprenant à cela : nous sommes chez lui, après tout – mais également de Brian : son époux. Oui oui – mon époux, mon époux, oh juste ciel…

« Je croyais que tu t'occupais des valises », lui dit-elle d'une voix dure. Puis, à Elizabeth : « J'étais décidée à m'occuper des bagages ce matin, à la première heure, mais Brian n'a absolument pas voulu, je ne sais pas pourquoi. J'avais tendance à *penser*, reprit-elle avec une bonne dose de sarcasme, que cela voulait dire qu'il le ferait, lui, mais apparemment pas. À moins que ce ne soit déjà fait, Brian ? »

Brian avait-il l'air effaré ? Ou bien était-ce son regard en permanence, à présent ?

« Je, euh… je n'ai pas complètement *terminé*, non, Dotty.

– Tu as attrapé la pelade, depuis ce matin ? » lui lança Dotty, la tendresse de ses bras autour de la petite Dawn rivalisant sans merci avec la rigueur de son visage, et remuant les lèvres aussi peu qu'il était strictement nécessaire pour articuler ces paroles sèches et cinglantes. « À moins qu'un mouton ne soit venu te brouter sur la tête ? »

Melody laissa échapper un pouffement sonore, bien en accord avec son sourire niais – elle avait déjà remarqué la tête de Brian (comment faire autrement ?) et, si elle aurait bien aimé *dire* quelque chose, elle n'avait pas encore trouvé l'occasion d'émettre un commentaire.

« Je me suis donné un petit coup de tondeuse », répondit Brian, très calme.

Howard se dit qu'il était de son devoir d'intervenir. « Un verre, Dotty ? Oui ? Un petit gin-tonic ? »

Mais Dotty parlait à Elizabeth : « Il se coupe les cheveux lui-même. Comme tu peux voir. De toute évidence, il trouve ça très malin. Je prendrai juste une goutte, Howard, merci, après quoi il va falloir que j'aille voir quel foutoir exactement Brian m'a laissé, et puis j'installerai la petite Dawn pour la nuit. Parce que j'ai l'impression que c'est un petit bébé qui a besoin d'un gros gros dodo, ça – oh que oui, un gros dodo, hein ma petite chérie ? Hmm ? Oui oui, j'en ai bien l'impression, tout à fait tout à fait – Hmmm, un gros gros dodo, hein ma chérie ?

– Dotty, il y a quelqu'un dans la caravane, pour le chauffage, intervint Howard d'un ton très dégagé, lui fourrant dans la main un verre à pied généreusement rempli de gin, de glaçons tintants et de tonic encore tout pétillant. C'est un vrai frigo – mais il dit qu'il va arranger ça.

– Quoi – le chauffage est naze ? »

Ce à quoi Brian ne put que hocher la tête.

« *Encore* ? Enfin, au moins, tu as eu le bon sens d'appeler un professionnel, cette fois – ce qui est en soi stupéfiant. La dernière fois que Brian – ne riez pas – l'a *réparé*, j'ai passé la matinée suivante à dégeler les robinets avec une bougie.

– Bien, alors, Brian, fit soudain Elizabeth, l'air radieux, dis-nous tout. Pourquoi ne nous dis-tu rien à propos de ces mystérieuses vacances ? Où partez-vous ? Dans un endroit fabuleux ? Je veux dire – donnant donnant : vous savez où *nous* allons, alors pourquoi ne pas nous le dire ? » Sur quoi, au grand soulagement de Brian, elle enchaîna, se tournant vers Dotty : « Colin doit se faire une joie de ces vacances ? N'est-ce pas ?

– Oh, je ne t'ai pas dit ? répondit Dotty en hâte. Il ne vient pas. C'est un petit homme à présent – il va passer quelques jours chez un copain de classe, d'après ce que j'en sais. Je dois dire que j'en suis assez contente, en fait – je commençais à me demander s'il se ferait jamais un *seul* ami dans cette horreur de nouvelle école – mais *si*, Elizabeth, *si*, c'est une horreur. Quand je pense que nous l'avons obligé à quitter St. Alfred, où il se plaisait tant. Enfin, son père avait en réserve de pires choses pour nous. »

Howard jeta un coup d'œil à Brian – et surprit le tressaillement qui crispait ses traits, comme si tous les os de son visage cherchaient à se dissimuler le plus profondément possible. J'imagine qu'elle ne lui fait aucun cadeau, ces derniers temps ; non, le temps des cadeaux doit être passé depuis bien, bien longtemps.

« Mon Dieu, c'est de leur âge, dit Elizabeth, préférant ignorer la dernière réflexion, excessivement amère. Je veux dire, prends Katie – l'été dernier, ça a été Chicago : le plus loin possible de sa vieille mère si barbante. Nous lui avons bien *proposé* de nous accompagner à Paris, n'est-ce pas, Howard ? Sans penser une minute qu'elle dirait *oui*, bien entendu, et naturellement, elle a dit non. Les jeunes d'aujourd'hui sont quelquefois bien rebelles, tu sais. D'ailleurs je lui ai dit comme ça Oh, je vois, Katie, – un hôtel charmant à Paris, ce n'est pas assez bien pour toi, c'est cela ? Et elle me répond Oh, maman – ce n'est pas ça –, simplement il faut que je fasse mon shopping de Noël –, sur quoi elle ajoute (là, j'ai cru mourir) : Et il faut s'occuper de la *maison* ! Vous pouvez croire ça ? *Katie*, s'occuper de la maison ? Alors je lui ai dit Mais Katie – de ta vie, tu n'as jamais…

– Howard, intervint Melody, pourrais-je avoir un autre, euh… ?

– Bien sûr, bien sûr. Passe-moi ton verre, je vais te…

– Mais Katie, continua Elizabeth, de ta vie, tu n'as jamais, pas une seule fois, levé le petit doigt dans cette maison tu le sais parfaitement et de toute façon tu sais aussi que j'ai proposé à Lulu de s'installer ici pour cette raison précise. Non, peut-être ne peux-tu pas simplement supporter la compagnie de tes parents ?

– Merci, Howard », dit Melody, vidant d'un coup la moitié de son verre.

Elizabeth se contenta d'un sourire crispé pour exprimer son désagrément devant cette seconde interruption. « Oh, ce n'est pas cela *non plus*, maman, me répond son Altesse Sérénissime la Princesse Katie. Vous vous amuserez *beaucoup* mieux sans moi. Naturellement, il s'avère que, bizarrement, cet individu, là, un Américain qu'elle a rencontré cet été, vient passer les fêtes ici, paraît-il, de sorte que *naturellement*, il passe avant nous – c'est bien normal, un parfait étranger, n'est-ce pas ? Et elle n'a pas encore dix-huit ans. »

Sur quoi la sonnette se fit entendre, et Elizabeth, toujours pleine d'une légitime indignation, se dirigea d'un pas énergique vers la porte, soupirant à l'usage de qui voulait l'entendre qu'elle n'avait aucune idée de qui cela pouvait être, à moins que ce ne soit Lulu, mais je suis pourtant certaine qu'elle m'a dit qu'elle viendrait demain à la première heure.

« Oui ? fit-elle, s'adressant à un jeune homme au visage rouge et à l'air quelque peu idiot qui se tenait là, immobile. Oh, vous devez être… oh, entrez, entrez, on gèle avec la porte ouverte.

– Mr. Poolafew, se présenta l'homme. Pour le chauffage.

– Ah, *oui*, approuva Elizabeth (elle ne s'était pas trompée en pensant que ce devait être…), je vais chercher, euh, Brian. Tout fonctionne ? C'est réparé ? » Sur quoi elle abandonna l'homme à la porte et traversa l'entrée en appelant Brian ? Brian ? et en se disant que c'était vraiment trop adorable que ce réparateur de chauffages dût s'appeler Poilàfuel – c'est toujours délicieux, des choses comme ça.

Brian et Howard arrivèrent.

« Merci d'être venu aussi rapidement », dit Howard avec chaleur, tandis que Brian se tenait légèrement en arrière, se disant Vous savez, je sais bien que c'est difficile à croire, mais j'ai été un homme comme ça, autrefois – comme Howard, capable de dire des choses tout à fait normales, adultes, avec un geste du bras. Il serra plus fort les billets de vingt livres que Howard lui avait fourrés dans la main, discrètement et sans un mot – comme ça, je peux *payer* cet homme, vous voyez – même si en fait, c'est Howard.

« Je vous préviens, déclara Mr. Poolafew, secouant la tête comme si demain n'existait pas, c'est sans aucune garantie. Il date de Mathusalem, cet appareil, je peux vous le dire. Il faudrait virer ce bazar et le remplacer. Enfin – il vaut ce qu'il vaut, mais je l'ai remis en route – il tourne pas trop mal – mais comme je vous l'ai dit, ça durera ce que ça durera. »

Brian hocha la tête et baissa les yeux sur la facture : Dieux du ciel, soixante-cinq livres : attendez, il y a passé, quoi – une heure ? Même pas, selon moi. Et *moi*, pourquoi je ne peux pas gagner soixante-cinq livres en une heure ? Parce que je n'arrive même pas à atteindre cette somme en une seule putain de semaine. À part ça, il a raison, pour le chauffage – il est mort, Brian le sait bien. Et les toilettes, aussi. Et je n'aime pas trop non plus la tête du châssis ; la suspension m'a l'air bien molle, et c'est la rouille qui tient les portes dans leurs gonds – encore que la petite boîte de Syntofer n'a pas été du tout inutile, je ne dis pas le contraire. Soyons franc, cette saloperie de caravane est une ruine ambulante – mais quoi qu'il en soit, c'est la maison.

De retour au salon, Elizabeth était déjà en train de dire : « Bien, *quoi qu'il en soit* – j'ai supplié Mister Nelligan de rester aussi tard que possible ce soir, pour qu'au moins le côté jardin de la cuisine soit plus ou moins terminé – je dois dire que malgré tout ce chantier et ce bruit épouvantable et tout ça, elle commence à avoir fière allure, et que je suis assez ravie – mais il n'est pas question que quiconque la voie avant qu'elle ne soit complètement et parfaitement achevée, pour Noël. D'accord ? »

Dotty et Melody hochèrent la tête de concert : l'une comme l'autre pourrait survivre à cette restriction.

« Et Dieu sait qu'elle a *intérêt* à être achevée, continua Elizabeth sans reprendre souffle, sinon, je ne sais *pas* ce que je deviendrai – je me sens affreusement coupable de tout laisser à Lulu, parce qu'elle a encore trois femmes à voir, cette semaine, en plus – mais elle m'a promis de surveiller Nelligan pour qu'il garde le rythme et mon Dieu j'ai tellement, *tellement* besoin de faire un break, vous savez ? Toi aussi, sûrement, Dotty. Mais cette pauvre Melody qui ne va *nulle part*…

– Mon Dieu, ne t'inquiète pas pour *moi* », s'esclaffa Melody – et ce n'était pas là une gaieté de façade – elle était parfaitement sincère. « Je vais pouvoir *dormir* la nuit, et regarder la télé, et *lire*, et oh là là, faire tout ce que je ne peux pas faire avec Dawn. »

Instinctivement, toutes trois regardèrent le bébé, si tranquille, si adorable – on avait peine à croire qu'il aurait suffi, par inadvertance, d'ôter cette bonne vieille Dotty de la photo, et que dans la seconde suivante Dawn aurait donné une fameuse leçon aux trompettes de Jéricho.

« Ah, Howard, fit Elizabeth, comme celui-ci revenait

discrètement (mais filant droit vers le Bell's), traînant à sa remorque un Brian plus déprimé que jamais. Es-tu content, toi, que nous prenions ces petites vacances, mon chéri ? Moi, je disais juste que je meurs d'impatience – j'ai *vraiment* besoin de faire un break. Le chauffage est réparé, Brian ? Oui ? Oh, je ne vous ai pas dit – c'est trop drôle – le type, là, le réparateur, il s'appelle *Poêle à fuel* – insensé, non ? »

Et Howard se demandait Un break par rapport à *quoi*, Elizabeth ? Qu'est-ce que tu fais exactement ? Je me suis souvent posé la question.

« Oui, dit Brian. Tout est au poil, maintenant. » Paroles prononcées avec toute l'allégresse d'une oraison funèbre devant une tombe fraîchement creusée.

« Bien, approuva Dotty. On y va, alors. Il est *tard*, Brian, et il y a encore tous les bagages à faire, et tu sais *bien* que j'ai Dawn. Nous partons à quelle heure exactement, demain matin ? Pas *trop* tôt, j'espère.

– Prenez-vous l'avion, Brian ? s'enquit Elizabeth. Oh, Brian, arrête donc de faire tant de mystères et *dis-nous*, pour l'amour de Dieu. Je suis sûre que Dotty veut savoir – en tout cas, *moi*, je veux savoir. Parce que si vous devez aller à Heathrow, par exemple, il y a cette entreprise de taxis que nous prenons toujours – ils sont très fiables.

– Oh, je ne pense pas que nous partions pour l'*étranger* », fit Dotty d'un air dubitatif. Évidemment que nous ne partons pas pour l'*étranger* – et j'aimerais presque qu'Elizabeth cesse de poser sans arrêt la question, parce que certes, dans un sens, j'ai envie de savoir dans quel trou du diable nous allons nous retrouver, mais dans un autre sens, voire beaucoup d'autres sens, je ne préfère carrément pas.

« Non, non, dit Brian d'une petite voix. Pas à l'étranger.

– Mais *où*, alors ? insistait Elizabeth.

– Dis-moi à quelle heure nous partons, Brian, répéta Dotty – un peu, peut-être, pour détourner la question d'Elizabeth.

– Eh bien… », répondit lentement Brian, se disant Eh bien, nous y voilà : il fallait bien que cela arrive, n'est-ce pas ? Oui, il fallait bien, et c'est maintenant, et nous y voilà. « Quand tu voudras, n'importe quand. »

Après quelques secondes de silence, et comme tous intervenaient en même temps pour exprimer leur sentiment face à cette réponse, Dotty s'anima brusquement, soudain désireuse de s'en aller au plus vite. Elle jeta les horreurs de Melody dans un sac plastique et se dirigea vers l'entrée, sa précieuse cargaison suçant à présent son pouce, et presque endormie.

« Allez, viens, Brian », lança-t-elle d'une voix où l'urgence transparaissait audiblement. « On file. On n'a pas que ça à faire.

– Ça me semble bien bizarre, cette histoire », marmonna Melody – sans pour autant s'en soucier davantage : du moment que rien n'était *annulé*…

« Bien, si tu ne veux *vraiment* rien nous dire, Brian, fit Elizabeth en riant, je ne peux que vous souhaiter de *bien* vous amuser tous les deux, et vous dire à très bientôt, quand nous serons tous de retour. Et oh, Dotty – ne t'inquiète pas pour la caravane ni rien, Peter et Lulu m'ont juré qu'ils garderaient un œil dessus – mais autant nous laisser vos clefs par mesure de sécurité, non ? »

Et à l'instant où Dotty, dans le couloir, était déjà en vue de la porte et de la nuit salvatrice, Brian prit la parole d'une voix endeuillée, comme elle le craignait, tout en s'y attendant déjà :

« Non – vous voyez, en fait, vous n'aurez pas besoin de garder un œil sur elle, parce que, en réalité, elle ne sera plus là. Pour tout dire, nous, euh, enfin nous l'emmenons avec nous. C'est pourquoi je devais faire réparer le chauffage, vous voyez. Voilà. Enfin – ça évite d'avoir à faire les bagages, hein ? »

Dotty demeurait figée, fixant les panneaux de la porte.

« Je loue une voiture demain matin, continua Brian, et

nous – enfin bon, hop, nous voilà partis, quoi. » Et d'ajouter, d'une voix de bois dur ayant longuement macéré dans le vernis du désespoir : « Ça va être une véritable aventure, en fait. »

Et plus tard, beaucoup plus tard ce même soir, Brian, immobile et raidi sur sa couchette, incapable de trouver le sommeil (Dieu sait ce que le mec du chauffage a fabriqué avec le thermostat – c'est une véritable étuve, là-dedans), murmurait pour lui-même : Somme toute, je n'ai pas trop bien assuré, sur ce coup. Mais bon, soyons honnête – y avait-il un autre moyen, mon vieux ? Enfin – j'aurais peut-être dû en parler à Dotty en premier ? Tu crois ? Je ne sais pas, je ne sais pas – tu la connais. Mmm. Enfin bref – ce qui est fait est fait. Bon, on essaie de dormir un peu ? Demain, c'est le grand jour. Moi, je n'arrive pas à dormir : dors, *toi*. Mais je vais quand même essayer. Bon, d'accord – tu dors, et moi je vais rester comme ça à réfléchir pour nous deux, ça marche ? Si c'est ce que tu veux, mon vieux – mais je te jure que tu vas être dans un état lamentable, demain matin – et ne viens pas dire que je ne t'aurai pas prévenu. Non – franchement, ça ira : vraiment. Tu en es sûr ? Ouais ouais – vraiment, merci. C'est sympa de t'inquiéter. *Évidemment* que je m'inquiète, naturellement – on est bien tous les deux dans le même bateau, non ? C'est vrai, c'est vrai – tout à fait ; et tu sais quoi ? Je n'aimerais pas qu'il en soit autrement. Ça, c'est gentil – c'est vraiment gentil à toi. Bref, écoute – il est quand même tard : moi, je dors maintenant. Ok, bon. On en reparlera demain matin : bonne nuit.

Bonne nuit.

Et, oh – bonnes vacances, hein !

Merci. À toi aussi. 'nnnuit.

'nnnuit.

TROISIÈME PARTIE

On gèle

Chapitre IX

« J'ai dû me tromper, pour Hove, déclara Carol – tandis que Colin se retenait d'exploser de bonheur, là, en plein hall de Victoria, s'imprégnant de sa présence délicieuse, tout en jetant un coup d'œil sur le panneau sans cesse changeant des départs. On ferait mieux de descendre à Brighton, et de là, prendre un bus, je crois. Il nous reste vingt minutes. Qu'est-ce qu'on fait ? »

Tu veux dire, à part arracher nos vêtements et nous vautrer devant chez Smiths et baiser comme des bêtes puis nous arroser d'un litre d'Évian pour rafraîchir nos corps collants de sueur et étroitement mêlés et palpitants, avant de recommencer une fois, puis une autre peut-être ? À part ça, je me trouve relativement à court d'idées, Carol, très honnêtement, parce que comme d'habitude je suis arrivé des heures en avance et j'ai, par deux fois au moins, exploré et évalué non seulement tous les centres d'intérêt, mais également les centres d'ennui incommensurable que Victoria Station peut offrir – jusqu'au machin du style galerie marchande de Brent Cross qu'ils ont construit à l'étage, et là, non seulement la Boutique des Cravates et le marchand de beignets au chocolat, mais aussi ce drôle de petit magasin, au coin, qui semble ne rien avoir à vendre que des Kleenex et des parapluies nains, pour quelque mystérieuse raison.

« On va prendre un café, décida Carol. Ça te dit, un café ?

– Pas trop. J'en ai déjà bu cinq – et des expressos.

– Donc, tu aimes bien ça, maintenant ? Et on dit *espresso*, Colin.

– C'est ce que j'ai dit. Écoute – je sais, on va acheter des sandwichs, pour le train, et puis un journal. Qu'est-ce que tu aimes lire ? Pffffu, il y a tellement de choses que je ne sais pas de toi, Carol – mais je finirai par apprendre, n'est-ce pas ? Je saurai tout.

– Ne dis pas de choses gênantes comme ça, Colin. Nous sommes à la *gare*. Et en fait, je ne lis aucun journal – si on veut se tenir au courant, il y a toujours la téloche. Tu lis les journaux, toi ? »

Colin secoua la tête. « Non », dit-il. Et pour ce qui est de la télé, j'ai carrément l'impression de vivre dedans, vu les dimensions de la maison, donc c'est aussi exclu ; mais je crois que ne rien savoir, à part tout de Carol, est une chose qui me convient de mieux en mieux. « Je ne lis plus grand-chose, à présent. Dans le temps, oui. Mais plus maintenant. Le problème, avec ces immenses sandwichs français – oh là là, regarde-moi celui-là –, c'est qu'on a beau se déboîter la mâchoire pour les enfourner, ils ne se cassent jamais vraiment quand on mord dedans, et on est obligé de se battre avec, et les bouts de tomates se barrent de tous les côtés. »

Carol se mit à rire, tout en payant les sandwichs. « Pourquoi vois-tu des *problèmes* partout, Colin ? »

Colin sentit la panique l'envahir. « Oh, mais non – pas du tout, si ? »

Carol hochait vigoureusement la tête, bien que le rire étincelât toujours dans ses yeux. « Mais si – si. Tu devrais être un peu plus comme mon père – lui, il voit les choses comme des défis, ou bien comme des plaisanteries. Il est vraiment très chouette, mon père. »

Oui, pensa Colin, il est chouette ; je me souviens m'être fait cette réflexion sur le bateau, l'autre fois, juste avant de vomir partout sur ton frère et de m'étaler dans l'ordure, la nuque tendue au bourreau

« Enfin, tant que je ne suis pas comme *mon* père…, grommela-t-il. Parce que je ne suis pas comme lui, n'est-ce pas ? Oh je t'en *prie*, dis-moi que je ne suis pas comme lui ! C'est notre train ? Tu en es sûre ? C'est plutôt minable, comme train, pour aller à Brighton. On dirait un métro.

– Mais je n'ai *pas* rencontré ton père, Colin, si ? Tout ce que je sais de lui, c'est que je l'ai vu tomber d'une falaise – t'souviens ? C'est vrai qu'il a l'air un peu bizarre. »

Ils se frayaient à présent un chemin entre deux rangées de sièges raides et pelucheux, d'un bleu appelant la migraine, et Colin, portant les deux bagages, se sentait deux fois plus homme.

« Là, ça ira », déclara Carol, choisissant deux sièges et s'installant au-delà de l'accoudoir sur lequel deux gobelets de plastique renversés, une canette de McEwann tordue et un unique paquet de chips froissé composaient une nature morte – le genre d'installation contemporaine qui vous vaudrait une amende : toutefois, c'était moins pire qu'ailleurs. « Tu veux bien enlever tout ça, Colin ? C'est dégueu – je ne supporte pas tout ce bazar répugnant. Quelle horreur. »

Colin hissa les deux sacs de voyage sur le filet puis ramassa ledit bazar répugnant (immonde, collant, les reliefs des autres) et jeta un vague regard autour de lui, dans le vain espoir de trouver une poubelle ou quelque chose, sur quoi il décida de fourrer tout ça sous les deux sièges voisins.

« Apparemment, les trains n'ont pas toujours été comme ça, dit Carol – tandis que Colin se laissait tomber à ses côtés, les entrailles saisies d'un divin tourment à cette idée d'être là, dans un train, n'importe quel train, avec Carol – en route pour un lieu secret où ils passeraient des jours et des nuits ! Quand j'ai dit à papa que je partais là-bas…

– Comment a-t-il… ? coupa Colin. Que lui as-tu dit ?

– Hmm ? Oh – je lui ai dit que tante Jane m'avait dit

qu'elle me donnerait cent livres si je nettoyais l'appartement de fond en comble, et si je refaisais la chambre, genre écoute, papa *chéri*, je tiens absolument à le faire parce que j'ai besoin de cet argent pour Noël.

– Et qu'est-ce qu'il a dit ? »

Carol eut un soupir. « Il a dit qu'il était fier de moi – fier que je fasse preuve de tant d'initiative, et que Terry, à mon âge, n'aurait sûrement pas réagi ainsi. J'avoue que je me suis sentie un peu merdeuse. Enfin. Bref – là où je voulais en venir, c'est qu'il m'a dit qu'il y avait dans le temps un train génial pour Brighton, on l'appelait la Brighton Belle, et il partait tous les matins à onze heures, et il y avait un wagon-restaurant, mais jamais personne n'y mangeait vraiment parce que le trajet est beaucoup trop court, tu vois ? Mais il y avait de vraies nappes et de l'argenterie et de la porcelaine fine, et quand tu étais là, hein, tu attendais trois siècles que le garçon en uniforme vienne prendre ta commande, et tu prenais un café, et quand il arrivait, il était tellement brûlant que personne ne pouvait le boire, et mon père disait que c'était toujours embêtant au possible parce que tu te disais Oh là là – on arrive dans cinq minutes et d'ici là il n'aura jamais assez refroidi, et à ce moment-là, le train commençait à tanguer, à toute vitesse, et le café sautait hors des tasses et se répandait partout dans les soucoupes et sur les superbes nappes blanches si bien que de toute façon personne n'arrivait à le boire – mais c'était une question d'honneur, une espèce de tradition, on ne pouvait *pas* faire autrement, à chaque voyage. Et en plus, ça coûtait une fortune. Ce genre de truc, ça le fait hurler de rire, mon père. »

Soudain, ce fut le choc sourd des tampons, et le train – presque bondé, d'un seul coup – s'ébranla brusquement et commença de glisser le long du quai. Colin et Carol échangèrent des sourires irrépressibles.

« Je t'aime, Carol.

– Moi aussi je t'aime.

– Je t'aime trop.

– Arrête. »

Carol s'attaqua au film plastique qui recouvrait son sandwich, tandis que Colin, s'adossant au siège, s'abandonnait tout à un sourire si large, si plein, si radieux, qu'il en était presque douloureux et menaçait de déchirer définitivement ses commissures. Je quitte maman et papa et la caravane : je les laisse loin derrière moi. Je suis dans un train. Je suis dans un train avec Carol, un train qui file comme une faux traçant son sillon dans le gris, dans le froid, derrière ces vitres sales. Mon Dieu, mon Dieu – vous savez quoi, je suis en *route*, en route pour un lieu secret, où nous passerons des jours et des nuits !

À Brighton, selon Colin, il faisait dix fois plus froid qu'à Londres (tu ne trouves pas, Carol ?) – sans doute parce que l'endroit était plus exposé au vent. *Lui*, en tout cas, se sentait franchement exposé, tandis que tous deux, les bagages à la main, descendaient la colline depuis la gare vers un grand mur d'ardoise grise, terne, hostile, qui se révéla être l'immensité déprimante de l'océan. Il espérait que l'appartement de tante Jane était agréable et douillet car, outre qu'il n'aurait pas supporté de devoir reproduire les joies glacées de la vie en caravane, il ne s'agissait pas de bien se couvrir ou même de *superposer* les couches de vêtements, parce qu'il avait déjà sur lui pratiquement tout ce qu'il possédait – le non-anorak, évidemment, bien fermé par-dessus divers effets de laine tous horriblement rêches, mais dont aucun ourlet ni revers ne parvenait à remplir sa fonction de base, c'est-à-dire protéger ses poignets et chevilles nus et fouettés par une bise glacée.

Les cars sont juste là, avait-il dit à Carol, au sortir de la gare. Je sais, ouais, avait répondu Carol, mais la dernière fois, tante Jane m'a dit que si l'on prenait un de ceux-là, on était obligé de changer, ou bien qu'il ne s'arrêtait pas – ou qu'il s'arrêtait à mi-chemin, enfin je ne sais plus, et qu'il vaut mieux prendre les autres, les beige et vert, à la gare routière. Et mon Dieu, l'attente dans un couloir de verre envahi par de terribles rafales avait failli avoir raison de Colin – dans quelque sens qu'il se tournât, il avait la sensation d'être poignardé. Il fait *frais*, c'est tout, avait déclaré Carol : moi, je n'appelle pas ça *frais*, avait rétorqué Colin, j'appelle ça *glacial*. Tu vois, avait-elle contre-attaqué, tu recommences : tu vois partout des *problèmes*. Je ne parle pas de *problème*, là, s'était défendu Colin d'une voix mesurée, je ne dis pas que c'est un *problème* : je dis qu'il fait froid, c'est tout. Je ne dis rien d'autre. Il fait froid – d'accord ? Carol l'avait regardé et avait conclu Tiens, voilà le car qui arrive – tu viens ou tu ne viens pas ?

Au bout d'un kilomètre environ, Carol avait demandé au receveur s'ils pouvaient descendre dans ce petit bourg, là – vous voyez ? – juste avant Hove, c'est possible ? Ce à quoi le receveur avait répondu avec une allégresse non dissimulée Oh mais non, mademoiselle – impossible, avec cet autocar du moins, parce que moi, je vais sur Rottingdean, et dans le métier, c'est ce qu'on appelle la direction opposée, vous voyez ? De sorte qu'ils étaient descendus un peu avant Rottingdean et avaient glandé là plus longtemps qu'ils ne l'auraient souhaité avant de trouver un autre car qui, lui, allait seulement jusqu'à Brighton (désolé, mes enfants), mais comme il n'était simplement pas question de traîner encore ici, presque une heure plus tard, ils se retrouvaient à la gare routière, au milieu d'un nouvel océan de cars beige et vert, lesquels inspiraient à présent une profonde méfiance à Colin.

« Écoute, Carol – je sais ce qui va nous remettre : si on achetait une bouteille de champagne ? D'accord ? Pour fêter nos vacances clandestines, une fois arrivés là-bas ?

– Hmm, fit Carol. Oui, il se trouve que je ne déteste pas le champagne, Colin. Papa m'autorise à en boire, quelquefois.

– J'ai vu une boutique – nous sommes passés devant, en descendant la colline. Et puis on reviendra prendre le car. »

Et là, tout d'un coup, non seulement Colin *voyait* un problème, comme n'aurait pas manqué de le suggérer Carol – mais il ne faisait aucun doute à ses yeux qu'il y *avait* un problème –, et non seulement un, mais deux, nom d'un chien. Premier problème : il n'avait pas l'ombre d'une chance de réussir à se faire passer pour assez vieux (absolument impossible – ce qui lui mettait largement les boules car, parmi toutes les choses que Colin désirait ardemment, être plus âgé luttait âprement pour la première position). Deuxième problème : savez-vous combien ils *vendent* ce truc-là ? À présent, Colin ouvrait des yeux comme des soucoupes devant la vitrine de la boutique – il ne s'attendait pas à ça. C'est Elizabeth qui avait semé, nourri, tutérisé et amené à maturité son goût pour le champagne – et avec Elizabeth, l'idée ne vous venait jamais à l'esprit de devoir *payer* (ni à elle, pour être franc : après tout, Howard était là pour ça). Mais Carol – elle est vraiment géniale, cette fille – déclara Oh, ne t'inquiète pas pour cela, Colin : tu n'as pas besoin d'acheter du *vrai* champagne – on peut trouver du très bon Cavas pour cinq livres, aujourd'hui, et Colin, fort soulagé d'entendre ça, dit Oh super alors allons-y, sur quoi Carol, avec un petit hochement de tête, pénétra dans la boutique et en ressortit avec non pas une, mais deux bouteilles de mousseux glacé en disant Ouais, tu vois, pour moi il n'y a jamais de problème – je fais tout le temps les courses pour papa ; ça me fait d'ailleurs penser que je ne lui ai rien acheté pour Noël – et Colin dit Écoute, laisse-moi te rembourser, Carol, et Carol dit Laisse tomber, on s'en fiche et Colin dit Oui mais *moi* je ne m'en fiche pas et Carol dit Bon, écoute, je les ai, ça y est, alors laisse tomber d'accord ? et Colin dit Bon mais au moins on partage alors et Carol dit Oh mais pour l'amour de Dieu *arrête*, Colin, on ferait mieux d'essayer de trouver ce putain de car.

Revenus au dépôt, ils n'y virent plus qu'un seul autocar – vide à l'exception du chauffeur (et Dieu merci, cette fois, c'était le genre de car où l'on paie directement au chauffeur avant de s'asseoir, de sorte que l'on sait tout de suite si l'on va se ridiculiser ou non) – et qui avait même toutes les apparences d'être le bon : assez suspect, n'est-ce pas ? Mais non, c'était bien cela. (Pour mon ticket, quand même, avait vaguement insisté Colin, et Carol, occupée à en acheter deux, jeta par-dessus son épaule Désolée, Colin – tu dis quelque chose ? Ce à quoi Colin répondit Non, je disais juste – laisse tomber.) Quand le bus s'ébroua et bondit hors du dépôt, il n'y avait qu'un autre passager à bord, assis très droit sur le siège le plus en avant – un homme grand et mince, d'une pâleur presque luminescente et d'un âge parfaitement indéterminé (réellement impossible à dire), l'air si éperdu de douleur que celle-ci semblait aller jusqu'à la frayeur, et qui soupirait lourdement, tandis que la bruine piquetait les vitres. « Je rentre à la maison, fit-il soudain à voix haute – je serai là bientôt, très bientôt. » Puis, quelques secondes plus tard « Mais *toi* ? *Toi*, seras-tu là ? »

Colin ne se priva pas de faire une mimique réjouie à l'usage de Carol, tout en désignant le type du pouce : « Encore un cinglé – j'espère que ce n'est pas un voisin de ta tante.

– Je trouve ça très triste, dit Carol, fort sérieusement. Les gens qui en arrivent là. Ils doivent être dans une solitude terrible. C'est *triste*, Colin – je ne vois rien de risible là-dedans.

– Mon père parle tout seul », reprit Colin – vaguement maussade et se disant Vous savez quoi, j'aimerais bien qu'elle cesse de m'attaquer tout le temps : pourquoi, quoi que je dise, ça ne va pas ? « Sans cesse. Il se *dispute* tout seul, quelquefois. Et *tout le monde* se moque de lui.

– Tu n'aimes vraiment pas ton père, n'est-ce pas ? Mon Dieu – regarde la mer, regarde ! Elle a l'air d'un *froid* – c'est incroyable, quand on pense qu'il y a à peine quelques mois, les gens étaient sur la plage, à se baigner, à rire, tout ça. Et regarde cette boutique ! Tu as vu, Colin ? Le marchand de sucres d'orge – tout éclairée, et toutes les autres avec leur rideau baissé. C'est joli, ces guirlandes, cela dit – j'adore les illuminations de Noël. Mais qui peut bien acheter des sucres d'orge quand il pleut ?

– Les mêmes que ceux qui achètent des glaces quand il neige, j'imagine », répondit Colin. Puis, sur le même ton exactement : « Non. Je ne l'aime pas. Il n'y a rien d'aimable chez lui. Et maman non plus. »

Le trajet, se disait Colin, ne doit pas être bien long, mais ce vieux car avait l'air de mettre une éternité ; dans les côtes, il donnait l'impression d'avancer à peine – comme aspiré en arrière, vers le dépôt, par quelque invincible force de gravitation, à moins que ce ne soit le simple désir de retrouver ses potes. Toutefois, Brighton finit peu à peu par intégrer le passé, remplacé par un paysage qui, aux yeux de Colin, ne ressemblait pas à grand-chose (mais, précisa Carol, la vue doit être géniale en été – ce à quoi Colin répondit Ouais, tu as raison : si on revenait l'été prochain, hein ? Ouais ? Hein, Carol ? Pourquoi pas ?... puis il laissa tomber). On dépassa bientôt Hove, mais il fallut le cri guttural et incompréhensible du chauffeur, accompagné de force gesticulations, pour qu'ils s'en rendent compte, et tout soudain l'agitation fut à son comble, car il s'agissait de garder l'équilibre tout en assurant un rassemblement général des sacs de voyage au milieu du tintement des bouteilles, ceci sans traîner (si on ne descend pas vite fait, on va se retrouver dans cette saloperie de gare routière, à tous les coups), et déjà Colin avait pris pied sur le talus d'herbe haute et grasse et trempée, un bras tendu vers Carol qui le prit et adressa un sourire de compassion à l'homme assis sur le siège avant, dont le regard se fit plus implorant encore, tandis qu'il lui disait, l'air grave, Vous savez, je ne pense pas la trouver là quand j'arriverai – et cela veut dire que je ne serai pas seulement abandonné, mais perdu.

Ils prirent sur la droite (Carol expliquant à Colin que tante Jane lui avait dit que si l'on prend à *gauche*, n'est-ce pas, on arrive au bord d'une falaise et on tombe – un peu comme ton père), et si la pluie n'était pas exactement torrentielle, ce n'était pas non plus, il s'en fallait de beaucoup, une simple bruine, les cheveux de Colin, plaqués sur son crâne, en apportaient la preuve ruisselante. Ils étaient à présent arrivés aux abords de ce qui pouvait bien être, oui, un ravissant village – si ce n'est que tout était gris et épouvantablement mouillé, et donc, détestable – et Carol dit C'est ici, c'est ici, voilà, et Colin dit Vraiment ? Vraiment ? C'est ici ? Sur quoi ils pénétrèrent dans le corridor étroit et sombre, au sol de plancher, de ce que l'on sentait être une vaste maison, et Carol dit C'est au dernier étage, sur quoi Colin poussa un gémissement feint et plia les genoux pour mieux lui signifier qu'à présent leurs bagages devaient renfermer rien de moins que les solins de plomb et les gargouilles dérobés au sommet du transept et de la nef d'une de nos plus célèbres cathédrales. En réalité, l'idée que l'appartement soit au dernier étage de l'immeuble l'excitait drôlement – et de nouveau, il fut envahi par ce trac d'être simplement ici, seul avec elle, dans ce lieu secret, pendant des jours et des nuits, et il ne put réprimer un Oh Carol je t'aime trop à demi enroué tout en se précipitant dans l'escalier, jetant par-dessus son épaule Allez viens, viens viens on y va, et Carol eut un rire qu'il espérait ravi, rire qui redoubla, en tout cas, quand Colin, dans la hâte du désir, glissa sur le palier et se meurtrit vilainement le tibia sur la première marche de la volée suivante, sur quoi il s'écria Oh merde oh la vache oh putain j'ai mal tandis que Carol le dépassait et se retournait sur lui de manière fort suggestive, le regardant au-dessus de ces monticules ô combien excitants, et leva même un sourcil, chose que Colin avait toujours désiré savoir faire et à laquelle il s'était souvent entraîné, mais sans parvenir à autre chose qu'à loucher comme un innocent, mais déjà, comme elle disait Bon, alors, tu viens ou tu ne viens pas ? toute douleur quittait ses pensées qui, elles, mettaient brutalement le turbo (et au diable la pédale d'embrayage), et le seul regret qu'il eût au monde, en cet instant, était que Carol portât un jean et des Doc Martens, et non cette minuscule robe noire qu'elle avait l'été dernier – et puis aussi un petit machin avec des bretelles, et puis des trucs à talon, parce qu'alors il aurait pu contempler ses jambes, jusque là-haut, jusqu'à ce lieu où le paradis lui était masqué par l'horizon implacable de l'ourlet, mais faisait néanmoins bouillonner son sang, et Oui, s'écria- t-il, oui, tu parles que je viens, j'arrive, j'arrive : je suis là, avec toi.

Ne demandez pas à Colin comment était décoré l'appartement ; une fois la porte refermée sur lui, il s'abandonna à ses sens – lesquels lui disaient tous que là-bas, juste là, cette porte, là, je sais que c'est la chambre, mon sang le sent – sur quoi il lâcha les bagages et se jeta vers Carol, la tirant par la main, ignorant sa résistance, sans entendre ses protestations mais conscient néanmoins de l'effet d'autant plus stimulant qu'elles avaient sur lui, et il la traîna plus fort, ouvrit la porte à toute volée et se rua en avant, l'entraînant, mais soudain ce qu'elle tentait de lui faire entendre lui apparut un peu plus clairement, et il sortit de la putain de cuisine, traversa le couloir vers cette autre porte, là, qui donnait bien sur la chambre, ce dont un lit témoignait, et tous deux s'y laissèrent tomber en tourbillonnant et Carol murmura, éperdue, Aime-moi comme un amant, Colin – je ne veux pas encore un truc de quinze secondes, ce qui convenait parfaitement à Colin, parce que, cette fois, il aurait été dans l'incapacité absolue de faire traîner les choses aussi longtemps – dieux du ciel, aurait-il même le temps de s'occuper de cette saloperie de pantalon ? – mais, bonne nouvelle, une jambe au moins était dégagée, s'enroulant étroitement autour de l'autre, et il hoqueta *Carol*, la cherchant, la trouvant, la pénétrant et jouissant comme un fou, tandis que ladite Carol faisait tt-tt-tt, puis soupirait *C'est pas vrai*, Colin, Colin soupirant à son tour, béat, et haletant Je sais, je sais, merci. C'était génial.

Immobile et les yeux au plafond (Colin s'employait à récupérer son futal et ses sens), Carol déclara soudain : « Tu sais quoi, eh bien cette pièce aurait *effectivement* besoin d'un bon rafraîchissement – tu t'y connais, Colin ? En peinture, papier peint, ce genre de trucs ? »

Et Colin – à présent libéré de ce couple de tigres du Bengale qui tiraient férocement sur leur chaîne, quelque part au fond de lui – répondit d'un ton dégagé Mais enfin – sérieusement, tu n'as pas l'intention de te faire suer avec tout ça, quand même ? Et Carol dit Mmmm, si – je crois bien. Au cas où papa vérifierait. Et puis ça nous occupera.

« *Jamais* je ne... », commença Dotty, avec une conviction aiguillonnée par une nuance complémentaire de quelque chose dont on pouvait deviner que ce n'était pas très loin de la haine absolue, « ... merci mon Dieu, Brian, que Colin, au moins, n'ait pas à vivre cette horreur – et que la petite Dawn soit miséricordieusement trop jeune pour jamais se rappeler de ce que tu nous as fait *subir* à tous. »

Brian hocha un front attristé, tout en frôlant Dotty pour se rendre à l'évier, à l'autre extrémité de la caravane ; une journée entière ne s'était pas encore écoulée, mais Dotty avait déjà proféré un nombre non négligeable de remarques par contre assez peu variées sur ce thème aussi sinistre que déprimant – et Brian comprenait, évidemment qu'il comprenait. Peut-être, une fois de plus, le moment était-il venu de – non, pas peut-être, non : il n'y a pas de peut-être qui tienne, là, n'est-ce pas ? Tel était le cours de ses pensées, tandis qu'il laissait tomber deux sachets de thé dans deux chopes – puis se penchait, prêt à reculer brusquement quand la flamme jaillirait en sifflant, à l'approche d'une allumette. Parce que *moi*, je crois – tu veux savoir ce que *moi*, je crois ? Je crois que sans Dawn, Dotty m'aurait déjà tué, à l'heure qu'il est. Ce qui pourrait être, de fait, la solution à tous nos problèmes, si ce n'est que non, je ne veux pas que cela finisse ainsi. Pourquoi pas ? Hein ? Je te dis pourquoi pas ? Eh bien – parce que dans ce cas, c'est Dotty qui endosserait la faute, n'est-ce pas ? Tu vois ? Et qu'adviendrait-il de Colin et de Dawn ? Ouais – je comprends ton point de vue. Mon Dieu, je savais que tu comprendrais – parce que tu es un mec bien, comme moi. Enfin, j'essaie : je fais mon possible, je fais ce que je peux (c'est-à-dire pas grand-chose). Mais ouais – on ne peut pas laisser Dotty endosser la faute, parce que la faute, c'est à *moi* qu'elle incombe, comme tu sais. C'est mon domaine. J'avance en aveugle au milieu de ma propre inutilité, écrasé de culpabilité, et la faute, c'est ce qui m'attend, et c'est ma sentence de mort. Laquelle ne va pas tarder à venir, oh que non, elle approche à grands pas. Tu me suis ? Je veux me tirer, mon grand – il n'y a pas cinquante solutions – et quand ce sentiment-là me tombe dessus, et s'infiltre en moi, c'est un peu comme dans le fond, au rez-de-chaussée, je ne sais pas si tu te rappelles – la fois où j'avais voulu vérifier l'isolation, parce que ça me semblait bizarre : une légère décoloration, et puis une vague odeur de moisi, par moments – il ne faut pas longtemps au papier pour se décoller et révéler en plein jour les champignons et la pourriture en dessous. La grosse différence, évidemment, c'est que l'isolation, je l'ai réparée (j'y ai passé la majeure partie d'un week-end) ; mais moi – mon Dieu, j'ai laissé les choses aller, n'est-ce pas ? Pendant des années. Et maintenant, je me retrouve perclus et délabré – un bâtiment en péril, complètement insalubre, et bientôt – oh oui – bientôt condamné à la démolition.

« Et oh, Brian », enchaîna Dotty – le ton semblait très volontairement dégagé, mais cela ne trompait personne – et surtout pas Brian. Il savait très bien que cet air de ne pas y toucher, ce côté presque fortuit, n'était rien d'autre que ce fameux gant de velours que nous connaissons si bien, et déjà, se préparait à devoir cracher ses dents comme autant de cacahuètes, après en avoir pris plein la figure. « Dis-moi, c'est réellement le lieu de villégiature que tu as choisi pour nos vacances ? Hmm ? Ou bien est-ce, disons, une petite halte imprévue ? Un arrêt subit, dans un accès de romantisme invincible, c'est ça, Brian ? Dis-moi ? Tu as soudain été frappé au cœur par la beauté du paysage ? Tu m'*entends*, Brian, non ? Tu m'entends, malgré le vacarme de l'autoroute ? Je vais te dire, Brian… », – et là, Dotty en arrivait où elle voulait, les lèvres contractées sous l'action du venin, d'entre lesquelles les mots s'échappaient en se contorsionnant, par pure crainte de pourrir s'ils restaient à l'intérieur : « … si on se fait écrabouiller par un trente-huit tonnes – s'il arrive quoi que ce soit à Dawn –, je te tue, Brian, je te tue – je te tue deux fois, et lentement. »

Dotty jeta un regard vers Dawn (Brian, lui, ne jetait de regard sur rien de particulier) et souhaita qu'elle fût éveillée. Quand Dawn était éveillée, rien d'autre au monde n'avait d'importance, mais sans elle, sans devoir s'occuper d'elle – eh bien, il n'y avait plus rien, qu'un vide, un néant, au milieu duquel se dressait la silhouette de Brian.

« Tu prends du thé, Dotty ? » s'enquit-il. Autant rester sur le mode léger.

« Va te faire voir, avec ton *thé*, Brian – j'espère que tu t'étrangleras avec. Quand *arrivent*-ils ? Cela fait des *heures* qu'on poireaute ici.

– Ils ont dit qu'ils feraient aussi vite que possible. Apparemment, les femmes seules ont la priorité des interventions. Je te l'ai dit. Et les adhérents, évidemment. Mais ils ne devraient plus tarder, maintenant.

– Les femmes *seules*, rétorqua Dotty, sont les êtres les plus chanceux au *monde* : tu m'entends, Brian ? Pourquoi ne rappelles-tu pas ? Je me sens complètement en danger, ici – le bruit est épouvantable, et qu'est-ce qui va se passer si on se fait rentrer dedans ? Dis-moi ? Qu'est-ce qu'on va faire, si quelqu'un nous rentre *dedans* ? »

Brian secoua la tête. Mourir, j'imagine ; si on se fait rentrer dedans, on meurt.

« On est assez visibles, tu sais, dit Brian. Et il ne fait pas encore nuit. »

Mais la situation n'était guère brillante, il en avait pleinement conscience. Tout s'était déroulé aussi bien que pouvait raisonnablement l'espérer toute personne pas complètement détachée des réalités matérielles pendant, oh, disons cent vingt, cent trente kilomètres. Dotty était dans la caravane, occupée à glousser avec Dawn sur les genoux, et Brian commençait à bien avoir en main la voiture de location (en fait, il n'avait jamais conduit de Ford auparavant – il avait eu pas mal de Vauxhall, la vieille Austin – et la Volvo, évidemment, avant que je ne sois obligé de la vendre – mais curieusement, jamais de Ford, comme je vous disais), mais comme il s'insérait avec précaution dans le trafic intense de l'autoroute – fier comme Artaban de ne pas s'être planté au rond-point, pour devoir rcfaire le tour de cette saloperie – il avait senti, je ne sais pas, comme une impression de légèreté à l'arrière, un truc comme ça – comme si la caravane se mettait à tanguer plus que de normal (ou du moins, il le supposait – en fait, il n'avait jamais tracté de caravane auparavant). Alors bon, s'était-il dit, autant jouer la sécurité – je m'arrête sur la bande d'urgence et je jette un coup d'œil, hein, ça vaut mieux. Et oh là là là là – pfffuuu, heureusement qu'il s'était arrêté : s'accroupissant pour examiner l'attache qui reliait la voiture à la caravane (d'où lui parvenait déjà la voix aigre de Dotty : Brian ? Brian ? Qu'est-ce qui se passe ? Pourquoi t'es-tu arrêté ? Brian ?), il constata avec une consternation proche de la nausée que, en dépit de toute sa bonne volonté et de ses efforts, assistés du manuel adéquat, les deux susdites étaient au bord de la rupture définitive. Pouvez-vous imaginer le… ? Non. Non. Et Brian non plus. Il ne peut pas et ne veut pas. De sorte qu'il avait donné à Dotty une version estompée de la situation, riant comme un idiot et lui assurant que ce n'est rien du tout, ma chérie, besoin d'un petit resserrage, rien de plus, et Dotty avait dit l'Automobile Club, Brian, appelle l'Automobile Club, et Brian avait répondu Mon Dieu, je n'ai pas envie de les déranger, Dotty, pas pour un petit truc comme ça, et Dotty avait répété Appelle l'Automobile Club, Brian – appelle, maintenant – et Brian avait avoué Mon Dieu, le seul problème, c'est que je ne suis plus adhérent de l'Automobile Club, vois-tu (ce qui semble logique – quand on n'a plus d'argent pour la cotisation – et a fortiori plus d'automobile), et en plus, maintenant que j'y pense, nous n'avons pas de téléphone – alors si je sortais tout simplement mes outils, pour… ? Mais toute velléité de cette nature se vit instantanément étouffée dans l'œuf par un violent *L'Automobile Club*, Brian, tu les appelles, putain de merde ! Tu trouves un putain de merde de téléphone et tu les *appelles*, et tout de suite !

Ce qu'il fit – et de sa vie il ne s'était senti aussi seul, aussi abandonné qu'à chaque pas de ce long, long voyage, trébuchant sur les touffes d'herbe trempées qui bordaient la route, son haleine glacée faisant une buée devant son visage tandis que les autos passaient en hurlant, l'éblouissant de leur regard blanc. À présent, il était de retour – cela faisait des siècles qu'il était de retour – et, quoi qu'il ait pu dire à Dotty, il ne faisait aucun doute que, bien que l'on fût à peine à l'heure du thé, quelque chose de fort semblable à la nuit commençait de les environner – et *oui* il avait allumé les feux de détresse, plutôt deux fois qu'une : il avait même installé un de ces triangles rouges et réfléchissants un peu plus loin derrière, mais une BMW l'avait cisaillé quelques secondes à peine après que Brian eut dégagé, de sorte qu'il gisait à présent, très probablement brisé, sur la voie la plus rapide, non loin du rail central, et malgré les injonctions frénétiques de Dotty d'aller le *récupérer* – Ne reste pas planté là, va le *récupérer* –, il n'en avait pas plus envie que ça (bien que ce fût là sans conteste, sur un plateau d'argent, la possibilité très enviable et très rapide de se tirer de tout ça, mais en mettant certainement les autres en danger, idée que Brian ne pouvait aucunement supporter).

Cependant, Dawn dormait toujours ; elle dormait au milieu du tonnerre et des hurlements d'une circulation implacable, indifférente à l'obscurité derrière les vitres et aux remous d'air qui brutalisaient la caravane à chaque fois qu'un véhicule particulièrement monstrueux la frôlait en rugissant. Elle ne frémit même pas quand Brian poussa un jappement de douleur non feinte, comme Dotty lui poignardait la paume de la main avec le bec acéré de son stylo plume (elle griffonnait machinalement, une manière comme une autre de canaliser son anxiété croissante : la main de Brian était posée là, blanche, idiote, et elle avait frappé sans même lever les yeux).

Brian suça la blessure, sans faire de commentaire. Cela faisait à présent une heure (et là, Dotty n'avait pas forcément tort : est-ce que ce mec de l'AC allait vraiment *arriver* un jour ?) qu'il tentait de progresser dans un truc que le journal du soir appelait, de manière risible, Mots Croisés Rapides et, avec son habituelle finesse à saisir les situations et les ambiances, se dit que cela pourrait aider à tuer le temps, s'il essayait de faire participer Dotty.

« Chat sauvage. C'est quoi, selon toi, Dotty ? J'ai essayé lion, mais c'est trop court. Léopard, c'est trop long, et jaguar aussi. Et guépard aussi.

– Connard, marmonna Dotty.

– Ça, c'est un nom d'*oiseau*, Dotty ! » fit Brian d'une voix aiguë, faisant tout son possible pour réinstaurer entre eux une légèreté illusoire, voire même quelques vestiges de camaraderie bon enfant (tentative condamnée à l'échec, il le savait), avant d'enchaîner précipitamment : « Et celle-ci, alors ? Hercule, par exemple – c'est ça la définition. Elle est bizarre, hein ?

– Connard ! cracha Dotty.

– Non, soupira Brian, ça fait cinq lettres. Un peu de soupe, ça te dirait ? Un petit potage ?

– C'est une définition, ça ? fit Dotty d'une voix dure.

– Non – c'est moi qui te demande si tu prendrais un peu de soupe.

– La première réponse, c'est tigre. L'autre, c'est héros. Va préparer ta soupe, Brian – va préparer ta soupe avant que je ne t'étrangle. » Et soudain, toute cette tension refoulée en elle s'échappa en un long soupir sifflant : Oooooh, merci mon Dieu, car enfin, enfin l'on frappait à la porte, et peut-être est-ce cela, ou bien le courant d'air glacé qui envahissait la caravane comme Brian ouvrait, mais Dawn se remit soudain à pousser des cris suraigus que, certes, Dotty sut réprimer en quelques secondes à peine, mais non sans que le dépanneur de l'AC eût été saisi d'une brève convulsion d'angoisse (quel démon m'a attiré dans cet antre obscur et malfaisant ?).

« Pfffuuu, faisait à présent l'employé de l'AC, contemplant la barre de traction à la lumière d'une torche. Pffffuuuu. Vous avez fait combien de route, comme ça ?

– Quelque chose comme cent vingt kilomètres, estima Brian. Cent trente, peut-être. Juste ciel, il fait un froid épouvantable – voulez-vous un peu de potage ?

– Vous avez de la chance d'avoir fait cent vingt *mètres*, mon vieux, vu l'état du truc. Pfffuuu. Les caravanes, c'est déjà une source d'emmerdements, dans le meilleur des cas, mais alors ça… Pfffuuu. C'est quoi, comme potage ?

– J'ai du Mulligatawny. Et puis une sorte de bouillon un peu épais, avec des légumes – des carottes en dés. Ce sera long ? Ce truc-là, je veux dire – pas, euh, pas la soupe, hein. La soupe, ça prendra cinq minutes.

– Non, ce ne sera pas long – il s'agit simplement de *bien* faire les choses, hein ? Pfffuuu. Vous avez une sacrée chance, vous savez.

– Ah bon ? fit Brian, sceptique. Dieux du ciel, mais on *gèle* ici – enfin j'imagine que vous avez l'habitude.

– Tout le truc pouvait se détacher d'une seconde à l'autre, mon vieux. Bon. Je prends mes outils. Oui, un bol de bouillon de légumes, ce sera parfait. C'est vrai qu'il fait froid. Je ne m'en tirerais pas sans mes sous-vêtements isothermes. Autrefois, je souffrais le martyre, l'hiver. »

Brian était presque outrageusement fringant, en remontant dans la caravane (dieux du ciel – je n'aimerais pas faire ce *boulot* : il fait un froid polaire, au-dehors), et prêt à rassurer pleinement Dotty : Dans cinq minutes on est repartis (certes, il avait calculé qu'avec un peu de chance ils arriveraient juste avant la nuit, et il apparaissait maintenant que juste avant l'aube était infiniment plus réaliste – mais bon, dans cinq minutes ils étaient repartis, non ?). Sur quoi il commença de s'agiter autour du fourneau, marmonnant de satisfaction tout en farfouillant dans sa réserve de conserves – voyons voir, voilà le Mulligatawny – ah oui, à la tomate – tiens, je ne savais pas qu'il restait du poulet au vermicelle. Ah, voilà – potage aux légumes, parfait, parfait – tu es sûre que tu n'en veux pas, Dotty ? Non ? Bon, comme tu voudras.

« Tu ferais mieux de vérifier qu'il bosse correctement », se contenta de répondre Dotty, l'œil mauvais. « Ça va, mon bébé ? Il est content mon pitit bébé, mon pitit ange ? Oh mais oui il est content parce qu'il gazouille li pitit bébé. Ma petite chérie, tu es heureuse, toi. Quand on sera repartis, je te chanterai ta chanson préférée – tu veux ? Tu veux ma chérie ? » Et soudain, passant de la mélasse à l'acide de batterie en un clin d'œil – « En fait, Brian, *je* vais vérifier qu'il bosse correctement – il n'est plus question que je te laisse t'occuper de *quoi* que ce soit. »

La caravane remua vaguement, comme si elle se raidissait ; puis, dans un claquement métallique qui semblait bien fatal, elle se laissa de nouveau aller en arrière, épuisée. Brian versa le potage brûlant dans deux grandes chopes (plop plip plap – ça, c'est les bouts de carottes) et se dirigea vers la porte.

« Bien sûr qu'il bosse *correctement*, Dotty – c'est un réparateur de l'AC, non ? » Ce n'est pas ça qui m'inquiète – c'est la *facture*. « Et de toute façon, je peux te dire que tu mourrais de froid, au-dehors.

– Je m'en fiche, répondit Dotty, le front buté. Je veux en être *sûre*. Je ne suis plus sûre de rien, à présent, mais *ça*, je veux en être sûre. Allez, viens, ma petite chérie, je vais t'envelopper bien au chaud, et puis on va aller voir ce que fabrique le drôle de monsieur, au-dehors.

– Tu n'as pas besoin de prendre *Dawn* avec toi, franchement, protesta Brian.

– Oh que si, Brian, oh que si », répondit Dotty d'une voix sereine.

Brian haussa les épaules et descendit en premier les deux marches – manquant entrer en collision avec le réparateur, qui s'essuyait les mains sur un chiffon.

« Parfait, déclara celui-ci d'un ton définitif, l'air sûr de son fait. Vous voilà tirés d'affaire – accrochée comme une ancre. Elle ne bougera pas. Ah ! du potage aux légumes, super.

– Vous êtes vraiment sûr qu'il n'y a plus aucun danger ? » insista Dotty.

Le réparateur hocha la tête, surveillant Dawn d'un regard méfiant : une vraie calamité, ce petit bout de chou, je vous prie de me croire. « Je vous le dis : agrippée comme une moule. »

Et comme Brian et lui, plus ou moins simultanément, baissaient le nez vers leur chope de bonne soupe fumante, ils sentirent, tout comme Dotty d'ailleurs, un brusque mouvement d'air accompagné d'un bruit terrible ; le vacarme sifflant de la circulation parut s'interrompre une fraction de seconde, tandis qu'un aveuglement de lumières les faisait s'égailler de tous les côtés, et Dotty ne perçut plus que la corne basse, effrayante, d'un klaxon dominant les hurlements stridents d'avertisseurs de moindre puissance, puis on aurait cru qu'un train jaillissait en rugissant d'un tunnel souterrain, et comme Dotty, poussant des cris, escaladait à l'aveuglette un talus glacé et visqueux et que Brian, poussant également des cris, s'agrippait à sa suite, de même que le réparateur – livide de panique – s'enfuyait vers son camion, puis s'arrêtait, se détournait et, dans le même mouvement, repartait à toutes jambes, la nuit parut exploser, la caravane s'éleva dans les airs, retomba plus loin, et demeura là, éventrée, sur le dos, comme l'énorme camion la percutait de plein fouet et roulait dessus, la faisant voler en éclats, dans le crissement déchirant des freins, et le ciel et les arbres dénudés étaient brusquement illuminés de rayons blancs soudain estompés. Les bruits effroyables cessèrent, faisant place à des sifflements, murmures et tintements dans l'obscurité, tandis que Dotty, tremblante, la tête dans la poitrine, serrait éperdument Dawn contre elle, tour à tour la palpant et l'entourant entièrement de ses bras, mains nouées pour lui faire un abri. Le réparateur gémissait devant le spectacle qui s'offrait à lui, tandis que des voitures de plus en plus nombreuses s'arrêtaient en catastrophe, et que des hommes aux yeux égarés venaient vers eux d'un pas raide, parfaitement incapables de faire ce que l'on est censé faire dans une situation de ce type, quoi que ce fût.

« Dotty ! Dotty ! fit Brian d'une voix rauque. Oh mon Dieu, Dotty, ça va ? ! Ça va, dis-moi ? ! Toutes les deux ? ! »

Dotty ne le voyait pas. Était-ce lui ? Ah oui, elle le distinguait maintenant, vautré tout près (il y a une odeur de roussi). « Ça va. J'ai mal à la jambe. Dawn n'a rien - elle n'a rien, rien ! »

Brian ferma les yeux. (Oui – je crois que moi non plus je n'ai rien : ce qui est aussi bien car si je veux mourir, par contre je ne supporte pas d'avoir mal.) Quand il les ouvrit de nouveau, des visages inquiets étaient penchés sur lui, et au-delà – éparpillés sur une surface impressionnante de route vide, dans la lumière froide – gisaient les parois froissées comme du carton et les panneaux déchiquetés de la caravane, et le train arrière défoncé de la voiture de location, parmi la multitude de morceaux divers et non identifiables, reliefs de leurs derniers biens.

Il entendait Dotty sangloter, tout en se sentant comme absent, comme étranger à tout cela – planant quelque part au-dessus de la douleur. Et tout ce qu'il parvenait à penser, en essuyant la vase trempée qui enduisait son menton et sa poitrine, c'était Oh mon Dieu, quel gâchis, quel gâchis : quel abominable gâchis – et la soupe qui s'est répandue partout, maintenant, et je n'ai même pas eu le temps d'y goûter.

Chapitre X

Melody ne s'était pas retrouvée à la gare de Waterloo depuis… oh, je ne me souviens même plus – et, dieux du ciel, elle ne ressemblait pas à ça à l'époque, pas du tout. Elle se sentait comme une petite fille, tout impressionnée devant les dimensions et le chic de l'endroit – et, à la grande irritation de Howard, sinon d'Elizabeth, enfin pas encore tout à fait, ne cessait d'essayer d'exprimer ce qu'elle ressentait.

« Oui, approuva Howard, très classe.

– On se croirait plutôt dans un *aéroport*, renchérit Melody avec élan.

– Le problème, intervint Elizabeth, c'est que c'est toujours *épouvantablement* bondé. Les gens n'ont aucun savoir-vivre. Tu vois cet homme, là, avec l'espèce de veste jaune absolument ignoble ? Tu vois, Howard ? Cela fait *deux fois* qu'il me bouscule, et crois-tu que j'aurais droit à un seul mot d'excuse ?

– On dirait, reprit Melody – ses yeux balayant les immenses panneaux de verre et la voûte du toit – que l'on va prendre le Concorde ou quelque chose comme ça, et non pas un simple train.

– Oui », approuva Howard d'une voix brève, très classe. Dieux du ciel, – c'est une *gare*, d'accord ? Comment Melody réagirait-elle si en mourant elle devait, chose fort improbable, se retrouver au paradis ? Il m'a fallu vingt minutes pour lui acheter son billet – enfin, j'espère au moins qu'elle est *reconnaissante*.

« Oh, merci, merci mille fois, Howard, avait-elle dit comme il le lui tendait. Je suis morte d'impatience. » Et une fois de plus, elle avait ressenti cette exaltation à bon marché – comme si un oncle gâteau lui donnait un gros sac de nounours en gélatine, au goûter d'anniversaire de sa meilleure amie, pour avoir *presque* gagné le concours de maquillage. Est-ce que je ressens vraiment cette impression idiote ? Ou bien suis-je en train de me faire du cinéma, toute seule ? La vérité doit être quelque part entre les deux : cette vieille vache d'Edna Davies de merde a été tellement salope avec moi ce matin que je mérite *bien* une petite gâterie, n'est-ce pas ? Et puis je pense aussi que c'est en partie dû à l'absence de Dawn, pour être honnête – sans elle, j'aime bien redevenir une petite fille.

Mais c'était sans doute à la vacherie d'Edna qu'elle devait ce petit voyage impromptu (il ne faut jamais désespérer) : Elizabeth s'était sentie tellement *consternée*, tellement *coupable* – bien sûr, elle n'y était pour rien, mais elle ne supportait pas que les choses tournent *mal*, dans la vie, voyez-vous ? Dans la sienne en particulier, certes, mais également dans celle de quelques individus choisis.

« Mais je n'arrive pas à y *croire* ! » avait-elle bramé ce matin, ouvrant de grands yeux, tandis que Howard et elle demeuraient immobiles dans l'entrée, au milieu d'une remarquable quantité de bagages (tout à fait insensée aux yeux de Howard, n'eût-elle été si parfaitement prévisible). « Comment – elle t'a juste dit *partez*, comme ça ?

– Plus ou moins, fit Melody d'un ton boudeur. Elle a dit que je cassais et que je renversais les choses et que je ne savais pas ce que c'était que faire le ménage et que Dawn la rendait cinglée. »

Quatre sacrées bonnes raisons pour la virer, telle fut aussitôt la pensée de Howard : pensée, naturellement, qu'il garda pour *lui*. Elizabeth elle-même avait quelque difficulté à balayer ces arguments, mais parvint néanmoins, à force de loyauté, à garder une mine outragée.

« Et en *plus*, reprit Melody, elle m'a accusée de vider le sherry de Cyril. »

Ce qui donna à Elizabeth l'opportunité d'ajouter encore une couche à l'incrédulité peinte sur son visage, tandis que Howard marmonnait Et c'était vrai ?

Melody avait un sourire mauvais. « Ouais, ronronna-t-elle. Je déteste ça, mais apparemment, c'est tout ce qu'ils ont dans leur bar. »

Elle est bien bizarre, cette Melody, se disait Elizabeth. Puis – comme le taxi noir tournait dans l'allée, et que Howard s'apprêtait à multiplier les « Bien, Bien » –, elle eut brusquement une de ses fameuses idées aussi impromptues que géniales :

« Melody – viens passer la journée avec nous à Paris ! Il faut qu'elle vienne, n'est-ce pas Howard ? Ça te fera un bien absolu...

– Oh *non*, Elizabeth – non, franchement. Je m'incruste toujours dans vos vacances ! Non, ça va aller, ça va très bien – franchement.

– Howard, ordonna Elizabeth, fais attention que le sac mou, le noir, Gucci, là – fais attention qu'il ne se retrouve pas en dessous, tu veux bien ? C'est absurde, Melody – tu es vraiment la bienvenue. Howard s'occupera du billet à la gare, n'est-ce pas Howard ? Ça va être rigolo comme tout. Et plus un mot, s'il te plaît – nous *insistons*, n'est-ce pas Howard ? »

Bah, pensa Howard – tout en aidant le chauffeur à empiler la muraille de bagages – qu'est-ce qu'on en a à *faire*, maintenant, hmm ? Parce que je veux dire, bon – moi, j'adore traînasser à la maison, comme vous le savez, mais si je *dois* aller à Paris, si c'est comme ça et pas autrement, alors, j'aurais une petite préférence pour le Ritz, avec Laa-Laa, et donc puisqu'il n'en est pas question, quelle importance, en fait, si on ajoute un petit extra ou un autre à cette expédition aussi futile qu'inintéressante ? On n'a qu'à demander au taximan de venir aussi, tant qu'on y est – il a l'air plutôt sympa, comme type. Dieux du ciel, vous savez – je pensais pouvoir affronter tout ça, mais là, en entendant les portières claquer, je me sens littéralement à la place du condamné à mort – vous savez, le gars qui est face à un peloton d'exécution, et à qui l'on offre la dernière… euh… la dernière, oh c'est pas vrai, le *truc*, là : du tabac dans un tube de papier, les Player's – *cigarette*, voilà. La dernière cigarette, nom d'un chien.

Noyée dans la foule grouillante de Waterloo International, Melody se sentait doucement happée vers un snack, comme invinciblement attirée par le parfum presque palpable du café fraîchement torréfié, par la vision de ces baguettes françaises bien croustillantes : mon Dieu – elle n'avait même pas eu le temps de prendre son petit déjeuner chez Edna, avant de se faire virer.

« Oh, tu ne vas pas prendre un de ces trucs-*là*, fit Elizabeth d'une voix consternée. Nous mangerons dans le train – ils proposent un déjeuner divin, en première, n'est-ce pas Howard ? Avec champagne et tout. »

Howard hocha la tête. En première, oui – le voyage ne s'était pas révélé trop ruineux, cette fois, sans doute parce que c'est l'hiver et qu'ils ont un contrat d'exclusivité avec l'hôtel, et que nous avons réservé bien à l'avance, j'imagine. Le billet pour Melody, en revanche, cette-folie-de-dernière-minute, ce au-diable-l'avarice-après-nous-le-déluge de billet, ç'avait été autre chose – mais bon, hein, que pouvait-il faire, une fois de plus ? La fourrer dans le wagon à bagages, pendant qu'Elizabeth et lui se pavanaient sur de luxueux coussins ? Je vois mal.

Howard avait repéré, plissant les yeux, la porte d'embarquement, et l'annonce résonnant à présent, ils s'amassèrent avec les hordes de voyageurs. Elizabeth portait au bras un sac à main Kelly de chez Hermès, de couleur moutarde, taillé dans la peau bubonneuse de quelque créature mystérieuse, et Melody arborait une sorte de sac à dos écossais dans une matière brillante, tandis que Howard pilotait le chariot chargé de tant de valises empilées qu'il évoquait un représentant avec son stock d'échantillons. Première classe, hein : on se moque, là, franchement. On doit trouver son chariot tout seul, se débrouiller tout seul pour savoir où aller, on attend, on fait la queue, ça avance un peu, et puis stop, plus rien ; on attend, on fait la queue, ça avance un peu, et puis stop, plus rien ; on doit trouver le bon train tout seul, et là, se casser le dos pour décharger le chariot, tout seul. La première classe, ça commence quand une mijaurée plantée là avec son sourire niais et son gilet rouge vous dit Bonjour et Bienvenue à bord (tout cela fait partie de nos services, monsieur). Et Elizabeth ne pouvait être la seule femme dans le train à avoir considéré après mûre réflexion que sept bagages et valises s'imposaient relativement, pour un séjour de trois jours : le temps que Howard ait hissé son chargement, la plupart des espaces de rangement étaient pleins à ras bord, de sorte que, après avoir réussi à y fourrer de force deux des sacs les plus petits, il fut contraint de crapahuter jusqu'à l'autre extrémité de la voiture, pour y tenter sa chance : cela lui prit deux voyages, et il était en nage, grommelant des injures, tandis qu'il rentrait à peu près n'importe où le dernier bagage, à coups de pied furieux (je parierais que c'est le sac mou, là, le noir, Gucci), tout ceci sous le regard encourageant d'une autre bonne femme avec un gilet rouge et un sourire à quarante-deux dents. Et quand, enfin, il s'effondra épuisé sur son siège et qu'Elizabeth déclara Oh Howard je viens de me rappeler (quelle idiote vraiment) que j'ai laissé mes magazines dans la poche extérieure de la valise fauve, Howard, de manière fort inhabituelle, rétorqua *Tant pis*. À peine le train s'ébranlait-il, comme glissant sur de la soie, qu'une autre nana arborant un sourire en tranche de melon arrivait avec un chariot pour leur proposer d'une voix de harpe édénique – Champagne ? Jus d'orange ? Eau minérale ? Sur quoi Melody attrapa sa flûte de champagne en plastique et la descendit d'un trait ou quasiment, avant d'en demander une autre (et de l'obtenir), tandis qu'Elizabeth en était encore à tendre la main et que Howard répondait Whisky, s'il vous plaît, et que la fille continuait Vin rouge ? Vin blanc ? Bière blonde ? et Howard commençait à présent de grogner audiblement, Non, whisky – du *whisky* : vous avez déjà dû entendre parler de ça, sur quoi la fille sourit encore plus monstrueusement et déclara qu'elle allait voir.

Et donc, ils seraient bientôt à Paris. Et Laa-Laa est à Londres. Et quelque personne bienveillante pourrait-elle expliquer à Howard, je vous prie, à quoi ça *rime* exactement, tout ça ?

En raccrochant, Lulu regarda sa main et constata à quel point elle tremblait – au même rythme que son cœur affolé ; puis elle déglutit d'un air résolu, comme pour bien montrer qu'elle ne s'autoriserait aucun mouvement de révolte intérieure.

« Quelque chose ne va pas ? fit soudain la voix de Zouzou, venue de nulle part, et elle sursauta.

– Hmm ? Oh, Peter – je ne t'avais pas entendu. Non. Rien, Dieu merci – mais ça aurait pu… Oh là là. Et quand je pense qu'ils avaient le *bébé* avec eux… » Sur quoi Lulu se fit songeuse, se demandant à voix haute Est-ce que j'appelle Lizzie ? Non – ils ne sont peut-être même pas arrivés, et de toute façon on ne peut rien y faire. Mais elle se vit brusquement arrachée à ses réflexions, comme Zouzou reprenait d'une voix tranquille :

« Vous aimez beaucoup Elizabeth, n'est-ce pas ? »

Lulu contempla ce très étrange garçon.

« Oui, dit-elle – de manière presque hésitante, mais non sans une nuance de fermeté signifiant clairement je-ne-vois-pas-le-rapport-ni-de-quoi-tu-te-mêles.

– Moi aussi, dit Zouzou, avant d'ajouter : je pense que vous devez l'aimer vraiment. » Ce à quoi Lulu répondit de nouveau Oui, tout en continuant de l'observer, ne sachant trop quoi penser.

« Moi aussi », répéta Zouzou – et sur ces mots, il se détourna et s'éloigna.

Mon Dieu, se dit Lulu, quelle drôle, drôle de journée. Et pourtant, elle avait eu l'intuition que ce serait le cas dès l'instant où elle avait ouvert les yeux, beaucoup trop tôt, dans ce grand lit blanc qu'autrefois, de manière inimaginable à présent, elle attendait chaque jour impatiemment de partager avec Johnny. Lequel, vu le vacarme lointain d'objets entrechoqués, était déjà sur pied – et il n'était même pas… quoi ? Dieux du ciel – il était à peine six heures passées : il faisait aussi noir dedans que dehors, et non seulement John était réveillé et conscient (chose rare avant midi), mais les cliquètements, les chocs bien définis que produisait son agitation, les pas qui allaient et venaient sans cesse, rapides, tout cela évoquait non seulement une énergie inhabituelle chez lui, mais aussi une détermination précise. Et puis elle se souvint : il lui avait dit, comme en passant, pas plus tard qu'hier soir, que compte tenu de la décision de Lulu d'aller s'installer chez Elizabeth, il s'était dit que, euh, il pourrait bien aussi partir quelques jours ; voire même un peu plus – qui savait ? Noël inclus, peut-être… bon, soyons honnêtes, Lulu – je ne vais pas te *manquer*, ni rien, n'est-ce pas ? Et il était à jeun, savez-vous – parfaitement lucide – chose stupéfiante en soi. Bien sûr, Lulu avait accueilli la nouvelle avec ravissement, mais avait eu la bonté d'arborer un sourire de commisération et, plus que se donner la peine de réprimer toute question quant à sa destination supposée, avait plutôt oublié de se donner la peine de prétendre s'y intéresser au point de poser cette question. Il se tire – super : moi, je file chez Lizzie. Et puisque je suis réveillée, autant me mettre en route (je suis folle d'impatience) ; je me demande si John m'a laissé de l'eau chaude.

John sortit de la douche (laquelle était soudain devenue tiède, de sorte qu'il avait jugé qu'il serait opportun d'en rester là, avant que la caresse de l'eau chaude ne se transforme traîtreusement en une averse glacée). Je ne sais pas du tout comment ça va tourner, avec Tara, se disait-il tout en s'enroulant dans une serviette et en entrant, les pieds mouillés, dans ce qui, jadis, s'appelait chambre d'amis, avant de devenir le lieu où il s'effondrait, recroquevillé sur lui-même, réussissant parfois même à atteindre le divan pour s'étendre, ceci quand la simple idée des escaliers à gravir ne l'avait pas définitivement terrassé. Mais l'étrange était que, depuis cet après-midi où il avait accepté la proposition que lui avait faite Tara de venir passer quelque temps à Bath, chez elle – pour une durée indéterminée en fait (craignait-il de la fixer ? Il était infiniment trop circonspect pour s'y risquer, et quant à elle, elle s'était contentée de hausser les épaules en disant C'est comme vous voudrez, l'air de laisser les choses venir avec une décontraction totale) – depuis qu'il avait dit Bon, ouais, pourquoi pas, ça me dirait bien, il semblait ne plus avoir besoin de plonger chaque soir dans cette citerne d'alcool, comme il le faisait depuis quelque temps, espérant peut-être s'y noyer. Je veux dire – bien sûr, il *buvait* toujours, mais juste deux ou trois… enfin, rarement plus de quatre bouteilles de rouge dans la soirée : une sacrée amélioration, j'espère que vous en conviendrez (en fait, je me sens drôlement fier de moi). Je pense que ce doit être dû, pensait John à présent – sentant en lui une sorte de tiraillement qui lui ramenait vaguement à la mémoire une chose qui n'était sans doute pas le *bonheur*, mais au moins s'approchait peut-être de ce que l'on pourrait appeler une forme de légèreté – au fait que, pour la première fois depuis bien longtemps, j'ai quelque part où *aller*. Un endroit où je ne serai pas un objet de critiques, de sarcasmes, de crainte ou de mépris : parce qu'elle m'a *demandé* de venir, juste ciel. Mais c'est tellement curieux que ce soit *Tara*, elle entre tous – cela fait des années que je redoute son dénigrement sarcastique et méprisable. Peut-on soudain changer d'attitude, comme ça ? Est-ce un tant soit peu concevable, je vous le demande ? Mais non, non – cela n'existe pas, voyons les choses en face – donc qu'est-ce qui se trame, hein ? Allons, allons – je ne dois pas me mettre martel en tête. Ce que je dois faire, là, c'est mettre mes inquiétudes de côté et préparer mes bagages, et évacuer résolument de mon esprit toute idée que Lulu, durant mon absence, puisse rencontrer un *homme* (tout en sachant que cela arrivera, et tout en sachant qu'il le *faut* !), et m'accrocher vite fait à ce soulagement, pas franchement consolant et assez fugace, je le sens bien, qui, il y a une minute de cela, s'est approché, peut-être, de ce que l'on pourrait appeler une forme de légèreté.

Il était prêt à partir bien avant Lulu et à présent, tandis qu'elle l'observait, devant la console de l'entrée, en train de vérifier avec une frénésie contenue qu'il avait bien *tout* sur lui, Lulu s'aperçut non sans surprise qu'elle n'était pas si loin de se remémorer ce que c'était, autrefois, que d'éprouver une *émotion* envers lui, mais sans aucun doute plus près encore du fantôme de ce souvenir, néanmoins : la vieille boîte de carton attachée par une ficelle rugueuse et passée par-dessus son chapeau de laine, puis ses joues rougies, puis accrochée et ballottant à l'épaule de sa gabardine bleue, et voilà, vous aviez devant vous un réfugié assez crédible, avec dans les yeux l'étincelle de l'aventure et sur les lèvres un joyeux petit glapissement de chauve-souris prêt à sortir, à peine réprimé par les commissures contractées – faisant tous deux leur possible pour effacer les picotements glacés de la peur.

Soudain, l'idée lui traversa l'esprit de lui demander où il allait, et elle toucha sa main :

« Tu feras attention à toi, John, hein ?

– Oui, répondit John, aussitôt. Et toi aussi, Lulu – et toi aussi. Euh – Lulu, quand je serai parti – tu ne vas pas, euh…

– Amuse-toi bien, John, d'accord ? Tu sais où je serai. »

John hocha la tête – arrêta, puis recommença, encore un peu. « Mmm. Oui – mais simplement, euh – Oh, Lulu, tu sais *bien* comment je suis – tu sais bien que je ne supporte pas l'idée que tu… !

– Deux choses, John : il n'y a pas d'homme. D'accord ? Il n'y a pas d'homme. Il n'y a *jamais* eu d'homme, Johnny, mais peu importe. Et après Noël, John…

– C'est ça, la deuxième chose, hein ?

– Exact. Et après Noël, au début de l'année prochaine, il n'y aura plus toi non plus. Il faut que tu comprennes ça – il le faut absolument, John – d'accord ? Absolument. »

John prit ses valises, le regard vide. Il hochait la tête comme s'il n'avait pas cessé depuis des mois – ayant pulvérisé tous les records Guinness à ce jour, et sans que personne ne se soit donné la peine de lui dire d'arrêter.

« Bon, eh bien, au revoir, Lulu.

– Au revoir, John. »

Il ne se retourna qu'à la porte, les yeux égarés (tout ceci était tellement pire, tellement plus dur, sans alcool pour vous engourdir).

« Tu ne veux pas savoir où je vais, Lulu ? Avec qui ? »

Lulu soutint le regard de John, lui sourit avec une certaine bienveillance, et le poussa gentiment, d'un petit coup de coude, jusqu'au seuil, et dehors.

« Au revoir, John », dit-elle simplement, ressentant

soudain une sorte de montée d'adrénaline, comme elle écrasait sous sa semelle le mégot de leurs années de vie commune.

C'était Mrs. Bramley qui l'avait retardée, comme d'habitude – cette chère Mrs. Bramley. Lulu avait la ferme intention d'arriver chez Elizabeth largement à temps pour lui dire au revoir – mais Lizzie ignorait qu'elle avait trois dames à voir ce matin-là. Avec Mrs. Stein, aucun problème : elle avait acheté quatre paires de chaussures aux soldes de Manolo Blahnik (divines – *non** ?), et avait besoin de Lulu pour trouver avec lesquelles, parmi ses quelques centaines de tenues, il conviendrait de les porter, ce qui lui permettrait de passer sans encombre le plus gros de la saison des fêtes. Par contre, je veux vous voir *aujourd'hui*, avait insisté Mrs. Stein, parce que si vous trouvez qu'elles ne vont avec *rien*, cela me laisse le temps d'en acheter d'autres – et vous voudrez bien, n'est-ce pas, me dire lesquelles exactement (je ne sais pas comment j'ai fait pour simplement exister sans vous, jusqu'à présent). Avec Mrs. Henderson, ç'avait été un peu plus long – Lulu devait terminer un gigantesque pétard-surprise de Noël commencé la veille –, long de plus d'un mètre et d'un réalisme hallucinant, tout en gaze amidonnée et soie pastel d'une extrême finesse, qui se déchirerait en luxueux lambeaux quand elle et son (pas un mot – mais à *vous*, je sais que je peux le dire) tout dernier amant tireraient sur les deux bouts ; quant au coup de canon, ce serait pour plus tard, avait-elle gloussé. Elle avait l'intention de lui dire qu'elle l'avait préparé elle-même, avec amour, des jours durant, et Mrs. Henderson, à présent, attendait avec une impatience folle la veille de Noël – leur jour à *eux*, avait-elle confié à Lulu d'une voix voilée, alors que Mr. Henderson jouait au golf, comme chaque année. Lulu pensait-elle que son homme adorerait les boutons de manchette, chemises de soie, les Cohiba Robustos et le Beluga, aussi ? Oui, avait répondu Lulu – oh que oui (tout en pensant : comment diable peut-elle simplement se faire *suer* avec ça ? Dieux du ciel, mais ça n'est jamais qu'un mec).

Enfin, elle s'était rendue chez Pippa Bramley – laquelle avait plus ou moins avoué qu'elle ne voyait plus, en fait, ce qu'elle pourrait bien lui donner à faire (la maison ruisselait littéralement de décorations de Noël – tout bruissait et carillonnait dans tous les sens), mais maintenant, elle s'était trop habituée à la *voir* et – Lulu avait-elle le temps de prendre une tasse de thé, dites-moi ? Et Lulu, ma chère, une tranche de gâteau ? Lulu était restée – Et non, Pippa, non : je ne vous prends rien du tout pour aujourd'hui – c'est bientôt Noël, n'est-ce pas ? Alors Mrs. Bramley avait laissé son regard courir sur la pièce, embrassant les étoiles et les anges, les bottes de houx et les demi-cloches figées en plein élan : elle avait caressé un rouge-gorge saisi par la mort, lissant doucement les plumes cramoisies sur sa poitrine, et avait déclaré d'une voix rêveuse, ses yeux agrandis reflétant mille babioles colorées : Vous savez, Lulu, je crois bien que oui.

« Du temps de Gilbert, déclara soudain Mrs. Bramley sur le ton de la confidence – Lulu et elle s'étaient installées autour du feu –, nous allions souvent dîner dans cet adorable petit restaurant de Bloomsbury – je ne m'imagine pas une seule seconde qu'il puisse encore exister – et à chaque fois, toujours, nous mangions exactement la même chose. »

Lulu hocha la tête avec enthousiasme, sachant bien que la suite était à venir.

« Je n'arrive absolument pas, reprit Pippa, plus lentement, mais alors plus du tout, à me souvenir de ce que c'*était*, ni rien – mais je me souviens bien d'une tiède soirée d'été où le serveur – ou plutôt le maître d'hôtel, je pense – est venu à notre table pour nous annoncer très gravement que ce soir-là, hélas, le plat n'était pas à la carte.

– Et ? » fit Lulu d'un ton pressant (écoutez – je sais bien que je devrais partir, mais je ne peux pas, pas tout de suite : je pourrais écouter cette femme des heures durant).

Mrs. Bramley émit un reniflement résigné. « Mon Dieu – nous avons dû manger autre chose, j'imagine. Bien sûr, tout ce que je vous raconte là – tout ça, c'était avant la mort de Gilbert, voyez-vous. J'*adorais* dîner dehors, vous savez – parce que je n'ai jamais connu ça quand j'étais jeune fille, pas le moins du monde. J'ai été *très* malade quand j'étais enfant, savez-vous, Lulu : vraiment très malade.

– Oh ? fit Lulu.

– Oui, confirma Mrs. Bramley. Mais je vais beaucoup mieux à présent, merci de vous en inquiéter. Lulu, êtes-vous absolument sûre que vous ne prendrez même pas une petite *langue de chat** ? »

De sorte que quand Lulu arriva enfin chez Elizabeth et Howard, tous deux étaient partis depuis belle lurette, bien évidemment – mais elle ne s'inquiétait pas (je l'appelle bientôt). La première chose à gérer, c'était Nelligan (il semblait nettement moins bruyant, ce matin, ce qui pouvait être ou ne pas être bon signe : au moins, il n'avait pas l'air de détruire quelque chose, au lieu de, sinon le construire, au moins l'installer posément). Lulu savait bien que si, en rentrant, Elizabeth trouvait ne fût-ce que l'ombre d'une trace de sciure dans sa sublime cuisine, elle serait terrassée à la perspective effroyable d'un Noël dans ces conditions, et un tel scénario était parfaitement inacceptable, à toutes sortes de points de vue : ni le désarroi, ni tout ce qui pouvait s'en approcher, ne devait jamais tomber sur les épaules de Lizzie, parce que je vous prie de me dire ce que nous deviendrions tous, dans ce cas ? Comment faire face ? En plus – j'ai *besoin* de ce Noël, j'en ai besoin (peut-être d'autres aussi, oui, peut-être, mais pas comme moi – pour moi, c'est plus important, parce que... parce que aussitôt après je quitte la maison, et même si, jusqu'à une date récente, cela semblait suffisant en soi, il me faut quand même, tout simplement, un endroit où aller).

Mais Lulu fut pleinement rassérénée en pénétrant dans la cuisine – à part la poussière, et quelques derniers détails, celle-ci offrait un spectacle fort enviable. Les panneaux des douzaines de profonds rangements arboraient le grain sombre du vieux chêne, et rayonnaient en même temps de ce riche éclat cuivré de l'acajou. La rangée de spots halogènes réchauffait déjà le bois, et une fois que les plans de granit auraient reçu leur ultime coup de chiffon, la pièce pourrait très facilement passer pour une fort élégante chapelle dernier cri. Les poignées de cuivre circulaires, sobres et massives, n'attendaient plus que de servir et, de toute évidence, Nelligan était très, très content de lui et de l'avancée des travaux. Lulu l'asticota un peu, pour la forme (Vous n'êtes pas en retard ? Vous aurez bien fini à temps ?), mais ne put bénéficier que de quatre ou cinq de ses « Z'inquiétez pas » délicieusement apaisants avant que le téléphone ne se fasse soudain entendre dans l'entrée, sur quoi Lulu se précipita pour décrocher (c'est peut-être Lizzie ? Non – il est trop tôt, beaucoup trop tôt).

« Elizabeth, ma chérie, s'exclama une voix de femme, sans la moindre retenue – si diablement fort que Lulu sursauta –, dis-moi, j'ai encore oublié – est-ce le bleu ou le rose que tu adores ? Je sais que c'est l'un des deux, et j'ai vu quelque chose d'absolument divin pour toi, et...

– Non, non, bégaya Lulu, non, ce n'est pas Elizabeth. Vous devez être sa mère, n'est-ce pas ? »

Il y eut un silence. « Oui, dit enfin la mère d'Elizabeth, je dois être sa mère, j'imagine. Et vous êtes... ?

– Lulu. Je suis Lulu. Une amie de Lizzie, d'Elizabeth.

Je garde la maison pendant son absence. Elle ne vous a pas, euh… ?

– Son absence ? Elle est partie ? Elle ne me dit rien. Elle est partie pour Noël, c'est cela ? Elle ne me dit jamais rien, vous savez – et je suis sa mère.

– Non, non – pour Noël, elle sera *ici* – vous venez bien pour Noël, n'est-ce pas ? Non, Howard et elle sont juste partis à Paris pour quelques jours, et puis ils…

– Je n'entends rien. Que dites-vous ?

– Paris ! Ils sont à…

– Ah, oui, à Paris. Elizabeth est à Paris, elle me l'a dit. Bien, dites-moi plutôt, ma chère… je suis affreusement désolée, j'ai oublié votre…

– Lulu. Je m'appelle Lulu.

– Lulu, tout à fait. Bien, ma chère Lulu, sauriez-vous par hasard si c'est le bleu ou le rose qu'Elizabeth adore ? Parce qu'ils ont cet article dans les deux couleurs, et je veux être absolument sûre de ne pas…

– Mon Dieu… elle aime le bleu *et* le rose, sans aucun doute… bien sûr, cela dépend de, euh, de la nuance, en fait, et aussi, j'imagine, de quoi il s'agit…

– Vous avez raison, j'en suis certaine, déclara la mère d'Elizabeth avec énergie. Lorsque vous aurez Elizabeth au téléphone, ce serait bien aimable à vous de lui dire que j'aurais volontiers téléphoné hier, mais que c'est ma jambe. »

Lulu fut ravie en entendant la sonnette retentir, ce qui lui permettait de couper sans offense à la vérité :

« Oh, écoutez – je suis navrée, mais on sonne à la porte.

– Je n'entends rien. Que dites-vous ?

– À la porte, quelqu'un sonne à la…

– Ah, oui – cela m'arrive quelquefois, aussi. Eh bien, si on sonne à la porte, je crois que le mieux est d'aller ouvrir, hmmm – je suis affreusement désolée, mais j'ai oublié votre…

– Lulu. Je m'appelle Lulu. Excusez-moi, n'est-ce pas. Au revoir. »

La sonnerie se faisait stridente, et Lulu traversa l'entrée en flèche, sans avoir le temps de se demander qui diable ce pouvait être. (Même si, en ouvrant aussitôt, elle repensa avec un frisson, mais trop tard, à cet avertissement que John avait toujours vainement tenté de lui faire entendre : À quoi cela sert-il – dis-moi, Lulu – de faire installer toutes ces conneries de serrures hors de prix, et des grilles et des alarmes et des caméras, si en pleine journée, on sonne, et que toi, tu vas tranquillement *ouvrir*, hein ? Ces gens-là ne vont pas s'introduire dans la maison en pleine nuit, en grimpant à la gouttière, pour se retrouver face à une arme ou à un radar, n'est-ce pas ? Non, pas du tout : ils sonnent à la porte, en milieu de matinée, et ces idiotes de bonnes femmes leur *ouvrent* la porte.)

Ces pensées avaient fulguré dans son esprit sans lui laisser le temps de mettre la chaîne de sûreté ou de regarder par le judas, et c'est avec soulagement que Lulu ne se vit pas confrontée à deux gorilles à la mine patibulaire, prêts à forcer le passage et à la ligoter avec de l'adhésif renforcé, pour mieux piller et mettre à sac les précieuses affaires de Lizzie – avant de lui aboyer en plein visage, tout en jouant avec leurs crans d'arrêt : Bon, poupée – où sont les clefs du coffre ? ! Non – c'est Cyril et Edna qui se tenaient devant elle (mieux valait cela, certes, même si c'était un moindre mal plus qu'une délicieuse surprise).

« Entrez, entrez, dit-elle (mon Dieu – avait-elle le choix ?). Il fait tellement f-f-f-froid, entrez vite. Vous savez que Howard et Elizabeth sont absents ? »

Tout à fait, tout à fait, songeait Edna – pensée bien dissimulée derrière son fameux sourire –, sinon comment aurais-je réussi à m'approcher de cette somptueuse cuisine dont on me rebat les oreilles ? Il aurait fallu passer sur le corps d'Elizabeth, n'est-ce pas ? Cyril également était bien conscient de la situation (parce qu'en fait il avait immédiatement approuvé la suggestion d'Edna – pourquoi ne pas faire une petite visite amicale à côté – à l'instant même où elle la formulait ; ce qui n'avait pas manqué de la surprendre agréablement), mais les cuisines, soyez-en sûrs, n'avaient aucune part dans ses pensées, oh que non. Déjà, tandis qu'il dénouait son écharpe, avec un sourire de débile, répondant Oui, il fait un froid terrible, et il paraît que ça ne va pas aller en s'arrangeant – ils nous promettent de la neige – déjà, Cyril sentait sa gorge se serrer, à la proximité de cette beauté sans compromission ni affectation apparente, qui se répandait dans toute l'entrée, d'un mur à l'autre. Imaginez, imaginez un seul instant le bouleversement total que ce serait d'une vie – plus de place pour l'ennui, ou même pour une terne satisfaction, si l'on pouvait chaque matin ouvrir les yeux sur cette merveille qu'était Lulu, et s'en repaître jusqu'à plus soif.

« Oui, nous *savions* qu'ils étaient absents, reconnut Edna. Elizabeth m'a parlé de leur séjour à Paris, évidemment – je l'envie affreusement, mais avec les ouvriers et tout ça, on ne pouvait raisonnablement pas partir cet hiver, n'est-ce pas Cyril ? Même pour faire un break. À propos d'ouvriers… comment avance, euh – enfin, ça se passe bien, pour la cuisine ?

– Oh, très bien, fit Lulu avec un sourire radieux. Voulez-vous une tasse de café, quelque chose ? Cyril ? Mais Edna, je dois vous dire que j'ai formellement promis à Lizzie que personne ne la verrait jusqu'à ce qu'elle soit entièrement terminée. Elle tient à ce que ce soit une surprise, pour Noël. »

Ouais, vieille chouette, pensa Lulu – je te vois venir, je sais bien ce que tu mijotes. Et pourquoi Cyril me regarde-t-il comme ça, en faisant sans arrêt bouger ses sourcils, comme un idiot ? Probablement parce qu'il pense que sa qualité de psychiatre ou je ne sais quoi fait de lui quelqu'un de spécial ; eh bien, pas du tout – ce n'est autre qu'un *mec* de plus (quel ennui), c'est-à-dire un zéro pointé. C'est drôle qu'ils ne paraissent jamais se rendre compte de cela, tous ces hommes.

« Oh, mais quand même, fit Edna d'une voix gamine, un *tout* petit coup d'œil… ? »

Lulu sourit, ou plutôt fit de son mieux pour sourire.

« Navrée. J'ai promis.

– Mon Dieu, approuva Edna d'une voix aigre, une promesse est une promesse. Bien sûr. Enfin bon, enchaîna-t-elle, nous faisions juste un saut comme ça, vous voyez, pour vous dire – si vous avez besoin de *quoi* que ce soit dans les jours qui viennent, vous savez où nous sommes. Et bien sûr, le soir, si vous avez envie de passer nous voir…

– Merci, Edna – merci. En fait, j'ai une foule de choses à faire avant le retour de Lizzie, mais en tout cas – merci infiniment. Vous m'avez bien dit que vous preniez une tasse de café, Cyril ? »

Cyril ouvrit la bouche, mais déjà Edna était intervenue, disant Non je ne crois pas, Lulu, si cela ne vous ennuie pas – j'ai moi-même une quantité de choses à faire : n'est-ce pas, Cyril ? Une quantité.

« Je dois avouer, ajouta-t-elle un ton plus bas, sur le mode écoutez-je-sais-bien-que-c'est-très-mal-de-ma-part-et-que-je-ne-devrais-sans-doute-pas-dire-cela-mais-je-ne-vais-pas-m'en-priver, c'est une *bénédiction* de ne plus avoir cette abominable caravane pour nous boucher la vue. Mais ce n'est que provisoire, j'imagine… ?

– Je le crains », sourit Lulu.

Edna hocha la tête, acceptant cet état de fait avec stoïcisme.

« C'est bien ce que je pensais », conclut-elle.

Ils partirent bientôt, à la relative satisfaction de Lulu – mais avant qu'elle ait pu complètement refermer la porte sur le froid hostile du dehors, Cyril passa de nouveau la tête dans l'entrebâillement et lui chuchota d'un ton de conspirateur, affreusement près de son visage : Écoutez Lulu, je sais que nous ne nous connaissons pas ni rien (c'est d'autant plus dommage), mais j'ai la prétention d'être un professionnel en, disons, certains domaines, comme vous le savez sans doute – et donc si vous éprouvez, comme ça, le besoin de – *parler*, vous voyez ? Juste parler ? Si vous avez, je ne sais pas, envie de *bavarder*, d'accord ? Je peux peut-être faire quelque chose pour vous. Et Lulu d'essayer de contenir l'agitation éperdue de tous ses traits, lesquels tentaient désespérément de transformer son doux visage en un panneau clignotant annonçant en lettres de feu hautes d'un mètre Tu Veux *Plaisanter* Mon Petit Père – sur quoi elle réussit à y substituer plus ou moins un simple Message Reçu Mais Vraiment Je Ne Pense Pas, et ferma la porte sans un mot.

Un cognement sourd et régulier, en provenance de l'escalier, lui fit tourner la tête : ce n'était que Katie – en quête d'un quelconque petit déjeuner à l'heure du thé largement dépassée, bâillant à s'en décrocher la mâchoire et ébouriffant ses cheveux comme pour en déloger des parasites. Lulu, de là où elle se trouvait, au pied de l'escalier, put constater, que cela lui plaise ou non, que Katie ne portait qu'un bref T-shirt, et rien d'autre ; il était vraiment étrange qu'une créature aussi frêle pût ainsi ébranler des marches recouvertes de moquette, en marchant pieds nus, avec ses orteils tout roses : elle doit le faire exprès, se dit Lulu.

« Salut, fit Katie – avec une telle désinvolture que c'en était presque dédaigneux. M'man est partie ? »

Lulu hocha la tête. « Il y a des heures de cela. Je m'apprêtais à préparer un petit dîner – une salade, un truc comme ça. Cela te dit ?

– Naaan – je ne suis pas trop salade. Je vais bien trouver quelque chose dans le frigo. Je peux entrer, maintenant ? Parce que, hier soir, le père Nelligan était encore en train de jointoyer le carrelage ou je ne sais plus trop ce qu'il m'a raconté – et va savoir ce que c'est que jointoyer.

– Je pense que c'est sec, à présent, répondit Lulu avec circonspection. Mais euh… crois-tu que tu devrais entrer là-dedans… dans cette tenue, Katie ? »

Katie se mit à rire. « Oh là là – on croirait entendre maman ! » Puis elle baissa les yeux sur ses seins pointant sous le coton rose du T-shirt (d'un téton à l'autre, s'étalait, en rouge vif, le mot Easy), puis sur ses cuisses hâlées, plus bas. « Qu'est-ce qui ne va pas ? demanda-t-elle, les yeux agrandis, image même de l'innocence. Et puis de toute façon, reprit-elle, se dirigeant vers la cuisine d'un pas languide, ça lui fera une petite récréation, à cette vieille andouille – surtout si ce que je veux est sur l'étagère du bas. Hi hi. »

Lulu décida de s'en laver les mains : ça ne me concerne en rien, n'est-ce pas ? C'est la fille de Lizzie, et pas la mienne – elle peut bien se jeter sur Nelligan et le violer si ça l'amuse.

« Je vais appeler ta mère, tout à l'heure, lança-t-elle. Tu veux lui parler ? Tu as un message pour elle ?

– Non, répondit simplement Katie. Dites-lui que je suis sortie. D'ailleurs, je serai sortie, en fait. Rick est en ville – je suis morte d'impatience de le voir.

– Qui est Rick ? s'enquit Lulu, presque machinalement.

– Mmm ? Oh – vous n'êtes pas au courant, alors ? C'est un mec absolument sublime que j'ai rencontré à Chicago. J'ai trop envie de baiser avec lui, c'est dingue. » Puis, avec une imperceptible hésitation : « Vous ne direz pas à maman que j'ai dit ça, hein ?

– Non. » Non, se disait-elle, je ne dirai rien : ce n'est pas mon rôle de faire du mal à Lizzie. Et si je l'appelais *maintenant* ? Je meurs d'impatience d'entendre sa voix ; mais il est encore un peu tôt. « Oh, au fait, Katie – Mr. Nelligan a dit qu'un certain Norman avait téléphoné pour toi, ce matin ; il a dit que tu pouvais le rappeler, sinon il essaiera encore.

– Norman ? répéta Katie d'une voix atone. Quel Norman ? Oh, *Norman*, d'accord : oh, il m'emmerde. Rien à foutre. »

C'est hallucinant, se dit Lulu, que ce soit la fille de Lizzie : complètement hallucinant. Cette pensée (ce n'était pas la première fois qu'elle se faisait la réflexion) se vit brusquement interrompue, une fois de plus, par la sonnerie stridente du téléphone, qui la précipita dans l'entrée avec une hâte éperdue – pourtant, quoi de plus banal, souvent, qu'un téléphone qui sonne ?

« Oh, bonjour, Dotty », fit Lulu, les yeux écarquillés de surprise (s'il y a bien quelqu'un à qui je ne pensais pas…). Lizzie n'est pas là, vous savez – cela fait des heures qu'elle est partie.

– Écoutez, Lulu : je suis au commissariat. Il est arrivé une chose assez horrible, et je…

– Oh, mon Dieu, Dotty – que se passe-t-il ? Vous êtes indemnes, tous les deux ?

– Grâce au ciel, oui. Dawn va très bien – je l'ai avec moi, là. Moi, ça va aussi – un peu secouée, mais ça va. Bien écoutez – la caravane est détruite. Tout cela est un peu compliqué, mais grâce à Dieu nous n'étions pas à l'intérieur quand c'est arrivé. Brian est en train de faire sa déposition à la police – ce n'était pas de notre faute, ni rien – et puis…

– Ah oui – Brian. Il va bien ? »

Dotty se retourna dans la cabine gris cendre où Dawn et elle se tenaient étroitement serrées, et jeta un coup d'œil vers le vilain bureau où un flic en manches de chemise s'employait activement à vérifier un point ou un autre avec Brian qui, prostré, hochait lentement la tête, l'air hagard, comme roué de coups, complètement vidé.

« Oui, je pense que oui, fit Dotty d'une voix brève. Mais le problème, Lulu, c'est que nous… » et soudain la voix se brisa, comme Dotty se mordait les lèvres et faisait rouler ses yeux dans ses orbites pour empêcher les larmes de couler, avant de puiser des forces renouvelées dans la lumière bleue de ceux de Dawn. « Nous avons… tout perdu, vraiment tout, et…

– Oh, Dotty ! Oh, ma pauvre, pauvre Dotty ! Venez ici, tout de suite. Installez-vous ici – Lizzie y tiendrait absolument. Venez tout de suite, Dotty – je vais tout préparer. »

Et Dotty de répondre d'une voix émue (je n'aurais jamais cru que Lulu pouvait être si gentille) : « Merci, merci. C'était ce que je voulais vous demander. » Puis, plus distante : « Quelle journée, quelle journée… oh mon Dieu, quelle journée épouvantable.

– Venez le plus vite possible », insista Lulu, une dernière fois ; puis elle raccrocha doucement.

« Quelque chose ne va pas ? fit soudain la voix de Zouzou, venue de nulle part – et elle sursauta.

– Hmm ? Oh, Peter – je ne t'avais pas entendu. Non. Rien, Dieu merci – mais ça aurait pu… Oh là là. Et quand je pense qu'ils avaient le *bébé* avec eux… »

Peu après, Lulu était étendue (pratiquement vautrée) sur l'immense lit d'Elizabeth, caressant machinalement une chemise de nuit de soie pêche de chez La Perla, choisie à cet effet. Maintenant, se dit-elle, il faut que je l'appelle – je vais essayer de lui annoncer tout cela avec autant de ménagements que possible, mais peut-être Howard et elle se diront-ils malgré tout qu'il leur faut rentrer à la maison ? C'est peut-être dommage pour Lizzie – mais ce serait délicieux pour moi, de la revoir maintenant. Mais alors, oh mon Dieu, on n'aura plus *besoin* de moi, dans ce cas, n'est-ce pas ? Oh là là : avec Brian et Dotty, il n'y aura même plus de *place* pour moi, n'est-ce pas ? Moyennant quoi, quoi qu'il arrive, je suis mal, moi, maintenant.

Lulu tapotait le combiné d'un ongle nerveux, tandis

qu'il continuait placidement de ronronner à son oreille ; hôtel chic ou pas chic, c'était toujours la même chose, à l'étranger, ils mettaient toujours trois heures à répondre. Mais non, madame, telle fut finalement la réponse – la suite ne répond toujours pas, je regrette. Juste ciel, Lizzie – tu n'es tout de même pas déjà en train de faire du shopping ? Elle vient à peine d'arriver ! Je vais essayer d'appeler sur le portable.

Et pourtant, si – elle était déjà en train de faire du shopping ! Elizabeth savait que c'était puéril de sa part, enfin elle imaginait bien que ça l'était – mais il y avait ce quelque chose, comme une *exaltation* de Paris (et plus encore à cette époque de l'année – tout était artistement décoré de myriades de petites lumières argentées, comme autant de diamants, tellement moins vulgaires qu'à Londres), qui la rendait littéralement éperdue du besoin de sortir pour *acheter*. Mais ce n'est pas que pour moi, n'est-ce pas ? Il y a aussi le cadeau pour Zouzou, n'est-ce pas ? Je lui ai déjà trouvé quelque chose de divin chez Peal, dans Burlington Arcade (surtout pas un mot) – il est incroyablement désirable, dans du cashmere – mais j'aimerais bien lui trouver encore autre chose. Et puis Lulu – mon adorable Lulu. Et Howard, évidemment. Et Melody, Dotty, Katie – enfin tout le monde. Quoi qu'il en soit, j'ai dressé la liste exhaustive, donc ce serait idiot de traîner.

« Vous allez trouver quelque chose à faire pour vous occuper, n'est-ce pas ? s'enquit Elizabeth. Je sais que ça paraît mesquin de partir toute seule comme ça – mais je tiens à ce que tout soit une *surprise*. Je meurs d'impatience que ce soit Noël, maintenant.

– Mon Dieu, je n'ai que quelques heures devant moi, sourit Melody, donc je crois que je vais juste jouer les touristes – la tour Eiffel, tout ça. Cela fait des siècles que je ne suis pas venue à Paris. Des années et des années. Franchement, Elizabeth, ajouta-t-elle, parcourant des yeux la luxueuse suite Louis XIV, d'une délicate nuance champignon, tu as une chance extraordinaire – cet hôtel est simplement somptueux.

– Eh bien, allez vous amuser, toutes les deux, déclara Howard avec bonne humeur. Moi, je vais passer deux trois coups de fil au bureau, et puis peut-être faire un tour jusqu'au Crillon – je réserve pour le dîner, pas trop tard, d'accord ? Comme ça, Melody sera largement à temps pour le train de neuf heures.

– Super, fit Melody avec un large sourire. Double dîner !

– Goinfre ! lança Elizabeth dans un rire. Très bien, je vous laisse tous les deux – je file. »

Riant toujours, elles se séparèrent place de la Concorde – Elizabeth mettant le cap droit sur la rue Saint-Honoré, tandis que Melody se dirigeait vaguement vers la tour Eiffel noyée dans la brume. Les branches nues et glacées des arbres des Tuileries lui semblaient d'un romantisme indicible (peut-être même d'une réelle tristesse) – et, les joues picotantes de froid, elle tentait de ne pas penser à ce salaud de Miles, ni aux moments de bonheur que, dans une autre vie, ils auraient pu connaître ici.

Resté dans la suite, Howard poussa un immense soupir de soulagement : c'était génial d'être seul – je dois être tellement habitué à être mon propre patron, à faire ce que bon me semble. Il vida deux mignonnettes de Teacher's dans un grand verre trapu et, les voyant si tristes et si solitaires, en ajouta une troisième pour leur tenir compagnie. Et maintenant, se dit-il, prenant une première gorgée – maintenant, j'appelle ma Laa-Laa.

Pas de réponse. La barbe. J'essaierai plus tard. Je ne me suis jamais vraiment demandé ce qu'elle faisait de ses journées, durant toutes ces heures où je ne suis pas là : quelque chose, j'imagine. Peut-être du shopping, comme

Elizabeth – on dirait toujours qu'elle a de nouvelles affaires. Enfin bref – je vais tranquillement pousser jusqu'au, euh… – dieux du ciel, le… nom d'un chien, voilà que j'ai oublié ce nom-*là* maintenant, ça n'est pas vrai… enfin – jusque *là-bas*, prendre un verre rapide et retenir une table. C'est cher, comme endroit (quel qu'en soit le nom), mais ils proposent des menus de déjeuner et de dîner étonnamment raisonnables, savez-vous ; je réserve souvent dans les endroits qui pratiquent ce système, mais Elizabeth tient toujours à manger *à la carte**, de sorte que ça ne marche jamais vraiment, en fait. Laa-Laa aussi, d'ailleurs, maintenant que j'y pense.

Howard était à présent de retour du Crillon (l'endroit s'appelait le Crillon – c'était marqué dehors), et tout à fait d'humeur pour faire une petite sieste, et puis essayer encore d'appeler Laa-Laa, peut-être – de sorte que, pour être honnête, il ne se sentit pas submergé de joie en trouvant Melody dans les lieux.

« Ça a été rapide, comme promenade », grommela-t-il. Va donc te faire foutre, aurait-il pu ajouter.

« Oh, soupira Melody, je me sentais un peu seule. Tu veux un verre, Howard ? Ça ne t'ennuie pas que je sois là, n'est-ce pas ? Je peux partir, si tu préfères.

– En fait, j'avais un… non, pas de problème. Évidemment que ça ne m'*ennuie* pas que tu sois là, Melody – quelle bêtise… »

Melody s'accroupit devant le minibar et vida les trois dernières mignonnettes de whisky dans un verre propre (elle connaissait son Howard), y ajoutant une goutte d'Évian. Pendant qu'elle y était, elle dévissa la capsule d'une nouvelle mignonnette de Smirnoff pour corser son Bloody Mary. Howard prit le verre avec un sourire de remerciement – et, bien sûr, remarqua qu'elle tardait à ôter la main de la sienne.

« Melody… », fit-il lentement, d'un ton tout à la fois sévère et amical. Parce qu'elle avait des moments comme ça, Melody, régulièrement : elle sait que notre histoire – c'était parfait à l'époque, je ne nie pas – est bel et bien finie depuis des années, et dès que je fais simplement preuve de gentillesse envers elle, il faut qu'elle se lance dans un cinéma sur le mode Howard-j'ai-toujours-besoin-de-toi. Notez bien que ça a marché, un soir de l'été dernier, n'est-ce pas ? Le soir où je l'ai raccompagnée chez elle en voiture, Dieu sait comment d'ailleurs, parce que j'arrivais à peine à marcher : un coup rapide, assez crade et réellement effrayant sur le siège arrière de la Jag (un chat de gouttière s'était mis à hurler au moment où je jouissais en elle – j'ai failli mourir de saisissement). Mais, comme je le lui ai bien expliqué après – c'était exceptionnel, ça ne se reproduirait pas. Le plus drôle, c'est qu'à l'époque, je ne pensais qu'à mon Zouzou, en faisant ça ; et là, j'ai juste envie de parler à ma Laa-Laa, et voilà de nouveau cette sacrée Melody.

« Melody… », fit-il de nouveau, tandis que l'autre main se glissait jusqu'à son cou, puis l'entourait – elle agaçait maintenant sur sa nuque les fins et courts cheveux, chose qu'il aimait bien, elle s'en souvenait, tandis que Howard, dans le même temps, se rendait compte qu'il aimait toujours bien cela.

« Allons, Howard… oh, *allons*, fit-elle, effleurant ses lèvres, et il sentit ses doigts sur sa cuisse, qui remontaient. Aussi vite que tu voudras – ça m'est égal. J'en ai *besoin*, Howard, j'en ai *besoin* – prends-moi, fort. Maintenant. Tout de suite. »

Mon Dieu, mon Dieu, il était rien moins qu'humain, un sang chaud coulait en lui – et ma foi (ces seins, ces seins encore si fermes), en elle aussi.

« Melody, pour l'amour de *Dieu…* », supplia Howard. « *Elizabeth…* »

Le voyant céder, Melody se fit haletante, pressante :

« Tu sais bien qu'elle est partie pour des *heures*,

Howard. Elle ne peut quitter une boutique que quand on la jette dehors. Prends-moi. Prends-moi. »

Et comme il ouvrait la bouche pour répondre On ne sait jamais, elle se pencha et se mit à la dévorer, alors il leva les mains jusqu'à ses cheveux et les tira doucement puis moins doucement, et Melody se mit à geindre de plaisir, et soudain Howard s'écrasa contre elle, l'étreignant de toutes ses forces, et faillit mourir d'un coup au cœur, bondissant en arrière, comme la porte de la suite s'ouvrait soudain.

Le visage éperdu d'Elizabeth débordait de nouvelles à leur apprendre, mais soudain, elle s'interrompit net dans son élan, et une onde de perplexité traversa son regard, tandis que sa bouche retombait, molle, et qu'elle penchait la tête de côté comme pour demander à quelqu'un de lui expliquer ce que tout cela signifiait.

« Ah, Elizabeth ! fit Howard d'une voix sonore, comme si l'on n'attendait plus qu'elle depuis bien longtemps. Pauvre Melody – une petite crise de larmes, n'est-ce pas, Melody ? Paris, et Noël qui approche – ça fait un peu trop pour toi, n'est-ce pas, ma pauvre chérie ? »

Melody s'était retournée, puis revint brusquement sur lui – et, au grand soulagement de Howard, s'employa activement à tamponner ses grands yeux pleins de larmes, tout en reniflant bruyamment, histoire de faire bonne mesure.

« Je suis idiote, chuchota-t-elle. Je suis désolée, Howard. D'être un poids, comme ça. »

Sur quoi tous deux firent face à Elizabeth, pour voir l'effet produit.

On pouvait encore constater chez elle une vague trace d'incertitude – une sorte de confusion presque enfantine, ou peut-être un doute quant à la justesse de ses perceptions. Mais l'actualité du moment devait passer en premier – alors autant se débarrasser vite fait de cet incident : *Sotte*, Melody, la gronda-t-elle affectueusement, lui caressant le bras avec une tendresse toute sororale – nous serons *là*, pour Noël, hmmm ? Nous n'allons pas te laisser toute seule. Sur quoi, elle ne put plus longtemps les laisser dans l'ignorance des événements particulièrement saisissants, et même effroyables qui s'étaient déroulés à la maison, et qu'elle venait d'apprendre de la bouche de Lulu, sur son portable, à peine une minute auparavant – la ligne était épouvantable, vraiment épouvantable, et elle n'avait cessé de la faire répéter.

Howard en tremblait encore. Jamais au grand jamais Elizabeth n'avait manqué le surprendre à faire quoi que ce soit – la simple idée d'une telle chose l'aurait certainement anéantie. Rendez-vous compte – cinq minutes plus tard, et... cinq minutes, qu'est-ce qu'il disait ! Trente secondes, trente secondes (elle l'avait tellement bien excité), et Melody et lui étaient sur le sol, échevelés, les yeux fous, les vêtements à moitié arrachés, lui épuisé et tous deux collants de sueur. Quant à ce qui était arrivé à Brian, Dotty et Dawn (*Dawn*, juste ciel), cela le rendait physiquement malade. Pour sa part, Melody – la *mère* de la gosse, rien de moins (quelle femme, dieux du ciel), ne trouva rien d'autre à dire que Mais Elizabeth, tu es bien sûre qu'elle n'a *rien*, n'est-ce pas ? Rassurée sur ce point, elle parut chasser complètement l'événement de ses pensées : après tout, Dawn était toujours avec Dotty, déclara-t-elle d'une voix dégagée, et que souhaiter de plus ? Howard ne savait plus, à présent, ce qui le faisait trembler ainsi. Je rentre immédiatement, dit-il : donne-moi ton billet, Melody – je prends le train de neuf heures (ce pauvre vieux Brian ne doit plus savoir où il en est).

Elizabeth hocha la tête, l'air vaguement pensif : « Oui, je pense que c'est préférable », dit-elle.

Howard hocha la tête en retour, et se mit à tapoter toutes ses poches avec énergie – ce geste lui était coutumier, dès qu'il était question d'y aller. « Je crois que c'est le mieux. Je t'appelle, évidemment.

– Peut-être que *je* devrais… ? ajouta Elizabeth, toujours sous le choc.

– À quoi bon ? répondit Howard. Non ma chérie – ne t'inquiète pas : je m'occupe de tout. Personne n'est *blessé*, n'est-ce pas ? Dieu merci. Ils vont juste avoir besoin d'un coup de main. Non, profite de tes vacances – et Melody, tu n'as qu'à prendre ma place, d'accord ? Puisque tout est payé d'avance. »

Sur quoi Melody enchaîna diverses mimiques de protestation, auxquelles Elizabeth coupa court assez vite, avec dans la voix une imperceptible nuance de doute : Oui, bien sûr Melody – c'est l'évidence, l'évidence même. Vous savez, se disait Elizabeth, c'est très curieux – à moins que ce ne soit bizarre ? Normalement (donc ceci serait-il anormal, dans ce cas ?), c'est moi qui aurais dû insister.

Au cours du dîner tôtif au Crillon, Elizabeth parut soudain revenir à elle (mais d'où ?) et commença d'entretenir Howard, en long et en large, de tous les arrangements essentiels qui allaient devoir modifier la vie de la maisonnée : quand ce pauvre Colin va rentrer de voyage, il lui faudra évidemment une chambre à lui, donc tu vas vider le débarras de toutes les saloperies entassées, Howard (de toute façon, ça fait des années que cela aurait dû être fait). Lulu reste où elle est – mais Katie va devoir s'installer dans la chambre d'amis – tu m'écoutes, Howard ? Parce que Brian et Dotty vont avoir besoin de la grande chambre, avec une salle de bains à eux, les pauvres amours ; et si Katie fait des histoires, ce qui est probable, dis-lui que c'est comme *ça*, et pas autrement – on va tous devoir faire un effort et s'arranger de ce qu'on a.

En cet instant précis, toutefois, il semblait bien que Katie ne ferait pas plus d'histoires que cela, en fait, parce que tout ce qu'elle souhaiterait au monde, en rentrant à la maison, c'est dormir, dormir, oh mon Dieu simplement dormir, pioncer, en écraser – parce que ce mec, Rick, elle peut vous le dire : Pfffuuu, ce mec-là – il vous met complètement sur les jantes. Mais bon, c'est sympa, hein – et c'est bien ce après quoi j'ai toujours pigné, non ? Rick, c'est le vrai truc ; tous les garçons avec qui je suis sortie ces derniers temps – eh bien, c'est exactement ce qu'ils étaient : des garçons, des petits garçons. Mais Rick, lui, c'est un homme, un vrai. Dominateur, dites-vous ? Je n'ai jamais su ce que ça voulait dire – je ne croyais pas que cela m'aurait plu, mais c'est sympa – enfin, pour le moment ; pour l'instant, je trouve ça assez cool. En plus il balance l'argent comme des poignées de confettis, et ça aussi, c'est sympa – vraiment cool.

Prenez le dîner. Ils étaient allés à cet indien très dépouillé, carrément classe, un truc de *designer,* supposait Katie (lui était au Ritz – c'est là qu'il était descendu – et elle s'était dit, okay, on va bouffer au Ritz, mais non : ça, c'est un exemple de son côté dominateur – il s'était levé et avait dit on sort, point barre. Pas de niaiserie du genre Un indien, cela te dirait ? Pas du tout : on sort, un point c'est tout). Il avait vaguement parcouru la carte d'un regard négligent, quasiment supérieur, comme les gens qui savent d'avance quoi commander. Puis il avait levé un sourcil à l'adresse de Katie et avait demandé du coin des lèvres, d'une voix un peu traînante, quelque chose qui, à ses yeux, était la question la plus inconcevablement inepte du monde : Tu connais ta chance, hein, *punkette* ? Ce à quoi Katie, jeune fille anglaise, avait opposé un sourire frémissant et vaguement consterné, et répondu *Pardon* ? Ce n'est que plus tard qu'elle avait pigé que Rick avait tendance à balancer comme ça des citations de dialogues de films, avec ce qu'il imaginait sans doute être la voix parfaitement imitée de l'acteur en question (son Connery dans James Bond, en particulier, était abominablement embarrassant, à se tordre les doigts sous la table, mais bon – Katie a bien dit que Rick était sympa, non ? Enfin pour l'instant, c'est chouette, ce super beau mec – pas *parfait*, ni rien).

Et combien de fois avait-il insisté auprès du serveur, avec une énergie presque fanatique, pour que son curry, n'est-ce pas, soit vraiment *épicé*, d'accord ? Je veux dire, pas ce qu'on *appelle* généralement épicé, hein, mais carrément super épicé, le vrai truc – 'kay ? Vous me le faites super fort, et vous en rajoutez encore : vous allez pouvoir retenir tout ça ? Une fois le curry arrivé, Katie l'observa qui avalait la première bouchée, prise d'une fourchette dédaigneuse, attendit un instant, puis s'enquit : Il est assez épicé pour toi ? *Naaan*, fit-il avec un vague ricanement – naaan, jamais, ma puce – jamais. Je connais un seul endroit où ils le font bien, tu dirais de la braise, et c'est sur le grand boulevard de Reno – partout ailleurs, c'est de la daube. Katie en avait goûté un fragment infinitésimal, et sa langue s'était mise à flamber, tandis que tous ses organes menaçaient d'entrer en éruption. Bon – que vous dire d'autre sur ce mec ? Hmm ?

Et tout l'après-midi, dans l'immense lit, il n'avait cessé de la prendre, de la déprendre et de la reprendre comme un train emballé. Nous ne parlons pas là, que Katie soit bien claire, du Nouvel Homme Hypersensible, qui prend soin des besoins de sa partenaire et explore avec tendresse tous ces endroits secrets dont parle *Cosmopolitan*, aisselles, nuque, arrière de genoux et plantes de pieds (tous ces trucs qui ne font jamais la une, contrairement à ceux qui jaillissent ou s'enfoncent spectaculairement). À la fin, elle se sentait complètement baisée, dans tous les sens du terme, comme renversée par une Cadillac, disons ; elle avait juste eu la force de s'éloigner en se traînant vers un endroit plus cool, telle la victime d'une terrible collision.

Après dîner, le plat du jour proposé au lit s'était révélé le même exactement – si ce n'est qu'à présent, sa langue imprégnée de curry la brûlait atrocement tandis qu'il la fouaillait. Un peu plus tard (il buvait de grandes rasades de Cristal, pour se rafraîchir), Rick téléphona à l'accueil pour lui commander un taxi. En fait, il ne lui demanda aucunement de rester pour la nuit, ce qui convenait parfaitement à Katie : tout ce qu'elle désirait, c'était rentrer à la maison et dormir, dormir, dormir – oh mon Dieu simplement dormir, pioncer, en écraser – parce qu'à présent, vous le connaissez, ce mec, Rick – il vous met carrément sur les jantes.

Rick se dressa au milieu du champ de bataille qu'était le lit, un drap enveloppant à demi son torse recouvert d'une épaisse toison noire. Il coupa et alluma un corona Upmann et, la fumée bleu acier s'échappant de ses lèvres avec un sifflement, croassa De tous les rades les plus pourris de toutes les villes du monde, il a fallu que tu tombes dans le *mien*. Sur quoi Katie – mettant la dernière touche à son maquillage – eut un sourire hésitant, celui que l'on octroie au doux dingue qui raconte sa vie tout seul, la nuit, sous une porte cochère, car elle n'avait pas la moindre, mais pas la moindre idée de ce qu'il pouvait bien vouloir dire par là.

« Au restau, dit-il soudain.

– Ouais ?

– Y'avait un mec. Un mec qui te regardait.

– Ah ouais ? Pas fait attention. Et alors ?

– Et dans le hall, en bas – encore deux mecs. Qui te regardaient. »

Katie, comme tout un chacun, lui aurait bien crié d'aller se faire *foutre*, d'accord ? Mais bon, c'était Rick, n'est-ce pas ? Et il y avait un truc en lui qui faisait qu'on ne se permettait pas ce genre de chose, elle le sentait ; pas avec Rick, pas question.

« Des mecs, il y en a partout, Rick. Le monde est pour moitié peuplé de mecs, non ? Et les mecs, ça regarde les filles – c'est comme ça. »

Le ton de Rick s'était soudain durci. « Non. Plus maintenant, c'est plus comme ça, ma puce – parce que maintenant, tu es à moi. Et personne – je veux dire personne, se permet de regarder ma nana. Compris ? »

Katie lui sourit avec indulgence, comme à un petit garçon – ce qui était le maximum qu'elle osât. Puis, histoire de trouver quelque chose à faire et d'oublier tout ça, elle se mit à regrouper les affaires de Rick, qu'il avait jetées en tous sens, dans son désir frénétique de se jeter sur elle (vont-ils enfin prévenir que le taxi est arrivé ? Oh mon Dieu – je suis si crevée que je m'en laisserais tomber par terre). Elle déposa sur une chaise chemise, cravate, ceinture en lanière de fouet et chaussettes. Puis elle ramassa la veste, lourde et douce au toucher (je ne vois nulle part son pantalon), et son portefeuille et son stylo glissèrent d'une poche intérieure, dans laquelle elle les rangea aussitôt, essayant de ne pas marquer une quelconque émotion en voyant et touchant le pistolet automatique à canon court. Et bon – que vous dire de plus sur ce mec ? Hmmm ?

Cette nuit-là, Katie occupait toutes les pensées de Norman Furnish, même s'il s'apprêtait à sortir pour chercher rapidement une prostituée. Parce que, voyez-vous – s'il était question de ça (et c'était précisément le problème – il était rarement question de ça, dans la vie de Norman), il n'avait plus, honnêtement, que cela à faire. Le dernier rendez-vous par l'agence avait eu raison de lui – il ne pouvait pas, n'est-ce pas, continuer à claquer des fortunes et à crapahuter dans tout Londres (d'ailleurs, pourquoi fallait-il que ce soit toujours sur *leur* rive du fleuve ? Sacrée bonne question, ça) pour se faire sommairement humilier, carrément foutre de lui, et finalement larguer sans façon. Même Norman avait ses limites, autant que vous le sachiez – et la veille au soir, celles-ci avaient sans aucun doute été atteintes et pulvérisées dans un nouveau pub inconnu, avec une nouvelle dingue. Celle-ci s'appelait Davina et, arrivé avec dix ou douze minutes d'avance, Norman l'avait trouvée déjà accoudée au bar, sur quoi, après qu'ils eurent, avec une antipathie réciproque et à peu près égale, sinon une franche répulsion, déterminé non sans horreur leurs identités respectives, la première chose qu'elle lui avait dit était Mais qu'est-ce que vous avez *fabriqué*, Norman ? Allez, prenez un verre, puis : appelez-moi Dyve – comme tout le monde.

« Dive ? répéta Norman (pourquoi ça ?).

– Pas *Dive*, rugit-elle quasiment – et c'était un sacré morceau, cette bonne femme, vous pouvez en croire Norman – un véritable attaquant de rugby. *Dyve*, précisa-t-elle, comme Daï-vid *Bowie*, bordel.

– Ah, fit Norman dans un souffle. Très bien. » Puis, s'adressant à la serveuse qui, à son grand dam, n'avait pas eu le temps de se détourner pour filer à l'autre bout du bar : « Un grand Bell's, s'il vous plaît – avec de la glace. » En réalité, il n'était toujours pas très sûr d'en apprécier le goût – mais bon, ce truc faisait son *effet*, d'accord ? Et ce soir, il avait intérêt à le faire drôlement vite, son effet, il peut vous le dire.

« Vous êtes de quel signe, Norman ? Vous me commandez une autre vog-ka ?

– Poissons, répondit Norman, enfin, si ça vous va. Ouais, bien sûr – enfin, si la fille revient par ici. Nature ?

– On mange quelque chose ? Je crève la dalle. Ouais, nature. Mais une grande. Et vous avez quel âge ? En fait, les Poissons, c'est pas *génial* pour moi – bon, c'est pas la *cata*, hein, je ne dis pas ça. Mais quand on me répond Poissons, ça ne me fait pas – genre, Wouah, vous voyez ? Moi, je suis Gémeaux, hein. Ce que je préfère, c'est les signes de feu. Quel âge vous m'avez dit ? Je trouve que vous avez l'air carrément jeune et carrément vieux.

– C'est un peu comme ça que je me sens, généralement. J'ai vingt-six ans. » Il était si nerveux qu'il faillit encore ajouter Enfin, si ça vous va : il avait l'impression de se retrouver égaré au beau milieu d'un no man's land, coincé quelque part entre le jeu du ni oui ni non et les redoutables tests d'admission à West Point.

« Ah ouais ? Non, je trouve que vous faites plus vieux. L'air un peu usé. Moi, j'ai la trentaine, si ça vous intéresse. Mais tout le monde me dit que je fais incroyablement jeune.

– Oui ? » fit Norman (et pourquoi ça ?). Sur quoi la serveuse commit cette erreur fondamentale de croiser de nouveau le regard de Norman (dieux du ciel se dit-elle probablement, voilà que je perds ma technique, maintenant), de sorte que Norman put obtenir la vog-ka, et un autre grand Bell's pour lui-même, car le premier (ô surprise) s'était déjà volatilisé.

Il y a un monde fou là-dedans, et un bruit épouvantable ; en fait, pensait à présent Norman – et une vague de tristesse l'envahit brusquement –, je n'aime pas *vraiment* les pubs, pour être honnête... Mais où pouvaient aller, sinon, les gens qui se retrouvaient coincés dans une chambre minuscule et glacée ? Où sinon auraient-ils pu partager et savourer les bières en fût les plus raffinées, les vins et alcools – car tout ceci était lié aux miroirs dorés et aux publicités mensongères des brasseurs – tout en explorant l'âme et le magnétisme animal d'une créature somptueuse, telle Dyve ?

Laquelle disait à présent : « Bon, ben chin, Norman – la vache, j'ai une de ces faims... »

Norman hocha la tête, prit une gorgée, déglutit. Je n'aime pas cette femme – je la trouve terrifiante. Bon, les seins, ça va – ouais, il y a du monde au balcon – mais cette bouche toute rouge, avec toutes ces dents, il n'y a qu'à voir... Et avec des cuisses comme ça, elle pourrait me couper en deux ; et en plus, je parierais qu'elle a les pieds déformés – ses pompes sont relativement énormes. En plus, je n'ai envie de rien, mais rien savoir d'elle : je ne veux pas savoir quel boulot elle fait, *ni* depuis combien de temps elle le fait, et surtout pas si son boulot lui plaît. Je ne veux pas savoir où elle vit, ni si elle partage un appart, ni si c'est commode pour le métro. Je me moque qu'elle ait des frères ou des sœurs, que ses parents soient toujours vivants ou non, qu'elle aime tel ou tel genre de cinéma ou qu'elle ait un livre de chevet. Son anniversaire, rien à foutre. Je sais déjà qu'elle est Gémeaux, et c'est plus que je n'en demandais. Peu m'importe qu'elle ait envie d'un chinois, d'un indien, d'un McDo, d'une pizz', ou d'un truc français vachement classe – et là, nous en arrivons au cœur même de la chose : malgré mon immense solitude et ma douloureuse frustration, je n'ai pas envie de passer une seconde de plus en compagnie de ce machin (et pourtant, elle n'est pas pire que beaucoup) – pas plus que je n'ai envie de dépenser du fric pour le repas, ni de la regarder manger. Ma chambre glacée me paraît plus sympathique que cet endroit, et si je bois encore du whisky, cela me réchauffera. Il va falloir que j'y aille. Katie, oh Katie – pourquoi m'as-tu quitté ? Regarde à quoi j'en suis réduit, à présent.

« Vous savez quoi, Norman ? » fit Dyve la diva, avec un coup de coude.

Norman ne savait pas quoi, chose qu'il reconnut volontiers.

« J'ai un truc, avec vous – voyez ? Et généralement pas – généralement, je suis plutôt, genre, difficile. Mais là, je ressens les vibrations, quoi. Vous les sentez aussi, Norman ? Vous sentez nos karmas ? »

Non, pensait Norman – de plus en plus mal à l'aise ; tout ce que je sens, c'est que j'étouffe et que j'ai envie de me casser.

« Je vais devoir y aller, balbutia-t-il.

– Y aller ? comment ça – y *aller* ! Vous venez à peine d'arriver, bordel. On ne va pas bouffer un morceau – hein ? Et moi, je veux un autre verre. »

Norman secoua la tête, tentant de sourire. « Non. Navré. J'y vais. Je suis obligé. »

Sur quoi elle éleva le ton, et sa voix se fit âpre, et Oh mon Dieu – tout le monde *regardait.*

« Ah ouais ? *Vraiment* ? Alors laisse-moi te dire une bonne chose, petit enfoiré – tu ne peux *pas* partir. Et tu sais pourquoi ? Hein ? Tu sais pourquoi ? Non ? Eh bien, je vais te le dire, pourquoi – parce que c'est *moi* qui pars, voilà pourquoi. Tu vois ? C'est *moi* qui pars – *moi.* Personne ne me laisse tomber, mon pote – et encore moins une espèce de pauvre tête de rat comme *toi.* Et quand je t'ai dit que tu me *plaisais* – ha ! c'était de la connerie – c'était simplement par *pitié*, parce que tu fais carrément *mal* à voir, pauvre tache. Tu es une merde – un zéro – tu es *que dalle*, mon petit père. »

Et, éclatant de rire (toute rouge d'exaltation méprisante), la femme sortit d'un bon pas – tandis que les hommes dissimulaient leurs ricanements derrière les pintes, se glissant des regards complices sous leurs sourcils levés (dieux du ciel – le pauvre gars : enfin, il y a quand même de quoi se marrer).

Donc, il ne pouvait pas, n'est-ce pas, continuer à claquer des fortunes et à crapahuter dans tout Londres pour se faire sommairement humilier, carrément foutre de lui, et finalement larguer sans façon. De sorte que, dès le lendemain, il s'était repris, avait acheté un numéro de *Men Only* et décroché son téléphone. Et la première question qu'il posait à toutes ces femmes était Mais *où* vous trouvez-vous, dites-moi ? Parce que si ce n'est pas dans le coin, laissons tomber. Et grands dieux – pourquoi fallait-il que toutes les femmes de Londres habitent de l'autre côté du fleuve ? Vraiment, on aurait cru que c'était le cas – mais pour finir, miraculeusement, il était temps, il en trouva une – une voix géniale – dans le quartier, il connaissait même la rue. Cela dit, quand ils abordèrent la question financière, Norman hésita (peut-être l'investissement dans un numéro de *Men Only* était-il suffisant ?), puis il décida soudain de se lâcher – allez, j'y vais, il le faut, si seulement je me souviens comment on *fait*.

Elle lui avait tenu tout un discours sur son appartement si douillet et si confortable et tout ça, ce qui était une sacrée bonne nouvelle pour Norman, vous pouvez l'en croire, non seulement parce qu'il n'avait qu'une envie, celle de se tirer du sien, mais également parce qu'il n'avait pas même commencé à occulter le souvenir de cette rencontre à King's Cross, cette fois-là, dans une chambre en comparaison de laquelle la sienne faisait figure de palais. Et oui, un jour peut-être, il parviendrait à en extirper et retracer tous les détails – revoir tout ça, et en finir définitivement – mais pas maintenant, oh non, oh pitié non, non. Et de toute façon – écoutez : si je ne pars pas maintenant, je vais être en retard (on n'a droit qu'à une heure – c'est dingue le pognon que doivent se faire ces nanas ; elle a dit qu'elle proposait un forfait, si l'on voulait passer la nuit – et dieux du ciel, ça me tente méchamment).

Mais malgré, ou peut-être à cause de ce qu'il s'apprêtait à faire, tandis qu'il se glissait dans la nuit glacée et venteuse, c'est Katie qui occupait toutes les pensées de Norman Furnish.

Il n'était pas le seul dans ce cas : Miles McInerney avait peine à croire le moindre mot de ce qu'il *entendait* là. Bon Dieu de bon Dieu de bon Dieu – mais jamais, jamais au grand jamais une femme n'a essayé de me faire avaler un truc comme ça. Je veux dire – bon, je ramasse une pute – elle est à ma botte, okay ? Et elle a intérêt, d'ailleurs. Mais alors là ! Ça ne va pas, ça, ça ne va pas du tout. Je veux dire, merde, c'est quoi ce boxon, là ? Miles avait eu, physiquement, un mouvement de recul, s'écartant du téléphone, et avait arrêté la voiture là où elle était, en se garant n'importe comment : Va te faire foutre ! Va te faire foutre ! gueulait-il à l'adresse de cette pauvre tête de nœud à qui il venait de couper vilainement la route – ce connard avec son klaxon de merde : viens là, viens par ici, viens là que je te fasse la peau, enfoiré !

« Comment ça, "*non*" ? répéta-t-il, complètement éberlué. Mais j'ai déjà réservé et tout – la dernière fois, tu m'as bien dit de réserver pour la prochaine fois, et c'est ce que j'ai fait – le champagne au frais et tout le bazar.

– Ouais…, soupira Katie. Mais il est arrivé un imprévu, tu vois ?

– Un imprévu… ! Non mais tu joues à quoi ? Hein ? Un *mec*, tu veux dire.

– *Ouais*, répondit Katie sur un ton de défi. Un *mec*, exactement – et alors ? Je ne suis pas ta bonne femme, d'accord ? Tu *as* une femme – tu te souviens ?

– Tu disais que tu te foutais que je sois marié.

– Et je m'en fous. Complètement. Et je me fous de toi, aussi. Je raccroche, Miles – va te faire voir. »

Miles prit une grande inspiration, et une vague de panique l'envahit : quelque chose n'allait pas, là – c'était le monde à l'envers : c'est moi qui dis ces choses-là.

« Catherine ! Ne… ne dis pas *ça*. On est bien ensemble, toi et moi.

– *Était* bien ensemble, corrigea Katie, en insistant bien. C'était super. Ça ne l'est plus. Je ne comprends pas pourquoi tu te mets dans un état pareil, Miles – je veux dire, on savait tous les deux que ça n'allait *nulle part*, ni rien, non ? On s'est fait plaisir, un point c'est tout.

– Non ! s'écria Miles, ayant peine à croire que c'était lui-même qui réagissait ainsi. Jamais je n'ai pensé cela, jamais. Je pensais que nous – que toi et moi –, on pouvait avoir une vraie histoire, tu vois.

– Mais tu es *marié*, Miles ! Pourquoi cela sort-il sans cesse de ta petite tête ? Tu as deux gosses. Regarde les choses en face – tu es *coincé*. »

Là, c'était trop pour lui.

« Moi ! Jamais de la vie ! Je ne suis pas… *coincé* ?

Moi ? Laisse tomber – je fais ce que je veux, quand je veux – d'accord ? Alors comme ça je suis marié – ouais, la belle affaire, hein ? Les gens passent leur temps à se dé-marier. Ce n'est rien, de nos jours. Allons, Catherine – sois gentille. On se voit et on en discute, hein ?

– Comment ça – tu vas quitter ta femme, Miles, c'est cela ?

– Ouais », fit Miles d'une voix brève. Et certes, il avait déjà dit cela (soyons honnête, il avait déjà tout dit). Mais avec toutes les autres nanas, il s'agissait de leur clouer la trappe ; là, il s'agit de l'empêcher de me quitter. Donc ouais – je pourrais quitter Sheil – et pourquoi pas ? Elle n'en aura rien à péter. Et les garçons ? Mon Dieu – les garçons, c'est solide : un garçon, ça sait encaisser, non ? Et ils ont intérêt – est-ce qu'on a le choix ?

« Je ne te crois pas, Miles. Et même si tu es sérieux, ça ne m'intéresse pas. C'est compris ? Pas du tout. C'est fini, toi et moi, Miles – ce n'est pas si compliqué à comprendre. Alors tu vas retrouver Sheila – ou je ne sais quelle nouvelle petite nana tu t'es dénichée…

– Catherine ! beugla Miles, les yeux agrandis, sous le choc. Je t'en prie…

– Et moi, je vais retrouver Rick, et nous vivrons tous heureux pour les siècles des siècles…

– Rick ? *Rick* ? ! Mais putain de merde, c'est *qui*, ce Rick ? !

– Oh Miles… laisse tomber. Pour l'amour de Dieu. Bon, écoute – *adieu*, d'accord ?

– Mais je ne peux *pas* laisser tomber – je ne peux *pas*. Catherine ? *Catherine* ? Oh nooooon. »

Miles écrasa la touche Repeat, sur quoi une voix d'androïde lui annonça que le GMS qu'il appelait était actuellement débranché, et lui conseilla d'essayer de nouveau plus tard. Il regarda devant lui, les yeux fixes. Dieux du ciel. Plus tard, ça ne me servira pas à grand-chose, hein ? À quoi bon plus tard – j'ai déjà perdu.

Chapitre XI

« C'était ma mère », avait simplement dit Colin en reposant le combiné sur le téléphone démodé – toujours un peu surpris que Dotty l'ait appelé (je veux dire, bon – je lui ai donné un numéro où me joindre, il fallait bien, mais je n'ai pas pensé une minute qu'elle l'utiliserait) – et saisi d'un soulagement idiot, car il se trouvait que c'était lui qui avait décroché. Carol, pour sa part, était furieuse (le visage blême, durci, méchant – jamais je ne l'ai vue comme ça), car *dis-moi*, avait-elle demandé d'un ton âpre, dis-moi ce qui se serait passé si ç'avait été mon *père* – hmmm ? Non mais écoute, Colin – je suis censée être ici toute seule, à récolter un peu d'argent pour Noël en bossant comme une esclave pour tante Jane : qu'aurait-il pensé, si c'était un *garçon* qui avait répondu ? Je ne suis pas, avait rétorqué Colin (très froissé – était-il puéril, là ?) *n'importe* quel garçon, quand même ? Sur quoi Carol avait coupé par un Oh pour l'amour de *Dieu*, Colin, tu sais bien ce que je veux *dire*. De toute façon, avait repris Colin, le front buté, ce n'était pas ton père, hein ? C'était ma mère. Oui oui oui, je sais *bien*, Colin, mais je dis simplement que – mais enfin, tu es un peu *lourd*, ou quoi ? Je dis simplement que si ç'*avait* été lui, tu vois ? Mais enfin, Carol, ce n'était *pas* lui, d'accord ? Que veux-tu que je te dise de plus ? Et chacun se sentait prisonnier d'une impasse, tandis qu'il contemplait d'un air mauvais la très évidente incapacité de l'autre à saisir l'*idée*.

« Elle m'a paru un peu bizarre », dit soudain Colin (Oh là là, je ne supporte pas quand Carol reste silencieuse, comme ça – je ne l'ai jamais vue ainsi : en tout cas, pas l'été dernier). Puis, comme elle se faisait clairement un devoir de ne pas répondre, Colin continua plus ou moins pour lui-même – car il savait, à présent (ça au moins, il l'avait appris) que si Carol ouvrait la bouche, il n'en sortirait que de vagues propos dénégatifs, du genre Désolée, Colin, je n'écoutais pas. « Elle m'a dit que papa et elle ne partaient pas, finalement – qu'ils rentraient chez Elizabeth. Apparemment, on s'installe chez Elizabeth. Je ne vois pas pourquoi. »

Au regard que lui lança Carol, il apparut que cela l'intéressait moyennement. Et non, pensa-t-elle soudain – non, cela ne m'intéresse pas, en fait ; pourquoi cela m'intéresserait-il ? Je ne sais pas si c'était une idée tellement géniale, de venir ici, comme ça : le pire, c'est que je suis obligée de mentir à papa. À chaque fois que je l'ai appelé, aujourd'hui, j'ai été forcée de lui raconter n'importe quoi, et ce n'est pas moi, d'agir ainsi. Le dernier coup de fil, il avait dit Oh Carol, mon petit ange – tu as l'air tellement triste : veux-tu que je prenne la voiture pour venir déjeuner avec toi ? Et cette idée l'avait tellement séduite, tellement enthousiasmée qu'elle avait failli s'écrier Oh *super*, papa – c'est vrai que ce serait hyper fabuleux –, avant de se rappeler (bon, d'accord – elle ne l'avait pas oublié) qu'il ne pouvait pas en être question.

Mais vous voyez, avec papa, je m'*éclate* – alors que là… enfin, je ne sais pas, je ne sais pas trop. Colin est vraiment sexy – ne vous méprenez pas (il a vraiment des mains superbes), mais simplement, dès qu'il ouvre la bouche, ces derniers temps… oh, je n'en sais rien : ça me rend à moitié folle tout ça, vous savez ? Je ne crois pas que ce soit *moi* – mais j'ai toujours l'impression qu'il voit le côté négatif des choses, qu'il démolit toutes mes idées jusqu'à ce qu'il n'en reste quasiment rien. Elles disparaissent. Je veux dire, bon – on rentre juste de faire des courses, et je ne parle pas de la pluie et des escaliers à monter avec les paquets et tout ça – mais simplement, Colin passe son temps à *pinailler* sur à peu près *tout* – et grands dieux, les trucs qu'il aime manger ! Je veux dire – des croquettes de poulet *surgelées* ? Au secoooouuurs. Et puis il me dit Non, ne prends pas de baguette française, demain elle sera toute rassise et immangeable – et moi, je réponds comment ça, *demain* ? C'est pour aujourd'hui – demain, on en achètera une autre. Je ne vois pas où est le problème, franchement ? En plus, il n'aime pas les olives (en réalité, il m'a dit Je n'ai jamais mangé d'olives, Carol, mais je suis sûr que je n'aimerais pas ça : trop huileux). Plus tard, je dis On va prendre des chocolats pour ce soir, et il fait Oh ouais super, – sur quoi il file dans les rayons et revient avec une ridicule petite boîte de *boules crème*. Dieux du ciel. Ce doit être une question d'éducation, j'imagine. C'est les parents. Moi, j'ai oublié ce que c'est que d'avoir une mère (je dirai simplement que le divorce n'a pas été particulièrement amical – mais c'est du passé tout ça), mais papa m'a vraiment appris les choses *essentielles*, voyez-vous. Quant au père de *Colin*, mon Dieu… que dire ? De toute évidence, Colin le déteste – et ouais, il n'est pas bien difficile de deviner pourquoi – mais même lui, vous voyez… même Colin ne se rend peut-être pas encore compte de l'étendue des dégâts. Pauvre Colin. Enfin bref – on range tout ça, et je me prends un verre tranquille. À moins que je ne m'attaque à la chambre ? On a la peinture et tout le matériel – et même pour *ça*, ça a été la bagarre : on prend *celle-là*, dis-je. Ooooh, je ne sais pas, Carol, dit-il – c'est quasiment du *rouge*. Mais c'*est* du rouge, Colin – ouais ouais : ça plaira à tante Jane. Alors, lui : Pourquoi ne prends-tu pas quelque chose d'un peu moins… enfin, quelque chose comme ça, par exemple ? Moi, je craque : Parce que cette couleur-là, on dirait du *porridge*, Colin – c'est *ennuyeux* ; c'est moche, moche, *moche* comme tout, d'accord ? Donc, on a pris le rouge (carrément vif – comme les boîtes aux lettres) et Colin a marmonné Bon, c'est l'appartement de *ta* tante – et moi, j'ai répondu Mais oui, mais oui, Colin, exactement.

Le plus bizarre, c'est quand il a fallu acheter tous les autres trucs : il a commencé à faire Hmmm, on ferait mieux de prendre du décapant au tricot (ou au *triclot* ? Rien compris), et un enduit de lissage, et *deux* grosseurs de papier de verre et puis une espèce de couteau et puis, au lieu d'une grosse brosse, pour la peinture, il a voulu un rouleau et une espèce de pinceau qu'il appelait une… comment a-t-il dit, déjà ? Une queue de hareng ? De baleine ? Une queue de sole ? Enfin, un poisson quelconque. Et moi, j'ai dit Mais enfin, Colin – comment se fait-il que tu t'y connaisses si bien, dans tout ça ? Et là, il est devenu tout pâle, carrément blanc, et il m'a juste répondu Je ne sais pas, Carol – je ne peux pas te dire. Bizarre, hein ? Je ne l'ai jamais vu ainsi : en tout cas, pas l'été dernier.

« Ils disent, cria Carol par-dessus son épaule (Colin, dans la cuisine, prenait plaisir à ranger toutes leurs courses d'épicerie dans les placards, à disposer soigneusement les produits frais dans le frigo – c'était chouette de vivre dans une maison, avec des vraies pièces, comme les gens normaux), qu'on n'a pas besoin de la remuer. » Elle baissa les yeux sur les deux litres deux litres et demi d'émulsion sanglante, et la renifla. « Mais ça fait comme une espèce de pellicule au-dessus, et elle a l'air plus marron que rouge, là. Qu'est-ce que tu en penses ? Et puis ça pue drôlement.

– Écoute, répondit Colin, si c'est ce qu'ils *disent*… il faut peut-être juste la brasser doucement avec le pinceau. Tu veux vraiment commencer tout de suite, Carol ? Tu ne crois pas que ce serait mieux d'attendre demain matin ? Ah – voilà : j'ai trouvé le tiroir à couverts. Et les verres. »

C'était sympa, tout ça – cette impression de se préparer pour un siège : on remplissait le bunker de vivres, puis on s'y pelotonnait à l'abri des retombées, avec la femme que l'on aimait.

« Oui, mais nous n'avons *pas* de pinceau, n'est-ce pas ? On n'a que ce petit truc en poil de belette.

– De putois, corrigea Colin. Bon – eh bien, j'espère qu'elle se mélangera toute seule quand on la versera dans le camion.

– Quel camion ? On n'a pas de camion.

– Ah », fit Colin dans un souffle. Oh merde, quel idiot – je n'ai pas pensé au camion : oh mais quelle andouille.

« Parce que ça va prendre des heures, avec le petit truc en poil de mulot.

– De putois, grommela Colin.

– De mulot ou de putois, on est toujours mal, sur ce coup. Franchement, Colin – je croyais que tu t'y connaissais, dans tout ça.

– Je n'ai jamais dit ça. On peut peut-être utiliser autre chose.

– En tout cas, tu m'as assez bassinée avec ce fameux décapant au tricot, fit Carol d'une voix sèche, commençant doucement d'avoir les boules, là, si vous voulez le savoir.

– Au trichlo, corrigea Colin d'une voix sereine, debout à ses côtés. Ce n'est pas du tricot, c'est du trichlo. Réthylène, même. » Ce sont des mots tout simples, se disait-il ; pourquoi n'arrive-t-elle pas à s'en souvenir, bon sang ? « Si on utilisait un plat à rôtir ? Ou bien un plateau du four, un truc comme ça ?

– Oh ouais, génial ! explosa Carol. Et puis on peut aussi essuyer cette saloperie de rouleau et cette saloperie de pinceau en poil de marmotte sur le *dessus-de-lit* de tante Jane, hein, pourquoi pas – et si tu me dis "de putois",

Colin si tu oses simplement dire “*de putois*”, je te préviens que je te renverse cette saloperie de pot de peinture sur la tête.

– Comme tu l’as déjà fait avec ta glace », tenta Colin (on peut peut-être essayer de prendre ça à la rigolade ? J’espère, j’espère – parce que je commence à en avoir jusque-là, moi). « Mais je ne te conseille pas – pense à la moquette de tante Jane. »

Carol eut la bonne grâce de pousser un bref hennissement : même un rire abrégé était préférable à rien. « *Quelle* glace – qu’est-ce que tu remets sur le tapis, maintenant, Colin ?

– Tu ne te souviens pas ? Mais tu t’en souviens *forcément.* » Peut-elle avoir oublié ça ? Parce que moi pas : c’est, dans ma vie, le seul moment où les choses ont changé (enfin – à part quand je me suis soûlé et que j’ai perdu ma virginité avec la meilleure amie de ma mère : choses auxquelles, peut-être, je ne suis pas encore assez vieux pour même *songer*, sans parler de les avoir faites réellement). Quand on s’est rencontrés. Sur la dune, l’été dernier. Le marchand de glaces – tu vois ? »

Carol porta vivement une main à sa bouche pour étouffer un petit rire, tandis que ses paupières se plissaient de plaisir, Dieu merci.

« Oh oui, cette glace-*là* – oh Colin, franchement – tu as dû me prendre pour une pauvre idiote, de l’avoir renversée partout sur toi, comme ça.

– Non, sourit Colin. Je t’ai trouvée très jolie.

– Et ensuite, je nous en ai acheté une autre, reprit Carol en riant, et on s’est assis sur cette espèce de dune, là, – et c’est comme ça qu’on a fait connaissance ! Ouais, c’est drôle, la vie. On ne peut jamais savoir, en fait. »

Colin s’assit à ses côtés sur le tapis, devant le feu (on pourrait peut-être l’allumer, d’ailleurs ?). « En réalité, c’est *moi* qui ai acheté deux autres glaces, mais peu importe. Oui – j’ai adoré cette journée-là. »

Carol se figea, le regarda. « C'est pas vrai, Colin ?… » fit-elle simplement.

Colin s'était écarté à son tour – surpris de cette froideur subite, et complètement pris de court.

« Quoi… ?

– C'est *moi* qui ai acheté les glaces. *Moi* : je m'en souviens parfaitement. Enfin, ça n'a pas grande importance.

– Aucune importance ! s'exclama Colin. Bien sûr que non – simplement, je disais que c'était moi, en réalité. Voilà, rien de plus. Parce que je me souviens très nettement de toute la scène, et…

– Oh, et moi *pas*, j'imagine. Parce que je n'étais pas *là*, sans doute ?

– Écoute, Carol…

– Non, *toi*, écoute, Colin, oh là là, tu me rends cinglée ! Comment peux-tu faire de telles histoires pour une malheureuse *glace* ? Je veux dire – tu es quelquefois d'un *mesquin* ! Oh, écoute, hein – moi, je vais prendre un bain, c'est la seule chose qui me fera du bien, maintenant. Ça me prend la tête, ces histoires. Tu me prépares un verre, d'accord ? Ouvre une bouteille de mousseux – ça, tu dois *savoir* le faire, je suppose ? Et tu me l'apporteras. »

Le choc – c'est peut-être le choc qui se taillait la part du lion, dans les sensations mêlées que Colin éprouvait à présent : comment Carol *pouvait-elle* être ainsi ? Le choc, oui – mais aussi la douleur : cette plaisanterie cruelle, méprisante, à propos du mousseux. Était-elle obligée ? De dire ça ? Apparemment – sinon, elle l'aurait gardé pour elle. Le choc et la douleur, oui – mais aussi un désir brutal, qui lui donnait la chair de poule : cela aussi s'infiltrait sournoisement en lui (ce coup au cœur, quand il se laisserait aspirer par la chaleur moite de la salle de bains, et qu'il la verrait là, étendue).

Et pour être tout à fait exact : non – non, il ne *savait* pas ouvrir la bouteille de mousseux, puisque nous tenons absolument à le savoir. Jamais fait ça auparavant, n'est-ce pas ? Mais grâce à Dieu, Carol, au moins, n'est pas dans le coin, et ne reste pas là à le *regarder* (il avait attendu que l'air soit plein des gargouillements du robinet d'eau chaude et de doux effluves de mimosa, dirait-on, pour s'attaquer au fil de fer qui entourait le bouchon). Celui-ci – jusqu'alors d'une impassibilité confinant au stoïcisme – parut soudain doué de vie propre et jaillit comme un lièvre mécanique droit sur les casseroles de tante Jane, dans un bruit de gong qui avait peut-être échappé à Carol – mais la pensée que l'objet était passé à quelques millimètres de ses yeux écarquillés et de ses narines frémissantes (il avait senti le courant d'air) faisait frissonner Colin, qui se reprit néanmoins, se forçant à trouver vite fait un quelconque chiffon pour éponger le sol puis ses doigts collants – sur quoi il lui fallait laver le plus joli verre que possédât tante Jane. Et là (à supposer qu'il ne dérape pas sur le tapis de bain, pour lui renverser tout le bazar en pleine figure), Carol s'adoucirait peut-être, et lui sourirait, et l'aimerait de nouveau ?

Quant à la notion de joliesse – c'est une chose parfaitement subjective, n'est-ce pas ? Bien connue pour cela (la beauté est dans le regard de celui qui, etc., – d'accord ?). Mais ce petit verre, là – aux yeux de Colin, c'était sans aucun doute un objet que l'on pouvait qualifier de joli : plus petit qu'un verre à vin normal, lui semblait-il, et dont la coupe était une sorte de cône inversé, extrêmement délicat. Le pied comportait une sorte de renflement à mi-hauteur et, au-dessus, le verre prenait une teinte rosée – et des petites guirlandes couraient autour du rebord, lui-même doré. *Naaan*, mais qu'est-ce que j'ai dans le crâne ? s'admonesta Colin soudain : on dirait un de ces trucs que maman achetait par correspondance, et qu'elle collectionnait durant des mois et des mois et des mois : elle avait été si longtemps naïve, avec ces choses-là, ma pauvre vieille maman – elle n'a jamais pu saisir que Vous n'Envoyez Pas d'Argent Maintenant devait se traduire par Vous Nous Signez l'Autorisation de Vous en Pomper un Maximum Plus Tard.

Donc, non – on laisse tomber le petit verre de poupée ; celui-là, alors ? Il a l'air pas mal – mince, simple, droit – mais bon, comment *savoir*, hmmm ? Je veux dire – je ne connais rien à cela, ni à rien d'autre d'ailleurs, mais plus que tout, je ne veux pas commettre encore une *erreur*. Bien – je prends celui-là alors : de toute façon, c'est ça ou une *chope*. Je le lui apporte maintenant ? (Je meurs d'impatience de la voir, toute chaude, toute mouillée.) Ou bien est-ce encore un peu tôt ? Je veux dire, ce serait terrible, si elle était en train de s'occuper de oh – enfin je ne sais pas, une certaine *partie* d'elle que les femmes, les filles, préfèrent peut-être garder pour elles. Ou si elle n'est pas encore complètement dans son bain – ou même pas entrée du tout dans l'eau, mais assise sur les toilettes. Il y avait matière à réflexion, là, et l'enjeu était d'importance – donc, j'attends encore un petit chouia ? Cependant, les bulles du mousseux commençaient d'avoir l'air un peu flapi – mais ce qui décida enfin Colin à agir fut la voix acide de Carol, résonnant haut et clair derrière la porte : Colin ? Colin ? Et alors il est *où*, ce fameux verre ?

Il ne savait pas, ni de près ni de loin, à quoi s'attendre – mais le tableau qui s'offrit à lui comme il ouvrait la porte d'un coup de pied (je sais, je sais – mais avec deux verres pleins à la main, vous faites comment ?) faillit le suffoquer. D'ailleurs il aurait pu *effectivement* suffoquer, se disait-il – ne fût-ce qu'à cause des mille parfums d'Arabie qui vous prenaient à la gorge, outre la vision ombreuse du délicieux visage de Carol, de ses membres longs, parfaits, allongés dans l'eau chaude et d'une lourdeur d'huile, comme offerts sur un plateau, tandis que toutes les bougies posées dans leur petit pot de verre dépoli la caressaient d'une lumière de miel, où les surfaces planes de son corps s'effaçaient en courbes douces, s'estompant dans la pénombre. Il aurait voulu que sa voix s'adoucisse aussi, pour mieux se fondre dans cette harmonie en un *Chérie* ! tout soupirant d'extase. En l'occurrence, il s'entendit prononcer Putain de *merde* – ce qui, certes, était encore pire que le La vache qui lui avait traversé l'esprit.

Colin s'accroupit à ses côtés. L'expression sur le visage de Carol était à présent de contentement parfait – et si Colin n'aurait pas refusé d'être là le genre de mec plus âgé, plus sage, enfin bref plus cool, capable de gérer tout ça et de faire face à la lumière qui émanait de ces yeux, il lui fallait admettre un certain trouble, à cause de cet emmerdement pas possible qui le tourmentait là, au sud de lui-même, parce que je peux vous dire – je crois que je ne me ferai jamais à la manière dont ces filles sont assemblées (je l'espère, en tout cas) ; mais c'est simplement stupéfiant, n'est-ce pas, la façon dont ça donne l'impression de jaillir, et puis de replonger d'un seul coup, et puis ça rebondit, et puis ça retombe encore vers un coin plus secret : franchement, elles n'ont qu'à rester comme ça, allongées, et on dirait qu'elles s'agitent dans tous les sens.

« Bon, je peux avoir mon verre, alors ? » fit-elle. Mais doucement cette fois : les huiles essentielles qui irisaient la surface de l'eau, associées au parfum musqué de fleurs, avaient sans aucun doute joué leur rôle apaisant (et également sur Colin – il se sentait moitié étranglé, moitié aveugle). Et même, comme il tendait le verre à Carol et réussissait à renverser une des bougies et son support (plop) dans le bain, il apparut que seul un imperceptible vacillement d'irritation venait troubler à peine la sérénité de son front laiteux.

« Tu sais, Colin, sourit-elle – bougeant très légèrement ses formes sublimes (juste assez pour provoquer une lente vague dans l'eau, qui se referma paresseusement sur elle), tu es la seule personne qui ne m'ait pas traitée d'idiote, quand je lui ai parlé de mes bougies et de mes huiles essentielles.

– Vraiment ? fit Colin dans un souffle. Mon Dieu, tu es si belle, Carol. » Mon Dieu, j'ai trop envie d'elle.

Carol hocha la tête – avec à présent un sourire attendri, à quelque souvenir. « Papa me chambre sans arrêt, avec ça – il dit qu'à cause de moi la salle de bains sent aussi fort qu'une usine de parfums en feu. Mais il m'en achète toujours plus, en même temps – et toujours les meilleurs. Quant à mon abominable frère de Terry – ça le fait hurler de rire, ce grossier personnage. Tu sais qu'il te *hait* absolument, Colin. Je crois qu'il te tuera, s'il te revoit jamais. »

Colin demeura impassible, du moins l'espérait-il.

« Même ma meilleure amie, Emma – elle pense que je suis cinglée : beaucoup de filles à l'école le pensent aussi, je ne sais pas pourquoi. Tony aussi – il trouve tout ça plutôt marrant. »

Et soudain, Carol poussa un jappement aigu qui fit bondir Colin sur ses pieds – s'est-elle brûlée ? Suffoque-t-elle, comme moi ?

« Oh, *regarde*, Colin – regarde la fenêtre ! Oh mon Dieu que c'est beau, que c'est magnifique, comme c'est romantique ! »

Colin leva les yeux vers la fenêtre noire que la nuit avait envahie. De gros flocons duveteux heurtaient doucement la vitre et y demeuraient, s'accumulant déjà en un nuage appuyé sur le rebord et bientôt toute la vitre fut constellée de taches blanches et dansantes, ainsi que le constata Carol avec une satisfaction sans mélange. Oh mon Dieu, se disait-elle, si ce pouvait être ainsi, pour Noël ! Quel enchantement, quel bonheur, quelle merveille absolue ce serait.

Colin, pour sa part, n'avait qu'une chose en tête : rien à foutre de la neige, mais par contre qui donc est ce *Tony* ?

« Oh *Dotty*... », souffla Lulu en un soupir consterné, ruisselant d'une compassion uniquement limitée par cette conscience envahissante que les-mots-sont-impuissants. « Oh Dotty… », ajouta-t-elle, car c'était tout ce qu'elle trouvait. Sur quoi elle secoua un peu la tête.

Mais Dotty avait décidé de faire contre mauvaise fortune bon cœur (il fallait bien que *quelqu'un* se dévoue, non ? Il fallait bien que *quelqu'un* se montre courageux, pour le bien de Dawn – et qui d'autre, dans ce cas, que Dotty ? Melody, peut-être ? Non, non, pas Melody, n'est-ce pas : Melody est à Paris, elle prend des vacances. Brian ? Eh bien, jetez-lui un coup d'œil, et vous me direz ce que vous en pensez).

Il était là, dans le coin de ce qui (jusqu'à ce matin à peine) était encore la chambre de Katie, tassé sur une chaise, regardant fixement par la fenêtre la neige fondue qui tombait, lourde, et se déposait sur cette portion de l'allée de Howard et Elizabeth où (jusqu'à ce matin à peine) se dressait tout ce qui demeurait encore de sa vie conjugale. La tête de Brian aussi remua tristement – tandis que ses doigts tripotaient machinalement une quelconque frange de floches inutiles appartenant sans doute à Katie. Tout ce qui reste, c'est ma collection de plaques d'égout (à présent toutes constellées de blanc) si joliment disposée.

« Enfin, mon Dieu, tenta Dotty, c'est le genre d'accident où l'on se dit que ça aurait pu être bien bien pire. Je veux dire – nous sommes *là*, n'est-ce pas ? Entiers. » Et vous savez quoi, pensa-t-elle soudain, d'une certaine façon, c'est peut-être préférable : ne plus rien avoir, au lieu d'avoir si peu.

« C'est vrai, bien sûr, approuva Lulu avec empressement. Vous avez raison, c'est certain – et c'est comme *ça* qu'il faut voir les choses. » Mais *moi*, je ne pourrais pas – oh que non. Je pense que si Johnny m'avait entraînée aussi bas, au lieu de me pousser simplement à le quitter, j'aurais probablement envie de le regarder mourir dans d'atroces souffrances – avant de m'enfuir n'importe où, en larmes, l'âme en lambeaux. « Bien, écoutez – je vous ai préparé quelques vêtements de Lizzie – oh, et Brian : Howard vous dit aussi de prendre tout ce dont vous aurez besoin dans sa penderie, d'accord ? Mais il ne va pas tarder à arriver, donc vous verrez ça directement avec lui, d'accord ? D'accord ? Brian ?

– Laissez-le », lâcha Dotty d'une voix sereine. Je me sens presque désolée : même pour lui. Même pour lui – chose qui ne m'est pas arrivée, et de loin, depuis une éternité, me semble-t-il. Quand j'ai appelé Colin, il avait une voix tellement... *libérée* : je n'ai simplement pas eu le courage de lui remettre ce boulet aux pieds ; je lui ai juste dit que son père et moi et le bébé allions très bien, mais que nous rentrions chez Elizabeth – ce à quoi il a répondu par un silence chargé d'une ironie absolument perplexe, à moins qu'il ne fût de totale indifférence (Ah ouais ? Super). Enfin, béni soit son copain d'école, point à la ligne : au moins il était ailleurs, en train de prendre du bon temps. Parce que sinon, malgré ses protestations, il aurait probablement été avec nous, n'est-ce pas ? Et Colin serait-il sorti de la caravane pour regarder travailler le réparateur de l'Automobile Club ? Bon bon – j'arrête de penser à ça, sinon je vais recommencer à trembler de tous mes membres. Pauvre Colin ; naturellement, il ne va pas se désoler de voir disparaître la caravane, mais quand il saura (et quand il réalisera, comme j'ai encore à le faire) que là, on est au fond du trou, que là, il n'y a plus rien à la place ? Parce que regardons les choses en face – croyez-vous une seconde que pour Brian la notion de contingences soit, éventuellement, vaguement d'actualité ? Eh bien, jetez-lui un coup d'œil, et vous me direz ce que vous en pensez.

Lorsque le téléphone sonna, Dotty l'effleura brièvement d'un regard morne (qui pourrait bien m'appeler ?), tandis que Brian semblait ne rien entendre du tout. Lulu aurait pu décrocher sur le poste de Katie, mais c'était sans doute là l'occasion de les laisser seuls, n'est-ce pas ? Elle n'allait pas leur expliquer une fois de plus où se trouvaient les serviettes, ni en rajouter dans la désolation.

Ça, se dit Lulu – filant au salon, deux étages plus bas – ce doit être ma Lizzie, à tous les coups (et mon Dieu, faites que ce ne soit pas sa mère : je ne me sens pas d'attaque pour faire face, là, pas maintenant).

« Lulu ? fit la voix, un peu haletante. Je suis tellement content que ce soit toi qui aies décroché. C'est, euh… c'est moi.

– *Oui*, John, fit Lulu entre ses dents. Je sais que c'est toi. » Elle avait songé un instant à montrer une surprise un peu désinvolte, encore qu'avec John la surprise soit une notion bien incongrue : même parti, il était toujours là, d'une certaine manière. Mais Lulu s'abandonna plutôt à une lassitude non feinte.

« Je me demandais juste… enfin, c'est comme ça – j'appelle juste comme ça, sans raison précise, en fait… histoire de savoir si ça va… si tu es bien installée, tu vois…

– Tu veux dire, corrigea Lulu d'une voix dure, que tu veux vérifier que je suis bien là.

– Non ! s'exclama-t-il avec véhémence, scandalisé à cette simple idée. Non, simplement, je… enfin comme je t'ai dit… je voulais juste te faire un coucou, voilà tout. Je n'ai pas bu, tu as remarqué ? Enfin je veux dire – j'ai bu un verre ou *deux*, hein – mais ça va, ça va très bien.

– Parfait, fit Lulu avec une patience ostensible. Tu es en clinique, en cure de désintox, c'est ça ? » Zut, pensa-t-elle, zut et re-zut : j'avais décidé de ne pas lui demander où il pouvait bien être (et réellement, je ne veux même pas le savoir).

« Non, non, pas du tout. Tu veux savoir où je suis, Lulu ? Je te le dis, alors ?

– John, il est tard… »

John tomba de haut. Il n'était pas certain de vouloir le

lui dire, lui eût-elle posé la question (ce serait brûler ses vaisseaux : quand la porte d'entrée est verrouillée, et la porte de service également, ne faut-il pas toujours laisser ouverte au moins une chatière ?) – mais ç'aurait été plutôt sympathique de savoir qu'elle avait envie de le savoir.

« Alors, fit-il lentement – avec un certain chagrin, certes, mais pas autant qu'il le laissait paraître –, tu ne, euh… tu ne veux pas savoir ? »

Lulu émit un lourd soupir. « Voilà, John – c'est ça : je ne veux pas *savoir*. »

Elle coupa la communication, craignant qu'il ne la rappelle pour geindre. Le silence, dans la maison obscure, était nouveau pour elle. Le vacarme sourd et les grommellements de Mr. Nelligan, dans la cuisine, avaient cessé jusqu'au lendemain matin (la touche finale, lui avait-il affirmé) ; Katie était probablement en compagnie de ce fameux Rick, et Peter avait disparu comme lui seul savait disparaître ; Lizzie était à Paris, évidemment, et Howard pas encore rentré. La seule présence ici était celle des réfugiés, qui ne faisaient quasiment pas un bruit, peut-être par crainte d'attirer encore le malheur – ou bien de simplement tomber d'une branche si péniblement atteinte.

En se réveillant, le lendemain matin, John se sentait dans un état épouvantable : il lui fallut un temps infini pour déterminer en quoi exactement ce qu'il ressentait était si éloigné de cet engourdissement habituel annonçant l'impitoyable gueule de bois qui pouvait ne pas surgir avant le soir (auquel cas il redoublait durant la journée d'efforts dérisoires, à coups d'alcool, pour la maintenir prisonnière de son cachot et l'empêcher de l'assaillir soudain, le démolissant pièce à pièce sur son passage).

La raison pour laquelle je me sens dans un état différemment épouvantable, je m'en souviens à présent, c'est que je n'ai pas du tout assez bu, à cause de Tara qui prétendait fermement qu'un petit joint jaunâtre, à l'air antipathique, me ferait beaucoup plus de bien (du bien, à moi !), avant que nous ne passions à, mon Dieu – au moins deux trois lignes de coke, et là j'ai dit *Écoutez* : ce n'est pas du tout mon truc, Tara, franchement – si on ouvrait plutôt une caisse de quelque chose de rouge, disons, ou bien de blanc, hmmm ? Ce à quoi elle a répondu Oh, mon petit gars… Alors j'ai tiré sur le joint et sniffé le cheval. *Comment* appelez-vous ça ? a-t-elle hululé. *Hein* ? ai-je fait : *hein* ? À l'instant, là, la coke : vous avez appelé ça du « cheval ». Ah bon ? Ah ouais, c'est vrai – parce qu'on n'appelle pas ça comme ça ? Sache, mon petit gars, que le *cheval*, c'est l'*héroïne* : l'héro, ma puce, c'est ça le cheval. Ah bon, ai-je dit : très bien. Et puis elle m'a dit : Tu veux essayer un peu ? Là, j'ai dit halte à la vie chère, et elle a continué toute seule de se défoncer tout en prenant un bain, tandis que moi – ne me demandez pas pourquoi – j'appelais Lulu. (Bon, d'accord, demandez-moi pourquoi : il fallait que je vérifie si elle était *là*.) Et je me sentais d'une lucidité totale : ce n'est que plus tard que ça m'est tombé dessus.

De sorte que maintenant, au moins, j'ai compris pourquoi tout, dans cette pièce – ces rideaux, cette chaise, jusqu'à l'air épais qui m'entoure – pourquoi tout m'apparaît à ce point bizarre. Je suis donc chez Tara, à Bath – c'est bien ça ? Et juste derrière ces rideaux, il y a le fronton fuligineux et pas vraiment accueillant de ce qui doit bien être la porte des voisins, qu'un soleil noyé et timide tente pitoyablement de réchauffer.

Lorsque Tara s'était mise au lit, hier soir, j'étais une véritable pile électrique, les yeux écarquillés, tendu de désir, genre je-ne-crois-pas-que-je-vais-arriver-à-m'endormir-tout-de-suite. Il me semblait que j'allais *mourir* si je ne la possédais pas *dans l'instant*, entièrement – et la bibine à elle seule ne fait pas de tels effets, je vous prie de me croire. Elle avait trébuché sur je ne sais quoi et avait étouffé un rire en venant jusqu'à moi, et je m'étais écrié tout seul Oh Ma Pauvre Chérie Tu T'es Fait Mal ? Viens, Viens à Moi, Femme ! Je ne me souviens plus trop bien comment nous nous sommes accouplés – je me sentais de nouveau partir, même en elle, cette fois ; un tremblement profond, à peine pubertaire mais déjà presque orgasmique, me rendait simplement conscient de ce qui arrivait, plus qu'il ne me submergeait – et pendant des heures, j'ai eu l'impression que tout mon sang, ma moelle, ma bile, étaient doucement aspirés hors de mon corps, ne laissant plus de moi qu'un fluide qui s'écoulait imperceptiblement, dans un léger chatouillis génital, tandis que le reste de mon organisme se délitait peu à peu en une matière blanchâtre et fragile – comme dégonflé, à plat, siphonné de l'extérieur. Puis soudain Tara n'était plus là – je la voyais s'éloigner en vacillant vers la porte de la chambre – oh là, oh là, à des kilomètres – elle trébuchait sur quelque chose et étouffait un rire en me quittant, et je me suis écrié tout seul Sacrée Salope de Bonne Femme, et là, je crois que j'ai dû mourir, l'espace d'un bref instant, avant de passer encore toute une année en lévitation, sans cesse tombant puis remontant dans la nacelle du sommeil.

La matinée s'est écoulée – bientôt l'heure du déjeuner –, et à présent, il neige plus ou moins ; toutes ces pierres couvertes de traînées sombres, toutes ces façades rigides derrière la fenêtre à douze barreaux – on dirait presque qu'elles pleurent. Tara mange des œufs, apparemment. Moi, je ne pourrais pas.

« Alors mon petit gars – tu t'es décidé ? Tu restes, hein ? Parce que je dois sortir faire deux trois courses, et j'aimerais bien le savoir maintenant, tu vois.

– Je crois que oui. Enfin – je ne pars pas *tout de suite*, en tout cas. Si c'est ce que vous voulez dire. Comment arrivez-vous à manger un truc pareil ?

– Protéines. Mais je veux dire pour Noël, mon grand – pour Noël. Je peux te faire deux œufs au plat, si ça te dit quand même. Non ?

– Pour Noël… ouais, je… ouais, sans doute. Je suis désolé, Tara – je ne voudrais pas paraître ingrat ni rien – je suis juste un peu…

C'est bon ! On dit que tu *restes,* okay ? Je vais tout acheter, et ce que l'on n'utilisera pas, je le mettrai à congeler. Pour les œufs, dernier service… ?

– Oh mon Dieu – non, vraiment pas. Un verre, peut-être…

– Ça fait un peu tôt, après hier soir, tu ne trouves pas, mon petit gars ?

– Mais Tara – vous fumez un *joint* ! Et je vous ai très bien vue saupoudrer un truc qui n'avait rien à voir avec du sel sur cette espèce d'omelette horrible.

– C'est autre chose, mon chou – tout à fait autre chose. Ce truc-là ne t'engourdit pas la cervelle.

– Ah ouais ? Ouais ? Moi, ça m'a quasiment *détruit* la cervelle.

– Parce que tu n'as pas l'habitude, tout simplement. D'ailleurs – c'est sans doute la neige qui t'a fait ça. Pas le *cheval* – tu te rappelles ?

– Oui. Je me rappelle.

– Et puis tu as pris du vin. Et du whisky.

– Je ne refuserais pas un whisky.

– Impossible.

– Impossible ? Pourquoi impossible ? Vous avez bien dit qu'en venant ici je trouverais la paix et des caisses d'alcool ?

– La paix, tu l'auras quand je serai sortie. Quant à l'alcool, mon petit gars – tu pourras en boire tant que tu veux *après.*

– Après ? Mais enfin – c'est quoi, ça ? Après *quoi* ?

– Après avoir *écrit*, évidemment, mon chou ! C'est bien ce que tu voulais, n'est-ce pas ?

– Oh non, ne me dites pas que… Mille et Une Manières d'Utiliser les Stupéfiants Dans les Œufs Brouillés ! Comment ça, *écrire*, Tara ? On est quasiment à Noël, putain, et…

– Ton *livre*, mon chou – tu n'as tout de même pas oublié ? Le *roman* – d'accord ?

– Oh… mon Dieu. Vous savez quoi, Tara – je sais que ça paraît presque impossible, mais j'avais bel et bien oublié, en fait. Ces temps-ci, j'ai l'esprit complètement… Oh là là.

– Tu l'as *apporté* ?

– Hmm ? Oh oui – oui, je l'ai *apporté*, bien sûr : enfin, le peu qu'il y en a.

– Tu m'as dit que tu en étais à combien de pages, déjà ? Veux-tu prendre une taffe, avant que je ne l'éteigne ?

– Non – ce n'est pas mon truc, je vous l'ai dit. Et vous ne voulez même pas que je boive un verre.

– Un jour, tu adoreras ça. Bon, réponds-moi, maintenant : à combien ?

– Mmm ? Quoi, combien ? Oh – le livre, vous voulez dire ?

– Allez.

– D'accord, d'accord… dix-sept pages. Pfffuuu.

– Eh bien, voilà des conditions idéales : tu as tout l'après-midi devant toi, et ensuite, non seulement une créature sublime (moi), mais aussi un océan de bibine. Alors ?

– Ce n'est pas aussi simple que *ça*, Tara… ça ne marche pas comme ça, en appuyant sur un bouton, vous savez.

– Mmm. Et tu l'as appelé comment ?

– Je n'en sais même rien. J'avais envie de l'intituler *Catch-22*.

– *Catch-22* ? Mais *pourquoi*, grands dieux ? Déjà un peu connu, comme bouquin.

– Je sais bien, je sais bien – c'est un tellement bon titre. J'avais aussi pensé à *1984*.

– Tu vois, mon petit gars, je crois qu'il va falloir faire preuve d'un peu d'originalité. D'ailleurs, très franchement, c'est souvent ce qui ne va pas dans tes articles : sous influence, très nettement.

– Vous avez peut-être raison – mais alors, sous l'influence du précédent. Parce que, franchement – ces trucs, c'est quand même toujours la même chose, non ?

– Assez bavardé. En rentrant, je veux voir des résultats. Bien, dis-moi, tu as besoin de quelque chose, puisque je sors ? Non ? Sûr ? Et encore un truc, mon chou – ne t'en fais pas trop si les mots qui te viennent ne sont pas absolument parfaits du premier coup. J'ai lu quelque part que Jeffrey Archer rédige dix-sept brouillons avant de produire un bouquin.

– *Dix-sept* ? Dieux du ciel. Mais moi, je n'ai que dix-sept *pages*...

– Raison de plus pour t'y mettre, hein ? Bon, qu'est-ce que je peux faire pour toi, avant de partir ? Je te prépare du thé ? Du café ? Un sandwich pour plus tard ? Non ? Je te suce, alors ?

– Mais... vous voulez dire... ?

– Mon Dieu oui, *évidemment*, mon chou. Je ne faisais pas allusion à ton *pouce*.

– Eh bien, euh... ce serait très, euh... très sympa. Si vous êtes sûre d'avoir le temps.

– C'est comme ça, à Bath, mon petit gars – on a *tout* son temps. Mais tu vas écrire, hein mon chou – tu vas avancer dans ton roman, d'accord ? Pour moi ? Mmm ?

– Oh, *écoutez*, Tara – ce serait peut-être préférable pour tout le monde si je laissais *tomber* tout ce truc, hein ? Je veux dire... oooh, fffouh... ah... Oh, Tara, c'est pas *vraaaaiii*...

– C'est bon ? Alors ? Tu bosses, cet après-midi ? Pour moi ? Mmm ?

– Oh *Tara*... Ah ah ah. Oh mon Dieu.

– *Alors*, mon chou ? C'est oui ?

– Oh mon Dieu. Oh là là. Oui. Oui. C'est oui. Hhhouffhhh ! Hhhouffhhh ! Aah !

– Tu n'as qu'à penser à moi comme à ton égérie, hein. Mgnam mgnam. »

Chapitre XII

Howard n'était pas arrivé à la maison avant une heure du matin bien sonnée (l'Eurostar, pas de problème, mais par contre une galère sans nom pour trouver un taxi à, euh… où déjà ? À Waterloo – ce qui n'étonnera personne, n'est-il pas ?). Cependant, il s'était glissé dans l'entrée avec une discrétion outrancière – parce que bon, c'était fantastique de quitter Paris, une chance inespérée, mais à présent, comme toujours, il y avait d'autres *choses* à affronter (même si je n'arrive absolument pas à comprendre pourquoi Brian et Dotty, apparemment, finissent toujours par devenir *mon* problème), choses que je ne vais certes pas affronter *maintenant*, d'accord ? Ils étaient à court de scotch, dans le train (vous pouvez croire ça ?), et j'ai dû m'envoyer un maximum de ces petites bouteilles de champagne, ce qui ne m'a pas arrangé l'estomac, je vous prie de me croire – en plus, j'ai comme des coups de poignard sur le côté : je suis sûr que ce sont toutes ces saloperies de bulles.

Enfin bref – j'ai réussi à atteindre la chambre sans encombre, Dieu merci (j'ai éteint discrètement les lumières du palier). J'ai songé à appeler Laa-Laa – évidemment que j'y ai songé, plutôt deux fois qu'une – et puis je me suis dit Ho là, à cette heure-ci, elle va dormir. Mais il est vrai que cela lui importait peu de se faire réveiller ; dans les rares occasions où il avait fait cela

– vérifier qu'Elizabeth gisait bien, inanimée, descendre à pas de loup, et composer son numéro –, elle l'avait accueilli avec une sorte de plaisir rêveur, la voix un peu rauque, entrecoupant ses paroles d'adorables petits grognements de satisfaction ensommeillés et presque enfantins. Mais s'il l'appelait maintenant, il voudrait la voir – n'est-ce pas ? Et, tout en arrachant sa cravate et en déboutonnant sa chemise, Howard était contraint de reconnaître – dans un bâillement à s'en décrocher la mâchoire – que, même si cette nuit, pour une fois, rien ne l'empêchait de prendre la Jag et de filer, il n'en avait, malgré lui, simplement pas la force. Ce qui, j'imagine, doit être un signe de vieillissement. Quelle misère, pensa-t-il, l'esprit embrumé – ouvrant déjà les bras à Morphée – que des objets tels que Laa-Laa ne puissent se matérialiser discrètement, puis disparaître tout aussi discrètement.

Le lendemain matin, Howard avait, tout naturellement et aussi longtemps que possible, retardé la simple pensée de devoir se lever et faire face : parce que, qu'est-ce qu'il était censé *dire* à Brian, en fait, hmm ? Je suis *désolé* ? C'est tout ? Désolé de ce qui vous est *arrivé* ? Un peu léger, n'est-ce pas ? Était-il censé lui donner de l'argent ? S'il proposait de lui louer une autre caravane, Dotty ne se jetterait-elle pas sur lui en hurlant pour le trucider ? En outre, je n'imagine pas une seule seconde que cet empoté de Nelligan a fait tout ce qu'il avait promis de faire : il faut que je demande à Lulu. Et Lulu – va-t-elle rester, à présent que je suis là ? Ou quoi ? J'espère bien que Zouzou n'est pas encore à rôder dans le coin, l'œil accusateur – je ne supporte quasiment pas de le voir, ces derniers temps, et si vous aviez même suggéré une telle chose pas plus tard que l'été dernier, je vous aurais joyeusement traité de psychopathe. On dirait bien qu'il a neigé, ici ; oh, juste ciel, ça me fait penser – Noël. Je n'ai strictement rien fait pour Noël savez-vous – rien du tout.

J'imagine que ce doit être merveilleux d'*attendre* Noël avec bonheur, comme Elizabeth ; mais *moi*, la seule chose que j'attends avec bonheur (mis à part, bien sûr, de voir ma Laa-Laa), c'est d'en avoir fini et qu'on n'en parle plus. Ce qui est sans doute révélateur. Parce que je n'ai *jamais* été comme ça, vous savez – non, dans le temps, je n'étais pas comme ça.

Bref – me voilà sur pied, habillé, et prêt à y aller, donc, on y va, hein ? On respire un grand coup, et on entre dans le... *truc*, là, mes chers amis ! Dans le quoi, d'ailleurs – c'est quoi déjà ? Dans quoi entre-t-on après avoir respiré un grand coup ? Dans le cirque ? En tout cas, dans le couloir, déjà – puisque je m'y trouve maintenant : voilà Lulu qui vient vers moi (une sacrée belle femme, cette Lulu, vous savez – et pourtant, je n'ai pas trop envie d'elle, je ne sais pas pourquoi ; ce doit être à cause de ma Laa-Laa – qui est tout à la fois ravissante *et* facile à vivre, que demander de plus ?).

« Howard, sourit Lulu. Bienvenue à la maison. Je suis désolée de ne pas vous avoir attendu, hier soir. Ça n'a pas *vraiment* été un break, pour vous !

– Oh, ma foi – vous me connaissez, Lulu – ça n'est pas trop mon fort. Elizabeth est beaucoup plus douée pour ça.

– Lizzie va bien ? Elle compte acheter tout Paris ? Et où est Melody ? Elle n'est pas avec vous ? »

Sur quoi Lulu faillit se mordre les lèvres : quelle réflexion idiote – évidemment, qu'elle n'est pas *avec* lui. Même si Melody, un soir, un peu bourrée, avait laissé échapper que Howard et elle avaient un jour eu une « histoire » ensemble, il y avait peu de chances pour que cela dure encore, n'est-ce pas ? Et même si c'était le cas, il ne la ramènerait pas à la maison comme ça, tout simplement parce que Lizzie était absente, n'est-ce pas ? Non, bien sûr que non : donc voilà – c'était une réflexion parfaitement idiote. Cela dit, je regarde Howard d'un nouvel œil, depuis quelque temps : comment peut-on jamais avoir envie de quelqu'un d'autre que Lizzie ? Moi, je ne pourrais pas ; d'ailleurs cela ne m'arrive jamais.

« Melody est restée avec Elizabeth. Elle prend ma place, en quelque sorte. Où sont Brian et Dotty ? Ils prennent ça comment ? »

Lulu s'entendit dire Hmmm ? Oh, Brian et Dotty – ils ne sont pas là, ils sont sortis – ils sont partis tôt ; mais au fond d'elle-même, quelque chose d'inconnu et de violent s'était mis à bouillonner – une douleur lacérante, une jalousie sanglante qu'elle ne parvenait pas à maîtriser : je sens la brûlure augmenter. Lizzie, dans une suite, à Paris, avec *Melody*. Pourquoi *Melody* ? Qu'est-ce que *Melody* vient faire dans tout ça ? Si quelqu'un devrait être là-bas, c'est bien *moi* – moi, moi, et *moi* : pas *Melody*, ni personne d'autre – personne, que *moi*.

« Sortis ? s'étonna Howard. Vraiment ? Comme c'est curieux. Comment – sortis *ensemble*, vous voulez dire ? Encore plus curieux. »

Lulu se força à atterrir, mais elle avait le visage en feu, elle le savait.

« Non, pas du tout. Brian s'est levé à l'*aube*, je crois – et il a filé au garage pour chercher une espèce d'appareil bizarre, je ne sais trop quoi. »

Howard hocha, puis secoua la tête avec une expression vaguement désespérée, mêlée d'une quasi-affection.

« Ce doit être son détecteur de métaux. Il avait rangé deux trois trucs dans le garage – il a perdu tout ce qu'il possédait à présent, le pauvre bougre.

– Ah, c'était ça ? » fit Lulu d'une voix machinale. Pourquoi Howard ne s'occupe-t-il pas de sa fameuse *Melody*, puisqu'elle est si géniale, pour me laisser mon adorable Lizzie toute à *moi* ? « Quant à Dotty, elle a emmené Dawn quelque part, il y a une heure de cela. Je crois qu'elle a dit qu'elle allait à ce magasin dans lequel elle travaille.

« *Arène*, fit Howard, brusquement.

– Pardon, Howard ?

– Mmm ? Oh, rien, ce n'est rien : désolé. C'est juste ce truc dans lequel on entre après avoir respiré un grand coup, aucune importance, vraiment aucune. Bon – donc ils sont sortis : eh bien, voilà un plaisir différé. Et Nelligan ? Les murs sont toujours debout ?

– Nelligan a presque terminé, c'est à peine croyable. Voulez-vous un thé, Howard ? Vous prenez un petit déjeuner, quelque chose ? Là, il est en train de fixer les poignées et les plaques d'interrupteurs en cuivre, et puis il dit qu'il file.

– Hum. Avec encore un gros chèque. Je prendrais bien un peu de thé, en fait, Lulu – si ça ne vous ennuie pas. Mais non – rien à manger, merci. » Le whisky dans le thé, ce n'est pas aussi bon, mais ça fait quand même mieux si quelqu'un entre.

« Très bien, Howard, fit Lulu, animée soudain par la décision qu'elle venait juste de prendre, presque à son insu. Je vous prépare du thé, et puis je file. Vous n'avez plus besoin de moi ici, à présent – et de toute façon, vous avez largement assez de locataires comme ça !

– Vraiment ? s'assura Howard. Vous êtes sûre ? » Parfait, pensait-il. Excellent.

« Oui. Mais Noël sera très vite là – et je reviens pour Noël, bien sûr. Je suis folle d'impatience. »

En fait je reviens à la seconde même où ma Lizzie débarque. Et maintenant, il faut que je l'appelle. Et ensuite ? Et après, dans cette nouvelle vie d'errance qui est la mienne ? À la maison ? Non – pas à la maison : John peut revenir n'importe quand, et ça, je ne le supporterais pas, je le sais. Où, alors ? Je ne sais pas. Tout ce que je sais, c'est qu'il faut que j'appelle Lizzie.

À cet instant, le téléphone sonna, et Lulu bondit et se rua aveuglément sur l'appareil, ne voyant plus qu'un nom qui brûlait devant ses yeux : *Lizzie*.

« *Colin* ?... fit-elle, répétant le nom que prononçait une voix inconnue. Non, il n'est pas *là*, j'en ai peur – en fait, il est parti pour deux ou trois jours. Voulez-vous lui laisser un message ? Non ? Bon, très bien. Au revoir. » Quelle perte de temps : ce n'était pas du tout Lizzie. « Un ami de Colin, apparemment, dit-elle en souriant à Howard, tandis qu'il s'éloignait à la recherche de Nelligan.

Il faut que j'appelle Lizzie.

Voilà, j'ai appelé Lizzie. Et ils regrettent, n'est-ce pas, mais la suite ne répond pas. Un message ? Non. Non. Un message, ça ne suffirait pas. Le portable ? Éteint.

Où, alors ? N'importe où, n'importe où – mais il faut que je parte *maintenant*, parce que je vois autour de moi toutes les affaires de Lizzie, et que tout à coup, ça ne va *plus*, cette situation.

La cuisine avait fière allure – Elizabeth elle-même, estima Howard, se déclarerait plus que satisfaite du résultat : on pouvait très raisonnablement supposer qu'il n'existait nulle part, dans le vaste monde, de cuisine plus sophistiquée, mieux équipée, mieux pourvue en gadgets divers, ce qui en soi susciterait le ravissement d'Elizabeth, Howard en était bien certain (quoique cela dépendît, naturellement, de ce que Cyril et Edna avaient pu faire installer à côté).

Il sortit de la maison et se dirigea vers la Jaguar – tout à fait surpris (quand on parle du… du loup, c'est ça) de voir Cyril arriver d'un air décidé, faisant crisser le gravier sous son pas ; Cyril également parut légèrement pris de court en voyant surgir Howard – il eut même un instant d'hésitation, avant de sourire et de continuer, d'une démarche résolue.

« Ah, Howard, lança-t-il. Je vous croyais parti.

– Changement de programme, répondit Howard. Nom d'un chien, il fait un froid, hein ? Enfin, au moins, il ne neige plus. Brian et Dotty – vous vous souvenez de Brian et Dotty ?

– Les gens de la caravane – c'est ça ? »

Howard hocha la tête. « C'est ça. Eh bien, ils ont eu un accident avec. Et j'ai bien peur que – ils ne sont pas blessés ni rien, mais ils sont installés chez nous, provisoirement, jusqu'à ce que, hum… »

Mon Dieu, se demandait Howard : jusqu'à ce que quoi ? Hein ? Voilà une fameuse question.

« Oh. Enfin, si au moins ils n'ont rien… C'est un sacré coup dur, cela dit. C'est une sale année pour eux, n'est-ce pas ? Apparemment, ils n'arrivent à se fixer nulle part. Ils auraient peut-être besoin d'un soutien, d'une écoute. Les gens deviennent très bizarres, vous savez, quand ils perdent sans cesse leur nid – ça a une sorte d'effet boule de neige : j'ai vu ça, oh – mille fois. Vous avez raison, il fait un froid *glacial* – et je n'ai même pas mis de pardessus, parce que bon – c'est juste la porte à côté.

– Oui . », approuva Howard d'une voix lente, avec une forte nuance interrogative, et une seule envie, celle de se retrouver bien au chaud dans la Jag – il en avait plus que marre de rester là à jouer avec ses clefs, dans le froid. « Vous aviez besoin de quelque chose… ?

– Ah, euh non – enfin *si*, évidemment – mais en fait, ce n'était pas vous que je… euh… enfin, je vous croyais *parti*, naturellement. Non – je faisais juste un saut comme ça pour voir si Mrs. Powers, Lulu, avait besoin de quoi que ce soit, enfin je ne sais pas. Une petite visite entre voisins.

– Ah – très bien », fit Howard avec entrain : chouette – rien à voir avec moi, donc je peux filer à présent. Il ouvrit la portière, prêt à se laisser tomber derrière le volant.

« Heu – en *fait*, Howard… »

Oh nooon : ce n'est pas fini.

« Écoutez, Cyril, je suis en train de geler sur pied, comme ça, franchement : si vous avez quelque chose à me dire, venez vous asseoir dans la voiture, d'accord ?

– Bien vu, approuva Cyril avec un empressement non

feint. J'ai les doigts tout bleus. C'est une vraie saloperie, hein ? Cet hiver, je veux dire.

– Bah, on a eu un bel été », s'entendit répondre Howard de manière parfaitement niaise, tout en s'installant au volant – Cyril avait pris place à ses côtés, et regardait droit devant lui : deux hommes dans une voiture qui ne va nulle part.

« Alors, Cyril… », fit Howard, l'invitant à parler.

Cyril eut une sorte de grimace crispée, sur le mode Écoutez-mon-vieux-là-je-laisse-tomber-les-faux-semblants-et-je-vous-parle-d'homme-à-homme.

« Écoutez, Howard, commença-t-il. Là, je vais laisser tomber les faux semblants, et vous parler d'homme à homme. C'est à propos de Lulu. Lulu.

– Ah bon ? » fit Howard, parfaitement perplexe.

Cyril hocha la tête avec frénésie, tel un de ses patients, ou un truc comme ça.

« Elle me tient, vraiment, réellement. Elle m'obsède depuis l'instant où j'ai posé les yeux sur elle, lors de votre réception, cet été – vous vous souvenez ? Elle y était. »

Dieux du ciel, pensait Howard : ça alors, c'est extraordinaire.

« Oui. Elizabeth l'avait rencontrée pendant les vacances.

– Oh, voilà le *lien*, alors ? Je vois. Bon, le truc, c'est – que savez-vous d'elle ? Je veux dire – je sais que son mariage va à vau-l'eau, mais… eh bien : pensez-vous que j'aie une chance avec elle ? Quelle qu'elle soit ? Parce que je serais prêt à mourir, pour avoir la moindre chance avec elle.

– Mon Dieu… », fit Howard. Mais je n'en sais foutre *rien*, moi – qu'est-ce que j'en *sais*, moi ? Pourquoi me demander ça à *moi*, nom d'un chien ? Je ne sais rien, rien d'elle. « … je ne vois pas pourquoi non… peut-être par ricochet, ce genre de chose, c'est ce que vous voulez dire ? Il faut avouer que là, c'est votre domaine plus que le mien. C'est une jeune femme fort séduisante – aucun doute quant à cela.

– Oh mon Dieu…, gémissait Cyril à présent (et Howard ne put s'empêcher de se demander où était passé son détachement tout professionnel). C'est la femme la plus sublime de la *terre*. Je veux dire – il est évident, Howard, que vous êtes parfaitement heureux avec Elizabeth – ça se voit, je connais ces signes-là –, et Elizabeth, naturellement, est une femme magnifique et fiable, et vous avez énormément de chance. Non, ce que je veux dire, c'est que vous n'avez probablement jamais songé à désirer un tel objet, et c'est là que vous avez de la *chance*, Howard – vous comprenez ? Vous êtes un homme heureux. Mais moi, – et c'est une confidence que je vous fais là, Howard – moi, je *m'ennuie*, vous voyez ? Edna est parfaite à bien des égards, ce n'est pas ce que je veux dire… mais en tant que *femme*… vous voyez ? Enfin… vous comprenez ce que je veux dire ? En tant que *femme*, mon Dieu – elle n'est pas vraiment à la hauteur. Enfin pas pour moi. Enfin plus maintenant. Et pourtant, je n'ai jamais, vous savez – jamais rien *fait* par rapport à ça, pas une seule fois. Enfin il y a bien eu cette patiente, une Californienne, une fois, mais ça ne compte pas vraiment : je l'avais plus ou moins hypnotisée, et je me suis dit oh, après tout, hein – je ne crois pas qu'elle se rappelle de quoi que ce soit. Mais vous voyez – aucune femme ne m'a jamais *touché* comme Lulu, et je sens bien que si je ne fais rien par rapport à elle, je risque simplement de *craquer*… et après, sans aucun doute, je m'en mordrai les doigts pendant tout le reste de ma vie.

– Mon Dieu, soupira Howard, tout ce que je peux vous dire, c'est que si vous *voulez* faire quelque chose, vous avez intérêt à le faire vite, parce qu'elle va partir. Elle devait passer quelques jours ici, comme vous le savez, mais puisque je suis rentré… »

Un éclair blanc de panique illumina les yeux de Cyril.

« Quoi ? Elle part ? Elle part ? Quand ?

– Eh bien, *maintenant*, si j'ai bien compris. Je… »

Mais Howard constata qu'il parlait déjà à un siège vide et à une portière béante (quel gougnafier – toute la bonne chaleur du cuir s'est envolée, maintenant) et, comme il se penchait pour la refermer, il aperçut à peine les talons de Cyril, qui cavalait dans l'allée, avant de s'accrocher éperdument à la sonnette, et enfin – tandis que la voiture passait doucement et s'éloignait – le visage de Lulu dans l'encadrement de la porte.

Dieux du ciel, se disait Howard en accélérant, car le feu était encore vert – il y a vraiment des hommes bizarres, non ? Mais bon, peu importe Cyril, et peu importe Lulu : ils sauront bien se débrouiller tous les deux. Mais quoi qu'il arrive, là – et à mon sens, pas grand-chose –, cela n'approchera jamais de la volupté que je connais avec ma Laa-Laa. Ma Laa-Laa que je vais enfin, enfin revoir, embrasser, serrer contre moi, aimer : merci mon Dieu de m'avoir fait quitter Paris.

« Oh mon Dieu, mon Dieu, Elizabeth – c'est vraiment le *paradis*, ici », s'exclama Melody avec élan, et probablement pas pour la première fois : Elizabeth était contente, certes, bien sûr qu'elle était contente, mais Melody était-elle absolument obligée de *s'exprimer* sans cesse ? Cela pouvait devenir fatigant, vraiment fatigant. Lulu, à sa place, aurait très certainement pris plaisir à siroter son *café au lait**, aucun doute, mais ceci (non moins certainement) aussi discrètement qu'Elizabeth le faisait, sans même y penser. Cette attitude, toutefois, était peut-être une manière de préserver l'équilibre : arborons donc un sourire aimable, comme quand on emmène un écolier aussi ravi que glouton prendre le thé au Grand, s'efforçant de ne pas broncher tandis qu'il enfourne d'un coup son cinquième chou à la crème, avant de sucer consciencieusement ses doigts un à un. Bien sûr que je n'avais pas l'*intention* de me retrouver à Paris avec Melody (je lui ai proposé de venir passer la journée, par pure *gentillesse*) et je ne peux pas dire que je me sente complètement *à l'aise*. Il y a deux ou trois choses, là, qui m'embarrassent un peu : déjà –

« Est-ce que ce serait vraiment *horrible*, claironna soudain Melody – et cette fois, une ride légère mais néanmoins perceptible plissa le front d'Elizabeth –, si je commandais encore un de ces croque-machin, là, je ne sais plus comment ça s'appelle ?

– Croque-monsieur », répondit Elizabeth d'une voix sereine ; elle avait bien tenté d'y mettre une touche de gaieté – pour elle-même plus qu'autre chose – mais non, le résultat était une voix sereine. « Bien sûr que non – si tu en as envie. » Comment diable, se demanda Elizabeth, pouvait-on manger *deux* de ces trucs coup sur coup ?

Donc, *déjà* – Melody n'avait pas d'argent. Bon, évidemment, ça ne posait aucune espèce de problème, on pouvait bien s'arranger, l'espace de ce qui était censé être une délicieuse petite escapade hivernale (je veux dire par là que pour moi, Melody peut parfaitement commander autant de croque-monsieur qu'elle pourra en avaler sans être malade) ; non, là où je vois pointer une vague inquiétude, c'est quand je réfléchis à ce que je vais pouvoir faire exactement *ensuite* – à la façon dont je vais gérer la situation. Parce que bon – vous pouvez demander à n'importe qui (à Howard, tenez) : l'*idée*, quand on est ici, c'est bien d'*acheter* toutes sortes de cadeaux ravissants et tout ça, n'est-ce pas ? Je veux dire, regardez cette ville, regardez comme c'est ravissant. Rien qu'ici, de la terrasse vitrée de cette brasserie, au travers des lettres rouge et or, j'aperçois presque entièrement la place Vendôme – dont les illuminations de Noël, d'un raffinement inouï, font briller doucement chaque pavé. Et puis il y a Boucheron, et puis Cartier – et Charvet n'est pas loin non plus (imaginez Zouzou enveloppé dans une de leurs écharpes), et, juste une rue ou deux derrière nous, il y a simplement tout, tout ce que l'on peut souhaiter, et c'est *là*, évidemment, que ça coince : qu'est-ce que je suis censée faire exactement de Melody ? Ce serait cruel de l'obliger à me *regarder* acheter (et de toute façon, il n'en est pas question, pas du tout – je n'aime *pas* qu'on me regarde acheter – je déteste ça), et je ne peux pas non plus l'*abandonner*, n'est-ce pas ? Quoique, je peux peut-être, quand même – après tout, elle est *adulte*, même si elle n'en a pas souvent l'air. Elle est *mère*, pour l'amour de Dieu – chose qu'Elizabeth avait aussi souvent peine à se rappeler ou simplement à croire que Melody elle-même. Et ensuite, eh bien… *ensuite*, je ne suis pas trop sûre de… oh là là – je ne sais pas trop ce que je *ressens* – je ne me suis encore jamais, jamais trouvée confrontée au simple *soupçon* d'une telle chose, et je *veux* effacer ça de mon esprit (il suffit d'en rire) – si, si, vraiment – mais bon, je suppose que quand on a vu quelque chose, on l'a vu, point final, n'est-ce pas ? Et dans la suite, à l'hôtel, hier, ce que j'ai lu dans les yeux de Melody n'avait rien à voir avec la joyeuse activité des fêtes qui approchent, pas plus que je n'ai senti chez Howard la simple sollicitude d'un vieil ami. Alors moi, je fais quoi, exactement ? Quoi ? Oh, c'est trop injuste – je ne supporte pas les choses troubles, je ne supporte pas. Je suis ici pour faire du shopping, l'esprit libre, pas pour jouer les lys blessés – ni certainement les *détectives* amateurs. Non. Non et non. C'est trop idiot – je ne sais pas ce qui me prend. D'ailleurs, je n'ai *rien* vu, parce qu'il n'y avait simplement rien à voir.

« Elizabeth, fit soudain Melody d'une voix flûtée, j'imagine que ça ne te dirait pas trop, un tour à Euro Disney, n'est-ce pas ? Mon Dieu, ces sandwichs sont vraiment trop bons. Je prendrais bien un petit cognac, moi. »

Elizabeth regarda Melody, les yeux fixes. « Euro *Disney* ?

répéta-t-elle, incrédule, certes, mais néanmoins frappée d'épouvante. Tu ne parles pas *sérieusement*, Melody, dis-moi ? Oh mon Dieu, mais si, tu *es* sérieuse, n'est-ce pas ?

– Je pensais bien que ce ne serait pas ton truc, sourit Melody – quoique Elizabeth fût bien certaine de discerner une vague nuance de bouderie, là, si vous pouvez croire une telle chose. Bon, puisque c'est comme ça – on se retrouve ce soir à l'hôtel, si tu veux – d'accord ? Je ne sais pas si je reviendrai un jour à Paris, et je n'ai pas envie d'en manquer une miette, tu comprends ? Il paraît que c'est vraiment chouette.

– Oui, tout à fait, approuva Elizabeth avec empressement. Bien *sûr*, vas-y, bien sûr. On dit – quoi, huit heures ? Plus tard ?

– Huit heures, ça devrait aller. Sinon, je te téléphone, hein ? Hm-hm – Elizabeth, je sais que c'est vraiment minable et je me sens carrément *mal*, là, mais en fait, je n'ai absolument pas de, euh... »

Elizabeth se rua sur son sac, farfouilla, et fourra une quantité probablement excessive de coupures françaises dans la paume suspendue de Melody. Déjà debout, celle-ci avala d'un trait un armagnac ambré qu'Elizabeth ne se souvenait nullement avoir commandé, et s'éclipsa avec un signe de la main juvénile. Sur quoi Elizabeth se retrouva seule devant non seulement l'addition (elle farfouillait à présent dans des cartes en plastique, sans vraiment se soucier d'utiliser l'une plutôt que l'autre), mais également cette pensée soudaine – laquelle chancelait maintenant, mal à l'aise, au sommet d'une pile d'autres pensées démembrées – que Melody n'avait même pas songé à appeler Dotty, éventuellement, pour se faire confirmer de vive voix que Dawn allait vraiment bien ; depuis le départ de Howard, en fait, elle n'avait même pas abordé ce sujet.

Ça suffit, ça suffit comme ça, se dit finalement Elizabeth : maintenant, je veux absolument regarder de belles choses. Le service est-il compris, ici ? Je crois que oui, mais je n'en suis pas tout à fait sûre – ah si, si – il y a marqué « *Service compris** », en bas : cela dit, je ferais mieux de laisser un peu d'argent en plus (cent francs, ça suffira, à votre avis ? Howard m'aurait dit, mais il n'est pas là ; enfin, Howard, de toute manière, se serait occupé de tout, parce qu'il s'occupe *toujours* de tout, parce qu'il est tellement adorable. Tellement adorable. Oui).

Imaginez-vous *Lulu* proposant d'aller à Euro Disney ? Elizabeth sourit à cette pensée. Non – non, j'imagine mal. Et pourtant, elles auraient *pu* y aller ensemble, toutes les deux, se dit soudain Elizabeth, avec au cœur un pincement de regret et de manque ; il fallait qu'elle l'appelle – qu'elle lui parle, qu'elle parle à Howard ; et à cette pauvre Dotty, bien sûr – pauvre Dotty. Et qu'elle sache où en était Nelligan. Mais tout d'abord, shopping – et là, je vais vous dire ce qui me tourmente : l'écharpe de chez Charvet à laquelle j'ai pensé pour Zouzou est d'une espèce de bordeaux magnifique, à motifs d'un or moutarde profond, et un fond de noir assez présent – mais il me semble que je lui achète *toujours* des trucs rouge sombre et rose (ce doit être à cause de sa peau, cette peau qui me donne des frissons) –, alors serait-ce terriblement audacieux de ma part, si je lui offrais quelque chose de royal, d'impérial ? M'apparaîtrait-il plus riche, drapé dans la pourpre ? J'aimerais tellement, là, maintenant, sentir cette soie, juste cette soie légère entre la chaleur de ses épaules et mes doigts au supplice. Tous ces sentiments luttent à l'intérieur de moi – et c'est horrible, je sais bien, mais la paix totale me semblerait ennuyeuse, à présent.

« C'était à Howard que tu parlais tout à l'heure ? » s'enquit Edna d'un ton négligent – et sachant parfaitement que oui, puisqu'elle les avait épiés depuis la fenêtre de l'entrée (chose qu'elle semblait faire de plus en plus, à chaque jour qui passait). Je croyais qu'ils étaient censés être partis. Ton patient vient d'arriver, il y a un petit moment. »

Cyril s'employait à démontrer, avec force mimiques outrées, à quel point il faisait froid dehors, et à quel point c'était bon de rentrer au chaud. « Ce doit être Driscoll. Il réussit toujours à placer une séance en plus quand il voit arriver quelque chose de traumatisant, comme Noël. Ha ! Il n'arrive pas à affronter ça, comme tant d'autres. » Et moi, alors, se demanda Cyril avec une profonde angoisse : que puis-je encore affronter – à quoi puis-je m'accrocher, même – après avoir commencé et aussitôt fini avec Lulu Powers ? « Oui – Howard est rentré ; Elizabeth reste là-bas encore un jour ou deux – mais Howard est rentré, oui. Tu seras ravie d'apprendre que la caravane d'à côté a disparu pour de bon, Edna – apparemment, ils ont eu un accident sur l'autoroute, mais il n'y a pas de blessés, assez curieusement. Du coup, les Morgan squattent chez Howard et Elizabeth, d'après ce que j'ai compris. Drôles de gens – Brian et Dotty, je veux dire. »

Cyril eut alors la surprise de voir apparaître, en provenance de la cuisine, une fille grande et bronzée, aux membres déliés et sans doute à-peine-au-seuil-légal-de-la-majorité.

« Ah Kelly, fit Edna. Un accident sur l'autoroute ? Mais c'est horrible. Je vous présente Cyril, mon époux, dont je vous ai parlé – n'est-ce pas ? Cyril, voici Kelly, notre nouvelle employée de maison – qui, j'en suis sûre, se montrera *autrement* utile que notre précédente catastrophe ambulante – n'est-ce pas, Kelly ? »

La fille sourit – un sale sourire mauvais, s'interrogea Cyril ? Non – c'est sans doute la jeunesse, et le trac. « Et ouè, dit-elle. Je fra mon possible. »

Cyril suggéra qu'elle devait venir d'Australie, ce que Kelly confirma (« Ouè, 'zactement »), puis estima qu'il ne devait pas faire poireauter trop longtemps l'infortuné Mr. Driscoll – donc, vous m'apportez du thé et des gâteaux dans, disons une heure, Kelly, d'accord ? Edna vous dira quels sont mes péchés mignons.

« Cyril a vraiment le palais sucré, vous le constaterez assez vite – n'est-ce pas, Cyril ? »

Ce à quoi Cyril répondit Oui, avec le sentiment d'être niais, mais Edna avait toujours tendance à s'exprimer à coups de phrases ineptes comme on joue au tennis, et que pouvait-on faire d'autre que de participer un bref instant, et renvoyer la balle au fond du court ? Puisqu'il avait été question de gâteaux, il se dirigea bien vers son cabinet, certes, mais en faisant un crochet par la cuisine. Tandis qu'il dévorait un croissant tout chaud, il laissa errer un regard atone et mélancolique sur les messages juxtaposés et superposés qui recouvraient le tableau d'Edna : « Acheter des markers or et argent pour les étiquettes des cadeaux de Noël. » ; « Est-ce que j'achète un pudding ? Ou de quoi en préparer un ? » ; « Cyril – je ne rentrerai pas trop tard ce matin – je suis à deux pas. Si tu rentres en premier, tu sais où me trouver » ; « Acheter les étiquettes des cadeaux de Noël. »

Bien, j'imagine que ce que j'ai de mieux à faire, à présent, c'est d'installer Mr. Driscoll le plus confortablement possible – de le caler dans la bonne direction, et en avant pour la revue détaillée de ses derniers accès d'inquiétude et d'angoisse, traumatismes et désillusions, ce qui me donnera tout loisir de me détacher de ces balivernes pour essayer de comprendre ce qui vient exactement d'arriver, là, dans ma vie à *moi* – et peut-être pourrai-je me contraindre à voir les choses autrement, de façon plus positive ? Parce que, après tout, c'est ce à quoi je suis censé *servir*.

« Ah – Mr. Driscoll, le salua Cyril avec une brusquerie non dénuée de chaleur. Désolé, je suis un peu, ah… »

Mr. Driscoll était assis bien droit sur une chaise au

dossier raide, dans l'antichambre, l'air passionné par la bibliothèque encastrée, en face de lui – soigneusement remplie de brochures numérotées quasiment illisibles, marquées de dorures et reliées à l'américaine en brun, bleu et rouge sang, bibliothèque flanquée de sa sœur jumelle artistement dupliquée à l'acrylique et ne se différenciant de la première que par l'ajout capricieux d'un parchemin à demi enroulé et d'une plume d'oie coquinement inclinée, ainsi qu'une paire de fringants chevaux chinois en porcelaine bleue et blanche.

« Il fait assez froid à votre goût ? » lança Cyril, tandis que tous deux pénétraient d'un pas résolu dans le cabinet d'analyse et reprenaient les places qu'ils occupaient de toute éternité ; car, quoi que vous ayez pu entendre dire – et permettez à Cyril de vous l'affirmer, au nom de sa compétence professionnelle – les réflexions ayant trait au temps qu'il fait constituent une excellente ouverture, en outre chaleureuse : particulièrement durant les rigueurs hivernales – cela brise la glace, soyez-en sûr.

Mr. Driscoll se tortilla sur le divan non sans ostentation, jusqu'à trouver une position d'équilibre qui lui assurait néanmoins un certain confort, puis tenta de faire ce que Cyril lui demandait toujours : détendez-vous, laissez-vous *aller*, Mr. Driscoll. Ayant échoué, comme de coutume (qu'est-ce que cela pouvait signifier exactement ?), il secoua un coussin en murmurant, inconsolable :

« Il recommence juste à neiger. J'ai bien vu pendant que j'attendais, par la, euh. Fenêtre. Ça ne change pas grand-chose pour moi. J'ai tout le temps froid – froid à l'intérieur. *Elle*, elle dit que c'est parce que je n'ai pas de sang, ou parce que je développe une espèce de résistance due à ma lâcheté naturelle, voilà ce qu'elle dit. Mais je ne suis pas comme ça, n'est-ce pas docteur Davies ? J'ai bien du sang ? Je ne suis pas un lâche ? Si ?

– Aucun d'entre nous ne peut se montrer toujours courageux, répondit Cyril d'une voix apaisante. Que ressentez-vous à l'idée de Noël ? »

Ce qui, comme l'avait judicieusement prévu Cyril, eut un effet immédiat : les intonations geignardes montèrent d'un ton, et déjà Mr. Driscoll était lancé :

« Oh mon Dieu, nous y voilà, hein ? Elle dit qu'il n'est pas question qu'elle reçoive ma famille cette année, parce qu'elle les trouve tous épouvantables – et j'imagine que d'une certaine façon elle n'a pas tort, évidemment – parce qu'ils sont *assez* épouvantables, dans ma famille… mais vous voyez, le truc, c'est qu'ils s'imaginent tous qu'ils *sont* invités, parce que je n'ai pas eu le courage de le leur dire – enfin je veux dire, ils imaginent qu'ils viennent parce qu'en principe ils viennent toujours, vous voyez… mais *elle*, oh mon Dieu, elle, elle croit que je leur ai dit de ne pas venir, parce que je lui ai dit, à *elle*, que je leur avais dit de ne pas venir, me disant que, vous voyez, que je trouverais un *moyen* de le leur dire, mais je n'ai trouvé *aucun* moyen, et entre-temps nous y sommes presque, c'est *maintenant*, et je suis dans un tel état d'angoisse et d'anxiété que je ne sais absolument plus quoi *faire* contre ça, docteur, et la nuit dernière, tard dans la nuit, j'ai – réellement, hein, réellement songé à en finir. Je veux dire – pourquoi pas ? Je ne vaux rien. Rien.

– Vous savez quelle valeur vous vous accordez, Mr. Driscoll. Nous en avons souvent parlé. Au cours de la dernière séance, vous m'avez dit que vous étiez "important". N'est-ce pas ? Vous vous en souvenez ?

– Je n'ai pas dit cela, si ? Vraiment ? Mon Dieu, j'ai dû avoir un coup de folie… à moins que ce ne soit maintenant. Suis-je fou ? Le suis-je ?

– Pensez-vous être fou ?

– Non, je… non, réellement, non. »

Eh bien, pensa Cyril, tu as relativement tort, mais peu importe. On remet encore un peu les gaz, et puis je pourrai commencer à m'occuper de *moi* (je me ferais bien un petit éclair – et en plus, voilà mon genou qui se met à tressauter, maintenant).

« Décrivez-moi précisément votre pire scénario pour Noël, Mr. Driscoll. Vous vous souvenez ? Ce que nous faisons souvent. Et ensuite, nous pourrons commencer à nous occuper de réduire la pression – une fois que nous saurons précisément quelle est la principale cause d'anxiété. »

Et voilà Mr. Driscoll parti pour son voyage imaginaire (en voiture, en voiture, le train des idées noires va partir) – dont les premiers fragments que Cyril se donna la peine d'écouter, il fut contraint de le reconnaître, étaient assez craignos – tandis que son si précieux médecin de l'âme le laissait filer en roue libre, se préparant pour sa part à une sérieuse séance de rétrospection introspective.

J'y suis peut-être allé un peu fort ; c'est Howard, en disant que Lulu était sur le point de disparaître, qui l'avait fait paniquer – parce que je veux dire, disparaître *où* ? Où allait-elle ? Et si elle émigrait à l'étranger, je ne sais pas ? Ces questions fulguraient dans l'esprit de Cyril, tandis qu'il fonçait vers la porte et maltraitait la sonnette. Tout ceci était peu probable, certes – mais si elle n'était pas arrivée pour ouvrir la porte à temps, Cyril était déjà disposé à l'imaginer ficelée dans le module, au tréfonds d'une navette spatiale américaine à destination de planètes encore non répertoriées.

« Oh… », voilà tout ce que Lulu trouva à dire en le voyant. Bon, certes – Cyril ne s'était pas égaré sur la route de l'illusion au point d'imaginer qu'une manifestation violemment émotive, du style Te-voilà-enfin-toi-que-j'ai-attendu-toute-ma-vie, était nécessairement au programme, mais quand même, ce petit « Oh… » tout plat, d'une neutralité glaçante, mettait soudain en lumière la très nette fragilité de sa position : il était parvenu, durant les heures de la matinée, à se mettre dans un tel état de désir envers Lulu, quelque chose de franchement sauvage, qu'il en était arrivé à croire, de tout son cœur, qu'une partie au moins de ce désir, sinon la totalité, trouverait un accueil favorable. Et combien de fois avait-il mis ses patients en garde contre une telle sottise ? Existait-il de chemin plus direct vers la désolation, la désillusion, et le glaive de la rebuffade ? Gardant un peu de cette conscience dans un coin de son esprit enfiévré, Cyril avait fait son possible pour modérer – ne pas oublier les yeux hagards et la langue pendante – l'ardeur que tout son visage pouvait exprimer (effort déstabilisant, il faut le reconnaître), et l'amadouer jusqu'à lui imprimer un semblant de contrôle – et alors, il dit :

« Ah… Mrs. Powers. Lulu.

– Vous avez manqué Howard à une minute près, j'en ai peur. Il vient de partir.

– Oui. Non, je, euh… Dieux du ciel, on se croirait au pôle Nord, n'est-ce pas ? Je ne veux pas faire entrer le froid… et vous qui êtes là en plein courant d'air… »

Et avec – Cyril lui-même s'en aperçut bien – une réticence colossale, Lulu fit, lentement, Oh, heu – voulez-vous entrer, alors ? Deux minutes ? Cyril leva les sourcils pour bien indiquer que la pertinence évidente de cette proposition venait juste de lui apparaître, avant de répondre Oh, euh – ce serait, euh… sur quoi il entra vite fait.

Toutefois, entre Cyril et ses souvenirs, s'infiltrait à présent la voix plaintive de Mr. Driscoll :

« Bien sûr, je n'imagine pas réellement qu'elle va forcément se jeter à la gorge de ma tante armée d'un sécateur, comme elle s'est souvent jurée de le faire, je dois l'avouer – mais cette menace, cette inquiétude planent sans cesse. Croyez-vous que je devrais essayer de l'ignorer ?

– Croyez-vous qu'il soit possible de l'ignorer ? repartit Cyril, peut-être un chouia trop vite.

– Mmm… oui, je vois ce que vous voulez dire. Et puis, il y a aussi ce qu'elle s'est juré de me faire à *moi*… quand nous serons au lit, vous voyez… »

Oui oui, se dit Cyril, ses pensées s'éloignant de nouveau en tourbillonnant – au lit, tout à fait : il serait mort, sur le coup, du plus intense des plaisirs, s'il avait pu couper court aux paroles et y emmener Lulu, sans hésiter, ou – peut-être mieux encore – l'y traîner. Non qu'il eût jamais considéré le lit comme une nécessité absolue : plancher, mur, table ou chaise lui convenaient très bien. Mais bon, jetez un seul regard sur Lulu : elle est plus froide que le givre au-dehors – et, n'en pouvant plus, au bord du craquage, Cyril se lança :

« Lulu, euh… je peux vous appeler Lulu ? Oui. Merveilleux. Je trouve que vous êtes une femme fort intéressante. Tout à fait. Très. Très intéressante.

– Vous ne me connaissez pas, Cyril, répondit Lulu avec ce qui pouvait passer pour un sourire. Je suis très quelconque, je vous assure.

– Non, non, je vous en prie : n'oubliez pas que c'est mon métier. J'ai l'habitude de voir… *au-delà*.

– Ah oui ? Bien – vous devez avoir raison, je n'en doute pas. Écoutez, euh – Cyril, il faut absolument que j'y aille, là, et Howard est parti, comme je vous l'ai dit, donc…

– Écoutez-moi, Lulu – écoutez-moi : quand j'ai dit que vous étiez intéressante, ce n'était pas tout à fait ce que je voulais dire. Enfin je veux dire, vous *êtes* intéressante, évidemment que vous l'êtes – ça va sans dire… mais ce que je voulais dire, en fait, c'est que vous êtes la plus belle femme que j'aie jamais vue de ma vie – non, pas un mot, je vous en prie : il faut que je vous le dise. Et je n'ai pas *cessé* de le penser, Lulu, ma chère Lulu, depuis l'été dernier – dans ce jardin, ici même, mais vous ne vous en souvenez peut-être…

– Cyril, *écoutez*…

– Et l'autre chose que je veux vous dire, ce que j'ai aussi à vous dire, c'est que non seulement je vous trouve tellement désirable que ça me *chamboule* complètement – et je n'emploie pas ce genre d'expression à la légère…

– *Cyril* ! Arrêtez. Arrêtez, maintenant. Et partez, s'il vous plaît. Oh mon Dieu.

– … mais en plus, je vous *aime*, Lulu, et – mais que se passe-t-il ? Pourquoi pousser des cris comme ça ?

– Je pousse des cris… ! Eh bien, je pousse des *cris*, Cyril, parce que si je ne crie pas, je vous *tue*, d'accord ?… Oh – Mr. Nelligan – non, tout va bien, merci : je bavarde avec le voisin, voilà – oui, je passe vous voir tout à l'heure. Regardez ce que vous avez *fait*, pauvre idiot ! Écoutez, Cyril, je vous promets de ne pas dire un mot de tout cela, à qui que ce soit, si vous partez *tout de suite* – d'accord ? Je dis bien *tout de suite*, Cyril.

– C'est peut-être chez vous une espèce de résistance de principe, vous savez… ?

– Pas du tout – vous pouvez me croire. *Partez*, Cyril.

– Donc… ce que vous me dites, en fait, c'est que vous ne ressentez aucune, euh, aucune réciprocité dans vos sentiments envers moi – et pourtant, je crois percevoir autre chose. Parce que c'est mon *métier*, et…

– Cyril – vous devez comprendre une chose : vous sortez de cette maison dans l'instant, ou je vous mets un coup de latte qui vous fera remonter les couilles jusqu'à la gorge. Est-ce que c'est *clair* ?

– Vous faites preuve d'une grande hostilité, Lulu.

– *Bon*, vous l'aurez voulu…

– C'est bon ! C'est bon ! Je pars – je vais partir. Mais je pense que quand vous prendrez un instant pour considérer sereinement la situation, vous verrez peut-être l'inconscience de votre comportement, et que – Ouh ! Ouah ! C'était mon *genou*, ça, Lulu – ouh là là !

– J'ai mal visé, Cyril – j'ai mal visé. La prochaine fois, je viserai *mieux*. *Dehors* ! »

Oui… oui. C'est là, je crois, un assez bon résumé de la manière dont les choses s'étaient déroulées : pas un succès retentissant, je vous l'accorde, mais le mouvement était amorcé, qui ferait boule de neige, avec le temps : nous n'en étions encore, après tout, qu'au sommet de la pente. Et combien de femmes n'ai-je pas rencontrées, dans mon métier, qui ont montré exactement les mêmes réactions physiques ? Cette posture agressive ? Cette façon d'élever des murs afin de dissimuler, et se dissimuler à elles-mêmes l'objet de leur passion. En attendant – c'est un peu la douche froide, malgré tout.

« Donc, voilà, soupira Mr. Driscoll – d'un ton désespéré, mais aussi conclusif qu'il pouvait parvenir à l'obtenir de lui-même. Je crois que je vous ai tout dit – enfin, *l'essentiel*, j'imagine, rien de plus. Parce qu'on ne peut jamais *tout* dire, n'est-ce pas ? Juste ciel – si je vous disais tout, absolument tout, mais je m'effondrerais en plein milieu, si jamais nous arrivions jusque-là. Ce qu'il me faut, docteur, c'est arriver à *surmonter* tout cela, n'est-ce pas ?

– Chaque chose en son temps, déclara Cyril – réaction automatique et à demi ensommeillée, comme s'il complétait par cœur un dicton bien connu.

– Exactement ! s'exclama Mr. Driscoll avec un enthousiasme sans mélange – comme si le fait d'être mis face à sa propre inertie et à ses angoisses les plus morbidement minantes était un bond en avant spectaculaire.

– En un certain sens, reprit Cyril – d'une voix comme tamisée par la distance – c'est le cas pour chacun d'entre nous. » Ce n'était pas là une phrase tirée d'un manuel : c'était exactement ce qu'il avait lui-même ressenti, c'était là, dans l'air. Mais si Mr. Driscoll n'avait pas pu deviner ce qui la suscitait exactement, cette remarque quelque peu nébuleuse avait eu pour effet de le déprimer plus profondément que jamais, et il arborait de nouveau son regard fixe de poisson, ce qui pouvait présager à peu près n'importe quoi. Difficile de dire, quand Cyril mit fin, dans les termes convenus, à cette séance encore plus décousue qu'à l'habitude, lequel des deux était le plus proche du désespoir.

Dans la cuisine (elle faisait quoi, cette fameuse Kelly, avec le thé et les gâteaux ?) l'humeur sombre de Cyril, à présent vivement rehaussée d'agacement, se vit quelque peu adoucie par cette fraîche vision : Kelly était en train de préparer le plateau (ne soyons pas trop sévère) et le spectacle de son énergie, de ses joues rouges, de la concentration qui se lisait sur son visage – ces yeux toujours prêts à s'étonner –, tout cela fit que Cyril se sentit tout à la fois mou et vieux, et en même temps curieusement revigoré. Puis elle dit :

« 'Zêtes vraiment un vrai 'si-shiatre ? »

Cyril sourit (c'était plus fort que lui – il aimait bien ce genre) et répondit simplement Oui.

Kelly lui rendit son sourire. « Mince alors, fit-elle. C'est carrément sexy, ça alors. J'vais porter son thé à Idna. »

Ce qui laissa Cyril aux prises avec une rage intérieure : Ah ouais ? *Ouais* ? Eh bien, je connais quelqu'un qui n'est pas de votre avis, Kelly ; c'était le *regard* de Lulu, plus que tout – plus que les mots (et Dieu sait que les mots explosaient comme autant de bombes), c'était le *regard* qu'elle posait sur lui, sans cesse : comme si elle se recroquevillait intérieurement devant la puanteur abominable d'une merde toute chaude, puanteur dont, de toute évidence, il était lui-même la source infâme. Cyril secoua la tête et jeta un coup d'œil autour de lui, à la recherche de quelque consolation ; l'éclair au chocolat fut dans sa bouche, puis dans son ventre avant même qu'il ait eu conscience que, eût-il pensé à temps à se souvenir de faire l'effort d'en savourer le goût, il aurait presque pu y trouver plaisir.

À l'étage, Edna était assise devant sa coiffeuse et regardait sans la voir la neige fondue qui tombait de biais, absorbée par le sol dès qu'elle touchait terre. La vue était pratiquement la même que depuis son poste d'observation, dans l'entrée – en plus incliné, puisqu'elle était plus haut, mais essentiellement la même. C'est de là qu'elle avait vu, d'abord surprise, puis perplexe – et maintenant tout à fait remontée –, Cyril qui sortait en titubant et en boitant très fort de la maison de Howard et Elizabeth, son visage tout rouge et bouffi faisant tache dans l'obscurité et le froid hostile ; il avait émis une dernière protestation, puis cette fameuse Lulu, blanche de rage, avait claqué la porte sur lui – Edna encore insensible – tandis qu'il levait un bras pour se protéger les yeux (vision dont elle se souvenait à peine).

Non, merci, Kelly, avait-elle dit doucement : non, je ne prends pas de thé pour le moment – c'est gentil à vous, merci – mais non, rien pour moi, pas maintenant. Une fois Kelly sortie, Edna se redressa, l'air décidé, et, comme si elle se dissociait mentalement de ce qu'elle devait faire, commença d'ôter, un à un, les vêtements qui l'enveloppaient – évitant sereinement un œil imaginaire, logé comme une bille dans le crâne de qui lui avait ordonné de le faire. Elle s'approcha d'une psyché et contempla la somme de matière blanche, ici et là débordante, qui composait son corps, soutenant un de ses seins d'une main absente : un sein lourd, liquide, oui, mais comme à demi rempli cependant ; elle le laissa retomber comme il l'entendait. Cette petite meurtrissure, à son coude, n'avait pas encore totalement disparu : à présent, cela mettait beaucoup plus longtemps qu'autrefois, c'est ce que l'on dit, n'est-ce pas.

Edna se dirigea, pieds nus, vers la fenêtre, et demeura là. Quelqu'un, jetant un regard dans cette direction depuis la maison d'Elizabeth et Howard, l'aurait certainement aperçue – mais, bien qu'elle restât là, immobile, jusqu'à en être gelée, personne ne le fit ; ou bien alors, elle ne l'avait pas vu. Et même si quelqu'un l'avait remarquée ? Qu'aurait-il ou qu'aurait-elle pensé ? Et, se demanda brièvement Edna, qu'est-ce que je fais, là, à mon avis ? Ce serait moins pénible, n'est-ce pas, si je savais où j'en suis ; ce serait infiniment moins pénible si quelqu'un pouvait gentiment me prendre à part et m'expliquer, simplement, à quoi je *sers*.

Chapitre XIII

Elizabeth avait dû prendre un taxi pour rentrer à l'hôtel – chose qu'elle faisait rarement, ne quittant guère les premier et deuxième arrondissements – mais en l'occurrence, elle avait simplement trop de sacs de papier glacé à poignées de corde (mon Dieu, écoutez – elle n'avait pas vraiment de *temps* devant elle, et tout est si magnifiquement éclairé, et présenté de façon tellement attrayante, et oui, bon – j'ai dû légèrement dépasser la mesure, d'accord, mais ça ne se présente qu'une fois par an, finalement, et puis ce n'est pas pour moi, c'est pour tout le monde sauf pour moi). Enfin – je dis ça, mais bien sûr, j'ai quand même fait deux trois petites emplettes pour moi, des petits trucs absolument divins que je ne pouvais absolument pas abandonner à leur sort – j'avais l'impression qu'ils me tendaient les bras, particulièrement cette ceinture réversible et complètement sublime de chez Hermès, avec la boucle argentée en forme de H ; j'en ai déjà une ou deux semblables, certes, mais celle-ci avait quelque chose d'imperceptiblement différent. Ce qui me fait soudain penser à Howard : c'est lui qui – sur mon injonction, mais, il faut le reconnaître, sans la moindre velléité de protestation – m'a acheté la première. Il avait feint d'être au bord de l'infarctus en voyant le prix, puis avait marmonné, l'œil sombre (c'était de l'humour, j'imagine – c'est quelquefois difficile à dire, avec Howard), que la présence de ce H aurait infiniment plus de sens si elle s'était appelée Helizabeth, mais bon, peu importe – puisqu'elle te plaît et que tu es contente. Cher Howard. Mon Howard – pourquoi ma pensée s'éloigne-t-elle de toi, à présent ?

En outre, j'ai parfaitement résisté à la tentation monstrueuse (ce qui m'a immensément surprise de moi-même ; je ne m'en pensais pas capable – et *non*, je ne succomberai pas plus tard) de vider tous les sacs pour contempler mon somptueux butin étalé sur le couvre-lit : j'attendrai d'être à la maison, quand je les envelopperai – ainsi, ce sera presque autant une surprise pour moi de les redécouvrir que pour les autres quand ils les ouvriront le matin de Noël. Par contre, moi, je vais m'ouvrir cette petite bouteille de Perrier bien glacé (Dieu sait que j'en ai besoin – c'est drôle que le grand froid me donne toujours soif ; je suis sûre que pour la plupart des gens, c'est le contraire), et puis je crois que je ferais aussi bien d'appeler maman. La dernière fois que j'ai eu Lulu au téléphone (ah oui, Lulu – ensuite, j'appelle Lulu), elle m'a dit que maman avait déjà appelé trois fois, et je ne suis partie que depuis deux jours ; je ne me suis pas donné la peine de demander à Lulu ce qu'elle avait *dit* ou ce qu'elle *voulait* ni rien, parce que ce n'est jamais vraiment ça dont il s'agit, avec maman – j'imagine que pour elle, ce doit être une forme de *communication*, quelque chose comme ça ? C'est peut-être *normal*, quand on prend de l'âge. Je me demande si je serai comme ça ? J'espère pas. Howard a dit un jour que si on devenait comme ça, il se tirerait une balle, et je me souviens que j'ai ri, alors il a dit Non, ne ris pas, parce qu'ensuite ce sera ton tour – mais là, je suis sûre qu'il plaisantait.

Dieu merci, c'est terminé – une perte de temps absolue, comme toujours : c'est toujours le cas avec maman, j'en ai bien peur. Apparemment, elle n'a cessé d'appeler à la maison, hier soir et cette nuit, et elle n'a obtenu qu'une espèce de bruit qu'elle me décrit comme un sifflement ininterrompu et tout à fait déplaisant, un peu comme le son de ces petites flûtes en fer-blanc dont il lui semble bien qu'on n'en fabrique plus de nos jours – sur quoi elle a finalement eu la demoiselle des téléphones qui lui a dit que le numéro n'était plus attribué, alors maman s'est récriée (vous l'entendez d'ici, n'est-ce pas ?) en disant que bien *évidemment* que le numéro était attribué, évidemment – c'est chez ma fille, elle habite à ce numéro avec sa fille Katie et son mari, euh… sur quoi le récit se faisait un peu flou, ne reprenant vigueur que quand Elizabeth avait soufflé *Howard*, maman – Howard : juste ciel, et ça fait presque vingt ans que nous sommes mariés. Il apparaissait alors qu'elle avait composé l'ancien numéro, celui de leur première maison – aujourd'hui détruite – lequel ne lui était pas venu en tête depuis une bonne décennie ; c'est drôle, n'est-ce pas – comme l'esprit vous joue des tours ? En fait, c'est effrayant. (Et ça l'est réellement – parce que ça fait presque vingt ans que nous sommes mariés.) Enfin bref : Lulu, maintenant.

Mais c'est Dotty qui décrocha, et Elizabeth retint son souffle une fraction de seconde, quelque chose d'imperceptible, elle en était certaine, parce qu'il va bien falloir, n'est-ce pas, que j'affronte, à un moment ou à un autre, le traumatisme et la tragédie personnelle de Dotty ? Alors autant le faire maintenant, sans avoir le temps de trop penser à ce que je devrais dire – parce que chez moi, ça a toujours un côté forcé, pas naturel du tout, quand j'ai répété jusqu'à la perfection ; autre chose que je dois garder en tête, c'est que, si j'ai du mal à concevoir à quoi peut *correspondre* la perte d'une caravane, ce doit être très différent quand ladite caravane – qui, en soi n'est pas grand-chose – est *tout* ce que l'on possède.

« Elizabeth, fit Dotty avec fougue – avant même que le ton d'Elizabeth ait pu se stabiliser sur une nuance de *jelly* encore tiède –, avant tout, laisse-moi te remercier mille fois pour…

– Dotty, Dotty – ce n'est pas la peine de…

– … pour tout, pour tout, je ne peux te dire que ça, et…

– Es-tu *certaine* que tout va bien, que tu as tout ce qui…

– … je ne sais absolument pas comment nous nous en serions sortis sans…

– Je serai très vite rentrée à la maison, Dotty, et nous pourrons…

– J'espère que tu t'amuses bien, Elizabeth – tu *mérites*…

– Bon, écoute – détends-toi… et si tu as besoin de quoi que ce soit, Howard et Lulu…

– Howard n'est pas là pour l'instant, Elizabeth – veux-tu que je lui demande de te… ?

– Il doit être au bureau, le pauvre amour. Et… ?

– Lulu n'est pas là non plus. Il n'y a que Dawn et moi, pour l'instant, et…

– Ah bon ? Elle est… ?

– Adorable. Absolument adorable. Comme toujours. Elizabeth, veux-tu que je… ?

– Je veux que tu ne fasses *rien*, Dotty. Je vais essayer d'appeler Lulu chez…

– Oui, chez elle – elle est peut-être chez…

– Je vais essayer. Bien, écoute, Dotty – tu sais où je suis, si tu…

– Amuse-toi bien, Elizabeth. À plus tard…

– À très vite. Très vite. Je suis impatiente de…

– Et moi donc. Ça va être un bonheur de…

– Pour *tout* le monde. Ça va être fantastique de…

– Oui, vraiment j'attends ça. Au revoir, Elizabeth – oh, et…

– Au revoir, Dotty. On se voit bientôt – oh, et oui, pourrais-tu demander à… allô ? Dotty ? Ah – elle est partie. »

Oh mince, se dit Dotty – Elizabeth n'était-elle pas en train de me dire quelque chose, là ? Le téléphone était déjà trop loin de mon oreille, et j'ai peut-être raccroché avant qu'elle... oh, elle rappellera bien, si elle a quelque chose à me dire.

On sonna à la porte, et c'était Brian – Brian était de retour. Ses épaules étaient-elles un peu plus voûtées sous le fardeau du découragement ? Ou bien cherchait-il simplement à se faire tout petit, en prévision d'une éventuelle insulte volant dans sa direction ? Il glissa (sournoisement) un bref regard vers Dotty qui détourna aussitôt les yeux, et qui pourrait le lui reprocher ? Elle aimerait peut-être savoir, se disait Brian, ce qui va arriver à présent, mais elle, plus que n'importe qui, devrait comprendre qu'il est inutile de me poser la question à moi. Je n'ai pas été capable de prévoir un seul de ces désastres successifs, alors comment pourrais-je prédire jusqu'où je peux encore nous faire descendre tous (sans doute pas beaucoup plus bas, cela dit) ; quant à une chance éventuelle – si elle se présente, je la manquerai, à tous les coups.

Ils construisent une nouvelle route, au niveau du boulevard circulaire, après les boutiques, et j'y suis allé avec le détecteur de métaux, tout à l'heure. Je ne sais pas trop ce que je peux espérer trouver dans un chantier comme ça, un trou béant dans le silex (les joyaux de la Couronne ? Ou mieux peut-être ?) ; ce que j'en ai tiré, c'était un truc qui rappelait assez nettement une sonnette de bicyclette d'enfant, fort cabossée et entièrement bouffée par la corrosion – comme celles qu'on avait sur les tricycles Triang, maintenant que j'y pense –, ceux avec un panier accroché au guidon et un vrai coffre tout rondouillard à l'arrière, comme celui des Morris Minor. Le chrome était sévèrement piqué – elle ne sonnait pas, ni rien ; je l'ai rejetée – et alors, un mec m'a crié *Ho, là* ! C'est pas une décharge, hein – vous vous croyez où, là ? Alors je me suis penché en m'excusant et je l'ai ramassée, et puis je me suis redressé et je me suis de nouveau excusé avant de filer en vitesse, mais le type continuait de m'insulter. Plus tard, je l'ai jetée ailleurs.

Je ne sais pas si vous vous souvenez de cet écrivain dont j'ai déjà parlé – oh, il y a un bon moment, à présent. Celui qui habite dans la même rue que la pop star dont la poubelle m'avait fourni les sous-vêtements, je ne sais pas si vous voyez. Oui – eh bien, j'ai fait quelques recherches sur notre ami écrivain, à la bibliothèque ; finalement, il a deux romans à lui dans les rayons, et ce n'est pas du tout mon truc – pas le temps de lire de la fiction ; j'apprécie un bon récit de guerre, ou une biographie, ou un récit de voyage. J'ai eu l'impression que ses romans parlaient de gens à problèmes, et assez égoïstes (j'ai juste feuilleté, comme ça), qui semblaient pour la plupart obsédés par le sexe ; il ne fait aucun doute qu'il y a une clientèle pour ce genre de truc. Au dos du livre, on disait que c'était un des auteurs les plus drôles de Grande-Bretagne, mais moi, ça ne m'a pas arraché un sourire. Enfin bref, peu importe les bouquins – ce sont les reliques de sa vie quotidienne qui ont de la valeur. Donc, j'ai sérieusement fouillé dans ses poubelles – et tout ce que je peux vous dire, c'est qu'il a dû être déçu par les tomates italiennes en conserve, parce que sinon, pourquoi en aurait-il ouvert une quantité pareille, avant de les jeter ? (Maintenant, il y a une méchante tache sur ma manche.) Cela dit j'ai quand même trouvé – je l'ai essuyé un peu – un de ces stylos Pentel en plastique vert, et je me suis dit Eh bien, ça, c'est un coup de chance, pas de doute, parce que qu'y a-t-il de plus intéressant qu'un stylo, quand il s'agit d'un écrivain ? Hein ? Et puis je me suis dit Ah non – parce qu'ils ne s'en servent plus, n'est-ce pas ? Des stylos. Ils font tout ça à l'ordinateur, de nos jours, n'est-ce pas ? (Et Shakespeare, il avait besoin d'un ordinateur, lui ? Et est-ce que l'absence d'ordinateur a honteusement gâché le style d'un certain Mr. Charles Dickens ? Ça m'étonnerait. Le progrès ? Ah, mes pauvres enfants...) Et puis, naturellement, il y a aussi ça : même s'il a écrit un de ses sales petits romans avec le stylo, ce mec, comment persuader Christie's ou Sotheby's (c'est eux les caïds, n'est-ce pas ?) que c'est *bien* le stylo qu'il a utilisé, et non pas *n'importe quel* Pentel ? Hein ? À supposer qu'ils aient entendu parler de lui, au départ ; moi pas, je l'avoue. Donc, je l'ai jeté. Et puis, pris de remords, je l'ai repêché (évidemment, j'avais oublié les tomates, hein ? Naturellement) et j'ai ôté le capuchon pour l'essayer sur ma main, avant de le re-jeter : il ne marchait pas, ni rien.

Voilà, c'est ma vie. Pourquoi continuer comme ça ? Ça ne me dit rien du tout de continuer comme ça – plus bien longtemps.

Dans son demi-sommeil, Norman Furnish eut un mouvement languide, uniquement conscient – tandis qu'il enfonçait sa tête plus profondément dans l'oreiller en émettant, le palais desséché, un claquement semblable à celui d'un canard somnolent – que la sensation principale qu'il avait était de mort, oui, mais tout en se sentant plus vivant qu'il l'avait jamais été dans son souvenir (tout cela parce que ces sentiments si rares chez lui englobaient toute la gamme délicieuse qui va de la protection à la paix, en passant par la consolation et mmmmmm – oui, oui, même cette chose gigantesque : le bonheur). Et peu à peu, tandis qu'une nouvelle conscience encore ensommeillée se précisait en lui, il comprit le pourquoi de tout cela. Les draps étaient propres et sentaient bon – malgré la chaude fragrance de la sueur de cette nuit –, le lit était immense et merveilleusement moelleux. La grisaille glacée du matin, qui chaque jour le crucifiait, passant au travers de la crasse des vitres nues, était à présent masquée par de bons, épais, lourds rideaux, presque molletonnés plus que simplement doublés, dont le rose poussiéreux se détachait à peine dans cette demi-pénombre couleur de chair. Il y avait des lampes, ici – deux, en forme de colonne toscane, dirait-on (et l'ombre des plis plats était d'une autre nuance de rose encore – à moins que ce ne soit une colonne ionique, là, avec les tortillons en haut ?). Et sur la moquette crémeuse, gisaient, jetés au hasard, non seulement les haillons de Norman, mais également d'autres effets, noir et pêche, et à présent, nous pouvons peut-être en venir à l'essentiel · à quelque vingt-cinq centimètres de lui – guère plus, réellement (d'ailleurs il sentait la chaleur d'ici) – s'étendaient les courbes charmantes, délicieuses de Sophina profondément endormie – sa déesse de la nuit. Parce que oui, oui, oui, je suis toujours avec elle (je ne suis pas parti – impossible, impossible – pas après l'avoir eue contre moi, et prise, pas après avoir ressenti cela, et pris cela, non). J'ai été obligé de promettre à Sophina, non seulement jusqu'à mon dernier penny, mais aussi la majeure partie de mon revenu tragiquement dérisoire du mois prochain – si seulement, Sophina (oh, écoute-moi, mon ange de lumière), tu ne me rejettes pas dans la nuit – si tu ne me condamnes pas à marcher jusqu'au bout de ta rue dans la bruine obscure et glacée, puis à prendre à gauche au feu – le cœur gros – en passant devant cette épicerie indienne qui même à cette heure tardive sera ouverte et illuminée par cet espoir que quelqu'un, dans le quartier, aura besoin de quelque chose *tout de suite* (et tant pis pour le prix : il me le faut *tout de suite*), puis à emprunter encore deux autres rues jusqu'à ce trou d'enfer où je vis et où l'essence même de ta présence – sans même parler de sa réalité olfactive – s'évaporera pour se mêler à l'odeur rance de corruption de tout ce que je touche. Laisse-moi rester, veux-tu, Sophina ? Laisse-moi rester là avec toi, une nuit, et me réveiller auprès de toi. Donne-moi une chose – oh, tu veux bien, n'est-ce pas – une chose au moins dont je puisse me souvenir. Sur quoi, après avoir recopié au dos du chèque son numéro de carte d'identité, elle avait dit Okay.

Je pense que tout cela, en partie au moins – mon besoin

de rester, mon désir de ne pas partir – est dû au fait qu'en venant (j'ai du mal à croire que c'était à peine hier soir) j'ai finalement mis ma terrible vengeance à exécution : j'ai posté la cassette vidéo, dans un sac de chez Jiffy ; j'ai adressé la cassette à Howard – Mr. Street – enveloppée dans un sac de chez Jiffy, absolument ; la cassette dégoûtante que j'ai faite à Chicago, avec Katie (sublime et abominable), et maintenant, je me demande si j'ai bien fait. C'est simplement que Katie n'a jamais répondu au moindre appel, a complètement ignoré toutes mes cartes et lettres – non que je tienne à ce que son père la haïsse (non non non – ce n'est pas ça du tout). Mais je voulais sans doute qu'il comprenne que je n'avais pas menti – que j'*étais* effectivement parti en vacances avec elle, comme je l'avais dit, et que elle et moi, oui, avions bien fait ceci et cela. Et que donc, je n'avais pas l'esprit dérangé, et que je n'imaginais pas que je l'aimais – parce que je l'aimais vraiment (et je l'aime toujours – même *maintenant*, je l'aime) et qu'elle ne peut pas, n'est-ce pas, m'avoir complètement détesté, parce que écoutez, c'est là sous vos yeux : nous avons fait ces choses. Mais malgré tout, je me demande quand même si j'ai bien fait ; cela ne va faire que des dégâts, c'est tout, alors que je ne souhaite rien d'autre que le retour de Katie. Peut-être que, dans la confusion générale à la poste, avec tous les cadeaux de Noël qu'on envoie à la dernière minute, elle n'arrivera en fait jamais. Espérons, en tout cas, qu'elle ne sera pas ouverte par quelque fonctionnaire indiscret de Mount Pleasant si, par exemple, l'étiquette s'est décollée (ce qui est très probable – c'était une très vieille étiquette, et j'étais très fatigué, je n'avais presque pas de salive) ; et ai-je pris soin de préciser les coordonnées de l'expéditeur ? Ça, oui, oui, très certainement – vous avez dû constater, à présent, à quel point je m'obstine à être bête. Par contre, au chapitre des plus, je n'ai pas mis de timbre – non seulement parce que je n'en avais pas, mais aussi parce que j'ai oublié. Enfin bref, ce qui est fait est fait – et la cassette se balade quelque part – et c'est moi, Norman Furnish, qui l'ai envoyée (quoique peut-être – et pas peut-être du tout, vous savez, à présent que j'y réfléchis – je me demande vraiment si j'ai bien fait : et non, finalement, je n'ai pas bien fait).

Et même si je n'ai jamais, en réalité, pu me passer cette sacrée cassette (je me demande ce que j'aurais ressenti, à la revoir ? De l'excitation, du désir – et après, du désespoir), le fait de l'avoir là, sous la main, signifiait beaucoup pour moi : c'est tout ce que j'ai jamais eu d'elle, au fond – et oui, je sais, on peut faire dupliquer les vidéos, mais pas celles de ce genre-là (même une andouille à plein temps peut éventuellement prendre un jour de congé). Et donc, tout en venant ici (sans savoir ce que j'allais trouver, mais en ayant une idée assez précise de ce que j'allais faire – dieux du ciel, je me sentais tout à la fois prêt à exploser et terrifié), je n'ai pu m'empêcher de repenser à cette fameuse fois, à King's Cross – et c'est d'ailleurs cette pensée qui a failli me faire tourner les talons (on laisse tout tomber, d'accord ? Et je rentre vite fait dans mon trou infect).

Et à présent, vautré là, je suis tellement heureux d'être venu ; je ne veux pas réveiller Sophina, et je vais devoir me tourner de l'autre côté aussi doucement et aussi silencieusement que possible (centimètre par centimètre), parce que non, je ne veux à aucun prix la réveiller : il faut que je prolonge ce moment, cette illusion qu'à chaque glorieux matin de ma vie, je me réveille dans une existence ordonnée, immaculée, à côté d'une fille superbe ; en outre, si elle se réveille, elle risque de me dire de partir tout de suite – que maintenant, il faut que je parte. Mais grands dieux, il ne pourrait pas exister de plus grand contraste entre cette nuit et la dernière fois ; certes, cette honte ne m'avait coûté que quarante sacs, alors que pour cette nuit d'ivresse délicieuse, mais si courte, j'ai quasiment mis au clou toute ma vie présente et à venir – mais bon, les gens se rendent-ils compte des différents niveaux de *qualité*, quand on commence à aborder ce jeu-là ? C'est peut-être une bonne chose, de découvrir que tout le monde n'est pas comme cette sorcière à face de rat qui m'a estampé (encore heureux de m'en être tiré vivant) – parce qu'il est fort possible, savez-vous, que ce soit dorénavant pour moi le seul moyen de me retrouver avec une femme – et au prix où c'est, cela pourrait même devenir un cadeau de Noël ou d'anniversaire.

Bref, revenons-en à Face-de-rat, et à la manière dont je l'ai trouvée – si, en fait, ça s'est bien passé ainsi. Je veux dire – soyons franc : qu'est-ce qui m'avait attiré en ce lieu dont j'avais juste vaguement entendu parler, jusqu'alors ? King's Cross – c'est quoi, King's Cross ? Une gare, oui – pratique si vous allez à Édimbourg ou quelque chose comme ça – non loin de ce vertigineux empilement de stalagmites (très intimidant à mes yeux) que l'on appelle St. Pancras. J'ai lu quelque part que c'était un joyau de l'architecture ; je ne vois pas – pour moi, c'est un pur cauchemar, et pour rien au monde je n'y entrerais. Donc – je n'avais pas de train à prendre, n'est-ce pas, alors pourquoi étais-je là ? Pour visiter ce cube de brique orange qu'ils appellent bibliothèque ? Ça m'étonnerait fort ; par contre, il y fait chaud, et on peut s'asseoir gratos – mais les livres, ce n'est pas vraiment mon truc (j'ai entendu dire un jour qu'ils ont un exemplaire de chaque livre jamais publié en Grande-Bretagne, mais je serais surpris qu'ils se passionnent pour le genre de truc que je lis actuellement – en l'occurrence, un truc intitulé *Zane*, euh – *Gray*, je crois bien que c'est ça – je ne sais pas si vous connaissez – et encore, uniquement parce que je l'ai trouvé dans le métro. La personne qui avait infesté ma chambre avant moi y a laissé une caisse de livres – un manuel d'algèbre datant de 1954, un vieux guide de la Croix-Rouge, enfin des saloperies comme ça – et aussi une brochure consacrée à la taxidermie, je m'en souviens, et deux ou trois numéros de *Mayfair*, que j'ai d'ailleurs gardés ; rien d'étonnant à ce qu'un individu avec de tels goûts ait pu vivre dans une telle chambre).

Enfin bref – vous saisissez l'idée ; ce n'était pas du tout la British Library, croyez-moi, qui m'avait attiré là. Donc, qu'était-ce ? Avais-je vu un de ces documentaires ténébreux dans lesquels tout un échantillon de pauvres mecs et de sales types vient, la clope au bec, raconter sa vie intime, le visage crypté en forme de damier (dis ce que tu crois que le mec de la BBC veut entendre, ramasse le pognon et file te chercher une nouvelle nana) ? C'était possible ; ou peut-être un méchant journal du dimanche s'était-il révélé particulièrement explicite quant au type de perversion que l'on était bien décidé à dénoncer et voir enfin éradiquée (et avec de pareils attachés de presse, a-t-on besoin de publicité ?). Mais là où je m'interroge, c'est que rien dans tout cela ne m'avait fait *envie* : tout au contraire. Cela semblait sordide et dangereux – ce qui devait d'ailleurs s'avérer.

Elle était surgie d'un coin d'ombre que je n'avais pas vu et m'avait dit, très simplement, Tu veux une fille ? Et moi, pauvre fou, j'avais commencé à regarder autour de moi, histoire de voir qui se proposait. Le temps que je comprenne que c'était elle qui avait parlé… oh, je ne sais pas – mais ça m'aurait semblé malpoli, vraiment, de refuser comme ça, alors j'ai dit Euh, eh bien – enfin vous voyez. Moi, je ne voyais que deux poignets frêles, mais frêles au possible – et deux trous noirs, immenses, qui abritaient peut-être des yeux qu'aucune lumière ne trahissait. Alors, elle a dit : J'ai un endroit – vingt sacs, c'est bon ? Et sans attendre de réponse, elle m'a repoussé dans ce coin d'ombre que je n'avais pas vu, et bientôt, nous montions un escalier métallique, et moi je regrettais d'avoir abandonné les vives lumières de la ville, et je n'identifiais plus rien, qu'une vague odeur de poix ou de bitume peut-être, à laquelle succéda, dans une sorte de chambre sinistre et grande comme un placard, une fragrance de sueur froide, une odeur triste qui m'a pris à la gorge.

Je l'ai regardée ; elle était d'une maigreur pitoyable – Dieu seul sait quel âge elle pouvait avoir. Un teint de cendre de clope et de mascara – de pâte à pain trop pétrie et de nuits blanches ; ç'aurait pu être une de ces gamines de quinze ans qui ont depuis longtemps quitté les bancs de l'école pour éviter que leurs petits frères et sœurs ne crèvent de faim – et, tout aussi bien, la mère qui est cause de cette tragédie. Donc, la main tendue, elle a répété Vingt sacs, c'est bon ? Et moi, que pouvais-je faire sinon les lui donner (je n'aurais rien voulu toucher avec des pincettes, dans cette chambre-là, et je suis presque sûr que c'était la même chose pour elle, mais bon – vingt sacs, c'est vingt sacs, d'accord ? Et qu'avait-elle l'intention de faire, maintenant ?). Je lui ai posé la question, sur quoi elle a eu une sorte de rictus ratoïde qui pouvait ou non passer pour un sourire épouvantablement salace et m'a répondu carrément Eh ben, mon *pote* – ça dépend pour quoi tu paies, pas vrai ? Alors moi j'ai dit Mais je viens de payer vingt mille, non ? Nouveau rictus ratoïde – on voyait bien ses petites dents pointues, cette fois (ce qui, à ce stade, était plus que je n'en souhaitais). Tu m'en donnes encore vingt, et on peut discuter – les premiers, eh bien – c'était juste pour *monter*, d'accord ? Et vous savez quoi, j'ai dû dire d'accord, sur quoi encore deux de mes précieux billets de dix ont disparu illico. Là, elle s'est approchée de moi et a posé la main sur mon entre-jambe. Moi, j'ai fermé les yeux – non seulement parce que dans ces cas-là j'ai tendance à le faire, mais aussi parce que comme ça je n'étais pas obligé de la voir. C'est bon ? Voilà ce qu'elle a dit ensuite. Et moi, j'ai dit Oui, parce que si tous mes autres sens étaient secoués de dégoût, et du besoin de se retrouver ailleurs, dans un endroit moins crasseux – c'*était* bon, je ne pouvais pas le nier, parce que c'est toujours ce sens-là qui gagne sur les autres, n'est-ce pas ? Enfin avec moi, toujours.

J'ai ouvert les yeux en sentant soudain que sa main n'était plus sur moi, ce qui me contrariait. J'ai dû avoir un regard vaguement interrogateur, mais elle s'est contentée de répondre Allez mon chéri – tu sais bien que tu en as envie : tu m'en donnes encore vingt, et je vais te faire très très plaisir. Et là, cette fois, même moi j'ai commencé à vaguement saisir le système. (Ça m'a fait penser – et je me moque de savoir si vous me croirez ou non parce que c'est vrai, un point c'est tout – ça m'a fait penser à un truc, un souvenir qui m'est revenu en tête : la foire de Hampstead East, à Pâques, quand j'étais gamin ; tu lançais tes fléchettes ou tu tirais tes balles, selon, et le type de la baraque, avec sa mine rébarbative, te donnait un jeton – donc tu essayais encore, afin d'amasser assez de jetons pour avoir un prix *valable* – c'est-à-dire une saloperie quelconque, dans tous les cas – mais simplement plus grosse que les autres ; et là, tu te retrouvais coincé, n'est-ce pas ? Tu n'allais pas gâcher les jetons que tu tenais serrés dans ta main toute moite, alors tu lançais ou tu tirais encore et encore, jusqu'à épuisement de l'argent destiné à la foire. Et ensuite – croyez-vous que tu gagnais le prix tant convoité – sachant déjà que de toute façon, avant même d'être rentré à la maison, tu le haïrais, autant que tu te haïrais toi-même ? Naaan – jamais, jamais. Et voilà – voilà ce à quoi cela me faisait penser.)

Je voyais bien qu'elle aurait pu continuer comme ça, non pas toute la nuit, mais jusqu'au moment où mes poches auraient été parfaitement vides (ce qui, vu la vitesse des transactions, ne se situait pas dans un avenir bien lointain). Toutefois, il est difficile d'imaginer comment j'aurais réagi – malgré la conscience de cette honte, rouge au front et grincements de dents – à cette dernière extorsion si, soudain, dans le coin, là, une porte ne s'était pas ouverte pour laisser entrer un homme trapu (dont nombre de muscles s'étaient laissé enrober de graisse, mais dont assez demeuraient suffisamment en état, très visiblement, pour lui assurer de pouvoir sans problème, le cas échéant, me soulever et me briser en deux comme un fétu de paille). Qu'esssqu'yssspassici ? fit-il. Hein ? Pourquoi tu donnes pas vingt livres à la petite dame, puisqu'elle te les demande ? Hein ? Et là, dans cette situation aussi horrible qu'insensée, me voilà assez courageux ou inconscient pour répondre Bon, *écoutez*, maintenant, ceci avant de croiser son regard et de me taire, effrayé par ce que j'y lisais ; je me suis détourné et j'ai filé – suppliant la porte de ne pas me faire de sale coup –, et j'ai quasiment dévalé l'escalier métallique tête la première jusqu'à une ruelle contre le mur de laquelle je me suis écrasé avant de rebondir sur une poubelle renversée pour me retrouver soudain, Dieu merci, sur le trottoir, au beau milieu des lumières criardes des fast-foods et des marchands de kebabs. Bien sûr, on ne m'a pas couru après – nul cri lointain, nul écho de barre de fer contre les briques, nul pas précipité ; naturellement. C'est *moi* qui aurait dû les pourchasser – c'étaient des *criminels*, non ? Mais je ne les ai pas pourchassés, hein ? Non, pas du tout – parce que, dans ma vie, les choses ne se passaient jamais, jamais ainsi. J'ai pris le métro pour rentrer à la maison (oh juste ciel – enfin à la maison) et – tout à fait calmé – me suis mis immédiatement au lit avec un des numéros de *Mayfair* abandonné par mon prédécesseur et une longueur de papier hygiénique.

Mais tout ça, c'était avant, Dieu merci, et nous étions maintenant – et regardez : Sophina vient de bouger. Quel spectacle adorable, cette sorte de grâce indéfinissable qui lui échappe au réveil, si différente des gargouillements de la machine masculine quand elle s'ébroue – avec tous les grondements, reniflements, gestes incontrôlés, gratouillements divers qui accompagnent son retour à la vie, en fin de nuit ; ce doit être bien étrange, se disait Norman (l'observant à présent avec une réelle émotion, mêlée d'une non moins réelle crainte), d'être une femme, tout le temps, jour après jour : mais n'est-il pas heureux que tant d'entre elles le soient ? Même si Sophina était une classe au-dessus (Ne me demande *pas*, telle avait été sa seule exigence, la veille au soir, surtout ne me demande pas *pourquoi* je fais cela ; et pourtant, je trouve encore incroyable qu'elle le fasse) – même si, donc, elle avait plus de classe, le fond de l'histoire était qu'à la seconde même – laquelle ne va pas tarder – où ses étirements languides et ses battements de cils l'amèneraient au seuil de la conscience, elle remarquerait la présence de, sinon identifierait la personne qui se trouvait dans son lit, à ses côtés – et alors, que pourrait-elle faire d'autre que tenter de reconstituer le puzzle de la soirée avec le micheton (ah ouais, il regarde pas à la dépense, celui-là : il est resté toute la nuit – drôle de gus), puis lui dire au revoir et merci ?

Elle le regardait à présent, et ses yeux brillaient. Norman avait conscience de ce que ses propres yeux, tout ronds et ternes au-dessus de leurs poches, devaient évoquer ces blessures humides que l'on remarque au flanc d'une banane trop mûre ; sa barbe de la veille le démangeait atrocement, soudain, et il avait la bouche plus pâteuse que pâteuse – mais regardez plutôt notre jeune Sophina : elle avait les yeux *brillants*, je vous dis – et tout chez elle paraissait aussi frais que le jour nouveau. Elle lui sourit. Aucune trace de sourcils froncés ni de moue dégoûtée – et Norman eut la quasi-certitude qu'elle allait lui proposer un café, ou quelque chose comme ça, normal, quoi : mon Dieu, qu'elle est donc *gentille* de faire durer encore l'illusion, même pour quelques minutes. Et elle aurait pu – elle aurait bien pu, effectivement, suggérer une tasse de café (sans problème), mais elle se fit soudain tendue, figée – les yeux fixes et durs, les narines en alerte (qu'avait-elle perçu ? L'esprit de Norman s'employait déjà à formuler la question de manière pas trop indélicate) – et soudain, elle donna des signes d'affolement, tandis que Norman, à la même seconde, entendait peut-être un léger cliquètement, pas très loin, et elle posa vivement ses deux index sur chacune de leurs bouches en faisant, presque furieusement :

« Ccchhhhh !

– Mais que… ?

– *Ccchhhh* ! », telle fut la réponse instantanée, plus précipitée encore.

Elle ramassa un peignoir vaporeux qu'elle enfila avant de sortir aussitôt – ouvrant la porte de quelques centimètres et se glissant par l'entrebâillement, puis la refermant derrière elle, d'un geste décidé. Norman perçut alors la voix basse et étouffée d'un homme dans l'entrée – les silences entre chaque phrase ponctuant peut-être chaque réponse de Sophina, trop douces et trop discrètes pour parvenir jusqu'à lui. En cet instant, Norman n'en était encore qu'à se dire Hmm – bon, je fais quoi, moi ? De toute évidence, la situation n'était pas fameuse – mais pouvait-on déjà la considérer comme franchement mauvaise ? C'était peut-être ce mec qu'elles ont, là ? Son mac ? Un homme trapu allait-il apparaître (tout en muscles, outre la bedaine) et lui dire – l'air de ne pas plaisanter – Qu'esssqu'yssspassici ? Hein ? Il était peut-être grand temps de s'habiller, à défaut de s'angoisser à mort.

Norman lutta avec son pantalon, tandis que le volume sonore augmentait, à côté : il percevait à présent distinctement des bribes de phrases de l'homme – … pas *vrai*… !… pas *possible*… bon, très *bien*… tandis que la voix de Sophina passait rapidement du registre apaisant et conciliant à la protestation – toutefois, Norman n'avait pas encore repéré sa chemise que déjà elle poussait des cris de dénégation, puis quelque chose venait heurter la porte de la chambre (peut-être elle, plus probablement lui), porte qui s'ouvrit brusquement toute grande, et Norman, qui avait entre-temps trouvé sa chemise, la serra contre son menton, dans la pose d'une jeune vierge effarouchée surprise au bain ; et, Sophina à demi cachée derrière lui, tentant en pure perte de l'empêcher d'entrer, l'homme pénétra résolument dans la chambre, le regard fixé sur le sol, saisi par cette douleur qui le tenaillait – mais soudain il levait les yeux et son visage n'exprimait plus qu'une stupéfaction sans bornes car, eussent-ils jamais répété le scénario de leur prochaine et inévitable rencontre, ni Norman ni Howard n'auraient jamais imaginé que ce fût en de telles circonstances.

Howard parvint à soutenir son regard l'espace d'une seconde, puis – le visage plissé en une grimace de douleur et d'effarement, surtout (quoique déjà en combustion, tout noirci sur les bords) – il se détourna, ouvrant ses lèvres humides pour parler ; l'espace d'un instant, rien ne put en sortir, puis il éclata soudain :

« Nom de Dieu, Laa-Laa – mais comment – comment… *comment* ? » Puis – se tournant de nouveau, non sans réticence, vers ce sale type : « Avec *lui* ? !

– Bon, dit Norman d'une voix sereine (il y a un truc qui m'échappe, là), Sophina, je crois que je ferais mieux de partir. »

Là, c'en fut trop pour Howard : pendant quelques longues secondes, on aurait cru que tout son sang lui était monté brusquement au visage – et soudain, il avança droit sur Norman.

« So-phi-na ! So-phi– na, pas possible ! Mais c'est quoi, ces conneries ? Comment *osez*-vous même… ? »

Et il perdit les pédales. Il se jeta sur Norman qui fit un pas de côté, sur quoi Howard s'écrasa vilainement contre le mur. Norman fit mine de l'aider, mais Howard l'écarta avec de grands gestes, puis parut changer d'avis et se laisser hisser, prenant appui sur les bras tendus de Norman qui, du coup, se retrouva bientôt à genoux, sur quoi ils luttèrent un moment sur le sol – Norman tentant de reprendre pied tandis que Howard, lui, tentait surtout de reprendre souffle. Ils furent ensuite de nouveau tous deux debout, mais quelqu'un s'était interposé entre eux, et Norman dit *Non*, Sophina – ne te mêle pas de ça. Là, c'en fut trop pour Howard :

« Je t'en foutrais, moi, des *Sophina* – espèce de petit merdeux ! »

Et il lança son poing en direction du visage tout rouge et visiblement excédé de Norman qui, sans vraiment parer le coup, se recroquevilla avec une contorsion effroyable du pied et, dans l'espoir d'éviter d'autres attaques, tendit le bras à l'aveuglette et cueillit Howard en plein diaphragme, sur quoi Howard fit un *ouf* discret et s'effondra au sol – et Norman de crier Oh mon Dieu je suis *désolé*, Howard – Mr. Street – tandis que Howard ruait, avec de grands coups de talon dans les tibias de Norman qui se mit à sautiller sur place, mais ce n'est qu'en sentant les dents de Howard s'enfoncer dans sa cheville, jusqu'à l'os, qu'il se laissa à son tour tomber lourdement, avec un cri rauque, sur son agresseur qui, cette fois, n'émit pas un son mais demeura là, haletant comme une locomotive, tandis que Norman se voyait promptement remis sur ses pieds et prié de partir, partir, partir – nom d'un chien, tu vas *partir*, oui ou non, qui que tu sois –, et Howard perçut le « qui que tu sois », mais il n'avait ni le cœur ni la possibilité de parler ni même de réfléchir, car une douleur viscérale s'était emparée de lui et le faisait se figer, mains pressées sur ses flancs et paupières serrées, tandis que ses dents apparaissaient maintenant, et il entendit à peine sa Laa-Laa qui criait Oh *non*, Howard, oh *non* – ça ne va pas, Howard, n'est-ce pas ? Howard ? Ça ne va pas, hein ? J'appelle un médecin – j'appelle un médecin tout de suite. Puis, à Norman, Oh mais fiche le *camp*, toi, espèce de salaud – sur quoi Norman (différant provisoirement toute espèce de sentiment) se détourna pour faire ce qu'on lui disait, ne s'arrêtant qu'un bref instant pour dire Je suis absolument *désolé*, Sophina – je ne pouvais pas savoir. Puis, brusquement, il se retourna et s'agenouilla auprès de Howard et, sans trop réfléchir, dit Howard ? Howard ? Mr. Street ? Vous m'entendez ? Simplement, je voudrais que vous sachiez que c'est *Katie* que j'aime, d'accord ?

Là, c'en fut trop pour Howard : il rassembla jusqu'à ses dernières forces pour soulever d'un coup ses deux paupières et, entre ses dents serrées et ses lèvres blanchies, parvint à articuler, même si cela devait le tuer :

« Je vais vous *tuer*, Furnish. »

Norman vit bien que ce n'était pas le bon moment pour entrer dans les détails : inutile, peut-être, de faire allusion à la cassette vidéo, ni rien – même si, malgré tout, cela lui apparaissait comme une occasion gâchée. Il se leva, sourit vaguement et quitta la pièce, traversa l'entrée, puis le palier, prit l'ascenseur, retrouva la rue, s'éloigna – bouleversé, et sans rien comprendre à rien.

Laa-Laa était à genoux et tapotait la main de Howard en un geste qu'elle espérait réconfortant. (Et *L'Air du temps*, de Nina Ricci, embaumait à présent le souffle haletant de Howard.)

« Je suis navrée, Howard. Je n'ai jamais voulu ça. Je te croyais *parti*. Tu connais ce type, alors ? Oh mon Dieu, écoute, Howard – j'avais l'*intention* de te le dire – je te l'aurais dit, honnêtement. Simplement, enfin, quand tu n'es pas là – tu vois, je *m'ennuie* à un tel point... Et j'ai *toujours* fait ça, Howard – je ne t'en ai pas parlé avant, parce que tu es tellement gentil. Mais ce que tu me donnes – ça ne va pas très loin, tu sais – et tu sais combien j'aime les jolies choses... »

Howard la regarda – ses entrailles le torturaient toujours, mais c'est une autre douleur qu'il fallait mater, dans l'instant.

« Tu veux dire que tu ne le connais même pas ? »

Laa-Laa secoua la tête – levant les yeux d'une quantité de cartes professionnelles qu'elle avait étalées dans son giron et sur le sol.

« Non. Je ne l'avais jamais vu. Pour moi, c'est juste – oh, tu vois, un *type* comme les autres. Écoute, Howard – il me semble que je n'ai pas de numéro de médecin : j'ai plein de taxis et de livreurs de pizzas, des avocats et tout ça, mais pas de médecin. Peux-tu t'asseoir ? Tu devrais peut-être rentrer chez toi. Veux-tu un verre de champagne ? »

Sur quoi Howard réussit péniblement à se mettre en position plus ou moins assise – adossé au mur, et la douleur de ses boyaux le sciant en deux.

« C'est du whisky que je bois, Laa-Laa, fit-il doucement. Du whisky. » Puis, après une courte pause (c'est une bonne chose que je sois assis, déjà – parce que je vais devoir bientôt me mettre debout, condition *sine qua non* pour pouvoir me tirer d'ici) : « J'ignorais que tu t'appelais Sophina. »

Elle baissa les yeux. « Non, dit-elle d'une voix tranquille. Sophina, c'est le nom que j'utilise pour... enfin, mon nom de *guerre*, comme on dit. En fait, je m'appelle Linda. Si ça t'intéresse de le savoir. »

Howard avait commencé de se relever, toujours le dos au mur, s'aidant d'une chaise et les talons fermement enfoncés dans la moquette pour ne pas glisser. Linda, c'était là un nom normal, un nom de fille bien.

« Mm-mm, fit-il (debout à présent – un peu secoué, mais, au moins, debout sur ses pieds). Bien, je vais te dire ce qu'on va faire, maintenant. » J'ai envie de pleurer, tout d'un coup : de pleurer et d'être faible et de ne plus rien savoir de tout ce qui vient d'arriver et de retrouver cette sensation divine d'entrer ici et de me laisser pénétrer du parfum de ma Laa-Laa et de m'émerveiller de cette perfection à présent en lambeaux. « D'abord, tu me sers un scotch... »

Laa-Laa – sentant les prémices du pardon – s'empressa.

« Oui, Howard, oui – bien sûr.

– Et ensuite, tu m'appelles un taxi. Je n'ai pas envie de conduire. Apparemment, tu as assez de... de numéros, non ? »

Laa-Laa se contenta de hocher la tête, tout en lui servant un généreux whisky.

« Et ensuite, conclut Howard – avec un lourd soupir de résignation attristée, aussi bruyant que sincère –, Laa-Laa, ou Sophina ou Linda ou je ne sais qui encore, tu t'arrangeras pour vider toutes tes affaires de cet appartement et tu laisseras les clefs chez le gardien avant six heures ce soir, au plus tard.

– Howard... ! Tu ne peux pas... ! Mais ce n'est pas ma *faute* – tu devais être *absent* – ce n'est pas juste... !

– Et si tu emportes la moindre chose qui ne t'appartient pas, je préviens la police. Je suppose que tu n'y tiens pas plus que cela.

– Mais Howard ! *Howard* ! vagit-elle. Tu ne peux pas faire *ça* – après tout ce que tu m'as dit – les projets que nous avions faits...

– Les projets s'arrêtent ce soir, à six heures au plus tard, euh... » Dieux du ciel : je n'arrive même plus à lui donner un nom, maintenant, à cette garce.

Howard se débarrassa d'elle d'un mouvement d'épaules, tandis qu'il s'éloignait d'un pas raide, pour la dernière fois ; il l'entendait qui répétait sans cesse Comment peux-tu me faire une chose *pareille* ? Après tout ce temps ? Hein ? Chose amusante, d'une certaine manière, car s'il avait pu contenir sa douleur assez longtemps pour parler encore, c'est très probablement ce qu'il aurait dit lui-même.

Chapitre XIV

Katie voyait bien à son visage (elle commençait à le connaître, à présent) que Rick s'apprêtait à la régaler d'une de ses fameuses imitations. Il baissa lentement fourchette et couteau (c'était un délicieux souper à The Ivy : Jamais tu ne pourras avoir de table, lui avait dit Katie – pas pour ce soir, impossible) – et, le regard exprimant une sorte d'avertissement ironique, les lèvres tordues en un rictus asymétrique, un sourcil levé – il déclara :

« T'essscuse pas, petite – c'est un signe de faiblesse. »

Le vague sourire de Katie vacilla un instant puis s'éteignit – elle ne cessait de s'en servir, ces derniers temps, et les piles étaient peut-être un peu à plat. Le problème, c'était que – bon, en fait il y en avait deux, de problèmes (mis à part cette presque frayeur qui peu à peu, chassant toute excitation, s'insinuait et grandissait en elle – une sensation qui lui rappelait sa dernière grossesse : un enfant non désiré, mais présent, indéniablement – si ce n'est qu'en l'occurrence il ne serait pas aussi simple de s'en débarrasser). Tout d'abord : dieux du ciel, mais je n'ai pas *vu* toutes ces espèces de vieux films ringards que Rick a l'air de considérer comme – je ne sais pas, du *Shakespeare*, un truc comme ça (et bon, d'accord, je ne les ai pas vus non plus, ceux-là, mais j'ai participé à un truc, à l'école : Roméo, Roméo… Mon royaume pour un machin, là…, c'est ça ?). Ensuite, parce que Rick est américain (et Dieu sait que quelquefois – on peut même dire souvent – et même *toujours*, c'est une véritable caricature d'Américain, comme on en voit dans, enfin, dans tous ces films à la *con* d'où il tire ses putains d'imitations), donc c'est un Américain, il est riche, il vit à Chicago, il rend souvent visite à sa mère, et il s'appelle Biancardi (Ricardo) : que vous dire de plus ? (Parce qu'on est au courant, pour le flingue, hein.) Et pour moi, je ne sais pas, mais les Américains parlent comme des *Américains*, n'est-ce pas ? Alors qu'il fasse Bogart ou Eastwood (ouais ouais, attention, il ne fait que des durs), ils parlent tous comme Rick, pour moi : il n'est peut-être pas très doué. Enfin bref – voilà la dernière : T'essscuse pas, petite, ouais, okay : il me dit de ne pas m'excuser, ce que je viens de faire parce qu'en entrant ici (au vestiaire, précisément) un type m'a regardée et a souri. Et comment le sais-je ? Je le sais parce que Rick me l'a dit ; il me l'a dit et répété devant cette terrine de poisson absolument divine, accompagnée d'une espèce de sauce jaune hyper crémeuse, et moi, histoire de l'arrêter, j'ai fini par lui dire que j'étais *désolée*. Vous vous rendez compte ? J'ai dit que j'étais désolée parce qu'apparemment un homme que je n'ai même pas vu m'aurait *regardée*. Et aurait souri. Mais qu'est-ce qu'il veut ? Que je porte le voile ? C'est ça qu'il veut ? Eh bien il a intérêt à changer d'avis, alors, parce que je ne sais pas si on naît femme ou si on le devient, mais en tout cas, moi en tchador, il fera un peu chaud, mon petit père – non mais. Et maintenant, il me dit de ne *pas* m'excuser (d'ailleurs, je regrette de l'avoir fait, à présent – pourquoi, c'est vrai ?) mais il le fait en prenant une connerie de voix de cinéma – et puis après, il va se montrer *drôle* et me dire qui c'était supposé être : pour moi, c'était de toute façon un *Amerloque* comme un autre, en train de ruminer son chewing-gum.

Appréciait-il (ostensiblement) son ignorance obstinée, presque provocante de l'univers magique du vieil Hollywood ? Ou bien cela commençait-il doucement à lui taper sur les nerfs ? Difficile à dire, en voyant son expression : amusée, certes – un côté J'ai-tout-le-temps-devant-moi-pour-triompher avec cette étincelle qui pétillait dans ses yeux, mais également, en permanence, une sorte de mépris assez dur aux commissures des lèvres (sèches, ses lèvres – fines, mais rouges).

« Duke, laissa-t-il tomber, comme s'il retournait d'un geste négligent la carte qu'elle était censée avoir mémorisée, à la conclusion d'un pénible tour de prestidigitation.

– Douk ? répéta Katie.

– Big *John...*, expliqua Rick.

– Qui est Big Jan ? gloussa niaisement Katie, impatiente non seulement de voir prendre fin ce dialogue inepte, mais également de voir arriver la bavette d'aloyau prévue au menu – avec des frites et de la béarnaise : la totale.

– Attends, tu te moques, là ! *John* – John *Wayne :* un mec, un vrai, cent pour cent américain. Le *numero uno*.

– Comment se fait-il que vous, les purs Américains, soyez toujours italiens, ou irlandais, ou juifs, ou black, enfin je ne sais pas ? » Et je n'en ai rien à faire si ça te met les boules, Monsieur le Roi du Monde, parce que, franchement, je commence à en avoir jusque-là qu'on me parle sans cesse comme à une demeurée – et putain, si encore il s'agissait de culture de haut niveau, mais non : tout ce qu'il a l'air de connaître, c'est les films de cow-boys et le *prix* des choses.

Rick tendit le bras au travers de la table (ils étaient installés sur une banquette d'angle – et Katie adorait la manière dont la lueur des bougies se reflétait, vacillante, dans les vitraux colorés de la fenêtre) et remplit de nouveau son verre de Cristal ; une fine montre-bracelet Cartier à mailles en or écrasait les poils noirs et drus de son poignet, les aplatissant comme de la fourrure.

« J'ai décidé », déclara-t-il. Et sans aucun doute, sa voix charriait une bonne dose de décision, tandis qu'un éclat dans ses yeux suggérait qu'avant longtemps Katie risquait bien de se voir offrir un cadeau somptueux.

« Décidé ? répéta Katie, sirotant son champagne avant de l'avaler d'un seul coup, comme elle le faisait toujours. Quoi ? Qu'est-ce que tu as décidé ?

– Deux choses.

– *Deux* choses ! Ouais ? Deux choses – *deux* décisions : wouah. »

Et de prendre un air admiratif, sourire d'un air enfantin, battre des paupières comme une poupée blonde émerveillée par cet homme superbe – ouais, tout ça : mais elle avait conscience de se moquer de lui, en même temps, parce que – je ne sais pas, mais… derrière ses allures cool et son pognon, quelque part, à un endroit, hein, ce mec est quand même vaguement une andouille.

« Noël, dit-il. Noël, c'est pour *toi*. »

Katie se surprenait souvent à répéter d'une voix atone ce que Rick venait de dire – en partie parce que c'était toujours soit codé, soit cinglé, et aussi pour se laisser le temps, au moins, de trouver quoi ajouter à ça.

« Noël est pour *moi* ? Comment ça – Noël t'appartient aussi, Rick ? Et tu vas m'en faire cadeau, à *moi*, la petite Katie ? »

Rick sourit et secoua la tête d'un air mesuré et indulgent, presque paternel, contrebalancé toutefois par une nuance bien perceptible de quasi-agacement, sur le mode T'es bien mignonne – mais il faudrait voir à ne pas pousser *trop* loin, d'accord ?

« Ce que je veux dire, expliqua-t-il d'une voix lente – et on aurait pu croire qu'il lui disait Bien, aujourd'hui, on commence par l'alphabet ; demain, on passe aux nombres à deux chiffres –, c'est que je reste. À Londres. Passer Noël avec toi. 'kay ? »

Katie sentit ses sourcils se nouer, incrédule, un peu

comme si un animateur de soirée l'avait choisie au hasard dans le public pour monter sur scène et participer à un jeu ridicule.

« Mais Rick – je pensais que c'était… enfin, j'*imaginais* que… que c'était bien pour ça que tu étais venu, n'est-ce pas ? C'est *moi* qui t'ai demandé de venir à Noël. »

Rick hocha la tête. « Il est moitié temps qu'ils nous apportent encore à bouffer. Je leur donne deux minutes. Ouais ouais – j'ai plus ou moins dit que j'étais okay, ouais – mais il y a un truc, tu vois : c'est manman. »

Sur ces deux derniers mots, il avait écarquillé les yeux en chuintant légèrement, d'une voix plus douce, et Katie se demanda Oh noooon – ça vient de quel film à la con, cette fois ? De sorte qu'elle ne put que répéter, inévitablement :

« *Manman* ?

– Exact. Ma manman. Tous les Noëls, je les passe avec manman, tu vois ? C'est comme ça. Mais bon – il me semble que je grandis, non ? Et ma manman, vu les circonstances, je pense qu'elle va bien comprendre ça.

– Ouais ? » fit Katie – occupée surtout par la bavette que l'on venait de poser devant elle : déjà le sang suintait, et elle avait à peine appuyé avec le plat de son couteau. « Merci, murmura-t-elle à l'adresse du serveur. Elle a l'air génial. En quoi les circonstances sont-elles différentes, cette année, Rick ? Je ne vois pas bien.

– Elles sont différentes parce que, le prochain Noël, Katie, ce sera *notre* Noël. »

Rebelote : « *Notre* Noël ?

– Exact. Parce que ça, c'est ma deuxième décision : tu vas être ma femme, *baby*, et il n'y a pas de non qui tienne. Et alors, ma manman – eh bien ce sera aussi ta manman ! Comme ça, moi, j'aurai à mon bras les deux plus belles femmes du monde. »

Là, il *rigole*, telle fut sa première pensée. « Mmm-mmm… et j'ai mon mot à dire dans tout ça, n'est-ce pas ? Ou bien non ?

– Tu peux dire tout ce que tu veux, mon chou – moi, je te *dis* que c'est comme ça. Oh, et dis-moi, ma puce – juste un petit truc.

– Ouais ? Cette bavette est *extraordinaire.*

– C'est bien, mon chou – tant mieux si elle te plaît. Simplement, tu n'avais pas besoin de remercier le mec, quand il te l'a apportée, 'kay ? Il est payé pour ça – et c'est *moi* qui le paie. Donc à l'avenir, hein – tu le regardes pas, il te regarde pas – et comme ça tout le monde est content. *Capisco* ? »

Bon – inutile de tourner autour du pot, se morigéna Miles McInerney : Catherine occupe mes pensées en permanence, jour et nuit, et je n'arrive pas à m'en sortir, bon Dieu de bon Dieu. Ne pas l'avoir à moi – ne pas avoir ce que je veux – c'est franchement pénible : c'est la pire chose, et de loin, que j'ai connue de toute ma putain de vie. Je veux une nana – je la prends, c'est aussi simple que ça. Donc, hein – ne pas l'avoir, m'entendre dire d'aller me rhabiller et de me l'accrocher, – ça, c'est loin d'être sympathique à vivre, vous pouvez me croire, et je n'arrive même pas à faire semblant de m'en remettre. Mais il y a ce mec – *Rick*, c'est ça – ce connard de Rick. Et elle baise avec ce connard de Rick, n'est-ce pas ? Et peut-être en ce moment même – maintenant, à cette minute même, pendant que je suis là en train de regarder Sheil – Sheil qui ne remarque peut-être même pas qu'il y a un truc qui cloche vilainement – parce qu'il y a un truc, Sheil, un gros truc qui menace, et d'après moi, tu ferais mieux de faire gaffe à ce qui te pend au nez, si seulement tu n'étais pas idiote au point de ne rien *voir*. Idiote, va. Regardez-la. À quatre pattes, au milieu de grosses boîtes de jouets, à me demander quel papier cadeau plaira le plus à Damien, d'après moi – Disney de mes deux, ou la Guerre des étoiles à la con ? Regarde-moi bien, ma petite – lis sur mes lèvres : je me moque de savoir si tu emballes ces foutaises dans un vieux *tapis* – et tu peux aussi y mettre le feu, et à toute la maison si ça t'amuse. Et putain – cette avalanche de – c'est quoi d'ailleurs ? Des guirlandes en papier, des espèces de cloches et de nœuds et de lanternes en crépon et en carton, mais ça flamberait comme pas possible, alors vas-y, adios, bon vent, c'est tout ce que j'ai à dire. Parce qu'il y a une chose que tu n'as pas pigée, ma fille, c'est que là, celle-là, c'est différent. Tu as toujours été impeccable, Sheil – tu as été parfaite, on ne peut pas dire le contraire : tu as toujours choisi d'ignorer toutes les nanas, les secrétaires, les intérimaires, toute cette bande de nullités. Parce que, le temps que tu aies repéré la dernière salope en date, c'était déjà de l'histoire ancienne, hein ? Donc, ouais – tu avais bien raison, finalement, de ne rien en avoir à secouer. Mais avec Catherine – je te le dis, Sheil, je te le dis –, il va falloir que quelque chose bouge, là, parce que je ne l'aurai pas à moi si je ne lui donne pas ce qu'elle veut. Et ce qu'elle veut (même si elle ne le sait pas encore, peut-être), c'est moi, mais pour toujours – et là, je ne peux pas m'amuser à lui promettre ceci et cela, comme avec les autres, n'est-ce pas ? Non, je ne peux pas – parce qu'elle va simplement me tourner le dos et me dire de dégager, une fois qu'elle aura compris que c'est de la connerie. D'ailleurs elle m'a *déjà* dit de dégager – et c'est ça qui me tue, putain. Alors, il faut que je la récupère, il le faut. Et ce que je te dis, finalement, Sheil, – ce que je suis en train de te dire, à toi, à genoux devant les fausses bûches du chauffage à gaz, avec ta paire de ciseaux et ton Scotch et tes jolis rubans à la con – c'est que si je tiens à garder la raison, il va falloir que je sacrifie quelque chose d'autre – tu vois où je veux en venir ? Il me faut le champ libre – alors ne m'en veux pas, ma chérie, mais cette autre chose, c'est toi. Ouais, désolé – mais voilà : c'est comme ça. Sinon, je n'ai pas la moindre, mais pas la moindre chance de m'en sortir.

Colin se sentait bizarre. Il était également certain que, si seulement il avait *vécu* un peu plus (au sens voyagé, connu des trucs différents – il ne s'agit pas de parties de rigolade, là), si seulement cette saloperie de jeunesse ne durait pas éternellement, avec pour simple atout la pauvreté et l'angoisse – et d'ailleurs, qui a dit qu'elle s'enfuyait ? La jeunesse. Qui a dit ça ? Un vieux crétin qui avait perdu la *mémoire* –, si donc, il avait eu assez d'expérience pour pouvoir *comparer* ce qui arrivait là avec autre chose, il aurait au moins pu faire nettement la différence entre une situation particulièrement pénible et déplaisante à vivre – d'ailleurs il ne la vivra sans doute pas deux fois – et ce qui est de l'ordre du quotidien le plus banal et le plus ennuyeux – du genre Oh noooon, ça recommence, c'est pas vrai.

Donc, tout ce que je peux faire à présent – et le croiriez-vous ? Me revoilà au lit avec la fille que j'aime, et je n'éprouve qu'une gêne paralysante, parce qu'un élément nouveau vient d'intervenir et que je ne sais simplement pas quoi *faire* ; donc voilà – comme je disais – tout ce que je peux *faire* à présent, c'est gagner du temps, jouer la montre (je suis assez bon pour ça) et voir où cela me mène. Il n'y a qu'une seule lampe allumée, Dieu merci – si j'ai l'air d'avoir chaud, ça pourra passer pour un effet de lumière, et non pour le reflet de ma honte.

« Oh, *allez*, Colin, répéta Carol d'un ton insistant. Il faut. Même toi, tu as dû lire des trucs à propos du *danger* et tout ça. – Mets-le – allez. Et après, on pourra. »

Carol avait ouvert le petit paquet depuis belle lurette (où les a-t-elle trouvés ? Pourquoi en a-t-elle ?), et Colin avait tout d'abord contemplé avec une simple curiosité l'espèce de machin mouillé, l'air vaguement d'une limace (ouais, j'en ai déjà entendu parler – mais je n'en avais jamais vu en vrai). Mais à l'instant où elle lui avait dit

Bon, vas-y, alors – *mets-le* (et dieux du ciel, qu'elle répète ça encore une seule fois et je quitte la pièce en courant), Colin n'avait plus éprouvé qu'une gêne paralysante – accompagnée, incidemment, d'une sensation de castration instantanée. Autre chose lui venait en tête, qu'il exprima :

« Mais pourquoi *maintenant*, Carol ? Je veux dire – c'est un peu tard, non ? Je veux dire – l'été dernier, on s'en est bien passé ? Et même la *nuit* dernière. Alors pourquoi maintenant, tout d'un coup ?

– Hier soir, j'ai oublié. Ça me tracasse un peu. En fait, je ne me rappelais plus que j'en avais emporté. Mais à partir de maintenant, il faut en mettre, d'accord ? Oh mais écoute, ce n'est pas une telle *affaire*, Colin – tu n'as qu'à enfiler ce truc, et puis c'est tout. Je suis sûre que tu as déjà fait ça, avec d'autres filles. »

Aïe aïe aïe – comme s'il n'avait pas déjà assez de soucis comme ça. En voilà un de plus : qu'est-ce qu'on disait, dans un cas pareil ? Pour elle, et pour moi. Quelle était la réponse la plus honnête ? Oh, ne sois pas *stupide*, Carol, la seule autre femme que j'aie eue dans ma vie, c'est la voisine de ma mère, Elizabeth, et je la soupçonne de ne même pas savoir que des trucs comme ça aient été *inventés*. Ou bien devait-il se lancer dans un mensonge effréné, assorti d'une touche de flagornerie ? Ouais, naturellement Carol – tu parles ; mais c'est différent, avec toi – je t'aime, et je veux que rien ne vienne gâcher cela – que rien ne vienne se mettre entre nous. Colin, pour l'instant, s'employait à contrôler son rictus et les tics qui agitaient le côté droit de son visage, tout en hennissant doucement, tel un poulain encore mal assuré sur ses pattes.

Et il n'y avait pas que cet embarras inédit du préservatif ; de mille manières que Colin ressentait sans pouvoir mettre le doigt dessus exactement, la fougue enivrante de tout ceci, qu'il aimait tant, semblait se dissoudre sous ses yeux. L'été dernier – après cette première étreinte, cette folie de désir, dans le jardin de Howard et Elizabeth – leurs coups de fil n'étaient qu'échanges de mots précipités, de respirations haletantes (entrecoupés de brèves accalmies vite brisées par un accès de désir renouvelé, rien qu'au son de la respiration de l'autre), bredouillements d'aveux enchevêtrés entre deux rires, tout cela baigné d'une tendresse charnelle, impatiente et avide, qui donnait à Colin une conscience aiguë de ce sang qui courait dans tout son corps, se concentrant en particulier au bout de ses doigts et dans son sexe palpitants – tandis que son front fourmillait et brûlait comme une braise incandescente. Et pourtant, il avait à présent accès à ce paradis depuis si longtemps convoité, ce paradis d'un *lit* avec elle, avec encore devant lui une nuit qui devrait être fabuleuse, dans un appartement dont il pouvait rêver qu'il n'était rien qu'à eux. Alors, pourquoi ce sentiment de, comment dire – de *perte* qui l'envahissait ?

Prenez aujourd'hui, pas plus tard que tout à l'heure : Colin avait essayé tout ce qui était en son pouvoir pour dissuader Carol de mettre à exécution son projet démentiel de redécorer la chambre. Il voyait bien qu'il leur manquait à peu près tout pour faire un boulot au moins correct – à commencer par le temps (même en étant sur la brèche nuit et jour, il leur faudrait rentrer à Londres bien avant que le lissage soit sec, sans parler des raccords ; des *quoi* ? avait hululé Carol – et Colin ne pouvait rien expliquer : c'était peut-être un truc qu'il avait piqué chez son père, comme ça, chose inquiétante en soi). Mais le matériel également : ils avaient acheté cette abominable peinture rouge, soit – et juste ciel, Carol en avait pris assez pour redonner un coup de neuf à l'enfer tout entier - et ils avaient ce blanc satiné pour le plafond (stupéfiant qu'elle n'ait pas opté pour un orange mandarine, finalement) ; mais bon – ils n'avaient rien pour la couche d'apprêt, il s'était planté en achetant l'enduit de rebouchage et de toute façon ils n'en avaient qu'un ridicule petit tube. Il n'y avait pas d'échelle en vue dans l'appartement, ni de bâche ; sans camion, le rouleau n'était pas utilisable – et honnêtement, Colin se voyait mal attaquer les murs avec un putois d'un centimètre. Écoute, Carol – les boutiques sont fermées, et le peu de temps que nous avons est en train de *filer* à toute vitesse : je veux dire, nous n'aurons peut-être plus jamais autant de temps devant nous, Carol – est-ce qu'on ne pourrait pas en *profiter* et laisser tomber tout ça ? Commence, fais un essai, Colin, telle avait été sa seule réponse, d'une voix négligente (pas exactement autoritaire – plutôt comme confrontée à un sujet d'irritation répétitif), pendant ce temps-là, je nous prépare quelque chose de fameux, pour dîner. Mais *Carol*, avait insisté Colin – purement pour la forme, et histoire d'en finir : déjà, il soulevait le couvercle du pot de peinture – Pas avec *ça* ! avait hurlé Carol : mais *enfin*, Colin, mais qu'est-ce que tu as dans le *crâne* – c'est un couteau de cuisine. Ne t'inquiète pas, Carol, il ne coupe pas trop bien, je ne risque rien ; mais c'est pour le *couteau* que je dis ça, imbécile – tante Jane est plutôt maniaque. De sorte qu'ils avaient dû farfouiller partout pour trouver un tournevis ou quelque chose, mais il n'y avait apparemment rien de ce genre, donc pour finir Carol avait déclaré Bon, écoute Colin, prends ça – en lui jetant une pique à brochettes recouverte de ce qui pouvait aussi bien être de la rouille que de vieilles traces de Viandox.

De sorte que Colin s'était retrouvé en train de plonger une extrémité du rouleau, tenu verticalement, dans la peinture sournoisement gluante, et de le retirer presto pour se précipiter sur le pan de mur le plus proche avant que la moquette n'en bénéficie largement. Il avait bien étalé un ou deux journaux (c'est tout ce qu'il avait trouvé – difficile de deviner quelle femme était tante Jane : elle semblait ne pas s'intéresser à grand-chose), mais la peinture traversait rapidement le papier journal, ainsi qu'il ne tarda pas à le découvrir ; il pourrait toujours, après, tirer dessus ce petit tapis, là – quant au reste, c'était juste une tache ou une petite coulure par-ci par-là ; en outre, avaient-ils acheté des torchons ? À votre avis… Et tante Jane semblait n'avoir jamais entendu parler de ça – ni de l'essuie-tout, du reste ; Colin ne put trouver qu'une serviette de bain d'un blanc très cassé, ornée au coin d'une broderie indiquant Palace Hotel, Paignton, mais il était déjà allé si loin dans cette plaisanterie qu'il lui parut inutile de soumettre sa trouvaille au vote : Carol aurait encore simplement piqué une de ses crises (de plus en plus fréquentes et parfaitement injustifiées – sans parler des décibels). Elle n'était jamais comme ça, quand elle était avec son père au téléphone ; soit toutes les dix minutes, grosso modo, de midi à midi.

En outre, elle écoutait sans cesse les Rolling Stones. Moi, je me suis simplement dit Bon, voilà où nous en sommes – couic-couic fait le rouleau tandis que je le passe dans un sens, dans l'autre – cela dit, je n'arrive pas à atteindre les moulures, en haut (j'ai essayé avec une chaise, mais elle branlait trop, et j'ai eu la trouille) et j'ai peur de trop m'approcher de la plinthe, en bas, parce que je serai aussi obligé de la badigeonner et je n'aurai jamais le temps de m'occuper des boiseries en plus – et oui, j'ai bien dit *je* et pas *nous*, parce que je sais bien, n'est-ce pas, que c'est moi qui vais devoir m'appuyer tout ça (il est bien sûr hors de question que Carol souille sa culotte d'un blanc de lys – dieux du ciel, elle est encore en train de se faire couler un de ses bains puant les huiles essentielles, et doit déjà, là, aller chercher une cargaison de bougies non moins puantes), et je sais aussi que si ça n'est pas réussi – et *comment* cela pourrait-il être réussi ? – eh bien ce sera Colin le bon à rien, Colin le pagailleux, qui prendra des coups de règle sur les doigts. Oh là là – une idée, comme ça : j'ai une impression horrible de déjà-vu.

En outre, elle écoutait sans cesse les Rolling Stones :

en même temps, elle faisait un raffut du diable dans la cuisine – pour finir, nous n'avons eu droit qu'à des spaghettis bolognaise tout prêts à réchauffer, alors Dieu seul sait – parce que ne me demandez pas, à *moi* – pourquoi elle faisait tant de raffut – et tout ça sans cesser d'écouter en boucle un seul et unique CD des Rolling Stones. Bon, d'accord – j'aime bien tous ces vieux succès des sixties (le mieux, c'est les Beatles – mais il y a aussi d'autres trucs pas mal), et vraiment, je ne déteste pas du tout les Stones, mais – bon, vous savez bien – entendre toujours les mêmes titres, encore et encore... ça a commencé à me taper sur le ciboulot. Parce qu'en attendant, j'étais, moi, coincé dans une pièce qui commençait à ressembler aux ruines d'une usine de ketchup après l'attaque d'un commando-suicide, et tout ce que j'avais pour me soutenir le moral, c'était *Little Red Rooster*, passe encore, mais surtout *Paint It Black* ! Une ou deux fois, je lui ai demandé Tu n'as donc pas apporté d'autres disques ? Réponse : C'est super, hein ? Ce qui n'est pas vraiment une réponse, n'est-ce pas ? Du Carol tout craché. Elle m'a enfin appelé pour manger au moment où *Under My Thumb* démarrait pour la énième fois – et, juste ciel, la sauce sur les spag', mais on aurait exactement dit les murs de la chambre (même odeur, également – mais ça, c'était peut-être moi), et j'avais la gerbe rien qu'à les regarder. Naturellement Carol a aussitôt embrayé sur le mode Alors, apparemment ça ne te dit rien, c'est ça ? J'ai passé du temp, je me suis donné du mal pour préparer tout ça, Colin (ouais, j'imagine – ôter l'emballage cartonné, percer le film aluminium en plusieurs endroits, et mettre au four, putain), et si tu as l'intention de tordre le nez dessus – moi, je ne *supporte* pas de gaspiller (oui, oui, elle a dit ça) – alors je te jure que tu n'auras rien d'autre, Colin. Tout cela braillé pour dominer l'acharnement de Jagger à nous faire savoir que, bien qu'il *tries*, et qu'il *tries* – il can't *get* no (moi non plus)

– il can't *get* no (moi non *plus*) – satis-*fac*-tion (ouais, je sais) – no satis-*fac*-tion (ce n'est que trop vrai) – no no *no* (ouais ouais ouais – tu l'as dit, mon pote : bien vu).

Sur quoi Carol a rejoint son bain sacré, pendant que je me cognais un Mars ; tu as envie de venir parler un peu, Colin ? Non, merci *bien* – même d'ici, la puanteur de ces bougies me porte au cœur ; en fait, je n'ai pas dit ça – j'ai marmonné vaguement qu'il fallait que je me nettoie – mais je peux vous dire qu'entre les huiles essentielles et la peinture, j'avais la tête comme une essoreuse. C'est avec une joie sans mélange que j'ai découvert une bouteille de térébenthine sous l'évier (Eurêka ! Tante Jane *a* quelque chose), térébenthine dont je me suis aspergé sans qu'une seule goutte de peinture ne bouge (je ressemblais toujours à un gars qui s'est échappé au beau milieu du sacrifice) et puis ça a commencé à me piquer méchamment – et c'est là que je me suis souvenu qu'avec l'émulsion vinylique, c'est de l'eau et du savon qu'on emploie, mais je ne pouvais pas utiliser la salle de bains puisque Cléopâtre s'y adonnait à une orgie de parfums, n'est-ce pas, de sorte que c'est l'évier de la cuisine qui a eu droit au plus gros des retombées (eau froide et savon liquide pour les mains – pas terrible), tandis que la serviette de Paignton finissait brusquement sa carrière, mais on s'en fout – je la fourrerai discrètement quelque part, pendant que Madame la Directrice aura les yeux ailleurs. Pfffou. Enfin, vous voyez ce que je veux dire. Quand et comment tout cela est-il arrivé ? Parce que ça n'était *pas* comme ça, avant : Carol et moi, ensemble – je ne souhaitais rien de plus.

Et à présent, la journée est finie, Dieu merci – minuit pile, et jusqu'à il y a une minute, je me sentais… comment dire ? D'abord, assez crevé, il faut l'avouer, parce que toute cette gymnastique avec le rouleau, c'est quand même épuisant, enfin je ne sais pas si vous avez déjà fait ça ; et pour la chambre, ne me demandez pas quelle tête elle a. Carol a déclaré qu'elle n'avait jamais, de toute sa vie, vu une pareille catastrophe – et tenait absolument à savoir, apparemment, ce qui n'allait *pas* chez moi. Parce que son *père* (nous voilà repartis : son père et les Rolling Stones – il n'est question que de ça) – son *père*, si par hasard ça m'intéresse, referait entièrement une petite chambre comme ça en un après-midi à peine. Ah ouais ? (mon Dieu, je regrette de ne pas avoir répondu ça) : dans ce cas, pourquoi ne lui demandes-tu pas de venir pour s'occuper des finitions – tu dois l'appeler dans exactement quatre minutes soixante-quinze, donc tu peux lui en toucher un mot. *Mon* père passerait des années à ne pas finir une pièce de cette dimension – d'accord, je le reconnais – tandis que *son* père, après le thé, chercherait une idée de fresque à ajouter, et achèverait peut-être le tout par un dôme en trompe-l'œil : et alors ? On n'est pas là pour parler de *pères*, si ? (enfin, en principe non). Je suis là, Carol, moi – *moi*, Colin, tu sais, Colin, le mec qui t'aime, si éventuellement tu arrives à te rappeler pourquoi on est venus ici, à la base.

Je n'ai pas dit un seul mot de tout ça – ça va sans dire. Donc, voilà, déjà, comment je me sentais – épuisé, et assez déprimé ; deuxième chose, je crevais de faim – j'avais mangé les abominables spaghettis (bien obligé, hein), abominables au goût, certes, mais aussi simplement minables en *quantité*, et tout ce qu'il y avait après, c'est un morceau de glace Vienetta, que je ne déteste pas du tout, mais qui me fait toujours affreusement mal aux dents. Mais la troisième chose, ça, c'était sympathique : Carol était toute douce – rayonnante de chaleur après son bain, et l'unique lampe de la chambre projetait toutes sortes d'ombres magnifiques sur ses courbes (c'est incroyable, les filles), donc, au diable l'épuisement et la faim – car voici l'heure du sexe ; soixante secondes de pur paradis sur terre, c'est ainsi que je le vois – et la voilà qui me sort cette saloperie de *préservatif* (où les a-t-elle trouvés ? Pourquoi en a-t-elle ?), et maintenant, même ce moment divin s'est transformé en une véritable corvée, parce que bon : même si je n'ai pas la moindre idée de la manière dont on procède, je vois quand même que, pour que ça marche, il faut être à la hauteur – ce qui *était* le cas, évidemment : ce qui *était* le cas jusqu'à ce qu'elle me mette ce machin sous le nez : et maintenant, tintin. Mais bon, je ne peux pas non plus dire ça, n'est-ce pas ? (apparemment, je ne peux plus dire grand-chose, ces derniers temps), donc ce que je vais faire, c'est déjà saisir cette espèce de limace (histoire de faire preuve de bonne volonté, au moins – je ne veux pas prendre le risque d'une nouvelle scène) puis essayer de lui faire poser la main sur ma poitrine, et avec un peu de chance elle va commencer à me caresser et à me tripoter (en fait, pour être franc, je déteste quand elle fait le truc des bouts de seins sur moi : ça tire et ça me fait me sentir mal à l'aise et vulnérable, et en même temps ça me chatouille et ça me fait rire, toutes choses pas indispensables à ce moment-là), et là, je crois que la simple idée que ses doigts vont descendre plus bas, là où ça compte vraiment, devrait suffire à m'exciter assez pour que je puisse vite fait enfiler ce truc, sans réfléchir.

C'est à peu près ainsi que les choses se déroulèrent, et Colin fut surpris de constater que le contact du latex et des doigts de Carol se révélait finalement assez intéressant, de sorte que l'opération effectuée, il vint sur elle et commençait à caresser et à explorer (en fait, Colin se disait Grands dieux, je ne sais pas pourquoi tout le monde dit que ce truc-là diminue les sensations – je me sens prêt à jouir, et je ne suis même pas en elle) quand soudain Carol se raidit, les yeux agrandis, et chuchota brusquement :

« Qu'est-ce que c'est ?

– Mmm ? s'enquit Colin. Mais enfin, tu *sais* ce que c'est, Carol. C'est moi…

– Non ! Non – pas ça. Le bruit. J'ai entendu un bruit. »

Colin demeurait immobile – chose difficile quand il faut tenir la bride serrée à un organe capricieux.

« Je n'entends rien.

– Écoute. »

Colin demeurait immobile : je vais quand même peut-être y aller, hein ? Croyez-vous qu'elle s'en apercevra ?

« J'écoute, et je n'entends rien. »

Carol se détendit légèrement. « C'est fini.

– Bien. »

Colin y alla donc, et au même instant – très effrayant, et ç'aurait même pu être carrément vilain – Carol se redressa plus ou moins en position assise, les deux mains plaquées de chaque côté de son crâne.

« Tiens, là ! Ça recommence. J'entends quelqu'un qui bouge ! Il y a quelqu'un dans la pièce à côté – Oh, Colin, Colin, j'ai peur…

– Franchement, Carol – je n'entends strictement… »

Et soudain, il entendit pourtant : le bruit d'un meuble qu'on heurte, une exclamation contenue.

« Oh là là…, chevrota-t-il.

– Va voir ce que c'est, souffla Carol. Oh, mon Dieu, je suis terrifiée.

– *Quoi* ? fit Colin d'une voix rauque, s'étant à présent retiré, et tout tremblant.

– Vas-y ! Vas-y ! Mais qu'est-ce qui ne va *pas* chez toi, Colin ? Ce doit être un cambrioleur. Vas-y, chope-le ! »

Colin se contenta de la regarder avec des yeux en boules de loto. « *Chope*-le ? répéta-t-il, sincèrement effaré.

– Bon, si tu n'y vas *pas*…, cracha Carol, faisant mine de se lever, *moi*, j'y vais. »

Et tandis que l'esprit de Colin s'écriait Bonne idée (moi, je saute par la fenêtre et je vais chercher de l'aide) – ses lèvres, elles, s'employaient à balbutier Bon *d'accord,* bon *d'accord* – j'y vais… j'y vais… »

Colin avait ouvert la porte sans s'en rendre compte, et

grelottait à présent dans le noir, comme sous le coup d'une décharge électrique, mais ses oreilles – quoique dressées – ne captaient rien du tout. Il resta ainsi dans l'obscurité et le silence, frissonnant non seulement de peur mais aussi de froid – et soudain, ce silence insupportable fut rompu par le bruit mou de son préservatif tombant sur le linoléum (il l'avait bien senti qui s'échappait), puis, dans une décharge de terreur, par celui d'un poing s'écrasant sur sa tempe, qui le sonna avant même qu'il ait pu pousser un cri – et, souffrant le martyre, il s'effondra en arrière sur une chaise, heurtant le mur de la tête avant de glisser au sol.

« *Salaud* ! », telle fut l'exclamation qui emplit alors la pièce – sur quoi Carol se précipita (allumant la lumière au passage), et déjà elle criait et martelait la silhouette de l'homme qui se baissait pour saisir Colin par les cheveux, d'une main, repliant l'autre bras avec au bout un poing énorme.

« Arrête ! Arrête ! hurla-t-elle d'une voix suraiguë, bourrant son crâne de coups de poing. Mon Dieu – mais tu l'as *tué*, Terry – mais qu'est-ce que tu *fais* ?

– Bien fait, gronda Terry en retour. Je *savais* que tu serais là avec lui, espèce de sale pute – c'est sympa, hein ? D'avoir une *pute* comme sœur… et quant à *lui*… ! »

Carol tremblait de tout son corps et sanglotait, le suppliait encore et encore – « Je t'en *prie*, Terry, je t'en *prie* – laisse-le, laisse-le s'il te plaît – je te jure que je ne le reverrai jamais, je ferai ce que tu veux, Terry, mais par *pitié* ne dis rien à papa, hein ? Oh je t'en *prie*, Terry, je t'en *prie*, ne dis rien à papa, je t'en supplie ! »

Il se redressa lentement, baissant un regard de mépris sans nom sur Colin vautré, les bras en croix – lequel commençait de se reprendre et de bouger, ses yeux se focalisant de nouveau ; il toucha sa joue et poussa un cri aigu.

« Lève-toi », ordonna Terry.

Colin obtempéra, non sans une extrême difficulté ; il avait l'impression d'être en morceaux, entre la douleur cuisante et l'étourdissement du choc.

« Habille-toi, espèce de *merdeux*. Espèce de *connard.* »

Oh là là, pensait vaguement Colin, l'esprit embrumé : et en plus, je suis tout nu.

« Et fous le camp, maintenant. *Tout de suite*. Je vais te dire un truc, espèce d'*ordure* – et là, Terry avait approché son visage ricanant et frappait durement, de l'index tendu, la poitrine couverte de chair de poule de Colin –, que je te reprenne *jamais* à tourner autour de ma sœur, et tu es un homme mort. *Comprendo* ? Espèce de *pourriture* ? »

Et Carol poussa un cri, puis Colin, comme Terry lui envoyait un méchant revers qui l'envoya valser sur le chambranle de la porte et jusque dans la chambre. À peine conscient, et extrêmement traumatisé, Colin se surprit à s'habiller machinalement, fourrant les vêtements inutiles dans un sac. De la pièce à côté lui parvenaient vaguement les bribes d'un dialogue venimeux, tout empreint de haine, de crainte et d'effroi : Je t'en *prie*, Terry. S'il te *plaît*... *savais* que cette ordure était là, avec toi... dès que j'ai appris qu'il n'était pas chez lui, je l'ai su, j'en étais sûr... oui, je te le *promets*... plus jamais – je suis désolée, Terry, vraiment désolée, mais tu ne vas pas – n'est-ce pas... je t'en *prie*, Terry... J'ai dit *tout de suite* – il se tire *tout de suite*, compris ?... tout ce que tu voudras, Terry – tout ce que tu voudras : mais pour l'amour de Dieu, ne dis rien à papa – jure-moi que tu ne diras rien...

Colin apparut à la porte, serrant contre lui le sac contenant ses effets, les yeux baissés ; le sang commençait de sécher autour de sa bouche et, en lui, une sorte d'engourdissement le disputait à l'angoisse. Il aurait tellement, *tellement* voulu se jeter sur Terry – lui en mettre un, au moins – mais la douleur et l'humiliation le paralysaient, et puis à quoi bon ? Le trophée, il le savait, lui était à présent retiré.

Carol l'entraîna jusqu'à l'entrée tout en le protégeant de Terry qui restait toujours là, menaçant comme un animal prêt à bondir. Elle ferma enfin une porte entre tous deux, et, sans regarder Colin, chuchota :

« Colin. Tu vois ce qui se passe. Oh mon Dieu j'ai envie de *mourir*. Je me sens tellement, tellement... *écoute*, Colin, il faut que tu partes, et *tout de suite* – si Terry raconte ça à papa...

– Mais c'est... », commença Colin. Et puis il dit autre chose : « C'est le milieu de la nuit.

– Tu trouveras peut-être un car. *Va-t'en*, Colin – oh mon Dieu, mais *va-t'en*.

– Je t'aime, Carol.

– Non, Colin. Non. *Va-t'en*, nom d'un chien. »

Colin commençait d'avoir la mâchoire paralysée. « Mais si, je t'aime, dit-il.

– Tu m'*aimais*, peut-être, repartit Carol d'une voix précipitée, le poussant au-dehors. Peut-être qu'on s'aimait tous les deux – mais plus maintenant. Et ne m'appelle pas. Plus jamais. Mon Dieu – si jamais papa entend parler de cette histoire, il me tuera – et toi *aussi*. »

Colin ouvrit la bouche. La referma. Puis il dit :

« Qui est Tony ?

– Adieu, Colin », répondit Carol. Et elle lui referma vivement la porte au nez.

Je vais me mettre à pleurer, je le sens. Ouais, ça ne va pas tarder. Mais là, je descends les escaliers, et maintenant, je me bats avec cette sacrée serrure dans le noir, et à présent je manque m'évanouir dans le froid glacial qui me saisit et m'assaille en plein visage ! Mon visage. J'ai l'impression d'avoir le visage tailladé à coups de couteau.

Colin s'éloigna dans l'obscurité, sans savoir où il allait – gelé, malheureux, douloureux comme une bête fraîchement abattue. Au bout de quelques pas, il s'arrêta et se retourna, levant les yeux vers l'appartement au dernier étage : toutes les lumières étaient allumées à présent. Regardez cette pièce, là – il y a des grandes traînées rouges, sur un mur.

Et soudain, les premières larmes se mirent à couler, et Colin secoua la tête pour les chasser. Voilà. Voilà où nous en sommes. Il me semble que je l'*aimais*… mais tout est fini, à présent.

Chapitre XV

Plus Tara insistait, plus John se sentait envahi par ce soupçon muet autant que déprimant (puis, bientôt, par cette amère certitude) qu'il n'était peut-être en aucune, mais aucune manière, fait pour réaliser ce pur fantasme de l'écriture de fiction. Je veux dire, soyons franc – aller simplement au bout de ces exercices de mille mots, perte de temps complètement idiote, devenait de plus en plus ardu : il contemplait d'un œil morne le comptage indiquant 923, et se mettait à le supplier, à le *supplier* d'augmenter tout seul. Il m'en faut absolument mille tout rond, alors pour l'amour de Dieu, trouve-m'en encore soixante-dix-sept, je t'en prie, parce que moi (crois-moi), il ne m'en reste plus un *seul*.

Il avait – comme promis – exhumé son cahier à spirale et jeté un coup d'œil sur ce qu'il possédait déjà : trois personnages, dont il avait complètement oublié le nom de l'un d'entre eux, d'ailleurs il ne savait plus du tout pourquoi il l'avait inventée, celle-là (histoire de s'occuper, probablement). En tout cas, ce troisième personnage, appelé, euh – voilà : c'est reparti. Enfin bref – cette femme, qui qu'elle soit, entrait dans un magasin et achetait quelque chose (encore à préciser – je n'ai rien trouvé, sur le coup), et ressortait, carrément. Tara s'était jetée sur ce passage – parce que oui, elle l'avait obligé à tout lui lire à haute voix, ligne après ligne, de sorte qu'elle en savait à présent à peu près autant que lui.

« Pourquoi, en fait, entre-t-elle dans cette boutique, mon chou ? Est-ce un élément qui donne du *sens* au récit ? Comment comptes-tu développer ce personnage ? »

En réponse à quoi John ne put que demeurer immobile, le regard fixe, tout occupé à maîtriser la panique qu'il sentait monter en lui ; c'était comme dans un cauchemar – vous allez enfin passer votre oral de français, sans problème, et constatez en arrivant que tout le monde parle un dialecte mexicain.

« Je sais pas, répondit-il d'une voix blanche, se sentant très Homer Simpson.

– Bon, d'accord, fit Tara, conciliante. Prenons les choses dans un contexte plus large – en quelques mots, John, quel est le *contenu* de ce livre ? »

John gémit. « Ah… environ dix-sept pages.

– Très drôle, mon petit gars, fit Tara, sèchement. Non, sérieusement – que veux-tu *dire* dans ce roman ? Mmm ? »

John se contenta de secouer la tête ; puis il porta à ses lèvres le grand verre de whisky que Tara lui avait accordé, en prit une gorgée, et s'employa de nouveau à secouer la tête. La vérité, c'est que je n'ai strictement *rien* à dire dans ce roman, n'est-ce pas ? Ce que je veux – tout ce que j'attends de ce livre, c'est qu'il soit *écrit* (allez, comptage de mots, mets-y un coup et envoie-m'en, disons, dix-huit mille, quelque chose comme ça : je t'en serai éternellement reconnaissant), et après, je veux que quelqu'un l'imprime et le sauvegarde, et puis que quelqu'un d'autre – vous, Tara, par exemple, vous seriez parfaite pour ça – me dise que c'est un texte d'une rare sensibilité, d'une écriture foisonnante frôlant le génie, dont la noirceur et le comique dérangeants sont sans cesse mêlés d'une poignante qualité d'émotion, sans que jamais ni le rythme ni le fil du récit perdent de leur terrible efficacité ; ensuite, je veux que l'agent littéraire le plus prisé du moment gère d'une main de fer la lutte (chaudement disputée) pour l'acquisition des droits au Royaume-Uni (pour le monde entier, on verra ça demain) ; ensuite, je veux une avance qui fasse date dans l'histoire littéraire – une promotion spectaculaire (le *Bookseller* annonçant en couverture une campagne de presse jamais vue et « une mise en place battant tous les records »), suivie d'un cocktail de lancement d'une mondanité éblouissante au Groucho Club, et d'un accueil si délirant dans les journaux nationaux – chaque article, en première page, accompagné d'un portrait montrant en noir et blanc le visage tout à la fois ténébreux et mélancolique du génial John D. Powers – qu'il restera inégalé dans toute l'histoire de la presse. Spielberg, Tarantino et Redford jetteront par-dessus les moulins les règles du noble art pour se prendre à la gorge et s'étriper sur le seuil de ma porte, le vainqueur, tout ensanglanté, ayant licence pour me proposer des droits dérivés faramineux pour l'autoriser à tourner LE film de l'année, celui qui raflera tous les Oscars, tandis que je soulagerai Booker McConnel, épicier en gros, de quelques milliers de livres (dérisoire, certes, en regard de ce que j'aurai déjà gagné, mais le prestige est indéniable), et que si les brasseurs, du style Whitbread, ont envie de l'imiter (et à mon sens, il serait littéralement pervers de ne pas le faire), eh bien qui suis-je pour les empêcher de satisfaire leur désir[1] ? *Voilà* le genre de scénario qui m'apparaît extrêmement facile ; mais c'est le putain de livre, en soi, qui m'échappe – je ne sais absolument pas quoi en faire – et, soyons quand même franc, je n'ai certainement pas l'intention de rester scotché des mois et des mois d'affilée à *écrire* cette connerie. Tout ce que je souhaite, tout ce que je veux, c'est trouver le moyen de me tirer du pétrin dans lequel je suis maintenant. C'est tout. Et niaisement, j'ai pensé qu'un livre pourrait m'y aider.

1. Booker et Whitbread sont les sponsors de deux prix littéraires britanniques. *(N.d. T.)*

En fait, le simple mot *livre* me rend malade, maintenant (où Tara a-t-elle rangé la bouteille ? La paix et des caisses d'alcool, voilà ce qu'elle m'a promis, et je me retrouve secoué en tous sens, et le gosier sec) ; elle a l'air d'avoir carrément des milliers de bouquins dans cet appartement, Tara – des piles de littérature contemporaine, mais aussi tous les inévitables Proust et Freud et Gibbon et Woolf et Hazlitt et Trollope et Milton et Sartre et Swinburne et Lawrence et Huxley et Dryden et Jung et Russell et Joyce et tous les autres emmerdeurs que John n'a jamais lus et ne lirait jamais, il ferait beau voir. Histoire de la faire changer de sujet, il l'avait prise à même le sol, chose sympathique quoique trop rapide (à cause de John), parce qu'à présent, reprenant souffle et réajustant sa ceinture, elle allait remettre ça avec la littérature, à tous les coups. Et tout en la chevauchant (Yahou, yahou !), John avait perçu de nouveau ce bruit singulier qu'elle faisait à chaque fois qu'il lui donnait du plaisir. Elle faisait Hoh ! Hoh Hoh ! *Hoh* ! Pas vraiment excitant, mais cela lui rappelait nettement quelque chose, et il ne savait plus quoi. Et c'est seulement maintenant qu'il mettait le doigt dessus : c'était exactement la réaction de l'infortuné fantassin japonais, transpirant sur les bords de la rivière Kwai – mélange de honte, de peur et de soumission aveugle – accablé de reproches par l'officier en jodhpurs (et gaffe à la cravache, hein). Juste ciel – c'est fou, les imbécillités qui me passent par la tête : on *penserait* que je suis doué pour la fiction, non, franchement ?

« Selon toi, qui serait ton modèle, mon petit ? Tu en as un ?

– Oh, écoutez, Tara – on ne peut pas laisser tomber cette histoire de livre, maintenant ? Je ne suis pas un véritable écrivain, n'est-ce pas ? Je n'en serai jamais un. Où est la bouteille ? Je ne refuserais pas encore un petit coup.

– Mais justement, mon chou – tu ne peux rien en savoir tant que tu n'as pas essayé, n'est-ce pas ? C'est pour ça qu'il faut te faire violence et écrire ce truc. Le whisky est là, à ta droite, tu as un problème de vue ? Kingsley Amis, par exemple ? Il semblerait, a priori, que vous ayez des choses en commun.

– Mon Dieu, je ne l'avais même pas remarquée – merci, Tara : je pensais que vous l'aviez cachée. Ouais – Amis. J'aime bien Amis. Enfin, ses premiers trucs, au moins. *Lucky*, euh…

– *Jim*. Tu as lu le fils ?

– Lu le fils ? Le fils de qui ? Oh, son fils à lui : Amis *fils**. Apparemment, ils détestaient tous les deux ce truc de parenté, père et fils : c'est de famille, hein, nécessairement. Ouais – c'est pas mal. Mais là encore, je n'en ai lu qu'un ou deux. Oh, soyons honnête, Tara, ils sont *tous* bons : c'est moi qui ne vaux rien. Savez-vous que le premier vrai livre que j'ai acheté quand j'étais gosse – d'occasion, évidemment, je l'ai payé dix shillings – s'appelait, jamais je ne l'oublierai, *La Quintessence de l'ibsenisme*. George Bernard Shaw. Vous arrivez à croire ça ?

– Et qu'en as-tu pensé ? Moi, je ne l'ai pas lu.

– Parce que vous croyez que je l'ai *lu*, moi ? C'était pour faire du genre. Je l'ai emporté partout avec moi pendant des mois. Qu'est-ce que vous lisez, Powers ? Oh, rien – *La Quintessence de l'ibsenisme*, de Shaw, monsieur : cloué, le mec. Il ne m'est même pas venu à l'esprit d'*ouvrir* ce truc. Les seuls mots du titre que je comprenais, c'était « la » et « de ». Le couteau sous la gorge, j'aurais peut-être émis l'hypothèse que cette « quintessence » était une espèce de confiture de prunes, quant à « ibsenisme »… je sais pas : une maladie des os ? Mais le fait que ça n'ait pas de sens ne me posait *aucun* problème – je n'avais aucune curiosité, aucune envie de *savoir*, ni rien. Plus tard, je me suis vraiment mis à Shaw – enfin, *Doctor's Dilemna, Pygmalion*, vous voyez, ce genre de chose – mais aujourd'hui, il m'apparaît comme un sacré emmerdeur, enfin je pense. Et pour Ibsen, mon Dieu – évidemment, je n'ai jamais lu Ibsen, mais ce doit *certainement* être un sacré emmerdeur, n'est-ce pas ?

– Tu devrais peut-être te tourner vers des auteurs plus modernes, des auteurs vivants. John Fowles, qu'est-ce que tu en penses ? Ou William Trevor ?

– Mais ce sont des vieux, non ?

– Bon – William Boyd, alors. Ishiguro. Ackroyd. Barnes ?

– Non, non – trop connus. Trop littéraires. Ça me rendrait jaloux.

– Rushdie ?

– Très drôle.

– Irvine Welsh ? Roddy Doyle ?

– Trop celtes. Les histoires d'Écossais ou d'Irlandais bourrés, ça n'est pas mon truc. Mais j'aime bien Dick Francis. Mais par contre – j'ai lu un truc de Grisham, un jour – mauvais, mais alors mauvais – carrément nul. Et dire que ça se vend à des millions d'exemplaires. Comprends pas.

– Si tu lisais des auteurs femmes, cela élargirait peut-être un peu ton horizon, tu sais. Tu pourrais même arriver à savoir pourquoi tu en fais entrer une dans une boutique, sans raison apparente.

– Non, non : elles n'écrivent que sur l'ignominie des hommes, et sur le moyen de s'en procurer un. Ou alors, elles sont obsédées par leurs histoires d'ovaires et d'accouchement et de règles et tous ces trucs dégueu – pas ragoûtant, vraiment. Iris Murdoch, elle est pas mal.

– À t'entendre, j'ai l'impression que tu n'as carrément rien lu depuis des *années*. Tu as faim ? J'ai trouvé un saumon absolument épatant – encore tout raide : il sent la mer.

– Miam. Vous avez déjà fait du saumon au whisky ? C'est super, cuit comme ça. Les crevettes roses aussi. Non, vous avez raison, je ne lis vraiment plus beaucoup.

Je ne lis pas. Je n'écris pas. Je ne fais que boire et me lamenter et… oh…

– Et… ? Quoi d'autre ?

– Oh mon Dieu. Me languir de ma *femme*.

– Tu crois avoir une chance ? De la récupérer ?

– Eh bien… il y a toujours… je veux dire, il y a *forcément* une chance, n'est-ce pas ? *Forcément ?* C'est drôle – à propos de livres, Lulu m'a dit un jour qu'elle détestait *tous* les romans, maintenant, à cause de la fin.

– De la *fin* ? Mais…

– C'est *exactement* ce que j'ai dit : Mais Lulu, la fin est toujours différente, non ? Enfin je veux dire, c'est tout l'*intérêt*, non ? Et elle m'a répondu Non, non – je ne parle pas de la fin en *soi*, mais du fait qu'on *arrive* à la fin, c'est ça que je veux dire. Quand il n'y a plus beaucoup de pages à tourner, on sait que c'est presque terminé – et si un personnage est vieux et malade, par exemple, on sait qu'il va mourir dans pas longtemps. Et si un autre personnage dit qu'il va émigrer au Canada ou je ne sais où, on sait qu'on ne le verra plus, parce que l'auteur a trouvé ce moyen-là pour se débarrasser de lui – et on ne pourra pas le suivre au Canada : il ne reste simplement plus assez de pages.

– Mmm. Je crois que je vois *à peu près* ce qu'elle entend par là. Cela dit, c'est quand même une curieuse manière de voir les choses, n'est-ce pas ?

– P'têt' bien », laissa tomber John, sans plus écouter vraiment ce qu'ils disaient l'un et l'autre. Mais voilà, il avait prononcé le mot sacré, « Lulu » : alors rien à foutre des *livres* – parce que dieux du ciel, mais qu'est-ce qu'on en a à faire, des livres, quand l'amour de votre vie est en train de disparaître ? Mais non, elle ne peut pas disparaître – elle ne doit pas disparaître. J'y ai bien réfléchi – et tout m'apparaît d'une simplicité lumineuse à présent : qu'est-ce que Lulu ne pouvait pas supporter chez moi, au point de me quitter ? Eh bien, deux choses, je pense (enfin deux choses *essentielles*) : la jalousie – la jalousie maladive, comme une rage qui me met l'écume aux lèvres, qui me fait les yeux fous, la jalousie irrépressible et, plus récemment, la boisson. Donc, ce que je dois faire (mais oui, mais oui – comment ai-je pu ne pas y penser plus tôt ?), c'est rester chez Tara non pas jusqu'à Noël inclus, mais jusqu'à la veille. Puis je rejoindrai Lulu là où elle est : elle me verra sous un jour tout différent. Serai-je envahissant, dévoré vivant pas les démons de la jalousie ? Non, pas du tout. Je demeurerai là, tranquille à ses côtés, comme un homme assuré des sentiments de sa superbe jeune femme. Ma démarche ne ressemblera plus à un vautrage permanent : je me tiendrai bien droit, sobre – digne et attentionné (spirituel, même, et d'une aisance évidente). Alors, elle me reviendra, entièrement ; nous nous loverons l'un contre l'autre, à l'abri du froid des tout derniers jours et nuits de l'année – et, pénétrés d'un noble amour, nous serons prêts à en affronter une nouvelle : ensemble.

« Elizabeth – je te présente Émile. »

Et bien sûr, Elizabeth de se montrer toute politesse et toute amabilité : rien d'étonnant, n'est-ce pas, à ce que Melody arrive avec encore un nouveau petit ami, le dernier en date d'une série apparemment inépuisable (car aucun d'entre eux ne semble jamais durer assez longtemps pour former même l'amorce d'un noyau de quelque chose de stable, suis-je obligée de constater). Toutefois, le *moment* était relativement mal choisi, car cela faisait maintenant presque une heure qu'Elizabeth l'attendait au bar de l'hôtel (réellement très plaisant, très confortable – un tantinet confiné, certes, mais somme toute parfaitement agréable). N'avaient-elles pas dit Rendez-vous à huit heures ? Si, tout à fait – et c'est sans grande surprise qu'Elizabeth avait vu neuf heures arriver à grands pas sans que Melody ait daigné se montrer ; mais ça n'en était pas moins contrariant, en réalité, parce qu'Elizabeth s'était risquée à commander un pastis – chose qu'elle avait tendance à faire, à Paris, et par pitié ne lui demandez pas pourquoi – et, le temps passant, bien qu'elle n'en eût nullement l'intention au départ, s'était surprise à en commander un autre parce que – bon, vous pouvez bien la trouver démodée si ça vous amuse, mais Elizabeth ne jugeait pas *convenable*, disons, pour une dame, de rester assise toute seule dans un bar, mais si la situation l'exigeait, eh bien, avoir un verre pour s'occuper les mains était sans aucun doute *de rigueur**. En outre, elle avait effectué de trop nombreuses ponctions dans toutes ces petites assiettes de noisettes et de bretzels (ça fait *épouvantablement* grossir – que quelqu'un m'arrête, par pitié, ou bien enlevez-moi tout ça), alors que ce dont elle avait réellement envie, c'était par exemple d'une omelette aux fines herbes – ou d'un blanc de poulet, peut-être : je pense que le steak-frites est un peu lourd pour le soir. Enfin, quelque chose de *chaud*, voilà – et j'espère donc que ce fameux *Émile*, je crois que c'est ce qu'elle a dit, ne va pas s'éterniser à prendre un verre ni rien, parce que moi, j'ai assez bu comme ça ; je suis vannée par le shopping, et c'est de nourriture solide dont j'ai besoin. Pourquoi diable Melody ne pouvait-elle pas se contenter de faire joujou avec ce garçon (car il avait l'air bien jeune), au milieu de tous les Mickey et autres niaiseries qu'ils proposent à Disneyland, sans pour autant le ramener jusqu'ici pour parader devant moi ? Melody était-elle en fait une *droguée* de la présence masculine, à votre avis ? Quelquefois, on pouvait certes le penser.

« J'ai invité Émile à dîner avec nous », déclara Melody – souriant niaisement au jeune homme, de cette manière si particulière qui était la sienne : presque comme si elle l'avait créé. Lui, pour sa part, avait fermement posé une main de propriétaire sur la hanche de Melody : elle lui appartenait à présent (comme s'il avait pu avoir la paire pour pas cher, et qu'il en exhibait un exemplaire avec fierté).

Même pour Elizabeth, le sourire de bienvenue se révéla un effort terrible – et, chose inhabituelle chez elle, elle se soucia peu de ce que cela se voie ou non.

« Comme c'est charmant », dit-elle. Et n'est-ce pas, tu m'autoriseras, ma chère, très chère Melody, à payer le dîner d'un Émile probablement impécunieux – n'est-ce pas, ma chérie ? (Regardez-moi cette chemise – cela fait des jours qu'il l'a sur le dos.) Sur quoi elle lui jeta un coup d'œil intrigué pour s'assurer, peut-être, qu'il n'était pas, contrairement aux apparences, fait de cire et monté sur roulettes – mais bien, plutôt, un Français maussade et tendineux, avec la dose habituelle de sang épais dans ses veines.

« Allô », fit-il avec un grand sourire – l'air ravi d'un enfant qui, armé d'une flûte à bec, est parvenu à aller au bout d'une somme incohérente de notes manquantes et de tempo massacré et, inconscient du carnage, attend le déluge de compliments extasiés dont Mémé et Pépé doivent obligatoirement le gratifier.

« Oui..., fit Elizabeth lentement, approuvant on ne savait trop quoi. Melody, tu te souviens que nous devons partir tôt demain, n'est-ce pas ?

– Oh, il n'y a pas de problème – Émile nous accompagne, en fait – n'est-ce pas, Émile ?

– Allô ! fit-il de nouveau, avec même un léger surcroît d'enthousiasme.

– Son anglais n'est pas *génial*, reconnut Melody d'une voix quelque peu assombrie. Il m'a expliqué, plus ou moins – il est un peu difficile à comprendre – qu'il avait envie de voir Londres et qu'il est tout seul pour Noël, alors je me suis dit Oh vraiment, c'est trop triste, et je lui ai dit qu'il pouvait venir chez moi.

– Je vois. Mon Dieu – comme c'est charmant. »

Quelques heures plus tard, de retour dans sa suite (Melody était ailleurs, sans doute en train de boire encore une bouteille de vin rouge avec ce jeune homme apparemment assez stupide), Elizabeth narrait d'une voix perçante, à l'usage de Howard, l'essentiel de ces derniers événements, préférant au récit linéaire une synthèse quelque peu enjolivée – et se demandant aussi, l'espace d'un instant, ce qu'elle-même allait faire de tout cela (mon Dieu, mon Dieu – je crois bien qu'une graine est plantée, là) ; et puis elle éprouva le besoin de parler sans tarder d'autre chose – et Howard, je ne sais pas ce qu'il y a, mais tu me sembles bien peu bavard, ce soir, mon chéri, mais bon, je ne reste que deux minutes, et de toute façon demain je suis de retour à la maison – et pas fâchée de rentrer, loin de là, en fait – sur quoi je pourrai m'occuper de régler tout ça.

« Et comment vont Brian et Dotty, Howard ? Mmm ? Je veux dire, ils vont être *bien,* n'est-ce pas ? Je n'ai pas envie qu'ils soient là à se lamenter pour gâcher la fête. »

Et, avant même que Howard ne réponde, elle pensa Oh juste ciel – c'est moi qui me lamente, mais il n'y a plus grand-chose à gâcher.

« Eh bien, dit-il d'une voix lente, Dotty, ça a l'air d'aller – elle est rentrée ce soir avec une montagne de cadeaux incroyable, Dieu sait d'où vient l'argent. Et puis elle a Dawn, bien sûr. Elle est extraordinaire, avec Dawn : je ne me suis même pas rendu compte qu'il y a un bébé dans la maison.

– Je sais, c'est hallucinant. Et Brian ? Tu sais, Howard, que Melody n'est *toujours* pas rentrée, et il est presque minuit, ici ; vraiment – c'est *quelque chose*, cette fille, n'est-ce pas ?

– Oh, elle ne va pas tarder. Non – Brian m'inquiète un peu, en fait. J'ai essayé – enfin tu sais – de lui *parler* et tout ça – on a pris un verre, ce genre de chose, mais il reste *là*, comme ça, le regard fixe. C'est terriblement ennuyeux, encore plus qu'énervant, mais on a peine à imaginer ce qu'il doit ressentir. Tout ce qu'il m'a dit, c'est qu'il cessera d'être un fardeau dès qu'il en aura la possibilité, ou un truc comme ça : enfin ce genre de *chose*, tu vois.

– Pauvre Brian. Il n'est vraiment pas gâté, n'est-ce pas ?

– Non », approuva Howard. Non, sans doute pas – mais en attendant, c'est *moi* qui n'ai pas été gâté, ce matin, pour des raisons, croyez-moi, dont je ne peux absolument pas parler maintenant. Encore plus que serrer le cou de Laa-Laa (pourquoi *Laa-Laa*, d'ailleurs – pourquoi ? Jamais je ne comprendrai ça) et même, oui, en manque de son corps à présent souillé, ce que je désire, c'est vraiment écraser mon poing sur la gueule de Norman Furnish, avant de le bourrer de coups de talon, une fois qu'il serait à terre. Au moins, elle est partie sans faire d'histoires, ce qui, en soi, donne à penser, n'est-ce pas ? Les gens comme ça – ils ont toujours quelque part où aller. Dépêche-toi de dire ce que tu as à dire, Elizabeth, parce que j'ai vraiment besoin d'un autre verre.

« Et Nelligan ? Dis-moi qu'il en a terminé, je t'en prie.

– Fini. Il est parti. Il a pris mes millions et il est parti.

– Oh, *Howard* ! Et le résultat est-il réellement divin, rassure-moi ?

– C'est… assez divin. C'est superbe. Tu vas être contente.

– *Magnifique*, Howard. Je suis *folle* d'impatience de rentrer, à présent. Et toi, tu te réjouis d'avance de notre petite fête ? Parce que moi, je suis *morte* d'impatience : je sens que ça va être *la* réception du siècle.

– J'en suis persuadé », dit Howard – et comme Katie sortait de la cuisine, chargée de nourritures diverses, Howard l'attrapa au vol, avec la ferme intention de filer vers la bouteille de Macallan. « Ah, tiens – voilà Katie : Katie, tu dis un mot à ta mère.

– Salut, fit Katie dans l'appareil. Je viens pratiquement de rentrer – il fallait bien que je *dorme* un peu ce soir, tu vois ? » Et si cette réflexion causa à Elizabeth quelques palpitations un peu pénibles, ce n'était rien à côté de ce qui suivit : « Oh, et puis – j'espère que tu n'auras pas un trop grand choc en me voyant, d'accord ?

– Un choc ? Un choc ? Comment ça ? Pourquoi devrais-je avoir un choc ?

– Eh bien, je me suis complètement rasé la tête – ça fait longtemps que j'en avais envie. Allez, salut maman – on se voit demain, d'ac' ?

– Tu t'es… ! Katie ! *Katie* ! Katie… ? »

Elizabeth reposa le combiné et porta une main glacée à son front – tandis qu'à la même seconde, à la maison, Katie partait d'un rire saccadé de maniaque, tout en passant les doigts dans sa crinière épaisse, hirsute et luisante de reflets. Elizabeth faillit avoir une attaque, comme le téléphone poussait soudain son cri strident et répétitif.

« Katie ? ! Oh, *Lulu* – Lulu, c'est *vous*. Je vous ai appelée mille fois, et…

– Oui, dit Lulu. Je n'arrivais pas à rentrer à la maison. Je suis installée chez Pippa Bramley, provisoirement. Comment tout se passe-t-il ? Melody est toujours avec vous ?

– Oui – enfin non, pas pour le moment : elle est sortie avec un homme.

– *Bien.* » Puis (pourquoi pas ?), Lulu lâcha le morceau : « Je *déteste* l'idée qu'elle soit là, avec vous. Elle devrait être avec Howard. »

Elizabeth ressentit une brève décharge électrique, un picotement dans tout le corps.

« Howard ? Pourquoi *Howard* ? Pourquoi devrait-elle… pourquoi dites-vous ça ?

– Oh, comme ça – sans raison précise. Je ne sais même pas moi-même pourquoi j'ai dit ça – non, tout ce que je voulais dire, c'est qu'elle n'a pas à être avec vous. C'est *moi* qui devrais. Oh, mais écoutez ça, Lizzie – ça va vous faire rire : Pippa m'a raconté qu'elle avait croisé dans la rue une "bande de garnements mal élevés", comme elle dit, et l'un d'eux l'a interpellée en lui disant Hé, vous, là – regardez, regardez – je me cure le nez ! Est-ce que vous vous curiez le nez, quand vous étiez petite fille ?

– Quelle horreur », fit Elizabeth, plus ou moins en pilotage automatique. Pourquoi diable Lulu avait-elle *dit* ça ? Pourquoi Howard ? Qu'est-ce que Howard venait faire là-dedans ? Pourquoi Melody devrait-elle être avec Howard ?

« *Et*, continuait Lulu avec entrain, réprimant un fou rire en pensant à ce qui suivait, savez-vous ce que Pippa leur a répondu ? Bien sûr que *non*, a-t-elle dit – ne soyez donc pas si dégoûtants. Quand j'étais petite fille, nous avions des domestiques qui faisaient absolument *tout*. C'est infernal – elle est complètement foldingue, et je ne sais même pas si elle s'en rend compte. » Mais il y a une chose dont elle se rend compte, par contre, cette chère Pippa Bramley, se dit Lulu avec tendresse : l'unique raison pour laquelle je vous raconte toutes ces choses-là, lui avait-elle brusquement avoué, la veille au soir, c'est simplement pour me rendre *intéressante* à vos yeux, ma chère Lulu ; et maintenant que vous êtes ici, vous n'allez pas partir, n'est-ce pas ? Dites-moi que vous ne partirez pas. Je suis si seule. « J'ai un cadeau absolument sensationnel pour vous, Lizzie : je meurs d'impatience de vous revoir. À quelle heure arrivez-vous ?

– Mmm ? Oh – juste après déjeuner, je crois bien. J'aurai mille choses à faire.

– Je passerai pour vous souhaiter la bienvenue à la maison. Vous m'avez manqué. »

Elizabeth arrondissait déjà les lèvres pour articuler une réponse plus ou moins semblable quand, soudain, la porte de la chambre parut imploser, et une Melody très soûle, les yeux très brillants, fut comme catapultée à l'intérieur, se redressa tant bien que mal et se dirigea en tanguant et en titubant vers, puis sur Elizabeth, hurlant de rire tandis que toutes deux s'effondraient en vrac sur le lit. Elizabeth perçut à peine l'exclamation étouffée de Lulu, comme le combiné lui échappait des mains – puis elle le reprit aussitôt.

« Oh mon Dieu – je suis *désolée*, Lulu – c'était Melody – mais *lâche*-moi, Melody – elle vient de me renverser sur le lit ! Lulu ? Lulu ? Qu'y a-t-il ? Vous êtes là ? » Puis, Elizabeth jeta un bref coup d'œil à Melody et dit simplement : Elle a raccroché. Alors seulement, elle perçut le ronronnement régulier qui s'échappait de la gorge de Melody profondément endormie : son visage au repos, barbouillé de rouge à lèvres, était blême et bouffi. Elizabeth se sentit soudain extrêmement fatiguée.

La magie de Noël va tout transfigurer – et rien ne doit se mettre sur sa trajectoire étincelante. Et moi, je vais organiser la fête du *siècle* – vous pouvez me croire : vous allez voir ce que vous allez voir.

QUATRIÈME PARTIE

Boules de neige

Chapitre XVI

Combien de fois déjà Dotty avait-elle enjoint Dawn, d'une voix suraiguë, de regarder, de voir, d'embrasser, de dévorer – d'être, oh, comme moi, saisie et emportée par tout cela, ta toute première vision des illuminations vacillantes et étincelantes de Noël contre le bleu sombre du ciel de Londres : ces petites guirlandes de lumières rouges et blanches enroulées autour des réverbères, sur toute la longueur de la rue, cette fascination – encore, après tant d'années – qu'exerçait Oxford Street. Et oui – c'est précisément dans Oxford Street que Dotty avait choisi d'emmener son petit ange, fermement décidée à ne plus rien éprouver que ces sensations-là, et avec elle. Pas Regent Street, non – bien qu'elle fût parée de tous ces néons et guirlandes clignotantes, plus grands et plus criards, que les enfants plus âgés venaient encore contempler, bouche bée, laissant parfois échapper un Wouah à demi réticent, pas cool du tout. Non, c'était là, beaucoup plus, l'atmosphère de Noël telle que Dotty se la remémorait, venue, oh mon Dieu, d'une époque si lointaine qu'elle aurait pu ne jamais exister ; seule cette étincelle qu'elle sentait jaillir en elle, en voyant tout cela, parvenait à lui faire retrouver ce qui l'animait jadis, quoi que ce fût, quand elle était petite fille. Elle revoyait son père s'accroupir à ses côtés, l'index tendu – la pressant de regarder, Dorothy, de *regarder*, de voir, d'embrasser, de dévorer – d'être, oh, comme moi, saisie et *emportée* par tout cela (et, lui, sans aucun doute, regardait : les lumières se reflétaient dans ses yeux comme embués d'adoration, tandis qu'il contemplait le spectacle d'un air tout à la fois comblé et vibrant presque de désir). Même la désapprobation permanente de sa mère paraissait suspendue l'espace d'un moment : elle daignait goûter, du bout de ses lèvres minces, l'excitation de cette sortie annuelle, mais contrairement à son époux – dont le souffle sortait péniblement, par saccades, de sa poitrine mortellement abîmée –, les chaînes qu'elle avait rivées en permanence ne la laisseraient jamais s'en gaver.

C'était fameux de se faire bousculer par la foule, sur la chaussée, contre le trottoir ; cette cohue faisait partie du bonheur de Dotty – et elle n'avait aucune peine à se convaincre que toutes ces expressions épuisées, hostiles ou même féroces peintes sur les visages croisés dans cette précipitation de sauve-qui-peut ne traduisaient guère qu'une volonté inflexible de combler, presque par jeu, jusqu'aux derniers caprices des famille et amis – agrémentée, peut-être, d'un vernis de dignité impassible, ainsi qu'il convient pour accueillir et couronner l'arrivée glorieuse d'une nouvelle année sur cette terre. Dotty adorait voir toutes ces employées de bureaux, toutes ces vendeuses pressées de donner leurs billets de dix livres à un homme qui braillait d'une voix rauque, accroupi sur une caisse devant une valise ouverte – et qui, son regard ne se posant jamais nulle part, leur tendait en retour des petits paquets lourdement ornés et saturés de parfum, sans que personne paraisse le moins du monde se soucier de l'excessive modicité du prix : C'est Noël, non ? Et ce brave homme nous fait notre premier cadeau. Comme la neige se mettait à tomber – de gros flocons mousseux –, l'homme laissa échapper un 'Fait chier, une seule fois, mais Dotty, elle, savait bien que les enfants la voyaient comme une poudre de fée, et ils levèrent le visage vers elle, pour s'assurer que son léger baiser glacé ne les manquerait pas – et que leurs cheveux aussi seraient parsemés de la preuve immaculée, fraîche et picotante que ce n'était pas uniquement sur les cartes et calendriers que cette matière si douce tombait et vous touchait : bientôt *Noël* – nous y sommes presque –, et Dotty s'apercevait à chaque instant que, en dépit de tout, à l'exception de la petite Dawn, elle en était profondément émue. À chaque nouveau spectacle, à chaque exclamation, son petit ange bien en sécurité dans son tout nouveau harnais, ballottant à peine contre son sein, elle levait les yeux et, lorsque leurs regards se confondaient (Dotty lui insufflant cette certitude que tout là n'était que bonheur, paix et splendeur), Dawn gazouillait de joie, et une fois de plus, Dotty se sentait envahie d'un amour qui la galvanisait et la terrassait tout à la fois.

Et si l'on devait faire la queue, quelle importance, même si elle s'étire et progresse lentement, tel un serpent paresseux, traversant quatre rayons fort ternes et sans aucun rapport. Elles avaient contemplé, extasiées, toutes les vitrines de Selfridge's, consacrées à Alice dans son univers magique (Tu as vu, Dawn – le gros lapin, avec son drôle de chapeau vert ? Tu as vu cette théière géante, elle est énorme, hein ? Je te lirai toute l'histoire d'Alice et de son merveilleux voyage, quand tu seras un petit peu plus grande.) – et le moment était à présent venu pour Dawn de rencontrer le Père Noël. Apparemment, Oncle Holly ne vivait plus par ici ; Dotty l'adorait, autrefois, avec ses grosses joues toutes rouges et son manteau vert vif – il vous offrait un insigne rien que pour vous, et Dotty avait gardé tous les siens en secret pendant des années et des années : puis un jour ils avaient disparu, comme tant d'autres choses.

Tandis que la queue avançait pas à pas, presque comme dans une parodie de lenteur, Dotty expliqua délicatement à Dawn – tu écoutes bien ? Oui ? – que Oncle Holly était à présent sans doute devenu si riche et célèbre qu'il vivait dans une grotte bien à lui, dans quelque pays de rêve, et que le jour de Noël, il faisait un banquet extraordinaire avec le Père Noël et ses lutins, et *Rudolph*[1] bien sûr – et que, s'étirant délicieusement devant un feu ronflant, ce cher vieux Père Noël ne sentait soudain plus la fatigue de cette nuit interminable passée à voler dans un ciel enchanté pour distribuer des cadeaux à tous les petits garçons et petites filles bien sages. À quelques pas de là, un gamin en jogging trop grand, orné d'inscriptions, pleurnichait en tirant le bras de sa mère en nage, au bord du craquage, noyée sous les paquets, répétant sans cesse qu'il s'*emmerdait* et qu'il voulait un hamburger et que, de toute façon, il n'existe même *pas*, ce mec, et que c'est bon pour les *mômes* – et Dotty se sentit indiciblement heureuse que la petite Dawn, bénie dans son incapacité à comprendre, continue de rire, les yeux brillants, tandis que ses lèvres tentaient d'articuler, avec force bulles, quelque message secret à elle seule destiné.

Elles avaient avancé de cinq ou six mètres à présent – en grande partie grâce à des enfants infernaux, excédés, qui forçaient leurs parents à laisser tomber cette bêtise, un ou deux d'entre eux suscitant une scène de colère purement symbolique. (Mais enfin, Harry, on y est *presque*, maintenant – ça fait une heure qu'on fait la queue : tu ne peux pas patienter encore une minute ? Non ? Bon, eh bien tant pis pour toi – ne viens pas t'étonner si le Père Noël ne t'apporte rien cette année, espèce de petit ingrat. Je vais lui dire quand je le verrai, oui, oui – et ça ne sert à rien de *pleurer*, Harry – on est sortis de la file d'attente, maintenant, d'accord ? Non, tu ne peux *pas* changer d'avis – tu as tout gâché, pour *tout* le monde.) D'autres fois, c'était le père qui n'en pouvait

1. Le renne qui dirige l'attelage du Père Noël. *(N.d. T.)*

plus : Bon – ça suffit. Ras le bol. Je n'en peux *plus* de rester comme ça à attendre – il me faut un verre. Oh et puis arrête de *pigner*, hein ? Tu l'as vu l'année *dernière*, non ? Il n'a pas dû beaucoup *changer*.

Mais Dotty, elle, suivait son idée ; elle trempa son petit doigt dans un pot de miel mexicain acheté plus tôt au rayon Alimentation, et la petite Dawn et elle le sucèrent à tour de rôle, avec force Miam-miam. Et, entre deux vérifications auprès de Dawn – Ch'est qui, le bébé adoré, hein, ch'est qui le bébé adoré ? (sur quoi la réponse arrivait aussitôt, immuable : ch'est moi, hein, ch'est moi le bébé adoré) –, Dotty dressait, avec quelque retard, sa liste d'achats de Noël. Cela dit, qu'est-ce que je vais bien pouvoir trouver pour Elizabeth ? Pour Colin et Brian, elle s'était déjà arrêtée chez Marks & Spencer. Elle avait acheté pour Colin une quantité faramineuse de tout ce qui était à la mode : des horreurs, pour la plupart, mais elle était sûre que cela lui plairait (il lui fallait s'habituer, ayant vu son foyer encore réduit, chose que l'on aurait pu croire impossible, à devoir camper chez Howard et Elizabeth : il avait bien mérité quelque chose, ce garçon, vous ne trouvez pas ?) ; et bien sûr, il pourra toujours les échanger, si par hasard tel ou tel vêtement n'est pas tout à fait deux fois trop grand, comme il se doit. Elle lui avait également pris un superbe stylo plume Waterman, marbré de bleu et de vert ; cela pourrait peut-être clouer le bec, provisoirement, aux hyènes hurlantes qui le cernaient, dans cette abominable école où le pauvre était maintenant inscrit – l'un d'eux lui offrira peut-être de ne pas le trucider s'il le lui donne (à moins qu'il ne le lui ait déjà piqué). Pour Brian, elle avait choisi un pull à col en V, gris moyen – essentiellement parce que M&S ne proposait pas d'arsenic en emballage cadeau ; elle avait failli prendre quelque chose de très doux au toucher – un pur cashmere, d'une légèreté aérienne – avant de finalement se rabattre sur un lambswool. Ce n'était pas une question d'argent – mais plutôt, enfin vous voyez – c'est pour *Brian*, d'accord ? Alors à quoi *bon*, en fait ?

Non – ce n'était pas une question d'argent. L'argent, ça allait plutôt bien, en ce moment. Le lendemain même de l'accident, Dotty avait fait une arrivée triomphale avec Dawn, dans son petit vestiaire, au dernier étage du magasin où elle avait ses diverses activités, et naturellement, la magie avait opéré (Salut Dotty, je vous croyais partie en vacances ; oh – quel *superbe* bébé ! Comment s'appelle-t-elle ? Dawn ? Oh – c'est adorable !). Une des filles – Sue Fletcher, d'ailleurs je ne la trouve pas trop sympathique – avait dit : Mais Dotty, je suis stupéfaite : elle est à *vous* ? Ce à quoi Dotty avait souri et répondu Oui, oh que oui.

Elle s'était portée volontaire pour toutes les heures supplémentaires possibles et, mis à part son salaire normal, augmenté d'une prime de Noël pas trop chiche, son butin, au cours de ces deux longues soirées, s'était révélé prodigieux. Elle avait ainsi passé toute la journée du lendemain, avec Dawn, à suivre un parcours aussi sinueux que méticuleusement déterminé entre toutes les succursales du magasin, dans le centre de Londres et en périphérie, poussant même jusqu'à Richmond. Toutes les vendeuses, surchargées de travail, épuisées, tombaient amoureuses de Dawn, et remettaient avec empressement à Dotty des liasses d'espèces en échange de ses tickets de caisse impeccablement classés ; certaines, même, s'excusaient de ces erreurs d'achat, les imputant au magasin. Donc, elles étaient tranquilles jusqu'au Nouvel An, sur quoi Dotty devrait se remettre à cogiter sérieusement : un nouveau travail, sans aucun doute – si elle en trouvait un –, car cette chance persistante, infernale, ne pouvait certes pas durer, pas plus que ses nerfs ne pouvaient tenir éternellement. La Direction centrale devait quand même bien effectuer des *contrôles*, n'est-ce pas ? Et s'ils déclenchaient une telle procédure, Dotty – elle le savait parfaitement – devrait affronter non seulement la honte d'être dévoilée, mais également la prison (bébé ou pas bébé).

Comme ils arrivaient jusqu'à lui, le Père Noël prit la petite Dawn dans ses bras, et sa grande barbe blanche et ondulée s'agitait de haut en bas tandis qu'il la déclarait magnifique – ce qui n'avait rien d'étonnant, ajouta-t-il en gratifiant Dotty d'un clin d'œil, avec une si jolie maman. Dotty se sentit rougir et sourire niaisement – puis, d'un seul coup, elle se mit à pleurer de joie.

Cyril avait peine à croire à sa chance – une raison (pas géniale, certes, mais néanmoins une vraie raison) pour passer rapidement chez Howard et Elizabeth, le jour même où Elizabeth serait dans la panade jusque-là, tandis que Howard – s'il lui restait un minimum de bon sens – serait sorti, assurément. Bien sûr, eût-il eu le choix, Cyril aurait préféré, au matin du 24 décembre, se trouver n'importe où mais pas chez lui, mais il n'y avait pas abondance de prétextes, n'est-ce pas, le reste du monde ayant plus ou moins baissé le rideau de fer. Cela faisait littéralement des jours et des nuits entiers qu'Edna s'activait à préparer une quelconque surprise décorative : la moitié de la petite salle à manger était masquée par des draps accrochés aux rampes d'éclairage du plafond, et à chaque fois qu'il avait fait mine d'y pénétrer, il s'était vu admonester à grands cris aigus entrecoupés d'intonations rauques, indiquant clairement qu'Edna n'admettrait pas que l'on jette même un *coup d'œil* ; pauvre idiote – comme si Cyril en avait quelque chose à faire, de savoir quelle nouvelle horreur se dissimulait derrière ses draps à la con.

Donc, Cyril sonnait à la porte, tentant de montrer quelque enthousiasme à transmettre le message dont il était porteur pour le jeune *Colin*, imaginez-vous – c'était bien son nom, n'est-ce pas ? Le fils de Dotty et Brian ? Voici comment cela était arrivé : Edna était allée farfouiller dans les combles, lui avait-elle raconté (parce qu'elle ne peut pas s'empêcher de farfouiller, c'est ça l'ennui avec elle – enfin, un des nombreux ennuis avec elle), car l'année prochaine, comme convenu, il faut qu'on s'occupe de les faire aménager. Oh oui – il le *faut* absolument, n'est-ce pas ? C'est complètement vital. Sur quoi – au prix d'une fortune et d'un nouveau chantier –, nous récupérerons encore une pièce immense et hideusement rénovée, en sus des quelque chose comme huit autres pour lesquelles ils ont déjà dépensé des sommes extravagantes, sans y avoir posé ne fût-ce qu'un pied. Mais le bouquet de son expédition exploratoire était une grosse, vieille boîte de carton couverte de toiles d'araignée, visiblement abandonnée là depuis bien longtemps, et bourrée de vieux jouets et jeux de société tout croûteux, de manuels scolaires, de feuilles enroulées, de stylos et insignes. Tu sais bien à qui cela doit appartenir, n'est-ce pas, Cyril, avait-elle déclaré. Non, bien *sûr* que non, avait répondu Cyril, quelque peu irrité (je n'en sais rien et je ne veux pas le savoir – c'est un tas de vieilleries : fous-moi ça en l'air). Ce doit être à *Colin*, avait-elle assuré, avec toute la fatuité du Grand Détective (oui – c'était *bien* son nom – le fils de Brian et Dotty) – et, le pauvre petit bonhomme, il a littéralement *tout* perdu, n'est-ce pas ? Je crois qu'il aimerait tellement récupérer tout ça. Cyril avait opiné, à sa manière éternellement et parfaitement aléatoire – et soudain, avait littéralement vu et entendu le mot *Bingo* exploser dans ses lobes cervicaux antérieurs. Cela faisait des siècles – depuis que Lulu l'avait viré à coups de pied – qu'il cherchait *n'importe quel* prétexte pour retourner là-bas et pénétrer dans la maison (il ne pouvait pas passer comme ça, histoire d'échanger quelques mots avec Howard – ils n'étaient pas potes à ce point). Il avait fini par inventer une histoire fumeuse d'arbre imaginaire dont les branches penchaient dangereusement et nécessitaient un bon élagage – mais ce prétexte des vieux jouets se révélait infiniment plus valable, ayant au moins un caractère de véracité, pour ne pas dire (compte tenu de cette période de l'année propice aux bons sentiments) d'*attention* envers autrui.

Mais peu importe Colin et sa caisse de vieilles saloperies – était-il possible que la divine Lulu n'ait *pas*, en fait, tiré sa révérence pour rejoindre le domicile conjugal ? Peut-être toute cette histoire de départ n'était-elle que paroles en l'air ; peut-être a-t-elle à présent reconnu son erreur, n'est-ce pas ? N'aurait-elle pas réalisé que je pourrais être tout ce qui manque à cette femme, auquel cas elle serait peut-être simplement timide, et n'oserait pas reprendre l'initiative ? Peut-être – pourquoi pas ? – se *languissait*-elle de mon retour ? Je ne vais pas tarder à le savoir (d'une manière ou d'une autre).

C'est Colin lui-même qui avait ouvert la porte – ravi, en fait, d'avoir simplement quelque chose à faire : sa mère était avec Dawn – étonnant, non ? – et dès qu'il s'approchait, il se voyait chassé sans ambages (N'entre pas ! N'entre pas ! Tu vas gâcher les surprises !). Hm-hm. Des surprises, j'en ai eu ma dose et plus que ma dose, ces derniers temps : assez pour le reste de mes jours. J'ai toujours affreusement mal au visage : j'ai dit que je m'étais cogné dans une porte, et personne n'a émis de doute, parce que ça n'intéresse personne. Et Dieu sait où est passé papa (encore que ça n'ait pas grande importance). Et ouais – je sais bien qu'Elizabeth est terriblement occupée et tout ça (infernal, le mal qu'elle se donne : on dirait qu'elle va recevoir la reine) – mais de toute façon elle semble ne pas avoir trop de temps à me consacrer, ces jours-ci. Je lui ai proposé de l'aider – histoire de faire quelque chose – mais la seule personne qu'elle a l'air de supporter autour d'elle, c'est ce drôle de gamin, Peter : carrément malsain, celui-là ; en plus, il se fait appeler

Zouzou – ça craint, hein. Quant à Katie, elle est sortie avec son mec. Elle a de la chance, Katie. Moi aussi, vous savez, j'étais avec ma copine, il n'y a pas si longtemps. Dans un appartement. Mais plus maintenant, c'est fini – et ça n'arrivera plus jamais. Et sans même parler de la douleur de l'avoir *perdue* (j'ai toute la nuit, chaque nuit, pour sangloter et rouvrir cette plaie) –, ce que je ne me pardonnerai jamais, ce pour quoi je me maudirai toujours, je le sais, c'est de m'être *enfui* comme ça. Naturellement, il n'y avait pas de car : j'ai passé toute la nuit dans l'abribus, trempé, glacé – et qu'est-ce que je me disais ? Je me disais Carol oh Carol oh Carol oh Carol – en alternance avec, de temps à autre, Pourquoi faut-il que Terry soit Terry ? Et pourquoi faut-il que je sois moi ? Et qui diable est ce *Tony* ? Qui que ce soit, elle est avec lui maintenant, c'est évident (et, là, immobile et transi sur le seuil, tandis que je regarde le docteur Cyril Davies d'un air niais, je me demande si elle est en train d'emballer pour lui un cadeau qu'elle avait peut-être acheté pour moi ?). Moi, je lui ai acheté un sac à main, de ceux que l'on porte en bandoulière, rouge et blanc – et à l'intérieur, j'ai mis un livre de poésies assez gnangnan et plutôt nulles, sans doute le genre de trucs qu'elle aime, et aussi une bougie à la myrrhe et au benjoin. Je les donnerai peut-être à Elizabeth ; Elizabeth doit bien mériter ça, somme toute – on dirait qu'elle passe son temps à nous sauver la vie.

« Ah, Colin ! s'exclama Cyril avec énergie (un Ho Ho Ho aurait peut-être été un peu excessif, mais il mettait un enthousiasme équivalent à frapper ses pieds sur le paillasson tout en soufflant dans ses mains en coupe). C'est justement toi que je voulais voir. »

À cet instant, Elizabeth traversa le couloir au petit galop, hirsute, portant avec précautions un objet étincelant et constellé d'étoiles d'argent.

« Cyril ! Hello ! Je n'ai pas le temps – on se voit demain ! Bonjour à Edna !

– Moi ? répéta Colin d'une voix atone. Pourquoi moi ? »

Non, pas *toi*, évidemment, espèce d'insolent petit branleur, pensa Cyril sans la moindre bienveillance – pourquoi diable voudrais-je te voir, *toi* ? Est-ce que *Lulu* est là, c'est tout ce qui m'intéresse. Oui ou non ? Oui ou non ? Non, n'est-ce pas ? Si elle était là, je le sentirais, et je ne le sens pas. Me voilà complètement effondré – alors je vais juste te prévenir, pour ta boîte de saloperies, et puis tu en feras ce que tu voudras. Quoi, comment ? Si tu peux passer à la maison pour y jeter un coup d'œil ? Mais sans problème, mon ami, sans problème – je te donnerai même peut-être un éclair, s'il y en a plus de quatre dans le garde-manger : c'est *Noël*, après tout. (Donc, ce sera pour demain : je ne pourrai pas voir ma Lulu avant demain – il faut absolument que je la prenne à part, d'une manière ou d'une autre.)

C'était la première fois que Colin remettait les pieds dans l'ancienne maison depuis l'été dernier, quand Cyril et Edna l'avaient investie et démembrée ; c'était très curieux – sans parler des aménagements luxueux et des couleurs, même les *murs* avaient l'air d'avoir changé de place (et, pour être honnête, c'était le cas pour bon nombre d'entre eux). Et là, regardez – regardez donc : là, il y avait cette espèce d'horrible vieille console marronnasse, toute bancale, avec un tiroir récalcitrant dont la poignée vous restait sans cesse dans la main (La poignée ! La *poignée*, Brian, s'était écriée Dotty – mon Dieu, combien de centaines de fois ? Tu passes ton temps à t'occuper de tes imbécillités de chatières alors que nous n'avons même pas de *chat*, ou bien à construire des étagères immondes pour ton ignoble collection de plaques d'*égout*, mais tu ne trouveras jamais une minute, dans toute ta vie, pour mettre un point de colle à cette foutue *poignée* ! Mais si, mais si, répondait invariablement Brian d'une voix apaisante – bien sûr que si : il suffit que je pense à m'y *mettre*). Et à présent se dressait là une espèce d'énorme urne grecque, apparemment en marbre, comme on en voit au British Museum ou des endroits comme ça – avec au sommet des boas hyper vulgos et des plumes hérissées et, je crois bien, des queues de paon : maman en ferait une attaque. À moins – je ne sais pas trop – qu'elle n'aime ça, en fait ; parce qu'elle n'a jamais vraiment eu son mot à dire, n'est-ce pas ? Peut-être est-ce ce qu'elle choisirait finalement, qui sait ? Enfin bref – il est un peu tard, maintenant.

« 'jour ! » fit soudain une voix féminine, cordiale – et se retournant pour voir, Colin eut vite fait de constater que la provenance en était une jeune fille d'allure sympathique, et bien vivante – mince, avec un bronzage de miel, et une masse de cheveux dorés et pffffuuuu, vraiment, j'aime bien, hein, j'aime bien ce que je vois là. En outre, la voix (et la fille) avaient encore quelque chose à dire :

« Killy, dit Kelly. Ch'u nouvelle ici. Toi, c'est Col – c'est ça ? Tiens, voilà la boîte – passe à la cuisine, quand tu auras trié ce que tu veux, et on se prendra une tasse de quelque chose, 'kay ?

– D'accord, répondit Colin avec empressement. Oui, oui, tout à fait – okay. »

Il y avait là une boîte de Monopoly à moitié défoncée, dont manquaient tous les hôtels et maisons (Colin se souvenait vaguement les avoir collés les uns aux autres, pour quelque obscure raison, et avoir utilisé le résultat obtenu comme une épée, avant de le jeter, en mille morceaux). Également, quelques petites cartes en relief qu'il avait dû se faire suer à dessiner en cours de géo, il y avait des siècles de cela, toutes minutieusement rayurées de fines lignes rouges et ombrées au crayon : pourquoi diable avait-il gardé ces trucs-là ? Ça, par contre, ce n'était pas inintéressant – un cahier plein de collages, des Concorde et des Ferrari. Des numéros de *Beano* : j'y jetterais bien un coup d'œil (j'étais vraiment fan des Bash Street Kids).

Un autobus rouge, de marque Corgi – je vais le garder et je le poserai sur une étagère, si jamais j'ai un jour une étagère. Mais tout n'est pas à moi, là-dedans – ça, par exemple : des photos. Je n'étais sûrement pas né, quand certaines ont été prises. Oh là là – regardez celle-ci : maman est tellement jeune, et papa – bon, on oublie les revers du costume – paraît presque normal. Ils ont l'air, comment dire ? Ils ont l'air quoi, exactement ? Heureux, ce doit être ça.

Il se débarrassa de presque tout le reste – y compris une vieille enveloppe brune contenant ces ridicules pin's en métal : un gros type tout rouge, avec un ridicule chapeau vert – jamais vu ces machins-là de ma vie. Et maintenant que j'ai fini le tri, je file à la cuisine pour me prendre une tasse de quelque chose – 'kay ? Passant devant ce qui était autrefois un débarras (comme beaucoup de pièces, avouons-le), et évoquait aujourd'hui quelque temple romain en réduction, il eut la brève vision d'un Cyril Davies immobile, pétrifié devant un mur qui semblait entièrement recouvert d'or massif incrusté de rubis et d'émeraudes et d'autres pierres, les bleues, là, je ne sais plus – et de diamants et de trucs comme ça. Une voix désincarnée, qui devait être celle d'Edna, s'élevait, exigeante, impérieuse : « Alors ? Alors ? Mais *parle*, Cyril – ça te *plaît*, non ? »

Cyril hocha la tête, très calme.

« Remarquable, fit-il d'un ton serein. Tout à fait… remarquable. »

Les vieux sont tous cinglés.

Et le plus bel exemple – celui qui désespérait Colin depuis si longtemps : mais oui, Brian lui-même, son propre père – était en cet instant installé dans le décor brillamment éclairé et même clinquant, quoique profondément hostile, d'un pub de l'East End (cela à l'heure du déjeuner, un 24 décembre). Il avait une fois lu dans un article (article qu'il avait découpé, comme il aimait à le faire), que c'était là, murmurait-on, un de ces lieux où l'on vient, quand on sait ce que l'on veut, et que l'on veut que ce soit fait (voyez ce que je veux dire ?). Sans aucun doute, Brian s'était vu encouragé dans sa décision par les yeux nettement agressifs qui l'avaient lynché d'office, tandis qu'après avoir poussé la porte à motifs de fer gravés à l'acide, il traversait la salle en crabe, et en crabe timide (tête basse, je ne tiens pas à croiser un seul regard, non, non, pas tout de suite), se dirigeant avec, il l'espérait, autant d'humilité que possible vers les dix centimètres restés libres au bar en fer à cheval. Il ne s'était pas attendu à trouver une fille nue, blanche et décharnée qui circulait avec une chope à bière et insultait tous ceux qui y mettaient moins d'une livre (les buveurs qui donnaient cinq livres se voyaient souhaiter un Joyeux Putain de Noël). Ses pieds – et seul Brian, sans doute, s'était fixé sur ses pieds – semblaient tout rouges et douloureusement gonflés, à l'étroit dans ce qui devait être une vieille paire d'escarpins étriqués et éraflés, blancs à talons aiguilles : peut-être sa présence, et non seulement Noël, expliquait-elle pourquoi le bar était bondé à ce point ? Dans un monde sain d'esprit, ne put s'empêcher de juger Brian, elle aurait bien vidé la salle, n'est-ce pas ?

Un monde sain d'esprit : ça, c'est une idée. Mais je ne suis pas certain que cela marcherait : quelle place y aurait-il pour le comportement humain ? Enfin bref – on fait quoi, maintenant, mon vieux ? Écoute, tu finis ta bière et tu pars, je crois que c'est tout ce qu'il y a à faire : aucun intérêt à traîner ici, n'est-ce pas ? Surtout maintenant que tu sais que tu as perdu ton temps – une fois de plus, une fois de plus (curieusement, pourtant, le temps est tout ce qu'il me reste – et je ne cherche qu'à m'en débarrasser par tous les moyens). Cela dit, tu t'es quand même montré courageux, mon vieux Brian, si je puis me permettre, tu ne trouves pas ? Mon Dieu – c'est bien pour ça que je suis *venu* ici : il fallait bien que je parle, non ? Ah, d'accord – mais si le mec avait été un flic en civil, hein ? Qu'est-ce que tu aurais fait ? Je sais, je sais – mais je me suis dit, tu vois – un 24 décembre, à l'heure du déjeuner – il y a quand même peu de chances ; certains seront au commissariat, en train de regarder une cassette porno prêtée par les Mœurs, avec à la main un rafraîchissement fourni par les Douanes ; d'autres seront peut-être en train d'expliquer à une auxiliaire de police en larmes que ce n'est que pour quelques *jours*, chérie – et je me suis inscrit à l'équipe de nuit pour le 2 janvier, d'accord ? Comme ça, on pourra se voir ; d'autres encore seront peut-être en train de faire leurs dernières courses chez Debenhams, et quand on leur demandera ce qu'ils pensent de ceci, ils répondront C'est sympa, et quand on leur demandera ce qu'ils pensent de cela, ils répondront C'est sympa.

Notez bien que, si l'autre mec, le premier, n'avait pas pris cette initiative, j'aurais peut-être fini par craquer : personne ne *souriait* ni rien, ici – pas même ces bandes de durs dont on aurait pu penser que c'étaient des copains – ils se contentaient de surveiller leur bière d'un œil mauvais, comme si elle leur avait cherché des ennuis. Des ennuis. C'était là le mot que l'autre mec – le deuxième – avait utilisé : et aussi le mot « contrat » – tout cela était assez effrayant, quand on se rendait compte que l'on n'était pas des acteurs dans une série télé.

« Jamais vu votre tête dans le coin. » Voilà ce qu'avait dit le premier mec.

« Oui, je… oui. Je n'ai, euh… je ne suis, mm… » Voilà ce qu'avait répondu Brian.

« Vous n'êtes pas chez vous ici, hein ? Ça fait loin, pour aller prendre un verre, comme ça.

– Oui, je… oui. Je n'ai, euh… je ne suis, mm – enfin, pas vraiment venu prendre un verre comme ça. En fait, je cherche quelqu'un pour faire un boulot. Un petit boulot.

– Ah ouais ? Vous mettez la vôtre ou quoi ? C'est quoi, ce petit boulot ? Descendre dans la cheminée pour piquer les chaussons pleins de cadeaux ?

– Non, non. C'est un peu plus compliqué que ça.

– Bon, je vais en parler à quelqu'un. Allez donc vous asseoir tranquillement là-bas, tout au fond, d'accord ? Je peux en toucher un mot à un pote à moi, si vous voulez. C'est quoi, votre nom ?

– Brian. Non – David. Oh, et puis non – c'est Brian, en fait.

– Bien, Brian, je vais vous dire quoi – vous m'offrez un petit verre, sympa – et puis, on va dire vingt sacs – et moi, je sais à qui parler de votre affaire. Ça marche ? »

Brian avait marché : il avait commandé les verres, s'était assis là-bas tout au fond, avait donné à l'homme ses vingt livres (a priori destinées, ainsi que quelques rares autres, aux achats de Noël, certes – mais peut-être était-ce là l'amorce du plus beau cadeau qu'il puisse espérer faire à tout le monde : un cadeau qui durerait, au moins). Alors, il resta là, tripotant vaguement sa chope (et pensant Dieu tout-puissant, j'en suis vraiment un, n'est-ce pas ? Un cadeau tombé du ciel, pour ces gens-là – il doit déjà être en train de claquer mes vingt sacs dans un autre pub, en rigolant comme un malade à l'idée de cette pauvre cloche qui les lui a donnés comme ça). Et comme Brian, une fois de plus, se morigénait méchamment (chose assez fréquente, ces derniers temps – parfois même d'heure en heure), un homme que l'on pourrait qualifier, selon l'expression consacrée, de sale gueule, s'approcha discrètement et s'assit à ses côtés, le regard fixé devant lui. Brian l'imita ; on aurait pu les croire tous deux absorbés par un film dans lequel plusieurs des membres les plus âgés de notre famille royale sodomisaient des canards et des oies.

« Aloooors… ? fit l'homme.
– Vous prenez quelque chose ? proposa Brian. Moi je prendrais bien un whisky, là.
« On verra plus tard. Qu'est-ce que tu cherches, fiston ? À faire des ennuis à quelqu'un, c'est ça ? Tu cherches un mec fiable ?
– Oui – oui, ce genre de choses. Un peu plus que des ennuis, si vous voyez ce que je veux dire.
– Hum hm. Donc il s'agirait d'une bonne raclée, alors ? Très méchante ? D'un contrat ? tu sais que ça coûte bonbon, mon pote.
– Eh bien, oui, un contrat, il faudrait carrément…
– Tais-toi. Compris.
– Bien.
– C'est urgent ?
– Eh bien – c'est quand vous voudrez, franchement. Enfin, si ça vous intéresse.
– Tu te fous de ma gueule, mon petit gars ? Tu me cherches ou quoi ? Parce que si t'as envie de passer Noël avec les deux jambes cassées…
– Je veux… je veux me tuer, voilà. Oh non – j'ai dit le mot qu'il ne fallait pas.
– Mais t'es cinglé ou quoi ? T'es un malade, je ne sais pas ?
– Le problème, c'est que je n'ai pas d'argent. Je me suis dit que vous pourriez peut-être faire ça pour pas cher, parce que je vous promets de ne pas me *débattre* ni rien : vous me trouverez facilement. Mais je ne voudrais pas avoir mal, si cela vous convient. Que ce soit vite fini.
– Tu es sérieux ?
– Oh oui. Très sérieux
– Mmm. J'ai quelle garantie, moi ? Je veux dire – je vais prendre un mec, d'accord ? Il a quelles garanties ?
– Eh bien – nous ne nous sommes jamais rencontrés. Je ne viens jamais ici. On ne me trouvera même peut-être

pas avant des jours et des jours… ce sera comme vous voudrez, évidemment. Enfin, comme il voudra.

– Ça va te faire un drôle de Noël, mon pote. Crever dans une ruelle de l'East End. Tu es bien sûr que c'est ce que tu veux ?

– Oui – je vous dis que oui.

– Combien ? Qu'est-ce que tu appelles pas cher ?

– J'ai cinquante livres.

– Cinquante… ! Non, attends, *là*, tu te fous de ma gueule. Tu es qui ? Tu es complètement défoncé ou quoi ? Parce que je vais te dire, moi, ça me paraît carrément n'importe quoi, ton truc – je ne marche pas là-dedans. Tu es flic ?

– Non. Pas du tout. Je ne suis rien. Je veux mourir, c'est tout.

– Pour cinquante sacs.

– Oui, je… oui, hélas.

– Bon, eh bien je suis désolé de te décevoir, fiston, mais tu vas devoir t'en passer et tenir le coup, comme les copains. D'accord ? Parce que tu n'as carrément pas les *moyens* de mourir, mon pote. Et je vais te dire – je te fais apporter un cognac, un double : c'est ma tournée. D'après moi, tu es juste un pauvre gars dérangé qui aurait besoin de se faire soigner. Allez, remets-toi, mon vieux – putain, c'est Noël, pas vrai ? Hein ? »

Voilà. Et on fait quoi, maintenant ? Tu finis ta bière et tu pars, je crois que c'est tout ce qu'il y a à faire (je note au passage que le cognac n'est pas arrivé). Tu peux peut-être jeter un coup d'œil sur les rails de chemin de fer que tu as aperçus en venant jusqu'ici – tu te rappelles ? Oui, oui – j'aurais dû me douter que tu les avais aussitôt repérés, toi aussi : le talus à pic ? Le grillage défoncé ? Ce pourrait être l'idéal. Bon – je file. Tu viens ? Je te suis, mon vieux : on a un train à prendre, si je ne me trompe.

Chapitre XVII

Le soir était tombé, ombreux et étincelant, et, allumant les huit petites bougies rouges et torsadées tels des sucres d'orge – fières comme des soldats sur leur chandelier scandinave posé sur le rebord de la fenêtre du salon –, Elizabeth faillit pousser un petit cri d'émotion en voyant là, au-dehors, s'étaler un merveilleux tapis de neige épaisse, de la couleur d'un caramel crémeux dans la lueur ocre et chaleureuse des lampes extérieures – les rayons de lumière le prolongeant en traînées d'un bleu glacé, mêlées d'ombres qui s'évanouissaient dans l'obscurité au-delà. Merci, se dit-elle – merci, Qui-que-vous-soyez-là-haut : voilà la touche finale, sublime que Vous seul pouvez accorder aux choses. Cela dit, Vous devez le reconnaître – je me suis occupée de tout le reste : déjà, les gens disent Oh Elizabeth ! Comment as-tu réussi à faire quelque chose de si magnifique en si peu de temps ? Dotty avait dit cela – cette chère Lulu aussi ; Katie elle-même paraissait vaguement impressionnée, à son corps défendant – chose fort inattendue de sa part – même si, bien sûr, elle se ferait étriper plutôt que de l'avouer. Melody, j'en suis sûre, n'aura elle aussi que des compliments à la bouche en arrivant demain (et vous savez quoi, elle l'a fait, réellement : elle a ramené chez elle cette espèce de Français, là – Émile, voilà – et *naturellement* elle vient avec lui, mais que peut-on y faire ?).

Curieusement, toutefois, c'est la réaction d'Edna Davies que j'attends avec le plus d'impatience ; je crois pouvoir dire que, avec tout ce que j'ai fait ici, plus ma somptueuse cuisine (un véritable rêve – encore plus fabuleuse que j'aurais osé l'espérer) – plus mon fameux déjeuner de Noël, elle va rester sans voix : peut-être même (hi hi) va-t-elle filer chez elle pour tout arracher et recommencer à zéro ! Pauvre Cyril : ce doit être affreux, de vivre avec une telle femme.

Dans la pièce à côté, on semblait de fait fort content et fort à l'aise, bien installé dans la lueur vacillante d'un feu lénifiant (la grille de bronze bombée bien chargée de ces superbes bûches mélangées à des pommes de pin que nous nous faisons livrer à chaque Noël par ce petit bonhomme terriblement précieux, depuis la campagne, je ne sais plus où : le Surrey, quelque chose comme ça) – et savez-vous, Elizabeth aurait presque pu se persuader que la scène qu'elle avait sous les yeux était aussi harmonieusement composée qu'un de ces paisibles tableaux reproduits sur les très nombreuses cartes de Noël agglutinées sur toutes les surfaces planes et brillantes, ou que l'on apercevait derrière les coupes de Waterford et les vases de Coalport et les ravissantes petites pendulettes de vermeil que Howard et elle collectionnaient plus ou moins (elle choisissait, il payait), jusqu'au moment où cela avait cessé d'être même un tant soit peu amusant.

L'Américain – ce fameux Rick (je n'ai pas encore vraiment parlé avec lui – j'ai franchement du mal, avec son accent – et donc, je ne sais pas trop quoi en penser) s'était approprié d'office, royalement, le fauteuil de ce pauvre Howard : Howard est assis de l'autre côté, maintenant, juste à côté de l'arbre (et, oh ! l'arbre, c'est vrai, l'arbre ! pendant une minute, je me régale à contempler cet arbre : tout vibrant de roses et d'orange profonds – c'est les couleurs, cette année –, avec les somptueuses guirlandes de lamé gaufré qui le font ciller de mille yeux, et toutes ces petites lampes qui le recouvrent entièrement comme une poudre clignotante de diamants bruts ; je n'échangerais pas mon arbre de Noël flambant neuf, magnifique, – c'est du *Badedas*, vous savez : ce parfum tout à la fois frais et festif, le véritable parfum de joie qui me fait toujours penser au froissement des papiers cadeau –, je ne l'échangerais pas contre tous les *véritables* diamants des coffres de chez de Beers). Mais il a l'air plutôt content, Howard – il sirote son whisky, les yeux curieusement vitreux tout à coup, fixés sur le feu qui fait s'y refléter deux lumières blanches. Katie, elle, est vautrée aux pieds de Rick (mon Dieu – si ça lui plaît : elle fait ce qu'elle veut ; et elle ne s'est *pas* rasé la tête, merci Seigneur – quelle drôle d'enfant, cette Katie). Brian n'est pas encore arrivé – il a manqué le dîner, ce que je trouve assez incorrect de sa part ; Dotty dit qu'il disparaît souvent on ne sait où, la veille de Noël, et elle ne lui a jamais demandé pourquoi. Selon elle, il finira bien par revenir. Et Dotty, alors ? Eh bien – vous vous doutez bien de ce qui occupe Dotty, n'est-ce pas ? Elle a dit qu'elle n'avait pas pu s'empêcher de donner un cadeau un peu en avance à son petit ange – de sorte qu'un gros nounours de plastique jaune se tenait à présent accroché à un pied de chaise, nounours dont chaque partie colorée du corps émettait un bruit différent : blip, ping, pap, clonk (ceux-ci, faut-il le préciser, ne mettant guère en valeur le dernier album de Sinatra – *Have Yourself A Merry Little Christmas* –, dont le timbre voilé de baryton avait, aux oreilles d'Elizabeth, le volume et la qualité précisément requis pour une écoute sereine – inutile que ça braille, n'est-ce pas ? Mais en même temps, sans cela, ce ne serait pas tout à fait la même chose). Elle passait toujours les vieux microsillons, pour Noël – Nat King Cole, Bing Crosby, tous les chants de Noël que l'on reprend en chœur, évidemment (le King's College Chapel Choir étant précieusement réservé au lumineux matin de Noël lui-même, lorsque l'on pouvait enfin explorer avec précautions la montagne de cadeaux – ou la faire sauter au TNT, dans le cas de Katie). Et dieux du ciel – regardez-les plutôt : il n'y avait simplement pas assez de place sous l'arbre – ils formaient de petites avenues étincelantes et toutes hérissées de rubans, s'étirant dans toutes les directions (je vois d'ici un petit paquet carré, de la part de Howard – avec un papier écossais et un nœud énorme – et je sais bien que c'est idiot et que je me comporte comme une *gamine*, mais je meurs d'impatience de savoir ce que c'est : d'autres aussi, mais celui-ci en particulier). Lulu est assise à côté de moi sur le divan, et me tient légèrement la main : je pense qu'elle n'en dira pas plus pour le moment.

Colin paraissait assez soucieux (quel vilain bleu il s'est fait sur la figure, le pauvre amour) – et buvait trop de champagne, mais ça, j'imagine que c'est ma faute (et c'est peut-être aussi pourquoi il commence à se jeter contre les portes). Je le trouve toujours affreusement attirant (et je sais que c'est vilain de le dire, et de me rappeler ce que nous avons fait) – et tout à coup, cette simple pensée me fait toucher du doigt cette vérité que je n'ai pas là, devant moi, une simple, innocente, classique scène de Noël, n'est-ce pas ? Comme je le croyais toujours, autrefois. Parce que tout à l'heure, quand j'ai su que tout était prêt, j'ai prétendu ne pas l'être, moi, de manière à pouvoir filer là-haut avec Zouzou, l'espace d'une petite demi-heure. Il ne m'a pas souhaité la bienvenue, en me revoyant ; peut-être ses yeux se sont-ils légèrement agrandis, tandis qu'ils me parcouraient des pieds à la tête, pendant encore quelques secondes. Il n'a eu qu'à me toucher, et je me suis mise à trembler et je suis devenue toute molle, et ses mains, le long de mes jambes, étaient fraîches, puis chaudes – et enfin brûlantes. Tout ce qu'il m'a dit – je gisais encore, pantelante, les paupières et le ventre palpitants –, c'est que dans son peuple (il appelle sa famille son peuple – quelle drôle de chose, d'imaginer qu'il fait partie d'un peuple), on ouvrait les cadeaux de Noël le soir du réveillon, et que donc, bien sûr, je comprendrais qu'il reste avec eux ce soir ; mais qu'il serait là demain pour le grand jour, c'était promis ; je n'ai répondu qu'une chose : Merci.

Et peu après – trop peu de temps après, je dois le dire (j'avais encore les joues brûlantes, je contrôlais mal mes doigts) – je me heurte à Lulu, ma chère Lulu – et il y avait une espèce d'urgence, de précipitation chez elle, je l'ai bien vu. Mais *où* étiez-vous passée, Lizzie ? Je vous ai cherchée partout. Oh, ai-je répondu d'un air dégagé – j'avais quelque chose à finir avec Peter. Je le *déteste*, a-t-elle dit – avec une violence que je ne lui avais encore jamais vue (même si oui, bien sûr, il faut toujours s'attendre à tout) ; et Melody aussi – je la déteste, je la déteste : je ne supporte pas, même quand c'est Howard. C'est *moi* qui devrais être avec vous, Lizzie – et il était inutile de répondre Mais Lulu, vous *êtes* avec moi, non ?, parce que son adorable petit visage volontaire exprimait tout à coup une énergie frénétique, un besoin haletant, et lorsqu'elle m'a fait reculer dans la chambre d'amis, lorsqu'elle m'a embrassée, me saisissant aux hanches et me pressant contre elle, j'ai aimé cela – j'ai aimé cela, comme la dernière fois, et à mon tour je l'ai étreinte de tout mon corps et je l'ai serrée contre moi. Toutefois, Noël m'appelait et, avec cette promesse tacite suspendue entre nous, je suis descendue pour me fondre dans ce que l'on ne pouvait nullement, n'est-ce pas – en aucune manière – décrire comme un réveillon classique, tranquille et traditionnel, parce que, déjà, j'ai mes propres préoccupations bien particulières – et que même si j'ai peine à imaginer qu'il en soit de même pour quiconque ici présent, on ne sait jamais vraiment, n'est-ce pas ? Non, on ne peut jamais vraiment dire. Pas vraiment.

Et, oh mon Dieu, c'est vrai : voilà maman ! Je l'avais

complètement oubliée – elle a piqué du nez aussitôt après le dîner (la veille de Noël, nous mangeons toujours des saucisses du Cumberland et de la purée de pommes de terre accompagnées de ma fameuse sauce – et quantité de fromages délicieux, après : je crois que cela date de l'année où Katie est née – on a aimé ça, et c'est devenu une espèce de tradition) – et j'avoue que je me suis sentie relativement *soulagée*, je peux bien vous l'avouer, même si c'est affreux à dire à propos de sa propre mère – et mon Dieu, c'est *Noël*, après tout ; mais franchement – si j'avais dû encore écouter un seul mot sur cette magnifique carafe à porto qu'avait oncle Jeff, avec les verres assortis – est-ce que je me rappelais ? (Non, pas du tout – je me rappelais déjà à peine d'oncle Jeff.) Oui, bien *sûr* que je me rappelle, maman – et que sont-ils devenus ? Eh bien, c'est un vrai mystère, lui avait raconté sa mère (et déjà Elizabeth se remémorait vaguement les grandes lignes de l'histoire – laquelle pouvait offrir plusieurs variantes, à défaut de carafe avec ses verres assortis : n'était-ce pas un service en Wedgewood, autrefois ?), mais après l'enterrement, ils ont totalement disparu ! Là, sa voix se faisait plus confidentielle, avec des accents légèrement grinçants, comme au dénouement d'un conte effrayant, aux relents de crypte : personne n'a jamais voulu avouer les avoir simplement *vus* – ni ta tante Jessie, ni Edwin – personne : tout le monde s'est tu, avec un air innocent. Eh *bien* – on peut bien me traiter de vieille folle, Elizabeth, mais je t'*affirme* qu'une minute ils étaient là, et que la minute suivante ils étaient partis ! Ils ne se sont tout de même pas *volatilisés*, n'est-ce pas ? Quelqu'un les a pris – c'est évident : et ce quelqu'un, ç'aurait dû être *moi*, parce que j'ai toujours été la plus proche de ton oncle Jeff, tout le monde l'a toujours dit. Et comme ça, ils auraient pu te revenir – et toi, tu les aurais transmis à Alice. Alice ? Qui est Alice, maman ? Mmm ? J'ai dit Alice ? Oh, non – pas Alice – ce n'est pas Alice que je voulais dire – elle est morte depuis des années, Alice. Je voulais dire qui, Elizabeth ? Katie, maman – Katie. Ah oui, Katie, c'est ça – cette chère, chère Katie, évidemment.

Et la voilà maintenant – oh, dieux du ciel – qui se levait pour aller discuter avec Howard : apparemment, l'heure était venue de leur petit entretien privé annuel. Et est-ce simplement parce qu'il détournait le regard du feu dans la cheminée que les paupières de Howard se fermèrent soudain, à la manière des grenouilles ?

« Et voilà, commença-t-elle, encore un Noël, hein ? J'ai bien peur que ce ne soit mon dernier, voyez-vous, euh…

– *Howard*, Mère, soupira Howard, avec un sourire héroïque et patient. Je m'appelle Howard.

– Mais enfin, je sais *bien*. Quelle drôle de réflexion. Bien sûr que vous vous appelez Howard – je le sais *parfaitement*, n'est-ce pas ? »

Alors pourquoi ne le *dites*-vous jamais, dans ce cas, pensa – enfin, se força presque, puis renonça à penser Howard. En fait, il était dans un état quasi cataleptique – assis là depuis des heures maintenant, vaguement conscient de percevoir des bruits étranges, comme des bips de jeu électronique, sans doute, recouverts par les profonds roucoulements de ce bon vieux Sinatra, évidemment ; et aussi la voix de cet inconnu, l'Américain, là – voix grave et relativement inintelligible – ponctuée de temps à autre par un jappement en provenance de Katie ; à intervalles réguliers, une babiole se détachait de l'arbre à côté de lui et glissait, victime de son poids, tombait entre les branches, et atterrissait sur le sol dans un petit bruit de verre cassé. Il avait une vague conscience de tout ceci, conscience délicieusement engourdie par la quantité faramineuse de whisky qui circulait dans son organisme – mais soudain, il ne put s'empêcher de se demander si son impulsion du matin avait vraiment, réellement été (ne pas oublier comment sont les femmes) aussi pertinente et valeureuse qu'elle le semblait à ce moment-là.

En toute honnêteté, il n'attendait même aucun courrier (le facteur passait-il, le 24 décembre ? Le livreur de journaux, oui – mais le facteur, il ne savait jamais). Mais bon, de toute évidence, le facteur passait *effectivement*, puisqu'il avait trouvé sur le paillasson un de ces sacs de supermarché adressé à lui, ce qui l'avait relativement intrigué – sac qu'il avait aussitôt mis de côté en identifiant immédiatement la ravissante écriture sur l'unique enveloppe qui l'accompagnait : celle de Laa-Laa.

« Ce n'est plus comme les Noëls de la guerre, n'est-ce pas ? continuait Mère. Tout le monde a tout ce qu'il lui faut, à présent.

– Je ne peux pas savoir, dit Howard. Je n'étais pas né. »

Une adresse à St. John's Wood. La lettre commençait par « Howard », simplement. Juste Howard. Et c'était idiot, mais malgré tout ce qu'il savait, une telle froideur l'avait blessé. Elle se déclarait désolée pour « l'autre jour ». Oui – même maintenant, elle semblait n'y voir qu'une malencontreuse collision de plannings – une bête erreur de programme (depuis combien de temps faisait-elle donc la pute dans cet appartement, aux frais de Howard ? Et avec ce salaud de *Furnish*, en plus !). Elle estimait toutefois que sa réaction avait été excessive : imaginez ce qu'elle avait enduré – expulsée à Noël ! Une compensation. Tel était le mot clef de la suite – lui-même suivi d'une imperceptible ombre de menace, de l'imperceptible suggestion que, s'il prenait un instant pour y réfléchir, il verrait bien qu'il n'avait pas trop le choix. Ce qui avait mis Howard dans un tel état de rage qu'il avait dans un premier temps failli déchirer la lettre en mille morceaux – puis s'était soudain ravisé et, tirant son stylo, avait griffonné « Va te faire foutre ! » en grand, au travers de la missive, puis téléphoné au service de coursiers auquel il faisait régulièrement appel, sur quoi, en un rien de temps, ce torchon repartait droit vers le quelconque taudis de St. John's Wood qu'elle squattait pour l'instant.

« Les choses ne sont plus ce qu'elles étaient », soupira Mère.

Howard laissa échapper un grognement d'approbation : tu l'as dit.

« Papa ! appela Katie. Tu as envie de voir un film ou quelque chose ? Il y a un Star Trek à la télé, et un truc de Spielberg – ou bien on peut se mettre une cassette.

– *Oui*, tout à fait, intervint Elizabeth avec empressement, une cassette, bonne idée – mais tu sais que ce sera une de nos cassettes habituelles, Katie – celles que l'on regarde toujours à Noël. Quelqu'un veut-il encore boire quelque chose, au fait ? Un petit quelque chose à grignoter ?

– Star Trek, marmonna Mère. Ce ne sont pas ces petites chaussures lacées que je t'achetais pour l'école, Elizabeth ?

– Oh, *non*, maman ! vagit Katie. Pas *encore* ! Je le connais par *cœur*, ce *Scrooge*[1], maintenant – et même chose pour *La vie est belle* ! Oh là là, l'ange Clarence et Bedford Falls – non, je n'ai carrément pas la force. Oh, je t'en *prie*, maman…

– Mais c'est la *tradition*, Katie, lui rappela Elizabeth d'un ton pénétré. Non, maman – c'étaient des Start-Rite : tout à fait autre chose. Et de toute façon, Katie, tu sais très bien qu'on est tous très contents, une fois que c'est commencé. »

Et soudain, s'éleva une voix dure, parfaitement inconnue :

« Cette pédale de Zouzou », fit Rick en chuintant, les babines retroussées.

Du même mouvement, Howard et Elizabeth se retournèrent vers lui, comme électrocutés : comment peut-il être au courant, pensèrent-ils chacun pour soi – Zouzou,

1. *Scrooge*, de Ronald Neame, 1970 : n'a jamais été distribué en France. *(N.d. T.)*

c'est moi qui l'appelle ainsi, – moi seul ! Tous les autres demeurèrent bouche bée (Dotty, Colin et Mère se demandant plus ou moins simultanément *qui* pouvait bien être cette personne).

« Jimmy Shtoo-ert, expliqua Rick. Un des plus grands. Vous vous souvenez de la scène où George Bailey fourre dans son gilet les pétales de rose de sa petite fille ? "C'est les pétales de Zouzou."

Non, pensèrent la plupart des personnes présentes - même Katie, qui était certaine de connaître cette niaiserie en long, en large et en travers. Elizabeth, toutefois, s'étonnait : Zouzou, vraiment ? Sa petite fille s'appelait Zouzou ? Jamais remarqué ; Howard, pour sa part, s'interrogeait, maussade : Pourquoi vouloir fourrer des pétales dans son *gilet* ? D'ailleurs, je n'en ai rien à faire, si ça l'amuse. (En fait, j'aurais juré que c'était Gary Cooper qui jouait dans ce film-là, mais bon, rien d'étonnant : avec ma pauvre tête...)

C'est *Scrooge* qui gagna. Comme le générique défilait, la mère d'Elizabeth battit des mains et s'exclama, ravie, Oh oui, oui – je m'en souviens, de celui-là : je l'ai déjà vu. Tu l'as vu à Noël dernier, maman, répondit sereinement Elizabeth : nous le regardons à chaque Noël, tu sais bien. Je viens de le dire. Colin, lui, gémissait Oh noooon – c'est en noir et blanc : ça parle de quoi ? Ça parle de ce très méchant homme, répondit Dotty – mais franchement, Colin, tu devrais bien connaître *Scrooge* – on ne leur apprend donc rien, à l'école ? Un homme très méchant qui rencontre des fantômes et des esprits, et qui à la fin devient gentil et généreux : évidemment, ce n'est pas une histoire *vraie*. En tout cas, nous allons le regarder, Dawn et moi, n'est-ce pas ? Mais oui mais oui – on va le regarder le film, toutes les deux. Brian va le manquer, c'est trop dommage, murmura Elizabeth (et là, je me contente de souligner le fait qu'il n'est toujours pas là : ivre mort dans un pub, ça ne fait aucun doute). Dites, les gars, intervint Rick – vous m'excusez cinq minutes, d'accord, j'ai deux trois coups de fil à passer. Mr. Street – pas de réponse, apparemment –, ça ne vous ennuie pas si j'utilise votre téléphone ? Merci hein. Déjà il se dirigeait vers le téléphone de l'entrée, Katie sur ses talons : Qui appelles-tu, Rick ? Écoute ma puce, ça me plaît pas trop, ta question, 'kay ? Un homme appelle qui il veut, ça ne regarde que lui – mais comme c'est toi, et comme je t'aime, je vais te dire : il faut que je voie si manman est okay, okay ? Et j'ai aussi deux trois trucs à m'occuper : j'en ai pour deux minutes.

Le film n'en était encore qu'au début (« Tu veux bien me servir encore un scotch, Katie ? » fit Howard d'un ton quasiment suppliant – si je dois encore me taper tout ça, je risque d'en avoir besoin), quand Ebenezer a agressé tout le monde et s'est montré absolument immonde et a crié partout que Noël, c'est une blague, je vous le dis, une *blague* ! Là, il s'était arrêté dans un café minable, en rentrant vers la vieille maison de Marley, dans la neige (« Nous aussi, nous avons de la neige », s'exclama Elizabeth) et il refusait du pain sous prétexte que cela lui coûterait un demi-penny en plus, monsieur – et Colin de se demander Ça fait quoi, déjà, un demi-penny ? Soudain, il bondit sur ses pieds, tout agité d'espoir, comme la sonnette retentissait : Super, se dit-il, oh super ! « Je vais ouvrir, déclara Elizabeth. On arrête le film, enfin la cassette, un petit moment ? Ce doit juste être Brian. » (J'espère qu'il n'est pas dans un *trop* sale état.) Dotty, elle, n'avait même pas songé à Brian : elle avait simplement ressenti une brève crispation de – mon Dieu, on doit pouvoir appeler ça une panique *irrationnelle* : mais pourquoi, franchement ? Ça n'allait tout de même pas être toujours ainsi, à présent ? Comme le disait Elizabeth – c'était sans doute juste Brian.

« Oh, *regardez* ! » Tel fut le cri de ralliement d'Elizabeth, en provenance du hall. « Mais *entrez*, entrez tous – venez, venez écouter ! »

La plupart des personnes présentes se levèrent lentement et obtempérèrent à cette injonction catégorique. (Je ne bouge pas, se dit Howard – quoi qu'il arrive, je reste là : bien calé, un verre à la main, les chieds au paud. Pieds au chaud ; Rick se réfugia dans un coin, protégeant le combiné de l'épaule et d'un bras levé, coupant la conversation : Hey, répète, mec, je n'ai pas saisi, là, avec la bonne femme qui me braille dans les oreilles.)

Elizabeth avait fait entrer les quatre enfants – semblables à quatre petits Bibendum multicolores, avec leurs doudounes – et la neige tombait par saccades de leurs bottes de caoutchouc qu'ils frappaient sur le paillasson. La plus grande tenait à la main une lanterne (et non pas une vraie bougie, comme nous en avions, nous, nota Elizabeth : celle-ci marchait à pile, mais l'effet était tout aussi ravissant) – d'ailleurs je la reconnais : c'est la fille de ces gens complètement adorables qui ont repris la boulangerie ; ces deux-là, je les connais de vue, mais par contre, je ne pourrais pas vous dire qui est ce tout petit garçon, mais c'est un enchantement de le voir : on dirait tout à fait celui qui porte un béret sur les affiches de Star Trek – Oh, *Start*-Rite, je veux dire, oh juste ciel : ne me dites pas que je deviens comme maman.

Sur quoi ils entonnèrent *Douce Nuit*, avec force trilles aigus, avant de passer à *Vive le vent* – et ce n'est qu'au deuxième couplet – Gloo-oo-oo-oo-oo-oo-oo-oo-oo-oo-oo-oo-oo-oo-*oo*-ria ! – que le plus petit eut un instant d'hésitation, l'air nettement perturbé, en voyant Rick frapper le mur de ses poings et littéralement hurler dans le téléphone C'est pas vraaaaiiiiii ! Tu ne peux pas *savoir* ce que j'endure ici, mon vieux ! Sur quoi Elizabeth – non sans avoir adressé à Katie un de ses fameux *regards* (c'est *ton* ami – à toi de voir ce que tu penses de son comportement – pour ma part…) – les noya sous un déluge de chocolats belges tout frais et de petits bonshommes de neige lumineux et de porte-clefs à l'effigie du Père Noël, achetés comme ça ce matin, sans raison précise, simplement parce qu'ils étaient drôles comme tout et absolument irrésistibles – et c'est avec délice qu'elle goûta la fraîcheur et la souplesse de la jeune main de la fille des boulangers, tandis qu'elle y glissait un billet de dix livres plié en quatre.

« Joyeux Noël, mes enfants ! brama-t-elle en leur adressant des signes d'adieu. Oh mon Dieu, n'était-ce pas *divin* ? Je suis tellement heureuse qu'ils soient passés – en principe, ils passent, mais l'an dernier, ils nous ont oubliés, et ce n'était pas *tout à fait* la même chose. »

La sonnette se fit de nouveau entendre (« Oh, putain *non* ! laissa échapper Rick – à présent recroquevillé dans le coin le plus éloigné de l'entrée, comme victime d'une attaque –, ça va *recommencer* ! Désolé, mec, mais tu vas encore devoir me refaire le topo, parce que là… ! »).

Colin s'était tenu tranquille, l'air un peu triste, durant le petit concert (Hmm ! Dire que moi *aussi*, je devrais avoir envie de chanter pour Noël, cette année – mais elle est avec *Tony* – elle est même peut-être amoureuse de lui –, et non seulement avec Tony, mais avec son cher *papa* adoré, qu'elle finira carrément par épouser, avec ce connard de Terry comme garçon d'honneur – et en *plus*, elle a droit à son Noël blanc). Mais soudain, il laissa tomber ces sombres pensées, car, Elizabeth ayant ouvert grand la porte pour la deuxième fois (et Dieu seul sait qui ce pouvait être à présent) –, apparut brusquement une jeune fille au teint hâlé, aux yeux humides et à la bouche généreuse, en comparaison de qui tout le monde, instantanément, parut blafard, malsain et convalescent, aux yeux de Colin.

« Oh, Elizabeth, intervint-il aussitôt. C'est Kelly. Entre, Kelly.

– 'ci, fit Kelly, pénétrant vivement dans le hall. Il fait un sacré froid.

– Kelly, reprit Colin, habite à côté. Elle travaille chez

les Davies et elle vient d'arriver en Angleterre et elle n'avait nulle part où *aller*, ce soir, alors je lui ai…

– Eh bien, soyez la *bienvenue*, Kelly, déclara Elizabeth avec un sourire rayonnant. Entrez, entrez – plus on est de fous… Je vous présente Kelly. » Regardez la tête de Colin, il est tout rouge, se disait-elle : il veut cette fille. Je la reconnais, cette expression : elle parle d'elle-même. Je me demande ce qu'est devenue cette espèce de gamine assez quelconque avec qui il s'amusait plus ou moins, cet été. Ça a dû finir aussitôt commencé : c'est souvent comme ça, les aventures de vacances – surtout quand on est jeune.

« Oh, *Howard* ! se lamentait à présent Elizabeth – de retour au salon. Mais qu'est-ce qui s'est passé, avec *Scrooge* ? Je croyais que tu le mettais sur *Pause* ? Je ne supporte pas ces niaiseries de programmes de Noël à la télé – tu le sais pourtant *bien*, Howard. »

Et vraiment, elle ne supportait pas : les rediffusions de vieilles émissions spéciales de Morecambe & Wise, elle adorait ; encore un James Bond – bon, ça passe, si c'est absolument indispensable. Mais c'étaient les présentateurs, entre les deux, qui la crispaient au plus haut point. Parce que je veux dire – regardez-le, celui-là, avec son sourire hypocrite et son petit costume de rien, et naturellement une cravate *amusante* (couverte de pudding écrasé) ; et puis ce fauteuil à oreillettes et à boutons rouges – il n'y avait qu'à cette époque de l'année que l'on voyait ces choses effrayantes, et des présentateurs tout aussi effrayants. Et puis les cartes sur la fausse cheminée de style Adam, derrière lui – personne ne les avait jamais envoyées, n'est-ce pas ? Ce n'étaient pas des *vraies* cartes ; pas plus d'ailleurs que les paquets cadeaux au pied de ce sapin parfaitement hideux, d'un goût déplorable – exactement comme ces trucs vides et tout poussiéreux que les banques et les entreprises immobilières s'obstinaient chaque année à disposer n'importe comment dans la rue sous un malheureux pseudo-*arbre* en fil de fer tordu, recouvert de décorations minables en papier alu, visiblement jetées au hasard par un aveugle, et surmonté d'une étoile atrocement terne et orné de tracts publicitaires pour les prêts à la *consommation*. Non, non, trop déprimant, tout cela – autant que la couverture des magazines-télé les plus minables : présentateurs de jeux et, oh juste ciel – *hôtesses* déguisées en Père Noël, avec des barbes blanches ostensiblement fausses, en train d'échanger des « cadeaux » non moins ostensiblement factices, avec leur nœud trop impeccable pour être honnête – tout ceci photographié en studio au mois d'août, en pleine chaleur. (À Noël, Elizabeth prenait toujours, mais toujours le *Radio Times*, car lui, à tout coup, proposait en couverture la reproduction d'une peinture à caractère ouvertement nostalgique, représentant – sinon le Père Noël lui-même, les joues rouges et chevauchant un toit enneigé – au moins un rouge-gorge posé sur une boîte aux lettres écarlate et tout aussi enneigée ou, dans le pire des cas, un bonhomme de neige souriant coiffé d'un chapeau melon, sans oublier le nez en carotte et l'écharpe de supporter de foot.)

« Eh bien, expliqua Howard, j'ai bien mis sur pause – j'ai passé trois heures à contempler un Jacob Marley figé pour l'éternité, bouche bée, agitant la chaîne de sa cassette – et puis il y a eu un déclic, et une espèce de ronflement, et c'est passé à ça. Tu sais *bien* que je n'y connais rien, à tous ces trucs, Elizabeth – alors j'ai laissé faire.

– Bon, eh bien le film est *complètement* gâché maintenant, ce n'est plus la peine. » Tel fut l'unique et dernier commentaire d'Elizabeth sur cette affaire.

« Tant mieux, déclara Katie. Jusque-là de ce truc. Oh, Rick – entre, entre ! Qu'est-ce que tu veux boire ?

– Écoute, *honey*, fit-il d'une voix sereine, lui prenant les mains et déversant, droit dans ses yeux, la quintessence liquéfiée de la vérité même (comme si le moment était venu de lui avouer qu'il était en fait extraterrestre – chose qui, en de tels instants, paraissait plus que crédible), écoute – il faut que j'y aille.

– Oh – Rick !

– Écoute, hein, quand je te parle. J'ai laissé des papiers à l'hôtel, c'est tout – des trucs à gérer avant que tout ne ferme, à Chicago. Je reviens demain, ma puce. Pense à moi. »

Un vague salut général à l'adresse de la compagnie, et déjà Rick avait filé ; du genre, ouais, okay, il a pas mal bourlingué au Vietnam et c'est un sacré meneur d'hommes mais, bon, je suis désolé les enfants – son agent regrette, mais il n'a pas le temps de distribuer des autographes.

« Et maintenant, les marrons ? » annonça Elizabeth, radieuse (je le trouve véritablement d'une grossièreté sans nom – et dire qu'on lit partout que les Américains sont censés être bien élevés). « Qui veut des marrons grillés ? Et des marshmallows – tout le monde, d'accord ? »

Un murmure d'approbation tout juste suffisant s'éleva, dont Dieu seul savait d'où il avait pu provenir : Colin était occupé à bavarder et ricaner avec Kelly – laquelle semblait avoir fait un sort à force bouteilles de bière : ils ont un penchant pour ça, n'est-ce pas, les Australiens ? La bière ; et Dotty était, comme d'habitude, complètement absorbée par Dawn (on a un gros dodo, mon bébé – un gros dodo, hein ? Oui oui oui. On va aller au lit, et attendre le Père Noël). Elizabeth regarda Lulu : je ne l'ai jamais vue aussi silencieuse – et pourtant, ce qui émanait d'elle était littéralement palpable. Et regardez maman – elle est en train de se bâfrer de chocolats à la crème : elle va être malade comme un chien, demain matin – je ferais mieux de l'arrêter maintenant.

« Veux-tu monter, maman ? Tout est prêt pour toi, là-haut.

– Oui, je crois que je vais monter, Elizabeth. J'ai passé un Noël délicieux – merci, ma chérie.
– Non, c'est *demain*, maman.
– Ah bon ? Vraiment ? C'est *déjà* demain ?
– Non – oh là là. Non – demain, c'est *Noël*, maman. Là, c'est le *réveillon* de Noël – ce n'est pas *encore* Noël.
– Eh bien, je suis persuadée que ce sera délicieux, quoi que ce soit. Merci, ma chérie. »
Elizabeth l'accompagna (« Attention à la *marche* ») et Katie se dirigea vers son père d'un pas nonchalant.
« Alors – ça va, papa ? Que penses-tu de lui ?
– Mmm ? grogna Howard. Oh, tu veux parler de ton ami américain.
– Il s'appelle Rick, papa.
– Je n'en doute pas une seconde.
– Il m'a demandé de l'épouser. Tu te souviens, il en avait déjà parlé, l'été dernier. »
Howard prit une gorgée de whisky. « Et qu'as-tu répondu ?
– Rien. Je n'ai rien répondu. Je ne sais rien de lui, en fait. Il voyage en Concorde et il roule en Ferrari : c'est à peu près tout. »
Ça alors, pensa Colin – lâchant Kelly l'espace d'une seconde : il devrait être dans mon album de collages !
« Ce n'est pas franchement une base, pour un mariage, n'est-ce pas ? commença Howard avec précautions. L'argent, ça compte, certes, mais… enfin, tu es tellement *jeune*, Katie ? » Oui, tu es jeune, et je ne sais pas si tu t'en rappelles mais, quand tu étais encore plus jeune – il y a des années de cela, à présent – c'est moi que tu voulais épouser, ma petite chérie. Non, je suppose que tu ne t'en souviens pas du tout – pourquoi diable devrais-tu t'en souvenir ? Tu n'étais qu'une toute petite fille. Mais moi, si.
« Je sais. Je sais que je suis jeune. Enfin, on verra bien, hein ? Tu crois que ça va vraiment être un *joyeux* Noël, mon petit papa ? »

Howard tendit le bras vers elle et posa un baiser sur son front. « Le plus réussi de tous, mon ange.

– Allez, tout le monde ! appela Elizabeth. Par ici, par ici ! »

Elle avait déjà aligné les rangées de marrons sur les cendres brasillantes – et des coupes pleines de guimauve attendaient les piques disposées à côté. Seules deux petites lampes restaient allumées, projetant à chaque mouvement d'Elizabeth de longues ombres orangées, qui bondissaient puis plongeaient avant de ressurgir. Les parfums, l'excitation de Noël commençaient de s'épanouir, de prendre toute leur ampleur – Elizabeth le sentait : Howard et Katie, Dotty et Dawn, Lulu, Colin et sa nouvelle amie Kelly – tous étaient réunis autour de la cheminée, à genoux sur les tapis ou appuyés sur des coussins : leurs visages reflétaient cette chaleur intérieure qu'ils ressentaient tous, elle le savait – chaleur due à diverses causes, sans doute, mais également à cette simple magie de Noël. Et Elizabeth eut un frémissement de plaisir, comme le morceau suivant de Sinatra – car *Ol' Blue Eyes* était de retour – les enveloppait : *Chestnut Roasting On An Open Fire* – oh, quelle merveille – on n'aurait pu rêver plus parfaite coïncidence. Chacun pourra donc imaginer quelle consternation s'empara d'Elizabeth quand, à la seconde suivante, la sonnette discordante vint de nouveau déchirer le bonheur de l'instant – mais elle se leva aussitôt, avec une détermination farouche, pour aller répondre (surtout, ne cassez pas l'ambiance !) et, tout en criant à Katie de ne rien laisser *brûler*, tu veux bien, elle fila vers l'entrée, prête à faire entrer vite fait et, avec un peu de chance, sortir vite fait un Brian ignoblement soûl – sur quoi elle se figea en voyant l'agent de police.

Déjà de retour au salon, Elizabeth faisait son possible pour détacher Dotty du reste de l'assemblée (« Oh écoute, je ne veux même pas le *voir*, Elizabeth – dis-lui de monter se coucher et de cuver son alcool là-haut »), bien consciente que, si l'atmosphère était encore préservée, nul ne pouvait dire combien de temps cela allait pouvoir durer, car elle ne savait absolument pas pourquoi ce policier était ici – il avait simplement et poliment demandé à voir Mrs. Morgan. Que pouvait-il lui vouloir ? Si tard, un soir de Noël.

Non sans réticence, Dotty se sépara de Dawn et, l'œil mauvais, la bile aux lèvres, pénétra dans l'entrée – sur quoi elle se figea en voyant l'agent de police. Son cœur bondit hors de sa poitrine, comme elle comprenait en un instant : mon Dieu – oh mon Dieu – c'était la fin, elle était fichue.

« Mrs. Morgan ? Vous êtes l'épouse de Mr. Brian Morgan ? Nous avons essayé de vous appeler, mais votre téléphone semblait, euh – enfin bref, euh – Mr. Morgan est à l'hôpital. Il y a eu un accident, je le crains.

– Un accident, fit Dotty dans un souffle. Oh merci mon Dieu, merci mon Dieu – oh, quel soulagement…

– Il a les deux bras cassés, sinon, tout va bien. Il sortira demain. Désolé de devoir vous annoncer cela un soir de, euh… Nous l'avons trouvé en bordure de la voie ferrée, à moitié sur les rails – incapable d'expliquer comment il est arrivé là. Il avait peut-être pris deux trois verres de trop, hein ? C'est les fêtes, hein ? En tout cas, il a eu de la chance – aucun train ne roule les jours fériés, sinon, c'était terminé pour lui.

– Le pauvre, le pauvre, dit Dotty, prenant Elizabeth à témoin, une fois l'agent de police disparu. Tu te rends compte, devoir travailler pendant la nuit de Noël – et as-tu vu ce terrible furoncle sur son cou, ce doit être affreusement douloureux. Écoute, Elizabeth – pas un *mot* de tout ceci, à personne. Hum ? Ça ne ferait que gâcher la soirée, et Colin se sentirait tellement gêné… Oh, dieux du ciel, mais pourquoi Brian est-il tellement *empoté* ? »

Elizabeth se contenta de secouer la tête, et s'éloigna.

Dotty la suivit dans le salon, toujours sous le coup de sa frayeur : mais vraiment, quel soulagement *indicible* – elle était persuadée qu'ils étaient venus l'arrêter, l'emmener, toute couverte, toute souillée à présent, au-dehors comme au-dedans, de l'ignominie du *crime* : plus jamais je ne recommencerai (je ne dois pas, je ne dois pas).

Il était encore plus tard, et la chaleur, la béatitude paresseuse du réveillon d'Elizabeth avaient gagné chacun. Tous demeuraient le regard fixé sur les braises dans la cheminée, dont les craquements et crépitements n'étaient troublés que par le froissement du papier cadeau sous les mains de Katie, tripotant les présents enveloppés (quel bonheur, se disait Elizabeth, de voir que l'enfant est encore si présente, si vivante en elle). Howard se dressa, puis tendit le bras vers les toutes dernières gorgées de son tout dernier whisky.

« Bien-en-en…, fit-il dans un bâillement. On a une grosse journée, demain. »

Et oui, il était si dur, si pénible de s'arracher à tout cela. Tout avait passé si vite ; mais la journée de demain (Howard avait raison) serait plus importante, et plus réussie encore, et plus spéciale, à tous égards – non ? Katie avait accroché sa très vieille chaussette de Noël – celle avec Porcinet d'un côté, et son nom de l'autre –, toute reprisée et encore pleine de trous (elle avait émis un ricanement de dérision en l'accrochant – mais elle l'avait fait). Eh Bien En Voilà Encore Un De Passé, déclara Howard et, avec force Bonne Nuit, il se dirigea vers l'escalier. Dotty lui emboîta le pas en annonçant J'Y Vais Aussi – Ccch-cchh, elle dort déjà, le petit ange (Colin est-il *toujours* dans l'entrée, en train de raccompagner cette fille ?). Katie fit halte à la fenêtre en se dirigeant vers sa chambre (je suis dans quelle chambre, d'ailleurs ? Ras le bol de jouer aux chaises musicales. Je vais devoir me lever tôt – il faut que j'achète quelque chose pour maman et papa : il doit bien y avoir un magasin *ouvert* dans tout Londres, enfin j'espère. Je ne sais pas trop à quoi joue Rick, mais personnellement, il commence à me fatiguer un peu).

Tandis qu'Elizabeth couvrait les dernières braises, Lulu vint s'accroupir à ses côtés et lui chuchota à l'oreille : Viens dormir avec moi. Elizabeth, sans lever les yeux, se contenta de répondre Non, d'une voix sereine. Lulu demeura un instant silencieuse, puis répéta *Dors* avec moi, d'une voix sourde – et là, Elizabeth se retourna et répéta Non, non, je… non. Alors, Lulu posa ses doigts sur son visage, avec des yeux qui suppliaient, et Elizabeth détourna les siens. Non, dit-elle. Demain, alors, insista Lulu. Demain – oui ? Dis-moi oui ? Non, non, je… Non. Lulu posa un baiser sur ses lèvres, et Elizabeth leva les yeux vers l'arbre immobile et comme frémissant sous ses guirlandes de lumières et dit Non, non, je… je ne sais pas. Peut-être.

Chapitre XVIII

« Tire ! insista Katie. Tire, mais tire donc !
– Mais j'*essaie*, haletait Colin. C'est pas possible, ils sont d'un… »

Puis il s'interrompit, comme les rires et les détonations des autres pétards de Noël éclataient autour de lui ; il faillit prendre appui du pied sur le bord de la table de la salle à manger, pour avoir plus de force – jamais je n'ai *vu* de pétard-surprise aussi récalcitrant à craquer et à livrer son contenu. Et soudain, il céda – sur quoi Colin, emporté par son élan, bascula en arrière et vint heurter Elizabeth qui battait des mains, absolument ravie du spectacle son et lumière qui s'offrait à elle.

« C'est le mien, c'est le mien ! » glapit Katie, comme Colin faisait mine de se précipiter sur un bonbon qui avait rebondi sur la table, aussitôt noyé dans l'incroyable profusion de décorations de Noël, si raffinées, si colorées, argent et turquoise, or et brun, qui ornaient somptueusement le chemin de table de damas immaculé, et comblaient le moindre espace libre entre les assiettes empilées et les rangées de couverts King's à motifs (le service en argent massif, pas celui en plaqué – si je ne le sors pas aujourd'hui, quand, alors ?), les verres à pied étincelants et les flûtes élancées, les serviettes et cartons ornés de rubans – ces derniers appuyés sur un flocon de neige en métal – les étoiles, festons et photophores luisant derrière leur paroi de verre rouge, cherchant tous, aurait-on dit, à diriger le regard déjà gorgé de tant de miroitements (mais aucunement, aucunement saturé – pas le moins du monde) vers la création véritablement spectaculaire qui trônait au centre de la table, toute rutilante de baies mauves et écarlates, de lierre d'un vert vibrant – des épis de maïs jaillissant des circonvolutions infiniment complexes d'un houx épais, sombre et luisant ; également, un énorme ananas, hors saison, tout piqué de minuscules ampoules clignotant sans cesse, sa huppe de feuilles semblable à quelque palmier en miniature.

Le déjeuner de Noël, naturellement, comportait deux plats de résistance (Melody, notamment, avait déclaré que l'oie était à mourir), et la table évoquait réellement une sorte de bazar de luxe, chacun brandissant triomphalement les babioles et bijoux – le butin qu'avaient révélé ces extraordinaires pétards-surprises, tout gonflés et ornés de dentelle et de papier moiré, et dont les somptueux débris gisaient à présent éparpillés comme autant de petites madame de Pompadour, dans les brumes d'alcool qui concluent une délicieuse orgie.

Dotty, cette pauvre Dotty (Elizabeth lui avait prêté une robe plissée, d'un rose très sombre – poignets mousquetaire et col tout simple – elle semblait avoir acheté des cadeaux pour tout le monde, à part elle-même) se révélait particulièrement contente de son petit cadre pliant, en plaqué or, dont chacun des deux panneaux articulés offrait une découpe ovale pour une photo (il faut que je prenne des photos de Dawn, ne cessait-elle de répéter). Edna Davies – et Elizabeth ne pouvait qu'admirer sans réserve sa tenue (elle avait imaginé qu'elle serait en Escada, sans trop savoir pourquoi, mais c'était là tout autre chose, et de qualité infiniment supérieure ; quoique, compte tenu de sa coloration, Edna aurait peut-être pu éviter d'arborer une émeraude aussi criarde, mais bon – elle a fait de son mieux) – Edna paraissait tout aussi enchantée de son jeu de cartes plastifiées dans leur étui de cuir à bouton-pression : Nous jouions énormément aux cartes, autrefois, n'est-ce pas, Cyril ? Mais Cyril parlait à Lulu – cela depuis l'instant même où il était entré, ainsi qu'Elizabeth n'avait pas manqué de le remarquer ; et à chaque fois, elle me regarde, Lulu – d'un air suppliant. Peut-être ne l'aime-t-elle pas ?

Melody, naturellement, ne fait que manger, manger – manger et boire, enfin bref ce qu'elle aime faire ; cette andouille de Français, Émile, est collé à elle – et s'offre de grandes, grandes rasades d'un des tout meilleurs vieux bordeaux de Howard, avant de laisser échapper à chaque fois un long hululement d'approbation, à moins que ce ne soit le symptôme de quelque vilain problème bronchique, ce qui n'aurait absolument pas sa place à table. Il la touche beaucoup ; on ne voit pas vraiment où il met les mains – et là, je dois dire que je n'approuve pas – tandis que ses épaules se courbent souvent en un angle assez curieux. Maman m'a l'air relativement en forme – je la vois qui agite sa fourchette et bouge les lèvres, apparemment pour accompagner quelque chanson entendue lors d'un autre Noël, ailleurs et il y a fort longtemps. Zouzou est vraiment un très étrange jeune homme, savez-vous : même quand il a ouvert mes cadeaux, tout à l'heure, impossible de lire le moindre sentiment sur son visage – j'ai l'impression qu'il a quelque chose en tête, décidément ; mais quand même – c'est Noël : je continue de penser que chacun devrait faire un effort.

Et puis il y a Rick – le Rick de Katie. Il ne préside pas la table, en fait (c'est stupéfiant qu'il ne se soit pas d'office installé à cette place qui lui revient de droit divin, car cela lui ressemblerait assez), mais à voir son air, on croirait que c'est pourtant le cas : les poignets tout juste posés au bord de la table, de chaque côté de son assiette, les yeux élargis et la bouche pincée pour mieux savourer et superviser ce qui se déroule devant lui – et qui n'est, de toute évidence, que le produit de ses efforts tout dévoués. J'espère que Katie ne prend pas cette histoire *trop* au sérieux – il y a une grande différence de culture, n'est-ce pas ? Avec l'Amérique. Elle pourrait s'y faire, je n'en doute pas, mais je sens bien que Howard et moi ne serions jamais tout à fait *à l'aise*. À propos, regardez-le, ce cher Howard : satisfait, comme toujours ; quand tout le monde est content, Howard est content. J'ai essayé, une fois ou deux, de voir s'il jetait des coups d'œil vers Melody, mais apparemment pas. (Oh, regardez vers la fenêtre – de la neige, il neige encore ! Mon Dieu – comme les gens se sont bien amusés, ce matin ! Je ne sais même plus de quand date notre dernier Noël blanc.)

Ai-je parlé de Brian ? Parce que mon Dieu, oui – Brian est là aussi. Il est arrivé assez tôt, au moment où l'on allait ouvrir les cadeaux. Ce qui, en soi, a paru l'agacer (de toute évidence, il n'avait *rien* acheté ni rien, mais bon : c'est Brian, n'est-ce pas ?). Mais une fois de plus, on ne pouvait *pas* ne pas avoir pitié de lui, voyez-vous ? Avec ses deux bras immobilisés dans des bandages blancs, soutenus par des écharpes tenues par des nœuds comme des oreilles de lapin – ses deux avant-bras croisés sur la poitrine, comme s'il allait se décocher à lui-même un uppercut gauche, puis droit : on aurait cru qu'il s'apprêtait à célébrer un sacrement ou, encore moins crédible, à se déhancher frénétiquement en mesure et nous offrir un strip-tease de go-go boy.

« Oh mon Dieu, Brian ! avait explosé Melody – bavant de rire et enfonçant son coude dans les côtes d'Émile. Mais qu'est-ce que tu t'es *encore* fait, cette fois ?

– Viens t'asseoir, Brian, était intervenue Dotty d'une voix brève, tandis que Colin se recroquevillait de honte, sans même essayer de croiser le regard de son père. (Une partie de lui aurait voulu se lever et venir vers lui : ça va aller, papa ? Mais c'est l'autre partie qui gagnait, haut la main.) Dieu merci, au moins, Kelly n'est pas là pour voir ça – c'est toujours pire, bien pire, quand un de vos parents se conduit comme un idiot, et qu'il y a une fille en train de regarder ça. Cela dit, elle passe plus tard – Elizabeth a dit d'accord ; mais pas en début de repas, Colin – les premières heures de Noël sont réservées à la famille. Alors comment expliquer la présence de ce timbré de Français, de l'autre rat d'Amérique, et de ce cinglé de « Zouzou » ? Une Australienne sexy, cela ne pouvait constituer qu'un plus, pour autant que Colin pût le concevoir (je meurs d'impatience que nous fassions tout ce qu'elle m'a dit que nous allions faire. Carol ? Quelle Carol ?).

Katie distribuait les cadeaux d'une seule main (je commence franchement à en avoir plein le cul du King's College Chapel Choir – je ne sais pas si c'est les aigus insupportables ou les roulages de « r », mais ça me rend dingue), tout en tripotant de l'autre le petit Tigrou en or accroché à son cou par une chaînette. C'était une tradition : chaque année, elle trouvait sa chaussette remplie de mandarines, au milieu desquelles se dissimulait un petit quelque chose ayant un rapport avec Winnie l'Ourson : je crois que ça commence à me gaver un peu – je veux dire, c'était bien quand j'étais môme, naturellement, mais ça commence à faire un peu minable, maintenant, cela dit, je détesterais, si ça s'arrêtait – si maman cessait un jour.

Elizabeth faisait tourner le plat d'épaisses tranches de saumon sauvage, tout en enjoignant à Howard d'ouvrir encore quelques bouteilles de champagne (Melody a son verre vide !) et en demandant à Dotty si elle avait la moindre idée de la façon dont les voisins, là, je n'arrive jamais à prononcer leur nom, avaient fêté Noël – nous ne les avons pas vraiment *invités* à proprement parler, tu sais, parce que le traiteur de Prince Street m'a dit un jour qu'ils étaient je ne sais plus quoi, mais alors incroyablement orthodoxes, et qu'ils passaient les fêtes de manière complètement archaïque, avec jeûne et tout ça, de sorte que ça ne *marcherait* pas vraiment, n'est-ce pas ?

Howard protestait, affirmant que ce cadeau-là ne pouvait pas lui être destiné – il en avait déjà quatre ou cinq : Tu ne devrais pas gaspiller ton argent à acheter des choses pour *moi*. Ne sois pas sot, Howard – tu le mérites bien, n'est-ce pas qu'il le mérite bien ? ! Sur quoi s'éleva un brouhaha approbateur indiquant sans conteste que oui, il le méritait bien. Qu'est-ce que tu tiens à la main, Howard ? s'enquit soudain Elizabeth, tout en tendant à Lulu un paquet de forme curieuse (ça a l'air *très* intéressant !). Hmm ? fit Howard. Oh – une cassette vidéo, apparemment : elle est arrivée au courrier, hier matin. Aucune idée de ce que c'est. Tiens, Elizabeth – tu n'as encore *rien* ouvert, toi : ça, c'est de ma part.

« Oh non – pas celui-là, pas tout de suite ! se récria Elizabeth d'une voix flûtée, comme Howard lui tendait la petite boîte enveloppée de papier écossais et ornée d'un gros nœud doré. Non, celui-là, je le garde pour plus tard – j'en ouvre un autre, d'abord.

– Celui-là, alors, intervint aussitôt Lulu – et son beau visage s'était assombri, comme elle posait un paquet élégamment entouré de papier plissé par-dessus tous ceux de Howard. C'est moi. »

Parmi les échos de papier déchiré en tous sens (Colin n'en finissait pas de découvrir des trucs vraiment cool – bonne vieille maman ; cela dit, je n'aime pas trop ce vieux stylo ringard ; Katie, pour sa part, était ravie de son sac à dos de chez Prada), Elizabeth adressa à Lulu un sourire et un regard également humides – C'est adorable, mais vraiment il ne fallait pas. Merci – avant de commencer à déballer son cadeau avec plus de soin que la plupart des gens n'en auraient mis à l'envelopper. Brian déclara calmement, et sans obtenir la moindre réponse, qu'il aimait beaucoup le pull gris à col en V, merci Dotty. C'est Howard qui l'avait ouvert pour lui, le pauvre diable

– et avait brandi le vêtement devant ses yeux – Dieu seul savait quand il pourrait le porter. Le plâtre ne te gratte pas trop, dis-moi, s'enquit Howard : un petit scotch ? Si, ça gratte un peu, répondit Brian, soumis (mais *pourquoi* est-ce que je n'arrive pas à me tuer ? *Pourquoi* ? Pourquoi a-t-il fallu que je glisse sur le talus, en descendant vers les rails ? Et pourquoi aucun train n'est-il passé pour m'achever ?) – merci, Howard, volontiers : un scotch, ce sera très bien.

Elizabeth demeura le souffle coupé devant la légèreté du corsage Chanel littéralement impalpable et d'une coupe somptueuse que Lulu avait acheté pour elle : elle le porta à son visage, et la simple caresse de la soie sous son menton lui donna envie de le mettre immédiatement.

« J'avais exactement le même ! s'exclama la mère d'Elizabeth. Ils étaient faits en toile de parachute.

– Oh *maman* », gémit Elizabeth. Puis elle prit l'expression émouvante du bâtard mélancolique et repentant après une bêtise : « Merci *mille* fois, Lulu. Il est – enfin, c'est une merveille. Merci. »

Elizabeth se dressa sur la pointe des pieds pour effleurer brièvement des lèvres la gorge de Lulu, et ne réagit pas quand celle-ci lui chuchota Je te veux. Elizabeth (n'ayant rien entendu) s'employait à présent à ouvrir le cadeau de Dotty – un plateau de petit déjeuner en aluminium anodisé et mélaminé vert : vraiment, pensa Elizabeth – tout en couvrant Dotty de remerciements –, il ne fallait pas.

« Maman a-t-elle quelque chose à ouvrir, Howard ? Donnes-en un à maman. »

Dotty se souciait peu de ses cadeaux (« Regarde, Dotty, regarde, la pressait Elizabeth : tout ça, c'est pour toi ») – tout occupée qu'elle était à déballer pour Dawn les nombreux paquets qu'elle avait passé la majeure partie de la veille à emballer soigneusement, avec les papiers cadeau et les rubans les plus colorés qu'elle ait pu trouver : à expliquer à son bébé aux yeux étincelants, avec une patience pleine d'amour, quelle joie allaient lui apporter la pataugeoire gonflable à gros pois, et le clown mécanique, et le gros lapin tout mou – tu le vois, le gros Bunny, mon petit ange ? – et combien elle serait adorable dans toutes ces petites robes de coton à smocks jaune et vert pâle.

Absorbée par le spectacle de Lulu ouvrant un de ses cadeaux, tandis qu'elle-même s'attaquait à un nouveau cadeau de Lulu, Elizabeth pensa soudain à Zouzou, et le chercha des yeux, là-bas, un peu à l'écart de la fête : elle lui avait déjà donné le pull en cashmere, la somptueuse écharpe de chez Charvet et le pyjama de soie, plus tôt dans la matinée (cela aurait paru un peu bizarre, vous ne pensez pas ?), et c'est sans grande surprise qu'elle le vit relativement peu fasciné par la chemise en jean bleu – son cadeau « officiel », lui avait-elle chuchoté (et pourquoi avoir pris du jean, se demandait-elle à présent : je ne l'ai jamais vu porter quoi que ce soit de rêche). Regardez plutôt ce que Katie a trouvé pour son père : une curieuse boîte de fer-blanc avec de la cire Turtle et des peaux de chamois et tout ça : elle sait pourtant bien qu'il donne la voiture à laver. Et pour moi ? *CKbe* – son parfum préféré, ces derniers temps. Mais c'est le cri d'avidité comblée de Katie qui traversa comme une faux tout le brouhaha de papiers froissés, cartons dépliés et exclamations étouffées : elle tenait à bout de bras une Rolex Oyster en or sertie de diamants et, jappant *Rick,* sans pouvoir s'arrêter, se jeta au cou de ce dernier (pour Elizabeth, il avait apporté un bouquet de la taille d'un arbuste, qu'elle avait provisoirement collé dans un seau). Une ou deux des personnes présentes murmurèrent Très jolie, mais rares furent ceux à trouver le courage d'en dire plus. Elizabeth, pour sa part, préférait infiniment le bracelet de chez Cartier, en or blanc, tout simple – contenu de la mystérieuse petite boîte enveloppée de papier écossais –, et elle serra Howard dans ses bras, brièvement mais avec force, tandis que ses lèvres se posaient sur son front. Je suis content qu'il te plaise, déclara-t-il. Oui, se disait-il, maussade, tout en brandissant triomphalement un litre de Glen Grant trente ans d'âge, affichant une joie sans mélange – oui, de toute façon, il sera sûrement plus à sa place à ton poignet qu'à celui de Laa-Laa.

Une fois tous les cadeaux ouverts (Mon Dieu ! s'exclama Elizabeth, l'air horrifié, les yeux agrandis : je suis littéralement *noyée* sous les papiers – non, non, ne soyez pas *sotte*, Lulu, je plaisantais : je vais enlever tout ça en dix secondes), Katie les entraîna tous au jardin : Allez, tout le monde, un cadeau spécial pour le bonhomme de neige le plus gros et le plus réussi, en un quart d'heure ! Sur quoi Colin s'écria Super ! – et fila à côté pour chercher Kelly. Rick fit équipe avec Katie (« On ne va pas laisser *gagner* tous ces gens-là »), promptement imité par Melody et Émile (qui ne cessait de répéter « Allô ? ») – et bientôt, les boules de neige volaient en tous sens, tandis que les cris aigus et les aboiements résonnaient dans l'air glacé, s'infiltrant jusque dans la tiédeur de la maison. Elizabeth préparait du chocolat chaud – additionné de cognac et surmonté de crème – sursautant et se figeant à chaque fois qu'une boule de neige venait heurter les vitres dans un bruit sourd. Sa mère, contemplant la scène d'un œil critique, déclara Ça ne ressemble absolument *pas* à un bonhomme de neige – mon Dieu, Elizabeth, quand je pense aux bonshommes que nous construisions, quand j'étais jeune : on aurait dit les Monsieur, comment déjà, en février, là, les euh… les Rois Carnaval, voilà. Non, c'est fini, ça, de nos jours – tout le monde a tout ce qu'il lui faut, plus personne ne veut faire d'effort. Dis-moi, Elizabeth – est-ce que le déjeuner de Noël est passé ou non ? Parce que je ne prends pas de biscuit, si nous n'avons pas encore déjeuné, sinon je n'aurai pas d'appétit et ce sera du gâchis. (On déjeune bientôt, maman – on déjeune bientôt.) Brian se sentait provisoirement rasséréné par les cris d'allégresse – par l'haleine brûlante des flammes qui dansent dans l'âtre, et toute cette jeunesse qui s'amuse et cabriole au-dehors, et parmi elle, mon pauvre, mon infortuné fils. Il se dirigea vers la porte de service pour les observer, immobile, prenant une grande inspiration comme la première bouffée d'air glacé le saisissait. Il resta là, regardant le spectacle avec un plaisir attendri, jusqu'au moment où une énorme boule de neige vint le frapper en pleine figure, sur quoi il s'essuya les joues avec ses coudes repliés en ailes de canard, referma la porte avec son derrière, et s'éloigna sans trop savoir où il allait, une fois de plus.

Après qu'ils se furent tous bousculés pour rentrer bien au chaud – les joues rouges, frappant leurs vêtements et leurs cheveux pour en faire tomber les paquets de neige également nichés sous les cols – Elizabeth examina avec une attention ostensible les êtres grisâtres, informes et bancals posés sur la pelouse, et déclara que le Grand Concours de bonshommes de neige était un succès incontestable, à telle enseigne que tous trois étaient déclarés premiers ex aequo, et que tous avaient droit à un prix. Katie émit un hennissement digne d'un rodéo, tandis que Melody tentait en vain d'expliquer à Émile le sens général de ce que venait de dire Elizabeth, et que Colin se remettait de la collision entre son visage glacé et celui de Kelly, qui le tenait bien serré contre elle. Rick marmonna à l'adresse de Katie que le leur était carrément d'une autre classe que celui des deux autres, il n'y a qu'à voir – mais bon, okay, on va pas en faire une histoire. Une sorte d'exaltation s'empara alors d'Elizabeth, comme elle leur servait à tous un mélange givré d'Advocaat et de limonade, dans de grands verres rayés – c'est une *boule de neige*, précisa-t-elle d'une voix excitée : ça s'appelle comme ça. Elle n'en avait pas fini, toutefois : le couvercle ôté d'une espèce de boîte à chaussures révéla bientôt une douzaine de grosses boules de coton pelucheux serrées les unes contre les autres, chacune ornée d'une feuille de houx en papier. Elle les prit alors et les jeta en tous sens, dans un déchaînement fort peu élisabéthain – parce que maintenant, nous allons *tous* pouvoir jeter des boules de neige, même *toi*, maman ! Allez, attrapez ! Attrapez ! Puis, plus doucement, à Zouzou (qui, lui, n'était pas sorti – ce qui l'aurait laissée pantoise) : Tu n'essaies pas, Zouzou – attrapes-en une, vas-y : il y a des cadeaux à l'intérieur. Je ne suis pas très porté sur les jeux, répondit-il d'une voix égale.

Cyril et Edna étaient arrivés pour le déjeuner – Bienvenue, bienvenue, s'exclama Elizabeth : oh, mais c'est très *mal* – il ne fallait pas apporter de *cadeaux* ! Regarde, Howard – ils ont apporté des *cadeaux* ! (Et de fait – en voyant la cuisine, Edna avait failli en *claquer*.) Chacun faisait semblant de bien s'amuser avec les boules de neige en coton, même si Cyril avait plus tendance à baisser la tête qu'à saisir celles qui passaient à sa portée. Puis tout le monde se mit à les étriper pour découvrir les cadeaux dissimulés à l'intérieur – Brian se déclara enchanté de sa panoplie de tournevis miniatures (très pratique pour la petite électricité – quand vous avez une maison, bien sûr). Dotty fit affaire avec Katie, troquant ses boucles d'oreilles de plastique bleu contre la maman cane et ses canetons, pour la petite Dawn, et Colin étudia de près le globe oculaire gauche de Kelly, grâce à sa minuscule loupe. Rick lui-même paraissait ravi de son porte-clefs Disneyland (ouais – ça me rappelle quand j'avais mon appart en Floride) – mais le moment suprême vint quand Elizabeth ouvrit grand la double porte de la salle à manger, dévoilant à leur regard extasié une table de Noël qui ridiculiserait toutes les tables passées et à venir.

Du reste, elle n'avait guère été déçue par la réaction unanime d'admiration absolue, encore aiguisée par l'appétit (car les fumets qui s'échappaient de la cuisine étaient de toute évidence ceux d'un Noël mémorable). Donc, ils en étaient à présent à ce moment où Elizabeth, ayant tiré les rideaux et n'ayant laissé, tout au long du chemin de table, que quelques petites loupiotes palpitantes, apportait triomphalement le pudding étincelant de cierges magiques, haut brandi sur un plateau rouge vif – et dont l'arrivée suscita une quasi-salve d'applaudissements. En fait, songeait Brian, je ne pense pas pouvoir avaler une bouchée de plus – ce qui est aussi bien, car je n'ai pas trop aimé l'expression de rancœur farouche peinte sur le visage de Dotty pendant les trois premiers plats, quand elle a dû abandonner Dawn à contrecœur, pour me couper ma viande et me donner la becquée.

De nouveau, la tablée s'était animée : conversations, mais aussi force rasades et coups de fourchette. Certains convives cependant demeuraient silencieux, Edna par exemple. C'est bien simple, depuis l'instant où nous avons mis le pied dans cette maison, Cyril m'a complètement laissée tomber pour parler sans cesse, et avec quelle animation, à cette Lulu Powers. Je ne comprends pas. Enfin je *comprendrais*, bien sûr, si c'était à Elizabeth qu'il portait une telle attention : Elizabeth, j'imagine (vous avez *vu* cette cuisine ?), est une sorte d'idéal auquel je pourrais aspirer – et que j'atteindrai peut-être, un jour. Mais jamais je ne pourrai être une Lulu. Lulu se contente de rester là sans rien dire, et d'être belle. Moi, je ne pourrai jamais rester là sans rien dire : je ne serai jamais belle.

Elizabeth annonça soudain que l'heure du jeu de mimes était arrivée, ce qui signifiait pour Howard que l'heure était arrivée de recharger son verre de whisky et de lever les yeux au ciel ; Katie émit le gémissement caractéristique qui était sa signature – « Oh, *noooooooon*, maman… ! Pas *çaaaa*… on fait ça tous les *aaaannnns*… ! » Ce à quoi Elizabeth répondit Tu ne comprends vraiment rien à cela, Katie, n'est-ce pas ? Mais c'est justement l'*idée* : c'est une *tradition*, vois-tu ? D'ailleurs, Elizabeth avait déjà là, prêts à resservir, tous les mots, toutes les phrases de circonstance (un peu qu'elle les avait – et jusqu'au haut-de-forme de soie noire pour les y pêcher, car vous savez bien que je ne supporte que la perfection, sinon rien).

Katie, en tout cas, refusait catégoriquement de s'y coller la première (Ce n'est pas juste – c'est *toujours* moi.) – Colin, pour sa part, s'étant pratiquement dissimulé, priant pour qu'on ne l'appelle pas, et Brian, lui, se vit excusé, car ce jeu nécessitait d'avoir quatre membres en bon état de fonctionnement (même si dans le cas de Brian, ainsi que la plupart d'entre eux admirent en leur for intérieur, un mélange de morse, de signaux télégraphiques et de langage des sourds-muets n'aurait rien changé à l'affaire). De sorte que c'est Rick qui fut désigné – et, tout en fourrageant dans les profondeurs du haut-de-forme – espérant en tirer une combinaison gagnante – il déclara soudain, d'une voix qu'il devait s'imaginer être à peu près anglaise et très classe (ce en quoi il était loin du compte) :

« Oh – *choody choody choody* ! »

Réflexion accueillie, comme toujours, avec une perplexité teintée de malaise, sinon de franche appréhension (ils sont tellement bizarres, n'est-ce pas ? les Américains).

« Cary Grant – d'accord ? fit-il. Dans *Chat-Raide*, le film, ouais ? Avec Oddrey Hepburn ? »

Elizabeth arbora son sourire aimablement encourageant (je pense qu'il est légèrement atteint, mais au fond inoffensif), puis Rick se pencha sur sa définition, sourcils froncés – avant de, soudain, se mettre à trembler des genoux tout en désignant sa tête d'un index tournoyant.

« Idiot », suggéra Howard. Puis, plus vite : « Il mime le mot "idiot", non ?

– Idiot n'est *pas* un mot de Noël, n'est-ce pas, Howard, fit remarquer Elizabeth d'un ton sévère.

– Soûl ! s'écria Katie. Non ? Bourré, alors – avec un nez rouge : Rudolph ? »

Rick fit signe que non non non, puis laissa dépasser sa langue au coin de sa bouche, tout en agitant la tête en tous sens.

« Psychopathe, se lança Cyril. Oh non – non, ça ne fait pas assez Noël, n'est-ce pas ? Alors, disons givré – ça fait plus Noël. Givré ? Non ? Qu'en pensez-vous, Lulu ?

– Oh mais pour l'amour de *Dieu*, siffla Lulu d'une voix mauvaise, est-ce que vous allez arrêter un moment de me *parler ?* Cela fait combien de fois ? *Combien* de fois ? » Puis, très calme : « Je vous trouve *répugnant*.

– Dingo », suggéra Brian, tout en pensant Je vous en prie, ne vous tournez pas vers moi, ne me regardez pas, personne.

Et Rick d'insister, Encore, encore ! Avec force gestes de mains crispées, comme s'il aidait un conducteur à se garer dans un espace dix fois trop petit. Dingo, ça c'est sûr, grommela Howard – plus ou moins discrètement ; et soudain, deux ou trois personnes s'écrièrent *crackers*[1], d'une seule et même voix. Mais oui, *crackers,* bien sûr, excellent – bravo, Rick. Et comme les félicitations commençaient de s'amenuiser peu à peu, la sonnette fit soudain entendre son timbre strident, et Colin bondit sur ses pieds en déclarant Ce doit être Kelly (car Kelly, c'était chose clairement entendue, n'avait pas été invitée au déjeuner : tu comprends *bien*, n'est-ce pas ?). Colin se rua donc vers l'entrée pour ouvrir la porte, en effet, à Kelly qu'il embrassa, tout en émoi (je la veux, elle est trop belle), mais avant qu'il ait pu refermer la porte derrière elle, un homme remontait l'allée à grandes enjam-

1. *Crackers* signifie tout à la fois « pétard de Noël » et « fou ». *(N.d. T.)*

bées, l'interpellant, Salut Colin – tu te souviens de moi ? Et comme Colin se souvenait de lui, effectivement, il le fit entrer.

Il serait excessif d'oser prétendre que Lulu fut effectivement *contente* en voyant John pénétrer dans le salon (Elizabeth, elle ne l'était carrément pas, contente – la dernière fois qu'elle l'avait vu, il avait complètement gâché sa réception en agressant le prétendu petit ami de Melody à coups de bouteille de champagne – Dieu nous assiste – qu'est-ce qu'il vient *faire* ici ?) – mais au moins, elle pouvait compter sur lui pour la débarrasser enfin de cet emmerdeur de Cyril, ceci à sa manière inimitable.

« Elizabeth, commença John, avec une réelle humilité. Howard. Navré de, euh… Joyeux Noël à tous ! Je me suis juste dit que je, euh…

– Prenez donc un verre », lança Howard. Il s'était aperçu que cette formule était toujours adéquate : elle s'adaptait à une foule de situations. « Nous étions en train de jouer aux devinettes – c'est au tour de John ? »

C'était là une manière de l'accueillir – il n'allait pas pinailler, n'est-ce pas ? En fait, John s'employait toujours à reprendre souffle, tant il avait été saisi par cette première vision de Lulu : Mon Dieu – oh mon Dieu, elle est si belle, cette femme qui est ma femme, *ma* femme : comment faire pour qu'elle veuille encore de moi ? Ça ne marchera *jamais*, avait déclaré Tara d'une voix cinglante, lorsqu'il lui avait annoncé qu'il partait : Pourquoi une telle femme reviendrait-elle à un pauvre minable comme toi ? Hein ? Un loser-né, une nullité – *Hein* ? ! Oui, voilà ce qu'elle avait dit, avant de lui jeter à la tête la dinde à moitié farcie (elle l'avait manqué, mais il avait dérapé dessus, après) et de le virer du magazine, *mon petit gars*.

John parcourut d'un regard brillant de convoitise l'étalage de boissons diverses. « Non, merci Howard », parvint-il à articuler (si je commence comme ça, c'est foutu d'avance). Tout en mimant le mot qu'il avait tiré du chapeau – un rouge-gorge, tu parles que ça va être simple –, il avait la vive conscience que Cyril était toujours en grande conversation avec Lulu, lui touchant parfois la main (la main !), et allant même jusqu'à lui tapoter l'épaule (l'épaule !). Mais il réussit à contenir, puis enfuir tout au fond de lui la lave bouillonnante de la jalousie – et comme Lulu croisait son regard, les yeux agrandis, il s'autorisa un sourire quasiment négligent, agrémenté d'une imperceptible nuance d'ironie, du style regarde-comme-je-suis-devenu-cool-maintenant. Entre-temps, il avait une devinette à assurer : il désigna tout d'abord une grande coupe remplie de décorations de verre teinté d'un rouge cerise, afin d'indiquer la couleur, sur quoi tout le monde s'exclama *Les boules*, ce qui n'allait pas du tout ; faire semblant de s'étrangler ne se révéla pas plus parlant, de sorte qu'il finit simplement par leur dire ce qu'il tentait de leur mimer, suscitant un consensus selon lequel toutes ses simagrées n'avaient simplement *rien* à voir avec le mot – et, à peine John était-il relaxé, après cette condamnation sans appel, que Lulu se précipitait sur lui.

« John, fais quelque chose, pour Cyril. Et tout de suite, je t'en prie. »

Cyril était juste là, à côté, et John dut enjoindre jusqu'à la dernière de ses cellules de ne pas arracher la tête de ce salaud. Il se contenta de hausser les sourcils, d'un air de totale insouciance, et déclara Ma chère Lulu – je ne vois pas du tout ce que je peux faire !

« Ce que tu peux *faire*, reprit Lulu avec insistance (elle commençait de hausser la voix – Elizabeth en tout cas le perçut), c'est ce que tu *fais* généralement – le frapper, le tuer, je ne sais pas. Il me rend *folle*. »

John grinça des dents. Elle me teste, c'est ça ? Oui, sûrement. « Écoute, je pense qu'il se montre – amical ? »

Cyril hocha la tête, souriant. « Bien sûr, confirma-t-il. Rien de plus. »

Elizabeth décida alors qu'il était grand temps de passer à une nouvelle devinette – inutile de demander à Howard (je doute même qu'il puisse tenir debout) – quant à Colin et à Kelly, eh bien… ! (Ça fait drôle, tout de même, de penser qu'il n'y a pas si longtemps, c'était nous deux, lui et moi, qui avions du mal à contrôler nos mains.) Melody et Émile, c'était à peu près la même chose – Maman dormait, grâce au ciel, et Dotty s'était éclipsée pour aller voir la petite Dawn ; Zouzou, je n'ose carrément pas. Il ne restait qu'Edna – et vu les regards qu'elle jette à Cyril depuis un bon moment, c'est peut-être une bonne chose.

Edna plongea la main dans le chapeau, lut le mot qu'elle avait tiré, et dit à Elizabeth Il faut que j'aille me poudrer le nez, cela me donnera le temps d'y réfléchir – et, tandis que Lulu continuait de fulminer (John tendait maintenant à Cyril un grand verre de rosé, sans même s'en être servi lui-même), Elizabeth s'employa à donner un bon coup de tisonnier et de soufflet pour ranimer la flambée, tout en enjoignant Katie, par-dessus son épaule, de faire le tour de l'assemblée avec les divers plateaux – avant de chuchoter brièvement à l'oreille de Howard qu'il buvait trop vite, faisant halte au passage auprès de maman pour s'assurer qu'elle respirait toujours (et c'était le cas – un peu trop bruyamment, d'ailleurs, au goût d'Elizabeth).

Ce sont les braillements et hululements incrédules et discordants de Colin et Kelly, ajoutés au caquètement haut perché et audiblement alcoolisé de Melody (« Je le savais ! Je savais qu'elle était cinglée ! ») qui attirèrent l'attention de tout le monde sur ce qui arrivait soudain, contre toute attente : Edna, le corps blanc et rose, moelleux et légèrement flapi, traversait tranquillement le tapis, nue comme au premier jour, suspendant les conversations, tandis que deux verres atterrissaient au sol. « Edna… ! » parvint tout juste à murmurer Cyril, tandis que chacun restait figé dans un silence gêné. Elizabeth – plus contrariée qu'elle n'aurait pu le dire – ôta son cardigan et s'approcha doucement : *Edna*, tout va bien, ma chère… ?

Edna, très fière d'elle-même et apparemment inconsciente du spectacle qu'elle offrait (elle gardait l'air que nous connaissons à Edna, ni plus ni moins), déclara à l'aimable compagnie qu'elle avait donc *gagné*, n'est-ce pas ? *Dieux du ciel*, Edna, marmonna Cyril, le visage sombre : mon Dieu, Elizabeth, je suis vraiment désolé – elle est mûre pour une séance, là –, écoutez, je vais… Mais comme il tendait le bras vers elle, elle le repoussa avec de grands gestes et soudain, annonça bien fort « Dinde ! ». Mais oui, une *dinde* ! C'est le mot que j'ai tiré. Tu aurais *dû* deviner, Cyril – tu es tellement bon, pour les jeux…

« Elizabeth ! s'exclama Howard. Est-ce que tu ne peux pas… ? ! »

Edna commença alors de frotter ses paumes sur le haut de ses cuisses, et de part et d'autre du triangle grisonnant.

« Les cuisses », expliqua-t-elle. Puis, caressant ses flancs et jouant avec un téton presque concave (« *Bon* – ça suffit maintenant », tonna Cyril – se ruant vers elle) : « Le blanc ! » parvint-elle à ajouter, tandis qu'il l'enveloppait brutalement dans sa veste et commençait de l'entraîner sans ménagement vers la porte, clamant haut et fort sa haine absolue des femmes, mêlée d'excuses plaintives envers quiconque aggravait encore sa honte en continuant de regarder cette scène. Elizabeth se précipita à leur suite dans l'entrée et, tout en ajoutant un de ses propres imperméables à la veste de Cyril, regarda Edna droit dans les yeux, avec une compassion sincère – mais sans parvenir à trouver quoi que ce soit à dire.

« Mais hélas, conclut Edna, mélancolique, tandis que Cyril l'emportait de force vers cette autre maison qui était leur enfer personnel, hélas, hélas, Elizabeth – il me manque les ailes, voyez-vous. »

Et malgré la neige qui tombait toujours, et le froid littéralement indécent, Elizabeth, pleine de sollicitude, les accompagna sur la terrasse, et même un peu au-delà – contemplant, comme tétanisée, la silhouette de Cyril qui s'éloignait, serrant d'un bras impitoyable son épouse comme un ballot de linge sale, les pieds de la malheureuse Edna (mais *qu'est-ce* qui lui arrive donc ?) traînant à demi et laissant un sillage sinueux sur le sol enneigé. Puis, soudain – comme c'est étrange – une jeune femme inconnue sortit d'une auto (je n'avais même pas remarqué cette voiture) et, tenant un morceau de papier à la main, se dirigea vers Cyril, comme pour lui demander un renseignement quelconque ; Elizabeth, sans entendre sa réponse, vit bien son haussement d'épaules agacé et son grand geste de refus, tandis qu'il remontait péniblement sa propre allée. La jeune femme les regarda s'éloigner puis, à la grande surprise d'Elizabeth, surprise bientôt mêlée de contrariété, jeta un coup d'œil autour d'elle, croisa son regard – et s'approcha aussitôt. Oh non, se dit Elizabeth – comment peut-on oser demander son chemin aux gens le jour de Noël ! Et à cette heure-*ci*, encore ! Mais bon, je ne peux pas rentrer, parce qu'elle m'a vue, de toute évidence, et qu'on n'aime jamais passer pour *grossier*, n'est-ce pas ; et de toute façon, elle aurait sonné (même d'ici, je vois bien qu'elle ne va pas se laisser décourager comme ça).

« Bonjour ! fit Laa-Laa avec chaleur. Il fait un froid *terrible*, n'est-ce pas ? Écoutez, je sais bien que ce n'est pas vraiment le jour, mais je me demandais si je pourrais voir Mr. Street, cinq minutes ? »

Elizabeth en demeura médusée. « Howard ne traite pas ses affaires le jour de Noël », répondit-elle non sans une certaine hauteur – même si elle sentait bien, déjà, que quelque chose d'assez vilain commençait de se tramer en douce : cette femme n'avait absolument pas l'air d'une illuminée, n'est-ce pas ? Elle devait bien le savoir ; donc, s'il ne s'agit pas de travail... « Quelle qu'en soit la raison, je suis certaine que cela peut attendre.

– Non, ça ne peut pas attendre, croyez-moi », fit Laa-Laa – tout à fait cassante à présent.

Et elle pénétra d'office dans la maison, repoussant Elizabeth – provisoirement paralysée, non seulement par ce geste, mais également par le commentaire acide qui l'accompagnait : « C'est vous l'épouse, n'est-ce pas ? Oui, certainement – vous avez tout à fait la tête à ça. » Mais déjà Elizabeth se précipitait – elle ne savait qu'une chose : il lui fallait atteindre Howard avant cette femme : personne ne doit être témoin de ce qui va arriver, quoi qu'il arrive.

Trop tard : déjà Laa-Laa s'était immobilisée au milieu de l'entrée, bien campée sur ses jambes, et hurlait à pleine voix Howard ! Howard ! Howard ! Howard ! sans cesse – à tel point qu'Elizabeth – étourdie, assommée – crut qu'elle en perdait la raison : Fichez le camp ! Sortez de chez moi, pauvre folle ! siffla et cracha-t-elle – Foutez le camp ! Foutez-moi le camp d'ici, vous êtes une malade ! Elle n'avait qu'une envie, lui sauter dessus, mais elle ne pouvait pas, c'était impossible – et elle savait que c'était impossible. Et soudain apparut – l'air fort surpris et anxieux – non seulement Howard, mais à peu près tout le monde (juste ciel, oh juste ciel – je ne vais pas tenir le coup). Et, comme Laa-Laa se calmait quelque peu, des petits groupes intrigués, vaguement excités, se formèrent instinctivement. Elizabeth, n'ayant pas le courage de lever les yeux vers Howard, s'épargna ainsi de devoir interpréter son regard agrandi, effaré, face à ce qui ne pouvait pas, ne pouvait tout simplement pas arriver là.

« Oh, te voilà, Howard, sourit Laa-Laa. Tu passes un joyeux Noël ? Excusez-moi tous de gâcher votre fête, mais…

– Fichez le *camp* », lança Howard d'un ton lourd de menaces, les mots franchissant à peine la barrière de ses dents (*Poison*, de Christian Dior, reconnut-il immédiatement).

« Mais *qui* est-ce, Howard ? s'enquit Elizabeth d'une voix voilée. Qu'est-ce qu'elle… ?

– Jamais vue de ma vie. Ce doit être une folle.

– Oh *non* ! s'exclama Laa-Laa avec enthousiasme. Je ne suis *pas* folle, pas du tout, Howard. Je suis bien la femme que tu entretenais, dans un charmant petit appartement, n'est-ce pas, Howard ? » Elle se tourna vers Elizabeth. « Je suis désolée – ne le prenez pas pour *vous*. Je n'ai jamais voulu vous blesser.

– Oh mon Dieu, bafouilla Howard. Appelez la police, quelqu'un, s'il vous plaît – elle est folle, je vous dis – folle. Je n'ai *jamais* vu cette femme de ma vie. »

Enfin, Elizabeth levait les yeux vers lui. « Howard… ? » Voilà tout ce qu'elle parvint à articuler.

« Je ne l'ai *jamais* vue, je te dis ! » (Non, je ne l'ai jamais vue comme ça : où est passé son ravissant minois ? Pourquoi aucun de ses yeux ne dit-il plus *Laa*, ni *Laa* ?)

« Bon, écoutez tous… », commença Brian, sentant qu'il devait bien à Howard de faire quelque chose, en cet instant – mais que le diable l'emporte s'il trouvait quoi que ce soit à ajouter : rien ne venait.

« Il m'a baisée autant comme autant, reprit Laa-Laa – et le frémissement qui l'entoura soudain ne parut pas la troubler plus que ça –, mais apparemment, je suis en sureffectif, à présent. »

La sonnette fit entendre son cri strident, et Lulu bondit, comme piquée par un insecte.

« Enfin de toute façon, conclut Laa-Laa, je n'ai plus rien à faire ici. Je m'en vais.

– Écoutez, mademoiselle Je-ne-sais-qui, beugla Howard – il y a quelque chose qui ne va pas, chez vous – c'est une *malade*, je vous dis. Elle délire. Elizabeth – crois-moi. *Combien* de fois vais-je devoir… »

De nouveau, la sonnette retentit – vibration aiguë et prolongée qui ajoutait à l'électricité ambiante.

« Quelqu'un sonne, déclara Elizabeth, l'air stupide.

– Laisse tomber, coupa Howard.
– C'est peut-être Cyril, dit Lulu. Il est venu récupérer les vêtements d'Edna.
– Je me tire », fit Laa-Laa, et ce furent là ses derniers mots – déjà, elle avait ouvert la porte avant que quiconque ait songé à esquisser un geste.
Deux hommes se tenaient sur le seuil, dont l'un contempla Laa-Laa avec des yeux exorbités et entra résolument, lâchant :
« *Sophina*, mon Dieu ! Mais qu'est-ce que tu fais *là* ? »
Sur quoi Laa-Laa éclata de rire. « Oh, mais c'est pas vrai – *toi* ! Eh bien, plus on est de fous... Alors, Howard ? Je délire toujours ? »
Howard avança aussitôt vers Norman Furnish, avec la ferme intention de le trucider une bonne fois. Elizabeth, pour sa part, avait machinalement refermé la porte sur les tourbillons de neige, et voilà à présent que Melody s'approchait, une étincelle d'espoir au fond des prunelles.
« Miles ! Oh, Miles, merci mon Dieu ! Tu m'as tellement manqué !
– Hein ? grogna Miles – pris de court, et balayant l'assemblée du regard, à la recherche de Katie.
– Non ! cria Norman, comme Howard le saisissait à la gorge. Ne me frappez, pas, je vous en prie, Howard – Mr. Street, Mr. Street ! Je vous le jure devant Dieu, je ne savais pas que c'était votre *maîtresse*, sinon, je ne serais jamais venu la voir ! Simplement, je connaissais l'adresse, puisque c'est un immeuble que nous gérions à l'agence, et... » Puis, d'une voix blanche : « Oh. Mince. Désolé. »
Melody tirait Miles par la manche, essayant désespérément d'obtenir quelque attention. « Miles – Dieu merci tu es revenu. Je t'aime – je t'aime tant. Écoute – j'ai menti, pour le bébé, tu t'en es peut-être aperçu – mais je l'abandonne, je te le jure ! »
Miles la regarda, sans expression : « Où est Catherine ?

– Tu dis ça *sérieusement* ? s'écria Dotty, tout excitée. Melody, tu es *sérieuse* ? Vraiment ? »

Norman n'eut que le temps de se tourner vers Miles : « Catherine ? fit-il, la voix étranglée. *Katie* ? Qu'est-ce que vous lui voulez, à Katie ? », car il était à présent à genoux, tandis que Howard, le visage violacé, s'employait de toutes ses forces à extirper, par strangulation, la vie hors du corps de ce misérable. Mais comme Katie s'approchait (« Mais enfin, mais c'est pas *vraaaaiii*, papa – mais tu vas le *tuer* ! »), Norman trouva d'ultimes réserves d'énergie et, échappant à l'étreinte mortelle de Howard, rampa sur le ventre jusqu'à elle – à l'instant précis où Miles l'avait saisie par les épaules et l'attirait à lui. Norman avait à présent pris Miles aux chevilles (Elizabeth et Katie unissant leurs forces pour retenir Howard dans sa tentative éperdue pour récupérer Furnish et l'étriper vivant), et comme Norman se hissait sur ses pieds, s'accrochant au pantalon de Miles, celui-ci lui décocha un coup de pied et se lança dans un grand discours incohérent adressé à Katie. Juste derrière, se profilait John Powers, les mains crispées sur une chaise de salle à manger – il lui fallait se retenir de foncer sur ce salaud de Miles (c'est lui, l'enfoiré qui a couché avec ma femme ! Au moins, ce n'est pas pour elle qu'il est venu – qu'est-ce que je ferais, dans ce cas ? Je le laisserais faire ?) car il savait que s'il craquait maintenant, Lulu comprendrait que c'était toujours le même John, malade de jalousie, et qu'il n'avait pas *changé* – de sorte qu'il aurait raté l'épreuve et qu'elle le quitterait pour toujours.

« Catherine », haletait Miles – halètement accompagné d'une puissante flexion-extension de sa jambe gauche, sur quoi Norman s'étala de tout son long, avant de revenir bravement à l'assaut. « Écoute – je les ai quittés, d'accord ? Tu ne pensais pas que je le ferais, mais si, tu vois. Sheil, les gosses – je les ai quittés. Maintenant, tu viens avec moi !

– Lâchez-la ! Lâchez-la ! s'écriait Norman. Avec *moi*, Katie – *moi* ! Je ne peux pas vivre sans toi ! J'ai essayé – arrête de me frapper, salopard ! – mais je ne peux pas. »

Et si, à chacune de ces proférations vibrantes, tout le monde regardait tout le monde, sans doute Norman et Miles étaient-ils eux-mêmes plus acharnés et plus effarés que quiconque, en ce bref instant. Tous deux – et Katie, aussi – ouvrirent la bouche pour ajouter quelque chose de la plus extrême importance, mais nul son n'en sortit, car soudain un poing lourd comme une enclume, jailli de nulle part, faillit décapiter Miles, tant le choc était violent – et comme Miles traversait l'entrée en marche arrière, titubant, comme désarticulé, pour venir percuter Dotty et Dawn – tous trois s'effondrant avec des cris aigus –, Melody, Lulu et Elizabeth hurlèrent d'horreur et se ruèrent, poings en avant, sur Rick, l'Américain, qui venait silencieusement de faire la preuve de sa science du direct bien placé – et parut à peine les remarquer, comme il se tournait à présent, très calme, vers Norman – lui-même manquant tremper sa culotte de terreur – il est d'ailleurs possible que Norman se soit évanoui avant même que le poing énorme ne l'ait atteint. Sur quoi, Miles et Norman immobiles, gisant au sol en une seule masse de morceaux plus ou moins désolidarisés, Rick – écartant les femmes d'un revers négligent – porta la main à la poche intérieure de sa veste et en tira le revolver. Et, comme son index inexorable blanchissait déjà sur la détente, une silhouette se détacha brusquement du tableau soudain parfaitement figé par l'épouvante : Dotty se dressait, les serres en avant, une rage inextinguible flamboyant dans ses yeux :

« *Ordure* ! hurla-t-elle, se jetant sur lui. Vous auriez pu blesser mon bébé, espèce de… ! »

Rick se vit déséquilibré sous la violence du choc, comme le coup de feu éclatait sourdement, suscitant quelques rugissements parmi les témoins, tandis que d'autres demeuraient pétrifiés dans un silence accru. Howard eut un bref sursaut puis, sous les cris aigus de Katie et d'Elizabeth, s'inclina lentement en avant et s'effondra comme un pantin.

Chapitre XIX

L'ambulance parut mettre une éternité à arriver ; les nerfs d'Elizabeth – déjà fort ébranlés – étaient à présent dans un tel état de délabrement qu'ils échappaient littéralement à son contrôle. Elle avait les plus grandes difficultés à reconstituer, dans la tempête qui agitait son esprit, la suite des événements. Cet *abominable* individu de Rick – cela, elle s'en souvenait clairement – avait eu vite fait de filer. Mais non qu'il ait été pris de *panique*, voyez-vous – l'hostilité de Katie n'avait guère d'effet sur lui (elle s'était mise à pleurer, à *sangloter* aux côtés de son père, puis à hurler sur Rick – dans un tel état qu'elle avait même failli lui jeter sa Rolex à la figure). En entendant parler de police, toutefois, il avait simplement quitté les lieux avec une grande aisance, comme habitué à ce genre de circonstances. (Il était armé ! Il était armé ! Cet homme était armé, et avait effectivement tiré !) Quant à cette horrible, horrible femme – celle que Howard… Mon Dieu, mon Dieu – je n'arrive à rien penser, à propos de Howard, pas pour le moment : et pourtant il est là, allongé, conscient, et il me regarde. Elle arrive, oui ou non, cette ambulance ? Pourquoi étaient-ils si longs ? Quoi qu'il en soit – elle monta avec lui.

Le soulagement, quand j'ai su qu'il n'avait pas été touché – je crois que c'est Brian qui a remarqué la table fracassée ? –, cela a été une véritable bénédiction, comme on dit. Mais il était tout blanc, il souffrait, se tenait les flancs : ça me fait même mal de parler, chuchotait-il. Avant que cet état d'abrutissement ne l'emporte complètement sur le reste (je savais que quelque chose allait arriver – je le sentais dans l'air), j'ai flanqué Norman Furnish dehors ; il se prépare un cocard terrible, et il ne faisait aucun doute qu'il souffrait considérablement, mais sa simple présence mettait Howard au bord de l'attaque cardiaque – si, de fait, il n'en avait pas déjà une.

Katie n'avait pas eu un regard pour Norman – celui-ci tentait désespérément de lui expliquer, tandis qu'on le poussait au-dehors, qu'il n'était pas seulement venu pour la *voir* – enfin, pour la voir, si, bien sûr – mais surtout pour récupérer la cassette vidéo avant que Howard ne puisse la visionner ; à y bien réfléchir, je n'avais pas l'intention de le *blesser*. Le trajet à pied avait été abominable, dans la neige et le froid. Miles était déjà là, garé devant la maison – il semblait attendre. Nous avons sympathisé – apparemment, nous avions le même problème : quand je pense que nous en avons même *ri* ensemble. Il disait que c'était le jour ou jamais, pour venir – et j'ai très bien compris, parce que je m'étais fait le même raisonnement ; mais dieux du ciel – je pensais qu'il était venu pour Melody – ou bien l'autre là, comment déjà, Lulu. Pas pour *toi*, Katie – je ne pouvais pas me douter que c'était pour *toi*. Alors où est-elle, Katie ? La cassette ? Je n'ai pas la moindre idée de ce dont tu veux parler, avait-elle répondu : va-t'en maintenant – s'il te plaît. (À ce moment-là, en fait, la cassette venait juste d'être regardée du début à la fin par Kelly et Colin – il l'avait trouvée qui traînait là, et ils étaient montés pour la regarder tranquillement – sur quoi Colin, haletant, avait pénétré une Kelly fort disposée à cela, en travers de l'immense divan de Howard et Elizabeth, et avait superbement joui en l'espace de quelques secondes, au moment où Katie, sur l'écran, démontrait ce que l'on pouvait faire avec l'aide non négligeable d'un magnum de Bollinger encore bouché. Et *toi*, avait-il demandé à Kelly, le souffle encore court, as-tu joui aussi ? « Non », répondit- elle, fort honnêtement – avant d'ajouter, magnanime : « Mais presque. »)

Miles avait au moins la mâchoire cassée, sinon totalement fracassée ; Katie l'ignora, ainsi que Melody, à son grand désespoir. Il devrait aussi monter dans l'ambulance, si elle arrivait jamais. Et donc, Elizabeth demeurait auprès de Howard allongé dans l'entrée, là où il était tombé ; elle lui tenait la main, tandis qu'il regardait autour de lui avec de grands yeux. Une confusion accrue s'empara d'elle comme soudain, Lulu – le regard étincelant, et avec une violence mal contenue –, se précipitait sur elle et, des deux mains, arrachait ses doigts à ceux de Howard. Elizabeth ne put que lever des yeux perplexes et interrogateurs.

« Laissez-le, fit Lulu avec conviction. Laissez-le. Il ne vaut rien.

– Mais enfin, protesta Elizabeth, vaguement lasse, c'est *Howard*…

– Et cette femme, alors ? Hmm ? Ce sont tous les mêmes, tous – des dégoûtants. » Et enfin, Lulu prit une grande inspiration et mit sur la table l'atout qu'elle cachait dans sa manche : « Et n'allez pas vous imaginer que c'est la seule – vous savez, je suppose, qu'il a eu une liaison avec *Melody*, et ce pendant des *années* ? »

Les yeux de Howard parurent vouloir jaillir de leurs orbites, tandis que sa bouche béait – avant de se refermer dans un frisson d'horreur. Melody, qui avait entendu, prit bravement la parole, ne fût-ce que pour adoucir quelque peu sa propre, brûlante désillusion – assise là, abandonnée à sa souffrance aux côtés de ce crétin de Français.

« Et *alors* ! rugit-elle. Nous ne haïssons pas *tous* les hommes, vous savez, Lulu ! Pourquoi crois-tu qu'elle te raconte ça, Elizabeth ? Tout simplement parce qu'elle est *amoureuse* de toi – mais ça se voit comme le nez au milieu du visage ! »

Howard tentait de vaincre la douleur et de dire quelque chose, mais la douleur gagnait sans difficulté.

« Et oui, j'*aime* Elizabeth – je l'*aime*, je l'*aime*, je l'*aime*. Au moins, elle est *pure* – pure, et belle, pas comme tous vos *mecs*, Melody – parce que regardez à quoi ils vous ont menée : vous êtes *seule*, et avec un enfant non désiré.

– Oh, vous faites chier, Lulu », gronda Melody, trop atrocement blessée pour continuer.

« Mais cette petite *est* désirée, intervint Dotty. Plus désirée que n'importe quel enfant.

– Garde-la, fit Melody d'une voix brève. Ouais – vraiment, je suis sérieuse, cette fois. Je t'aime de l'aimer autant. Moi, je n'y arrive pas. Mais ha ! ajouta-t-elle avec un sourire machiavélique : autant que tu le saches, quand même – le père, c'est ce pauvre abruti de Norman Furnish ! Tu en veux toujours ?

– Oh noooon, fit Katie d'une voix basse, effarée.

– Lulu ! » explosa soudain John – je ne peux plus tenir, là, je ne supporte plus. « *Lulu* – c'est quoi, cette absurdité à propos d'Elizabeth ? C'est moi – *moi*, Lulu : c'est moi ton mari : je t'*aime*.

– Oh mais tais-toi, tais-toi, pour l'amour du *ciel* ! s'écria Lulu d'une voix stridente. Tu n'aimes que *toi*, John, espèce de salaud ! Tu n'as même pas levé un petit doigt, tout à l'heure, alors que je me faisais quasiment violer par cet immonde *Cyril* – voilà à quel point tu tiens à moi, John. Alors toi et moi, c'est *fini* – si jamais ça a *commencé* un jour. »

John en demeura bouche bée, pétrifié de stupéfaction et d'horreur, tandis qu'Elizabeth – à présent en proie à une sorte de monstrueuse fascination – tournait la tête vers une nouvelle voix :

« Elle n'est pas ce que vous dites, vous savez, déclara Zouzou, l'air très à l'aise. Pure. Pas vraiment, Lulu. Je le sais, parce que jusqu'à aujourd'hui, j'ai moi-même entretenu une relation durable et extrêmement physique avec Elizabeth – raison pour laquelle je vous en veux si terriblement, Lulu, car je sais que vous l'aimez, je le sais. »

Avant que quiconque ait pu réagir, Colin – à présent au pied de l'escalier – ajoutait, non sans effronterie : « C'est vrai, il a raison – elle n'est pas si pure que ça », sans pouvoir aller plus loin, même s'il en avait envie : maman était là, qui regardait.

On entendit alors frapper contre la boîte aux lettres, et une voix demanda :

« Il y a quelqu'un ? C'est l'ambulance. Il y a quelqu'un ? »

Ce n'est que quand Howard fut bien installé et ficelé sur le brancard qu'Elizabeth vit, sur son visage, le vernis argenté que font les larmes séchées.

« Prenez soin de lui, lui dit Zouzou d'une voix sereine. Parce que moi aussi, je l'ai aimé passionnément, et je comprends ce qu'il doit ressentir – en se voyant dans cet état. Vous Elizabeth, vous êtes plus douce. Adieu. »

Elizabeth, la tête complètement dans les nuages, se dirigea mécaniquement vers la porte aux côtés du brancard, ne souhaitant qu'une chose : s'éloigner d'ici. Sa mère émergeait du salon, se grattant les avant-bras.

« J'ai dû m'assoupir, sais-tu. Ai-je manqué quelque chose ? Oh – pauvre, euh… ça ne va pas trop, dirait-on ? Il faut que je te dise, Elizabeth – ton déjeuner était vraiment délicieux – merci, ma chérie. Parce que nous avons bien *déjeuné*, n'est-ce pas ?

– Howard, maman, répondit Elizabeth, calmement. Il s'appelle Howard. » Puis, s'adressant à l'océan de regards fixés sur elle : « Servez-vous, prenez tout ce qu'il vous faut, n'est-ce pas ? Quel dommage… nous n'avons pas eu le temps de jouer aux chaises musicales… »

Lulu lui prit le bras. « Vous êtes obligée de l'accompagner ? »

Elizabeth la considéra longuement. « Oui, dit-elle.

– Mais vous reviendrez ? N'est-ce pas ? Je vous attends ? »

Elizabeth la considéra longuement.

Chapitre XX

L'ambulance était une véritable boîte de sardines – Howard et Miles allongés, et entre eux une Elizabeth parfaitement silencieuse, l'air rêveur. Katie aussi était là, alternant les questions inquiètes et cent fois répétées sur l'état dans lequel se sentait papa et les apartés à l'adresse d'un des infirmiers, pour protester car il prenait trop de place (Désolé, ne cessait-il de répéter, désolé, petite, désolé – ce à quoi Katie répondait d'une voix aigre Je ne suis pas votre *petite*, d'accord ?). Ce qui poussa Miles à réitérer ses protestations d'amour éperdu, ses jappements de douleur entrecoupés de syllabes incohérentes qui faisaient grimacer Elizabeth, tandis que Katie s'écriait Et toi, je ne suis pas non plus ton *amour* – alors tais-toi, espèce de pauvre type : c'est pour *papa* que je suis là, c'est papa qui m'intéresse – comment ça *va*, papa, hmm ? Mais mon Dieu, se disait-elle, je ne peux pas m'empêcher de le regarder bizarrement, à présent – et maman, aussi, maman aussi. Les parents, ce n'est pas *censé* être comme ça, si ? Surtout des parents aussi ennuyeux, ternes et vieux que les miens. Mais bon, je suppose qu'il faut continuer de les *aimer* ainsi, oui, certainement – parce que, aussi horribles soient-ils au fond, ils seront toujours préférables à des salopards comme Miles et des minables comme Norman et des cinglés absolus comme ce Rick : si jamais je le *revois*, celui-là, je lui crache à la gueule. Je pense que je l'ai échappé belle, avec ce mec. Oh là là – je viens *juste* de comprendre où cette andouille de Norman voulait en venir, avec son histoire de cassette : la *vidéo*, naturellement ! J'ai intérêt à la récupérer avant que quelqu'un mette la main dessus – je suis certaine qu'elle est parfaitement *immonde*. Mon Dieu – quel drôle de Noël...

Brian aussi avait joint l'expédition, et le manque de place dans l'ambulance le forçait à tenir ses bras raides croisés devant sa poitrine, se donnant un coup de poing sur le nez à chaque cahot de la route. Mais pourquoi veux-tu absolument y aller *aussi* ? avait demandé Dotty : ils n'ont pas besoin de *toi*, tu ne crois pas, Brian ? Qu'est-ce qui te fait penser une seule seconde que l'on puisse avoir besoin de *toi*, hmm ? Dotty, elle, était encore tout excitée, vibrante de bonheur à cette certitude, à présent, que Dawn allait devenir sa nouvelle petite Maria – excitée aussi, supposait-elle, par la nature et la rapidité de toutes ces révélations invraisemblables. Une chose que Brian et moi avons toujours su garder, c'est la fidélité ; ce qui, bien sûr, ne suffit pas en soi et, apparemment, finit par ne plus guère compter. Je ne sais pas si Lulu and Co. vont encore oser fêter Noël, mais pour ma part, j'en ai plus qu'assez : je vais simplement dire bonsoir à Colin – et regardez-le, Colin : presque un adulte, maintenant – et jamais je ne m'en étais rendu compte. Regardez-le, assis près du feu, en train de plaisanter avec cette petite Australienne (très mignonne, j'imagine, dans son genre un peu conventionnel) à qui il explique que, honnêtement, Noël en Angleterre, ce n'est pas toujours comme *ça*. (Et d'ailleurs, que diable a-t-il bien pu vouloir dire, à propos d'Elizabeth ? À moi, elle m'a toujours paru absolument irréprochable.) Ma petite Maria est endormie, le petit ange, et je ne vais pas tarder non plus. Bien, où est Lulu ? Oh – elle est là-bas, avec son curieux bonhomme de mari ; je crois que je vais tout simplement filer à l'anglaise.

John – ivre de ne pas être soûl – ne faisait que répéter sans cesse le nom de Lulu, la fixant d'un regard suppliant – ne pouvant que laisser passer l'orage : Va-t'en, John, sifflait-elle, mais est-ce que tu vas enfin t'en *aller* ? Mais enfin, Lulu, essaya-t-il une fois de plus, en vain bien sûr, et il le savait. Il se détourna, le visage sans expression, agité par deux pensées contradictoires : Je me demande si Tara a fait cuire la dinde, après me l'avoir jetée au visage ? Et vous savez quoi, mais pendant toutes ces années avec Lulu, je n'ai fait que me ronger de jalousie à propos des *hommes* : rien d'autre ne m'est jamais venu à l'esprit.

Et comme John, les yeux hagards, toujours sous le choc, s'éloignait et quittait la maison d'un pas à la fois raide et incertain, Melody se prépara à prendre sa place – puis recula discrètement en voyant l'autre gamin, là, Peter – celui qu'Elizabeth appelait par un autre nom, mais je ne sais plus trop comment – s'approcher doucement de Lulu ; il lui parlait à présent :

« Il y a une chose que je n'aurai pas à dire à Elizabeth, à présent, c'est que ma famille déménage et part, au début de l'année. C'est une tradition dans mon peuple. Je pense que l'avenir s'annonce bien pour vous, Lulu – vous pourrez peut-être obtenir ce que vous désirez. Adieu.

– Tes cadeaux... », fit Lulu, désignant le fouillis d'articles luxueux choisis pour lui par Elizabeth.

Il sourit, secoua la tête. « Je n'en aurai pas l'usage. Ce ne sera pas moi. À chaque lieu nouveau, je deviens quelqu'un de totalement différent. »

Lulu l'observa qui s'éloignait, sentant plus qu'elle ne vit une nouvelle présence à ses côtés.

« Je crois, commença Melody, que vous n'auriez rien dû dire à Elizabeth, à propos de Howard et moi – elle risque de me haïr, maintenant. Mais je sais ce que peut être l'amour – toutes les choses qu'il peut vous faire dire et faire. Lulu – qu'est-ce qu'il y a, chez Katie, chez vous ? Pourquoi tout le monde a-t-il envie de vous ? Comment *fait*-on, quel est le secret ? »

Lulu ferma à demi les yeux, l'air las. « Il faut que j'aide la mère de Lizzie à se coucher, maintenant. »

Et tout en s'y employant (« Quelle fête réussie, quelle fête réussie », marmonnait sans cesse la vieille dame), Lulu pensait Je vais te dire une chose, ma chère, ma très chère Lizzie, tu avais tort quand tu disais que nous n'avions pas joué aux chaises musicales : c'est ce que nous faisons tous, depuis une éternité.

Le médecin me parle, oui, pensait Howard, mais je dois faire attention à ne pas trop en entendre : je trouve qu'il y a toujours une limite, en ce domaine, vous ne pensez pas ? La chambre est agréable – tout à fait reposante, malgré ces stupides petites décorations : toutes ces années de cotisation à la British United Provident Association finissent par payer. Et, à propos de la BUPA, apparemment, le gamin de douze ans qui m'a fait un check-up, l'autre fois, n'avait pas entièrement tort : j'aurais de légers problèmes de foie, semble-t-il bien. Et puis un autre truc, rénal – ce doit être les reins, c'est cela ? Ajoutons-y une légère attaque cardiaque, pour faire bonne mesure : ça vous coupe les pattes, ce genre de truc, vous savez. Rien de fatal, voilà ce que je crois comprendre – mais c'est néanmoins loin d'être sympathique, de toute évidence. Il continue à m'en raconter, là, le médecin, mais bon, assez, c'est assez, comme je disais. Arrêter l'alcool, voilà ce qui me semble être son propos de base – et c'est franchement la barbe, parce que rien qu'en venant ici, dans l'ambulance (et Dieu sait que j'avais même du mal à m'entendre penser, avec le boucan que faisait l'autre crétin à la mâchoire cassée), je ne me disais qu'une chose : eh bien, tout ce qui me reste, c'est l'alcool, à peu de chose près.

Mais apparemment, il ne me reste même plus ça. Elizabeth a dit – elle vient de sortir : elle n'est plus là – que quand je serai de nouveau sur pied, elle a l'intention de partir quelque part, seule. Pour réfléchir, si j'ai bien compris. Dieux du ciel, on n'a pas besoin de partir pour ça : moi, je suis là, et je n'arrête pas. Même allongé dans l'entrée, tout à l'heure – je ne sais plus combien de temps s'est écoulé depuis –, j'aurais pu mettre en mots quelques-unes de mes réflexions, mais en fait, que pouvait-on trouver d'utile à dire ?

La signification de tout cela, je serais bien en peine de vous la donner : tout ça semble avoir fait boule de neige, jusqu'à nous échapper complètement. Katie me regardait d'un drôle d'air, et elle pouvait : ce n'est pas tous les jours, n'est-ce pas, que l'on découvre que ses parents, tous les deux, sont des débauchés bisexuels. Juste ciel. Enfin bref, j'ai dit à Brian (il est passé me voir tout à l'heure) qu'il y a un appartement disponible, et qu'il n'a qu'à le prendre : il faut bien un endroit pour le bébé, un endroit pour Colin. Il s'est montré fou de reconnaissance. Il a même voulu prouver sa grande résolution de nouvelle année d'arrêter enfin d'essayer sans cesse de se foutre en l'air, pour se concentrer plutôt sur la recherche d'un vrai boulot. Pauvre gars – il a essayé de déchirer sous mes yeux son dernier message d'adieu en date, mais ce n'est pas trop possible, n'est-ce pas, avec les deux bras cassés. Dotty va le quitter, mais je ne crois pas qu'elle le lui ait dit – pas encore.

Et moi ? Eh bien – ça va comme vous voyez, plus ou moins : je me sens un peu comme un… un machin boiteux, là. Une bestiole, je ne sais plus. Enfin, vous voyez ce que je veux dire.

« Bien, concluait le médecin, voilà où nous en sommes, Mr. Street. Avez-vous des questions ?

– Canard ! » s'écria Howard.

Le médecin tressaillit, regarda autour de lui. « Pardon ?

– Non – rien. Juste un truc qui m'est revenu. Je donnerais ma vie pour un whisky…

– Mon Dieu, approuva le médecin, mais c'est ce que vous *faites*, littéralement, Mr. Street. Et c'est précisément ce dont nous devons nous occuper. Bien – je passerai vous voir dans les deux jours qui viennent. Si vous avez besoin de quoi que ce soit, vous appelez l'infirmière – la sonnette est ici. Bien – tout cela mis à part – avez-vous passé un joyeux Noël ? Sympathique ?

– Hmm ? grogna Howard, avant de trouver sans difficulté la réponse toute prête. Oh – comme d'habitude. » Puis il ferma les yeux, bien fort. « La famille… quelques amis – enfin, un petit Noël *tranquille*, vous voyez… »

RÉALISATION : PAO ÉDITIONS DU SEUIL
IMPRESSION : SN FIRMIN-DIDOT AU MESNIL-SUR-L'ESTRÉE
DÉPÔT LÉGAL : JUIN 2002. N° 55132 (59512)

Collection Points

DERNIERS TITRES PARUS

P979. Jours de Kabylie, *par Mouloud Feraoun*
P980. La Pianiste, *par Elfriede Jelinek*
P981. L'homme qui savait tout, *par Catherine David*
P982. La Musique d'une vie, *par Andreï Makine*
P983. Un vieux cœur, *par Bertrand Visage*
P984. Le Caméléon, *par Andreï Kourkov*
P985. Le Bonheur en Provence, *par Peter Mayle*
P986. Journal d'un tueur sentimental et autres récits *par Luis Sepùlveda*
P987. Étoile de mer, *par G. Zoë Garnett*
P988. Le Vent du plaisir, *par Hervé Hamon*
P989. L'Envol des anges, *par Michael Connelly*
P990. Noblesse oblige, *par Donna Leon*
P991. Les Étoiles du Sud, *par Julien Green*
P992. En avant comme avant !, *par Michel Folco*
P994. Les Aubes, *par Linda Lê*
P995. Le Cimetière des bateaux sans nom *par Arturo Pérez-Reverte*
P996. Un pur espion, *par John le Carré*
P997. La Plus Belle Histoire des animaux
P998. La Plus Belle Histoire de la Terre
P999. La Plus Belle Histoire des plantes
P1000. Le Monde de Sophie, *par Jostein Gaarder*
P1001. Suave comme l'éternité, *par George P. Pelecanos*
P1002. Cinq Mouches bleues, *par Carmen Posadas*
P1003. Le Monstre, *par Jonathan Kellerman*
P1004. À la trappe !, *par Andrew Klavan*
P1005. Urgence, *par Sarah Paretsky*
P1006. Galindez, *par Manuel Vázquez Montalbán*
P1007. Le Sanglot de l'homme blanc, *par Pascal Bruckner*
P1008. La Vie sexuelle de Catherine M., *par Catherine Millet*
P1009. La Fête des Anciens, *par Pierre Mertens*
P1010. Une odeur de mantèque, *par Mohammed Khaïr-Eddine*
P1011. N'oublie pas mes petits souliers, *par Joseph Connolly*
P1012. Les Bonbons chinois, *par Mian Mian*
P1013. Boulevard du Guinardo, *par Juan Marsé*
P1014. Des Lézards dans le ravin, *par Juan Marsé*
P1015. Besoin de vélo, *par Paul Fournel*
P1016. La Liste noire, *par Alexandra Marinina*
P1017. La Longue Nuit du sans-sommeil, *par Lawrence Block*
P1018. Perdre, *par Pierre Mertens*
P1019. Les Exclus, *par Elfriede Jelinek*